燃えよ剣

司馬遼太郎

文藝春秋

装画　アオジマイコ
装丁　野中深雪
本書は、一九九八年九月に刊行された
ノベルス判の新装版です。

目次

女の夜市

新選組局長近藤勇が、副長の土方歳三とふたりっきりの場所では、

「トシよ」

と呼んだ、という。斬るか斬らぬかの相談ごとも二人きりのときは、

「あの野郎をどうすべえ」

と、つい、うまれ在所の武州多摩の地言葉が出た。勇は上石原、歳三は石田村の出である。どちらも甲州街道ぞいの在所で、三里と離れていない。初夏になれば、草むらという草むらが蝮臭くなるような農村だった。

さて、「トシ」のことである。

トシという石田村百姓喜六の末弟歳三の人生が大きくかわったのは、安政四年の初夏、八十八夜がすぎたばかりの蝮の出る季節だった。

例年になく暑かった。

この夕、歳三は、村を出るとまっすぐに甲州街道に入り、武蔵府中への二里半の道をいそいでいた。浴衣の裾を思いきりからげている。

背がたかい。肩はばが広く、腰がしなやかで、しかも腰を沈めるように歩く。眼のある者からみれば、よほど剣の修業をつんだ者の歩き方だった。

顔は紺無地幅広の手拭でつつみ、頬かぶりのはしを粋に胸まで垂れている。

洒落者であった。

手拭一本でも自分なりに工夫して、しかもそれが妙に似合う男だった。

洒落者といえば、まげが異風であった。百姓のせがれらしく素小鬢という形にすべきところだが、村

でもこの男だけは自分で工夫した妙なまげを結っていた。それが大それたことに、武家まげに似せてある。

この変りまげについては、

「分際（階級）を心得ろ」

と、名主の佐藤彦五郎から叱られたことがあったが、歳三は眼だけを伏せ、口もとで笑っていた。

「なあに、いずれは武士になるのさ」

といった。

その後もまげをあらためなかったが、ただ紺手拭で頬かぶりをするようになった。だから村では、

「トシのお目こぼし髷」

と悪口をいった。歳三の家と佐藤家とは親戚なのである。親戚だから、名主もこの異風を目こぼしする。そういう意味である。

しかし頬かぶりよりも、頬かぶりの下に光っている眼がこの男の特徴だった。大きく二重の切れながの眼で、女たちから、「涼しい」とさわがれた。

しかし村の男どもからは、

「トシの奴の眼は、なにを仕出かすかわからねえ眼だ」

といわれていた。

まったく、この男はなにをしでかすかわからなかった。

いまも、街道を歩いているなりはただのゆかたがけだが、その下にはこっそり柔術の稽古着をきている。

宿場のはずれに出たところ、野良がえりの知りあいから、

「トシ、どこへ行くんだよう」

と声をかけられたが、だまっていた。

まさか女を強姦しにゆく、とはいえないだろう。

今夜は、府中の六社明神の祭礼であった。俗に、くらやみ祭といわれる。

歳三のこんたんでは、祭礼の闇につけこんで、参詣の女の袖をひき、引き倒して犯してしまう。その

ときユカタをぬいで女が夜露にぬれぬように地面に敷く。その上に寝かせる。着ている柔術着は、女の連れの男衆と格闘がおこった場合の用意のつもりだった。

歳三だけが悪いのではない。

そういう祭礼だった。

この夜の参詣人は、府中周辺ばかりでなく三多摩の村々はおろか、遠く江戸からも泊りがけでやってくるのだが、一郷の灯が消されて浄闇の天地になると、男も女も古代人にかえって、手あたり次第に通じあうのだ。

いよいよ下谷保をすぎたあたりから、府中の六社明神をめざしてゆく提灯のむれが、めだってふえはじめた。

江戸の方角に、月があがった。

月の下をどの男女も左手に提灯をもち右手に青竹の杖をひいて異常な音響をたてながら押し進んでゆく。蝮の出る季節だから、青竹のさきをササラに割り、道をたたいて蝮を追いちらしながら歩いてゆくのだ。

歳三も、青竹をもっていたがこの男の杖だけはただの青竹ではなく、節をぬいて鉛をながしこみ、ずしりと鉄棒のように重かった。

蝮をおどすよりも人間をおどすほうに、これは役に立つ。

この近在では、歳三のことを、

「石田村のバラガキ」

と蔭口でよんでいる。茨垣と書く。触れると刺す例の茨である。乱暴者の隠語だが、いまでも神戸付近では不良青年のことをバラケツというから、ひょっとするとこのころ諸国にこの隠語は行なわれていたのかもしれない。

歳三が府中についたのは戌ノ刻のすこし前であった。

府中の宿六百軒の軒々には、地口行燈に蘇枋色の提灯がつるされ、参道二丁のけやき並木には高張提灯がびっしりと押しならんで、昼のように明るい。

いわば、女の夜市なのだ。

歳三は、女を物色してあるいた。ときどき、同村の娘や女房連とすれちがってむこうから袖をひかれたりしたが、

「よせ」

と、こわい眼をした。歳三にはふしぎな羞恥癖があって、同村の女と情交したことは一度もなかった。同村だと、いずれは露われるからだ。だから、

「トシはかたい」

という評判さえあった。歳三は、情事のことで囃されるのを極度に怖れた。

理由はない。

一種の癖だろう。だから、

「トシは、猫だ」

ともいう者があった。なるほど犬なら露骨だが、猫は自分の情事を露わさない。そういえば、歳三は情事のことだけでなく、どこかこの獰猛で人になつきにくい夜走獣に似ていた。

もっとも、歳三が同村の女と情交りたくないのは理由があった。土百姓の女には、なんの情欲もおこらなかったのだ。

（女は、身分だ）

と考えていた。美醜ではない。それが歳三の信仰のようなものであった。

自分より分際の高い女に対しては、慄えるような魅惑を感じた。こういう性欲の型をもった男も少なかろう。

たとえば、去年の冬、この男がある生娘と通じたのもそれであった。

女は、八王子の大きな真宗寺院の娘で、その宗旨のならわしとして、娘はその門徒たちから、

「お姫さま」

とよばれていた。歳三はただそれだけを耳にし、

娘をまだ見ない前から、その娘と寝たいと思った。

歳三はこの娘と通じるために、わざわさ二里はなれた八王子に数日逗留した。

ついでながら、歳三は、八王子付近の住民から「薬屋」とよばれていた。

このころ、この男は薬の行商もしていたのだ。

もっとも歳三の家は、農家ながらもこの一郷では、「大尽」とよばれているほどの家だから、薬の行商をしなくとも暮らせるのだが、家に、「石田散薬」という、骨折、打身に卓効ある家伝の秘薬がつたわっている。

原料は、村のそばを流れている浅川河原でとれる朝顔に似た草で、その葉に、トゲがあるそうだ。その草を土用の丑の日に採り、よく乾して乾燥させ、あとは黒焼きにし、薬研でおろして散薬にし、患者にそれを熱燗の酒で一気にのませる。奇妙なほどにきいた。のちに池田屋ノ変のあと負傷した新選組隊士に歳三がひとりひとりに口を割るようにして飲ませてみたところ、二日ほどで打身のシコリがとれ、骨折も肉巻きがしなかったといわれる。

その家伝「石田散薬」の行商をして、歳三は、武州はおろか、江戸、甲州、相州まで歩いた。それがこの男の年少のころからの剣術修業法で、町々の道場に立ちよってはこの骨折、打身の薬を進呈し、そのかわり一手の教えを請うた。

当時歳三がしばしばそのあたりまで足をのばして逗留した甲府桜町に道場をかまえる神道無念流の梶川景次などは、のちに京の新選組のうわさを耳にし、

「土方歳三とは、あの武州の薬屋か。あれならばそれくらいのことはやるだろう」

といったという。

八王子の真宗寺院に入りこめたのは、薬売りという便宜があったからである。

寺の名を、専修坊といった。

院主は歳三が気に入り、

「寺の納屋にでもとまって数日近在に売り歩くがい

い」

といってくれた。娘の姿は見なかったが、昼のあいだに寺の建物、庭の様子をくわしく調べておき、娘の居間が、この寺で客殿とよばれる小さな数寄屋造りの一室であることも知った。

翌日、はじめて娘の姿をみた。娘は、魚に餌を与えるつもりか、庭の池のふちに腰をおろして朝の陽をあびていたが、通りかかった歳三に気づいて顔をあげた。

不審な表情で、眉をよせた。

むりもなかった。

紺手拭で頰かぶりをし、絹の縞の着物に献上の帯をしめているあたりはどうみても名主の総領息子の様子だが、それが威勢よく尻からげをしている。しかも股引をはき薬箱をかついでいるところだけをみればどうやら行商人としか思われない。ところがそうとも思われないのは、この若者が、剣術道具をかついでいる点であった。

こんな、ちぐはぐな男をみたことがない。それがふしぎと、この眼の涼しい男に似合っているのである。

（どなたかしら）

娘は、まじまじと見た。

歳三の見るところ、娘はさして美しくはなかったが、小柄でおとなしそうなところがかれの好みに合う、とおもった。

が、一礼もしなかった。

分際の高い女は好きだといっても、この男は女に頭をさげて愛嬌をふりまくのは好まなかった。

ただ、二、三歩近づいて、

「いずれ」

と、だけいった。

いずれなにをするのか。

娘が訊こうと眼をあげたときは、歳三は背をみせて山門のほうに去っていた。

その夜、子ノ刻、歳三は娘の部屋の雨戸にゆばりを流して、音もなく開けた。武州多摩の村々の若者は、娘をよばうときにこの法をつかう。

女が、二人寝ていた。

ひとりは娘の乳母で、歳三が枕もとで寝息をうかがうと、正体もない。

つぎに、娘の寝息を嗅いだ。低く小さくまろやかで、これも正体がなかった。

歳三は、ふとんの裾にまわった。ふとんをそっとはぐると、娘の半身が出た。

両方の親指を、歳三はつまんだ。つまみあげた。両脚を親指だけでつまみあげるのはひどく重いものだが、娘の目をさまさせないようにするためには、それしか法のないものだということを歳三は知っていた。

やがて、娘の両脚は裾を割って無心にひらいた。死体のように知覚がない。

娘が目をさましたときは、すでに異変がおこってしまったあとだった。

ところが歳三にとって意外だったのは娘が騒がなかったことだった。ただひたすらに体を固くしているほかは、吐息さえもこらえ、声もたてない。

――いずれ。

と歳三がいった意味を、娘はすでに知っていたのだろう。むしろ、この見映えのいい旅の若者が忍んでくることを、ひそかに期待していたのかもしれなかった。若者が娘をよばうことは、この郷ではめずらしい事件ではない。

娘の意外な落ちつきをみて、

(これがお姫さまか)

と失望したのは、歳三のほうだった。その翌日、寺の裏手にひろがっている桑畑にうずもれ、野良着をきて桑つみをしているのをみて歳三はさらに失望した。

(ちがう。――)

とおもったのは、かれが想像していた娘ではなかったのだ。野良着をきて桑臭くなっている娘ならかれの村にもいる。わざわざ八王子くんだりまで来ることはなかったのである。この男は、その夕、八王子を発ったきりその後ついにこの専修坊に立ち寄らなかった。

すこし異常だが、この挿話は、それほどかれが分際の貴い女へのあこがれがつよいことを証拠だてている。

分際が貴い、といっても、武州三多摩の地は、幕府領、寺社領ばかりの地で、武家がいなかった。村には馬糞くさい百姓娘ばかりいる。やむなく、歳三は、数年前に府中の六社明神の鈴振り巫女の小桜を手なずけて、ときどき彼女の住む社家のお長屋へ忍んでいた。

今夜の祭礼には小桜も巫女舞に出るためにおそらく会えまいとおもったが、神事の果てる払暁には、お長屋に忍んでみるつもりでいた。

そのあいだに、女を物色する。目ぼしい女がおれば、この祭礼の俗風として灯の明るいうちに当りをつけておき、闇になるとともに寝るのである。

が、おもわしい女はいなかった。

(江戸からきた武家娘がいい)

と、歳三は軒行燈の下を歩き、境内の林のなかを歩きまわった。

(居ねえか)

もう一刻も、物色している。が、さすがにこんな猥雑な祭礼に江戸の旗本の子女が来るはずがなかった。

もっとも参詣人こそ猥雑だが、当の六社明神(大国魂神社)は古来武州の総社で、祭礼の格式もきわだって高く、江戸の諸社の神職などは、この祭礼の下役人になって働かされる。それほど社格が高い。

(仕様がねえな)

歳三は、帰ろうかと思った。もっとも物色するうちに何度か、小百姓の女房風の女から囁かれたが、見むきもしない。

　そのうち、社殿の森のあたりで祭礼役人の矢声(やごえ)がきこえ、神輿(みこし)の渡御(とぎょ)をつげる子ノ刻の太鼓がひびきわたったかとおもうと、万燈が一せいに消え、あたりは闇になった。

　浄闇である。

　ただ星だけが見え、数万の群衆は息をつめて、男(お)神(がみ)の神輿が女神のもとに通うのを待つ。男女の媾合(こうごう)はこのあいだに行なわれるのである。そのことも、六社の神を賑(にぎ)わす神事であると参詣人たちは信じていた。

　だから、男女は影だけをかさね、声ひとつ立てない。神威をけがすことをおそれた。立ったまま犯される生娘もいたし、群衆の足もとに押し倒される人妻もいた。しかしどの女も歯をくいしばっても声を洩らさない。

　歳三のこの夜の幸運は、万燈が消えたと同時に、かれのそばに女がいた。

　なぜその女が、歳三のそばまで寄っていたかわからない。

　場所は、群衆のひしめいている参道ではなく、境内の森のなかであった。もともと暗かったから灯のあるときにも女の影に気づかなかったし、女のほうもそうだったろう。抱きよせてみてから、女が、ひどく手ざわりのやわらかな絹を着ていることを知って歳三はおどろいた。

(何者だろう)

　手さぐりで衣裳(いしょう)を探ると、四枚の比翼(ひよく)がさねに替(かわり)裾(ずそ)といったもので、この近郷では名主の子女でも用いない。それに匂(にお)い袋を懐中に秘めているらしく、歳三などがかつて嗅いだことのない芳香であった。

「そなた、何者だ」

　ついに禁を破って、囁いた。

　が、女は、これが神事であると信じているのか、だまってかぶりを振った。

「いってくれ」

「申せませぬ」

明るい声であった。それに、つよい武州の田舎ことばでなく、語尾がやわらかであった。

「そなた、かまわぬか」

「かまいませぬ」

歳三は、草の上に女を押し倒し、はじめて女を知ったときの眩惑むような思いで、女を抱いた。この女を抱いたことがやがて歳三にとって自分の新しい運命まで抱いてしまったことになろうとは、むろんこのとき気づかなかった。

(わからぬ)

女の体は、すでに男を知っていた。そのくせ、衣裳のぐあいは、娘なのである。

歳三は、抱きしめながら女の帯の間から錦の袋に入った懐剣をすばやくぬきとった。これさえあれば、あとで身分が知れようと思ったのだ。

女はそれと気づかずに、やがて草の上で着くずれをなおし、闇のなかに消えた。


神事がおわり、夜が明けはじめたころ歳三は、巫女屋敷のなかの小桜の長屋に忍んでいた。

「これだ」

と、例の懐剣を見せた。

刀身は海藻肌の地肌の立ったみごとなもので、銘は則重とある。越中則重であるとすれば、世にいくつとないものだ。

しかし小桜は、刀身などに見むきもせず、錦の袋をとりあげて行燈にすかしてから、

「あんた、このひとと?」

とおどろいてみせた。

「たしかに、まぐあったの」

「そうだ。まだおれのからだに、あの匂い袋の移り香が残っている」

「この紋をご存じ?」

と、小桜は、赤地の錦に金糸で縫いとられた五葉菊の紋をつまんでみせた。

「知らねえ」

「この府中の宮司猿渡家の裏紋よ。あんた、とんでもないことをした。この懐剣の袋には、あたしは見覚えがある。当代従四位下猿渡佐渡守さまの御妹君で、お佐絵さまのものよ」

「そうか」

歳三は、袋をとりあげ、食い入るようにその五葉菊の紋を見た。

六車斬り

なるほど、この男の恋は猫に似ている。

その後、歳三は、人知れず、府中の六社明神の神官猿渡佐渡守屋敷にしのびこんでは、蚊帳のなかでひとり臥ている佐絵と狎れた。

たれも知らない。

知られることを極度に怖れた。その点、歳三は猫に似ている。

が、さらに風変りなのは、佐絵に対しても、何村のたれ、とも明かさない。猫以上の秘密主義であった。

ただ、はじめて忍んできた夜、佐絵をぞんぶんに抱いたあと、

「これから、歳、とよんでくれ」

とだけ云い残して帰った。それがひどく羞かしそうで、女の寝間をもとめて猿渡屋敷に夜陰忍びこんでくるほどの豪胆さとは、およそ別人のような感じを佐絵はうけた。

(妙な男だ)

かと思うと、ひどくものやさしいのである。

最初この男が蚊帳のなかに忍びこんできたときなど、起きあがろうとした佐絵の口をいきなり掌でふさぎ、

「先夜、祭礼のときの男だ。あの夜は、ありがとう。あなたの忘れものをかえしにきた」

と耳もとでゆっくりささやき、例の赤地錦に入っ

た懐剣をわざわざ鞘から抜きはなって佐絵の手ににぎらせ、

「いやなら、この短刀で刺していただく」

といった。

手馴れている。

佐絵に恐怖をあたえるまをあたえない。

「あなたはどこのお人ですか」

佐絵は、何度もきいた。

「もし嬰児ができれば、父親の名も知れぬことになるではありませぬか」

しかし歳三は、いつもだまったきりであった。

そのくせ、この男のほうは、佐絵についての知識は十分にもっている様子だった。

つぎに忍んできた夜、

「ちかく、京にのぼって堂上家に仕えられるそうですな」

ときいた。

「まあ、どこから！」

そういう消息は、猿渡家の身内しか知らないことだからである。

「たれからききましたか」

「……」

この男のいうとおり、秋になれば、さる事情があって、京の九条家に仕えることになっている。

京へのぼることは佐絵自身は心がすすまなかったが、幕閣のある要人が、ぜひたのむ、と佐絵の前で手をついたために、ついその気になった。朝廷の動きを探索するためである。

むろん歳三はそこまでは知らなかった。

「お気の毒ですな。御亭主どのさえ生きておれば、三河以来の旗本松平伊織どのの御簾中であられるお前様だ。京などへのぼることはない」

「わたしくのこと、よくご存じですね」

「そんなことは、このあたりの百姓の作男でも知っている」

佐絵は、十七のとき、本所に屋敷をもつ小普請組八百石松平伊織のもとに嫁いだが、ほどなく夫に死にわかれ、実家に帰った。

実家の猿渡家は、鎌倉幕府よりも古い昔に京からきて関東に土着したという国中きっての名族で、それに武家ではなく神職だから、江戸の旗本と婚姻縁組するかと思えば、京の諸大夫家とも嫁や婿のやりとりをする。

こんどの九条家勤仕のはなしも、京のそういう血縁筋から出たものである。

三度目に歳三が忍んできたとき、

「佐絵は、秋になれば当家を出て京にのぼります」

と教えてやった。

「秋のいつです」

「九月」

「もう、いくばくもないな」

「歳どのも、京へおのぼりになれば?」

「京にか」

「ええ」

歳三は少年のように遠い眼をして、

「わしの一生で、京に用のあるようなことがあるだろうか」

「男ですもの」

「とは?」

「男の将来はわからぬものでございます」

と、佐絵はなにげなくいった。べつに数年後、新選組副長になるこの男の運命を読んだわけではない。

ところが、歳三の運命は、この佐絵との縁がもとでひどく変転することになった。

人を殺したのである。

そのころ、六社明神社の社家の一軒である瀬木掃部の屋敷に、甲源一刀流の剣客で、六車宗伯という三十がらみの男が食客として住みついていた。

歳三も、この男は見知っている。

ずんぐりとした猪首で、まげは総髪にむすび、腕は、江戸府内をのぞけば、武州随一という評判があった。

六車宗伯は、社家屋敷の道場を借りて、武州一円の百姓門人をとりたてている。

他国では考えられないことだが、この武州では、百姓町人までが、あらそって武芸をまなぶ。

いったいに武俠の風土といっていいが、いま一つには武州は天領（幕府領）の地で、大名の領国とはちがい、農民に対する統制がゆるやかだった。

自然、百姓のくせに武士をまねる者が多く、どの村にも武芸自慢の若者がおり、隣村との水争いなどにはそれらの者が大いに駈けまわって働いた。その勇猛果敢ぶりは、三百年の泰平に馴れた江戸の武士のおよぶところではない。

武州一円には、そういう連中に教える田舎剣法の流儀が、三つあった。

一つは、武州蕨を本拠とする柳剛流で、これは相手のすねばかりをねらって撃ちこむ喧嘩剣法である。江戸の剣客は、柳剛流ときけばすねばらいを嫌って試合をしない。

いま一つは、遠州浪人近藤内蔵助を流祖とする天然理心流で、気をもって相手の気をうばい、すかさず技をほどこすのが特徴で、江戸の巧緻な剣法からみれば野暮ったいものだが、いざ実戦になると、ひどく強かった。宗家の近藤家は内蔵助の没後すでに三代をかさね、いずれも百姓あがりの剣客があとをついでいる。三代目が近藤周助（周斎）、すでに七十の老人で、跡目には、武州上石原（現・調布市）の農家の三男勝太という者を改名させて養子にもらい、三多摩一帯の出稽古をさせている。これが、歳三より一つ年長の近藤勇である。

最後に、甲源一刀流がある。

武州秩父地方に古くからあった流派だが、近年、高麗郡梅原村から比留間与八（天保十一年没）という達人が出るにおよんで、にわかに隆盛となった。

比留間の死後、その子の半造が武州八王子に本道場をおき、師範代の六車宗伯を府中に常駐させ、おもに甲州街道ぞいの農村に入りこんで、近藤の天然理心流と門人の数をあらそっている。

ある夜、歳三が、暁方ちかくまで佐絵の寝所にいて、さて引きあげるべく猿渡屋敷の土塀を乗りこえたとき、

「賊」

という声が、足もとの草むらでおこった。

「――――」

身をかがめると、眼の前に黒い人影が立っている。

(見られたな――)

とおもったとき、全身に冷汗が流れた。

相手はゆっくり近づいてきて、刀のツカに手をかけた。

「逃げると、斬る」

「………」

「名をいえ」

歳三は無言である。

「ちかごろ、この猿渡佐渡守様お屋敷に夜陰忍び入る者があるときいて、それとなく境内の見廻りをしていたが、果して風説のとおりであった。神妙にせよ」

(なにを云やがる)

歳三は、ツツと後じさりしながら、すばやく手を背にまわし、肩にかついだ菰包みを解き、中身の太刀をとりだした。

夜道を歩くときには、かならずこれを肩からかついでいる。

拵えこそ粗末だが、中身は、家に伝わる武州鍛冶無銘の業物で、姉婿の日野宿名主佐藤彦五郎の鑑定では、康重ではないか、ということだった。

ぎらり、と引き抜くと、刀身二尺四寸、身のうちの凍るような匂いが立つ。

「ほう」

相手は、間合を詰めながら、

「まさか、そのほう本気ではあるまいな。念のため

に申しておくが、わしは当神域に厄介になっている六車宗伯である」

　六車宗伯といえば、聞いただけで武州一円ではふるえあがるような名である。

「刃物をすてよ」

　と六車がいったとき、歳三には折りあしく雲間から十六日の月が出た。

　月が、歳三の半顔を照らした。

「見た顔だな」

　六車宗伯は、前進しながら、

「日野宿の佐藤彦五郎屋敷には、天然理心流の道場があろう」

「………」

「過日、わしは近藤に試合を申し入れて、ことわられた。そのとき、近藤のそばにいたのは、そのほうだったな」

（さとられたか）

　歳三の決心がついた。

　六車が、この男逃げる、とみていた歳三の足が、意外にもピタリととまった。

「六車さん、その歳三さ」

　はっ、と六車も、前進をとめた。

　歳三がいった。

「隠し姓は土方という。覚えておいてもらおう。天然理心流の目録で、師匠筋の近藤とは義兄弟の仲だ。だから近藤になりかわって他流試合の申し入れを、いま受けてやる」

「若僧、よせ」

　六車は、落ちついている。

「たかが夜這いだ。逃がしてやるから、二度と猿渡屋敷に近寄るな。佐渡守さまがうすうすお佐絵御料人のご様子に気づかれ、かねてわしに探索をたのまれていた。捕えて入牢させる、ということであったが、今夜はとくに免じてやる」

「抜け」

　といっても歳三自身、まだ構えもせず、刀を右手にだらりと垂れさげている。肉厚な、特徴のある大きなまぶたの下に、冷たい眼がひかっていた。情事を知った以上、この男は生かしておけない。

「歳三、念のため訊こう」

六車宗伯は、微笑してみせた。

「まさか、わしを武州随一の名人と知らずに喚いているのではあるまいな」

「知っている」

「そうか」

六車は腰を沈め、草を薙ぐようにして長剣をゆっくりと抜いた。おどすつもりである。そのまま剣尖を中段にとめ、一歩、踏みだした。

それにつれて歳三は、右足をひき、放胆に胴をあけっぴろげたままの左諸手上段に剣尖を舞いあげた。

一瞬、刃が鳴った。

無謀にも、歳三が撃ちこんだのだ。六車はからくも頭上で受けたが、

（こいつ、馬鹿か）

と思った。呼吸もはからないし、はからせようともしない。

びゅっ

と、つぎは右横面にきた。六車はつばもとで受けたが、手首がしびれた。

さらに左横面。

やっと防いだ。

いつのまにか斬りたてられて、どんどん退っている。

（こんなはずはない）

立ちなおろうにも、歳三の撃ちこみがはげしくて余裕をあたえないのだ。

技の差ではない。

度胸の差であった。

歳三は、薬の行商をしながらよほど雑多な流儀を学んだらしく、面を撃つとみせて太刀をそのまま地へ吸いこませ六車のすねをはらった。柳剛流だけにある手で、薙刀を加味したものだ。

「あっ」

とびあがって避けた。

かわすと、待っていたようにその剣が腹を突いてくる。

「待て」

六車は斬りたてられながら、

「ここは神域だ」

「……」

「あらためて他日」

あらためて他日、と半ばまでいったとき、歳三が片手なぐりに撃ちこんだ剣が、六車宗伯の右こめかみの骨を割った。

血が、六車の眼をつぶした。

「あらためて他日」

六車は背を見せた。

逃げようともがいた。が、歳三の剣が後頭部に、ぐわっと斬りこんだ。

浅い。

六車の眼はつぶれている。意識もくるってしまったのだろう。どういうつもりか、ふたたび歳三のほうにむきあった。刀を垂れ、立っているだけがやっと、という姿であった。

（これが、武州一円の達人とおそれられている六車宗伯か）

歳三は、ゆっくり剣をあげた。

（うむっ）

腰を沈めた。

歳三の剣がななめに流れ、宗伯の首は虚空にはねあがり、胴が草の中にうずくまった。殺人とは、こんなに容易なものかと思った。

その後、下手人は知れない。

歳三は、その夜、すぐ府中を発って自分の村には帰らず、江戸小石川小日向柳町（こびなたやなぎちょう）の坂の上にある近藤の江戸道場にころがりこんだ。

「どうした」

とも、近藤はいわない。

歳三も、だまっている。

近藤にとっては、歳三は、武州における天然理心流の保護者である佐藤彦五郎の義弟だから、門下とはいえ、義父の代から特別のあつかいをしていた。性格はちがうが、ふしぎにうまが合ったから、数年前に義兄弟の縁をむすんだ。

数日して、江戸の近藤道場にも、甲源一刀流の六車宗伯が何者かに斬られた、といううわさが流れてきた。

「知っているかね」

と近藤が、道場の奥で寝ころんでいる歳三のもとにやってきて、いった。

「信じられんことだが、宗伯ほどの者が、やられた。斬ったのは、最近、蕨から入りこんでいる柳剛流の連中らしい。その証拠にすねにさんざん傷を負っている。八州役人は蕨のほうをつついているという」

「斬り口は――」

「大小十二、三カ所。どうも多すぎる。おそらく一人ではあるまい。よほど多勢で斬りたてたのだろうというのが、府中へ調べにやった井上源三郎の報告だ」

「いや」

と、歳三は、起きあがって、

「一人だ」

「なぜわかる」

「斬り口の多いのは、仕手が下手だけのことだ。それに柳剛流ではない」

「……」

近藤は歳三の顔色をじっと読みとりながら、

「では、何流のたれだ」

「おれさ」

とは歳三はいわず、にがい顔をいよいよにがくして、そっぽをむいた。何か考えている。

そのまま何を思ったのか歳三は江戸道場に住みつ

き、姿も武士にあらためた。

六車宗伯を斬ってから、歳三の道場での太刀筋はまるでちがってきた。

自信ができた、というのだろう。それとも、なにか悟るところがあったにちがいない。

それまでは、近藤は、周斎老人から養子に見込まれるだけあって、腕は一枚も二枚も上だったが、それがちがってきた。

道場での稽古でも、近藤は十本のうち八本まで撃ち込まれ、ついに、

「歳の太刀は不快だ」

と、立ち合わなくなった。

近藤の柳町の道場には、神道無念流皆伝の松前浪人永倉新八、北辰一刀流目録の御府内浪人藤堂平助など、近藤と互角に使える食客がごろごろしていたが、これらも歳三に歯が立たず、

「土方さん、何か憑(つ)いたか」

と、笑った。

秋になった。

歳三はあの一件後、はじめて甲州街道を西へのぼって、府中に入った。

この年は雨がすくなく、武州の空はかぎりなく青い。

歳三は、明神の境内を横切って、猿渡佐渡守屋敷の裏塀へ出た。

(ここだな)

編笠をとって、秋草の上に捨てた。

右手に溝川が流れ、漆(うるし)の若木が一本、紅葉しかけている。

この場所で、あの月明の夜、六車宗伯を斬った。たしかに斬ったが、ほとんど夢中で、なんの覚えもない。

あのときと同じように、歳三はスラリと刀をぬき、左上段にかまえた。

眼をつぶった。記憶を再現するためであった。やがて眼をひらき、眼をこらしてそこに太刀を構えて

いる宗伯のすがたをありありと再現しようとした。

（なぜ、一太刀で斬れなかったか）

ここ数カ月、そればかりを工夫した。道場では、近藤と立ちあうときも、永倉、藤堂などと立ちあうときも、相手が、あのときの六車宗伯であるとして、撃ち込んだ。

（わからぬ）

いま、そこに六車宗伯がいる。

歳三は、踏みこんだ。

六車がかわす。

（浅い）

何度やっても、不満であった。小技（こわざ）すぎた。ついに歳三は上段のまま動かなくなり、気合を充実し、小半刻（こはんとき）も草の上に立ちつくした。風が歳三をなぶっては吹きすぎてゆく。

ついに、見た。

六車宗伯が気倒（けお）され、重大なすきができた瞬間を思い出した。

歳三は、どっと踏みこみ、振りかぶって右袈裟（みぎげさ）に大きく撃ちおろした。

戞（かつ）

と漆の幹が鳴って、空を掃きながらたおれた。歳三の映像のなかの六車宗伯も、たしかに真二つになったとみたとき、背後で、声がした。

「なにをなさっています」

ふりむくと、佐絵である。それだけ云うのがやっと、というほど真黒い眼がおびえていた。

「いや、いたずらだ」

刀を鞘におさめ、こそこそと立ち去ろうとした。そのにわかに萎（しお）れた姿が最初の夜、

――歳、とよんでくれ。

といって立ち去った、あのひどく気恥ずかしげな歳三の印象を佐絵におもいださせた。佐絵はほっとして、

「歳どの」

と、微笑（わら）ってみせた。

「あす、京へ発ちます」

七里研之助

江戸内藤新宿から六里。

いまの甲州街道ぞいの調布市は、当時は中心地を布田といい、近在の国領、小島、下石原、上石原をあわせて、

布田五ケ宿

といった。

いまもさして様子はかわらないが、年中、まぐさくさい街道風が舞いたっている宿場町である。

当時、街道に板ぶき屋根をならべる旅籠には、一軒に二、三人は、おじゃれとよぶ遊女を置いていた。飯盛女である。ところがこの宿ではふしぎと色黒女ばかりが集まったから、

「布田の黒よし」

とよばれ、甲州街道を上下する旅の小商人などが、この宿でとまるのを楽しみにしていた。

その日の午後。

といえば、歳三が猿渡家の息女佐絵の京へのぼるのを見送ってからすでに半年にはなる。――まだ日も高いというのに旅籠上州屋理兵衛方にずいっと入ってきたのは、この男であった。

「おれだ」

と、刀を鞘ぐるみ抜いた。江戸の道場から来た。

「あっ、先生」

亭主の理兵衛自身がとびだしてきて、二階の部屋に案内した。

その日の土方歳三は、左三巴の家紋を染めぬいた黒のぶっさき羽織に、羅紗地のはかまのすそを染め革でふちどりしたぜいたくなこしらえで、大小はすこし粗末で樫地塗り。まげは総髪にして、あのころからみれば見ちがえるような立派な武士の風である。

歳三は、月に一度は、甲州街道をこのあたりまでやってくる。つまり、地方への出教授で道場を維持しているのが、近藤の天然理心流のほそぼそとした経営法だった。

近藤道場のある江戸の小日向柳町の坂のあたりは、わりあい小旗本の屋敷が多いが、かといって歴々の子弟は、こんな無名の小流儀を習わない。やってくる門人といえば物好きな町人、中間か、伝通院の寺小姓ぐらいのものだった。やはり道場の稼ぎは、多摩地方への出稽古なのである。

むろん、近藤もゆく。そのほか、土方歳三、沖田総司、井上源三郎など目録以上の者が、月のうち何日かは交代で、甲州街道をてくてく歩いて、多摩方面へ出張をするのだ。

布田では、この上州屋がかれらの定宿になっていた。一泊して女とあそぶのが楽しみだが、もっとも歳三だけは、

黒よし

などに興味はなかった。ただ、酒をつがせるだけで、手もにぎらない。

「めしはあとだ」

といった。

「酒を一本」

ただし酒好きではないから、杯をなめるだけで、飲むというほどにはいたらない。

「それに、妓」

とつけ加えた。亭主の理兵衛が驚き、

「どういう風の吹きまわしでございます」

といったが、歳三は取りあわず、

「お咲という飯盛女がいたな」

「へい」

「呼んでもらおう」

亭主は駈けおりて、そのまま裏木戸へ走り出た。すぐ田圃になっている。

草むらに女が二、三人、尻をもたげて騒いでいた。夜になるとこういう女でも垢じみた絹の小袖はきる

が、真昼間は寝ているか、それとも紺々した野良着にきかえて、田のふちの水溜りを掻きさがしてどじょうを獲るのである。

むろん、女たちは鍋にして食うのだ。これさえ食っていれば、夜勤めにも体が堪えるし、無病で年季の明けるまで勤まるという。そのせいで、この甲州街道の宿場々々の女郎はどの女もどじょう臭かった。

「お咲、手を洗え」

亭主は、牛を叱るような声でいった。女は、尻のむこうで顔をこちらにむけ、

「おきゃく？」

と、眉をひそめた。昼っぱらの客など、よほどの好色にきまっている。

すぐ衣裳を着更え、申しわけに首すじだけ白粉を塗りつけて歳三の前に出たときは、それから四半刻は経っていた。お咲は十八、九の唇の薄い女で、上州なまりがぬけない。

歳三は南の空のみえる部屋で独り酒をのんでいたが、入ってきたお咲をみるなり、

「お前だな」

とぎょろりと眼をむけた。

「なんです」

「一昨夜、井上源三郎さんの敵娼だったてのは」

「ええ」

井上は、近藤道場では一番の年がしらで、剣は器用ではないが、その人柄らしく着実な撃ちこみで一種の風格があった。近藤道場では先代からの内弟子で、もとはやはり南多摩の百姓の子である。

土方がお咲をよんだのは、一昨夜、この妓が井上と寝たとき、寝物語で容易ならぬことをいったというのである。

「そいつを、ここで詳しく話してみろ」

「厭だ」

お咲は、眼を据えた。

「悪かった。おれァ、口のきき方がよくねえそうだ。云い改めよう。話して貰う」

話、というのは、数日前に、三人で繰りこんできた浪人剣客のひとりが、お咲を買い、寝床のなかで、上州屋にとまる近藤道場の連中のことをしつこく訊いた、ということを、一昨夜、お咲が井上源三郎に寝物語で話したのである。

井上が江戸道場にもどってから、そのことを歳三に報告し、

——何だかよくわからないが、こんどあんたが行くと妙なやつが悪戯をするかもしれない。多摩ではあまり夜道は歩かないほうがいい。

と、注意した。

（六車宗伯に縁のあるやつだな）

と歳三は、直感した。もっとも、六車を斬った一件は、道場のたれにも云っていない。他人の口のこわさを歳三は知っている。いえばかならず洩れるものだ。

——とにかく。

と井上源三郎はいった。

——上州屋のお咲にきいてみろ。

「どんなことを訊いた」

と歳三はお咲にいった。

「顔だよ」

お咲は酌をしながら、

「顔さ。先生たちご一統さまのご人相。なんだか、去年の秋、府中の六社明神の境内裏で、漆の木を切ったひとをさがしてるんだ、てことだったけど、その漆、ご神木だったのかしら」

「漆に神木はなかろう」

六車の一件だ、とおもった。歳三が、あの事件後、現場でもう一度、記憶をたどって太刀筋を検討していたとき、土地の百姓かたれかに目撃されたにちがいない。

そのうわさが、甲州街道ぞいの田圃をまわって、いまごろ六車宗伯の同門の者の耳に入ったものとみ

ていい。

「その男、どういう人相だった。鬢のあたりが、ちぢれあがってはいなかったか」

「いた」

と、お咲はうなずいた。

面ずれのあととみていい。とすれば相当な使い手に相違なかった。

「ちょっといい男だった。月代がのびていて、右眼の下にあざがある。背丈は、五尺七、八寸」

「なまりは？」

「さあ、江戸にもいた様子だよ。しかし口の重そうな所をみると、上州うまれかもしれない」

歳三は、翌日、布田宿を出た。

上石原の近藤の実家で近在の若者を教えたあと、翌日は連雀村に移った。

この村には、道場はない。

名主屋敷の味噌蔵を片づけて稽古をするのだが、歳三が到着すると、すでに五、六人の若者が待っていて、

「きのう、村に妙な浪人がきました。先生はいつお稽古にお見えになる、というのです」

といった。歳三は、ツト表情を消して、

「おれに、名ざしでか」

「そうです」

すでに相手は、名までつきとめている。

「用むきは？」

「一手、お教えねがいたい、ということでした。右眼の下にあざのある……」

「知らんな」

歳三は、興味なげに着物をぬぎ、総革の胴の紐をむすびながら、ふと思いだしたように、

「どこの男だ」

「八王子です」

といった。

と断言したのは、この村で作る馬のわらじを荷にして、月に十日は八王子の宿場へ売りにゆく辰吉と

いう若者だった。八王子では、二、三度往来で見た顔だという。

歳三は、翌朝、連雀村を出ると、その足で八王子へ行った。

連雀から五里。

武州八王子は甲州に近い宿場で、街道はこれより西は山中に入り、小仏峠（こぼとけとうげ）を越えて甲州に入る。

戦国のむかしから家康の江戸入府（にゅうふ）のころにかけて、関東、甲州で主家をうしなった落武者が、多くこの地に集まった。

徳川家ではこれらを「八王子千人同心」という名で一括して召しかかえ、小仏峠から侵入してくる仮想敵に対し、甲州口の要塞部隊として屋敷地をあたえ、四方四里にわたって居住させている。

自然、かれらを顧客とする剣術道場ができ、なかでも比留間半造の甲源一刀流の道場がもっとも栄えた。歳三が斬った六車宗伯も、この道場の師範代である。

（思ったとおりだ）

と歳三はみた。

例のあざは、六車宗伯の徒類で、八王子を根拠とする甲源一刀流の剣客に相違ない。かれらは、根気よく六車斬りの下手人をさがしていたのだろう。

歳三は、八王子の専修坊に入った。

かつて薬売りをしていたころ、八王子に来ればかならず泊まった真宗寺院で、この寺の娘の部屋に忍んだこともある。

院主の善海は、歳三の身なりの変りようにおどろき、江戸で渡り用人にでもなっているのかと訊いたが、

「なに、道中の賊除けにこんなかっこうをしています」

と自分に関する話題を避け、

「娘御は？」

ときいた。べつに訊きたいわけでもなく、差しあたっての話題がなかったからである。

「去年の秋、嫁にいった」

までは、おどろかなかった。院主は、

「せんは」

と娘の名をいい、

「このさきの千人町の比留間道場の当主、半造の内儀になっている」

（ほう。……）

さりげなく、

「あの道場には、六車宗伯という仁がおりましたな」

「いた。が、去年、六社明神の猿渡屋敷の裏で、何者とも知れぬ者に撃ち殺された。当初は、臑を斬られているところから、蕨の柳剛流の連中に押し包んで殺された、といううわさがあったが、いまは別のうわさがある」

「どんな？」

「天然理心流だという。確証があるらしく、道場の者が躍起にさがしている」

「あの道場には」

歳三は、ちょっと言葉を切って、

「色白で右眼の下にあざのあるおひとが、たしかいると伺いましたが」

「師範代の七里研之助のことではないか」

「七里？」

歳三は、とぼけている。

「どういう仁です」

「出来るらしい。もともとは甲源一刀流ではなく上州馬庭で念流を修めたらしいが、武州へ流れてきて、道場の食客になっている。居合の名人で、あれほどの者は江戸にもざらにいないという」

歳三は、数日とまった。寺からは一歩も出ず、顔見知りの寺男などから、七里研之助のうわさを聞きあつめた。

年のころは、三十前後で、ときどき道場で酔うと門弟たちに両手を後ろにまわして縛らせ、腰をひねって白刃を高く宙に飛ばし、さらにツツと駈け寄って落ちてくる刀を鞘におさめた。

居合は、上州の荒木流だという。この荒木流では、上州厩橋（うまやばし）江木町に住んでいた郷士大島新五右衛門（安永八年四月十四日没）が、弟子に抜き身を屋根ごしに投げさせ、軒さきで待って、それを腰の鞘におさめるという曲芸のようなことをした。上州荒木流にはそういう伝統があって、七里研之助もそんな曲抜きのような技術を学んだのだろう。

（なに、どれほどのことがあるか）

歳三は、臆する心のうまれつき薄い男で、七里研之助に探索されたあげくに殺されるよりも、むしろ先制して撃ち殺そうとした。

いったん江戸の道場に帰り、すでに隠居をしている先代周斎老人に、

「もし居合を仕掛けられた場合、どう防げばよろしゅうございましょう」

とたずねた。

「一にも二にも退（ひ）く」

退いて、初太刀をはずすのである。相手の刀がまだ中空にあるとき、すかさず踏みこんで撃ちおろせば必ず勝てる、といった。

「もし」

と歳三はいった。

「背後に巨樹、土塀などがあって、思うさまに足を退けぬ場合、どうします」

「気をもって、相手のつばを圧するしか防ぐ道がない」

「ところが、それらがいずれもできなければ？」

「斬られるまでさ」

周斎は居合のこわさを知っている。

数日して、歳三は若師匠の近藤に、

「しばらく、もとの薬屋にもどりたい」

と頼み、髪形から服装まで変えて、もう一度八王子に出かけた。

こんどは専修坊には立ち寄らず、いきなり千人町

の甲源一刀流比留間道場を訪ね、放胆にも道場内の庭にまわって、

「御師範代七里研之助様までお取りつぎねがわしゅうございます」

と頼んだ。

七里が出てきた。

「なんだ、薬屋か」

と、じっと見おろした。

「へい、石田散薬と申し、打身の……」

と薬の効能の説明をしながら、七里研之助の様子をうかがった。

なるほど右眼の下にあざがある。背が高く、右手が心持ち左よりも長く思えるのはいかにも居合師らしいが、あごから頸（くび）すじにかけて贅肉（ぜいにく）がくびれるほどに溜まっているのは、武芸者らしくない。三十とすれば、年より老けてみえた。

「当家には、はじめてか」

「いえ、御当家さまの御新造さまのお実家（さと）には、年来、ごひいきにあずかっていただいております」

「在所はどこだ」

と、研之助はいった。歳三は、聞きとれぬほどの早口で村の名をいってから、

「御新造さまが、よく御存じで」

「そうか」

研之助は、門弟に目くばせして奥へ報らせにやり、ひょいとのぞきこんで、

「薬屋、手に竹刀（しない）だこがあるな」

といった。

薄っすらと笑っている。

歳三は、驚かない。

「少々、いたずらをいたします」

「何流で、どこまで行った」

「お買いかぶりなすってはこまります。いたずら半分でございますから、きまった師匠などはございません」

そこへ門弟がもどってきて、内儀は他行（たぎょう）している

といった。

「薬屋。――」

研之助は、何か思いあたるところがあったらしい。

「ちょうど退屈している。付きあってやるから、すこし汗をかいて行ったらどうだ」

「それは」

むろん、望むところだった。研之助の手すじを見るために、わざわざここまでやってきたのである。

歳三は、道場のすみで両膝をそろえ、研之助の投げ与えた防具をつけた。

わいわい天王

土方歳三が防具をつけて道場の真中へ出ると、七里研之助はまだ支度(したく)をしない。

ばかりか、道場の正面で稽古着のままあぐらを掻き、あごをなでている。

「薬屋、支度ができたらしいな」

と七里は大声でいった。

「へい」

歳三は、聞きとれぬほどの低声(こごえ)で、

「御用意ねがいます」

「できている」

七里は、道場のすみで面、籠手(こて)をつけている五、六人の門人のほうをあごでしゃくってみせた。

「まず、この連中とやってみな。遠慮はいらねえ、みな、当道場では、目録、取立免状(とりたてめんじょう)といった剣位だ」

七里は、すでにこの薬屋がただ者でないことを見ぬいているらしい。

「ご審判は？」

と歳三が問うと、

「審判か」

薄く笑って、

「当道場の他流試合に審判はない。申し入れた者が、

立ち切りでやる。ねをあげたほうが負け、というのが、わが八王子の甲源一刀流の定法（じょうほう）だ」

だっ、と一人が飛びかかった。

歳三はとびさがって胴を撃った。が、勝負（かちまけ）をとってくれる審判がいないから、男は、胴を撃たれたまま、面へ面へと来る。

（これァ、乱暴だ）

はずしては胴を撃ち、飛びこんでは起籠手（おこりごて）を撃ち、摺（す）りあげては面を撃つなど、歳三の竹刀さばきは自分でもおどろくほど巧緻（こうち）をきわめたが、相手は歳三を疲れさせるだけが目的だから、撃たれても撃たれてもとびこんでくる。

やがて、さっと退く。

すかさず、新手（あらて）が入れかわって撃ちこんでくる、という寸法だった。

きりがない。

（野郎、たたっ殺す気だな）

歳三はそう思ったとたん、三人目で竹刀をとりなおした。これには仕様（しざま）がある。

三人目が面へ撃ちこんできたとき、歳三は相手の切尖（きっさき）を裏から払った。瞬間、くるりと体をかわして左半身から力まかせに相手の右胴のすきまをぶったたいた。

腋下（わきした）だから、革胴の防ぎがない。

相手はなまあばらをへしまがるほどにたたかれ、ぐわっと跳ねあがると、そのまま板敷の上に体をたたきつけて気絶した。

（来やがれ）

こうなると、度胸のすわる男だった。

つぎの男には、出籠手（でごて）をたんと撃って竹刀を落し、突いて突いてつきまくってやると、

「参った」

と、道場のすみにすわりこみ、自分で面をぬいだ。刺子（さしこ）のえりにまで血がにじんでいる。

が、歳三も疲れた。

五人目の男には、手足の関節がねばって機敏なわ

ざが出来ず、逆にしたたかに撃ちこまれた。

歳三は、受けの一方だった。相手の竹刀は容赦なく、歳三の肩、腕のつけ根、肘、など露わな部分にぴしぴしと食いこみ、ときには息がとまった。

（やられるか）

眼が、くらみそうになった。竹刀が鉄棒のように重くなっている。

と、夢中で竹刀をひるがえし、上段から相手のすねをはらった。

六車宗伯を斬ったときの手である。相手は撃たれまいと、さがりながら足をあげる。

さらに撃つ。

また、あげる。

相手は、振り落ちる歳三の竹刀の上で、足をあげては退き、あげては退いて、まるで踊っているようなすがたになった。むざんなほどに、体がくずれてゆく。

前章にものべたが、このすね撃ちは、剣術では邪道とされて、諸流にはない。むろん、この道場の甲源一刀流にもなければ、近藤一門の天然理心流にもない。

ただ、柳剛流にのみある。

武州蕨で興ったいわば様子かまわずの百姓剣術で、蕨のひと岡田総右衛門奇良という人物が創始した。

柳剛流については、咄がある。

このころ、尾張大納言が催した大試合のとき、当時脇坂侯の指南役をしていた柳剛流の某という者がこのすね斬りでほとんどの剣士を倒した。

立ちあう者は、つい足に念をとられて構えを崩され、思うところに撃ちこまれた。最後に立ったのは、千葉の小天狗で知られた周作の次男千葉栄次郎である。

立ちあがるや、

——待った。

と手をあげて道場の真中にすわりこみ、しばらく竹刀を抱いたまま思案していたが、やがて立ちあうと、乱離骨灰に柳剛流が打ちのめされた。

栄次郎が考えた防ぎの工夫というのは、すねを撃ってくる敵の太刀に対し、股を前へ出してはずさず、わが足のキビスでわが尻を蹴るような仕方ではずしてゆけば念も残らず、防ぎも神速になる、というもので、これが千葉の北辰一刀流の新しい秘伝になった。

が、この場の歳三の相手は、武州八王子の剣客だから、江戸の名流がすでに確立している防ぎ手などは知らない。さんざんに撃たれた。

(はたしてそうだ。――)

と立ちあがったのは、七里研之助である。

(この男が、六車を斬ったな)

歳三の竹刀の振いざまをみていると、府中猿渡屋敷の裏で討たれた六車宗伯の死体の傷あとと一致するのである。

(あの傷あとは、柳剛流……に似ていたが、やや否なるところがあった。おそらく剣に雑多の流儀が入っている男だろう)

それが、この薬屋とみた。

「勝負、それまで」

と七里は手をあげ、すでに疲労しきっている歳三の様子をじっとみながら、

「薬屋、奥で茶でものんでゆけ」

といった。

歳三は道場わきの一室に案内されたが、ふと気づくと、あたりが薄暗くなっている。

が、茶も運ばれず、行燈に灯も入れてくれない。

(奇態だ)

と思った瞬間、この軽捷な男は、窓から外へ飛びおりていた。

(はて)

あたりを見まわした。

どうやら道場の裏になっているらしく、歳三が足の裏に踏んだのは畑のやわ土だった。

すぐ眼の前に井戸があり、そのむこうに甲州の山々が西の空に暮れはじめている。

小仏峠の上に、三日月がかかっていた。

歳三は勝手のわからぬまま、軒下を西へまわってみて、あっ、と足をとめた。そこに小さなクグリ戸があり、その板塀のむこうに道場主比留間半造の屋敷の棟が見え、白壁を背景に黒松がのぞいている。

歳三が不意に足をとめたのは、その巨大な黒松をみたからではない。その松の大枝の下のクグリ戸がカラリと開き、女が出てきたからだ。

おせんである。

八王子専修坊の娘で、歳三とは、一、二度男女の縁があった。この比留間半造にかたづいてきてからのおせんを見るのは、いまがはじめてである。

武家の妻女らしくなっていた。

それに、歳三が内心おどろいたのは、おせんの落ちつきぶりであった。

歳三をじっと見ていたが、なにもいわずホッと手燭の灯を消し、ひたひたと近づいて、

「あなたさまのことについては、なにもかも当道場に知れております」

と低声でいった。

「……………？」

「師範代七里研之助どのが、六車宗伯どのの仇を討つと申して騒いでいる様子でございます。六車どののこと、あなたさまに覚えがあるのでございますか」

「……………」

「いずれにせよ」

と、女はいった。

「早くここからお逃げになることでございます。その井戸端のところを真っすぐに突っきってとびおれば、低いガケになっていて、あとは一面の桑畑でございます」

「そなた、たしか、おせんと申したな」

「せんでございます」

　滑稽なことに、この女は、歳三が薬売り当時によぼうて獲た女だけに、体の記憶はあるが、名まではうろ覚えなのである。

（容貌をみたい）

　とおもったが、すでに暮れはてていてその想いは達せられそうにない。

　匂い袋の香だけは、におう。その匂いが、かつてこの女の寝間を襲ったころの記憶を歳三によみがえらせた。

（あれァ、寒いころだった）

　専修坊の庭がありありと眼にうかび、女はその離れにいた。夜這いは武州千年の田園の風だから、歳三は馴れている。女は熟睡していたが、いざとなって歳三に抗わなかった。前夜来から寺に泊まりこんでいる、この若者が、今夜忍ぶことは娘のカンで察していたのだろう。

「おい」

　と、歳三は、たまらなくなった。

「いけませぬ」

　と、比留間半造の内儀は、いった。この武州多摩地方の女は、娘のあいだはさまざまなことがあっても、ぬしをもって家に入ってしまえば、どの土地の女よりも固いといわれている。

　歳三もすぐ苦笑して、

「わるかった」

　と素直にあやまった。

　が、そう素直に出られると、女にすればかえって始末がわるかった。それを警戒していた緊張感が一時にゆるんだのか、

「土方さま」

　と、歳三の手に触れた。握れ、というのだろう。

　が、歳三の眼はにわかにすわった。

「なぜわしの姓を知っている」

「土方歳三どのでありましょう。ちゃんと存じております」

「なぜ知っている」

「なぜとは？」

「なぜ知っている、というのです」

性分で、そんなことが、気になる。

「七里研之助どのからききました。あなたさまは薬売りではありませぬ。江戸小石川柳町の近藤道場の師範代土方歳三どのでありましょう」

「———？」

と眉をひそめたのは、背後で物音をきいたからである。と同時に歳三は、おせんのそばを離れた。影のように走って道場裏のガケをとびおりた。

おせんが歳三の機敏さに驚いたときは、すでに当人は、小仏峠の上の月を怖れつつ、桑畑の中を歩いていた。


歳三は、江戸道場で、数日すごした。

歳三と入れかわって、近藤勇が多摩方面の出稽古に行ったが、ほどなく戻ってきた。

農繁期で、思ったより人があつまらなかったという。

「そいつは、ご苦労だった」

と、歳三がいった。

「ほかに何か異変がなかったかね」

「とは？」

近藤は、この男特有のにぶい表情で、

「そうだ、忘れていた。日野宿の佐藤屋敷に寄ったら、お前の兄さんが来ていた。いや喜六さんのほうじゃない、石翠さんだが、ちかごろ歳の野郎ちっとも家に寄りつかねえな、どうしやがったんだろう、なんて云っていた」

石翠は、歳三の長兄である。

うまれついて目が見えなかったから、跡目を次弟にゆずり、庭の見える八畳の間を一つもらって、道楽に三味をひいたり、義太夫を村の連中に教えたりして暮らしている。これがなかなか洒脱で、盲人とも思えぬほどに世間のことに明るい。

歳三はカンで、この石翠が、なにか近藤にいったと見て、

「あの兄のことだ、云ったのはただそれだけじゃなかろう」

「ふむ……」

近藤はしばらく考えている風情だったが、やがて、

「歳さん、お前、人を殺したな」

歳三は、だまっている。

「六社明神の六車斬りは、歳の仕業じゃねえか、と石翠さんがこっそりいっていた。ちかごろ、八王子の甲源一刀流の連中がしきりと石田村に入りこんできては屋敷うちを垣間のぞくそうだ。石翠さんは、お前をさがしているのだろうという。わしは、まさか、といっておいたが」

「いや、私の仕業だよ」

「……」

こんどは近藤がだまる番だった。この上石原うまれのあごの大きな男は、勝太といったむかしから、驚くと表情には出さず、尻を掻くくせがあった。

「本当か」

「水臭いようだが、いままでだまっていた」

「なぜだ」

「道場に迷惑をかけたくねえからさ。これは聞かなかったことにしておいてくれ。あの始末は、おれがつける」

「よかろう」

武州、上州は、流儀のあいだでの喧嘩沙汰が絶えない。近藤は、馴れている。

よかろう、といったが、そのあと、近藤は沖田総司を呼んで、事のあらましを告げ、

——歳三の野郎は気負っているようだが、なにしろ相手は多勢だ。歳に万一のことがあれば流儀の名にかかわる。

——いいですとも。あの方面へ行って探索しておけ、ということでしょう。

沖田はこの男一流の陽気な笑顔で何度もうなずき、その日のうちに道場から姿を消した。

数日たって、江戸へもどってきた。近藤に何事か報告したあと、よほどほうぼうを駈けまわってきたのか、道場裏の部屋に引きこもると、さっさと布団を敷いて寝てしまった。

翌朝、井戸端で歳三をみて、ぺこりと頭をさげ、おはようございます、というと、いきなり小声で、

「土方さんも物好きなお人だ」

とからかった。

「なぜだ」

「妙な芸人と知りあいだからさァ」

「なんだ、その芸人とは」

「わいわい天王のことですよ」

沖田のいうことがわからない。

「なんだ、わいわい天王とは」

「お面かぶり。——」

沖田は、可愛い唇でにこにこ笑っている。

「お面かぶりとは、九品仏のか」

「そうじゃありませんよ。にぶいな。土方さんは俊敏だけど、ときどき人変りしたようににぶいところがあってこまる」

沖田は、洗面をすまして、さっさと道場に入ってしまった。

それから数日たって、多摩方面の出稽古が歳三の番になった。

多摩出張の日は、いつもまだ陽のあがらぬ暗がりに出る。

この日は、どの師範代の番のときでも、道場の門を八の字にひらき、門わきに定紋を打った高張提灯をかかげ、近藤が紋服を着て式台まで送りだす慣例になっていた。

歳三が草鞋をむすんでいると、近藤がその背越しに、

「総司も同行するように申しつけてある。あいつ、支度が遅れているようだから、すこし待ってやって

くれ」

「総司が、なぜ」

はっと歳三が思いあたって不機嫌そうにふりむくと、近藤がめずらしく気弱そうな愛想笑いをうかべて、

「道中の話し相手だ」

「話し相手など、要らん。第一、総司のような多弁なやつと一緒に道中をさせられると、疲れてかなわぬ」

「来た」

総司は道場のほうからまわってきたらしく、すでに手甲、脚絆で四肢をかため、腰に馬乗り提灯を差し、袴ははかず、尻をからげている。それが、この二十の若者にはひどく小意気にみえた。

内藤新宿を出て甲州街道に入ったあたりで沖田総司が、

「こんどの出張では、多摩のどこかの村できっと、やつらに会いますぜ」

「やつら、とはなんだ」

「こまったな、土方さんの素っとぼけには」

沖田は、この男の好みの大山詣りの笠を子供っぽくかしげながら、

「七里研之助など八王子の連中ですよ」

と、ずばりいった。

「じつは、こうです」

沖田は、探索の結果をうちあけた。それによると、八王子衆は、わいわい天王に身をやつして甲州街道筋に出没しているという。

これらは猿田彦の面をかぶっている。

安政の大地震このかた、世が攘夷論さわぎで物情騒然となってくるにつれて、関東一円にかけ、この徒輩の横行がめだっている。つまり、牛頭天王に祈願をこめたと称する家内安全無病息災の神符を家ごとに売ってあるく乞食神主のことだ。

黒紋付の羽織に袴をはき、粗末な両刀を帯びて、

「わいわい天王さわぐがお好き」

などとうたいながら町々を歩く。世情が不安だから、こんな神符でも買う者が多い。

「ところがね」

沖田がいった。

「土方さんの石田村にはあの小さな村に、三日にあげず二、三人ひと群れに組んでやってくるそうですよ。それが、きまって八王子から来るそうだ」

その日は、いつものことで、日野宿の佐藤屋敷に泊まった。沖田と一緒に夕飯を食っていると、庭先でかさこそと足音がする。

「総司」

と、歳三は目くばせした。

沖田は箸を捨てるなり、飛びあがって障子をぱっと明けた。

縁側に、大男が立っている。

猿田彦の大きな面をつけ、じっとこちらを見て、動かない。

分倍河原

面の男は、凝然（ぎょうぜん）と立っている。

縁側に、である。

爛（らん）と光る黄金の巨眼をこちらにむけ、身動きもしない。

（ふん、おどかしゃがる）

歳三は、吸物をすすった。面の男のほうには、見むきもしない。

豪胆といえばそうだが、歳三は、変にこういう事態になると、拗（す）ねるところがある。子供がすねているような顔つきで、憎々しげに吸物をすすっている。

「土方さん」

沖田総司が、たまりかねていった。

「お客さまですぜ」

「御用件をきいてみろ。どうせ、変に江戸弁のまじった上州なまりで答えてくださるはずだ」

七里研之助、ということを歳三は、カンで気づいていた。

最近、この甲州街道筋の多摩の村々で、わいわい天王が群れをなして出没しているという話をきいたときから、

（おれをさがしているな）

と、気づいていた。七里研之助を塾頭にしている八王子の甲源一刀流の連中が、歳三を見つけ次第、六車宗伯の仇を討ってしまおうと計画しているのだろう。

（しかし、大胆なやつだ）

歳三は感心もした。

この佐藤屋敷（いまも佐藤家は東京都下の日野市に現存しているが、当主は郵便局長で、古い屋敷はとりこわされ、瀟洒な鉄筋の局舎にかわっている）は、甲州街道筋きっての大名主で、長屋門(ながやもん)をがっしりと構えた郷士屋敷であり、塀も高い。邸内には、手代、下男、作男があまた住んでおり、容易に忍びこめるものではない。

「なんの用事だ」

と、沖田は、わいわい天王にいった。

十五夜の満月が、このお面男の右肩の上にかかっており、中庭の松が、月に光っている。

「ご足労だが」

はじめて猿田彦の面は、声を出した。なるほど声は七里研之助である。

「ご足労とは？」

「だまってついてきてもらおう」

「どこへです」

沖田は、育ちがいいから、言葉がいい。ちょっと色小姓にしたいような美貌である。

「あんたは、天然理心流の沖田総司君だな」

「ご存じですか」

沖田は、にこにこした。この若者も、肝の在(あ)りど

ころが変わっているらしい。

「幸い、ここに御流の師範代がお二人までそろっていらっしゃる。御流には、われわれ、遺恨のことがある。晴らしたい」

「あなたは、どなたです」

「そこで箸を動かしている土方歳三君がご存じのはずだ」

人を、君づけでよぶ。

近頃、諸方を横行している尊攘浪士のあいだで流行りだした言葉で、案外七里という男は、固陋な上州者に似合わず、新しいことに敏感な男なのかもしれない。

「薬屋」

こんどはそんな呼び方で、歳三をよんだ。

「六車殺しの証拠はあがっている。おれが代官所に訴え出れば、それでカタがつく。が、われわれ比留間道場は、それを慈悲でせぬ。安堵しろ」

「………」

ちなみに。——

武州（東京都、埼玉県、神奈川県の一部）の地は、江戸をふくめて、面積およそ三百九十方里。

石高にすれば、百二十八万石。

ほとんど、天領（幕府領）の地である。江戸の関東代官、伊豆の韮山代官（江川家）などの幕吏が治めていたが、諸国の大名領とくらべるとどうそのような寛治主義で、収税は定法以上はとりたてず、治安の取締りもゆるい。百姓どもも、

——おらァどもは大名の土百姓じゃねえ。将軍さまの直百姓だ。

という気位があり、徳川家への愛情は三百年つちかわれている。これは、近藤にも土方にも血の中にある。

それに代官支配だからお上の目がとどきにくく、自然、宿々には博徒が蟠踞し、野には、村剣客が力を誇って横行した。こういう現象は、日本六十余州をながめて、武州と上州のほかにない。

七里研之助が、代官所に訴えず、剣は剣で解決しようといったのは、武州剣客独特の始末のつけ方で、歳三にもよくわかる。

「総司、門まで送ってやれ」

歳三は、飯びつを引きよせながら、

「場所と刻限をよく伺っておくのだぞ」

いつもよりも一杯多く食べた。

食いおわったころ、沖田総司がもどってきて、

「場所は分倍河原の橋の上。刻限は、月が中天にさしかかる戌ノ下刻。人数は、先方もふたりだそうです」

「ああ」

歳三は寝ころんだが、すぐ起きなおって、刀をあらためた。

六車を斬ったときの刃こぼれが無数にあって、使いものにはならない。

「総司、これで斬れると思うか」

「さあ、どうかなあ。私は土方さんのように人を斬ったことはありませんのでね」

可愛い唇許で、からかうように笑った。だまっているくせに、六車斬りの一件は近藤からきいて知っているらしい。

「しかし、そいつはひどい刃だ」

沖田はのぞきこんで、

「斬れるかなあ」

歳三はすぐ納屋に走って行って、砥石四、五種類をさがし出し、それを使って井戸端で刃を研いだ。手の器用な男だから、手間ひまをかければ、へたな研師ぐらいはつとまる。

月が雲にかくれた。やがて雲間から出たとき、背後でひたひたと近づいてくるわら草履の足音がした。やがてとまったかと思うと人影は歳三の後ろわきにしゃがみこみ、じっと手もとをのぞきこむ風であった。

（………）

どうせ沖田だろうと思ってかまわずにごしごし研

いでいると、

「この夜分、なぜ刀を研いでいる」

当家のぬし、佐藤彦五郎であった。

何度も繰りかえすようだが、これは歳三の義兄である。姉、おのぶの婿で、齢は歳三より五つ六つ上。

佐藤家は戦国のころから続いた名家で、代々武張ったことが好きだった。とくに彦五郎の亡父は非常な剣術好きで、近藤の養父周助を経済的にも後援し、自邸の長屋門の片っ方をつぶして道場に仕立ててやったり、上石原の農家の子勝太を周助の養子に取りもって近藤勇という若い剣客を作りあげたのも、この佐藤家先代である。佐藤家がなければ、天然理心流も多摩で栄えず、近藤勇も世に出現しなかったといっていいだろう。

当主の彦五郎はまだわかい。これも亡父に輪をかけた武芸好きで、すでに勇の養父から目録をゆるされている。

うまれつき長者の風のある男で、温和な性分だが、それでも後年、新選組結成当時の資金はこの人物から出た。

「……」

歳三は、黙々と研いでいる。彦五郎は機嫌をとるようないい方で、

「よせよ、喧嘩などは」

「喧嘩などはしません。このあたりに野犬が出てうるさいから、始末しにゆくのです」

「ああ野犬か。あいつは、毛並のほうから斬っちゃ、斬れないよ。逆から、こう」

と手で斬るまねをして、

「斬るのさ。知っているかい？」

彦五郎は、育ちなのか、性分なのか、にこにこ笑っているばかりで、人の口を疑うということをしない。

だからこそ、人の悪い歳三も近藤も、かえってこの福々しい長者を尊敬して立て、近藤などは義兄弟の杯を交したほどなのである。

「義兄(にい)さん、頼みがあるのだが」

「なんだね」

「分倍河原の南に分倍橋という小さな橋があるでしょう。あのあたりに野犬が多いときくから、斬ったやつはみな橋のたもとに片寄せておく。朝になったら下男でもやって片づけてほしいんだ」

「あいよ」

歳三は、部屋にもどった。

彦五郎に頼んだのは、むろん、自分と沖田の死体のことである。


分倍河原までは、二里。

夜道だから、時間がかかる。歳三と沖田は、早目に日野の佐藤家をこっそり出た。みごとに晴れた月夜で、道がしらじらとみえる。歳三はせっかく用意した提灯を吹き消して、

「相手は、たしかに二人かね」

「おどろいたなあ」

沖田はいつもほがらかだ。

「なぜおどろく」

「存外のお人好しなんですね。どうせ大人数だ。きまっていますよ。あの悪たれた八王子の連中が、約束どおり二人で来るなんてことが考えられますか」

「それもそうだな」

なるほど変装するにも事欠いてわいわい天王に化けたり、天然理心流の縄張りに食いこもうとしたり、やることがどう考えても下司(げす)下根(げこん)である。仇討に事寄せ、沖田と土方さえ斬ってしまえば、多摩の村々は甲源一刀流の地盤にかわると思っているのだろう。

「しかし」

歳三は、にやりと笑った。

「総司はどっちが好きだ、小人数と大人数とは」

「大人数ですな。もっともこれは夜にかぎる」

夜、こちらが小人数で斬り込めば、大人数のほうは敵味方がわからず狼狽(ろうばい)するばかりで、かえってば

たばたと斬られる。沖田は、そういう智恵があるらしい。

「よく知っているな、お前は」

「寄席の講釈できいた智恵ですよ。近頃、世間が騒がしくなってから、妙なことに寄席の客は武士が多い。武士が多いもんだから、芸人のほうも、太平記や三国志を読む。土方さんもときどきのぞいたらどうです。いっぱしの軍略家になりますぜ」

「ふん」

軍略などは天性のものだと思っている。歳三は、ひそかに自信があった。この天分を使わずに一生を送るとしたら、歳三は死んでも死にきれない。

甲州街道を、いまの西府農協のあたりまできたとき、

「おい、右へ折れよう」

と、あぜ道へ入った。そろそろ予定戦場に近いから、本街道上をのこのこ歩いていると敵の待伏せにかかるかもしれない。闇討を食うか、それとも物見に見つけられて、到着するまでの足どりがすっかりわかってしまう。

「晦(くら)ますんだ」

夜露にびっしょり濡れながら、草を踏んで南へ南へとさがり、ちょうど十五、六丁も歩いたあたりに野の中に墓地がある。いまでもあるが、野寺の名は正光院(しょうこういん)。

歳三はここの寺男の権(ごん)という老人を知っている。年寄りのくせに小博奕(こばくち)が好きで、近在の村の賭場(とば)で袋叩き(ふくろだた)きになっているのを、ちょうどその村に剣術指南にきていた歳三が救ってやったことがある。

「分倍橋のほうへ行って来い。怪しまれねえように寺の提灯をさげていけ」

と、云いふくめて斥候(ものみ)にした。

分倍橋は、この闇のむこう五丁ばかり東にあり、そこまでは一面の田圃で、ところどころ、水溜りが、キラキラと月に映えている。

墓地は草深い。

石塔、卒塔婆（そとば）のあいだに歳三はすわりこみ、沖田にもすわらせた。

「総司、提灯に灯を入れろ」

地面を照らさせた。

歳三はその地面を古箸でひっ掻きながら、器用に地図を描いた。

「これが分倍橋付近だ。見えるか」

地図には、道がおそろしく入り組んでいる。

この分倍河原というのは、名こそ河原とついているが、現実の多摩川の河原はずっと南にあって、二、三百年前から田圃になり、点々と村まである。

古来、戦場になったことが多く、いまでもときどき畑の中から鎧（よろい）の金具、刀、人骨などが出ることは、沖田も知っている。

知っているどころか、先日の講釈の太平記はちょうどこのクダリだった。南北朝時代のむかし、元弘三年五月、久米川の方角から押してきた南朝方の新田義貞がこの分倍河原で鎌倉勢と戦って利あらず、いったん堀兼（ほりかね）まで退いて諸方の兵を募（つの）るうち、相模（さがみ）から三浦義勝が六千余騎をひきいて参加、義貞大いによろこび、十万騎の軍を三手にわけて分倍河原の敵陣を襲い、大いに鎌倉勢を破った。世にいう分倍河原の合戦とはこのことである。

「この分倍河原は、兵法でいう衢地（くち）だ」

と歳三は説明した。

衢地とは、諸街道が、三方四方から入りこんできてそこで合流する地点をいう。軍勢を動かしやすいから、こういう場所では、古来大会戦が行なわれることが多い。美濃の関ケ原にしても、そうである。

甲州街道とその枝道のほか、鎌倉街道、下河原街道、川崎街道などが、ここで合流したり、この付近を通っていたりする。

「これが分倍橋ですな」

沖田は、のぞきこんだ。実をいうと沖田は肚（はら）の中で感心している。敵がいかに多数とはいえ、たった二人で斬り込む仕事に、いちいち地図を作って作戦を考える歳三に感心したのである。

(この人は、単なる乱暴者じゃねえな)

と思ううち、権爺ィがもどってきた。

「えらいこッた」

爺ィは、歳三のそばにすわりこみ、

「夜だからはっきりしたことは云わねえが、諸所方々の人数を入れると、二十人は居るンじゃねえかな」

ただし橋の上は二人だ、と権爺ィはいった。

しかし、土手の下、付近に十数軒はある百姓家の軒蔭などに、三人、四人ずつひそんで、息をこらしている様子だという。

「どの方角に、人数が多い」

「分倍橋の北詰めだね。土手下、欅の木の蔭などにむらがっている」

「そうだろう」

「旦那にゃ、わかるンですかい」

「まあ、な」

べつに爺ィに自慢する気もなかったが、歳三が想像していたとおりだった。相手は、歳三らが、甲州街道を府中の手前で外れて鎌倉街道に入り、南下して分倍橋に至るものとみている。それが常識だ。

「よかった」

沖田は、鼻唄を歌いだした。

「唄はやめろ」

「怒らないで下さいよ。土方さんは大した軍師だ、と感心したンです。さっきあのまま甲州街道から順どおりの道を歩いていたら、その橋の北で押し囲まれてズタズタにされているところだった」

「権爺ィ」

歳三は、地図の或る一点をおさえた。橋の南である。

「ここは手薄だろうな」

「そのとおりだ。人影も一つ動いていただけだった」

「ふむ」

歳三は地図をにらんでしばらく考えていたが、やがて奇想がうかんだらしく、懐ろに手を入れて巾着をつかみ出し、

「権、とっておけ。この一件、口が裂けても口外するンじゃねえぞ」

「わかっています」

権は、闇に消えた。

「総司、川づたいに斬りこむのだ。お前は川上から、おれは川下からジリジリと寄ってきて、橋の下で遭えるようにする。そこから土手を駈けのぼって、土手の蔭にひそんでいるやつを斬るのだ」

「なるほど」

沖田は利口だから、すぐ了解した。それなら、敵の不意を衝く。

だけでなく、土手かげにひそんでいる敵は弱いはずである。つまり、敵の布陣を想像するに、最も腕達者は、橋の上にいる。おそらく一人は七里研之助であり、いま一人は、道場主の比留間半造であろう。この二人は、オトリにもなっている。同時に、この人数配置からみれば、この橋上が指揮所なのだ。

その次に腕の立つのは、橋の北詰めにひそんでいる連中だ。この連中は、押し包んで討ち取る役目だからである。

そうみれば、土手下にいるのはいわば予備隊で、最も使えない連中に相違ない。

小人数で敵陣を襲う場合、二つの法がある。まっしぐらに大将を斃して逃げるのが良策の場合と、弱い面を斬り崩して、数の上で敵に打撃をあたえる場合のふたつである。

歳三は、後者をとった。

「まさか、橋の上の連中は、川から上がってくるとは思うまい。手近のやつらを斬り崩し、斬り崩してから存外もろいようなら比留間か七里のどちらかを斬り倒す。相手の備えが固くて無理なようなら、四、五人斬ってから逃げるのだ」

「落ちあう場所は？」

「この墓地だ」

歳三は脇においてある風呂敷包みを指し、

「これに着更えが入っている。どうせ着物は血でどろどろになるから、夜明けに歩けたもンじゃない。ここで着更えて、そのまままっすぐに江戸へ帰ってしまおう」

そういってから、呼子笛を一つ沖田に渡し、

「もし離ればなれになったとき、おれが吹いたら、退きあげの合図と思ってくれ。お前が吹いたら、お前の危ねえときだ。すぐ助けにゆく」

二人は出発した。

月と泥

どこまでも、あぜ道がつづく。

歩きにくい。

土方歳三と沖田総司は、這うようにして敵のいる分倍橋に近づいた。

空は海のように晴れた星月夜なのだが、それでも雲が二きれ三きれあって、それがときどき、月を隠す。

そのつど、下界の武州平野は闇になる。

闇になるたびに、歳三と沖田は、申しあわせたように田へころがり落ちた。足腰も胸も泥だらけになった。

「ひでえ」

沖田は泣きべそをかいた。

「まるで泥亀だ。これでにゅっとあらわれたら、先(さき)様(さま)のほうがびっくりなさるだろう。ねえ、土方さん」

「だまってろ」

「無茶だよ、土方さんの軍略は。さっき賞(ほ)めて損しちゃった。講釈にはこういう軍談はなかったなあ。

これは楠正成を始祖とする楠流ですかい？　それとも、武田信玄好みの甲州流ですかい」

「土方流だ」

「よかァねえよ、泥亀流だよ」

沖田総司は奥州白河藩の浪人となっているが、亡父は江戸詰めの御徒士（おかち）だったから、沖田はうまれついての江戸っ子なのである。歳三のような武州の在（ざい）家（け）育ちとちがって、よく舌がまわる。

――歳三と沖田がいま這い進んでいるのは今日（こんにち）でいえば分梅（ぶばい）町三丁目のまんなかぐらいだろう。まだ分倍橋まで、三、四丁はある。

急に足もとの土の感触がかわった。

（……？）

ふと、桑畑になっている。歩きいい。やがて月光の下に分倍橋のたもとの欅の巨樹がみえてきたとき、歳三は、

「総司、そこが河原だ、この辺で別れよう」

といった。

沖田はここから迂回して川上へまわる。歳三は川下から接近する。敵の集団を挟（はさ）み撃ちするのである。二人が河床を這ってうまく橋の下で落ちあったとき、白刃をつらね、一気に土手へ駈けあがって斬りこむ、という寸法だった。

「いいな」

「うん」

沖田は、ぼんやりしている。

むりもなかった。沖田は、いかに道場剣術の俊才とはいえ、白刃の下をくぐるのは、いまがはじめてなのである。

「こわいのか」

「まあね。私は土方さんのように、いっぺん斬（や）った人間じゃないですからね。しかし考えもおよばなかったなあ、私の一生で人を殺すような羽目になろうとは。いったい、どうすればいいんです」

「やってみれァ、わかる。これだけは、口ではわからねえ。とにかく、斬（や）られねえようにするより、斬（や）

る、ってことだ。一にも先、二にも先、三にも先をとる」

「土方さん」

と、沖田は妙な声でいった。

「なんだか変だよ。お尻の菊座のあたりがむずむずしてきちゃった。変にそこだけがふるえるような痒いような……」

「こまった坊やだな」

「失礼ですが、そこの桑畑で済ませてきますから、待っててください」

「早くしろ」

といったが、歳三も下腹のあたりが怪しくなってきた。

（いまいましいが、沖田に誘われたらしい）

やっておくことだ、と思って桑の老木のそばにしゃがむと、おどろくほどそばで、沖田もしゃがんでいる。

「土方さんもですか」

「ふむ」

「初心の泥棒なんざ、侵入る前につい下っ腹に慄えがきて洩らしちまうと聞きましたが、ほんとうですね」

「だまってろ」

たがいに、なまなましいにおいを嗅ぎあっていると、なんとなく慄えが去り、度胸がすわってきた。

（さて。……）

身仕舞をし、念のため刀の目釘をしらべた。

「総司、もういいだろう」

「いいですとも」

底ぬけに明るい声にもどっている。

歳三は、沖田とわかれて、河原へおりた。

河床はしらじらとした砂地で、真中に一すじ溝のような川が流れている。橋の下まで、ほぼ一丁。

一方、沖田は、桑畑のなかをかがみ腰で突っ走った。大きく迂回して、川上へまわるためである。

風が、出はじめている。

歳三は、月が雲間に入るたびに走り、やっと橋の下の闇に駈けこんだ。

頭上に橋板がある。

みしみしと足音がするのは、比留間半造か七里研之助だろう。

月は、ここまでは射しこまない。

歳三は、橋脚の一本を抱くようにしてすわった。

土手にも路上にも人がいるらしく、あちこちから低い話し声がきこえてくる。

(不用意なやつらだ)

と思ったが、敵は敵で、声を出しあっては恐怖をまぎらわしているのだろう。

(これァ、伊香保以来の大喧嘩になるな)

そういう事件が、上州にあった。

千葉周作が諸国遊歴時代、上州に足をとどめて門弟をとりたてた。文政三年四月、周作二十七歳のときである。

上州は武州とおなじく好剣の国だから、村々から有名無名の剣客があらそって弟子入りし、滞在十日で、百数十人に達した。

周作は、まだ若い。

老熟後の周作ならそういうことはなかったろうが、当時衒気があったのだろう。自分の創始した北辰一刀流の威風をみせるため、その弟子入りした上州剣客百数十人の名を刻んで大額をつくりあげ、これを近在の伊香保明神の社頭にかかげようとした。

おどろいたのは、上州馬庭の土着の剣客である、真庭十郎左衛門である。これは念流の宗家で、十郎左衛門は十八代目。

上州の剣壇は、永年、この真庭門でおさえてきたが、真庭としては、その門弟のほとんどを周作にとられたうえ、名を刻んで社頭で公表されてはかなわない。

その納額を阻止するため真庭十郎左衛門は国中の

門弟三百余人をあつめ、伊香保の旅館十一軒を借りきって千葉方の百数十人と対峙し、さらに後詰めとして土地の博徒千余人を地蔵河原に集結させた。

まるで合戦である。

いまにも千葉方の旅館に押しよせそうな気勢だったが、周作はそこは江戸人で、田舎剣客とあらそっても後々利のないことを考え、単身上州を脱出した。

が、歳三は、江戸人ではない。

相手もそうだ。

甲源一刀流と天然理心流という田舎剣客の争いだから、互いに血へどを吐いて斃れるまでやる気である。

（おう。……）

歳三が気づくと、沖田が足もとまで這い寄っている。

——私です。

沖田は歳三に抱きつくなり、耳もとで、

——そこに二人います。

と、土手のかげを指さした。

「よかろう。あれを血祭りにしたあと、おれは川をとび越えてあっちの土手から這いあがる。いいか」

「ようがす」

沖田と歳三は、橋の下の闇を離れ、二人の左右にまわった。

「おい」

と声をかけた。二人それぞれに振りむかせてから、

沖田は、

「沖田総司、参る」

あざやかに胴を払って斃した。水ぎわだった腕である。

「土方歳三、参る」

歳三は、踏みこんで左袈裟に斬り、トントンととびさがるなり、川を一足でとび越え、向う土手の草をつかみ、大またに這いあがった。その身ごなし、まるで喧嘩をするために地上に生まれてきたような男である。

路上では騒いでいる。

奇襲は成功した。相手は、歳三らが意外なところから這いあがってきたのに狼狽したばかりか、二手にわかれているために、どれほどの人数が来たかと思ったらしい。

歳三は、路上に這いあがった。

眼の前に欅(けやき)の巨樹がある。そこが橋の北詰めで、権爺ィの斥候(ものみ)ではもっとも人数が多い。その一部は、土手下の悲鳴をきいて河原へ駈けおりている。

歳三は、すばやく欅下に飛びこんで、黒い影を一つ、真向から斬りさげた。

相手は、凄い音をたてて地上に倒れた。一太刀で絶命したらしい。

すぐ死体に駈けよって、相手の刀をうばった。

(こいつは斬れるかな)

自分の刀は、鞘におさめている。粗(あら)っぽい俄(にわ)か研ぎだけに斬れ味に自信がなかったのだ。

歳三は、欅の蔭を離れない。

木(こ)の下闇(したやみ)とはよくいったもので、相手からはみえないし、自分からは、月下の路上や橋の上に走り動く影が、昼間のようにみえる。

(織るように走ってやがる)

歳三は、飛び出した。

手近のやつの腰をぐわっと払ったが、よほど硬い百姓骨なのか、刃がびんと返って斬れなかった。斬られた男は背を反らして五、六歩よろよろと走っていたが、そこまできてはじめて恐怖がおこったのか、きえーっと叫ぶなり、

「そこだ。欅の下にいる」

(仕損じたか)

歳三は、すばやく樹の下にもどった。

悲鳴をききつけてばらばらと四、五人駈け寄ってきたが、樹の闇が深くて近寄れない。月の下では、樹は城の役目をするものだ。

――取りまけ。

落ちついた声がきこえた。

七里研之助である。

そのうち、だんだん人数がふえてきて、十四、五人になった。

「深津」

と、七里は、門人らしい男の名をよんだ。

「火の支度をしろ」

樹の下を照らすつもりらしい。

深津、とよばれた男は、人数の背後にまわると、地面にかがんで燧石を撃ちはじめた。

わら束に煙硝を仕込んである。点火するとぱっと燃えだした。

歳三はすばやく樹の裏にまわったが、足もとは崖になっている。

(いかん)

戻ろうとしたとき、すでに深津、という火術方は、わら松明をあげて、樹の根にむかって投げようとしていた。

その差しあげた右腕が、わっと落ちた。背後に、沖田がまわっている。

あの坊やが、と歳三があきれるほどの素早さで沖田は、手槍をもったその横の男を斬りさげ、同時にわら松明を大きく蹴って河原へ落した。

あたりは、もとの闇になった。

闇になったと同時に、歳三は樹の下から突進して、七里とおぼしい大きい影に斬りかかった。

存分に撃ちこんだつもりだったが、七里の撃ち込みのほうが激しく、一たんは歳三の刀を払い、崩れるところを面にきた。あやうく受けたとき、
ぱっ
と火花が飛び、歳三の刀がつば元から叩き折られた。

(いけねえ)

飛びさがった。

(とんでもねえ百姓刀だ)

キラリ、と自分の刀を抜きおわるまでに右手の男に殺到していた。

どっと、そのあたりが崩れ立ったが、歳三は五、六度闇くもに振りまわすうちに、何人かの、手、腕、肩を傷つけた。

沖田は、歳三の背後にまわっている。互いにかばいあって、敵を寄せつけない。

「総司、何人斬った」

「三人」

落ちついている。

「が、土方さん、変ですよ」

云いながら、前に来た男を右袈裟に斬り、
といった。

「ほら、変でしょう」

「なにが」

歳三も、ようやく息が切れている。

「刀が、棒のようになっている。奴ァ、死んじゃねえんだ」

「脂が巻いたんだろう。そろそろ」

「そろそろ？」

また一人、沖田へ撃ちこんできた。その出籠手を沖田はあざやかに撃ち落してから、さっととびさがると、

「そろそろ、何です？　土方さん」

「遁げるか」

「それがいい。私はもうこんなの、いやになった。こわくなってきましたよ」

そのくせ、沖田の太刀筋は糞落着きにおちついている。

「遁げろ」

いうなり、歳三は飛びこんで、前の男の顔を右こめかみからたたき割り、のけぞったその死骸を踏みこんで土手の上を走った。

すぐ下の桑畑にとびおりた。

沖田もついてくる。
二、三十歩離れると、もう敵方からは影がみえない。
例の正光院の墓地まで駈けもどると、石塔の間に

かくしてあった風呂敷包みを解いた。歳三の着物は、泥と返り血で、革のようになっている。

「総司、着かえるんだ」

「私？」

沖田はちょっと自分の着物をみて、

「いいですよ。泥がくっついているけど、こんなの、すこし乾けば払い落せます」

「……」

歳三は、ふりかえって沖田のなりを、えりもとからすそまで舐めるように見たが、だんだん開いた口がふさがらなくなった。この男はどんな斬り方をするのか、返り血もあびていない。

「お前……」

小面憎くなった。

（こいつ、鬼の申し子か）

歳三は、佐藤家から借りた木綿の粗末な紋服に着かえ、野袴をつけ、手甲脚絆のひもを一筋ずつ結びおわると、

「あれァ、何刻だ」

遠くの鐘の音に耳をすましている。

「亥（夜十時）でしょう」

「総司」

歳三は、もう歩きだしている。月が、脂光りのした両肩にあたっていた。

「江戸へ帰れ」

「土方さんは？」

「帰る」

「一緒に帰りましょう」

歳三の足は早い。沖田は追いすがるように、

「ばかめ。こういうことのあとだ。二人雁首をそろえて本街道を歩けるか」

「土方さん」

沖田は、くすくす笑った。

あとはいわない。云えば、この男のくせで歳三は本気になってごまかしてしまう。

（女の所だな）

沖田は、まだ女の味を知らない。どういうわけか、そういうことには生まれつき淡いほうらしく、道場の他の連中が岡場所の女に夢中になったりするのをふしぎに思っている。

が、いまの歳三の気持は、なんとなくわかるような気がしたから、

「では、ここで」

といった。

沖田は、聞きわけのいい坊やのような微笑をのこして、真暗な桑畑の中へ身を入れた。用心して本街道へは出ず多摩川づたいに矢野口まで出、国領で本街道にもどるつもりである。そのころには夜も明けるだろう。

歳三は、そのまま本街道へ出、府中の宿場に入った。

町は、すでに灯がない。

月は、もう隠れている。

宿場の軒々を手でさぐるようにして歩きながら六社明神の森のなかに入った。

燈籠に、点々と灯が入っている。

やがて巫女長屋をさぐりあてると、鈴振り巫女の小桜の家の戸を、忍びやかに叩いた。

叩く法がある。きめてある。

小桜はすぐ歳三と察したらしく、桟をはずして中へ入れた。

「どうしたの」

歳三の手をとろうとしたが、

「まあ、くさい」

手をはなした。血のにおいが滲みこんでいるのかもしれない。

「膩薬はあるか」

「怪我?」

巫女は、小首をかしげた。

「それに焼酎も」

もろ肌ぬぎになった。妙な見栄があって沖田にはいわなかったが、右肩の付け根に一カ所、左の二の

腕に一カ所、白い脂肪がみえるほどの傷を負っている。

「犬に嚙まれた」

「犬がこんな歯かしら」

小桜は手当の用意をするために立ちあがった。小腰を振るようにして奥へ入ってゆくのをみると、歳三は、

「いい、ここへ来い」

鋭くいった。我慢がしきれなくなっている。分倍橋での血の騒ぎが、まだおさまっていない。

(喧嘩と女、こいつは一つものだな)

血のにおいがする、どちらも。そう思った。

歳三は、女をつかみ寄せるようにして、膝の上に倒した。

そのころ、沖田は、多摩川の南岸を、覚えているだけの童唄をうたいながら東へむかって歩いていた。

江戸道場

柳町の坂をのぼりきったところ、そこに近藤の江戸道場がある。

このあたりは、緑が多い。

ずっとむこうには水戸殿の屋敷(いまの後楽園)の森がみえ、まわりには小旗本の屋敷が押しかたまって、背後は伝通院の広大な境内がひろがっている。

町内に、法具屋、花屋など陰気くさい商売が多いのは伝通院と隣接しているからだが、町なかのわりには小鳥も多い。

とくに夕刻、道場の裏あたりは鳥の啼き声がやかましく、このため口のわるい近所の町人は、

鳥道場

と、蔭口をたたいている。

歳三が多摩方面からもどってきたのは翌々日の夕刻のことで、名物の鳥が、妙に啼きさわいでいた。

（いやな声を出しゃがる）

こんな殺伐な男でも物の好悪（こうお）があるらしく、鳥だけは好きではない。

すぐ道場の裏にまわって、井戸端で足をあらっていると、沖田総司がやってきて、

「ばかにごゆっくりだったですねえ」

と、例の調子でからかった。

「………」

歳三は、うつむいて足を洗っている。沖田はその顔をのぞきこむようにして、

「近藤先生は、ご苦労ご苦労、とほめてくださいましたよ」

「なんだと？」

歳三は、白い眼をむけた。

「分倍橋の一件、近藤さんに云ったのか」

「云やしませんよ、まさか」

「じゃ、なにがご苦労だ」

「剣術教授が、さ」

「なにを云ってやがる」

この若者には、かなわない。

「ところで」

沖田は、なおものぞきこんで、

「大変なことが持ちあがったんですよ。御帰府早々びっくりさせちゃわるいが、こいつだけは耳に入れとかなくちゃ、いかに才物の土方先生でも、その場にのぞんで、お狼狽（うろたえ）になります」

「なんだ」

歳三は、顔を洗いはじめた。沖田はその頸（くび）すじをちょっとみて、

「ひどい旅塵（ほこり）だ」

「なんだ、お前、大変というのは」

「まず、顔をお洗いなさいよ」

「云え」

ざぶっ、と顔を桶（おけ）に浸（つ）けた。

「実はほんのさっき、さる流儀の田舎剣客が一手御教授お願いつかまつる、とやってきたんですがね」

「なんだ、他流試合か」

めずらしくもない。

近頃の流行だ。

腕に自信のある連中が、江戸の二流、三流どころの小道場をねらってやってきては、いくらかのわらじ銭をせしめてゆくのである。

天然理心流近藤道場では、そういう場合は師範代の土方、沖田が立ちあうことになっていた。

強弱の順でいえば、この道場は妙なことに若先生の近藤がわりあい不器用で、沖田総司がもっとも強く、土方歳三、近藤勇、という順になる（むろん、これは竹刀のばあいで、真剣を使えば、この順序がどうなるか、やってみなければわからない）。

竹刀の場合で、

といったが、実をいうと天然理心流というのは野暮ったい喧嘩剣法で、近藤などは、一つ覚えのように、

「一にも気組、二にも気組。気組で押してゆけば、真剣、木刀ならかならず当流は勝つ」

といっていた。

が、道場の試合はよわい。

剣術の教授法は、この幕末、未曾有の進歩をとげた。

教育者としては、古い時代の塚原卜伝、伊藤一刀斎、宮本武蔵などは、幕末の大道場の経営者千葉周作、斎藤弥九郎、桃井春蔵あたりとくらべれば、問題にならぬほど素朴単純である。

ことに千葉周作などは、きわめてすぐれた分析的な頭脳をもち、今日生きていても、そのまま、教育大学の学長がつとまるはずの男で、古流の剣術にありがちな神秘的表現をいっさいやめ、力学的な合理性の面から諸流儀を検討して、不要のものを取り除け、教えるためのことばも、誇大不可思議な用語をやめ、たれでもわかる論理的なことばをつかった。

このため、北辰一刀流の神田お玉ケ池、桶町の両道場をあわせれば、数千の剣術書生が、その門に蝟集している（千葉の玄武館は、他の塾で三年かかる業はここでは一年にして達し、五年の術は三年にして功成る、という評判があった）。

が、天然理心流はちがう。

これは、近藤の好きな、

「気組」

である。

だから、面籠手をつけての道場での竹刀試合は、どうしても当世流儀に劣る。

自然、

他流試合はにが手で、すこし強そうなのがやってくると、あわてて他流道場に使いを走らせて、代人を借りてくる。

あらかじめ、そういう場合の用意に、神道無念流の斎藤弥九郎の道場と黙契してあって、ここから人がきた。これは当世流儀で、江戸三大道場の一つといわれるほどだから、多士済々である。

この道場は最初飯田町にあって、人を借りるのにえらく都合がよかったが、その後、火災に遭ったために遠い三番町に移った。

だから、いざ、というときは近藤道場から小者が走り出て十数丁駈けどおしで三番町へ走りこみ、剣士を駕籠で迎えてくることになっている。むろん、謝礼は出す。

「三番町へ」

と、歳三は顔をあげて、

「迎えにやったのかえ？」

「近藤が」

と、沖田が親指を立て、

「そうしろ、土方や沖田では無理らしい、とおっしゃるもんですからね、走らせましたよ。もっとも試合は、あすの昼前の四ツですから、まだゆっくりしたものです」

「剣客は、それまでこの近所に泊まっているのか」

「宿所は隠していますがね、いまごろはこの近所のどこかで、おなじ鳥の声をききながら酒でも飲んでいるはずです」

「たれだ、それは」

「驚いちゃいけませんよ」

沖田は、くすくすわらって、

「流儀は、甲源一刀流、道場は、南多摩八王子の比留間道場です」

といった。

歳三は、顔を洗う手をとめた。先夜、府中宿のはずれの分倍橋で大喧嘩したばかりの相手ではないか。

「江戸まで乗り込んできやがったのか」

「ええ」

「誰だ、名は」

「七里研之助。――」

といってから、沖田は飛びのいた。歳三が、

――馬鹿野郎。

といいざま、桶の水をぶっかけたからである。

「なぜ、いままでだまっていた」

「黙ってやしませんよ。土方さんの戻りのおそいのがいけないんだ。私はちゃんと、こうしてお帰りを待ちかねて注進におよんでいるんですよ」

「よし、よし」

歳三は、ほかのことを考えている。

「総司、たしかだな、近藤さんは、われわれが分倍橋で七里と斬りあったこと、夢にも知ってはいまいな」

「立派なもんですよ、先生は」

「なにが立派だ」

「そんな小事はご存じない。土方さんなんかとちがって、やはり大物です」

「なにを云やがる」

歳三は、ちょっと考えて、

「七里のほうも、口をぬぐって知らぬ顔で、いるのか」

「脛に傷、はお互いですからね、七里は云やしませ

ん。それよりも、七里にすれば道場での勝負で堂々と勝ちを制し、それを多摩方面で云い触らして、天然理心流の声望を一挙に下げようという肚でしょう」

「おれは、立ちあわないよ」

竹刀で、公式にやるとなると、歳三は絶対勝ちをとる、という自信がない。七里がこわい、というのではなく、天然理心流が竹刀試合にむかない、といったほうがいいだろう。

「そのかわり、分倍橋のつづきなら、もう一度やってもいい」

「私はご免蒙りますよ」

沖田は、笑いながら行ってしまった。

夕食は、近藤がぜひ一緒に、というので、部屋でとった。

給仕は近藤の女房のおつねがしてくれるのだが、無口で陰気で、この女が給仕をすると、どんな珍味でもまずくなるような気がした。

歳三は食いものにうるさいほうで、味付けのまずいものなどは、一箸つけただけでやめてしまう。

ところがおつねは料理がからっきし下手なのである。だから近藤家で食事をするよりも、近所の折助相手の仕出し屋から好きな惣菜をえらんで取りよせるほうがずっと好きなのだが、近藤にはそういう歳三の気持などはわからない。

今夜の煮付けは見たこともない妙な雑魚で骨ばかり張っている。一箸つけると舌が縮むほど辛いのだが、近藤は平気で、

「食え、食え」

とさかんに食べている。めしは、麦が四分に古米が六分。

気のきいた職人なら吐きだしてしまうようなめしを、近藤は六杯も七杯も食う。下あごが異様に大きいから、少々の小骨ぐらいなら嚙みくだいてしまう。

しかもあごが張っているせいか、物を食っている様子は、顔中で粉砕しているような感じだった。

「歳、どうした。腹でもこわしたのか」

「いや」

渋い顔で、

「頂戴している。うまい」

「そうだろう。おつねもちかごろは、だいぶ腕をあげているはずだ。なあ、おつね」

(え?)

という表情で、おつねは眼をあげた。

「聞いたか、歳が、ああほめている。この男がほめるほどなら、お前の調理もたいしたものだ」

(なにをいってやがる。いい男だが、舌だけは牛の皮で作ったような舌をもっている)

そう思って近藤の顔をまじまじ見ているとに不意にその顔が、

「聞いたか、総司に」

「なにを?」

歳三は、とぼけてみせた。

「いやね、今日の午後、八王子宿から変なのが来てな、例の七里研之助てやつだ。厭なやつだが、腕は立つ」

「ふむ」

「例の六車宗伯のことがあるから、お前さんに何か云いがかりをつけにきたのかと思って応対すると、そうじゃない。試合をしたいというのだ」

「そのこと、聞いた」

「そうか」

近藤はやっと飯を食いおさめて、その癖で食後の小用に立った。

「御馳走でした」

歳三がおつねに一礼すると、おつねは食器を片づけながら、

――いいえ。

と、咽喉奥で答える。それだけである。歳三は、どうもこの女房がにがてだった。

やがて近藤が席にもどってきた。座につくなり、手にもった手紙をひらいて、

「いま、三番町から利八（小者）がもどってきた。三番町（斎藤道場）では、あすのこと、引きうけてくれたらしい」

「たれが来るのだろう」

「今度、あたらしく塾頭になった男だ。若いが、滅法できるらしい」

「名前は？」

「桂小五郎、とかいうようだな」

「………」

歳三も近藤も、聞いたことがない。

もっとも桂の剣名は、すでに、江戸の筋の通った道場では鳴りひびいたものだったが、この柳町の田舎くさい小道場までは、まだ聞こえて来なかった。場末の悲しさである。

（斎藤道場の塾頭ほどにもなれば、華やかなものだろうな）

歳三は、おもった。うらやむわけではないが、おなじ塾頭という名はついていても、なんとはなく、自分がうらぶれた感じに思えてくる。

（男は、やはり、背景と門地だ）

そんなことを思いながら、道場の寝所に引きとると、沖田総司が薄暗い行燈のかげで下をむいていた。みると、下着を裏返して、蚤（のみ）をとっている。

「やめろ、総司」

腹だたしくなった。蚤ぐらいは歳三もとるが、この場合、沖田の姿勢がいかにもこの三流道場にふさわしすぎて、やりきれない。

「どうしたんです」

見あげた沖田の顔が、びっくりするほど明るい。歳三は、その明るさに救われたような気になって、

「あす、ここへ小遣い稼ぎに来る男は、桂小五郎という男だそうだ。聞いたことがあるか」

「知っていますよ」

沖田は、やはり物識りだった。

「永倉新八（近藤道場の食客。桂と同流別門の神道無念流の免許皆伝）さんから聞いたことがあります。敏捷鬼神のごとしという剣で、かつて桃井道場で大試合があったとき、諸流の剣客をほとんど薙ぎ倒して、最後に北辰一刀流桶町千葉の塾頭坂本竜馬に突きを入れられて退場したが、おそらく疲れていたのだ、というはなしです。藩は、長州ですよ」

「長州か」

べつに、その藩名をきいても、歳三にはなんの感興もおこらない。長州藩自体まだ平凡な藩で、数年後に政情を混乱させた急進的な尊攘運動は、まだおこっていないのである。第一、歳三自身が、新選組副長ではない。

「長州では、どんな身分だ」

「桂家はもともと百五十石の家柄だったそうですが、相続の都合で九十石になっているらしい。が、あの藩では歴とした上士です。学問のほうでも非常な俊才で、藩公のお覚えもめでたい、ということです。まあ、なにもかもめぐまれた俊髦、という人物でしょう」

「ふむ」

歳三は、気に入らない。

普通の人間なら、見たこともない相手のうわさで、

――師にも、主君にも、門地にも、才能にも、すべての点でめぐまれている。

と聞けば、……なるほどわれわれとはちがう、と苦笑すればそれで仕舞いのところだが、歳三の心は、多少屈折している。恵まれすぎている、というそれ自体が気に入らなかった。

「総司、いやにお前、ほめるようだが」

「ほめてやしませんよ。ただ永倉さんからきいただけのことをいっているだけです」

「いや、ほめている。が、総司、お前だって浪人の子に生まれずに、大藩の上士の家にうまれていれば、筋目どおりの教育を受け、筋目どおりの立派な人間になって、主君のおぼえもめでたく、同輩からは立

てられるようになっている。人間、生れがちがえば、光りかたもちがってくるものだ」

「………」

「そうだろう」

むろん、歳三は、総司よりもむしろ、自分にひきかえて云っている。

「そうかなあ」

沖田には、そんなことは、からっきし興味がなさそうだった。

その翌朝。——

定刻、七里研之助はやってきた。

相変らず顔の贅肉が煤（すす）よごれた感じだが、眼だけは凄味がさすほどにするどい。

その眼が、にこにこ笑っている。その眼のまま道場の玄関に立った。

単身である。門人も連れない。

むしろ、近藤道場の取次ぎの門人のほうが狼狽したほどの放胆さだった。

「近藤先生にお取次ぎねがいたい。昨日御意（ぎょい）を得ました八王子の七里研之助でござる」

「どうぞ」

すでに、近藤は道場で待っている。

その横に、塾頭の土方歳三、免許皆伝者の沖田総司、目録の井上源三郎、客分の原田左之助、同永倉新八などが居ならんでいる。

「これは」

七里研之助は、薄ぎたない木綿の紋服に木綿縞地（しまじ）の馬乗り袴をはいて、いかにも武州上州の田舎剣客といったいでたちである。

一通りのあいさつがおわってから、七里は微笑を歳三の方角へまわして、

「これは土方先生、先日は妙なところでお会いしましたな」

「その節は。——」

歳三は、こわい顔で、軽く一礼した。

「ああ、その節は、お互い、ご無礼なことでありま

した。おお、そこにおられるのは、沖田先生でござるな。お懐しいことだ」

人を食った男である。

やがて、ひとり、取次ぎにも案内されずに（むろんそういう扱いを避けたのだろう、だが）、いかにも当道場の門人の端、という体作りで、むこうの入口から入ってきた男があった。

歳三は、その男をはじめてみた。

桂小五郎である。

男は、ゆったりと末座にすわった。

桂小五郎

「あれなるは、当道場門人戸張節五郎」

と、近藤は七里研之助に紹介した。戸張とは、代人の桂小五郎のことだ。

「まず、当流の太刀癖をお知りねがう上で、この者とお手合せねがいたい」

「承知した」

うなずきながらも七里研之助は、うろんな表情をかくしきれない。戸張節五郎という剣客の名など、きいたこともないのである。

見れば、小兵ではないか。

（大したことはあるまい）

七里はそんな顔をした。

近藤道場では、三番町の神道無念流斎藤道場から人をよんでくる場合、たれでも「戸張節五郎」という架空の名を用いる例になっている。

やがて、道場の隠居近藤周斎老人があらわれて、

「わしが近藤周斎」

と、七里研之助に目礼し、ひょこひょこと道場の中央に進み出た。試合の審判をするためである。

六十三。

百姓然としている。近藤、土方、沖田はこの老人

に手ほどきをうけ、近藤、沖田はそれぞれ免許皆伝をうけたが、土方歳三だけはこの老人から目録しかもらっていない。

――歳ァ、腕は立つ。

周斎はそういっていた。

――真剣でやれば勇も危ねえだろう。が、あれは雑流だよ。天然理心流じゃねえ。いくら手直しをしてやっても、直しゃがらねえから、あいつは天然理心流では目録、我流では免許皆伝、それで十分なやつだ。

と、流儀にはなかなか手きびしい。

さて、桂小五郎が、立ちあがった。

ついで、七里研之助。

双方、道場の中央へ歩み寄り、講武所の礼法どおり、九歩の間合をとって目礼し、かがまりつつ竹刀を抜きあわせた。

桂は、述べたように小兵である。それが常寸よりやや短か目の竹刀をかるがると頭上に漂わせている。

七里研之助は大柄のうえに四尺の大竹刀を使っている。どう見ても、見た眼の威圧が桂とはちがう。

――近藤さん。

と、歳三は、桂のほうをみながら低声で話しかけた。

「負けるんじゃねえかな、あの男、どうも腰が浮きすぎている」

「そういえば、気組がないな」

気組、つまり、気力、気魄のことだ。他流の技術偏重主義に対し、天然理心流ではこれをもっとも尊ぶ。いや、近藤勇の場合、剣術理論の上だけでなく人物鑑定にもこれを用い、あいつは気組がある、ない、というだけで、男の価値をきめるくせがあった。

「やはり、小才子にすぎねえな」

と、歳三はささやいた。歳三にすれば、七里研之助よりも、せっかく備ってきた味方の桂のほうが憎い、といった口ぶりである。

「しかし、歳」

と近藤がいった。

「笑いごとじゃすまねえぜ。あの野郎が負けると、お前(めえ)か総司が、七里と立ち合わなくちゃならねえ」

「真剣なら、やってもいい。七里研之助なんざ、あとあとまで祟(たた)りそうなやつだから、足腰の立たねえようにしておくほうがいいんだ」

「物騒なことを云やがる」

そのとき、道場の中央では、周斎老人が手をあげ、

――勝負三本。

と宣した。

七里研之助は飛びさがって下段(げだん)。下段は狡猾(こうかつ)という。攻撃よりもむしろ、相手の出方を試(ため)すのに都合のいい構えである。自然、構えが、暗い。

桂は小兵のくせに、剣尖を舞いあげて派手な左上段をとった。構えに明るさがある。いかにも日向(ひなた)を歩いてきた男、という大らかさが、その体(たい)にあった。

が、小兵の上段だ。七里は、甘し、とみたのだろう。

中段に直すや、ツッと間合を詰め、桂を剣尖で圧迫しつつ、

「やあっ」

と手をあげて胴を襲おうとした。その七里のわずかな起頭(おこりがしら)の籠手を、桂は目にもとまらぬはやさで撃った。

「籠手あり」

周斎老人の手が、桂にあがった。

つぎは、桂が中段。

七里研之助は右上段にとったが、足は自然体をとらず、古い剣法のように撞木(しゅもく)に踏み構え、歩幅がひろい。木刀や真剣のばあいはいいが、竹刀の場合は柔軟を欠く。

(泥臭え)

歳三でさえそうおもった。甲源一刀流といえば聞えはいいが、所詮(しょせん)は、武州八王子の田臭(でんしゅう)が、ありありと出ている。

が、その点、桂はまるでちがう。体(たい)に無理がなく、

竹刀が軽い。さすが、精練をきわめた江戸の大流儀である。

ぱっ、と七里の剣が桂の面を襲ったが、桂は体を退くと同時に、自分の剣のシノギで七里の剣を摺りあげてふりかぶり、踏みこんで面を撃った。

（巧緻だ）

と歳三はおもった。

が、撃ちは浅く、周斎はとらない。天然理心流では、骨に沁み入るほどの撃ちでなければ、斬れぬ、としてとらないのである。

桂は、さらに踏みこんで面をつづけさまに三度撃ったが、これも周斎はとらない。

つぎは、七里が桂の面を襲った。が、桂は一瞬腰を推進させ、右ひざを板敷につき、竹刀を旋回させて七里の右胴を、びしり、と撃ち、さらに左足を踏みだして左胴を撃ち、つぎは立ちあがりざま、七里の籠手をうった。七里は、桂の曲芸のような竹刀さばきに手も足も出ない。最後に桂は竹刀を頭上に旋回させつつ、七里の横面をとった。

「面あり」

周斎は、その撃ちを採った。

最後の一本は、桂は、こういう場合の他流試合の儀礼として籠手一本を七里にゆずり、さっと自分で竹刀をひいた。

（気障なことをしやがる）

譲りがみえすいているだけに、歳三は気に食わなかった。

「それまで」

周斎が、手をあげた。

試合がおわると、桂は不愛想な顔でさっさと身仕舞いをし、道場のむこうへ消えようとした。

「歳、茶菓の接待をしろ」

と、近藤はあわてながら、

「七里はわしが酒肴で応接する。お前は、桂のほうだ。帰りの駕籠の支度をわすれるんじゃねえぞ」

「ふむ」

面白くねえ、とおもったが、歳三は道場を出て玄関の式台のところで、

「桂先生」

とよびとめた。

「別間に支度がしてございますから、暫時、ご休息ねがいます」

「いや、いそぐ」

桂は、ふりむきもしない。この場合、桂と歳三の位置を今日風にいうならば、総合病院の副院長と、町の医院の代診との関係を想像すればよかろう。

「しかし、桂先生」

歳三は、袖をとらえた。桂はふりむいてから、ぎょっとした。

そこに眼があり、歳三の憎悪が燃えている。

桂は、気になった。

(なぜこの男は、こんな眼をするのか)

「では」

と、桂はおとなしく歳三に従った。支度は周斎老人の部屋にできている。

床柱の前に着座した桂に対し、歳三はことさらにうやうやしく拝跪した。

「当道場の師範代土方歳三と申します。以後お見知りおきください」

「こちらこそ」

桂の頭は、軽い。

やがて、近藤の女房のおつねが、茶菓を運んできた。

これも陰気な女だから、一通りのあいさつはするが、愛想笑い一つしない。

おつねは、茶菓のほかに、紙と銭をのせた盆を桂の膝前にすすめた。桂は馴れた手つきでそれを受けとると、懐ろに入れ、あとは無表情に茶碗をとりあげた。

「桂先生」

歳三は、糞丁寧にいった。年恰好は、歳三とかわらない。

「さきほど、おみごとなお試合をみせていただき、眼福至極に存じました。あれほどの巧者な竹刀さばきは、甲源一刀流、天然理心流などのような田舎剣法では、とても及べません」

「いやいや」

「おかげさまにて、当道場の面目は立ちましたが、ただ後学のために伺いたいことがございます。先生の精妙な竹刀さばきは、打物が木刀、真剣でもおなじぐあいに行くものでしょうか」

「わかりませんな」

桂は、相変らず不愛想だ。歳三はなおも、

「天然理心流にしろ、甲源一刀流にしろ、馬庭念流にしろ、武州、上州の剣術は、実戦むきにできたものですから、ついつい、道場剣術では、江戸の大流儀に負けをとります」

「そうですか」

桂は、そんな話柄には興味がないらしい。

「もしも」

歳三はにらみすえて、

「いかがでしょう」

「なにがです」

「あれが竹刀でなく真剣なら、七里研之助をああは容易に撃てたかどうか」

「わかりませんな」

と、桂はいった。

相手にならない。田舎の小流儀派に教えにゆくと、かならず歳三のようなのがいて、

——実戦にはいかがなものでしょう。

という。桂は馴れている。

「しかし桂先生、もしここに暴漢がいて、先生に襲いかかってきたらどうします」

「私に？」

桂は、はじめて微笑った。

「逃げますよ」

「………」

歳三とは、まったく肌合いのちがった男らしい。

近藤は、自室で、おつねに酒肴を出させながら七里研之助と応対している。

七里は、立てつづけに十杯ばかりを飲みほすと、

「いかがです。ひとつ」

「酒ですか」

「いや、試合のこと」

七里は皮肉な顔で、

「こんだァ、御当流のお歴々を八王子に招待したいが、請けてくれますか」

「さあ」

「八王子の酒はまずいが、剣のほうなら比留間道場をあげて十分におもてなしする。じつはそういう積りがあって、このたび試合を申し入れたのです。いかがですかな」

「門人とも相談の上で」

「相談もいいが」

七里は、ぐっと飲みほし、

「代人は、断わりますぜ」

「え？」

「甘くみてもらっちゃ、こまる。知らねえと思っていなさったか。ああいう竹刀曲芸の化物のようなのを呼んでもらっちゃこまる、というんだ」

「そうかね」

近藤は、嶮しい顔をした。それっきり、ものも云わない。近藤の癖で、不利になるとだまる。だまると、すさまじい顔になる。

そこへ沖田総司が入ってきた。酒間の周旋をするためである。

「総司、こちら様はな」

と、近藤はいった。

「八王子で試合をなさりたいそうだ。これは請けねばなるまいが、竹刀の曲芸ならいやだとおっしゃる」

「七里先生」

と、総司は向きなおっておどろいてみせた。

「真剣でやる、とおっしゃるのですか。それァよくないご料簡ですよ。まるで合戦になってしまう。いまに、多摩の地は剣術停止になりますよ」

「ちがう」

と七里はいったが、追っつかない。

「日は、いつです」

「追って、お招びする日はきめる」

「しかし合戦に、日も約定もありますまい」

「総司」

近藤が、むしろあわてた。

「さがってろ」

へっ、と総司はひきさがってから、廊下で歳三とばったり会った。

「桂先生は、もうお帰りになりましたか」

「帰った」

「大儀に存じます」

沖田は、おどけた。この男がおどけはじめると、ろくなことがない。

「土方さん、だいぶ、御機嫌がよかありませんね。近藤先生も、ちょうどおなじ顔つきで、苦りきっていましたよ」

「まだいるのか、七里が」

「いますとも。いるどころか、こんどは竹刀じゃなくて合戦はどうだ、と持ちかけています」

「うそをつけ」

歳三はどなったが、すぐ真顔になって、七里のことだ、やりかねまい、どんな話だったか、いってみろ、といった。

「いや、大した話じゃありませんよ。まず、御当流の御一同を八王子に招待する、日は追って決めるが、竹刀じゃない、真剣で」

「といったか」

「うん」

沖田総司は、可愛いあごをひいてうなずいた。歳三は、道場の裏に出た。

その真黒い土の上に、大男の原田左之助が諸肌ぬぎになり、村角力ほどはある腹を天にむけて寝そべっている。

この食客の日課である。腹に一文字の傷あとがあり、それがときどき思いだしたように痛むので、毎日、時間をきめて陽に当てる。

「原田君」

へっ、と起きあがった。

「君は、たしか人を斬ってみたい、といっていたな」

「いいましたがね」

不愛想な男だ。

肥っちょだが、色白の上にひげの剃りあとが青く、眼が意外に涼しい。が、短気この上ない男で、近藤や歳三でさえ、この食客とものをいうときは、よほど言葉に注意をする。

「あるんだ、その口が」

と、歳三は、折れ釘をひろった。

歳三の癖で、すぐ地図をかく。が、それが誰がみてもありありとその場所を想像できるほど巧妙だというから、この当時の人物としては、珍しい才能だろう。

一本、ぐっと線をひき、

「これが甲州街道だ」

「ふむ」

「浅川が、北から流れている」

「八王子宿ですな」

原田左之助は、うなずいた。

いいな、と云いながら歳三は、次第に筋を複雑にして行って、やがて一点を指した。

「ここだ、原田君。明後日の夜には到着して泊まっていろ。木賃宿で、名だけは立派な江戸屋といううんだ。委細は沖田総司に云っておくが、しかしこのこと、若（近藤のこと）に云ってもらってはこまる」

と、親指を立てて、

あとは、おなじことを、食客の藤堂平助、永倉新八にも告げ、最後に沖田総司をよんでくわしく作戦を打ちあけた。

「いいか、みなを連れて八王子に行くんだ」

「それで江戸屋に泊まって、土方さんの合図を待ってから比留間道場を襲うのですな。ところで土方さんは、どうなさるのです」

「おれか」

歳三はちょっと考えて、

「発つよ」

「いまから？」

「ああ。あの七里研之助が当道場を出ねえうちにこのまま抜け駈けて八王子へ行く」

「おどろいたなあ」

顔はちっとも驚いていない。

「それで、どうなさるのです」

「比留間屋敷を訪ねるさ」

「訪ねる？」

「兵は奇道だ。相手の喧嘩支度の整うのを待ってから襲っては戦さは五分五分になる。おれが先発するのは、あの屋敷へお前らの人数をすらすらとひきこめるようにしておくのだ」

「軍師だな」

歳三は、そのまま発った。

八王子まで十三里。

途中、日野の佐藤屋敷の前を通る。むろん素通りである。

八王子に着けば、すぐ比留間屋敷を訪ねる。

といっても、尋常な手続きで訪ねられるものとは、歳三もおもっていない。

八王子討入り

――歳の鬼あし。

といえば、日野宿かいわいで歳三の少年時代を知る者なら、たれでも知っている。この男の足は鬼のように迅い。

沖田総司などは、

――土方さんは化物ですね、韋駄天の。

と、からかったことがある。歳三は、(なにを云やがる)とそのときはむっとだまっていたが、こういうことでも根にもつ男で、だいぶ日がたってからだしぬけに、

「沖田、知らねえのか。足の達者なものは智恵も達者、というほどのものだ」

そんな脚である。歩きだすとむっつりとだまり、眼ばかりぎょろぎょろ光らせ、独特の不愛想づらで、とっとと街道を足で噛むようにして歩いてゆく。

その夕、まだ七里研之助が近藤勇と話をしている刻限、歳三は小石川柳町の道場を影のようにぬけ出た。

甲州街道十三里を駈けとおして八王子の浅川橋を渡ったときは、まだ夜が明けていない。たしかに鬼のような健脚である。

(七里はまだ舞い戻っちゃいねえだろう)

宿場に入ると、早立ちの旅人のための茶店が、すでに雨戸を繰っている。

歳三は、浅川橋を渡ったところにある辻堂の裏で衣裳を変え、例によって「石田散薬」の薬売りに化けた。

紺手拭で顔をつつんでいるが、往来はまだ暗い。刀はこもでくるんで横山宿の旅籠江戸屋にはいった。

「おれだよ」

めずらしいこと、と、飯盛たちがさわいでくれた。ふるいなじみのやどである。むろんこの旅籠では歳三を、薬屋としかおもっていない。

ここで一刻ばかりぐっすりねむり、あとは膳をもって来させ、めしに汁をぶちかけて存分に食った。

(これでいい)

往来へ出た。朝霧が、つめたい。

旅人が、霧の中で動いている。ここから千人町の比留間道場まで、二キロほどのところだ。歳三はす

ぐには行かない。事をおこすと火の出るほどに無茶をやる男だが、それまでは不必要なほど慎重に手配りをする。

　まず例の専修坊へ立ち寄った。道場の様子を知るためである。寺の境内の太鼓楼のそばにある寺男の小屋へ入ろうとすると、方丈の縁で日向ぼっこをしていた老院主（ろういんじゅ）がめざとくみつけて、

「薬屋か」

　手まねぎしてくれた。運がいい。歳三は、院主へ笑顔を作ってみせた。

「ちかごろ、どうしている」

　院主は、歳三を縁側にすわらせ、手ずから煎茶をいれてくれた。

「相変らずでございます」

「結構だな」

　院主は、菜の漬物を一つまみ、歳三の掌にのせてくれる。

「それはそうと、比留間道場へ嫁（い）らしたお姫（ひい）さまは、お達者でございますか」

「せんか。ありがとう。息災だ」

　と、院主は仏のような人物である。まさかこの薬屋が手のつけられない悪党で、娘が犯されている、とは知らない。

「しかし、あれだよ」

　と、院主は相変らず話好きだった。

「比留間道場のほうは、だいぶごたごたしているようだよ」

「ほう」

　歳三は、愛嬌よく小首をかしげる。

「どういう次第で」

「なあに、博徒の縄張り争いとおなじようなものさ。むかしはこのむこうの浅川の流れを境にして、東は天然理心流、西は甲源一刀流、ときまっていたものだが、世の中が攘夷騒ぎなどであらっぽくなってきたせいか、互いに力で縄張りを奪（と）りあいしようとする。元亀天正（げんきてんしょう）の戦国の世にもどったようなもんだ

ね」

老僧は、娘のおせんに似た一重（ひとえ）まぶたの眼をほそめながら、

「なんでも婿どのの話では日野宿石田在のうまれの男で天然理心流の塾頭をしているナントカという男が、こいつが手におえない悪党（ばらがき）で、比留間のほうでもこれを分倍河原におびきだして叩っ斬る計略だったそうだが、逆にこっちに何人かの手負（ておい）を拵（こしら）えやがって、風をくらって江戸へ逃げたそうだよ」

「おもしろい男でござんすねえ」

「なにが面白いもんか。どうせ、面（つら）をみてもいやなやつだろう」

「へえ」

歳三は、ゆっくりと茶を服（の）んだ。

「どうだ、もう一服」

「へえ、ありがとうございます。——しかし、甲州街道筋のうわさでは、比留間道場の塾頭の七里研之助という男も相当な悪党（ばらがき）で、評判がわるうございますよ」

「そうらしい」

老僧は、うなずいて、

「なんでも、あの七里という男は、もともと八王子剣客でも甲源一刀流でもなくて、上州から流れてきた傭い塾頭だそうだ。婿どのの比留間半造も、内心手を焼いているらしいが、あの男がきてから、百姓や博徒の門弟がぐっとふえているから、婿どのも目をつぶっているのだろう。しかし腕はめっぽう立つそうだよ」

「ほほう」

「いまに、八王子の甲源一刀流が三多摩の雑流を打ちくだいて西武（せいぶ）一帯に覇（は）をなすと豪語しているという。どうだ、もう一服」

「へい？」

歳三は、ほかのことを考えていた。

「茶だよ」

「足りましてございます」

辞儀をして立ちあがり、そのまま山門を出て街道筋にもどった。

霧は、晴れている。歳三は、宿場の軒端(のきば)をつたいながら、西へ歩いた。

八王子宿は甲州街道きっての大宿場で、西にむかって長く、小宿(こじゅく)にわけると十五宿にわかれる。その小宿を横山、八日市、八幡、八木、と歩き、武家屋敷のならぶ千人町の角まできたときには、すでに陽も高くなっていた。

(さて)

歳三は、ためらいもしない。比留間道場の門前をゆうゆうと通って、そのままの足で裏木戸へまわった。それだけではない。放胆にも、ぬっと邸内に入ってしまったのである。真昼の押し込みに似ている。

幸い、人影はない。

(不用心なことだ)

歳三は、両肩をすぼめ、道場と屋敷のあいだにある狭い通りぬけをゆっくり通った。勝手はわかる。このまま通りぬければもう一つ木戸があり、それをあければ、裏は一面の桑畑がひろがっているだろう。

そこを通りぬけようとしたとき、背後で、がらりと戸があいた。

(………)

やっと、足をとめた。そのくせ、背後をふりむこうとはしない。もしとがめられたら、

――へえ、薬屋でございます。

という言葉も用意していた。もうこの道場では、そんな偽装も通らなくなっているのだが、歳三はぬけぬけとやってのける糞度胸も用意している。

「………」

歳三は、なおも背後をふりむかない。ところが奇妙なことに、背後の者も、だまりこくったまま、声もかけないのだ。ただ、はげしい息づかいだけはきこえてきた。女である。

(おせんだな)

都合がいい。会おうとした者にいきなり会えるな

どは、やはり体を知りあった男女には、眼にみえぬ糸のかよいあっているものなのか。しかし歳三は、

（おれだよ）

ともいわず、歩きだした。

その薬屋姿の背後に、おせんは、唇から色を喪って、ふるえながら立っていた。もはや色恋沙汰という感情ではない。恐怖といっていい。この男は、なんのために自分の婚家に、こうもしばしばやってくるのだろう。

むろん、おせんは、歳三が、じつは薬屋でなく天然理心流の塾頭であることも知っているし、六車斬りから分倍河原の喧嘩までのいきさつをいっさい知っている。

それだけに、おそろしかった。

木戸の手前で、この薬屋はゆうゆうと右へ折れた。ここに納屋がある。よく勝手を知っている。納屋は、味噌蔵と什器蔵にかこまれていて、ここへはめったに家人も門人も来ないことも、この男は、よく馴れた盗賊のように知っていた。

もう一つ、薬屋は、おせんの心もよく知っていた。

（かならずついてくる。――）

事実、おせんは、足音を忍ばせ、惹かれるように歳三の背中を追った。納屋と蔵のあいだで、歳三は待っていた。

歳三は、手をのばしておせんを引きよせ、いきなり抱きすくめた。

「迷惑か」

耳もとでささやいた。迷惑は当然である。歳三は囁きながら左手でおせんの裾を割り、むざんな仕掛けをくわえている。おせんは、抱かれて立っていた。おせんの素足はどくだみの茂みを踏み、その葉の青い汁が、足の指を濡らしている。温和しい女だ。

身をよじって抗いはしなかったが、それでもこの女にしては精一ぱいの努力で、

「もう、来てくださいますな」

と、小さな声でいった。そのとき陽がにわかに翳

った。風が土蔵の西棟におこって栗の木がさわぎはじめている。

「あんたも悪い男に縁をもったことだ」

歳三の声が、乾いている。

「厭」

「しばらく、動いてくれるな」

歳三の指に力が入った。おせんは、泣きそうになった。が、もがこうにも、歳三の片腕はおせんの体を抱きすくめて動かせない。

「あの、こんな、真昼に。――」

「夜ならば、いいと申されるのか」

「もう、おそろしゅうございます。ここへは来てくださいますな」

云いながらも、やっと立っているおせんの足は、どくだみを夢中で踏みにじっている。

「それは、堪忍。――」

「されば、あすの夜十時、桑畑に面した裏木戸をあけておいてくれ。忍んで来る。最後の想いを遂げれば、もはや二度と来ぬ。このこと、承知してくれような」

「はい」

かすかにうなずいた。

（これでよい）

歳三は、おせんへの用は済んだ。あとは、そのひらいた木戸から、沖田総司、原田左之助、永倉新八らを導き入れれば、それで済むことである。

（この悪党め）

とは、歳三は自嘲しない。いまの場合歳三には喧嘩に勝つことだけが重要なのである。

その翌夕、歳三が旅籠江戸屋で待っていると、予定どおり沖田らがやってきた。

かねて打ちあわせどおり、旅籠の者に怪しまれないように、歳三とはまったく別の客としてかれらは階下にとまっている。

めしが済んでから、沖田総司は一人で歳三の部屋へやってきた。

「……」

歳三はうつむいて、ひざの上でなにか細工ごとをしている。よくみると、熱燗の入った五合徳利に散薬を入れていた。

「なんです、それは」

「打身骨折の妙薬だ。酒に入れてあらかじめのんでおくと、ききめが早い」

「それが、土方家伝来の妙薬石田散薬というやつですか」

「おれの商売ものだよ」

相変らず、不愛想な顔だ。

原料は、かつて書いたように、土方家のすぐそばに流れている多摩川の支流浅川の河原から採る。こんにちでもなお河原いっぱいに繁茂しているトゲのついた水草だが、これをとって乾燥させ、農閑期に黒焼きにして薬研でおろし、散薬にする。土方家では、この草の採集期（毎年土用の丑の日）や製剤のシーズンには村じゅうの人数をあつめてやるのだが、歳三は十二、三歳のときには、この人数の狩りあつめから、人くばり、指揮、いっさいをやった。歳三が人動かしがうまいのは、こういうところからもきている。

「これは効くぞ」

歳三は、うれしそうな顔をした。

「そうかしら。しかし土方さん、相手は骨折ですぜ。服んで効くもんですかねえ」

「薬は気で服む。性根をすえて、きっと効くものと思えば、必ず効く」

「すごい薬だなあ」

「これを階下へもって行って、みんなに五、六杯ずつのませてやれ」

「みな、感泣します」

沖田は、ぺろりと舌をだした。

「武器は木刀だ。相手がたとえ真剣できても木刀でたたき伏せる。分倍河原のときは野っ原だったからいいが、こんどはそうはいかねえ。八王子宿だからな」

「寝込みを襲うわけですね」

「ちがう」

歳三は、いった。

「ちゃんと試合をする。ただ普通の試合とちがうのは、相手をたたきおこしてむりやりに木刀をもたせてやるだけのことだ」

「なるほど」

奇想である。内実はどうであれ、形はあくまでも試合のすがたはとっている。勝てば評判がたつ。剣の道は、評判をえた側と、墜した側とでは、なにかにつけ天地の差がある。

「七里研之助がわれわれの道場にきて云いきった以上、試合はすでにはじまっている、と考えていい。油断は、したほうがわるい」

「討入りは、どこから？」

「おれがちゃんと考えてある。その場で下知に従えばいい」

まだ、十時まで時間がある。歳三は沖田をおっぱらって、横になった。

うとうとしていると、歳三とは古い顔馴染の年増の飯盛女があがってきて、

「どう？」

といった。一緒に寝ないか、というのだ。

「いいよ」

「あたしじゃ、不足かい」

「おれァ、白粉くせえのが嫌いなんだ」

「変わってるねえ。じゃ、白粉おとしてあがってくるから、おとなしく寝床にくるまって待っていな。いっとくけど、あたしゃ稼業でいってるんじゃないんだよ。いい男が独り寝しているなんざ、うすぎたねえざまだから、功徳でいってるんだよ」

「かたじけねえ。だが、おれは今夜、夜発ちをして甲州へ出かけなきゃならねえんでね」

「おや、あんたも夜発ちかい。およしよ。階下のお侍衆も夜発ちだといっていたから」

「侍は侍、おれはおれだ」

「だってさ」

飯盛女はのぞきこんで、

「あの連中、なんだかおかしいよ。比留間道場と喧嘩するんじゃないかい」

（えっ）

が、歳三は驚きを消して、ゆっくりと起きあがった。話が、洩れている。

「どこで聞いた」

「勘さ」

女は、くすくす笑ってじらした。歳三は、そっぽをむいた。しわに白粉がめりこんだ女の白首がやりきれない。飯盛女はしているが、五十にはなっているだろう。

「あたしの勘だよ、お前さん」

と、女は得意そうにいった。

「……」

女好きのくせに、ときどき、女というものがぞっとするほど気味わるくなることがある。というより、本心、女が憎くてきらいなのかもしれない。歳三が、女に打ちこんだことがないのは、女がこわくて、いつも逃げ腰でいるせいかもしれない。

「ねえ、ききたくないかい」

女は、骨ばった指で、歳三のひざをつついた。

「おもしろいよ、あたしだけしか知っていない芝居が、いまにこの往来でおっぱじまるから」

「どういうわけだ」

「こうだよ」

さっき、女が階下の手洗いで用を足していると、往来に、侍がいた。おかしい、と思い軒端へ出てみると、武士が何人もいる。用もないのにぶらぶらと往来を歩いたり、むかいの旅館の天水桶の蔭に立っていたりして、様子が尋常ではない。

（捕物かな）

とおもったが、捕方ではない。どの顔も、比留間道場にいる若い連中である。

「比留間道場？」

歳三は、息をのんだ。

露(ば)れている。

すでに相手は、先(せん)を打って、この江戸屋を見張っているらしい。おそらく、宿場外れの暗がりには十分の人数を用意しているだろう。

（たれが、露らしゃがった）

歳三の顔から、血がひいた。おせんが、訴えたにちがいない。相違なかった。おせんは小さな胸におさめかねて、何等かのかたちで夫の半造か、七里研之助に告げたものにちがいなかった。

「お前さん」

女は、けろけろと笑って、指で歳三を突いた。

「ずいぶん、女をだましてきたね」

「なに？」

歳三は、ぎょっとした。胸中の思案と、あまりにぴったりしているからである。が、女はべつに底意あっての戯言(ざれごと)ではなく歳三のくびに腕をまきつけてきて、

「いい男だからさ」

といった。

「どけ」

歳三は立ちあがっている。階下には、沖田総司、原田左之助、永倉新八、藤堂平助がいる。無事これだけの人数が八王子を脱出できるか、歳三にも成算がない。

スタスタ坊主

一同、旅籠の階下で酒を飲んでいる。

土方歳三、かれらの部屋に入ってから、濁酒(どぶ)のにおいに、むッと顔をしかめた。原田左之助のごとき

は横になり、太鼓腹の上に五合徳利をのせ、鎌首をもたげては、猪口(ちょこ)をすすっている。

「原田君、それが武士の容儀か。起きたまえ」

　冷たい眼でいった。歳三にとって、男の酔態ほど不快なものはない。ちなみに、近藤も土方も酒を嗜(たしな)まなかったが、おなじ下戸(げこ)でも近藤は酒席がすきで酒徒にも理解がある。が、土方は、この腸(はらわた)の腐るような匂いが、がまんならなかった。多少嗜むようになったのは京にのぼってからで、はじめて王城の地の美酒をのんだとき、酒とはこういう液体だったのか、とそれまでこの液体にもっていた憎悪を多少解いたほどである。

「ご用ですか」

　と原田はいった。

「諸君に、話がある」

　と歳三は、自分たちの企図がすでに比留間道場に知られてしまっていることを明かし、すでにこの旅籠のまわりや、宿場の要所々々は甲源一刀流の人数で固められている、と手短かに説明した。

「では、どうするんです」

「逃げるのさ」

「私は、いやだ」

「君は酔っている。だまりたまえ」

　そのころ、八王子宿の千人町にある甲源一刀流比留間道場では、近在の門人のほとんどをかりあつめてしまっていた。

　百姓、博徒、八王子千人同心、といったような雑多な顔ぶれで、人数は三、四十人もいたろう。それぞれ、木刀、タンポ槍などを持ち、鎖(くさり)の着込みをつけている男もある。もし代官所から故障が出たばあいは、天然理心流との野試合である、という弁明も用意していた。むろん、師範代七里研之助の智恵である。

　当の道場主比留間半造はおだやかな男だから、指揮はいっさい、七里まかせだ。

　内儀のおせんは、風邪と称して寝こんでしまっていた。生きた心地がしなかった。彼女は、「薬屋」を売った。智恵ぶかく告げ口したつもりだから、夫も七里も、彼女がまさかその薬屋と、娘当時にいきさつがあったとは、気づいていない。女の狡智は、身をまもるために天から授かったものだ。が、この智恵ぶかい筋書がうまくいったにしても、戯作の書き手である彼女は、いまから舞台で進行する芝居そのものはみたくない。

　七里研之助は、人数を二手にわけた。相手がいずれに押しかけてくるにしても、これを機会に、連中の足腰を一生使いものにならぬほどにたたき折ってしまうつもりでいる。

　その点、七里は似ていた。病的な喧嘩ずきは歳三とそっくりであった。七里は剣術道具をつけ、人数の手配りなどをしているときは、眼の色までかわっている。

　七里は、一手を千人町の道場に詰めさせて道場主比留間半造をまもらせた。これが主力で二十人。

　他の一手は、
　明神の森
　に、埋伏させている。

　これで、天然理心流の五人は、退くも進むも、袋のねずみになる。

　——何度もいうが、宿場の往来で闘争におよんではならぬ。上州ではそういうことがあって、一郷剣術停止の御沙汰を食いかけたことがある。あくまでも相手を、道場か、明神の森にひきずりこんで討る。

　と、七里は門弟衆に注意をした。

「——まさか」

　と、歳三は、旅籠江戸屋の階下奥の間でいった。

「比留間の連中が、この殷賑の八王子宿の往来で事はおこすまい。おそらく、われわれが宿場はずれに脱けだしたときが、あの連中のつけめだろう。つまり、あぶないのは浅川の橋をわたってからだ。渡ってほどなく左手に雑木林がある。土地では明神の森とよんでいる。おれが七里研之助なら、ここへ人数を埋めておきたいところだ。ここがあぶない」

「それで？」

と、原田左之助はいった。

「われわれは、どうするんです」

「いま、云う」

歳三は、ぎょろりと一座を見まわして、

「沖田君」

といった。

「君は藤堂（平助）君、永倉（新八）君と三人で、先発してもらう。この三人は、闇組（くらやみぐみ）になる。提灯はつけない」

「ああ、祭りの喧嘩だな」

と、沖田総司は、カンがいい。歳三のうまれた日野宿郊外（はずれ）には、むかしからそういう喧嘩の戦法があるのだ。

この三多摩地方は、家康の関東入府いらい幕府領として、江戸の大人口をささえる農業地帯にさせられてしまったが、それ以前は、このあたりの農民は合戦といえば具足（ぐそく）を着て、源平以来、精強をほこった「坂東（ばんどう）武者」のすご味をみせたものである。

歳三の土方家も、いまでこそ百姓の親玉になりさがっているが、遠く源平のころは土方次郎（ひじかたのじろう）などという源氏武者も出（東鑑（あずまかがみ））、戦国のころは多摩十騎衆の一軒（新編風土記）、土方越後、同善四郎、同平左衛門、同弥八郎などは、小田原北条氏の屯田司令官（被官（ひかん））として、勇を近隣にふるったものである。

この三多摩一帯は、そういう源平武者、戦国武者の末孫だから、気性もあらく、百姓とはいえ、先祖の喧嘩のやりかたや、小競合（こぜりあい）の戦法を伝えてきている。土方歳三が指導したのちの新選組の戦術や、会津戦争、函館戦争のやりかたは、三多摩の土俗戦法から出たものである。

沖田総司が、

――ああ、祭りの喧嘩、だな。

といった戦法も、その一つである。

「土方先生」

と原田左之助は不満そうにいった。

「私の名がないようですが」

「君は、おれと一緒さ。つまり、祭りの喧嘩という戦法では、君も私も、提灯組、ということになる」

「というと？」

「まあ、私の教えるとおりにやってみることだ。なかなか乙で、おもしろいぜ」


旅籠江戸屋のまわりを見張っている比留間道場の連中は、七人である。

これらの連中の任務は、たった一つしかない。

――出たら、どの方角か、告げろ。

とだけ、七里研之助から命じられている。歳三らが千人町（道場）へむかうか、それとも街道を東へ走って江戸へ帰ってしまうか。

（どっちだろう）

と、かれらのたれもが、旅籠の植え込み、天水桶のかげ、むかいの旅籠の土間、などから眼をひからせていたが、やがて戌ノ刻の時鐘が鳴ったあと、風が立った。そのとき、一様に編笠をかぶった三人の武士が出てきた。

沖田、藤堂、永倉の三人である。これが歳三のいう闇組で、提灯をもっていない。

――出た。

と、見張りの連中は色めいた。

夜空はみごとに晴れ、星がひしめきあって輝いている。三人組の編笠は旅籠を出るなり江戸の方面にむかって歩きだした。が、すぐ武士たちの黒い影は街道の闇にまぎれてしまった。

――甲州街道を江戸だ。すぐ千人町へ走って七里どのにそういえ。

と下知する者があって、使番の者が軒づたいに走りかけたとき、旅籠江戸屋から面妖なものが出てきた。

　大坊主である。

　こいつが坊かずらをかぶっている、とまでは、暗くて見ぬけなかったが、頭に縄の鉢巻を締め、腰に注連縄を巻きつけ、背中からムシロを斜めにかつぎ、腰に大きな馬乗り提灯をさしこんでいる。

「さあさ、みなさん、善男善女」

　と、歌い、かつ踊りながら歩きはじめた。

　これが、かつて伊予（愛媛県）松山藩のさる上士の中間部屋でごろごろしていたころの原田左之助が、当時おぼえた酒席の芸である。

　いまでも酔っぱらうとこの隠し芸を出すのだが、口のわるい連中のなかでは、

（原田君、あれは中間部屋で覚えた芸だというが、案外、あれが本業だったのではないか）

　と、真顔でいう者もある。それほど、この左之助の芸は堂に入っている。

　掌のなかに、単純な楽器が入っていて、これがカチカチと鳴る。楽器といっても竹札二枚で、これを指ではさんでは離しながら、

「スタスタ、スタスタ、スタスタ坊主の来るときは、……」

　とうたうのだ。

——なんだ、あれは。

——スタスタ坊主さ。

　と、一人がいった。

　むかしは諸国にこういう乞食坊主が歩いていたものだが、いつのほどか廃れていた。が、ちかごろは、また街道筋に湧くようにして出てきている。これも攘夷さわぎで、世間が不安になっているあらわれかもしれない。

「スタスタ、スタスタ、スタスタ坊主の来るときは、腰には七九の注連を張り、頭にシッカと輪をはめて、大日、代僧、代詣り、難行苦行のスタスタ坊主、スタスタ云うてぞ安らいぬ」

　と、原田左之助は、踊りながら江戸の方角にむか

って歩きはじめた。背中のムシロにはこの男自慢の肥前鍛冶藤原吉広二尺四寸がねむっている。

その背後から歳三が、これも無紋の馬乗り提灯を腰にさし、紺手拭の頰かぶり、薬屋の装束で歩いた。

二人は、浅川の橋を渡った。

渡ると、八王子宿はおわる。あとは星空の下で、黒土の甲州街道が武蔵野の草と林のなかを横切ってえんえんと東へつづくばかりである。

やがて、明神の森に近づいた。

この森の祭神は、山城と近江の国境に横たわる比叡山の氏神で、日枝明神という。おそらく、遠い戦国以前にこのあたりに叡山延暦寺の寺領があって、その寺領守護のためにこの明神が坂東の地まで勧請されてきたものだろう。

祠は、雑木林につつまれている。欅の枝が街道に屋根をつくるようにして繁り、星の光りをさえぎって、下は洞穴のようにみえる。

「原田君、大声でうたえ」

と、歳三がいった。

「心得ました」

梟が、啼いている。

――さあさ。

と、原田がうたいだした。

――みなさん、善男善女。スタスタ、スタスタ、スタスタ坊主の、……。

とまでいったとき、横手の森の中から十二、三人の男が出てきて、ぐるりとふたりを取りまいた。

ここまでは、歳三の計算ずみである。

「おい、坊主」

と、一人が提灯をつきつけていった。

「どこへ行く」

「ここは関所かね」

と、原田はいった。喧嘩腰である。歳三はヒヤリとした。ここは下手に出て、できれば事をおこさずに通過したい。(これは、役者選びを誤ったかな)

とおもった。

「こっちから訊こう」

原田左之助は、底さびた声で、

「このあたりは、伊豆の韮山代官支配の飛地だときいているが、代官でもかわって、この天下の公道に関所でもできたのか。それともうぬら徒党を組み、みだりに往来を扼して関銭をかせぐとあれば、罪は九族まで獄門、天下第一等の悪業だぞ。よく考えて返事をしろ」

「なにをほざきゃがる」

相手はひるんだが、歳三のそばに寄ってきた一群が、

「うぬは、この願人坊主の供か」

と提灯をつきだしたとき、あっ、と声をあげた者がある。

「こいつだ、薬屋。——」

「どれどれ」
二、三人が、歳三の顔に提灯をつきつけ、舐めるように見はじめた。
「おい、薬屋、頰かぶりをとってみろ」

面ずれのあとを見るためだ。

「へい」

と、歳三は小腰をかがめ、持っていたムシロを左わきにかかえ、あごの結び目を解くふりをしてやにわにムシロの中の刀のツカをにぎって、スッと腰をおとした。

「あっ、なにをしやがる」

飛びのいたはずみに歳三の刀がはねあがって、相手の裏籠手をぬき打ちに斬った。腕が一本、提灯をにぎったまま素っ飛んだ。

そのとき、スタスタ坊主の原田も踏みこんで、わっと刀を横に薙ぎはらった。

みな、ばたばたととびのいた。

「後へ、後へ」

と下知者が、あわてて叫んだ。

「輪をひろく巻け。相手は二人だ」

しかも、歳三、原田は、これを目印に斬ってくれ

といわんばかりに、でかでかと大きい提灯を腰にぶらさげている。

「原田君、まだ仕掛けるな」

「なぜです」

「待つんだ」

歳三は、落ちついている。甲源一刀流の連中は、歳三のわなにかかりつつある。

この戦法は、後年、会津戦争のとき、山中で薩長土の官軍をさんざんになやました手である。

実をいうと、沖田、藤堂、永倉の三人の闇組が、沖田は雑木林の中から、藤堂は田圃の中から、永倉は往来の東から、そっと忍び寄っていた。

このあたりの村の若衆が、祭礼の夜など、他村の者と喧嘩をするときには、たいていこの流でやる。

三人はそれぞれの場所で、起きあがった。

「わっ」

とはいわない。人数が知れる。

無言で、ただひたすらに手足を動かし、背後から、木刀で、できるだけすばやく後頭部をなぐってゆくのだ。

藤堂は、三つなぐった。

永倉新八は、右面、左面と交互になぐってまたたく間に六人を昏倒させ、沖田総司は真剣をふるって群れのなかにとびこみ、提灯を切り落しては、一つずつ闇を作った。

その混乱に、歳三と原田左之助は、正面から斬りこみ、籠手ばかりをねらって手あたり次第に斬りまくった。

比留間勢は、どっと西へ崩れた。闇のなかで、しかも背後からの無言の奇襲というのは、よほど大人数かと錯覚させるものだ。

「退け」

比留間勢の下知者はわめいた。

わっと算をみだして逃げだしたが、歳三たちも、同時に東にむかって飛ぶように逃げだした。喧嘩は、機なのだ。ぐずぐずしていれば、千人町からの人数が駈けつけてくるにきまっている。

それから、一月ほど経った。

ある日、まだ日ざかりの時刻に多摩方面の出稽古から帰ってきた近藤が、裏の井戸端で足をすすぎながら、

「その辺に歳はいるか」

と、大声でよんだ。

歳三が道場から出てきて、のっそり横に立った。

「なにかね」

と歳三はいった。近藤は足の指のまたを洗っている。

「日野宿の佐藤さんのところで、八王子から流れてきたうわさを聞いた」

「どんな?」

歳三は、警戒している。例の一件が近藤の耳に入ったのではないかと、思ったのだ。

「八王子の比留間道場が、当分道場を閉めるてえうわさだ。きいたかね」

「きかないね」

「こいつは愉快だ。早耳の歳三といわれた男が」

近藤は、大口をあけて笑った。

「存外に鈍だな」

「鈍だとも。いったい、何だって一時はあれほど活気のあった道場を閉めたんだ」

「門弟の質がわるすぎるんだってよう。あの道場は先代までは、八王子千人同心だけを相手にほそぼそとやっていたんだが、当代になって、上州から流れてきた七里研之助などというえたいの知れぬやつを師範代にかかえたために、道場の品格がくずれた。七里のやつ、道場経営のためと称して、八王子近在から甲州にかけての博徒をあつめて剣術をならわせたものだから、道場の内外でこの連中の喧嘩刃傷沙汰がたえない。とうとう八王子千人頭の原三左衛門どのが仲に立って、道場の風儀をあらためることになった」

「七里は？」

「追われたそうだ」

「ふむ？」

歳三は、複雑な顔をした。

「なんでも」

と、近藤は手拭で足をぬぐいながら、

「道場の連中二、三人をつれて、京へのぼったそうだ。これからの武士は京だ、と吹いてまわっていたらしい。どうせ、流行り(はやり)の攘夷浪士にでもなって、公卿(くげ)を神輿(みこし)にかついで公儀こまらせをする気だろう」

（これからの武士は京、か）

歳三は、考えこんだ。

（武士は京。……）

が、このときべつにまとまった思案があったわけではない。

この思案がにわかに現実化したのは翌年の秋、になってからである。

疫病神

筆者は運命論者ではないが、人間の歴史というのは、じつに精妙な伏線でできあがっている。

近藤勇も土方歳三も、歴史の子だ。しかも幕末史に異常な機能をはたすにいたったことについては、妙な伏線がある。

麻疹(はしか)と虎列剌(コレラ)である。

この二つの流行病がかれらを走らしめて京都で新選組を結成させるにいたった数奇(さっき)は、かれら自身も気づいていまい。

この年、文久二年。

正月ごろに長崎に入港した異国船があり、病人を残したほか全員が上陸した。

そのうちの数人が高熱で路上に倒れ、しきりと咳(せき)

をし、やがて船にはこばれた。それがハシカであることがわかった。このころ、大西洋上のフェレール群島（デンマーク領）で猛烈なハシカが流行し、たちまち全ヨーロッパに蔓延したから、この船員が長崎で飛散させた病源体は、おそらくそういう経路をたどったものだろう。

長崎は、軒なみにこの病源体に襲われ、これが中国筋から近畿にまで蔓延した。

たまたま、京大坂に旅行していた二人の江戸の僧がある。

この僧は、江戸は江戸でも、小石川柳町の近藤道場「試衛館」と背中あわせになっている伝通院の僧であった。

これが道中何事もなく江戸にもどったが、伝通院の僧房でわらじをぬぐとともに発病し、たちまち山内の僧俗の大半はこれで倒れた。

ハシカの病源体は、現代でこそ国内に常在し、風土病化しているが、鎖国時代の日本ではまれにシナ経由で襲ってくる程度のもので、免疫になっている者はすくない。

ために、死ぬ者が多かった。

この伝通院の二人の僧がもって帰った「異国渡来」の麻疹は、またたくまに小石川一円の老若男女を倒し、江戸中に蔓延しはじめた。これにコレラの流行が加わった。

――これも、幕府が、京の勅許を待たずにみだりに洋夷に港を開いたからだ。

と、攘夷論者たちはこの病源体におびえ、そういう説をなした。

江戸の人斎藤月岑が編んだ『武江年表』の文久二年夏の項によれば、

○日本橋上に、一日のうち棺桶が渡るのが二百個以上の日もあった。

○死体じゅうが赤くなる者が多く、高熱のため狂を発し、水を飲もうとして川に走って溺れ、井戸に投じて死ぬ者がおおい。熱さましの犀角などはとても効かない。七月になっていよいよ盛んで、命を失う者幾千人なりやを知らず。そのうえ、これにあわせてコロリ（コレラ）がはやった（これも数年前の安政年間が日本最初の流行で、この文久二年夏が三度目。この伝染病も、開港による西洋人もちこみの疫病である）。

「ひどいもんですよ」

と、町を出歩いては歳三に報告するのは、沖田総司である。

沖田の報告では、江戸の町々はどの家も雨戸を締めきって、往来に人がなく、死の町のようになっている。

夏というのに両国橋に涼みに出かける者もなく、夜鋪も立たず、花柳街も、吉原、岡場所をとわず、遊女が罹患しているために店を閉めて客をとらない。

第一、湯屋、風呂屋、髪結床といった公衆のあつまる場所にはいっさい人が寄りつかず、このため、江戸の男女は垢だらけになり、地虫のように屋内で息をひそめている。

「江戸じゅうの奴らが、小石川界隈と云や地獄かと思っていますぜ」

「ここが風上だからな」

と、近藤が憂鬱な顔をした。

流行の発祥地である小石川一帯はとくに罹患者が多く、人が寄りつかない。近藤道場には門人がかいもく寄りつかなくなったのである。

「伝通院の坊主め」

近藤は、吐きすてるようにいった。まさか近藤は、この病源体が大西洋上のデンマーク領群島から地球を半周して、近藤道場の近所までやってきたとは思わない。恨むとすれば、一昨年の三月、桜田門外で殺された大老井伊掃部頭直弼の開国政策をうらむべきであった。

「しかし、面妖だな」

と、近藤は腕組みしながら、

「当道場の連中はたれもかかっていない」

「近所じゃ、憎まれてますぜ。あそこの剣術使いどもが一人も罹らねえというのは、よほど悪運のつよい連中の集りなんだろう。一人ぐらい罹ったほうが可愛らしくていい、なんて、松床のおやじが触れまわっているそうです」

と沖田がいった。

「歳、そうだとよ」

近藤がおかしがった。

「お前、みんなの身代りになって、すこし患ってみたらどうだ」

「土方さんじゃ、だめです」

沖田がからかう。

「疫病神がしっぽをまいて逃げますよ。土方先生ご自身が、大疫病神でいらっしゃる」

「なにをいやがる」

「しかし歳」

近藤は、いった。近藤は養子とはいえ、この小道場の経営主である。こういう心配があった。

「このぶんでは、道場は立枯れだな。どうすればいい」

「待つしか手がありませんな。米櫃がからになるまで籠城するしか仕方がありませんな」

「籠城か」

それには、金も米も要る。

歳三は、その工面をするために日野宿の大名主佐藤彦五郎義兄のもとに何度も使いを走らせては、金穀だけでなく、味噌、塩、薬までとりよせた。

悪疫の猖獗は、七月、八月とつづき、例年江戸じゅうの人気をあつめる浅草田圃の長国寺でひらかれる鷲大明神の開帳も、ことしは、付近の野良犬がうろついている程度だったという。

流行は、九月になってもやまない。

十月になって、ようやく衰えた。

が、いったんさびれた道場というのはおかしなもので、門人がもどって来ない。

もっとも門人といっても、歴とした禄米取りの武士といえば、先代周斎のころに奉行所与力某というのがいたというっきりで、現実は、町人の若旦那、旗本屋敷の中間部屋の連中、博徒、寺侍といった性根のない連中だから、稽古から遠ざかってしまうと、もうやる気がなくなるのである。

秋も暮れ、冬になった。

道場には、相変らず食客がごろごろしていて、水滸伝中の梁山泊のような観を呈していた。こういう連中があつまってくるのは、近藤の奇妙な人徳といってもいい。

どこか、抜けている。

その抜けているところがこの町道場の気風をつくっていた。気楽だし、大きな顔をして台所飯を食っていられる。

食客にも、いろいろある。

伊勢の津の藤堂様のご落胤だと自称している江戸っ子の藤堂平助（北辰一刀流目録）や、松前藩脱藩で神道無念流の皆伝をもつ永倉新八、播州明石の浪人斎藤一などは、それぞれ他流を学んだ連中で、かれらは、天然理心流の近藤、土方、沖田とちがい、竹刀さばきが巧妙だから他流試合にくる連中の相手をする。そのために飼われている、というより、そういう役目があるから道場のめしを無代で食うのは当然だが、伊予松山藩の中間くずれの原田左之助などは、根が槍術なのである。宝蔵院流槍術を大坂松屋町筋の道場主谷三十郎（のち原田の引きで新選組に参加）にまなび、谷から皆伝をうけたが、剣術はあまり精妙でない。

無双の剛力で、しかも度はずれた勇気をもつ点では、源平時代の荒法師のような男だが、他の食客のように剣の代稽古で食扶持をかえすというわけにはいかない。

「こまったな、こまったな」

といいながら、台所のすみでいつも飯を食っている。

道場は、窮乏している。

が、原田は食わざるをえない。しかもなみはずれた大飯である。

「原田君には飯櫃を一つあてがっておいてやれ」

と近藤はいつもそういっていた。

——近藤さんには、将器がある。

と評したのは、食客の最年長（二十九歳）の仙台伊達藩脱藩の山南敬助で、土方歳三はわずかばかりの学問を鼻にかけるこの男があまり好きではなかった。

（山南は狐だ）

と、かつて沖田に洩らしたことがある。痩せがたで干からびたしたり顔をみると、歳三はむしずが走るような思いがする。

もともと、仙台、会津といった東北の雄藩は、藩教育が徹底しているから、山南は筆をもたせるとじつにうまい文字をかいた。

（筆蹟のうまいやつには、ろくな奴がない）

とも、歳三は沖田にいった。

歳三のりくつでは、文字のうまい才能などは、要するに真似の才能である。手本の真似をするというのは、根性のない証拠か、根性が痩せっからびている証拠だ。真似の根性はしょせん、迎合阿諛の根性で、その証拠に茶坊主、町医、俳諧師などお大尽の取り巻き連中は、びっくりするほど巧者な文字をかく、というのである。

もっとも沖田は、

——土方さんは、なにもかも我流ですからな。

とからかってはいたが。

山南は、剣はできる。神田お玉ケ池の千葉道場で免許皆伝まで行った男である。しかしその剣には、近藤が常時いう「気組」が足りなかった。やはり性格なのだろう（この性格が、のちに山南をして自滅させるにいたるのだ）。

山南は、顔がひろい。

なぜならば、江戸一の大道場で門弟三千といわれる千葉門下の出身だからである。この門下から、清河八郎、坂本竜馬、海保帆平、千葉重太郎など、多くの国事奔走の志士が出たのは、諸藩からあつまってくる慷慨悲歌の士が多く、その相互影響によるもので、現代の東大、早大における全学連と類似とはいわないが、それを想像すれば、ややあたる。

江戸府内に友人が多いから、山南は天下の情勢、情報を、しきりとこの柳町の坂の上の小さな町道場に伝えた。

もし山南敬助という、顔のひろい利口者がいなければ、近藤、土方などは、ついに場末の剣客でおわったろう。

その山南が、

「近藤先生、耳よりな情報がありますと」

と、仙台なまりで伝えてきたのは、文久二年も暮のことである。

「どんなはなしだ」

近藤は、山南の教養に参っている。

「重大なはなしか」

「幕閣の秘密に関する事項です」

「されば、土方歳三をここへ呼んで一緒にきこう」

「いや、事は極秘に属します。先生お一人でおききねがいたい」

「私としてはそれはできかねる。私と土方歳三は、日野宿の佐藤彦五郎（歳三の姉婿）とともに義兄弟の盃を汲みかわした仲だ」

「義兄弟とは、博徒のならわしのようですな」

「古く、武士にもある」

呼ばれて歳三がきた。

歳三も山南も、互いに一礼もしない。そういう仲である。

「じつは、私と千葉で同門の俊才で、清河八郎という出羽郷士がいます。文武、弁才、方略に長けた戦国策士のような男で、年は三十すぎ、これが神田お玉ケ池で文武教授の塾をひらき、御府内の攘夷党の志士をあつめ、幕臣の有志とも親交をもっています」

「なるほど」

近藤は知らない。江戸で才物清河の名を知らないのは、よほど時勢にうといといえる。

「その清河が」

と、山南敬助がいった。

幕閣に働きかけて、幕府の官費による浪士組の設立を上申し、それが老中板倉周防守の裁断で許可がおりたというのだ。

幕府では、攘夷党の志士の横行、暴虐には手を焼いている。一昨年には大老井伊が殺され、去年このかた外人をつけねらう攘夷浪士が多く、たとえば、江戸高輪東禅寺の異国人旅館に連中が斬りこんでいる。京都ではかれらの跳梁のためにまったく無法地帯と化し、天誅と称して佐幕開国派の論者を斬りまくり、公卿を擁して倒幕をもくろむ者さえ出ている現状だった。

——毒は、集めて筐に納れるにかぎる。幕費をもって養えば、幕府に悪しかれという行動には出まい。

これが、老中板倉の考えである。

さっそく講武所教授方松平忠敏らを責任者として、浪士徴募にとりかかった。

徴募の方法は、清河一派の剣客（彦根脱藩石坂周造——明治中期まで存命、事業家となる。芸州浪士池田徳太郎ら）が表むきはかれら浪人の私的な資格で、江戸府内はおろか、近国の剣術道場に檄文をとばした。

「檄文？」

近藤は、不審である。

「この試衛館にはきていないが」

「それは」

山南は、気の毒そうな顔をした。江戸では安政中期以来剣術道場は三百近くもできたが、こんな聞いたこともないような百姓流儀の剣術道場にまで檄文がまわって来るはずがない。

「それはむりでしょう」

「なにが、むりですかな、山南さん」

と、横からいったのは、歳三である。

歳三はもともとこういう冷遇や差別にたえられない性格である。清河一派に腹がたったのではなく、大流儀育ちの山南敬助の口のききかたが気にいらない。

「いや、土方君、落ちこぼれということもある。むこうの手落ちだ」

「両君、議論はよしたまえ。ところで山南君、その浪士組というのは、旗本にお取り立てになるというのか」

「いや、それは」

と、山南はかぶりをふった。山南は、単純な剣客ではない。当時の知識人の普通の思想として攘夷論者であった。その意見は公式的だが、動機は純粋でもある。

「旗本になるとかならぬということではなく、大和武士（当時の流行語。藩という割拠意識からぬけだし、汎武士といったような意味）として、異国を撃ちはらう攘夷断行の先手にこの浪士組はなります」

「しかし、いずれは直参になれような」

近藤は、単純明快でひどく古風である。近藤の考えでは、これは戦国時代の牢人が、戦さがあれば知る辺をたよって大名の陣を借り（陣借り）、働きの次第では取り立ててもらえるという徳川以前の風習があたまにうかんだのだ。

「歳、どうする」

近藤は、うれしそうな顔をした。近藤にすれば、本心では、直参になれようが、なれまいが、どちらでもいい。

このままでは道場がいよいよ窮乏し、ついには全員が食えなくなる。道場主としての経営難が、これで一挙に解決するのである。

「どうだ、歳」

「加盟するとすれば、天然理心流の試衛館はつぶれることになる。事が重大すぎるから、他流儀の山南さん御同席の前では、ちょっとまずかろう」

歳三の意地のわるいところだ。きらいとなれば、その男が地上から消えるまでがまんできない執拗さがある。

「大先生（周斎）がいらっしゃる。ここでとかくを論ずるより、まずその御意見をきくことだ」

「よかろう」

近藤は、すぐ養父の周斎老人に話した。周斎は年寄りだから時勢がわからない。だから山南流の主義や思想で説くよりも、

「将来は直参になれます」

と、一言で説明した。周斎はそのひとことでわかった。

「わしは直参の御隠居になれるわけだな」

そのあと、近藤は、道場に、門人と食客を集合させ、山南に説明させた。

「やるか！」

とおどりあがったのは、食客原田左之助である。食える、だけではない。この男は戦うためにうまれてきたような男なのだ。戦国時代なら、槍で千石二千石は楽にかせぎだす武者であったろう。

「沖田君、どうだ」

と近藤はいった。

「私ですか。私は近藤先生と土方さんの往くところなら地獄でも行きますよ。もっとも、極楽のほうが結構ですがね」

「井上君は？」

「参ります」

と、この近藤道場では、先代から用人同然の内弟子として仕えている温和な井上源三郎が、ぼそりといった。

「斎藤君」

「加盟します。ただ整理すべきことがあり明石にもどらねばなりませんので、結盟には遅れるかもしれ

ません」

「永倉君、藤堂君は」

「武士として千載一遇の好機です。加盟します」

あとは、不参加。

総勢、近藤、土方以下九人である。これで道場はつぶれたことになる。

幕府徴募の浪士組は、各道場の系統から応募三百人におよんだが、道場そのものが潰れたのは試衛館だけであった。もっとも徴募による閉鎖というより、小石川で発生した麻疹がつぶした、といったほうが正確だが。

浪士組

歳三は山南敬助が、大きらいだ。山南が他道場からききこんできたこの幕府肝煎「浪士組」設立の情報は、平素、（歴とした武士になりたい）とおもっている歳三にとって飛びあがるほどの耳よりな話だったが、（待てよ）とおもった。提供者の山南が気にくわない。

「もう一度、たしかめてみよう」

と、近藤にすすめた。

山南敬助は、幕府の趣旨を、

「攘夷のため」

と、いっている。これは、策士清河八郎の思想だ。はたして然るか。歳三には、疑問である。

歳三は、近藤と一緒に、牛込二合半坂にあった屋敷に、この徴募の肝煎役である松平上総介を訪ねた。むろん、しかるべき紹介状はもらっている。

松平上総介は、気さくに会ってくれた。これも時勢であった。考えてもみるがいい。上総介の家系は、三代将軍家光の弟忠長の血すじで、捨扶持三百石ながらも格式は、徳川宗家の連枝で、千代田城中では親藩大名の末席につくことのできる身分であった。

世が世なら、やすやすと浪人剣客と会うような人物ではない。

「ああ、あのことか」

とこの貴人はいった。

「役目は、将軍家の警固だよ」

上総介のいうところでは、近く、将軍家が京へおのぼりになる。

京は、過激浪士の巣窟だ。毎日、血刀をもって反対派の政客を斬りまくっている。将軍の御身辺にどのような危険があるかもわからない、武道名誉の士を徴募するというのである。

「それは」

近藤は、感激した。

「まことでござりまするか」

このときの近藤の感激がいかに深いものであったか、現代のわれわれには想像もつかない。将軍といえば、神同然の存在で、二百数十年天下すべての価値、権威の根源であった。浪人近藤勇昌宜は、額をタタミにこすりつけたまましばらく慄えがとまらなかった。歳三がそっと横目でみると、近藤は涙をこぼしていた。事実近藤にすれば、一生も二生もささげても悔いはない、という気持だった。

男とは、ときにこうしたものだ。

近藤の唯一の愛読書は、頼山陽の『日本外史』であった。日本外史は、権力興亡の壮大な浪漫をえがいた一種の文学書で、その浪漫のなかでも、近藤のなにより好きな男性像は、楠木正成であった。

楠木正成は、南北朝史上のある時期にこつぜんとあらわれてくる痛快児である。それまでは、河内金剛山にすむ名も無き（鎌倉の御家人帳にものってない）土豪だったが、流亡の南帝（後醍醐天皇）から「われをたすけよ」と肩をたたかれたがために、たったそれだけの感激で、一族をあげて振わざる南朝のために奮戦し、ついに湊川で自殺的な討死をとげた。頼山陽はその著でこれを、日本史上最大の快男児としてとりあつかっている。

英国にもこんな例はある。

伝説だが、有名な獅子心王リチャードのとき、リチャード王が十字軍遠征で国を留守しているすきに王弟が国を簒奪しようとした。その王権擁護のために立ちあがったのが、シャーウッドの森の土豪ロビン・フッドで、この森の英雄の痛快無比な物語は、いまも英国人の愛するところだ。が、これは余談。

歳三は、それから数日のち、日野宿の名主佐藤彦五郎のもとに行って、浪士組加盟のいっさいを告げ、

「ついては義兄さん、たのみがある」

といった。

「私にできることか。歳さんが武士になるのだ。きける話ならなんでもきく。どういうことだい」

「刀です」

「こいつはうかつだった。催促されなくても私のほうからだまって贈るべきだった」

とあわてものの彦五郎は仏間へ案内し、樫材に鉄金具を打った大きな刀簞笥をぽんとたたいて、

「三十口はある。気に入ったものならなんでももっていきなさい」

と、底ぬけに人のよさそうな微笑をうかべた。

義兄の微笑をみて、歳三はこまった。

そんな雑刀なら、束でくれてもほしくはないのだ。名刀がほしい。それも、銘の点で、大それた野心がある。しばらく考えて、

「姉さんはいますか」

「おのぶか。他行しているが、もうもどるはずだ。おのぶにも用があるのかえ」

「お夫婦そろったところで、無心をしたいのです」

「そうかそうか」

やがておのぶが、先代の墓参から帰ってきて、浪士組参加の一件を歳三の口からきいた。

「そう」

肚のふとい女で、なにもいわない。

おのぶは、土方家の六人兄妹のうちの四番目で、家じゅうで持てあまし者のこの末弟をひどく可愛が

っていた。歳三も、この姉が大すきで、子供のころから生家にいるよりも、姉の婚家である佐藤家にいるほうが多かった。

「頼みとは、なんのこと？」

おのぶがいった。

「刀を購めます。金子を無心したいのです」

「いかほどですか」

「口をきった以上は、断わられるのはいやですから、まず、承知した、といって下さい」

「いいよ」

彦五郎は、肚の太いところをみせた。

「いくらだい」

「百両」

これには、夫婦とも沈黙した。このあたりの良田数枚を売ってもそれだけの金にはならない。屋敷で飼っている小者の給金が、年に三両という時代である。

彦五郎の声が、つい荒くなった。

「一体、どういう刀を買うのだ」

「将軍、大名が持つような名刀を買いたい」

と、歳三は、平然としていった。

「だいそれた。……」

「と義兄上は思いますか」

歳三は、眼がすわっている。

「が、金高が大きすぎる」

「京では、西国諸藩や、不逞浪人がわがもの顔で町を横行している。それらの狂刃から将軍をお護りするのです。護持する刀にも、それにふさわしい品位と斬れ味が要る」

「――」

「近藤さんは、虎徹をさがしているそうですよ」

「虎徹を？」

これも、大名ものだ。

「勇が、か。虎徹を」

「そうです。いま愛宕下日蔭町の刀屋が必死にさがしまわっています。京での仕事は、腕と刀次第で生死が決する。私も虎徹とならぶような業物をもちたい」

「そ、それもそうだな」

彦五郎は、おびえに似た眼で、女房のおのぶを見た。おのぶは落ちついている。じつをいうと、実家の土方家から輿入れするとき、実父が五十両の金を鏡台に入れてくれた。

「歳、義兄さんから五十両貰いなさい」

「五十両でいいのか」

おのぶは、あとは自分の五十両を足し、二十五両包み四つを作って歳三に渡した。

「恩に着ます」

と、この他人には傲岸不遜な男が、おのぶがおもわず頰をなでてやりたくなるような子供じみた笑顔を作ってそれをうけた。

その翌日から、この男は、愛宕下の刀屋町をはじめ、江戸中の刀屋を駈けまわって、

「和泉守兼定はないか」

ときいた。

名代の大業物である。

斬れる。上作なら南蛮鉄をも断つ。ちなみに刀剣の「大業物」の位列というものはきまったものだ。有名な堀川国広、藤四郎祐定、ソボロ助広の異名で有名な津田助広など二十一工で、なかでも和泉守兼定は筆頭にあり、斬れ味は、刃に魔性があるといわれたほどのものだ。

「兼定を？　あなたさまが？」

と、どの刀屋もおどろいた。一介の浪人体の者がもつべきものではない。

「初代や三代兼定ならございますが」

という者もある。おなじ和泉守兼定でも初代と三代目は凡工で、値もやすい。浪人にはころあいの差料である。しかし歳三は、

「ノサダだ」

と、いった。二代目である。いわゆる大業物兼定は、異称ノサダといわれている。刻銘を、兼定とせず兼㝎と切るのが癖だったからで、文字を分解して之サダというのだ。

古くは戦国の武将細川幽斎、忠興父子が好んだもので、ほかに、豊臣秀吉の猛将で「鬼武蔵」といわれた森武蔵守は、この兼定の十文字槍を愛用し、みずから、

――人間無骨(にんげんぶこつ)

というぶきみな文字を刻んで、敵を芋のように串刺しにしたものである。

歳三は、その「人間無骨」の故事をきき知っている。大業物兼定の舞うところ、人間は骨のないのと同然になるのであろう。

「和泉守兼定はないか」

と、毎日歩いた。

「ございます」

といったのは、なんと浅草の古道具屋で、両眼白く盲(めし)いた老人である。

「たしかか」

「疑いなさるなら、買って頂かなくともよろしゅうございます」

「いや、その眼で鑑定(めきき)はたしかかと申しているのだ」

「刀のことなら」

老人は乾(かわ)いた声で嗤(わら)った。

「目明きのほうがあぶない。私は十年前の七十の齢に盲いたが、それ以来、刀をにぎれば雑念がない。愛宕下の刀師(れんじゅう)でも、難物ならこの浅草までやってきて私ににぎらせるほどです」

「みせてくれ」

老人は、奥から、触れるもきたないほどに古ぼけた白鞘の一口(ひとふり)を出してきた。

「ごらんなされ」

抜いてみた。

赤さびである。歳三は、自分の顔が蒼ざめてゆく

のがわかるほどに怒りをおぼえた。が、さあらぬ体(てい)で、

「値(あた)いは、いかほどか」

「五両」

歳三は、だまった。しばらくこのひからびた老盲をにらみすえていたが、やがて、

「なぜ、やすい」

といった。

「これは」

笑った口に、歯がなかった。

「廉(やす)いのがご不足とはおどろきましたな。百両、とでも申せばご満足でございますか」

「なぶるか」

と低い声でいったが、老人はおどろかない。

「刀にも、運賦(うんぷ)天賦(てんぷ)の一生がございます。この刀は、誕生(うま)れた永正（足利末期）のころなら知らず、その後は一度も大名大身のお武家の持物になったことがない。ながく出羽の草深い豪家の蔵にねむり、数百年ののち盗賊にぬすまれてやっと暗い世に出た。その賊が、手前どものほうに持ちこんだ、といういわくつきのものでございます」

容易ならぬことを老人は明かした。その筋にきこえれば、手に縄のかかる事実(はなし)だ。それを明かすとは、どういう真意だろう。

「見込んだのさ」

老人はぞんざいにいい、さらに語を継いだ。わざわざ和泉守兼定をさがしているというこの浪人が、盲人の勘で、ただものでない、と思ったというのである。

「数百年間、この刀はあなた様に逢いたがっていたのだろう。手前には、なんとなくそういうことがわかります。五両、それがご不満ならさしあげてもよろしゅうございます。お嗤いなさいますか。道具屋を五十年もしていると、こういう道楽もしてみたいのさ」

どこか、伝法な口ぶりがある。ただの道具屋渡世

だけの親爺ではなく、裏では、奉行所のうれしがらないこともしているのかもしれない。

「これに五両を置く」

と歳三はいった。

すぐ、愛宕下で砥がせた。

出来あがったのは京へ出発もちかい文久三年の正月である。

拵えは、実用一点ばりの鉄で、鞘は蠟色の黒漆。歳三の指定である。

みごとな砥ぎで、たれがみてもまぎれもない和泉守兼定であった。

刃文に点々と小豆粒ほどの小乱れがあり、地金が瞳を吸いこむように青く、柾目肌がはげしく粟だっている。

(斬れる。――)

刀をもつ手が、慄えそうであった。

歳三は、その夜から、沖田総司がいぶかしんだほど、挙措がおかしくなった。

第一、夜、道場に帰らない。

暁方になって帰ってくると、昼まではぐっすり寝て、夕暮れにまた出かけるのである。

「土方さん」

と、沖田は可愛く小首をかしげた。

「やっぱり、あることなんですねえ」

「なにがだ」

「狐憑き、てことですよ。お顔までが似てきている。私の知りあいに山伏がいますが、調伏に連れていって差しあげましょうか」

「ばか」

歳三は、刀に打粉を打っている。

陽が、暮れはじめて、明り障子を背にしている沖田の顔が、暗くてよくみえない。

「今夜は、何町です」

「――?」

「だめですよ、隠しても」

この若者は、気づいているのだ。

ちかごろ、辻斬りがはやっている。多くは物盗りではなく、攘夷熱で殺伐になってきたため、浪人剣客が、異人襲来にそなえて腕を練る、と称して夜、町に立つのである。

毎晩のように人が斬られた。

被害者の多くは、武士である。このため、武士で、夜中往来する者がすくなくなった。

事件は、この小石川近辺にも多い。

彗星が連夜東の空にむかって飛んだこの年末など、小日向清水谷で一件、大塚窪町で一件、戸崎町の田圃で一件、おなじ夜にいずれも主人持ちの武士が斃された。

この年に入って、道場のある柳町の石屋の前で旗本屋敷の中間が斬られたときなど、奉行所同心が近藤道場に目をつけてしつこくたずねてきたほどである。

「よくない悪戯ですよ。およしになったほうがいいとおもうがなあ、私は。――」

と、沖田はそれほどでもない顔つきでいった。

が、歳三はその夜も出かけた。

辻斬りが、目的ではない。

そういう男に逢いたくて、歳三は毎夜、うわさの場所を点々と拾って歩いてゆく。

ついに出逢った。

戌ノ下刻。

歳三が金杉稲荷の鳥居の前を通って久保田某という旗本屋敷の角まできたとき、不意に背後から一刀をあびせられた。

あやうく塀ぎわへ飛んでくるりとふりむいたときは、すでに和泉守兼定を抜いて、癖のある下段にかまえている。

（………？）

歳三は、むっつりだまったままだ。月がある。その下で、相手の影は、しずかに左へ移動している。

（出来るな）

と思ったのは、相手がふたたび刀を納め、右手を垂れたまま、歳三のまわりを、足音もなく歩きはじめたからだ。その足、腰、居合の精妙な使い手らしい。

　歳三は、眼をこらした。

　夜目というのは、間違っても影を見据えるものではない。影のやや上を見すえれば、物影がありありと視野の縁にうかぶ。夜闘の心得である。

「おい」

　と、相手はいった。

「訊いておく。何藩の者か。ついでに名も名乗ってもらえば、供養はしてやる」

「べっ」

　と、歳三はつばを吐いた。それっきり歳三は沈黙している。

　相手は、歳三の仕掛けを待つ様子であった。間合は、六尺しかない。双方いずれが一蹶しても、いずれかが死骸になるだろう。

　歳三も、仕掛けを待っている。

　こちらが仕掛ければ、その起りを撃つのが居合の手であった。

（どう抜かせるか）

　居合には、それしか応じ手がない。

　歳三は、そっと膝をまげた。

　一挙に伸ばした。

　そのときは塀づたいに一間も横にとびのき、同時に脇差を弾けるような早さで抜き、抜いたときは、狂気のように相手との間合の死地へとびこんでいた。

　脇差を投げた。

　よりも早く相手はすばやく踏みこみ、腰をおとし、白刃を空にうならせて歳三の頭上、まっこうに斬りおろした。

　鉄が、火を噴いた。

　いつのまに持ったか、歳三は左拳で鉄扇を逆にきぎって、敵の白刃を受けた。

　そのときはすでに、歳三の右手浅くにぎった和泉守兼定が風のように旋回して、男の右面に吸いこみ、骨を割り、右眼窩の上まで裂き、眼球がとび出、あごが沈んだ。そのままの姿勢で、男は、顔面を地上にたたきつけて倒れた。即死である。

（斬れる）

その夜が、正月三十日。

数日後の二月八日に歳三ら新徴の浪士三百人は小石川伝通院に集結して江戸を出発、中仙道六十八次、百三十里を踏み歩いて京へのぼったのは、文久三年二月二十三日の夕刻である。

歳三は、壬生宿所に入った。

袖に、江戸の血が、なお滲んでいる。

清河と芹沢

壬生郷、というのは京の西郊で、古寺と郷士屋敷と農家の一集落だが、王朝のころは朱雀大路の中心街であっただけに、どこか、古雅なにおいをのこしている郊である。

歳三たち天然理心流系の八人の壮士は、壬生郷八木源之丞方に宿営せしめられた。

「立派な屋敷だ」

と、近藤は大よろこびだった。

なるほど、歳三が知っている武州のいかなる豪家よりも、普請がいい。柱といい、床といい、一本えらびの銘木がふんだんにつかってあり、前栽、中庭などは、数寄者がみればふるえの来そうな雅致がある。

「歳、みろ、これは名庭だ」

無骨者の近藤が、縁側まで出て、飽かずにながめている。名庭どころか、この程度の庭なら、京には掃いてすてるほどあるということはあとになって知り、近藤も、

「京はおそろしい」

と複雑な表情をするのだが、このときはただ目を

みはっている。

「なあ、歳」

と、近藤はふりむいた。歳三は、立って庭をながめながら、

「その歳、てのは、もうよそうじゃないか」

といった。京にきてみると、どうも、近藤は土くさい。土臭いうえに、意外に人間が小さくみえる。

「では、どう呼ぶ」

「土方君、とよんでいただこう。そのかわり、私はあんたのことを、近藤さんとか、近藤先生、とかとよぶ。はじめはすこし照れくさいが、ものは形がかんじんだ。われわれはもはや武州の芋の子ではない。私はわれわれの八人の仲間も、年齢と器量を尺度(しゃくど)にして、整然とした秩序をつくってゆきたい、と考えている」

「いいことだ」

「むろん、あなたが首領です」

「そうか」

当然だ、という顔をした。近藤は餓鬼大将のころから、一度も二の次についたことがない。

「そのかわり、首領らしくどっしりと構えてもらわねばならない」

「しかし歳、わしは平隊士だよ」

現実には、そうである。江戸を発(た)つときに清河八郎が、幕府から目付役(めつけやく)として来ている山岡鉄太郎らと相談して隊の制度をきめ、それぞれ浪士のなかから、組頭(くみがしら)、監査役などという幹部を任命したが、近藤一派は、近藤以下全員が平隊士であった。

無名のかなしさである。

幹部のなかには、もっとも愚劣な例として祐天仙(ゆうてん)之助がいる。前身は博徒である。平素自分の飼っている用心棒や子分を多勢ひきつれて入隊したから、自然、五番隊の伍長（組頭）になった。

そのほか、根岸友山、黒田桃珉(とうみん)、新見錦(にいみにしき)、石坂周造など、江戸の攘夷浪人のあいだで虚名を売っている浮薄な（と歳三は思っていた）連中ばかりが幹部に

つき、天下をとったような顔で先生面をしている。国士気どりの議論は達者だが、いざ剣をぬけば腰をぬかすのがおちだろう。

(馬鹿なはなしさ)

歳三は、京へのぼる道中でも、ほとんどこういう連中と口をきかず、ときどき白眼をもってにらみすえ、かれらから気味わるがられた。

(こういう烏合の衆だ。いずれはたがが、はずれてばらばらになるにちがいない)

そのときを待つ。

歳三の闘争は、すでにはじまっていた。武州の天然理心流系をもって、この集団の権力をうばわねばならぬ。

(それにはどうすればよいか)

歳三は、終日不機嫌な顔で考えていた。

浪士組は、分宿している。

壬生郷の屋敷は徴発されており、本部は、新徳寺。あとは、寺侍の田辺家、郷士の中村、井出、南部、八木、浜崎、前川の諸屋敷、それに大百姓の家まで占拠し、狭い壬生一郷は、東国なまりの浪士であふれるようであった。

その夕。

つまり、到着した二十三日の翌夕、本部の新徳寺から使番が歳三らの宿所八木屋敷へとんできて、

「新徳寺本堂にて清河先生のおはなしがあります。すぐお集まりねがいます」

とよばわって駈け去った。

「土方さん、なんでしょう」

沖田が、箸をとめた。

みな、近藤の部屋でめしを食っている。どの膳部にも、壬生菜のつけものがついていた。

関東には、ない野菜である。

京菜(水菜)の変種で、色が濃緑のうえに葉も茎も粗っぽいが、噛めば微妙な歯ごたえがしてやわら

かい。

――うまい。

と何度もそれを八木家の下女に命じてお代りしたのは、山南敬助である。歳三はそういう山南を軽蔑した。

食いものだけでなく、山南は、京のものならなんでも、讃美した。

――さすが、王城の地だ。ここへきてしみじみ、われわれは東国のあらえびすだとおもう。

と、何度もいった。歳三は、山南が礼讃している壬生菜は、自分の膳部から遠ざけて箸もつけなかった。

（あらえびすで結構だ。こんな塩味のきかねえつけものが食えるか）

むろん、歳三の真底（しんぞこ）は、食いものへの嫌悪ではない。山南への嫌悪である。

「なに、清河先生が？」

と、山南は箸をとめた。この教養人は、自分が教養人であるがために、博識な弁口家清河八郎を尊敬している。

「諸君、行きましょう」

「まだ、われわれは飯を食っている」

と、歳三はいった。

「あわてることはないでしょう。山南さん、清河八郎はわれわれの主人ではない。世話役にすぎぬお人だ。待たせておけばよい」

「土方君」

と、山南は、無理に微笑をつくった。

「あなたもせっかく京へきたのだ。京の言葉は、人の心に刺さらない。そういう心づかいをまなぶほうがいい」

「私は私の流でいくさ」

と、歳三は、むっとこわい顔をして、干魚（ほしざかな）をむしった。沖田は横合いから、くすくす笑った。

「土方さん、それは私の干魚ですよ。あなたのはそこにあります」

「知っている」

と、歳三は負けおしみをいった。

「他人の膳部の物はうまそうにみえるのさ。私も、京惚れの山南さんに真似てみたのだ」

　近藤一派は、最後に一椀ずつ茶漬けを喫してから、ゆっくりと宿所の玄関を出た。八木家の下男が、門扉をひらいた。扉には、大名屋敷のようにずしりとした八双金具を打ってある。門は武家風の長屋門だが、武州日野の無骨一点ばりの佐藤屋敷の長屋門とちがうところは、壁に紅殻がぬられ、窓に繊細な京格子がはめられていて、妙に女性的な感じであった。

　出たすぐが、坊城通である。歳三らは、通りを横切るだけでいい。新徳寺は、八木屋敷のすじむかいにあるからだ。

　すでに狭い本堂には、浪士一同が群れあつまっていた。歳三らは、その末座をあけてもらって、かたまって着座した。

　本堂須弥壇の右手に、山岡ら幕臣がならび、その横に清河がいる。憮然として、あごをなでていた。まわりに、清河の腹心石坂周造、池田徳太郎、斎藤熊三郎（清河の実弟）らが、異様に緊張した顔ですわっている。それをみて、

（なにかあるな）

　歳三はおもった。

　三十畳敷の本堂に、燭台が五つばかりおかれているほか、灯りというものがない。その薄暗いなかで、清河党の石坂周造が立ちあがった。

「諸君、お静かにねがいたい。ただいま清河氏より、お話がある」

　清河八郎が立ちあがった。背が高い。姿のいい男である。

　ゆっくりと、須弥壇の前へゆく。

　出羽人らしく色白のうえに、眼鼻だちがさわやかで、男でもほれぼれするような顔だちである。北辰一刀流の達人らしく眼がするどい。気力充溢し、態度は満堂をのんでおり、いかにも不敵な感じがした。

なるほど世間がさわぐだけのことはあった。当代一流の人物とみていい。

「諸君」

といって、清河は大剣を左手にもちかえた。

「この話は心魂をもってきいていただきたい。われわれ一身のことである。われわれの碧血を何のために流すべきかということだ。諸君はいずれも剽勇敢死の士である。血を流すことはもとより厭うまい。しかし道をあやまって流せば、後世ぬぐうべからざる乱臣賊子の汚名を着る。——そこでだ」

清河は、一座を見渡した。

みな、かたずをのんで清河を見まもっている。清河は、ついに意外なことをいった。

「われわれが、江戸伝通院で、結盟したのは、近く上洛する将軍（家茂）の護衛たらんとするところにあった。が、それはあくまでも表むきである。真実は、皇天皇基を護り、尊皇攘夷の先駈けたらんとするところにある」

（あっ）

と声をのんだのは、一同だけではない。清河と手を組んで浪士組結成のための幕閣工作をした幕府側の肝煎たちである。山岡鉄太郎などは、蒼白になった。清河は、山岡にさえ話していなかったのだ（山岡という人は、数年後には見ちがえるほどの人物に成長したが、このころはまだ若く、策士清河の弁才に踊らされるところが多かった）。

「われわれはなるほど、幕府の召しに応じて集まった。が、徳川家の禄は食んでおらぬ。身の進退は自由である。ゆえに、われわれは天朝の兵となって働く。もし今後、幕府の有司にして（たとえば老中、京都所司代が）天朝にそむき、皇命を妨げることがあらば、容赦なく斬りすてるつもりである」

維新史上、反幕行動の旗幟を鮮明にあげた最初の男は、この壬生新徳寺における清河八郎である。清河は、兵を持たぬ天皇のために押しつけ旗本になり、江戸幕府よりも上位の京都政権を一挙に確立しようとした。いわば維新史上最大の大芝居といっていい。

「ご異存あるまいな」

一座は、清河にのまれてしまっている。というより清河に反対するどころか、かれの弁舌を理解する教養をもった者も、ほとんどいない。

そこを、清河はなめている。頭脳は自分にまかせておけ、汝らは自分の爪牙になっておればよい、という肚である。

一同、発言なく散会した。

清河はその夜から、京都の公卿工作を開始し、浪士団の意のあるところを天皇に上奏してもらえるよう運動した。公卿たちは、政治素養は幼児のようなものである。それに時の天子（孝明帝）は、異常なほどの白人恐怖症におわし、幕府の開港方針に反対しておられた。だから、

「天意を奉じ、攘夷断行の先鋒となる」という清河の建白は大いに禁裡を動かし、「御感斜めならず」と叡慮が清河らに、洩れ下達された。

清河は、狂喜した。

このままもし時流が清河に幸いすれば、出羽清川村の一介の郷士が、京都新政権の首班になることもありえたろう。

「歳、どうする」

と、その夜、自室に歳三をよんだのは、近藤である。近藤は、このころまだ時勢というものがわからず、いわゆる志士どもの論議の用語さえ、よく理解できなかった。

歳三にとっても、同然である。ついこのあいだまで、武州多摩の田舎で、八王子の甲源一刀流と田舎喧嘩ばかりをくりかえしていただけの男である。

しかし、歳三には、近藤にはない天賦のカンと、男くさい節義があった。

「あれは悪人だぜ」

と、歳三はいった。その一言が、近藤のこの問題についての疑団を氷解させた。

「歳、よくいった。清河めはずいぶんむずかしいこ

とをいったようだが、一言でいえばあれは寝返りだろう。どれほど漢語をならべて着かざったところで、中身は男として腐り肉だ。どうすればいい」

「斬る以外にあるまい」

「殺るか」

近藤は、単純である。しかし歳三は、清河を斃すだけでは問題はかたづかぬ、といい、

「新党をつくることだ」

といった。

「新党を？」

「ふむ。だがわれわれは八人にすぎぬ。この少人数では、たとい清河を斃したところで、多数から袋だたきにあって自滅するほかない。これには一工夫が要る」

「それにはどうする、歳。――」

「土方君とよんでもらおう」

「ああ、そうだったな」

近藤は、顔をひきしめた。

歳三は、隣室の気配にじっと耳を傾けていたが、やがて筆紙をとりだしてきて、

――芹沢鴨。

と書いた。

「これを引き入れねば、事が成らぬ」

芹沢鴨は、水戸脱藩浪士で、当人は天狗党の仲間だったと自称している。巨軀をもち、力は数人力はあるという。

神道無念流の免許皆伝者で、門弟も取りたてているほどの男だが、始末のわるいことに一種の異常人で、機嫌を損じるとどんな乱暴もしかねない。

「せりざわ、か」

と、近藤は低声でつぶやいた。この男には道中、不快な目に数度遭っている。これを仲間にひき入れることは愉快ではなかった。

歳三も、愉快ではない。

近藤よりもむしろあの兇悪な男を憎むところが深いかもしれないが、この際は、一度は芹沢と手をに

ぎることがあとの飛躍のために必要だと、歳三は説いた。

「なぜだ」

「まず、あの男の人数だ」

芹沢系の人数はわずか五人だが、いずれも一騎当千といっていい剣客ぞろいで、すべて水戸人であり、流儀は神道無念流である。芹沢はそれらの親分株として浪士組に参加したが、近藤系とはちがい、一味のなかから二人の浪士組幹部を出している（芹沢鴨は取締り付、新見錦は三番隊伍長。あとは、平間重助、野口健司、平山五郎）。

「それに」

と、歳三は、墨書した「芹沢鴨」の名を指でたたき、

「この男の本名を知っているか」

「知らぬ」

「木村継次という。この男の実兄が木村伝左衛門という名で、水戸徳川家の京都屋敷に詰めている。役目は公用方。よろしいか。公用方とあれば、京都守護職松平中将様公用方と親しかろう」

「それで？」

「京都守護職松平中将（容保（かたもり））様といえば」

歳三は、言葉を切って近藤を見た。近藤もわかっている。京都守護職といえば、京都における幕府の代表機関である。

「わかった」

近藤は、うれしそうな顔をした。

「つまりは、こうか。新党結成のねがいを、芹沢を通じて京都守護職さまに働きかけさせるのか」

「そうだ。芹沢は毒物のような男だが、このさいは妙薬になる。——そのうえ都合のいいことに」

歳三は紙をまるめながら、

「芹沢一味五人とは、同宿ときている」

といった。これは奇縁といっていい。偶然な宿割りでそうなったのだが、近藤系と芹沢系は、おなじ八木屋敷の一つ屋根の下に宿営していた。もしこう

いう偶然がなければ、新選組はできあがっていたか、どうか。

「芹沢先生、話があります」

と、近藤が、中庭一つへだてた芹沢鴨の部屋に入ったのは、そのあとすぐである。

「ほう珍客」

と、芹沢はいった。一つ屋根の下にいてもたがいに割拠して、首領同士がろくに話したこともなかった。

芹沢は、近藤の来訪をよろこんだ。すでに、したたかに酩酊していて、

「おい、近藤先生のための膳部を」

と、内弟子の平間重助に命じた上、自分の使っている朱塗りの大杯を洗って、近藤に差した。

「まず、一つ」

「頂戴します」

近藤は、酒はのめない。が、このさい芹沢と同盟できるならば、毒をも飲むべきであった。近藤は、飲みほした。

「お見事。ところで、御用は？」

「例の寝返り者のことですが」

「寝返り者？」

「清河のことです」

近藤は、よびすてた。つい前日までは、清河先生、と敬称していた相手である。

「なんだ、あの小僧のことか」

芹沢は、清河など、もともと意にも介していないふうである。近藤の返杯をうけながら、

「あの小僧が、なぜ寝返り者です」

「これは芹沢先生にしてはしらじらしい。そうお思いになりませんか」

「ふむ」

芹沢はくびをひねった。なるほど、いわれてみると、清河は、尊王攘夷という当節の常識論でたくみに問題をすりかえているが、これは大公儀の信頼に対する、武士としての裏切り行為である。

「武士としての、でござる」

「ふむ」

そう説かれてみると、芹沢の頭の中の清河八郎の映像が、芝居にある明智光秀と似てきた。

「斬るか」

と、声をひそめた。

「それについては」

と、近藤は歳三の策を告げた。芹沢は横手をうってよろこんだ。

「おもしろい。ぜひやってみよう。これは京で存分にあばれられるぞ」

ついに誕生

土方歳三と近藤が、入洛（じゅらく）後まず熱中したしごとは清河斬りであった。


むろん暗殺である。

だれが殺したか、ということがもし洩れれば、あとの計画である近藤・芹沢両派の密盟による新党の結成がむずかしくなる。

近藤派八人は、毎日、ぶらぶら壬生界隈を散歩しては、清河の動静をうかがった。

芹沢派五人もこれに大いに協力したが、なにぶん、領袖の芹沢鴨は粗豪で、こういうきめのこまかい探索仕事にはむかない。

「近藤君」

と、芹沢は毎日のように近藤の部屋にどかどかと入ってきては、

「面倒ですな、こんなしごとは」

といった。気がみじかい。

いつも、酒気を帯びている。

話しながら、大鉄扇で、しばしばと膝をたたくのが癖であった。鉄扇には、

——尽忠報国

ときざんである。水戸ではやりはじめた言葉だ。

「いっそどうだろう」

と、芹沢はせきこんだ。

「闇夜、清河八郎めの宿所に駈け入って有無をいわせずたたっ斬ってしまえば」

「さすがに」

「妙案だろう」

「英雄ですな、先生は」

近藤は、必死の努力で、巧言をいった。このさい芹沢鴨に軽挙妄動されてはなにもかもぶちこわしになる。

「しかし、自重していただきます。ところで御令兄からのお返事がおそいようですな」

「ああ、守護職にわたりをつける一件か」

「そうです」

「昨日も行ってきた。兄も、もうお返事があるはずだと申しておった。あの返事さえあれば近藤君、京洛は君とおれの天下だな」

「私は、朴念仁でしかありませぬ」

近藤は、苦しい顔つきでお世辞をいった。

「しかし先生は、京洛第一の国士になられましょう」

「おだててもだめだ」

「私が、人に巧言令色を用いる男だとお思いになりますか」

「それもそうだな」

芹沢は、顔がほぐれた。

近藤は苦しくとも精一ぱいの世辞はいわねばならぬ。これが黒幕の歳三のひいた図式なのである。事を成すまでは、どうしても芹沢鴨という男が必要だった。

――もしも、近藤さん。

と、歳三は近藤に念をおしてある。

――芹沢がそうしろというなら、足の裏でもあんたは舐めねばならぬ。ここは、専一にあの男の機嫌をとっておくことだ。

前章でのべたとおり、芹沢の肉親縁者は筋目がよく、実兄が水戸徳川家の家臣で、しかも好都合なことに、藩の京都における公用方（京都駐留の外交官）をつとめている。その兄から、京都守護職会津中将松平容保の公用方に渡りをつけてもらって、

――清河八郎を誅戮してもよい。

という密旨を得たい。それが、いまの時期の近藤系の正念場なのだ。

歳三の観測では、清河の奇怪な寝返りには、幕閣もおそらくふんがいしているだろう（これはあたっていた。歳三の見こんだとおり、老中板倉周防守は、幕臣で講武所教授方の佐々木唯三郎をしてひそかに清河暗殺を命じていた）。だから京都における幕府の探題である京都守護職は当然、清河をよろこばない。これは、万、まちがいはない。

（密旨は、かならずくだる）

とみて、歳三は、芹沢に運動させる一方、清河暗殺の計画をすすめていた。

果然、図にあたった。

その翌日である。

京都守護職松平容保の公用方外島機兵衛という利け者から、

――ぜひ会いたい。

という使いが、芹沢のもとにきた。ただし人目もあることゆえ御内密にという念の行きとどいた言葉もついていた。

「これで事が成ったも同然だ」

と、歳三は近藤にいった。無名の浪人剣客が、江戸の幕閣以上の権威をもつ京都守護職にわたりがつく、というだけでも、たいそうな収穫ではないか。

「そうだな」

近藤も、頬に血がのぼっていた。よほどうれしかったのか、

「歳、こいつは国もとに報らせるべきだ。ぜひ、そうすべえ」

と、いった。たがいの盟友である日野宿名主佐藤

彦五郎がよろこぶだろう。京都についてからも、彦五郎は、「入用が多かろう」といって金飛脚（かねびきゃく）を差し立ててくれている。よき友はもつべきものだ。

翌日、出かけた。隊には、表むき、「市中見物のため」ととどけ出た。

一行は壬生から東にむかった。同勢は、

近藤勇、土方歳三。

芹沢鴨、新見錦。

の四人であった。

この四人が、数カ月後に京を戦慄させる男になろうとは、当の四人も気づいていまい。

黒谷（くろだに）の会津本陣に到着したときは、陽も午後にややかたむくころであった。

「ほう」

と近藤は見あげた。

鉄鋲（てつびょう）を打った城門のような門がそびえていた。会津本陣とはいえ、ありようは、浄土宗別格本山金戒（こんかい）光明寺（こうみょうじ）である。が、寺院建築というよりも、丘陵を背負い城郭に似ている。似ているどころか、これにはわけがある。

江戸初期、徳川家は、万一京都に反乱のある場合を予想し、正式の城である二条城のほかに、二つの擬装城をつくった。それが、華頂山にある知恩院と、この黒谷の金戒光明寺である。当節、幕府にとって「万一のとき」がきている。そのため、会津松平藩を京に駐屯させた。本陣は擬装城である金戒光明寺である。徳川氏の先祖の智恵は、二百余年をへて、役立ったといえる。

「芹沢先生、りっぱな御本陣ですな」

「まあ、そうだな」

芹沢は、建物などに興味はない。

大方丈（だいほうじょう）に通された。

待つほどもなく、中年の眼光するどい武士があらわれて、下座で一礼した。

「わざわざの御来駕、痛み入りまする。それがしが、公用方を相つとめまする外島機兵衛でござる。以後、お見知りおきくだされますように」

と、いかにも会津藩士らしい古格な作法であいさつをした。

あとは、酒になった。外島機兵衛は、顔に似あわぬ粋人らしく、他愛もない戯れごとをいったり、酔って会津の俚謡を、案外かわいいのどで披露したりして、ひとり座もちをした。しかし近藤はこういう座ははじめてのことで、すっかり緊張して固くなっている。

歳三も、眼ばかりぎょろぎょろさせて、にこりともしない。

辞去するときになって、外島機兵衛は例の門のところまで送ってきて、

「本夕は、愉快でしたな」

と、ゆっくり顔をなで、急に声を落し、

「近藤先生」

といった。

「はっ？」

「き文字の一件、よろしく」

それだけをいった。き文字とは、清河のかくしことばである。これで、京都守護職が、清河暗殺を密命したことになる。

清河八郎は、毎日、外出する。御所の方角に出かけるのだ。

御所には、

「学習院」

という新設の役所がある。公卿のなかから頭のいいのを選んで詰めさせ、対幕府政策を研究、議事させる役所である。といっても公卿などは、源平以来七百年政権をとりあげられていたからなんの政治訓練もなく、自分自身の判断力などはまるでない。要するにその役所に出入りする「尊攘浪士」の議論におどらされているだけの役所である。

清河も、その傀儡師のひとりである。

歳三は、清河の道筋を研究させた。

（さすがに、剣の清河だな）

と感心したのは、毎日、清河の往復の道すじがちがうことである。刺客の待ちぶせに用心しているのだろう。

探索の結果、毎日そこだけはかならず通過するという場所をみつけた。

九条関白家の南、丸太町通（東西）と交叉する高倉通（南北）の角である。

角は町家で、空家になっている。

（これは都合がいい）

歳三は近藤と芹沢に説き、そこに人数を隠しておくことにきめた。

「暗殺は、かならず夜であること」

と、歳三は芹沢にいった。

「それも一撃で決していただきます。ぐずぐずしておれば、こっちの顔を知られてしまいます」

「心得た。君は軍師だな」

「人数も、小人数に」

「わかっている。君に指図されるまでもない」

近藤、芹沢の両派とも、前記四人のほかはこの密謀を知らないのである。だから、暗殺も、四人でやるほかなかった。

四人を二組にわけた。

近藤勇、新見錦。

芹沢鴨、土方歳三。

この二組が交替で、空家にひそむ。組みあわせをわざと仲間同士にしなかったのは、もし清河の首級をあげたばあい、両派のどちらかの一方的な手柄になってしまうからである。歳三はそこまで周到であった。

計画は、実施された。

しかし、清河もぬけ目がない。出かけるときには、かならず数人の腹心の猛者を左右に従えていた。

それに、日没後は、歩かない。

「まったく隙がない男だ」

近藤までが、音をあげてしまった。毎日、待ちぶせるのだが、あたりが明るすぎるのである。

芹沢などは、歯ぎしりした。

板塀のふし穴からのぞいていて、芹沢はいまにも飛び出そうとするのだが、歳三は懸命におさえた。

ついに好機がきた。

芹沢、歳三の組のときである。日没になっても、清河は、学習院からもどらない。

「どうやら、今夜は首尾がよさそうだな」

芹沢は、板塀の根にふとぶとした尿を放ちながら、いった。そのしぶきが、容赦なく歳三のすそにかかってくるのだが、芹沢は意にもとめない。

歳三は、顔をしかめた。

(いやなやつだ)

避けようとしたとき、板塀の隙間からみえる路上の風景が変わった。

提灯の群れがきた。

談笑している。

「清河です」

と、歳三がいった。

「どれどれ、おれにもみせろ」

と、芹沢はのぞいた。のぞきながら、

「四人だな」

と笑った。腹心の連中は、石坂周造、池田徳太郎、松野健次。いずれも、剣で十分町道場ぐらいはひらける男どもである。

「土方君、おれに清河を斬らせろ」

「では、私は雑輩をひきうけます。ただし一撃ですぞ。掛け声をおかけなさらぬように」

「くどいの」

芹沢は、悠々と用意の覆面をした。歳三も黒布で顔を覆い眼だけを出した。

「土方君、行くぞ」

ぱっと板塀から出た。

芹沢は、抜刀のまま駈け出した。歳三も走りながら、和泉守兼定を抜いた。

――なんだ。

と、提灯の群れは、とまった。前方から、真黒の影が二つ、駈けてくる。

影の一つは、ばかに足音がおおきい。まるで地ひびきをたてるような派手な足音だった。

(芹沢め。……)

走りながら、歳三はその不用意さが腹だたしかった。

が、清河方は、かえってこのあまりにもあけっぴろげな走り方に安堵し、

「どこか、火事でもあるのかね」

と、石坂周造がのんきなことをいったほどであった。しかしさすがに領袖の清河八郎はただごとでないとみた。

「諸君、提灯を集めて地上に置きたまえ。そう、二、三歩後へ。そこで待つ」

といった。

清河の処置はあやまっていない。刺客は提灯の灯をめざしてとびこむものだ。

まず、芹沢が駈けこんできた。

地面の上の提灯の群れを飛びこえた。

飛びこえながら剣を豪快な上段に舞いあげ、地に足がつくやいなや、清河にむかって、一太刀ふりおろした。

清河は、二歩さがった。

「何者だ」

といった。動じない。

芹沢は派手に名乗りたいところだろうが、だまった。沈黙のまま、二歩三歩と踏みこみ、さらに一太刀ふりおろした。

清河は、受けとめている。

歳三のいう「一撃」はしくじった。

(芹沢め、口ほどもない)

歳三は、そこここに跳びちがえながら、石坂、池田、松野にめまぐるしく斬りこんでいたが、これ以上、時はすごせない、いずれは人(にん)を勘づかれてしま

う。

石坂周造の太刀をはずすや、それを機に駈けだした。

芹沢も駈けだした。

高倉通を南下して夷川通を西走し、さらに間之町をぬけ、二条通を東走し、川越藩の京都屋敷のそばまできたとき、やっと敵を撒いた。

「芹沢先生、しくじりましたな」

「ふむ」

芹沢は、大息をついている。歳三は喧嘩なれているから、言語動作、平常とちっともかわらない。

(神道無念流の免許皆伝で門弟まで取りたてていたというが、大したことはないな)

歳三のそんな気持が伝わったのだろう、芹沢鴨は不機嫌になった。

「君がよくない」

といった。歳三は、むっとした。

「それはどういうことです」

「あのまま、もう二合もやっておれば、おれは清河を斬り伏せていた。が、君が逃げだしたのでみすみす大魚を逸した」

「それは御料簡がちがいます。最初からの軍略では、一撃で斃す、しからざれば去る、ということだったはずです」

「君は智者だ」

「私は無学な男ですよ」

「いや、智者である。軍略々々という。所詮は勇気がない証拠だ」

「なにッ」

川越藩邸の塀から、赤松の影がこぼれ落ちている。

「勇がないかどうか、芹沢先生、お試しねがいましょう。抜いていただきます」

「やるか」

芹沢も、抜刀した。

そのとき塀のむこうに人影が立った。

数人、ばたばたと駈けてきた。清河一派だろう、芹沢も歳三も見た。

（いかん）

どちらも肩をならべて逃げだした。

その翌日。——

清河は、壬生新徳寺に、ふたたび浪士隊一同の参集をもとめた。

「諸君、よろこんでいただく」

と、清河はいった。

「われわれの攘夷の素志は天聴に達し、勅諚（ちょくじょう）まで頂戴した。大挙京へのぼった甲斐があったということである。ところが例の生麦（なまむぎ）騒動が」

といった。生麦事件とは、先般、東海道生麦（神奈川と鶴見の間）で、薩摩の島津久光の行列を英人が馬上で横切ったため、藩士が一人を斬り、二人に深傷（ふかで）を負わせた事件で、このため幕府と英国とのあいだで外交問題がこじれている。

戦さになる、というので、横浜あたりでは家財を纏（まと）めて立ちのく町民もあった。

「こじれている。もしイギリスが戦端をひらいた場合、われわれはそれを撃ちはらう先鋒となる。その旨、公儀から通達があったため、急ぎ、江戸へ帰る」

それが、幕閣の手だった。

策士清河ほどの者がその手に乗った。この後、江戸にもどってから浪士隊は「新徴組」と命名され、肝煎（きもいり）清河は、赤羽橋で、佐々木唯三郎らのために暗殺された。

壬生新徳寺の会合で、

「われらは、ことわる」

と立ちあがったのは、近藤、芹沢、土方、新見ら八木源之丞屋敷を宿所とする一派である。すぐ、退場した。

清河の指揮する浪士隊が、京を発ってふたたび木曾路を江戸にむかったのは文久三年三月十三日のことで、京における滞在はわずか二十日間であった。

近藤勇一派八人。

芹沢鴨一派五人。

あわせて十三人だけが、宿所の八木屋敷に残留した。

分派した。

分派したといえば聞えがいいが、もはや幕府の給与も出ず、なんの身分保障もないただの浪人集団である。

「歳、どうするんだ」

と、近藤は、こまってしまった。食費もない。米だけは宿所の八木家に泣きついて借りたが、いつまでもただめしは食わせてくれない。

「京都守護職だよ」

と、歳三はいった。歳三にとってはかねての思案どおりであった。芹沢の例の実兄をつかって、京都守護職に運動するのだ。「京都守護職会津中将様御預浪士」ということになれば、歴とした背景も出来、金もおりる。第一、壬生に駐屯している法的根拠が確立するのである。

「妙案だ」

と、芹沢はよろこんだ。

「ただし、近藤君、私が総帥だぞ」

「むろんそのつもりでいます」

当然なことだ。すべては芹沢の実兄あってこそ運動は可能なのだし、第一、水戸天狗党の芹沢鴨といえば、世間に名が通っている。このさい、芹沢を看板としてかつぎあげるしか仕方がなかった。

例の公用方外島機兵衛を通して働きかけると、意外にも即日、嘆願の旨が容れられ、隊名を「新選組」とすることも、公認となった。

「歳、夢のようだな」

近藤は、歳三の手をにぎった。歳三はそっとにぎりかえして、

「事は、これからですよ」

といった。脳裡に、芹沢の顔がある。

四条大橋

清河八郎が去った。

新選組が誕生した。

――壬生郷八木源之丞屋敷の門に、山南敬助の筆による「新選組宿」の大札がかかげられたのは、文久三年三月十三日のことである。京は、春のたけなわであった。この宿陣からほど遠くない坊城通四条の角にある元祇園社の境内の桜が、満開になっている。

きのう今日、壬生界隈は、花あかりがした。

が、歳三の顔だけは明るくない。

「近藤さん、要は金だな」

と、いった。

歳三のいうとおり、京都守護職会津中将様のお声がかりがあったとはいえ、まだ、私党であった。軍用金はどうなるのか。十三人の隊士の食う米塩をどうするのか。

壬生の郷中の者は、隊士の服装をみて、みぶろ、壬生浪、と嘲りはじめていることを、歳三は知っている。むりもなかった。どの隊士も、まだ旅装のままで、袴はすりきれ、羽織につぎをあてている者もあった。初老の井上源三郎などは、大小を帯びなければ乞食と見まがうような姿だった。

――壬生浪やない、身ぼろ、や。

と、蔭口をたたく者もあった。

「金が、古今、軍陣の土台だ。――攘夷がどうだ、尊王がどうだという議論もだいじだろうが」

隊士は、毎日、なすこともないから、山南敬助を中心に天下国家ばかりを論じあっている。歳三はそれをいった。

「そうか、金か」

近藤には百もわかっている。柳町試衛館のころは、近藤は、苦労といえば金のことだった。江戸でも「芋道場」と蔭口をたたかれたほどの貧乏道場である。妻子が食いかねるときでも養父周斎老人の食膳には三日に一度は魚をつけたが、その魚さえ、購(もと)めかねるときがあった。

「また、日野に頼むか」

と、近藤はいった。入洛後、これで二度目である。試衛館のころから、せっぱつまると、武州日野宿名主佐藤彦五郎に無心をいうのが、近藤の唯一の経営法であった。

「むりだ」

と、歳三はいった。いかに義兄(あに)（彦五郎）に無心をいっても、送ってもらえるのは、五両、七両、といったはしたがねである。

「すぐ飛脚を差し立てよう」

「近藤さん、おれはね」

と歳三はこわい顔でいった。

「考えがある。この壬生に天下の刺客をあつめ、新選組を二、三百人の大世帯にし、王城下、最大の義軍に仕立てあげたいと思っている」

「歳(とし)」

近藤はおどろいた。かれの構想にはないことであった。この歳三という男は、まるで自分をおどかすためにいつもそばにいるように思われた。

「それには、金」

歳三は、指でトントンと畳をたたいた。

「金だ。筋目の通った金が要る。隊が費(つか)ってもつかいきれないほど湯水のように湧いてくる金が。――だから」

「なんだ」

「いつも日野から、五両、十両と小金をせびっているようなあんたのやり方を変えてもらわねばならぬ。いっておくが、精鋭二、三百人を養うとなれば、五、六万石の小大名ほどの経費(ぞうよ)が要る。では、あるまいか」

「そ、そのとおりだ」

小大名、ときいて、近藤は喜色をうかべ、自分の位置が、いまや京で、天下で、容易ならぬものになりつつあることをあらためて気づかされる思いであった。思わず胸がふくらんだ。

「よかろう」

といった。

「では近藤さん、早速、芹沢をおだて」

といってから、歳三は、近藤にさしさわりがあると思ってすぐ言葉をかえ、

「いや、芹沢にもう一度働いてもらって、会津侯にまで、その旨を通して貰いたい。いまのところ、芹沢は大事なお人だ」

「そうしよう」

近藤は、すぐ、芹沢の部屋へ行った。

芹沢鴨は、自室で、新見錦、野口健司、平山五郎ら水戸以来の腹心の連中と飲んでいた。

どの男の膝の前にも、ぜいたくな酒肴の膳がある。

この芹沢系五人は、近藤系の連中とはちがい、食うものも着るものも、豪奢であった。いずれも黒縮緬(くろちりめん)の羽織をまとい、芹沢などは、三日にあげず島原にかよい、すでにいい女までできているという。

近藤は、その資金の出所は知っている。かれらは、市中のめぼしい富家に難癖をつけては「押し借り」をはたらいているということだ。

「押し借り」などは、尊攘を口念仏にしている浮浪志士のやることではないか。それを鎮圧する、というのが、京都守護職から差しゆるされた新選組の本義ではないか。

近藤は着座した。

「いかがです、近藤先生」

と、新見錦は、杯をさしだした。

「いや、私は結構」

「ああ、近藤先生は、下戸でしたな。されば菓子でも」

「頂戴できませぬ。私どもの子飼いの者は、朝起きれば夕餉(ゆうげ)の膳の米のめしの心配からせねばならぬて

いたらくです。頂戴しては、罰があたりましょう」

「ほほう」

新見錦は、酔っている。皮肉に笑った。この男は、このときから半年後に、「遊興にふけり隊務懈怠のかどにより」ということで、祇園で近藤一派のために詰め腹を切らされる男だ。

「感服しましたな、さすがに芋道場の御素姓は」

あらそえぬ、というつもりだったのだろうが、自分でも暴言に気づいたか、そこまではいわず、

「ご質朴なものでござる」

近藤は、だまっている。

芹沢は、床柱の前から声をかけた。

「近藤君、おはなしは？」

「されば」

近藤は膝をすすめ、口下手だがよく透る声で、歳三に教えられたとおりのことをいった。

「小大名？」

芹沢も、満足した。

「なるほど、よくぞ申された。皇城鎮護、将軍家御警護のためには、われわれはゆくゆく十万石の大名ほどの人数、武備をもつ必要がある。さっそく、守護職にかけあおう」

「拙者も、お供つかまつる」

近藤は、いった。いつまでも京都守護職との折衝を芹沢にだけまかせておけば、近藤一派は、下風に立つばかりであった。

早速、近藤は歳三に命じて、門前に馬をそろえさせた。

三頭、用意された。

芹沢は、近藤が乗ってから、もう一頭に気づいて、

「近藤君、この馬は？」

「さあ」

近藤は、とぼけた。

坊城通を四条に出てから、うしろから歳三が馬で駈けてきた。

「なんだ、君もか」

「お供します」

「君が来るなら、うちの新見もよべばよかった」

黒谷に到着し、会津藩公用方外島機兵衛らに会い、この建案を大いに弁じた。歳三はあくまでも近藤を立てるように巧妙に話をしむけて行ったから、自然、会津側も、近藤にばかり話しかけるようになった。

「よくわかりました」

会津人は行動力がある。

すぐ別室で、家老横山主税(ちから)、田中土佐らが協議し、藩主容保に通じた。容保は即決した。時期もよかった。会津藩は、表高二十三万石のほかに、京都守護職拝命とともに公儀から職俸五万石を加えられ、さらに数日前五万石が加増されるという内示があったばかりであった。京都駐兵の費用は、潤沢すぎるほどになっている矢さきだったのである。

「すぐ隊士を徴募しよう」

と、歳三はいった。

徴募の仕方は、「京都守護職御預(おあずかり)」という権威をもって、京都、大坂の剣術道場を説きまわることであった。おそらく、風(ふう)をのぞんでやってくることだろう。

「近藤さん、これは大事なことだが、徴募の遊説(ゆうぜい)は、われわれ武州派の手でやることだな」

「どうしてだ?」

「芹沢一派にやらせると、その手を伝ってやって来る浪士はみな芹沢派になる」

「なるほど」

近藤は苦笑した。

歳三の処置は迅速だった。あくまでも、同宿の芹沢らには内密である。

その翌日から、沖田、藤堂、原田、斎藤、井上、永倉らを指揮して京大坂の道場をしらみつぶしに歩かせて、応募を勧誘させた。

もともと、京大坂は道場のすくない町だが、それでも三、四十はある。

資格は、目録以上の者で、剣がおもだが、柔術、槍術であってもかまわない。

——ぜひ。

と、即座に入隊を応諾する者もある。

小うるさい道場主になると、「せっかく御光来くださったのだから、ひと手、御教授ねがいたい」と、暗に新選組という耳なれぬ集団の実力を測ろうとする者もあった。

——のぞむところです。

と、沖田、斎藤、藤堂などという連中はむぞうさに竹刀をとって立ち合い、一度も敗れをとったことがなかった。

大坂松屋町（まっちゃまち）筋で槍術、剣術の道場を営む谷兄弟のばあいなどは、兄の三十郎が、原田左之助の槍術の師匠だったこともあって、

——さあ。

と尊大ぶってなかなか応じない。弟子が幹部になっている浪士組など、たかが知れたものとみたのか、それとも、処遇のことで高望（たかのぞ）みでもあったのか、煮えきらなかった。

沖田総司は利口者だから、こういう手合いには百の弁舌よりも試合を所望するにかぎるとおもい、

——谷先生、ひと手、お教え願います。

といって立ちあい、槍で立ちむかってくるところを三度とも手もとにつけ入って、あざやかな面をとった。

というようなわけで、あらかた諸道場に話をつけおわったころ、芹沢が近藤に、

「ぼつぼつ、隊士の徴募にかからねばなりませんな」

と相談をもちかけた。

（遅い。……）

が、近藤はさあらぬ体で同意し、芹沢方にも徴募にまわってもらった。しかし芹沢の連中は怠惰で近藤派のような足まめな仕事にむかず、結局はまかせ

っきりになった。これがやがて、かれらの墓穴を掘ることになる。

徴募隊士はざっと百名。

諸国を流浪して京大坂にあつまってきた者が多く、どの男も、一癖も二癖もあるつらがまえをしていた。

歳三は、山南敬助と相談しながら、これらの宿割りをした。

あとは、百十数名にふくれあがったこの隊を、どう組織づけるか、である。

「近藤君、これを二隊にわけて、貴下が一隊、それがしが一隊持ちますか」

などと芹沢はいい、近藤も同意しかけたが、歳三は、それに極力反対した。

「それなら、烏合の衆になる」

というのだ。歳三の考えでは、これらが烏合の衆だけに、鉄の組織をつくらねばならない。しかし、どういう組織がいいか。古来、藩という組織がある。これが日本の武士の唯一の組織だが、参考にはならない。かれらには藩主というものがあり、主従でむすばれている。しかもその藩兵体制は戦国時代のままのもので、不合理な面が多かった。歳三にはなんの参考にもならず、このさい、独創的な体制を考案する必要があった。

歳三は、黒谷の会津本陣に行き、公用方外島機兵衛に仲介してもらって、洋式調練にあかるい藩士に会い、外国軍隊の制度をきいたりした。

これは、参考になった。参考というより、むしろ洋式軍隊の中隊組織を全面的にとり入れ、これに新選組の内部事情と歳三の独創を加えてみた。これが、このあたらしい剣客団の体制となった。

まず中隊付将校をつくる。

これを、助勤という名称にした。名称は、江戸湯島の昌平黌（幕府の学問所。東京大学の前身）の書生寮の自治制度からとった用語で、歳三はこれを物知りの山南敬助からきき、

「それァ、いい」

と、すぐ採用した。士官である助勤は内務では隊長の補佐官であり、実戦では小隊長となって一隊を指揮し、かつ、営外から通勤できる。その性格は、西洋の軍隊の中隊付将校とおなじであった。

隊長を、

「局長」

とよぶことにした。

ただ、芹沢系、近藤系の勢力関係から、局長を三人つくらねばならなかった。芹沢系から二人出て、芹沢鴨と新見錦。

近藤系からは、近藤勇。

その下に、二人の副長職をおいた。これは近藤系が占め、土方歳三、山南敬助。

「歳、なぜ局長にならねえ」

と、近藤がこわい顔をしたが、歳三は笑って答えなかった。隊内を工作して、やがては近藤をして総帥の位置につかしめるには、副長の機能を自由自在につかうことが一番いいことを歳三はよく知っている。

なぜなら、隊の機能上、助勤、監察という隊の士官を直接にぎっているのは、局長ではなく副長職であった。

助勤には、旗揚げ当時の連中の全員をつけさせ、それに新徴の士数人を加えた。助勤十四人、監察三人、諸役四人、これら士官は、圧倒的に近藤系をもって占めた。

(出来た)

歳三は、上機嫌であった。

すでに桜が散り、京に初夏が訪れようとしている。

隊旗もでき、制服もできた。新選組は名実ともに誕生した。歳三にとっては、かけがえのない作品のようにおもわれた。

桜がまだ散りきらぬころ、暮夜、市中見廻り中の近藤が、沖田、山南とともに、四条烏丸(からすま)西入ル鴻池(こうのいけ)

京都屋敷の門前で、塀をのりこえて出ようとした押し込み浪人四、五人を斬り伏せたことを皮切りに、諸隊、毎夜のように市中で、「浮浪」を斬った。

　当時、会津藩公用方のひとりであった広沢富次郎が、その随筆「鞅掌録」に、

　浪士、一様に外套を着し、長刀地に曳き、大髪、頭をおほひ、形貌はなはだ偉しく、列をなしてゆく。逢ふ者、みな目をそむけ、これをおそる。

とある。

　都大路の治安は、まったく新選組の手ににぎられた。ときには、大坂、奈良まで「出陣」し、浪士とみれば立ちどころに斬った。

　このころである。

　歳三は、建仁寺のある塔頭で会津藩公用方外島機兵衛と会談し、そのあと、沖田総司ひとりをつれて、大和大路を北にむかった。

　風が、こころよい。

「木の芽のにおいまで、京はちがうような感じがするなあ」

と、沖田は、相変らずのんきそうだった。

「総司は、京が好きか」

「ええ」

　沖田は、微妙に含み笑いをみせた。歳三は、この沖田が、相手がたれとまではつかめないが、淡い恋をおぼえているらしいことを、その言葉のはしばしで察していた。

「土方さんは、きらいですね。一体、京のどこがきらいなのだろう」

「土が赤すぎる。土というものは、ゆらい、黒かるべきものだ」

「武州では、黒いですからね。土方さんの好ききらいなんて、みなその伝だからな。私など、こまってしまう」

「なにが、こまる」

「べつにこまりはしないけど」

沖田はくすくす笑って、

「きっと、恋をなさらぬからですよ。京女に恋をなされば、土方さんはきっと変わると思いますね」

「なにをいやがる」

ふと、武州府中の社家の猿渡家のお佐絵が、九条関白家にいるはずだが、と思った。が、あの当時あれほど想った女の顔が、いま、おもいだそうにもおもいだせないのだ。京にのぼってから、すべての過去が、遠いむかしの出来事のようにおもわれる。

「武州では、いろんなことがあったな」

「あったといえば」

沖田は、急に話題をかえた。

「例の八王子の比留間道場の七里研之助が、いましきりと河原町の長州屋敷に出入りしているそうですよ」

「たれにきいた」

「藤堂さんが、たしかに昨日、長州屋敷に入るのをみた、といっています」

「ふむ」

歳三たちは四条通に出た。大橋を西へ越え、茶店で休息した。貸し提灯を借りるためであった。日が、暮れはじめている。鴨川の水に、あちこちの料亭の灯がうつりはじめた。

往来を、人がゆく。黄昏どきのこの通りの人の急ぎ足というのは、平素、悠長な町だけに格別な風情があった。

提灯が西へ過ぎる。

また群れをなして東へゆく。

その提灯の一つが、パッと消えた。

「総司。――」

歳三は、立ちあがった。

路上に血のにおいが立ち、落ちた提灯のそばで、人が斬られている。

高瀬川

「総司、人体（にんてい）を見ろ」

と、歳三がいった。

沖田総司が死体のそばにかがみこんでみると、りっぱな武士である。

「土方さん、風装、まげなどからみて、公卿に仕える雑掌（ざっしょう）、といった者のようですな」

「雑掌か」

京には、そんな武士がいる。公卿侍という者だ。平安朝のむかしなら青侍とよばれたものだが、近頃はなかなか腕ききを召しかかえている。

武士は、三十五、六。一合か二合、抜きあわせているうちに、五、六人に押しかこまれて討たれたらしい。

「旦那」

と、この祇園界隈を縄張りにしている御用聞が、顔を出した。

江戸なら威勢のいいはずのこの稼業人が、意気地なくふるえている。この連中も、尊攘派の浮浪志士の跳梁（ちょうりょう）には、十手をかくしてふるえているしか手がないのだ。げんに去年の閏（うるう）八月、幕府のために猟犬のように駈けまわった高倉押小路上ルの「猿（ましら）の文吉」という者が、過激な志士たちのためにしめ殺され、三条河原にさらされている。

「おい、この者に見覚えはあるか」

「ございます」

「たれだ」

「九条関白様にお仕えする野沢帯刀（たてわき）という御仁でございます」

（九条家、といえば、猿渡のお佐絵が仕えている公卿だな）

当主は、九条尚忠（ひさただ）。

京都における佐幕派の頭目といわれ、ひどく尊攘派からきらわれているが、これも去年同家の謀臣島田左近、宇郷玄蕃が暗殺されてから時勢のはげしさにおびえ、落飾して政界からひとまず隠退している。しかしなお、尊攘浪士のなかには、執拗にこの一門をつけねらっている者がいるということは、歳三もききおよんでいた。

(それで、殺られたか)

歳三は、立ちあがった。

調べは、それだけでいい。所司代とちがって、新選組には、事件の動機、経緯などはどうでもよかった。剣をふるう者には、剣をふるう以外に、新選組の仕事はない。

「相手の人数は何人だ」

「六人でございます」

御用聞は、見ていたらしい。

「特徴は?」

「三人は長州なまり、二人は土州の風体、じかに手をくだした一人は、どうやら旦那となまりが似ております」

「武州なまりか」

京の尊攘浪士に、武州者はめずらしい。

「どこへ逃げた」

「逃げた、というより、その先斗町の通りを北へ悠々と立ち去りました」

「総司、来い」

と、歳三は歩きだしていた。

(残らず斬ってやる)

木綿の皮色の羽織をぬぎ、くるくるとまるめて番所にほうりこむと、先斗町の狭斜の軒下をあるきだした。

狭い。

芝居の花道ほどの両側に、茶屋の掛行燈が京格子を淡く照らし、はるか北にむかってならんで、むこう三条通の闇に融けている。

「総司、からだの調子はどうだ」

「どうだ、とは？」

「働けるか、ときいている」

沖田総司は、ときどきいやな咳をする。癆痎（ろうがい）にでもおかされているのではないか、と歳三は近頃、気づきはじめていた。

「大丈夫ですよ」

沖田は、明るく笑った。

歳三が、念のためそうきいたのは、隊に急報して増援をたのむ気は、さらさらなかったからである。二人でやる。いまのところ新選組の武威を京にあげるのは、少人数で制するほか、ないと歳三はみている。

――ちぎりや。

と掛行燈の出た家から、芸妓が出てきた。

歳三と沖田は、ぬっと入った。

「会津中将様御預新選組である。御用によってあらためる」

あがりこんでみたが、それらしい者はいない。

五、六軒その調子であらためつつ北上しているうちに、先斗町を過ぎてしまった。

「土方さん、木屋町（きやまち）じゃありませんかね」

と、沖田は三条橋畔に立っていった。

木屋町とは、これから北にかけての旗亭の街である。

「ふむ」

と、歳三は、沖田の顔色を辻行燈のあわい灯ですかし見ながら、

「お前、大丈夫か」

と、また念を押した。

顔色が、よくない。

このさき、木屋町といえば、尊攘浪士の巣窟といってもいい町だ。河原町に正門をもつ長州藩邸が、その裏門を木屋町に面してもっている。

もともと、下手人どもは、人数が多い。

その上、町が町だけに、長州藩邸からも加勢がくるだろう。当然、激闘が予想される。

沖田の体が、心配だった。闘っているうちに咳きこみなどしたら、それが最期である。

「大丈夫ですよ」

沖田は、先に立って木屋町に入った。

木屋町に、

紅次(べにじ)

という料亭がある。ただしくは紅屋次郎兵衛というのが詰まったものだ。

「紅次」

と、沖田はつぶやいて立ちどまったが、すぐ格子のそばをゆっくりと歩きはじめた。

酒席の唄がきこえる。それをじっと耳袋に溜めるような表情をしながら、

「土方さん」

と、うなずいた。

武州の麦踏みの唄なのである。

「わかった。総司、ここを固めておれ」

云いおわると、歳三は、ガラリと格子をあけた。

「御用によって改める」

叫ぶなり、かまちへとびあがってツツと走り、ふすまを開けた。

——何者か。

と、一座の武士が、歳三を見た。なるほど人数は六人。まげも、土州風の者が二人、長州者らしい秀麗な顔つきの者が三人。それに歳三の顔見知りの者がいた。

名は知らない。

たしかに武州八王子の甲源一刀流の道場で、七里研之助の下についていた男である。

（七里も京へ出た、というが、はて、この場はこの男ひとりか）

「何者だ」

と、入口の一人が、とびのいた。それに応ずるように一せいに膝をたて、刀をひきよせた。歳三は、

ずらりと一座をみまわした。

（どの面（つら）も、相当に出来そうな）

歳三は、そっと袴をつまみあげ、ゆるゆるとした動作で股立（ももだち）をとった。

「無礼であろう、名をいえ」

「土方歳三という者だ」

「えっ」

いっせいに立ちあがった。歳三の名は、すでに京の尊攘運動者のあいだで鳴りひびいている。

「さきほど、四条橋畔で、九条家の雑掌某を斬ったのはお手前方であろう」

「そっ、それが」

と、入口の背の高い男がいった。

「どうしたっ」

「詮議（せんぎ）する。隊まで御同道ありたい」

行く馬鹿はない。

入口の男が、返事がわりに抜き打ち、横なぐりに斬ってきたのを、歳三はかまわずにおどりこみ、あっ、と一同が息をのむすきに座敷の中央をまっすぐに駈けぬけた。

そのまま障子を踏み倒して、廊下へ出、くるりと座敷にむいた。

逃がさぬためである。表に逃げる者のためには、沖田が待っている。みごとといえるほどの喧嘩上手であった。

「相手は一人だ」

と、男のひとりが叫んだ。

「押し包んで斬ってしまえ」

「燭台に気をつけることだ。火を出すと、京では三代人づきあいができぬというぞ」

そういったのは、歳三である。剣を右さがりの下段にかまえている。

みな、近よらない。

歳三の背後は、縁。

それに狭い庭がつづき、板塀一つをへだてて鴨河原である。

「諸君、なにを隠しておられる」

と、さきほど入口にいた背の高い男が、剣を中段にかまえつつ、ツッと出た。

籠手を撃つとみせ、コブシをあげたとき、歳三の剣も、ややあがった。その瞬間、

「突いたあっ」

とすさまじい気合とともに体ごとぶつかってきた。

が、すでに歳三は片ひざをつき、うなじをのばし、体をのばし、剣を突きのばして、相手の胴を串刺しにしていた。

すぐ手もとへ引き、血の撒き散った畳を飛び越えてさらに一人を右袈裟(みぎげさ)にたたき斬った。

あとは、乱刃といっていい。

相手も、出来る。背後からあやうく斬りおろされそうになったとき、歳三の頭上に鴨居があった。

ぐわっ、と鴨居が鳴った。歳三はキラリとふりむくと、そこに顔がある。

武州の顔である。

眼に、恐怖があった。

男は、刀をぬきとるなり、庭さきにとびおりた。

つられて、歳三もとびおりた。苔が、足の裏につめたい。

男は、裏木戸をあけた。

すぐ、崖である。一丈ほどの石垣が、ほとんど垂直に組まれている。飛びおりれば、足をくじくだろう。

男は、ためらった。

宵の星が、東山の上に出ている。

「おい」

と歳三はいった。

「七里研之助は、達者か」

「土方」

男は、裏木戸から、身を闇の虚空にせり出した。

「覚えてろ」

飛んだ。

「……」

歳三は、座敷のほうをふりかえった。沖田がきている。

沖田は座敷の真中に突ったち、すでに剣を収め、左手を懐ろに入れていた。

豪胆な男だ。

足もとに死体が二つ。むろん、沖田が片づけたものだろう。

「土方さん、隊に帰りますか」

「ふむ」

歳三は袴をおろしながら、

「いまの男、八王子の甲源一刀流のやつだ」

「七里研之助の手下ですな」

「逃がした。もすこしで、武州の恨みをはらしてやるのだったが、惜しいことをした」

「土方さんは、執念ぶかい」

「それだけが」

歳三は、縁へあがった。

「おれの取り得だ」

「妙な取り得ですな」

「いずれ、七里研之助とも、どこかで出くわすことになるだろう。あれほどの男だ。やつも、それを楽しみに待っているにちがいない」

「おどろいたなあ」

沖田は、歳三の顔をのぞきこんで、

「田舎の喧嘩を花の京にまで持ちこすのですか」

「そうだ」

「土方さんには、天下国家も、味噌もなんとかも、一緒くたですな」

「喧嘩師だからな」

「日本一の喧嘩師だな。ただおしむらくは、土方さんには、喧嘩があって国事がない」

「その悪口、山南敬助からきいたか」

「いいじゃないですか」

二人は、通りへ出た。

剣戟におそれをなしたのか、木屋町は軒並に表を閉ざして、ひっそりと息をこらしている。

人通りもない。

三味の音も、絶えている。

「いまの一件、始末しておく必要がある。会所へ寄ろう。こっちだ」

北へ歩きだした。

わるいことに、会所のそばに、長州屋敷の裏塀がある。

(あぶないな)

沖田ほどの者でも、そう思った。

会所に入ると、たったいまの「紅次」での騒動をききつけて、町方たちが詰めかけていた。

「壬生の土方と沖田だ。さきほど、四条橋畔で九条関白家の家来野沢帯刀どのを斬った兇賊六人が、紅次で酒宴をしていた。からめとるべきところ、手向ったので、斬りすてた。討ち洩らした者は一人」

「へっ」

みな、慄えている。

「番茶はあるか」

「へへっ」

一人が走り出て、すぐ、枡にいっぱい、冷酒を汲んできた。

「これは、番茶ではないな」

「へい」

「番茶だ、と申している」

歳三は、凄い眼つきをした。やはり、人を斬った直後で、気が立っている。会所の番人が、大きな湯呑にそれを入れてくると、

「総司、飲め」

といって、表へ出た。番茶が咳の薬にもなるまいが、飲まぬよりはましだろうとおもったのだ。

——犬がほえている。

歳三は、南にむかって歩きはじめた。なるべく、川端に寄った。

高瀬川である。

沖田が後ろから追いついてきたとき、ちょうど船

提灯をつけた夜船が通った。

その高瀬川の西岸に、北から、長州藩邸、加賀藩邸、対州藩邸、すこし南へくだって、彦根藩邸、土佐藩邸、と、諸藩の京都屋敷が白い裏塀をみせている。

「土方さん、木屋町の会所はね」

と、沖田が小声でいった。

「あれは、長州、土州になじんでいるから、どことなく、われわれにつめたい」

「それが、どうした」

「われわれがこの方角に出た、ということを長州藩邸に報らせていますよ、きっと」

「総司、疲れたのかね」

「いやだな」

沖田は、いった。

「私は、土方さんより丈夫ですよ。まだ一刻は働ける」

歳三は、足をとめた。犬が、あちこちで喧（かまびす）しく鳴きはじめた。

「総司、来たようだな」

「後ろ、ですか」

沖田は、前をむいたまま、訊いた。

「ふむ、後ろだ」

「前にも、いますよ」

二人は、歩いてゆく。

前後から四、五人ずつ、前の組はゆっくりと、背後の組は急ぎ足で、しだいに間隔をつめてきた。

「総司、離れろ」

と、歳三はいった。敵に、目標を分散させて、ここは斬りぬけるつもりだった。

沖田は、左手の軒端のほうに寄った。道の両端で、二人は同時に立ちどまった。

真中を、人影の群れが歩いてゆく。いずれも、屈強の武士である。

それらも、いっせいに足をとめた。むきは半分は沖田へ、半分は歳三へ。

「何の用だ」

と、歳三はいった。

「そのほう、壬生の者か」

「いかにも」

「さきほど、紅次において狼藉をはたらいた者であるな」

「詮議をしたまでのこと」

「同志の敵っ」

抜き打つなり、真二つになっていた。歳三はとびぬけるように、トントンと道の中央に出た。

死骸が、斃れている。

「これ以上、殺生は無用だ」

刀をおさめると、すたすた歩きはじめた。

沖田の影はすでに前を行っている。右肩が急にふるえた。

咳をしているらしい。

祇園「山の尾」

京は、大寺四十、小寺五百。

それが、旧暦七月、盂蘭盆の季節に入ると、この町のどの大路も露地も、にわかに念仏、鉦、読経の声にみちる。

「仏臭え」

と、歳三は、吐きすてるようにいった。武州の盆は土臭いものだが、こんな陰々滅々としたものではなかった。

「やりきれませんな。町を歩いていると、着物の縫目まで抹香のにおいがしみそうだ」

と、沖田までがいった。むろん新選組では、盆がきても隊士の供養はしない。その点、盆がきてもあっけらかんとしたものである。救うも救われぬも、神仏は自分の腰間の剣のみ、という緊張が、隊士の肚の底にまである。

そういう日の朝、隊から新仏が出た。隊士とおぼしき者が、千本松原で惨殺されているという報らせが奉行所からあったのである。

「山崎君、島田君」

と、歳三は、監察方の連中をよんだ。

「行ってもらおう」

かれらは出かけて行った。

やがてもどってきて、副長室の歳三にまで報告した。

「死体は、赤沢守人でした」

という。背後から右肩に一太刀、これが最初の傷らしい。ついで前から左袈裟、首に二カ所。これは絶命してから斬ったらしく、血が出ず、白い脂肪がみえていた。

「そうか。――」

歳三は、しばらく考えた。やがて眼をぎらぎら光らせはじめたが、なにもいわない。監察たちも気味がわるくなったらしく、

「いずれ、とくと調べましたうえで」

と、退出した。

歳三は、すぐ、隣りの近藤の部屋をたずねた。

「なんだ」

そういったきり、近藤は顔をあげない。

字を習っている。独習である。

(三十の手習いだな)

と歳三はよくからかう。

もともと、近藤は関東にいたころはひどい文字を書いていたのだが、京にのぼってからは、

(新選組局長がこれでは)

と、にわかに発心して手習いをはじめた。士大夫たる者の唯一の装飾は、書であろう。書がまずければ、それだけで相手にされないばあいも多い、と近藤は考えている。

「ほう」

歳三はのぞきこんだ。

「だいぶ、うまくなったな」

「もともと、手筋はいいのだ」

近藤の手習いは、徹頭徹尾、頼山陽の書風のまねであった。勤王運動の源流になったこの文学者の書風を近藤がもっとも好んだ、というのはおもしろい。

「歳も手習え」

「私かね」

「君もいつまでも武州の芋剣客ではあるまい」

「私はいいさ」

「いいことはないだろう。書は人を作るときいている」

「あれは、儒者のうそだ」

「君は独断が多くていけない」

「なに、こんな絵そらごとで人間ができるものか。私は我流でゆく、諸事。——」

「我流もいいがね。しかし」

「我流でいいのさ」

「しかし気は、鎮（しず）まるものだぞ」

「しずまっては、たまるまい。この乱世で、うかうか気をしずめていては、たちどころに白刃を受ける。あんたも、そんな妙な鋳型（いがた）を学んで、関東のあらえびすの気概をわすれてもらってはこまる」

「白刃といえば」

近藤は無用の議論を避け、話題を変えた。

「今暁、千本松原で斬られていた隊士は、赤沢守人だったそうだな」

「ほほう」

歳三は、急に眠そうな顔でいった。が、脳裏をすばやく駈けめぐったのは監察団を掌握している副長職の自分よりも、一足とびに局長近藤の耳に入れたのは、たれか、ということである。順がちがうではないか。順をみだすのは、組織を自分の作品のように心得ていた歳三にとって隊律紊乱（びんらん）の最大の悪であった。

「たれかね、その、あんたの耳に入れたはねっかえりの監察は」

「監察ではない」

「ない？」

歳三は、近藤の手から筆をとりあげ、

「それはおかしい。私はたったいま、現場からもどった監察に話をきいた。それをあんたに伝えようと思って、ここへきている。ところが、あんたが、ひょっとすると監察よりも早く知っていた。どういうわけだろう」

「私は、だいぶ前にきいたよ」

「だいぶ前とは？」

「厠に立ったときだから、一時間も前だろう。例の野口君（健司・助勤）、あれと廊下ですれちがったとき、野口君がいった。赤沢守人君が長州の連中にやられました、と」

「長州の連中に？　野口君が下手人まで知っているとは妙だな」

「この書は、どうだ」


近藤は、かきあげた山陽の詩をみせた。本能寺の長詩のなかの数句である。

「読めるだろう」

「ばかにしてもらってはこまる」

——老坂西ニ下レバ備中ノ道。

と、歳三は目読した。

（ひょっとすると）

歳三は、近藤のへたな筆でかかれた長詩をゆっくり眼でひろってゆきながら、

（赤沢を斬ったのは、長州のやつらではなく芹沢一派ではないか。敵は、存外、本能寺にいそうだ）

カンである。

が、歳三は、自分のカンを、神仏よりも信じている。

野口健司は、新見、平山、平間とともに水戸以来の芹沢の股肱の子分で、腕もたつ。弁もたつ。学もある、小才もきく。

が、薄っぺらで実がなく、屁のような男である。

どうもああいう男は好かない。

　歳三は、部屋にもどって、小者をよび、茶を淹(い)れさせた。

　茶柱が、立った。

「縁起がよろしゅうございますな」

「国でもそういうが、京でも、そうか」

　歳三は、茶碗のなかを苦い顔でのぞきながら、

（いったい、おれのような男にどんな縁起が来るというのだろう）

——さて、赤沢守人。

　歳三は考えこんだ。

　死んだ赤沢守人も、じつのところ、歳三はあまり好きではなかった。

　新選組にめずらしく、長州脱藩である。

　この六月、新選組主力が大坂へ出張したとき、天満の仮陣所（京屋・船宿）に駈けこんできた男で、

——同藩の者から、侮辱をうけた。

　と口上をのべた。ああいう藩にはもどりたくありません。もどる気も毛頭ありません。むしろ新選組に加盟し、長州藩の動静をさぐる。そんなお役に立ちたい、といった。問いつめると、身分は下関の町人あがりの奇兵隊士で、歴とした家士ではない。だから藩への忠誠心も、もともと乏しかった。

——よかろう。

　と、芹沢も、近藤もいった。

　それで、監察部の手に属さしめ、表面は新選組とは無縁の体(てい)にして、依然、京都の長州屋敷に出入りさせた。

　赤沢は二つ三つ情報をとってきたが、これが非常に的確で、最初疑っていたように長州が送りこんだ間者ではなさそうであった（というのは、このところ、長州方の間者として入隊する者が二、三あり、隊内でも摘発騒ぎがあって、御倉伊勢武(みくらいせたけ)、荒木田左馬助ら疑わしき者が斬られている）。

ところが、赤沢。

この男のふところには、新選組からわたされた金が潤沢にある。

だから、よく長州藩士や土州脱藩の連中をつれて、祇園、島原といった遊所へゆく。そういう場所で長州藩士の口から洩れた情報を、歳三のもとにもってくるのである。

ところで赤沢の情報には、思わぬ副産物があった。祇園、島原で遊んでいると、たいていは、新選組の連中と顔をあわせる、というのである。それも芹沢鴨とその一派で、近藤一味は金がないから、ほとんど姿をみせない。

――ほう、それはおもしろいな。

と、歳三は、そのほうに興味をもった。

「赤沢君、どういう遊びぶりです」

「いや、もう」

ひどいものです、と赤沢はいった。遊興費の踏み倒しなどは、普通であるらしい。それより楼主にとって迷惑なのは、酒乱の芹沢は、酔いがまわると怒気を発して器物を割ったり、隣室の客に狼藉を仕掛けることだった。

このため祇園の某亭などは、町人はおろか、諸藩京都藩邸の公用方たちも足を踏み入れなくなり、灯のきえたようになっているという。

(やはり、そうか)

歳三も、そのことは、新選組の世話方である会津藩の重役からも、きいている。

近藤と土方が、三本木の料亭で、会津藩公用方外島機兵衛らと会食したときのことだ。

「近藤先生」

と、外島機兵衛がいった。

「京師では、いかに顕職の士でも、祇園と本願寺、知恩院、この三つの一つにでも憎まれれば役職から失脚する、ということがござる。ご存じでござるか」

「いや、いっこうに迂遠です」

「土方先生は？」

「さあ」

歳三は、杯をおいた。外島はいった。

「代々の所司代や地役人の謳いなした処世訓でござるが、僧と美妓は、いかなる権門のひいきがあるかもしれず、かれらの蔭口は思わぬ高い所にとどくものです。じつを申すとわが主人が」

はっ、とした顔を、近藤はした。京都守護職である会津中将松平容保が？

「芹沢先生の御行状一切、われらよりもよく存じておられる」

「ふむ。……」

「両先生」

外島機兵衛は、微妙な表情でいった。

「多くは申しませぬ。この一事、十分にお含みくだされますように」

「わかりました」

近藤はいった。

帰路、近藤は歳三に、

「あのように物判りのいい返事はしたが、外島どのが申されたこと、あれはどういう意味だろう」

「芹沢鴨を斬れ、ということだ」

「しかし、歳。かりにも芹沢は、新選組局長であるし、さもなくとも天下に響いた攘夷鼓吹の烈士ということになっている。やみやみと斬ってよいものか」

「罪あるは斬る。怯懦なるは斬る。隊法を紊す者は斬る。隊の名を潰す者は斬る。これ以外に、新選組を富岳（富士山）の重きにおく法はない」

「歳、きくが」

近藤は、冗談めかしく首をすくめた。

「おれがもしその四つに触れたとしたら、やはり斬るかね」

「斬る」

「斬るか、歳」

「しかしそのときは私の、土方歳三の生涯もおわる。

あんたの死体のそばで腹を切って死ぬ。総司も死ぬだろう。天然理心流も新選組も、そのときが最後になる。――近藤さん」

「なにかね」

「あんたは、総帥だ。生身の人間だとおもってもらってはこまる。奢(おご)らず、乱れず、天下の武士の鑑(かがみ)であってもらいたい」

「わかっている」

そんなことがあった。

その後、歳三は、赤沢を通して、局長芹沢の非行をさまざま耳に入れた。

押し借りはする、無礼討ちはする、もっともひどい例は、これは赤沢からの情報ではなく、それどころか京都中の騒動になった事件だが、芹沢はその一派を引き具して一条葭屋町(よしやまち)の大和屋庄兵衛方に強請(ゆすり)にゆき、ことわられたとあって、

――されば焼きうちじゃ。

と、隊の大砲を一条通に据え、鉄玉を焼いてどんどん土蔵に撃ちこみ、ついに土蔵ぜんぶをこわして引きあげた。

近藤はその日、終日障子をしめきって隊士の前に顔をみせず、習字ばかりをしていた。よほど腹にすえかねていたのだろう。

――監察山崎烝(すすむ)が帰ってきた。

赤沢守人の一件である。

「ほぼわかりました」

と、この律義な若者はいった。山崎は大坂高麗橋(こうらいばし)の有名な鍼医(はりい)の子で、剣もできるし、棒もできる。が、なによりも町育ちらしく機転がきくので、監察には手ごろの男といっていい。

「前夜、島原の角屋(すみや)で遊んでいたことはたしかです。長州の者数人と一緒でした」

「ふむ？」

歳三は失望した。

「たしかに長州者と一緒だったか」

「まちがいありません。長州藩士久坂玄瑞(くさかげんずい)ほか四

人」

「大物だな」

「泥酔して、島原を出たのは辰ノ刻。ここまでははっきりしています。おそらくその後、千本松原に連れ出された上、斬られたのでしょう」

「待った。久坂らと一緒に出たのか」

「ええ」

「たしかか」

「なんなら、たしかめて参りましょう」

「いや、いい」

歳三は夕暮れから支度をした。絽の羽織、仙台平の袴、それに和泉守兼定の大刀、堀川国広の脇差。

島原の角屋に行ってみた。一度、近藤と一緒に登楼ったときに、桂木大夫という大夫と遊んだ。女は、歳三がよほど好きになったらしく、その後も、仲居に古歌などを持たせてしきりと足のむくようにすすめている。

この夜、この桂木大夫と遊んだ。歳三は、さして酒がのめない。

むっつりと押しだまっている。

大夫も少々もてあましたらしく、

「すごろくでも、おしやすか」

と、大名道具のような金蒔絵の盤をもちだしてきたが、歳三は見むきもしなかった。

「おなかでも、お痛おすか」

「たのみがある」

「どんな？」

「野暮な用さ」

と、訊きたい一件を手短かにいった。

「それ、難題どす」

大夫は、一笑に付した。ここは仙境で、浮世の用はいっさい語らず持ちこまず、という不文律がある。

「むりか」

「なりまへん」

そのくせ大夫はそっと立って、懇意の仲居に耳打ちしてくれた。

わかった。

その夜、赤沢は、久坂ら長州藩士と一緒に出たが、久坂らは駕籠であった。赤沢守人は徒歩である。とすれば、島原の大門(おおもん)を出たときは、もう別れた、とみていい。歳三は、そうみたい。

ところが、意外なことが判明した。芹沢とその腹心の新見錦も当夜、角屋であそんでいて、ほとんどその直後に出たという。

小雨がふりはじめていた。芹沢、新見は傘と提灯を借り、このとき新見が、

「赤沢君は、提灯をもって出たか」

「へい」

と、下男がうなずいた。

「角屋の提灯だろうな」

「左様(さい)で」

そういう会話を、下男とかわしたという。

(なるほど)

歳三は、考えた。千本松原の赤沢守人の死体のそばには、角屋の定紋入りの提灯がころがっていた。

それから数日たった夜。

歳三は、その夕、祇園の貸座敷「山の尾」という料亭へ不意にあがった。

「御用である」

と、亭主、仲居を鎮まらせた。

「新選組局長新見錦先生がご遊興中であるはずだが、座敷はどこか」

「へっ」

亭主は腰がぬけてしまっていたという。

「は、はなれでござりまする」

歳三はすばやく手配りをして、同行の沖田総司、斎藤一、原田左之助、永倉新八を、離れ座敷の南に面した中庭に伏せさせた。

「亭主、騒ぐ者、声を立てる者は、斬る」

歳三は、大刀を亭主にあずけ、ひとり悠々と廊下

を渡った。手には、別に大刀をもっている。

赤沢守人の遺品である。

障子に、影が二つ。

爪弾きの音がきこえる。影の一人は、芸妓である。

いま一つの影は、その大たぶさのまげでわかる。新見錦。芹沢の水戸以来の子分で、剣は芹沢と同流同門の神道無念流。腕は免許皆伝である。

新見の腕については、歳三は、屯所の道場で、一度、立ちあったことがあった。竹刀では互角とみていい。

「たれだ」

新見は、芸妓をつきはなして膝をたてた。

「私ですよ」

と、歳三は、大刀のコジリで、さっと障子をあけた。

士　道

「——土方君か」

局長新見錦は、眉をけわしくした。

不審である。平素さほど親しくもない副長の土方歳三が、なぜここへきたのか。

「新見先生。御酒興をさまたげるようですが、邦家のため、御決断を乞いにきました」

「決断を？」

「そうです」

歳三は、あくまでも無表情である。

「私に？」

「むろん」

「土方君、君は副長職だ。すこしあわててはいまいか。新選組には、局長職をとる者が三人いる。芹沢先生、近藤君、それに私。軽微な用ならいずれの局長に相談してもらってもかまわない。わざわざ、こういう場所へ来なくてもよいではないか」

「いや、右御両方には相談ずみです」

半ば、うそである。しかしいまごろ屯営では、近藤が、左右に腹心の猛者をならばせて、芹沢と膝詰め談判をしているはずだ。だから、芹沢への相談ずみというのは、半分、うそではない。

「とにかく」

歳三はいった。

「この件は、新選組局長であるお三方の御諒承が要ります」

「ああ、それなら私はかまわない。君たちにまかせておこう」

「たしかに、私におまかせねがえますか」

「ああ」

新見錦は、面倒そうに手をふって、冷えた盃をとりあげた。その手もとを、歳三はじっとみながら、

「用と申すのは、ほかでもない。新見先生にこの場で、切腹していただきます」

「えっ——」

手を、佩刀に走らせた。

「お待ちなさい」

歳三は、手をあげた。

「たったいま、それを御諒承いただいた。武士に二言はないはずです」

「ひ、土方君」

「心得ています。介錯の太刀はこの土方歳三がとります」

「な、なぜ、私が。——」

「御未練でしょう。新見錦先生といえば、かつては水戸の志士として江戸では鳴りひびいたお名前だ。どうか、武士らしく」

「理由をきいているのだ」

「それは、お任せねがったはずです。芹沢先生、近藤先生、そして新見錦先生、この三局長の御裁断を

たったいま得た。その三局長裁断に従い、水戸脱藩浪人新見錦は、押し盗み、金品強請を働いたかどにより切腹おおせつけられます」

「待て、屯営へもどる」

「どこの屯営です」

「知れている。壬生の」

「あなたはまだ新選組局長のつもりでいるのですか。すでにそれは剝奪かつ除籍されている。それを裁断したのは、さっきまでここにいた局長新見錦だ。いまここにいるそれに似た人物は、すでに局長ではない。不逞の素浪人新見錦。——」

「お、おのれ」

「斬られたいか、新見錦。私は武士らしく切腹させようとしているのだ。その御温情は、会津中将様から出ている」

「うぬっ」

膝を立てるや、抜き打ちを掛けた。酔っている。手もとが狂った。

それを歳三は、持っていた赤沢守人の佩刀で鞘ぐるみ、はらった。黒塗りの鞘が割れ、抜き身が出た。

「この刀は」

歳三は、身構えながら、

「あんたが殺した赤沢守人の差料だった。この刀で介錯申しあげる」

云いおわったとき、すでに、沖田総司が背後に来ている。

同時に隣室の唐紙がからりとひらき、斎藤一、原田左之助、永倉新八が、むっつりと顔を出した。

「刀を、お捨てなさい」

と、歳三がいった。

新見錦は、真蒼な顔になり、膝がふるえているのがありありとみえたが、刀だけは捨てない。

そのとき、はっと、新見の背後に人の気配が動き、ばたばたと駈け出そうとした。

ふりかえりざま、新見は横にはらってその人物を斬った。

　血がとび、手首がばさりと落ちた。撞(どう)と倒れ、血の海のなかで、狂ったようにわめきだした。新見の馴染(なじみ)の妓(おんな)である。逃げだそうとしたのを、新見が見あやまって斬ってしまったのだ。

　妓は、のたうちながら新見を罵(ののし)った。形相は、鬼女に似ている。

　新見は、あきらかに錯乱した。いきなり刀を逆手(さかて)にもつなり、妓の胸へ突きとおした。同時に、どさりと妓の体の上へ尻餅をついた。妓の死体が、びくりと動いた。

「土方、みろ」

　新見も、新選組の局長をつとめるほどの男である。ゆっくりと懐ろから懐紙をとりだし、それを刀身に巻いた。

「介錯します」

　歳三は、背後にまわった。新見は、腹に突き立てようとした。が、容易に手がうごかず、畳の上の一点をぎらぎら光る眼で、見つめている。

「原田君、手伝って差しあげなさい」

「はっ」

　原田左之助も、故郷(くに)の伊予松山にいたころささいなことで、切らでもの腹を切りかけたことのある男だ。いまでも、腹三寸ほどにわたって、傷口の縫いあとがある。

「御免」

　背後から抱きつき、持前の大力で新見の両コブシを上からにぎり、微動だにさせず、

「新見先生、こう致します」

　ぐさりと突きたてた。新見の上体が一たん反り、すぐ前かがみになった。その瞬間、歳三の介錯刀が原田の頭上を走った。前に、首が落ちた。

　新見は、死んだ。同時に、芹沢鴨の勢力は、半減した。城でいえば、二の丸が陥ちて、本丸のみが残ったことになる。

その芹沢は、歳三が新見のもとに赴いたあと、壬生屯営の一室で近藤の士道第一主義の硬論に攻めたてられ、いったんは新見の処罰を諒承するところまで追いつめられていた。

「わかった、わかった」

芹沢は、この小うるさい議論を早くうちきりたい。

が、近藤がなおも食いさがって離さなかった。

この夜、島原へ押し出すつもりでいたのだ。

「芹沢先生、これは大事なことです。念のため申しておきますが、新選組を支配しているのは、何者だとお思いです」

と、近藤はいった。近藤の理屈ではなく、歳三が事前に教えた理屈である。

(何をいうのか)

という顔を芹沢はした。当然、筆頭局長である自分ではないか。

「近藤君、君は正気かね」

「正気です」

「では、いってみたまえ」

「この隊を支配しているのは、芹沢先生でもなく、新見君でもなく、むろん、不肖近藤でもありません。五体を持った人間は、たれもこの隊の支配者ではない」

「では、何かね」

「士道です」

と近藤はいった。士道に照鑑して愧ずるなき者のみ隊士たりうる。士道に悖る者は、すなわち死。

そう、近藤はいった。

「でなければ、諸国から参集している慷慨血気の剣客をまとめて、皇城下の一勢力にすることはできません」

「では、きくがね」

芹沢は、冷笑をうかべた。

「士道、士道というが、近藤君のいう士道とはどういうものだ」

「といいますと？」

「あんたは多摩の百姓の出だから知るまいが、水戸藩にも士道がある。われわれは幼少のころから叩きこまれたものだ。長州藩にもある。薩摩藩にも、会津藩にも、その他の諸藩にもある。むろんそれぞれ藩風によって、すこしずつちがうが、要は、士たる者は主君のために死ぬということだ。これが士道というものだ。新選組の主君とは、たれのことです」

「新選組の主君――」

「そう。新選組の主君は？」

「士道です」

「わからないんだな。いまも云ったとおり、主君を離れて士道などというものはないのだ。主君のない新選組は、なににむかって士道を厳しくする」

芹沢は、論客の多い水戸藩の出身である。疎剛とはいえ、議論の仕方を知っている。

「どうだ、近藤君」

近藤はつまって沈黙した。

（百姓あがりの武士め）

芹沢に、そんな表情がある。

夜、歳三が帰ってきて、芹沢、近藤の両局長に、新見錦切腹のことを報告した。これを聞いた芹沢の顔中の血管が、みるみる怒張した。

「や、やったのか」

芹沢は、議論だけのことだ、とたかをくくっていた。しかし、眼の前にいる武州南多摩の百姓剣客は、議論倒れの水戸人とはまるでちがう。平然とそれをやってのけたではないか。芹沢は、いま、はじめて見る人種に出会わしたような思いがした。芹沢だけでなく、近藤、土方などのような武士は、日本武士はじまって、おそらくないであろう。

芹沢は、席を蹴って立った。

やがて、水戸以来の輩下である三人の隊士を従えて入ってきた。

助勤　野口健司

助勤　平山五郎
助勤　平間重助
いずれも、水戸脱藩で、流儀も芹沢とおなじ神道無念流の同流の徒である。

三人は、芹沢を取りまいて着座した。険悪な表情である。

平山五郎などは、刀の鯉口を切っている。あごをあげ、首を、心もち左へ落していた。この男が、人を斬るときの癖であった。「目っかちの五郎」といわれた。左眼が無かった。火傷(やけど)でつぶれている。癖はそのせいである。

芹沢がいった。

「近藤君、土方君。もう一度、新見錦切腹の理由をうけたまわろう」

近藤は、押しだまっている。

歳三が微笑した。

「士道不覚悟」

歳三も近藤も、芹沢のいうようにいかなる藩にも属したことがない。それだけに、この二人は、武士というものについて、鮮烈な理想像をもっている。三百年、怠惰と狎(な)れあいの生活を世襲してきた幕臣や諸藩の藩士とはちがい、

「武士」

という語感にういういしさをもっている。

だけではない。

かれらは、武州多摩の出である。三多摩は天領(幕府領)の地であり、三郡ことごとく百姓である。が、戦国以前は、源平時代にさかのぼるまでのあいだ、この地は、天下に強剛を誇った坂東武者の輩出地であった。自然この二人の士道の理想像は、坂東の古武士であった。

懦弱(だじゃく)な江戸時代の武士ではない。

「芹沢先生、おわかりになりませんかな」

歳三が、いった。

「新見先生は、士道に照鑑してはなはだ不覚悟であられた。それが、切腹の唯一の理由です。同時に」

「同時に？」

「芹沢先生でさえ、士道に悖られるならば、むろん、切腹、しからずんば断首」

「なに。――」

平山が立ちあがった。

「平山君」

歳三は、ゆっくり手をあげた。

「あんたは、隊内で、戦さをする気かね。私がここで手をたたけば、われわれの江戸以来の同志が、たちどころになだれ込む」

芹沢一派は、引きあげた。

その夜からかれらは復仇を企てるべきだったが、別の道をえらんだ。酒色に沈湎した。芹沢の乱行は、以前よりひどくなった。

新選組局長芹沢は、京においてはまるで万能の王であった。路上で、町人が無礼を働いたといっては、斬った。平隊士の情婦に惚れ、邪魔だ、というたった一つの理由で、その隊士（佐々木愛次郎）を誘殺した。かねがね四条堀川の呉服屋菱屋で呉服を取りよせていたが一文も払わぬため、さいそくを受けていた。督促の使いは番頭のときもあったが、菱屋の妾がくることもあった。お梅といった。これを手籠めにし、借金は払わぬばかりか、お梅と屯営で、同棲同然の荒淫な生活をし、堀川界隈の町家の評判にまでなった。

歳三は、だまっている。近藤も、だまっている。が、計画は着実に進んでいた。討手はすでに決定していた。

近藤勇、土方歳三、沖田総司、井上源三郎のわずか四人。

永倉新八、藤堂平助は、選ばれていなかった。この二人は江戸以来の同志で、近藤系の機密にはことごとく参画してきたが、歳三は、なお用心した。かれらは天然理心流ではない。

藤堂平助は北辰一刀流であり、永倉新八は神道無念流である。かつては江戸小日向台の近藤道場での食客だったために、近藤の旗本格ではあったが、いわば三河以来の旗本ではなかった。考慮のうえ、はずされた。

実施は、多摩党でやる。あの貧乏道場をやりくりしてきた天然理心流の四人の手で。歳三にとっては、この仲間だけが信頼できた。

「しかし、すこし、心もとないな」

と近藤はいった。やるからには、一挙に芹沢派の全員を殺戮したい。小人数では、討ちもらすおそれがあった。

「歳、どうだ」

近藤はそういって、手習草紙に、

「左」

という文字を書いた。

原田左之助である。

「なるほど、これはいい」

歳三は、うなずいた。猛犬のような男だが、それだけに、近藤への随順は、動物的なものがあった。

近藤は、歳三同席の上で、原田左之助をよんだ。歳三の口からそれとなく、このごろの芹沢をどう思っているかと、訊きだした。

「快男児ですな」

原田は、からからと笑った。

近藤は、意外な顔をした。考えてみると原田は芹沢と同質の人間である。ただちがう点は、原田は松山藩の一季半季の傭い中間という卑賤から身をおこし、少年のころからつらい目に逢ってきた男だけに、どこか、涙もろい。

「原田君、うちわっていうが、私は、一人で芹沢鴨を斬る」

と、近藤がいった。

さすがに、原田もおどろいた。

「先生お一人で？」

「そうだ。しかしここにいる土方君は反対している。自分も加わるという」

「いかん」

原田は、単純だ。

「土方さんのいうとおりです。芹沢局長お一人ではありませんぞ。第一、平山がいる。野口、平間という悪達者もいます。万一、先生にお怪我があっては、新選組はどうなります。——土方さん」

「ふむ?」

「ご説得ください。近藤先生は、ご自分お一人の命だとお考えのようです」

「わかった」

歳三はこの男にしてはめずらしく明るい微笑をうかべた。

「原田君、やろう」

「やりますとも」

筆頭局長を斬る、という是非善悪の論議などは、この男の頭にはない。ひょっとすると歳三が考えている新選組の「士道」とは、例を求めれば原田左之助のような男かもしれなかった。

原田は、口がかたい。


その日が来るまで、この一件については、近藤、土方とも話題にしなかった。

文久三年九月十八日は、日没後、雨。

辰ノ下刻(げこく)から、強風をまじえた土砂降りになった。鴨川荒神口(こうじんぐち)の仮橋が流出しているからよほどの豪雨だったのだろう。

芹沢は、夜半島原から酔って帰営し、部屋で待っていたお梅と同衾(どうきん)した。双方、裸形(らぎょう)で交接し、そのまま寝入った。

島原へ同行していた平山、平間も、それぞれ別室で寝入った。芹沢派の宿舎は、このころ、八木源之丞屋敷になっていた。

道一つ隔てて、近藤派の宿舎前川荘司屋敷がある。

午前零時半ごろ、原田左之助を加えた天然理心流系五人が、突風のように八木源之丞屋敷を襲った。

お梅即死。

芹沢への初太刀は沖田、起きあがろうとしたところを歳三が二の太刀を入れ、それでもなお縁側へころび出て文机でつまずいたところを、近藤の虎徹が、まっすぐに胸を突きおろした。

平山五郎は、島原の娼妓吉栄と同衾していたが、踏みこんだ原田左之助が、まず、吉栄の枕を蹴った。

「逃げろ」

原田は、この妓と寝たことがある。吉栄はわっと叫んで、襖を倒してころび出た。

驚いて目をさました平山は、すばやく這って佩刀に手をのばした。

そこを斬った。

肩胛骨にあたって、十分に斬れない。原田は、暗闇のなかで、放胆にも、身をのりだしてのぞきこんだ。

あっ、と平山が鎌首をたてた。

そこを撃った。首が、床の間まで飛んで、ころげた。

平間重助は逃亡。

野口健司は不在。

この年の暮、二十八日に野口は、「士道不覚悟」で切腹。芹沢派は潰滅した。

再会

同じ年の文久三年、京の秋が、深まっている。

新選組副長土方歳三にとって相変らず多忙な日常であったが、この男の妙なくせで、半日部屋を閉じたきり、余人を入れない日があった。

隊では、

——副長の穴籠り。

と蔭口をたたいた。たれもが、この穴籠りを不安がった。

(なにを思案しているのか)

またたれかが粛清されるのではあるまいかという不安である。

その日、朝から小糠雨がふった。

九月も、あと残りすくない。すでに新選組では数日前に、局長芹沢鴨の告別式をすませている。死因は、隊内に対しても、会津藩に対しても、病死、とされた（新入りの隊士のなかには、長州人が襲ったのではないか、と臆測する者もいた）。しかし、なにもかも、済んだことである。済んだ、ということは、新選組の隊内生活にあっては、完全な過去であった。隊士のたれもが、きのうのことを振りかえる習性はもたなかった。みな、その日を、必死に暮らしている。

その日の午後、沖田総司が市中巡察からもどってきて、式台にあがってから、ふと局長付の見習隊士をよびとめ、

「土方さんは」

在室か、ときいた。見習は、ちょっと翳のある表情をした。

「いらっしゃることはいらっしゃるのですが」

「が？　どうなのです」

「はあ」

「応答を明確にして貰います」

見習隊士はうまくいえないらしいが、どうやら、歳三は、朝から隊士が自室に入るのを拒んでいる様子であった。

「ああ、穴籠りか」

沖田はやっと気づいて、噴きだした。悪い道楽だ、そんな顔である。

沖田だけが、歳三が自室にこもってどういう作業をしているのかを知っていた。この秘密は、近藤でさえ気づいていない。

沖田は廊下をわたり、中壺の東側まできたとき、刀を持ちかえ、足をとめた。歳三の部屋の前である。

「沖田です」

と障子越しに声をかけた。かけてから、悪戯っぽく聞き耳をたて、なかの物音をききとろうとした。

予想したとおり、あわててなにかを仕舞う物音がした。やがて歳三の咳ばらいがきこえて、

「総司かね」

といった。

沖田は、障子をあけた。

「なんの用だ」

歳三は華葱窓にむかっている。窓の前に硯箱が一つ。右手の床の間に刀掛けが一基、それだけが調度の、いかにも歳三らしい殺風景な身のまわりである。

「きょう、市中を巡察していますと」

と、沖田は着座した。

「めずらしいひとに逢いましたよ。たれだかあててごらんなさい」

「私は、いそがしいのだ」

「結構なことです」

沖田は、ゆっくりと歳三のひざもとへ手をのばした。歳三は、はっと防御しようとしたが、すでにその物品は沖田の手にさらわれている。

草紙である。

沖田は、ぱらぱらとめくった。内容は、歳三のくねくねとした書体で、びっしりと俳句が書きとめてある。

「豊玉（歳三の俳号）宗匠、なかなかの御精励ですな」

「ばかめ」

歳三は、赤くなった。

沖田は、くすくす笑った。この若者は知っている。歳三の恥部なのだ、ひそかに俳句をつくるということは。

「総司、かえせ」

「いやですよ。新選組副長土方歳三先生が、月に一度、瘧をわずらうようにして豊玉宗匠におもどりになる。それも隊士にかくれて、御苦吟なさる。隊士たちはまさか副長が俳句をつくっているとは存じませんから、いろいろと臆測をして、気にしています。みなに気を使わせるのは、あまりいいことではありませんな」

「総司」

歳三は、手をのばした。

沖田は、畳二畳をとびさがって、句作帖をのぞきこんでいる。

歳三の田舎俳句は、土方家としては、石田散薬とともに家伝のようなものだ。

祖父は三月亭石巴（せきは）と号し、文化文政のころ武州の日野宿一帯では大いに知られたもので、江戸浅草の夏目成美、八王子宿の松原庵星布尼などという当時知名の俳人と雅交があった。

亡父隼人（はやと）は無趣味だったが、長兄の為三郎は石翠（せきすい）盲人と号し、江戸までは名はひびかなかったが、近在では大いに知られている。

為三郎は長兄とはいえ、土方家の家督はつがず、次男喜六がついで、世襲の名である隼人を名乗った。為三郎は盲人だったからである。当時、法によって障害者は家督をつげなかったのだ。為三郎は、平素、歳三にも、

「おれは、眼が見えなくてよかった。片っぽうでも眼があいてりゃ、畳の上では死ねまい」

といっていた。豪胆な盲人で、若いころ府中宿へ妓（おんな）を買いに行き、帰路、豪雨のために多摩川の堤が切れ渡船の運航がとだえた。みな、茫然と洪水をながめているときに、為三郎はくるくると裸になり、着ていたものを頭にくくりつけ、

——目あきは不自由なものだな。

とそのまま濁流にとびこみ、抜き手を切って屋敷のある石田在まで泳ぎついたという逸話のもちぬしだ。

義太夫にも堪能で、旦那芸をこえていたというが、やはり得意は俳諧で、気性そのままの豪放な句をつくった。

歳三は、それに影響されている。

ところがこの男の気質にも似あわず、出来る句は、みな、なよなよした女性的なものが多い。むろんうまい句ではない。というより、素人の沖田の眼からみても、おそろしく下手で、月並な句ばかりである。

「ふふ」

沖田は、のど奥で笑った。

——手のひらを硯（すずり）にやせん春の山

（あの頭のどんな場所を通ってこんなまずい句がうまれてくるのだろう）

　菜の花のすだれに昇る朝日かな
　人の世のものともみえぬ梅の花
　春の夜はむつかしからぬ噺（はなし）かな

（ひどいものだ）

沖田は、うれしくなっている。沖田のみるところ、歳三がもっている唯一の可愛らしさというものなのだ。もし歳三が句まで巧者なら、もう救いがない。

「どうだ」

歳三は気恥ずかしそうにしながら、それでも沖田のほめ言葉を期待している。

「ああ、この句はいいですな」

沖田は、一句を指さした。

「どれどれ」

「公用に出てゆく道や春の月。いかにも新選組副長らしい句です」

「そうかい。そいつは旧作だが。ほかに気に入ったのがあればいってくれ」

「ええ」

と視線を落してから、不意に笑いだした。

「年礼に出てゆく空や鳶（とんび）、凧（たこ）」

「ほうそれが気に入ったのか」

「まあね」

沖田は、なおも笑いをこらえて読む。

（これもひどい）

——うぐひすやはたきの音もつひ止（や）める

「気に入ったかね」

「土方さんは可愛いなあ」

沖田は、ついまじめに顔を見た。

「なにを云やがる」

歳三は、あわてて顔をなでた。

沖田はなおも、ぱらぱらとめくって、ついに最後の句に眼をとめた。

墨（すみ）のぐあいから推して、たったいま苦吟していたのが、この句であるらしい。

（大変な句だな）

真顔で、じっと見つめている。

歳三はなにげなくのぞきこんで、

「あ、これはいかん」

と、取りあげた。取りあげるなり、そそくさと筆硯や句帖を片づけて、

「総司、もう出てゆけ。おれはいそがしい」

といった。沖田は、動かない。

「その句。——」

と、歳三の表情を注意ぶかく見ながら、

「たれを詠みこんだものです」

「知らん」

——知れば迷ひ
　　知らねば迷はぬ恋の道

と、句帖には歴々と書いてある。

歳三は、すぐ屯営を出た。どこへゆくか、行先は、沖田にだけは告げておいた。

きょうのあの瞬間ほど、歳三は人間の心の働きのふしぎさを思ったことはなかった。

じつをいうと、朝、佐絵を想った。想うと、たまらなくなった。

武州府中の六社明神の祠官猿渡佐渡守の妹佐絵とは、関東にいたころ、数度通じた。

通じた、という女は、あの時代の歳三には何人か、指を折るほど居はしたが、しかし、恋をおぼえたことはない。鈴振り巫女の小桜や、八王子の専修坊の娘おせん、それに、歳三にとっては思いだしたくない履歴だが、十一歳のとき、一時、江戸上野の呉服屋松坂屋に小僧にやられたことがある。そのころ、そこの下女に、男女のことを教えられ、それが番頭にみつかって、生家に帰された。が、すべては、古ぼけた過去になった。

（佐絵だけは。……）

想いだされるのである。しかしそれも、ときどき

ではあったが。

（好い女だった）

京では、島原でも祇園でも一通りはあそんだ。しかし、床上手で知られた京の遊び女でも、佐絵ほどのつよい記憶を、歳三の体に残してはいない。

（が、過ぎたことだ）

とは思っている。

だから、猿渡家の慣例により、佐絵が京にのぼって、九条家に仕えていることを知っていながら、会いに行こうとはしなかった。

（おれは恋などはできぬ男だ）

と、わが身の冷やかさに、あきらめはつけている。

（それが、漢だ）

とも思っていた。が、今朝、暁の夢のなかで、佐絵を抱いた。眼ざめてなおその夢の記憶をたのしむうちに、にわかに人のいう恋慕のようなものが突きあげてきて、床のなかにころがっている歳三をろうばいさせた。

（おれにも、そういう情があったのか）

起きあがって身支度をし、隊務をとろうとしたが、なにもかも物憂くなった。歳三にはときどきこういうことがある。

そんなときは、籠って、句を作った。自分でもうまいとは思っていないから、句作しているときは、人を寄せつけない。

句ができた。

それがあの句である。

ところが男女とは妙なもので、沖田総司が、きょう町で佐絵にばったり出逢ったという。場所は清水。佐絵は物詣での姿で、清水の坂をくだってきた。安祥院の山門前で、沖田らとすれちがった。佐絵がよびとめた。沖田は佐絵を知らなかったが、佐絵のほうが知っていた。

——土方さんに、一度お会いしたい。

と、佐絵はいい、後刻屯営へ道案内の小者をやるから歳三にその旨を伝えてくれとたのんだ。

「沖田様、頼まれてくれますね」

武州女らしく、きびきびしたきめつけ口調でいった。沖田はひさしぶりで関東女のことばをきいて、楽しかった。

「頼まれますとも」

「きっとですよ」

佐絵は立ち去った。髪はふつうの高島田で、服装も武家風であった、と沖田はいう。

佐絵が仕えている前関白九条尚忠は皇女和宮降嫁事件で親幕派とみられて、いまは落飾して九条村に隠遁している。それにともない佐絵の境涯がどうなっているのか、歳三はちょっと気になった。

ほどなく小者が屯営へ迎えにきた。

その男の道案内で、歳三は壬生を出たのである。

出るとき、沖田は、ひとことだけいった。

「土方さん、いまの京は化物の都ですよ」

気を許すな、という意味だろう。沖田には不安な予感があるらしい。

綾小路を東へどんどん歩き、麩屋町まで出て、やっと北へあがった。その西側の露地。

古ぼけた借家である。

(こんなところに住んでいるのか)

奥の一室に通され、すわった。調度品を見わたすと、どうやら、女の独り住居らしい。

「粗茶でござりますが」

と、小者が茶を出した。

「佐絵どのは、いずれにおられる」

「へい、ただいま」

言葉をにごした。

「ここは、佐絵どののお住いか」

「いいえ、お住居は、ずっと下のほうやと伺うております」

「伺うて、というとそちは知らぬわけだな」

「へい」

賃で傭われた男衆らしい。

その証拠に、やがてどこかへ姿を消してしまった。

一時間はすぎた。

（妙だな）

あたりは、薄暗くなりはじめている。不審を抱いて、歳三は立ちあがり、まず、古びた衣裳箪笥をあけてみた。

からである。

表へ出て、隣家の女房に、このあたりの家主はたれか、ときくと、へい、室町の野田屋太兵衛というものどす、と答えた。

「この家は、空家か」

「へい、ながいあいだ空家どしたけど、ちかごろ、さる公卿さんの御家来がおかりやしたとかきいています」

（やはり、京には化物が住む）

もう一度、なかへ入った。

ほどなく格子戸があいて、佐絵が提灯をつけたまま土間を通りぬけてきた。

「……？」

歳三は、暗黒な座敷にすわったまま、身じろぎもしない。

「土方さま？」

まぎれもない、佐絵の声である。

「遅くなりました」

「これは」

歳三は声をひくめて、

「どういう仕掛けかね」

「ここ？」

佐絵は明るくいった。

「わたしが、お里下りのときに、ここを休息所に使っています」

「たしかに使っているのかね」

「ええ」

「それにしては、箪笥はからだな。畳も、なんとなくかびくさい」

歳三は用心をして立ちあがって、土間におりた。

佐絵と、顔を見あわせた。

「たしかに」

と、佐絵のあごに指をあてた。

「顔だけは、武州六社明神の佐絵といわれた女にまぎれもないが、京にのぼってからどこかに尻尾が生えてきたのではあるまいな」

「いやなことを申されます」

「いやなもんか」

歳三は眼だけで笑った。

「近ごろの京はこわい。いかに関東の女(ひと)とはいえ、考えてみれば、猿渡家も京に縁の深い社家だし、代々の国学者の家でもある。しかもそなたは公卿奉公をしている。妙な議論に染まっておらぬともかぎらぬ」

「まあ」

佐絵は興ざめた顔をした。

「それが、この借家とどういうつながりがございます？」

「わしをおびきだし、わなをこの借家に仕掛けたのではないか」

「帰ります」

佐絵は、きびすを返しかけた。

「帰さぬ」

歳三は佐絵の手をつかんだ。

「厭(いや)。あきれています。わたくしはむかし、歳(とし)とよんでくれ、といったころの歳三さんに逢いにきたつもりでございましたのに、ここに待っていたのは、新選組副長土方歳三という途方もないばけものでした」

「動くな」

歳三の疑いは、一瞬で晴れた。

佐絵をひきよせようとした。手から、提灯が落ちた。

佐絵は身をよじった。

「厭。厭でございます」

「わるかった」

とは、歳三はいわない。

ただ、犯すことを急ぎたかった。体を合わせてしまえば、この不安は解けるだろう。歳三は早く、この眼の前にいる他人を、自分のおんなに戻してしまいたかった。

「臥(ね)ろ」

座敷へひきずりあげた。

「六社明神の祭礼の夜にもどるんだ。おれは、日野宿石田在の悪党(ばらがき)さ」

機嫌をとるようにいった。

「そんなの、もう」

「もう？」

「遅い。もう厭でございます」

それでも佐絵の抵抗は、次第に弱いものとなったが、なお、体が固い。

(妙だな)

と思う疑問が、なお歳三の脳裡にかすかにある。

佐絵の言動のどこかが、荒(すさ)んでいる。

以前は、もっと清雅な女だった。それが百姓剣客のころの歳三の気に入っていた。たしかに佐絵は変わった。京都の公卿奉公をすればもっと磨きがかかるはずだのに、これはどうしたわけだろう。

(いずれ、体をみればわかるはずだ)

歳三の手の動きが、優しくなった。疲れたのか、佐絵の体が、畳の上にしずまった。

二帖半敷町の辻

そのことが、済んだ。

歳三は、佐絵に背をむけてすわりなおしている。

佐絵は背後で、身づくろいをしている様子であった。

(むなしすぎる。……)

歳三は、黄ばんだ畳に眼を落した。自分に対し、なんともやりきれぬ気持であった。

(くだらん)

自分が、である。

せっかく猿渡家の佐絵と再会したのに、こんな破れ畳の上で情交をいそぐとは、なんといううそ寒いことだ。

かつて歳三は、豪奢な情事にあこがれていた。情事は豪奢でなければならぬとおもっていた。つねに、武州では、貴種のむすめを恋うた。佐絵もそのひとりだった。

そのふたりが京で再会したというのに、この逢瀬は、馬小屋で媾合する作男の野合にひとしい。

佐絵も、みじめである。犯されるようにして歳三の体重を受け入れつつも、佐絵はみじめな思いをしたろう。

一瞬で、過去が褪せてしまった。

（過去の綺羅を褪せさせぬためには、別の場所を用意して逢うべきであった）

過去には、それだけの用心と智恵が必要だと思った。

（たのしくはない）

気持が、みじめになっただけのことではないか。

歳三は、脇差から、小柄をぬいた。爪を削りはじめた。できれば、指を突き破って血を出してみたい衝動がある。

「土方さま」

佐絵はふりかえった。

彼女は、そんな呼びかたをするようになっている。やはり、武州日野宿石田在の薬売りの歳、というより、京を震撼させている新選組副長としての新しい印象が、佐絵の眼には濃いのであろう。

「なにかね」

「おかわりになりましたのね」

ちょっと、侮蔑するようにいった。佐絵も、はげしい失望があったのだろう。

「自分では変わっていないつもりだが」

「いいえ、別人のように」

佐絵は、おくれ髪をなでつけた。

「おれのどこが変わった」

「全体に」

「わかるように云ってくれ」

「あのころ、私どもの情事は、犬ころがじゃれあっているように楽しゅうございました。土方さまも、いえ歳さんも、犬ころみたいに無邪気だった。いまはちがいます」

「どこが？」

佐絵にも、わかるまい。歳三にもわからぬことだった。

（が、考えてみれば——）

歳三は、爪を一つ、削ぎ落した。

（おれはかつて、佐絵の身分にあこがれていた。それが、万事そぶりになって、佐絵にはういういしくみえたのだろう。が、いまはかつてとは、おれの立場がちがう。たかが武州の田舎神主の娘を、貴種だとはおもわなくなった。なるほど、かわった。これは非常なかわりようかもしれない）

爪をまた、削ぎ落した。

（痴愚の沙汰だった。過去は想いだすべきもので、抱くべきものではなかった）

「あんたも、かわった」

「それは別人におなり遊ばした土方さまの眼からみれば、変わったようにはみえましょうけれど、佐絵は、むかしのとおりでございます」

（ちがう）

佐絵は、あきらかに別人になっている。第一、公卿のお屋敷奉公をしているというが、なりはむかしどおりの武家風だし、着物のすそが垢じみていて、なんとなく暮らしにやつれている、という風情だった。

「やはり、九条家に勤仕しているのかね」

「ええ」

「うそだろう」

佐絵は、はっと顔を白くした。

（うそにきまっている。なるほど京にのぼったのは

九条家に仕えるつもりだったし、仕えもしたろう。が、なにかの事情で主家を出ていまは町住まいをしているにちがいない)

歳三は、小柄を左手に持ちかえた。右指の爪をきるためである。

(思いたくはないが)

歳三は、親指の爪に小柄の刃をあわせ、ぐっと力を入れた。爪が、はじけとんだ。

(佐絵どのは、体がかわっている。亭主か、情夫を持っているのにちがいない。様子をみれば、暮らしも楽でなさそうだ)

歳三は、佐絵をみた。

「御亭主は、長州人ではないのかね」

佐絵の顔色がかわった。

「逢わぬほうがよかった」

歳三は、笑った。

「きょうのことは、忘れます。――佐絵どのも」

忘れてくれ、と立ちあがった。男の身勝手かもしれぬが、歳三は、胸中にあるかつての猿渡家の息女の像をこわしたくはない。

障子をしめ、土間へおりた。

暗がりで履物をさぐっているとき、ふと表のほうで人の気配がした。隣家の者か、とも思ったが、習性で、そのまま路上に出る気はおこらない。

裏へ突きぬけ、裏の木戸をあけて、外へ出た。ここには、人影はない。

(ひょっとすると、わるいひもがついているのかもしれぬ。なにしろ公卿屋敷に奉公していたのだ。出入りの尊攘浪士もおおぜい居たろう。九条関白が失脚して洛南九条村に隠棲してからは、佐絵はその尊攘浪士のひとりと一緒になったのかもしれぬ)

歳三は綾小路を西へ歩きだした。仏光寺門前まで出て、駕籠をたのむつもりである。

(どんな情夫だろう)

歳三は、歩く。うずくような嫉妬があったが、歯の奥で必死に嚙みころした。

むろん歳三は、かつて自分と情交のあったその女が、いまは勤王浪士のあいだで才女の名を売っている女丈夫になっていようとは、このとき、うかつにも露も知らなかった。

猿渡佐絵。

もとは九条家の老女。

いまは、宝鏡寺尼門跡の里御坊だった大仏裏の古家に住み、人に歌学を伝授している。

というのは表むきで、この里御坊は、諸藩脱藩の士の隠れ場所の一つであった。佐絵はかれらの考えに共鳴し、この古家を管理しながら、かれらを世話し、勤王烈女、といった存在になっている。その間、何度か男を変えた。土州藩士もいた。長州藩士もいた。かと思えば国許もさだかでない無頼漢同然の「志士」もいた。男を変えるたびに、かれらからの感化が、佐絵のなかで深くなった。

佐絵には旧主九条家の後ろ楯もある。屋敷づとめのおかげで、堂上衆への顔もきいている。浪士たちが公卿に会いたいというときは、仲介の労をとってやった。自然、浪士のあいだで重んぜられるようになった。

佐絵は、いまの境涯に満足している。国許の猿渡家に帰っても、すでに兄の代になっている以上、出戻りの妹のすわる場所がなかった。それよりも京がいい。毎日に、はりがある。

（佐絵は、かわった）

歳三は、仏光寺門前の「芳駕籠」に入って駕籠を命じた。

芳駕籠の亭主は、歳三の顔を知っている。

「あっ」

と恐縮し、若い者を祇園まで走らせた。町駕籠は、江戸なら不自由しないが、京では、遊里の付近にのみ常駐させている。芳駕籠ほどの店でも、夜分は店には一挺もない。

その間、時間がありすぎた。

歳三は、かまちに腰をおろした。芳駕籠では、女房まで真蒼に緊張した顔で、茶の接待をした。

「むそうございますが、奥へおあがりねがえませぬか」

「いい」

歳三は、この男の癖で、ぶすっといった。取りつく島もない顔つきである。

「しかし、それでは」

と、夫婦がおろおろしている。新選組も、初期の芹沢のころは市人にただその粗暴を怖れられるのみであったが、最近では、京都守護職御預という一種の格式にずしりとした重味がついてきている。その副長といえば、もはや、いまの京では錚々たる名士である。とはいえ、歳三という男はいつも屯営内にいて、諸藩との社交は一切しなかった。市中、幼童でも、新選組副長土方歳三の名は知っていたが、顔、姿まで知っている者はすくない。そういう陰気で不愛想な印象が、かえって戦慄すべき名前として市中にひろまっていた。

芳駕籠の夫婦のうろたえにも、そういう先入主があるからだろう。

長い時間がたってから、歳三は、やっと口をきいた。

「亭主、すまぬが」

歳三の眼は、暗い土間を通して往来を見つめたままである。

「店を、人が窺っているらしい」

「げっ」

「驚くことはない。どうやら私のあとをつけてきた男がいるようだ。すまぬが、内儀にでも御面倒をねがおう。表通りを一丁ほどのあいだ、様子を見てきてくれまいか」

「へっ」

亭主は臆病な顔をした。

が、こういうことになると、女のほうが度胸のすわるものらしい。眉のそりあとの青々した芳駕籠の女房が、

「見て参じます」

提灯をもって出て行った。

やがてもどってきて、

「竹屋町の角に二人。二帖半敷町のかどに三人、見なれぬご浪人がお居やすようで」

「五人」

「へい」

「多すぎるようだな」

歳三は、ちょっと笑った。

女房もつい吊りこまれて笑い、美しいおはぐろをみせた。どうやら歳三に、好意をもちはじめているらしい。新選組副長といえば鬼のような男かと思っていたのが、案外、瞼の二重（ふたえ）のくっきりした、眼もとの涼しい男なのである。

「あの土方先生。なんならうちの若衆を壬生までお使いに走らせましょうか」

加勢をたのめ、という意味だ。その女房の袖を、亭主がそっと引いた。

（よせ）

という合図だろう。新選組に好意を示したとあれば、あとで浪士たちからどんな仕返しをうけぬともかぎらない。

「いい」

歳三は、また不愛想な表情にもどった。

やがて、駕籠が帰ってきた。

こういう垂れのあるのを江戸では四つ手駕籠というが、京では四つ路（よじ）駕籠という。形は似ている。

「亭主、威勢のよさそうな若者だな」

「へい、丹波者でございますさかいな」

「丹波者は威勢がいいのか」

「まあ、上方（かみがた）ではそう申します」

「それは頼もしい」

歳三は、懐ろから銀の小粒をとりだして若衆にあたえた。

「こんな沢山（ぎょうさん）」

「いや、とってもらう。ところで、私は歩いて帰る」

「へえ？」

土間で、一同があきれた。

「しかし頼みがある。私のかわりにそこの樽に水を一ぱい入れて鴨川まで運んでくれぬか」

「旦那。――」

芳駕籠の亭主には、歳三の頭のなかに描いたからくりが読めたらしい。

「こまります」

竹屋町の角に浪人が二人屯している。樽をのせた駕籠を、新選組副長だと思って襲うだろう。若者は駕籠を捨てて逃げるからまず怪我はあるまい。しかし、あとで、そういう仕掛けに協力した、といって乱暴な浪士どもから尻をもちこまれるのは、亭主のほうである。

内儀も、歳三の考えがわかった。しかし亭主とは別の態度をとった。

「安どん、七どん。すぐ樽の支度をおしやす。なるべくお人を乗せているように重そうに担ぐのどすえ」

「へっ」

丹波者が駕籠を土間にひき入れ、水樽の用意をし、やがて、

「あらよっ」

とかつぎあげた。どうみても十七、八貫はあるだろう。

駕籠が出た。東へ。

すぐそのあと、歳三は軒下を出て、それとは逆の西へむかった。提灯はもたない。尾行者は、駕籠に注意をうばわれて歳三に気づかなかったろう。

十数歩あるいたとき、背後の竹屋町の辻とおぼしいあたりで、予期したとおり、

「わっ」

と駕籠をなげだす物音がきこえた。

（やったな）

歳三は、すでに、二帖半敷町の辻をすぎてしまっている。内儀の見たところではこの辻に浪人三人が

いたというが、影はない。駕籠に誘いこまれてどこかへ散ったのだろう。

そのとき、

(来たか)

と歳三は、そこまで読みきっていた。すぐ、南側の家の軒下へ身を寄せた。

竹屋町から、ばたばたとこちらへ駈けてくる四、五人の足音がする。水榊とわかって、引きかえしてくるのだろう。

(無事、壬生へ帰れそうだ)

歳三は、出格子のかげで、からだを細くした。そこまでは、この喧嘩上手の男の読んだとおりであった。

が、その連中が、竹屋町と二帖半敷町の中間にある芳駕籠の店に押し入ったときに、歳三の見当がくるった。

(いかん。――)

難癖をつけに入ったのだろう。甲高く騒ぐ声が、ここまできこえてきた。

歳三は、路に出た。

そのまま、騒ぎを見すてて西のほう壬生へ歩きだしたが、足が渋った。

(内儀が、あわれだな)

しかし、今夜は、早く屯営へ帰りたいとおもった。なにもかも物憂くなっている。酒がほしい。

歳三は、歩いた。

見当はついている。あの連中は、佐絵となにかのつながりがあるのではないか。佐絵が手引きをしたのではないか。そう思っても、歳三はふしぎと怒りも、闘志もおこらなかった。

――知れば迷ひ
　知らねば迷はぬ恋の道
(われながら、まずい句だな)

歳三は、星を見あげた。

恋の道、と結んでみたが、歳三は、自分が果して恋などしたことがあるか、とうそ寒くなった。

おんなはあった。しかし恋といえるようなものをしたことがない。かろうじて、想い出の中の佐絵の場合がそれに似ていたが、似ていただけのことだ。ほんの先刻、むなしくこわれている。

(おれはどこかが欠けた人間のようだ)

歳三は、自分へ、思いきった表情で軽蔑してみせた。

(この歳三は、おそらく生涯、恋など持てぬ男だろう)

それでもいい、と思った。

(人並なことは、考えぬことさ)

歳三は、歩く。

(もともと女へ薄情な男なのだ。女のほうはそれがわかっている。こういう男に惚れる馬鹿はない)

しかし剣がある。新選組がある。これへの実意はたれにもおとらない。近藤がいる。沖田がいる。かれらへの友情は、たれにもおとらない。それでいい。それだけで、十分、手ごたえのある生涯が送れるのではないか。

(わかったか、歳。——)

と自分に云いきかせたとき、歳三はくるりとふりかえった。

路上にしゃがんだ。鯉口を切った。

四、五人の足音が、自分を追ってきているのを知ったのである。おそらく、芳駕籠の亭主が、白状したのだろう。

影は五つ。

そのうち三つが、二帖半敷町の辻でとまり、二つだけが、無心に近づいてきた。

——こっちか。

一人が、他の一人にいった。

——とにかく室町の通りまで出てみよう。

が、彼等はそこまで出る必要はなかった。

数歩行ったところで、路上に蹲踞(そんきょ)している男を発見したからである。気づいたときには、ほとんど突きあたりそうになっていた。

「あっ」

男は飛びのこうとした。右足をあげ、刀の柄に手をかけた。が、そのままの姿勢で、わっとあおむけざまにころがった。歳三の和泉守兼定が下からはねあがって、男のあごを割っていたのである。

歳三は、立ちあがった。

「私が、土方歳三だ」

「………」

斬られずに済んだ他の男は、しばらく口をひらいたままこの現実が理解できぬ様子だったが、やがて、声にならぬ声をあげると、二帖半敷町の辻へ一散に逃げた。

辻の三人は、どよめいた。

そのときはすでに、歳三は、路上にいない。北側の家並の軒くらがりを伝って、辻に近づいている。

――たしかに、居たか。

この仲間の音頭をとっているらしい銹びた声がきこえた。

歳三は、とびだそうとした。が、土をつかんで、自分をとめた。

（七里研之助ではないか）

目覚めるような驚きである。七里が、京にのぼっていることも聞いている。だけでなく、七里らしい男が、河原町の長州屋敷へ出入りしていることは、藤堂平助も目撃した。げんに、七里の八王子での仲間の一人を、歳三自身、木屋町で討ち洩らしている。

「七里」

「おれだよ」

歳三の影が、物蔭から吐きだされた。

といったときには、歳三はすでに星空にむかって跳躍していた。すでにいっぴきの喧嘩師がそこにあった。もう、なんの感傷も低徊もない。手足だけが躍った。七里のそばの男が肩を右首のつけ根から斬り割られてころがり、その上をとびこえて、二の太刀が、七里を襲った。

七里は防ぐまもなく、辻行燈までとびさがって、やっと抜刀した。

局中法度書

「土方歳三。――とうとう出会った」

七里研之助は、辻行燈の腰板で背中をさすりながら、いった。云いながら、ゆっくりと、剣先を、下段にしずめている。

「土方」

七里は楽しそうだ。

「武州の芋道場の師範代が、いまは花の都の新選組副長をなさっている。乱世ながらたいしたご出世だ」

「………」

歳三は、上段。

「出世したからといって、この七里を見限ってもらっちゃこまるよ」

「だから、相手になっている」

「結構々々。ところで近藤さんは、お達者かね。いずれ、おめもじするつもりだが」

「達者だ」

歳三は、吐きすてるようにいった。

「そりァ、よかった。懐しい、といいたいがね。普通なら、その辺でいっぺえどうだ、といいたくなるほど、たがいに浅からぬ縁だが、縁は縁でもお前、とんだ逆縁さ」

「逆縁だな」

「武州南多摩の泥臭え喧嘩を、花の都にまで持ちこんで蒸しかえしたくはねえんだが、お前らとは、どうも適わねえようにできている」

「河原町の長州屋敷にごろついているときいている」

「おれの母方が、長州藩の定府の御徒士でね。長州とはいろいろ因縁がある。武州の田舎で、泥鰌臭え(どじょうくせ)野郎と喧嘩をしているより男らしい死に方をしてやろうと思ってきたのだが、その泥鰌臭えのが、またつながってのぼって来やがった」

「話の腰を折ってすまないが」

歳三は、いった。

「佐絵どのをご存じかね」

七里は、だまった。

知っている、と歳三はみた。七里は、佐絵との間に何等かの連絡があって、きょう、歳三をつけていたのだろう。

「知らないよ」

「ばかに元気がなくなったようだ。存外、正直者とみえる」

七里は、返事のかわりに剣を中段になおした。その瞬間、歳三の剣が、すばやく上段から落ちた。

が、七里はもうそこにはいない。

ざくり、と歳三の切尖(きっさき)で、辻行燈の腰板が裂けた。引きぬくなり、足を大きくあげて、辻行燈を蹴倒した。

行燈のむこうから、七里がとびだした。

「ちょっとなぶってみせたのさ」

七里が、笑った。

そのうち、歳三の背後にまわった一人が、ぱっと仕掛けてきた。あやうくとびのいたが、袴を切られた。

(どうかしている)

剣に、はずみがつかない。喧嘩というのは弾(はず)みのついたほうの勝ちである。やはり、佐絵に対する複雑な印象が、心を重くしているのだろう。

こういうときには、なりふりかまわずに退(ひ)きあげてしまう。それが喧嘩上手というものだ。とは、歳三は百も知っている。武州の田圃で泥喧嘩をしているときのかれなら、一議もなく逃げ去ったろう。が、いまは人(にん)がちがう。新選組副長である。喧嘩にも体面がある。逃げた、とあれば、どんな悪評を京で撒(ま)きちらされるか。

(なるほど佐絵のいうとおり、こんな所までおれはすっかりかわったな)

歳三は、刀を右手でかざしつつ、器用に羽織を半ばぬいだ。羽織をぬぎたいのではない。羽織は、歳三の、狡猾な誘い手である。

果然、半ばぬいだ隙をねらって、右手の男が上段から撃ちこんできた。

(待っていた)

図に乗った相手の胴を、片手で下からすくうようにして斬りあげた。

「相変らずの馬鹿力だ」

七里が、物蔭で舌打ちをした。七里ほどの者なら知っている。片手わざではよほどの力がないかぎり人が斬れるものではない。

歳三は、やっと羽織を脱ぎきった。

「七里、もそっと寄れ」

「寄れねえよ。妙に沸って調子づいた野郎に仕掛ける馬鹿ァなかろう」

この男も、ただの剣客ではない。喧嘩の勘どころは知っている。歳三の気魄が異常に充実しはじめたのをみて、刀をひき、物蔭をさらさらと歩き、

「退け」

と命じた。

一せいに散った。

歳三は追わなかった。

(七里も、人が肥ってきやがった)

京に集まっている数ある浪士のなかで、人傑も多い。七里のような男でもそういう者にもまれて平素、国事の一つも論じているせいか、八王子のごろん棒当時とはだいぶ印象がちがっている。

(男とは妙なものだ)

毛虫から蝶になるような変質も、ときにはあるらしい。

この年の十二月、幕府は浪士取締令を出した。京

坂に流入してくる不穏の浪士は、みつけ次第捕殺する。

理由は、近く将軍家茂が入洛する。京の治安は、武をもって鎮めておかねばならない。

「そういう次第です」

と、近藤は隊士一同を集めていった。

「大公儀の威武をもって、浮浪を一掃し、かしこきことながら、禁闕の御静安をおまもりする。いよいよ今日から、王城の大路小路が新選組の戦場であると心得られたい」

新選組が文字どおり悪鬼のような働きをしはじめたのは、このときからである。毎日、京に血の雨を降らせた。

人数ざっと百人。

むろん一流の剣客ばかりではない。未熟者もおれば、怯者もいる。戦場の場で臆した者は、あとでかならず処罰した。処罰、といっても在来の武家社会にあった閉門、蟄居といったなまぬるいものではない。すべて死罪である。一にも死、二にも死。三百年狎れあいごとで済ませてきたこの当時の武士の目からみれば、戦慄すべき刑法であった。

隊士にしてみれば、乱刃のなかで敵に斬られるか、それとも引きあげてから隊内で斬られるか、どちらかであったから、決死の日常である。

「すこし、きびしすぎはしまいか」

と、ある日、一日に三人も斬首、切腹の被刑者が出たとき山南敬助が、近藤と歳三の前でいったことがある。

話が前後するが、これよりすこし前、芹沢鴨とその係累を一掃した直後、隊における山南敬助の処遇がかわっている。それまでは、歳三とおなじ副長であったのが、

「総長」

ということになった。昇格した。序列でいえば局長近藤勇、総長山南敬助、副長土方歳三ということになる。

この昇格は、歳三が近藤に献言したことだ。

――ぜひ山南を。

というと近藤はこのときばかりはよろこんだ。歳三が山南を好いていないことは近藤の苦の種になっていたのである。その歳三が山南のために「総長」という特別な職名をつくり、自分の上に置くという。

――歳、雨が降るよ。

といったほどだ。

――降らねえ。

と、歳三は無表情にいった。「総長職」とは名の響きは上等だが、実質は、近藤個人の相談役、参与、参謀、顧問、といったもので権限がない。いやもっと重要なことは、この響きのいい職名には隊士に対する指揮権がないことである。指揮権は、局長―副長―助勤―平隊士、というながれになる。現今のことばでいえば、総長山南敬助は、近藤のスタッフであって、ラインではないのである。

歳三は、山南をていよく棚にあげた。飾り達磨にした。山南もはじめはよろこんだが、次第にその職の本質がわかってきて以前以上に歳三を憎むようになった。だけでなく、近藤に、

――もとの副長にもどして下さい。

と頼み、近藤もその気になって歳三に相談した。

――歳、あれを格下げしてやらんか。

――いや、あれでいい。

と、妙な例をひいた。

歳三は、少年のころ、家伝の石田散薬の原料を採集したり製剤したりするときには、夏の農閑期のときでもあって村中の人数を使うのだが、その指揮を十二、三の年からやった。そのころの経験で、長兄や次兄がうろうろやってきて口を出すたびに作業の能率がおちたことをおぼえている。命令が二途からも三途からも出ることになるからだ。

――副長が二人居ちゃ、そうなる。近藤さん、あんたの口から出た命令がすぐ副長に響き、助勤に伝

わり、電光石火のように隊士が動くようにならねば、新選組はにぶくなるよ。組織は剣術とおなじだ。敏感でなければだめだ。それには副長は一人でいい。

これは、歳三の独創である。幕府、藩の体制というのは、たとえば江戸町奉行でも二人制をとっていたように、どういう職でも複数で一つの役目をつとめた。このことは、当時日本にきた外国の使臣がみな奇異の念をもったことだ。その陋習を、新選組は苦もなく破っている。

――隊を強靭にするためだ。そのかわり、山南さんを栄職で飾っている。

と、歳三はいった。

それは余談。

「刑がきびしすぎはしまいか」

総長である山南敬助が近藤に助言したとき、歳三は白い眼で山南をみた。

「山南先生」

といった。

「山南先生とも思えぬ。隊を弱くしたいのですかね」

「たれがそう申した」

山南は気色ばんだ。歳三はニコリともせず、

「私の耳には、そう聞こえる」

と、静かに応じた。

厭なやつだ、と山南は腹の底が煮えくりかえるようだったろう。

「山南さん、私はね、日本中の武士はみな腰抜けだと思っている。武士、武士といっても威張れたもんじゃねえという現場を、この眼で何度もみてきた。家禄の世襲と三百年の泰平がそうさせたのだろう。が、新選組だけはそうはさせぬ。真の武士に仕立てあげる」

「真の武士とは、どういうものです」

「いまの武士じゃない。昔の」

「昔の？」

「坂東武者とか、元亀天正のころの戦国武者とか、

まあうまくいえないが、そういうものです」

「土方さんは、存外無邪気であられる」

子供っぽい、と吐きすてたかったのだろう。そのかわり、山南は頬にあらわな嘲笑をうかべた。

歳三は、その頬をじっと見つめている。かつて、芹沢鴨と「士道論議」をしたとき、芹沢の頬にうかんだのと同質の嘲笑が、山南の頬にはりついている。

——百姓あがりめが。

事実、山南はそんな気持だった。しかし、歳三の心底にも叫びだしたいものがある。理想とは、本来子供っぽいものではないか。

「まあいい、酒にしよう」

と、近藤はとりなした。近藤は、歳三を無二の者とは思っているが、山南敬助という学才の持主もうしないがたい。京都守護職、京都所司代、御所の国事係、見廻組頭取などに出す公式の文書は、そのほとんどを山南が起草する。また諸藩の公用方と会談するときも、山南を帯同する。隊中勇士は多いが、格式のある場所で堂々言辞を張れるのは、仙台脱藩浪士山南敬助だけである。

小姓に酒を運ばせてから、近藤は、山南、歳三の顔をかわるがわるみて、いった。

「私は仕合せだ。山南君の智、土方君の勇、両輪をあわせ持っている」

が、歳三は単に勇だけの器量か。

近藤も、この歳三の才能について、どれだけ見抜いていたかは、疑問である。山南の智は単に知識だが、歳三には創造力がある。

(みろ、そういう隊を作ってやる)

その夜、歳三の部屋に、おそくまで灯がともっていた。

例によって沖田総司が、からかいにきた。

「また俳句ですか」

のぞきこんだ。

「ほう、局中法度書(はっとがき)」

歳三は、草案を練っていた。

隊の、律である。歳三の手もとの紙には、この男の例の細字でびっしりと書きこまれていた、五十カ条ほどの条項があった。沖田はそれを一つ一つ眼で拾い読んで、

「大変だな」

笑いだした。

「土方さん、これをいちいち隊士にまもらせるおつもりですか」

「そうだ」

「五十いくつも項目がありますぜ」

「まだ仕上げてない」

「たまらんなあ、まだこれ以上に？」

「いや、いまから削ってゆく。これを五カ条にまでしぼってゆく。法は三章で足る」

「ああきいたことがある。寄席でだが。もっとも唐（から）のどの大将の言葉だったか、こいつは山南さんにでもきかねばわからない」

「うるせえ」

ぐっと、墨で一条、消した。

深更までかかって、五カ条ができた。

一、士道に背（そむ）くまじきこと。

一、局を脱することを許さず。

いずれも、罰則は、切腹である。第三条は「勝手に金策すべからず」。第四条は「勝手に訴訟（外部の）取扱うべからず」。

第五条は「私の闘争をゆるさず」。「右条々相背き候者は切腹申しつくべく候也」

さらに、この五カ条にともなう細則をつくった。

そのなかに妙な一条がある。この一条こそ新選組隊士に筋金を入れるものだ、と歳三は信じた。

「もし隊士が、公務によらずして町で隊外の者と争い」

というものである。

「敵と刃をかわし、敵を傷つけ、しかも仕止めきら

ずに逃がした場合」

「その場合どうなります」

「切腹」

と、歳三はいった。

沖田は、笑った。

「それは酷だ。すでに敵を傷つけただけでも手柄じゃないですか。逃がすこともあるでしょう。逃がしちゃ切腹というのは酷すぎますよ」

「されば必死に闘(たたか)うようになる」

「しかしせっかくご苦心の作ですが、藪蛇(やぶへび)にもなりますぜ。隊士にすれば敵を斬って逃がすよりも、斬らずにこっちが逃げたほうが身のためだということになる」

「それも切腹だ」

「はあ?」

「第一条、士道に背くまじきこと」

「なるほど」

隊士にすれば一たん白刃をぬいた以上、面(おもて)もふらずに踏みこみ踏みこんで、ともかく敵を斃す以外に手がない。

「それがいやなら?」

「切腹」

「臆病なやつは、隊がおそろしくなって逃げだしたくなるでしょう」

「それも第二条によって、切腹」

これが、公示された。

若い血気の隊士はこれを読んでむしろ飛瀑に肌をうたれるような壮烈さを感じたようであったが、加入後、まだ日の浅い年配の幹部級に、ひそかな動揺がみられた。こわくなったのである。

歳三は、その影響を注意ぶかい眼でみていた。果然、脱走者が出た。

助勤酒井兵庫である。

大坂浪人。神主の子で、当人は隊ではめずらしく国学の素養があり、和歌をよくした。

脱走した。

歳三は、監察部の全力をあてて、京、大坂、堺、奈良までさがさせた。

やがてそれが、大坂の住吉明神のさる社家のもとにかくまわれていることがわかった。

「山南君、どうする」

と、近藤は相談した。

山南は、助命を申しのべた。山南は平素、酒井兵庫に自作の歌の添削をたのんだりしていた仲である。

近藤は、斬りたかった。酒井は、助勤として隊の枢機に参画した男だから、機密を知っている。世間に洩れれば新選組としてはともかく、累が京都守護職におよぶ。

「歳、どうだ」

「歌がどうの、機密がどうのと論に及ばぬことだ。局長、総長みずから、局中法度書をわすれてもらってはこまる」

「斬るか」

「当然です」

すぐ、沖田総司、原田左之助、藤堂平助の三人が大坂へ下向した。

住吉の社家に酒井兵庫を訪れた。

酒井は観念して抜きあわせたらしい。

その刀を原田が叩き落し、境内での闘いを避け、酒井を我孫子街道ぞいの竹藪まで同道して、あらためて、刀を渡した。

数合で、闘死した。

以後、隊は粛然とした。局中法度が、隊士の体のなかに生きはじめたのは、このときからである。

やがて、年が改まった。

池田屋

薪木買わんせ
くろき、召しませ

大原女(おはらめ)が沈んだ売り声をあげて河原町通を過ぎたあと、その白い脚絆(きゃはん)を追うようにして、日和雨(そばえ)がはらはらと降ってきた。

「静かですな」

沖田総司がいった。

絵のような、京の午後である。元治(げんじ)元年の六月一日。

祇園会(ぎおんえ)もちかい。

歳三と沖田は、たったいま大原女が通った軒先の二階にいる。

河原町四条の小間物問屋茨木屋四郎兵衛の階上で、薄暗く、かびくさい。二階一ぱいに、品物が積みあげられている。

この二階は河原町通にむかって、むしこ窓がひらいていた。沖田は、そこから街路を見おろしている。

「朝から、三人ですよ。一人は武士、二人は拵え(こしら)は町人体だが、武士くさい」

と、干菓子(ひがし)をたべながらいった。

「そうか」

歳三は、たったいまあがってきたばかりである。

このむしこ窓から見おろすと、河原町通の東側の家並、そこから東へ入る無名小路の人の出入りがよくみえるのだ。

その無名小路を河原町通から入って、家数にすればざっと五、六軒いった右側に、

「枡屋」

という道具屋がある。

そこを見張っている。見張りは沖田だけではない。監察部の山崎烝、島田魁(かい)、川島勝司、林信太郎などは、薬売り、修験者(しゅげんじゃ)などに変装してこの界隈をうろついているし、無名小路を通りぬけた西木屋町の通りにも、原田左之助が、町家を借りて、路上の人の往き来を見張っている。

「しかし、いやだなあ、見張りなんてのは。私の性(しょう)にあいませんよ」

「そうだろう」

沖田は、そういう若者だ。人の非違を見張るというのは、いくら隊務でも性にあうまい。

「まあ、我慢しろ。あす、交替させる」

「必ず？」

菓子を一つ、口に入れた。

のんきな顔だ。

歳三は苦笑して、

「そのかわり、今日一日は懈怠してもらってはこまる」

「しかしどうかなあ。いや、私のことじゃないです。枡屋のおやじのことですよ。――風の夜をえらんで」

「ふむ」

「ええ、風の夜にですよ」

沖田は菓子をのみくだし、

「京の市中の各所に火をかけ、数十人狩りあつめの浪人で御所に乱入して禁裡さまを盗み出し、長州へつれて行って倒幕の義軍をあげようというのでしょう？　大体、できることじゃないですよ。そんな途方もないことを考えるというのが、そもそも、ふしぎなあたまをもっている。土方さん、ほんとうは、枡屋、狂人じゃないですか」

「正気だろう。血気の人間があつまって一つの空想を何百日も議論しあっていると、それが空想でなくなって、討幕なんぞ、今日にもあすにも出来あがる気になってくるものだ」

「つまり、狂人になるわけでしょう、集団的に。妙なものだな」

「妙なものだ。が、集団が狂人の相をおびてくると、何を仕出かすかわからない」

「新選組も、同じですな」

沖田はくっくっ笑って、

「土方さんなど、狂人の親玉だ」

「なにを云やがる」

こわい顔をしてみせた。が、沖田は、新選組の隊中で鬼神のように怖れられているこの歳三が、ちっともこわくない。沖田総司という、この明るすぎる若者の眼からみれば、歳三が力めば力むほど、壬生狂言でやる黙劇（パントマイム）の熊坂長範のような滑稽感をおびて映（うつ）ってくるのだろう。

「総司、すこし緊（しま）れよ」

にがい顔でいった。

「その、京に放火して一せいに蜂起するという浪人が、五十や六十人ではない、という情報（ききこみ）もある。これをどう鎮圧するかが、新選組が天下の新選組になれるかどうかの正念場（しょうねんば）になる」

「一つ、いかがです」

沖田は、歳三の手に菓子をにぎらせた。歳三はいまいましそうに口へほうりこんで、外へ出た。

そのあと、原田左之助の見張所を訪（と）うて報告をきき、さらには高瀬川沿いの路上で、薬売りに変装した監察、山崎烝とすれちがった。山崎は、眼を伏せて歳三のそばを通りぬけた。うまい。山崎は剣も相当なものだが、もとが大坂高麗橋の鍼医（はりい）の息子だけに、町人姿が堂に入っている。

山崎とすれちがったあと、歳三は木屋町三条で辻駕籠をひろい、壬生へ帰った。

「どうだった」

と、近藤がきいた。

「まだわからん。が、総司も原田も、武士らしいものがあの無名小路にしきりと出入りしているのを見ている」

「しかし、万々、間違いなかろう」

「そうありたい」

もともとは、近藤自身が聞きこんだことなのである。

実は先日、近藤自身が隊士を率いて市中巡察をし、堀川の本圀寺（ほんこくじ）（水戸藩兵の京都駐留所に使われている）の門前まで帰ってきたとき、

「やあ、おめずらしや」

と、近藤の馬前に立ちふさがった一人の武士があった。すわ、刺客か、と隊士が駈け寄ると、武士は一向にあわてず、

「わしです、江戸の山伏町に住んでいた岸淵兵輔です。江戸では、貴道場でさんざんお世話になった……」

「おお」

近藤は、馬から降りた。記憶がある。江戸道場が後楽園に近かったせいで、水戸藩邸の下士がよく遊びにきていたが、岸淵もそのひとりであった。足軽の子、とか聞いていたが、学問も出来、態度も重厚で、とてもそういう軽輩の出とはみえなかった。

いまも、服装こそ質素で、皮色木綿の羽織に洗いざらした馬乗り袴という体だが、すっかり肥って堂々としている。

「去年から、京都詰めになっています。土方氏、沖田氏、御活躍だそうですな」

「路上ではお話もうけたまわれぬ。壬生へ御光来ねがえませんか」

近藤というのは、こういう人懐っこさがある。抱くようにして連れて帰った。

さっそく酒席を設け、歳三も出た。

当節、在洛の武士というのは、二人以上あつまれば、国事を論ずる。そういう緊張した空気を、京の町は持っていた。時代が、沸騰しきっているのである。

昨年八月、いわゆる文久の政変があり、それまで京都政壇を牛耳っていた長州藩が一夜で政界から失脚し、長州系公卿七人とともに国許へ撤収した。

以来、長州藩の若手はいよいよ過激化し、諸藩脱藩の急進的な浪士はほとんど長州藩に合流し、倒幕挙兵の機をねらっている。

が、薩摩藩、土佐藩、それに会津藩、越前藩という政治感覚の鋭敏な大藩がすべて反長州的感情をもち（この感情には複雑な内容があるが、要するに長州藩

の権力奪取活動があまりに過激で時勢から独走しすぎ、結局、長州侯が幕府にとってかわろうとする意図があるのではないかという疑いが濃厚すぎたためである。長州侯自身、その若い家臣団に体よく乗せられたところがあったらしく、維新後、長州の大殿さまが、おれはいつ将軍になるんだ、と側近にきいたという伝説さえある）、とにかく長州一藩の軍事力では、幕府や、右「公武合体派」の四藩を敵にまわすことができない。

そういう情勢にある。

だから、長州荷担の浪士団をふくめて秘密軍事組織をつくり、それを京に潜入させて一気に町を焼き、土寇的な勤王一揆をあげようとしている、という風評は、京の町人の耳にまで入っており、さまざまの流言がとび、気の早い連中のなかには田舎へ避難準備をしている者があるくらいだ。長州も追いつめられて、悲痛な立場に立っている。これが成功すれば義軍、失敗すれば全藩土匪の位置におちるだろう。

岸淵兵輔は、情勢をさまざまに論じた。この水戸藩士はごく常識的な公武合体論者で、長州のはねっかえりが、にがにがしくて仕様がないらしい。

その点、近藤も同じだ。

ちかごろ、なかなか弁ずる。滑稽を解せぬ男だから、弁ずると、寸鉄人を刺すような論を吐く。

歳三は、だまっている。歳三にとって、空疎な議論などは、どちらでもよい。かれの情熱は、新選組をして、天下最強の組織にすることだけが、自分の思想を天下に表現する唯一の道だと信じている。武士に口舌は要らない。

この席で岸淵は、意外なことをいった。

「わが藩（水戸）はご存じのように政情の複雑な藩で、藩士はさまざまな考えを持って睨みあっている。だから風説が入りやすいのですが、昨夜、容易ならぬことを耳にした」

それが、枡屋喜右衛門であるという。

道具屋枡屋喜右衛門、じつは長州系志士のなかでも大物の古高俊太郎（江州物部村の郷士で、毘沙門堂門跡の宮侍）の化けおおせた姿であるという。

「しかも」

と岸淵はいった。

「蜂起のための武器弾薬は、この枡屋の道具蔵にあつめてある。これは本圀寺の水戸藩本陣ではたれでも知っている」

蜂起派も疎漏な計画をしたものである。岸淵が近藤、歳三に告げた同じ日、枡屋の使用人利助という者が、町年寄の家へ、

――おそれながら、

と、右次第を訴え出た。利助はほんの昨今の傭われ者で、蔵に鉄砲、煙硝、刀槍などが積みあげられているのを見て驚き、累が自分にかかるのをおそれて、いちはやく訴人して出たという。

町年寄は、顔知りの定廻り同心へ報らせ、その同心渡辺幸右衛門という男がたまたま新選組出入りであったので、自分の役所には告げず、壬生屯所に一報してきた。

「すぐ、会津藩本陣に報らせよう」

と近藤がいうのを、歳三がおさえた。

「まず新選組独自の手で探索してからのことだ」

もし事実なら、新選組が、壬生の田舎でほそぼそと結盟して以来の大舞台がここに与えられるではないか。

（むざむざ、会津藩や京都見廻組の手柄にすることはないさ）

近藤と歳三が、営々として作りあげてきた新選組の実力を、世に問うことができる。

翌夕刻、探索の連中が帰ってきた。

「臭え」

原田左之助がいった。この男も探索にむかないのか、臭え臭え、というだけである。

沖田はただにやにや笑っていた。山崎、島田、川島といった連中はさすがに監察に席をおくだけに、くわしい聞きこみを報告した。

「すぐ、土方君」

近藤は、出動を命じた。が、歳三は動かなかった。

「新選組の晴舞台だ。局長、あんたが現場に床几をすえるべきだろう。私は留守をする」

「そうか」

三人の助勤がえらばれた。沖田総司、永倉新八、原田左之助。その組下の隊士あわせて二十数人が動いた。現場についたときは、とっくに日が暮れている。

近藤という男は、やはり常人ではないところがある。

隊士を四手にわけて、無名小路の東西の口および裏口、表口にそれぞれ配置したところまでは普通だが、まず利助に戸をたたかせ、女中があけるや、たった一人でとびこんだ。

暗い。が屋内の様子は、利助から聞いて十分頭の中にある。

二階八畳の間に駈けあがるや、すでに寝ていた古高俊太郎の枕もとに突ったち、

「古高」

とかん高い声で叫んだ。

「そちはひそかに浮浪の者を嘯集し、皇城下で謀反を企つるやに聞きおよんだ。上意である。縄にかかれ」

「どなたです」

古高も、これまで何度も白刃の下をくぐりぬけてきた男である。落ちついている。むしろ近藤のほうが、うわずった。

「京都守護職会津中将様御支配新選組局長近藤勇」

「あなたが。――」

ちらっと見て、

「支度をする。不浄な縄を受くべき理由はないゆえ、逃げもかくれもせぬ。しばらく猶予をねがいたい」

悠々と寝巻をぬぎ、紋服に着替え、びんを梳きあげ、女中に耳だらいを運ばせて口まですすいでから、

「いずれへ参ればよい」

と立ちあがった。

この間、階下を捜索していた隊士は、古高の同志一同の連判状を発見している。

古高は当夜は壬生屯所の牢に入れられ、翌日、京都所司代の人数に檻送されて、六角の獄に下獄した。この夜から、獄吏の言語に絶する拷問をうけたが、ついに何事も吐かず、のち七月二十日、引き出されて刑死した。

が、事態はすでに古高の白状を必要とせぬまでになっていた。古高の連判状によって、徒党の名が洩れなくわかっている。すでに新選組、会津藩、所司代、町奉行の探索が活潑に動き、その結果、三条界隈に軒をならべている旅館に正体不明の浪人が多数宿泊していることもわかり、とくに三条小橋西詰め旅館池田屋惣兵衛方が、どうやら彼等の動きの中心になっているらしい。池田屋には、山崎が薬屋に化けて宿泊している。

さぐると、ほとんどが長州弁である。

守護職から、各個に捕えてはどうか、という示唆がとどいていたが、新選組は動かなかった。山崎から、

「一味はすでに、古高が捕えられたことを知っているらしい」

という報告があったからだ。当然、あわてている はずである。暴発を中止してそれぞれ京から散るか、それとも短兵急に決行するか、善後策が必要なはずだ。そのために、かならず会合をするだろう。

「きっと、会合する」

と、歳三はいった。

近藤は、多少不安だった。

「このまま散らしてしまえば元も子もなくなるぞ」

「ばくちさ」

しかし、長州藩士とその与党は、まったく疎漏だったといっていい。狭い三条界隈の旅館街を、たれがみてもそうとわかる顔つきで、毎日、それぞれの宿泊先を訪ねあっているのである。

——場所は池田屋、日は今夜。

とわかったのは、六月五日である。それも夕刻に

なってから、山崎の諜報がとどいた。

　ところが、おなじころ、町奉行所に依頼してあった密偵から、

「今夜、木屋町の料亭丹虎（四国屋重兵衛）らしい」

とも、いってきた。丹虎は、従来、長州、土州の連中の使っている料亭で、池田屋よりはるかに可能性が濃かった。

　近藤もこの報告には青ざめた。わずかな兵力を二分させることになるのだ。

「歳さん、これもばくちでいくか」

　池田屋か、丹虎か、どちらかに兵力を集中させる、と近藤はいうのだ。

「そいつは、まずい。大事を踏んでここは二手に隊をわけよう。しかし」

　兵力の按分である。

　どちらの場所に可能性が濃いか、ということで人数はきまる。

「山南さん、どう思う」

　と、近藤は総長の山南敬助にきいた。

「丹虎でしょう」

　といった。妥当な判断である。丹虎はそれほど、倒幕派の巣として有名だった。

「私は、池田屋だと思う」

　歳三がいった。理由はない。この男の特有なカンである。

「そうか」

　近藤も、少年のころから歳三のカンには一種の信仰のようなものをもっている。

　山南は、近藤が歳三の案を採用したことに、露骨に不快な顔をした。近藤はその表情を鋭敏に見てとって、

「山南君にも一理ある。だから、歳さん、あんたは、山南君のいう丹虎のほうをおさえてもらおうか」

　といった。うまい馴らし手である。

　歳三はうなずいた。

　山南もそれとわかって、

「池田屋は私ですか」

といったが、近藤はにこにこして、

「これは私にやらせてもらおう。山南君はまだ霍乱のあとが癒えていない。大事な人を失いたくない」

といった。山南はだまった。山南は長州に対し、やや同情的なことを近藤は知っている。

人数は、丹虎を襲う土方隊が二十数人、池田屋へ討入りする近藤隊が、わずか七、八人。

討入り後、近藤が、江戸にある養父周斎にあてた手紙にこうある。

「折悪敷、局中病人多にて、僅々三十人、二ケ所の屯所（敵の）に二手に分れ、一ケ所土方歳三を頭とし遣はし（中略）、下拙、僅々の人数引連れ出で」

が、この人数の割りふりは、実に巧妙にできている。小人数の近藤隊には沖田総司、藤堂平助、原田左之助、永倉新八といった隊でも一流の使い手をそろえ、土方隊は、人数は多くても粒からみれば落ちている。

「歳、いいな」

「いい」

薄暮、出動。

池田屋への討入りは、亥ノ刻（夜十時）であった。

近藤の手紙にいう。「（出口の固めにも人数を割いたため）打込み候もの、拙者始め沖田、永倉、藤堂、周平（養子）右五人に御座候。兼て徒党の多勢を相手に火花を散らして一時余（二時間余）の間、戦闘に及び候ところ、永倉新八の刀は折れ、沖田総司刀の帽子折れ、藤堂平助刀は刃切出ささらの如く（中略）、追々、土方歳三駈けつけ、それよりは召捕り申し候（人数がふえたため斬り捨て方針を中止）。実にこれまでたびたび戦ひ候へども、二合と戦ふ者は稀に覚え候ひしが」

と、近藤は剣歴を誇りつつ、

「今度の敵、多勢と申しながら、いづれも万夫の勇士、誠に危き命を助かり申し候」

と、結んでいる。

このときの服装は、隊の制服である浅黄色の山形のついた麻羽織を一様に着用し、剣術の皮胴をつけ、下には鎖の着込みを着、頭に鉢金(はちがね)をかぶっている者が多かった。歳三が使用した鉢金は、東京都日野市石田の土方家に残っている。二カ所、刀痕(とうこん)がある。

断章・池田屋

歳三は、この池田屋斬り込みにあたって、その前日、綿密に付近を偵察している。

この三条大橋は、江戸日本橋から発する東海道の宿駅で、大橋の東西の往来にははたごやがひしめいている。

池田屋も、その一軒である。

間口三間半、奥行十五間、二階だてで、一階向って右が格子、左が紅殻壁(べんがらかべ)、二階もびっしり京格子ではりめぐらされ、内部から外はみえても、往来から人に見すかされるような構造ではない(いまはない。昭和六年、とりこぼたれ、その敷地あとに、鉄筋コンクリート四層の現在の佐々木旅館がたてられた)。

祇園町に、会所がある。

実成院(じつじょういん)という祇園社の執行(しぎょう)をつとめる寺の門前にあって、このあたりだけは人通りがすくない。近藤、歳三は、ここを攻撃準備点にえらんでいる。赤穂浪士のばあいのそば屋に相当するであろう。

その日、あらかじめ、隊服の羽織、防具などをこの会所に運びこんでおいた。壬生にある隊士たちは、夕刻、市中巡察をよそおって出る者、仲間とつれだって遊びにゆくようなふうを装う者、それぞれ数人ずつ、べつべつに壬生を出発した。

日没後、右会所に集結。

一方池田屋の楼上には、長州、土州、肥後、播州、作州、因州、山城などの藩士、浪士二十数人が、日没後、あつまることになっている。約束は、五ツ(午後八時)だったという。長州の桂小五郎(木戸孝允)も、来会する予定になっていた。

このこと、孝允の自記には、

「この夜、旅店池田屋に会するの約あり。五ツ時、この屋に至る。同志未だ来らず。よつて、ひとまづ去つてまた来らんと欲し、対州の別邸に至る」

とある。要するに、定刻には行ったが、たれもまだ来ていなかったため、近所の対馬藩の京都藩邸(河原町姉小路角)に知人をたずねた、というのである。

「しかるに未だ数刻を経ざるに、新選組にはかに池田屋を襲ふ」

とつづく。

桂は命びろいをしたのだ。この前後にも桂はよく似た好運をひろっている。命冥加という点で、維新史上、桂ほどの男はない。

桂がいったん池田屋を去った直後、同志一同が集まってきている。そのおもな者は、

長州　吉田稔麿、杉山松助、広岡浪秀、佐伯稜威雄、福原乙之進、有吉熊太郎
肥後　宮部鼎蔵、松田重助、中津彦太郎、高木元右衛門
土州　野老山五吉郎、北添佶磨、石川潤次郎、藤崎八郎、望月亀弥太
播州　大高忠兵衛、大高又次郎
因州　河田佐久馬
大和　大沢逸平
作州　安藤精之助
江州　西川耕蔵

といったところで、もし存命すれば、このうちの半分は維新政府の重職についていたろう。一座の首領株は、吉田稔麿、宮部鼎蔵の二人で、当時、第一

流の志士とされた。

さっそく、二階で酒宴がはじまった。

議題はまず、

「古高俊太郎をどう奪還する」

ということである。

つぎに予定の計画であった「烈風に乗じて京の各所に火を放ち、御所に乱入して天子を奪って長州に動座し、もし余力あれば京都守護職を襲って容保を斬殺」するという「壮挙」を、古高逮捕によって中止するか、決行するか、ということである。

土州派の連中は過激で、

「相談もくそもあるか。事ここまで来た以上今夜にも決行しよう」

と主張した。

「それは暴挙すぎはしまいか」

こう押しとどめたのは、京都、大和、作州の連中だったらしい。

もっとも多数を占める長州側は、粒選りの過激派ばかりだが、ただ事前に、京都留守居役（京都駐在の藩の外交官）桂小五郎から、釘をさされている。時期ではない、というのである。酒がまわるにつれて、本来の過激論の地金が出てきた。

階下では、薬屋に化けて表の間にとまっている新選組監察山崎烝が、

「ぜひ、配膳を手伝いましょう」

と、台所で働いている。元来、大坂の町家のうまれだから、こういうことは如才がない。主人の池田屋惣兵衛（事件後獄死）まですっかりだまされていた。

山崎は、酒席にまで顔を出して、女中どもの指揮をした。京には、町家の宴席を運営するために配膳屋という独特の商売があって、山崎はいわば臨時の配膳屋を買って出たのである。

宴席は、表二階の奥八畳の間で、なにぶんにも二十数人が着座すると、せまい。みな、膝を半ば立てるようにしてすわった。そのおのおの左に、佩刀（はいとう）

がある。邪魔になる。とくに女中が配膳してまわるとき、よほど気をつけなければ、足に触れるかもしれない。

「いかがでございましょう」

　山崎はいった。

「万一、女中衆どもがお腰のものに粗忽を致しては大変でございます。次の間にまとめてお置きくださいましては」

「よかろう」

　一人が渡した。山崎はうやうやしく捧げて次の間におき、あとはろくにあいさつもせずにどんどん隣室へ移し、それをまとめて押入れに収めてしまった。

　一座のたれもが、このことに不用心を感じなかった。わずか二十数人で京をあわよくば占領しようという壮士どもが、である。

　かれらは、近藤の手紙にもあるように「万夫不当の勇士」ではあったが、計画がおそろしく粗大すぎた。陰謀、反乱を企てるような緻密さは皆無だったといっていい。

　かれらは大いに飲み、大いに論じた。しかし酔えば酔うほど、議論がまとまらなくなり、たがいに反駁しあった。それがまたかれらの快感でもあった。考えてみればこれは諸藩の代表的論客をあつめすぎた。

　一方、祇園実成院前の会所では、近藤、土方らがいらいらしている。かれらもまた、

「出動は五ツ」

　ということで、京都守護職（会津藩）と約束してある。その会津藩、所司代、桑名藩などの人数二千人以上がその時刻を期して一斉に動くはずであったが、動員が鈍重で、まだ市中に一人も出ていない。藩の軍事組織が、三百年の泰平でここまで鈍化してしまっているのである。

「諸藩、頼むに足らず」

　歳三が、近藤に決心をうながした。近藤は無言で、立ちあがった。

すでに、午後十時である。

「歳、木屋町（丹虎）へ行け」

歳三は、鉢金をかぶった。鎖のしころが肩まで垂れている。異様な軍装である。

「武運を。――」

と歳三は、眼庇の奥で近藤へ微笑いかけた。近藤も、わらった。少年のころ、多摩川べりで歳三と遊んだ思い出が、ふと近藤の脳裡をかすめた。

だっ、と歳三は暗い路上へ出た。

近藤も、表へ。

ついでながら、歳三の隊はまず木屋町の丹虎を襲ったが、しかし敵がそこにいなかった。

近藤のほうは池田屋へ直進した。

池田屋では、薬屋の山崎が、ひそかに大戸の木錠をはずしてしまっている。

二階ではすでに酒座がひらかれてから二時間になる。酔が十分にまわっていた。

近藤は、戸をひらいて土間にふみこんだ。つづくのは、沖田総司、藤堂平助、永倉新八、近藤周平、それだけである。あとは、表口、裏口のかためにまわっている。

「亭主はおるか。御用改めであるぞ」

惣兵衛が、あっと仰天し、二階への段梯子を二、三段のぼって、

「お二階のお客様。お見廻りのお役人の調べでございますぞ」

と大声で叫んだ。

その横っ面を近藤は力まかせになぐりつけた。亭主は、土間にころげた。

その亭主の声さえ、二階の連中の耳にはとどかなかった。

ただ土佐の北添佶摩が、遅参している同志がやってきたものと思ったのか、

「あがれ、上だ」

と階段の降り口へ顔を出した。階下から見あげたのは、近藤である。顔が合った。北添があっと身を

ひこうとしたとき、近藤は階段を二段ずつ駈けあがって、抜きうちに斬っておとした。

佩刀は、虎徹。

永倉新八がこれにつづいて駈けあがった。

階上にあるのは、近藤、永倉の二人きりである。奥の間へすすんだ。

奥の間の連中は、いまになってやっと事態がどういうものであるかがわかった。

が、刀をとろうにも、大刀がない。やむなく小刀をぬいた。室内の戦闘には小太刀のほうがいいという説もあって、あながち不利ではない。

議長格の長州人吉田稔麿はこのとき二十四歳である。吉田松陰の愛弟子（まなでし）で、松陰は、桂小五郎よりもむしろ吉田稔麿を買っていたという。

吉田稔麿は、さすがにこの急場でも十分に回転できる思慮をもっていた。河原町の長州藩邸（いまの京都ホテル）はここから近い。まず援兵をもとめようと思い、近藤、永倉の白刃の間をくぐって階段の降り口へとりついた。

近藤は、ふりかえりざま、肩先へ一刀をあびせた。

吉田は階段からころがり落ちた。階下にいた藤堂平助が一刀をあびせたが屈せずに往来へ出た。そこで原田左之助の刀を腰に受けたが、さらに屈せず、ひた走りに走った。

藩邸の門をたたいた。

「吉田だ、開けろ」

開門された。急を告げた。

「みな、すぐ来い」

とわめいた、が、不運にも藩邸には、病人、足軽、小者が数人居たばかりで、戦うに足るほどの者がいなかった。このとき藩邸の責任者であった留守居役桂小五郎は、それでも走り出ようとする者を押しとどめ、

「前途、亦大事。猥（みだ）りにこの挙に応ずるを許さず」

（孝允自記）

といった。桂は、吉田らを見殺しにした。が、そ

れもやむをえなかった。いま動けば長州屋敷だけで数千の幕兵と戦わねばならない。

吉田稔麿はやむなく手槍一本を借り、全身血だらけになりながら、同志が苦闘する池田屋へひきかえし、再び屋内に入り、土間で不幸にも沖田総司と遭遇(そうぐう)した。

繰りだした吉田の槍を、沖田は軽くはらった。そのまま槍の柄へ刀をすーと伝わせながら踏みこんで右袈裟一刀で斬り倒した。

このころ、歳三の隊は池田屋に到着している。歳三は、土間に入った。

すでに浪士側は、大刀を奪って戦う者、手槍を使う者、小太刀を巧妙に使いさばく者など、二十数人が死を決して戦い、藤堂平助などは深手を負って土間にころがっていた。

「平助、死ぬな」

というなり、奥の納戸からとびだしてきた一人を、かまちに右足をかけざま、逆胴一刀で斬りはなった。屍体がはねあがるようにして土間に落ち、藤堂の上にかぶさった。

二階では、近藤がなお戦っている。近藤の位置は表階段の降り口。

おなじ裏階段の降り口には、永倉新八がいる。降り口の廊下はせまい。ほとんど三尺幅の廊下で、浪士側は、一人ずつ近藤と戦わねばならぬ不利がある。

肥後の宮部鼎蔵が、一同かたまって廊下にあふれ出ようとする同志を制し、室内の広い場所に近藤をひきこんで多勢で討ちとるよう指揮した。

近藤は、敵が廊下に出てこないため、再び座敷に入った。

宮部と、双方中段で対峙(たいじ)した。宮部も数合戦ったが、近藤の比ではなかった。面上を割られ、それでも余力をふるって表階段の降り口までたどりついたが、ちょうど吉田稔麿を斬って駆けあがってきた沖田総司に遭い、さらに数創を受けた。宮部はこれまでとおもったのだろう、

「武士の最期、邪魔すな」
と刀を逆手ににぎって腹に突きたて、そのまま頭から階段をまっさかさまにころげ落ちた。

肥後の松田重助は、二階で戦っていた。得物は、短刀しかなかった。この日、重助は変装して町人の服装だったからである。

そこへ沖田が駈けこんできた。剽悍(ひょうかん)できこえた重助は短刀のままで立ちむかったが、たちまち打ちおとされ、左腕を断られた。そのはずみに同志大高又次郎の屍(しかばね)につまずいて倒れたが、倒れた拍子に、死体が大刀をにぎっているのに気づき、もぎとって再び沖田と戦ったが一合で斬られた（この松田重助の弟山田信道がのち明治二十六年京都府知事になって赴任したとき、闘死者一同の墓碑を一ヵ所にあつめて大碑石を建てた）。

すでに、池田屋の周辺には、会津、桑名、彦根、松山、加賀、所司代の兵三千人近くがひしひしと取りかこんでいる。

斬りぬけて路上に出た者も、多くは町で斬り死したり、重傷のため捕縛される者も多かった。

土州の望月亀弥太は屋内で新選組隊士二人を斬り、乱刃を駈けぬけて長州藩邸にむかう途中、会津藩兵に追いつかれて、路上、立ったまま腹を切った。

おなじく土州野老山(ところやま)五吉郎も数創を負いながらやっと屋内を脱し、長州藩邸まで落ちのび、開門をせまったところ門はついにひらかず、そのうち、門前で会津、桑名の兵二十数人にかこまれ、これも門前で立腹(たちばら)を切った。

志士側の即死は七人。生け捕り二十三人におよんだが、重傷のためほどなく落命した者が多い。

かれらはよく戦っている。わずか二十数人で、包囲側に与えた損害のほうがはるかに大きかった。

玉虫左大夫の「官武通紀」の記述によると、幕兵の損害は、次のようである。

会津　即死五人、手負三十四人
彦根　即死四人、手負十四、五人

桑名　即死二人、手負少々
松山、淀　右二藩いずれも少々死人、手負
実際に戦闘したのは新選組で、現場で即死した者は奥沢新三郎、重傷のためほどなく死亡したのは、安藤早太郎、新田革左衛門の二人である。その他、藤堂平助重傷。

斬り込みの最初からあれだけ戦った近藤、沖田は微傷も負わなかった。歳三もむろん、無傷である。

歳三は、この戦闘半ばから駈けつけたのだが、土間から動かなかった。

階上は近藤、階下は歳三が指揮した。べつに事前にとりきめたのではないが、この二人は自然にそういう呼吸になるらしい。

途中、表口の原田左之助が戸口から顔をのぞかせて、

「土方先生、二階は近藤先生と沖田、永倉の両君ぐらいでどうやら苦戦のようだ。土間は私がひきうけますから、様子を見にいらっしゃればどうです」

といった。が、歳三は、動かなかった。副長としては階下をまもって近藤にできるだけ働きやすくさせ、この討入りで近藤の武名をいよいよあげさせようとした。近藤の名をいやが上にも大きくするのが、新選組のために必要だと思っていた。

ときどき、階上から近藤のすさまじい気合が、落ちてくる。

「あの調子なら、大丈夫さ」

と歳三は笑った。

歳三の役目は、ほかにもあった。戦闘がほぼ片づきはじめたころ、会津、桑名の連中がともすれば屋内に入ろうとする。

いわば、敵が崩れたあとの戦場かせぎで、卑怯この上もない。

「なんぞ、御用ですかな」

と歳三はそんな男の前に白刃をさげて立ちはだかった。新選組の実力で買いきったこの戦場に、どういう他人も入れないつもりである。

「おひきとりください」

底光りのするこの男の眼をみては、たれもそれ以上踏みこもうとしなかった。自然、幕兵約三千は路上に脱出してくる連中だけを捕捉する警戒兵となり、戦闘と功績はすべて新選組の買い占め同然のかたちになった。

京師の乱

池田屋ノ変によって新選組は雷名をあげたが、歴史に重大な影響ももたらした。

普通、この変で当時の実力派の志士の多数が斬殺、捕殺されたために、明治維新がすくなくとも一年は遅れた、といわれるが、おそらく逆であろう。

この変によってむしろ明治維新が早くきたとみるほうが正しい。あるいはこの変がなければ、永久に薩長主導によるあの明治維新は来なかったかもしれない。革命には、革命派の狂暴な軍事行動が必要だが、当時の親京都派諸藩のいずれも、それへ飛躍する可能性も気分もなかった。どの雄藩の首脳も、幕府に楯をつくなどは考えもしていなかった。ひとり、三十六万石（長州は製蠟・製紙などの軽工業政策や新田開発で百万石の経済力はあった）の長州藩という火薬庫が爆発したのである。

新選組を支配する京都守護職（会津藩）も、決行すべきかどうかで、悩んだらしい。筆者はその実物をみたことはないが、事件の翌々日、京都の会津本陣（黒谷）から、江戸の会津屋敷にさしたてた公用方文書に、決行前の苦慮が、こう書かれている。意訳すると、

「かれら長州人および人別外の者（浪人）の密謀を打ちすておいては、殿様（松平容保）の御職掌（京都守護職）がたたぬばかりか、患害が眼前に切迫している。かといってこれを鎮圧ということになれば、

かれらに一層の恨みを抱かせることになろうと思い、殿様にも深くお案じなされていた。しかし、ほかによろしき御工風もこれなく、機会を失えば逆にかれらに制せられるおそれもあり、やむをえず」

とある。革命派に対する政府側の立場と悩みは、どの国のどの時代でもよく似たものだろう。

この評定は、近藤と歳三が、攻撃準備点である祇園実成院門前の町会所で集結していたときに、なおつづけられている。えんえんと評定され、しかるのち、

「やむをえず」

という京都守護職の結論が、下部検察官庁である京都所司代、町奉行に通牒され、いずれも同意した。ちなみに、当時の京都所司代は、京都守護職松平容保の実弟松平定敬（伊勢桑名藩主）で、兄弟で京都の治安に任じていたことになる。この両者の意思疎通はじつに敏速であった。

が、評定が長すぎた。しかも藩兵動員が鈍重だったために、新選組が、会津藩と約束した攻撃開始時刻の夜八時が、二時間も遅延してしまっている。そのため、近藤は、公命をまたず、独断専行で池田屋を襲撃した。近藤、歳三には、政治的顧慮などはない。あるのは剣のみである。

事件後、幕府から京都守護職に対し感状がくだった。

「新選組の者どもさっそく罷り出、悪徒ども討ちとめ、召捕り、抜群の働き」

と、文中にある。同時に新選組に対し、褒賞の金子がくだった。さらに幕閣から、新選組局長をもって、

「与力上席」

とする旨の内示があった。しかし歳三は、

「よせ」

と、近藤に忠告した。

「与力なんざ、ばかげている」

たしかにばかげている。与力というのは直参には

ちがいないが、元来の素姓は地付役人で一代限り。しかも将軍に拝謁の資格のない下士で、御家人並である。その上、捕物専門職で、軍役の義務がなく、武家社会から「不浄役人」として軽蔑された。軍人ではなく純警察官であると思えば、遠くない。

幕府は、新選組を警察官とみた。近藤にすれば、片腹いたかったろう。

近藤は、志士をもって任じている。新選組の最終目標は、攘夷にあるとしている。本心は別として、それは何度も内外に明示している。いわば、軍人の集団なのだ。

近藤と歳三の、事件後の最大の不愉快は、幕府から、警察官としてしかみられなかったことだろう。評価が、小さい。

「待つことだ」

と、歳三はいった。待てば、もっと大きく幕府が評価するようになる。あるいは、大名に取りたてられることも、夢ではない。

近藤は、大名を夢想していた。この夢想に「与力上席」の内示が水をかけたことになるがしかし失望しなかった。

「おれの夢はね」

と、近藤は、歳三にだけいった。

「攘夷大名になることさ」

わざわざ「攘夷」とつけたのは当時の志士気質からしたもので、大名になって外敵から日本を守りたいという野望が、池田屋ノ変での未曾有の手柄以来、近藤の胸にふくれあがりつつあった。

「よかろう」

歳三はいった。攘夷どうこうは別として、風雲に乗じて大名になり、あわよくば天下をとるというのが、古来武士のならいである。決して不正義ではない。

「私はあくまで助ける」

「たのむ」

近藤は、卑職の与力上席をことわり、依然として官設の浪人隊長の自由な身分に甘んじた。幕閣、守護職御用所では、みな近藤の無欲に感動した。

しかし近藤は無欲ではない。

池田屋ノ変ののち、白馬を購入し、これに華麗な鞍を置き、市中見廻りにはこれを用い、槍をもった隊列を従え、威風、大名のような印象を士庶にあたえた。百姓あがりの浪人が大名まがいで市中を練るなどは、数年前の幕府体制のなかでは考えられなかったことであった。

守護職のある二条城に出仕するときも、馬上行列を組んで行った。

もはや、大名である。大名らしく演出して一種の印象を作りあげてゆくのが、近藤と歳三の、いかにも武州の芋道場の剣客あがりらしい料簡のずぶとさであったといっていい。

池田屋ノ変は、六月五日。

それからほどもない二十六日の日没後、早くも斬り込みによる不気味な影響が、あらわれはじめている。

河原町の長州屋敷においてである。

この藩邸は、池田屋ノ変後、まったく鳴りをひそめていた。藩邸には、なお、長州藩士や諸藩脱藩の過激浪士百数十人が残っている。

かれらが何を仕出かすか、幕府にとっては重大な関心事だった。藩邸のまわりには、さまざまの密偵が出没した。会津密偵、所司代の諜者、新選組監察部による密偵など、監視に油断はない。

その二十六日の深夜。この夜は池田屋事変の夜に似てひどくむし暑かった。歳三は、監察の山崎烝におこされた。

「なんだ」

いそいで衣服をつけた。

「河原町の長州藩邸が、日暮れからどうも様子が面妖です。人が、でます」

三々五々、めだたぬようにして町へ出てゆく様子であるという。

「方角は？」

「小門から出てゆくときは南北まちまちですが、どうやら密偵がつけたところによると、途中、みな西へ行くそうです」

「西になにがある」

「まだわかりません」

「密偵は何人出ている」

「市中に二十数人はばらまいてありますから、おっつけ様子がわかりましょう」

「各組頭にそういって隊士を起こし給え。それから近藤先生の休息所にも、使番を出しておくように」

歳三は、西へ行く、ときいたとき、とっさにこの洛西の壬生を襲うのではないか、と思った。しかし、ちがった。

さらに西。嵯峨(さが)の天竜寺であるという。

（これは、事が大きくなる）

と、報告がとどくたびに思った。

京都の長州人が屯集しつつある臨済宗本山天竜寺は、洛西の巨刹(きょさつ)である。練塀(ねりべい)をたかだかとめぐらし、ここで守ればそのまま城郭となるといっていい。

あとでわかったところによると、長州人百数十人は寺の執事を白刃でおどし、そのまま居すわってしまったらしい。もっとも長州藩と天竜寺は、一昨年の文久二年、多少の縁はあった。長州藩が京都警護の勅命をうけたとき、洛中に大兵を収容する場所がないため、下嵯峨(しもさが)の郷士で勤王家の福田理兵衛のあっせんで、天竜寺を軍営にあてている。しかしその後撤退してからは、何の縁もない。

「近藤さん、こんどは池田屋どころのさわぎではないよ」

と歳三は無表情でいった。

「天竜寺斬り込みか」

近藤は、もう気負っている。功名の機会を長州がわざわざ作ってくれるようなものだ、とおもった。

「どうかな。これはいくさになるかもしれない」

「戦さに？」

「その支度が必要だろう」

支度とは、新選組を警察隊から軍隊に移してゆく準備である。とりあえず、大砲が必要であった。

新選組には結成当時から、会津藩から貸与されている旧式砲があった。ポンペン砲（長榴弾発射砲）と称する青銅製、先込めの野戦砲で、鉄玉を真赤に焼いて砲口からころがして装塡し、火縄で点火する。射程がひどくみじかく、一丁も飛べばいいほうである。

（会津本陣には、たしか韮山（にらやま）で作った新式砲があったはずだが）

歳三は、新選組の戦力として大砲がほしい、と思ったのではない。いわば「大名」並としての軍制を整える上で、火砲がほしかった。

翌朝、夜明けを待って歳三は黒谷の会津本陣に馬をとばした。

公用方の外島機兵衛に会った。

「外島さん、かならず、戦さになる」

とおどした。

外島は、土方歳三がきたというので、重役にも連絡した。ほどなく家老の神保内蔵助（じんぼうくらのすけ）も席に出た。一同ひどく鄭重であった。池田屋事変このかた、新選組の待遇は飛躍的にあがっている。歳三に対しても一藩の重役を遇するような態度であった。

「土方先生、天竜寺を攻める場合、どういう軍略を用いるべきか、早々に軍議をひらかねばなりませぬな」

と、会津家老神保内蔵助はいった。半ば、愛想のつもりでもあったろう。

「左様。しかしこのたびは、池田屋のごとく白刃を抜きつらねて山門を越えるというだけでは事が足りますまい。壬生も、砲が要ります」

「一門、ごさったはずだが」

「いや、不足でござる」

歳三は、説明した。砲をもってまず土塀をやぶる。その崩れから隊士を突入せしめるつもりだが、一穴では、損害が多い。五門ならべて五カ所を破壊して突入したい、ぜひ五門はほしい、と強談した。

これには会津側もおどろいた。それでは会津藩に砲がなくなるではないか。

「それも韮山砲がほしい」

といった。韮山砲は会津でも一門しかもっていなかった。

「無理です」

外島も蒼くなっている。

歳三は、いま壬生にあるポンペン砲は、掛矢くらいの力しかない、といった。

「あれでは物の用にたちません。このことはすでに、芹沢鴨が試しています」

死んだ局長芹沢鴨が、かつて一条通の葭屋町の富商大和屋庄兵衛方に金子を強要にいったとき、先方がことわったので、屯営から大砲をもちだした。その砲を大和屋の店先に据え、砲側で大焚火をたき、それへ鉄玉をどんどんぶちこんでは真赤に焼き、それを塡めては土蔵に射ちかけた。

が、土蔵の厚壁は容易にくずれず、焼けもせず、さすがの芹沢も閉口した。歳三が、試した、といったのはそのことである。

「しかし」

と、会津側は、自藩の火力が、薩摩藩（当時会津とは同盟同然の藩だった）などとくらべると非常に劣勢である旨を説明し、

「土方先生、いかがでござろう。ゆくゆく幕閣にも掛けあい、できるだけ貴意に添うつもりでござるゆえ、とりあえず一門だけでご辛抱ねがえまいか」

と、神保内蔵助がいった。歳三はむろん吹っかけただけのことで、一門でいい。それも旧式でいい。要は、軍容に権威をつけるだけが目的である。

「まあ、辛抱しましょう」

恩にきせて、一門せしめた。旧式ながらこれで洋

式砲は二門になる。二門といえば、五万石程度の小藩より軍容はたちまさっている。

すぐ壬生の屯営にもどったが、問題の天竜寺の動きについては、かくべつの諜報はなかった。

その後数日何事もなかった。

やがて、幕府の諜報よりも早く京都市中におそるべきうわさが流れた。長州藩の藩兵が数軍にわかれ、それぞれ周防の商港三田尻を出航し、東上してくるという。

「冤（無実）を禁闕で晴らさんがため」

というのが、出兵の理由である。要するに文久三年の政変で京都政界から長州勢力が一掃され、さらに池田屋事変で同藩の士多数が犬猫のように捕殺された、――その理由をただし藩の正論を明らかにするため、というのが表むきの理由のようだったが、要は軍事行動によって京都を制圧し、天子を長州に動座して攘夷倒幕の実をあげようとするにあった。

うわさにおびえ、京の町人のあいだでは丹波方面に家財を疎開させる者が多かった。

流言が真実を帯びはじめたのは、長州系の浪士団三百人を率いる真木和泉守、久坂玄瑞らが大坂に上陸したことがわかってからである。その翌日、長州藩家老福原越後の率いる武装隊が、同じく大坂に上陸した。なお後続の長州船が内海を東航しつつあるという。

京都守護を担当する会津藩では、連日、重役会議がひらかれた。新選組からはかならず近藤が出席している。

この席上、会津側のたれかが、

「主上（天子）を一たん彦根城に動座していただき、長賊を山崎、伏見、京で殲滅しよう」

という軍略を申し立てる者があった。これがどう流れたか、すぐ大坂の長州屋敷にある遠征軍の耳に入り、かれらを激怒させている。

要するに内実は、長州、幕府側とも、天子をうばう、守る、という一目的にしぼられていた。天子を擁する側が官軍である、というのが、大日本史や日本外史などの尊王史観の普及によって常識化されたこの当時の法則であった。

近藤は、昂奮して屯営へもどってくると、廊下を歩きながら、

「歳、歳はいるか」

と、どなった。

歳三は、部屋にいた。机にむかい、隊士の名簿をあれこれとながめながら、隊の編成替えについて思案していた。新選組を市中取締りのための編成から、一転して野戦攻城にむくような組織に変改しようと苦慮していた。歳三にとって、公卿や諸藩や志士どもの政論などはどうでもよかった。

「歳」

近藤は障子をあけた。歳三はにがにがしい顔をして、ふりむいた。

「聞こえていますよ。歳、歳、などと物売りみてえに薄みっともねえ」

「玉だよ」

近藤は、せきこんで、いった。

「玉？」

「そうだ」

近藤は将棋を指す手つきをしながら、

「こいつは奪られちゃならねえ。これをとられると、将軍でさえ、賊におなり遊ばす。こんどの戦さは、池田屋とはわけがちがう。御所の御門に新選組の屍をきずいても、玉だけはまもりぬく。いいか」

「わかった」

「いいな。たとえ新選組が虎口で全滅して、おれとお前とだけになっても、天子はまもりぬく」

これが、近藤のいいところだ、と歳三はおもった。多摩の百姓あがりの二人が、天子を背負ってでも長州の手からまもろうというのだろう。二条城での会議は、観念論、名分論などが多かったはずだが、近藤の頭は、つねに具体的で即物的だった。

歳三はさらにそれよりも即物的だった。この男の

頭には、新選組の強化以外にない。

そのうち、長州藩兵が、ぞくぞくと伏見に入りはじめた。

大将福原越後は甲冑に身をかため、軍勢をひきいて伏見京橋口を乗り打ちし、ここを警備していた紀州兵がはばむと、

「われら長州人はつねに外夷に備えている。武装が平装である」

と、恫喝して通過し、ひとまず伏見の長州藩邸に入った。

新選組に入った情報では、真木和泉守が率いる長州浪士隊は大山崎の天王山、およびその山麓の離宮八幡宮（現京都府乙訓郡、山崎駅付近）、大念寺、観音寺に陣取り、また嵯峨天竜寺の一団に対しては、適当な大将がいないため、長州でも豪勇をもってきこえる来島又兵衛が急行してその指揮にあたっているという。

天王山、嵯峨、伏見の長州兵は、夜間はわざとおびただしい数の篝火を焚き、京都の市中に無言の恫喝を加える一方、禁廷に対して上書活動を開始した。

さらに元治元年七月九日、長州軍の本隊ともいうべき家老国司信濃指揮の兵八百が、大山崎の陣につき、国司自身は嵯峨天竜寺に入って全軍の指揮をすることになった。

すでに新選組の陣所は決定している。会津藩兵とともに御所蛤御門をまもるという。

歳三ははじめてこのとき甲冑を着た。

長州軍乱入

新選組では、かねて京の道具屋に命じて具足をそろえておいた。戦さの場合には助勤以上が着る。いずれも骨董品にちかいものだ。

近藤は二領もっていた。

歳三も、ちゃんと買ってある。もっとも、幹部一同が着用したのは、あとにもさきにも、このときだけだった。

助勤で出雲浪人武田観柳斎（のち隊内で処断）という者が武家有職にくわしいので一同を指導し、具足のつけ方、武者草鞋のむすび方などをいちいち教えてまわった。

近藤の着付けは、武田が手伝った。

やがて兜の緒をしめおわった近藤の姿をみて、

「軍神摩利支天の再来のようでございますな。いや、おたのもしゅうござる」

と巧弁なことをいった。

歳三は、この武田観柳斎がきらいだった。この男の近藤に対する歯の浮くようなお世辞をきくと、体中が総毛だつ思いがした。

「土方先生も、お手伝いしましょう」

と観柳斎がすり寄ってきたが、歳三はにがい顔で、

「要らん」

とだけいった。もっとも観柳斎のほうも、つねづね歳三を怖れて話しかけないようにしている。

「ではご勝手に」

と、あらわに不快をうかべて近藤のそばへもどった。近藤は大将気どりをするだけあって、おべっかには弱い。いい気持になって、観柳斎の巧弁をきいている。

（油断のならん男だ）

歳三も、不快だった。余談だが、観柳斎はこの年の翌々年の秋、薩摩屋敷に通敵し、しきりと隊の機密をもらしていたことが露われ、近藤、歳三合議の上、隊中きっての使い手斎藤一の手で斬られている。

歳三は、器用な男だ。はじめてつける具足だが、てきぱきと着込んでしまった。陣羽織を着、かぶとは後ろへはねあげた。

沖田総司がやってきて、

「ああ、五月人形ができた」

とよろこんだ。

歳三は、返事もしない。観柳斎によれば近藤が摩利支天で、自分が五月人形とは、あまりわりがあわない。

「総司、支度ができたか」

「このとおりです」

沖田ら助勤は具足をつけた上に、隊の制服羽織をはおっている。

「お前はわかっている。みなはどうだ」

「もう、庭に出ていますよ」

歳三は、出てみた。

なるほど、そろっている。平隊士は、鎖帷子を着込んだ上に撃剣の革張り胴をつけ、その上に隊服を羽織り、鉢金をかぶった者、鉢巻だけの者、まちまちだった。

この夕、守護職屋敷から使番がきて、

「竹田街道を伏見から北上する長州軍本隊を九条河原勧進橋付近で押えること」

という部署を伝えた。

「長州の本隊を？」

近藤はよろこんだ。おそらくこの竹田街道勧進橋が最大の激戦地になるだろうとおもったのだ。

「歳、本隊のおさえだとよ」

「そうか」

小さくうなずいた。歳三には、疑問がある。が、この使番の前ではいわなかった。会津藩に恥をかかせることになるからである。

「陣割りはこうです」

と、使番はくわしく伝えた。その陣地における友軍は、会津藩家老神保内蔵助利孝がひきいる同藩兵二百人。備中浅尾一万石の領主で京都見廻組の責任者である蒔田相模守広孝が幕臣佐々木唯三郎以下見廻組隊士をひきいて三百人。それに新選組。

出動隊士はわずか百人余である。歳三はとくに腕達者を厳選し、精鋭主義をとった。あとは屯営の留守と諜報のためにつかった。

竹田街道勧進橋をはさんで鴨川の西岸に布陣したのは、元治元年七月十八日の日没すぎであった。

赤地に「誠」一字を染めぬいた隊旗を橋の西詰めに樹て、そのまわりにさかんに篝火を焚いた。旗は篝火に照らし出され、敵味方の遠くからでも、そこに新選組が布陣していることがわかった。

歳三は、洛中洛外の八方に諜者を走らせ、しきりと味方、敵の動向をさぐった。この男が、故郷の多摩でやった喧嘩のやりかたとおなじであった。

「おかしいな」

と疑問がいよいよ濃くなった。幕府方の兵力配置が、である。

幕府（京都守護職）は、会津、薩摩の二大藩を主力として、ほかに、大垣、彦根、桑名、備中浅尾、越前福井、同丸岡、同鯖江、丹後宮津、大和郡山、津、熊本、久留米、膳所、小田原、伊予松山、丹波綾部、同柏原、同篠山、同園部、同福知山、同亀山、土佐、近江仁正寺、但馬出石、鳥取、岡山など三十余藩の兵を動かしている。兵力は四万。

長州側は、主として嵯峨（天竜寺が中心）、伏見、山崎（天王山が中心）の三カ所に屯集し京に入る機をうかがっているのだが、兵力はそれぞれ数百人ずつ、あわせて千余で、その点では問題はない。が、その主力部隊はどこかということであった。

幕府は、「伏見」とみた。だから、会津、大垣、桑名、彦根といった譜代大名を配置し、新選組もそれに含めた。

理由は、伏見に屯集している長州兵が、家老福原越後に率いられているからである。

「が、強いのは嵯峨じゃないか」

と、歳三は、近藤にいった。

「長州はなるほど総大将を伏見においているが、これは見せかけで、いざ京都乱入となれば嵯峨が意表を衝いて働くんじゃないか」

「なぜわかる」

「嵯峨には諸藩脱藩の浪士がおり、その大将は長州でも剛強できこえた来島又兵衛だ。それに諜報では、めっぽう士気があがっているという。しかし総大将のいる伏見はちがう。その旗本衆は、長州の家中の士で組織された選鋒隊だ。こいつらは代々高禄に飽いて戦さもなにもできやしないよ。そういう弱兵を相手に、これだけ大げさな陣を布く必要がないよ」

伏見の押えといえば、新選組を含んだ勧進橋陣地だけではない。その前方の稲荷山には大垣藩、桃山には彦根藩、伏見の町なかの長州屋敷に対しては桑名藩、さらに遊軍として越前丸岡藩、小倉藩の二藩を配置するというものものしさである。

「こいつは裏をかかれるさ」

歳三は、爪を噛んだ。近藤にはよくわからない。

「まあ、上できめた御軍配だ。いいではないか」

「しかし近藤さん。この勧進橋じゃ、目がさめるほどの武功はころがって来ないよ」

「かといって歳、部署をすてて嵯峨へ押しだすわけにも行くまい」

「まあ、機をみてやることだな」

歳三は、それっきりこの会話をうちきった。

はたして、歳三の言葉どおりとなった。

伏見に屯集していた長州藩家老福原越後が行動を開始したのは、その日の夜半である。

最初、大仏街道をとって京に入ろうとしたが、勢いが攻勢的でなかった。温厚な福原越後はあくまでも出戦ではなく、禁裡へ陳情にゆくという構えをすてなかった。ただ仇敵会津中将松平容保だけは討つ（この斬奸状は、すでに長州藩士椿弥十郎をして諸方にくばってある）。

北上する福原の軍五百は、途中、藤ノ森で、幕軍先鋒の大垣藩（戸田采女正氏彬）がかためる関門にぶつかった。

馬上小具足に身をかためた福原越後は、

「長州藩福原越後、禁中に願いの筋あって罷り通る」

とよばわっただけで難なく通過した。

大垣藩兵は、黙然と見おくった。この藩は戸田采女正が藩主だが病いのため小原仁兵衛が代将になっている。小原は鉄心と号し当時すでに高名な兵略家で、とくに洋式砲術にあかるかった。

だまって通過させ、長州軍が筋違橋（関門から北へ四百メートル）を渡りきろうとしたとき、にわかに銃兵を散開させて後ろから急射をあびせた。

たちまち銃戦がはじまった。

十九日の未明、四時前である。

「歳、はじまったらしい」

と、近藤は闇のむこうの銃声をあごでしゃくった。

「あの方角なら藤ノ森ですね」

と、耳のいい沖田総司がいった。

「藤ノ森なら、大垣藩だな。鉄砲の大垣といわれたほどの藩だから相当やるだろう」

近藤は、武田観柳斎に作らせた長沼流の軍配をにぎって、落ちついている。

（ちえっ、大将気どりもいいかげんにしたらどうだ）

歳三はいらだっていた。近藤はちかごろ鈍重になっている。すぐ歳三は下知して探索方の山崎烝を走らせた。同時に、会津隊の神保内蔵助の陣からも使者が走った。

山崎烝は馬上に身を伏せて走った。

藤ノ森のある大仏街道は竹田街道と並行し、その間をむすぶ道は田圃道しかない。

山崎も放胆な男である。馬乗り提灯もつけず闇のなかを、藤ノ森の松明の群れと銃火をめあてにめくら滅法に走った。

大仏街道の戦場に到着すると、

「大垣藩の本陣はどこか。新選組山崎烝」

と、銃弾のなかで馬を乗りまわした。そのとき、二、三弾、耳もとをかすったかと思うと、槍をもった兵がむらがってきた。

――こいつ、新選組じゃと。

　あっ、と山崎はいそいで馬首を南にめぐらせた。長州兵の真直中にとびこんでしまったらしい。

　馬上から、一人斬った。たてがみに顔をこすりつけて走った。長州・大垣が路上でほとんど錯綜していて、両陣の区別がつかない。

「使者、使者」

　山崎は必死に叫びながら走った。やがて藤ノ森明神の玉垣の前で、大垣藩の大将小原仁兵衛に出あった。

「新選組使番」

　山崎は馬からおりようとした。しかし小原は山崎を鞍へ押しあげて、

「すぐ援兵をたのむ。長州もなかなかやる」

　あとでわかったことだが、この長州きっての弱兵部隊は大垣の銃火と突撃で何度も崩れたったが、そのつど、同藩士の太田市之進が陣太刀をふるって叱咤し、

　——退くなっ、退くと斬るぞ。

　と、すさまじい指揮をしていたという。太田市之進は、嵯峨方面の隊長の一人だが、福原越後に乞われて開戦のちょっと前に臨時隊長として駈けつけたものだった。

　やがて山崎が帰陣して報告すると、歳三は近藤を見た。

　近藤はうなずいた。

　すぐ馬上の人になった。

「筋違橋だ」

　近藤はただそれだけを下知した。各組長はそれだけでわかるまでに呼吸があっていた。筋違橋の北詰めから攻めて、長州兵を夾撃するのである。

　会津隊も、見廻組も動きはじめた。

　が、戦場についたときは、長州兵は自軍の死体をすて、数丁南へ算をみだして退却していた。大将の福原越後自身、頰を横から撃たれ、顔を血だらけにして伏見の長州屋敷までもどったが、ここでも大垣兵の追撃に耐えることができず、さらに南へ走って、

山崎の陣営（家老益田越中）に駈けこんだ。

すでに朝になっている。

近藤、歳三ら新選組が敗敵を追って伏見に入ったときは、彦根兵が放った火で、伏見の長州屋敷は燃えていた。

（あとの祭りさ）

歳三は不機嫌だった。いたずらに、大垣、彦根藩に名をなさしめている。

そのころ、京の西郊にある嵯峨天竜寺の長州軍八百は、家老国司信濃にひきいられて京都にむかって侵入していた。

歳三の予想どおり、この部隊は、伏見のそれとは別国人のように勇猛だった。先鋒大将は来島又兵衛、監軍は久坂玄瑞で、隊には今日をかぎり命を捨てようという諸藩の尊攘浪士が多数まじっている。

総大将国司信濃はわずか二十五歳の青年ながら、風折烏帽子に大和錦の直垂、萌黄縅の鎧、背に墨絵で雲竜をえがいた白絽の陣羽織、といったいかにも大藩の家老のいでたちで、馬前に、

尊王攘夷

討会奸薩賊

の大旆をひるがえして押し進んだ。幕府は嵯峨方面の備えをほとんどしなかったために途中さえぎる者もなく洛中に入り、御所にむかって進み、国司の本隊がいまの護王神社の前に到着したときは未明四時ごろである。

そこで国司は、戦闘隊形をとった。来島又兵衛に兵二百をさずけて蛤御門に進ましめ、児玉民部におなじく二百をつけて下立売門に突進せしめた。

国司の本隊は中立売門へ。

世にいう蛤御門の戦いはこの瞬間からはじまる。伏見で陽動して幕軍をひきつけていた長州側の作戦は奏功した。

国司は中立売門まで進んだとき、一橋兵に遭遇した。一橋兵から発砲した。

長州は、それを待っていた。禁裡周辺で自藩から

発砲すると賊徒のそしりをまぬがれない。

国司信濃は、射撃、突撃を命じた。一橋兵は、ひとたまりもなく敗走した。

さらに筑前（黒田）兵と遭遇した。たがいに発砲したが、筑前は長州に同情的だったためことさらに退却した。

やがて長州軍は中立売門をおしひらいて一気に御所へ乱入した。門のむかいは公卿御門であり、会津藩の持場である。

国司は定紋を見て、

「あれが会津じゃ。みなごろしにせよ」

と下知した。もともと禁門の政変から池田屋ノ変にいたるまでのあいだ、徹頭徹尾長州の敵にまわってきたのは会津藩である。

長州の突撃はすさまじかった。会津兵はばたばたと斬り倒された。

そのうち蛤御門で砲声があがり、来島又兵衛の二百人が討ち入った。ほとんど同時に児玉民部の二百人も、下立売門から突入した。かれらの目的は戦闘の勝利ではない。会津、薩摩藩を討つことである。

その刻限、新選組は伏見にいた。

歳三が京の市中に散らしてあった探索方が馬で伏見まで駈けつけ、御所の合戦を急報した。報らされるまでもなく京の空にえんえんと火炎があがっている。

（みたことか。幕府の手違いだ）

歳三は近藤につめよった。

「京へ引きかえそう」

「歳。みな疲れている。いまから京へ三里、駈けたところでどうなるものでもない」

「駈けるのだ」

歳三は路上に突っ立ち、いまにも駈けだしそうな身がまえでいった。陽は次第に高くなりつつあるが、隊士たちは、家々の軒端にころがって眠りこけている。敵を追うばかりで一度も接戦はしなかったが、昨夜来、一睡もしていない。

「これで、働けるか」

近藤は、いった。

「いや、働かせるのだ。かんじんの戦場に新選組がいなかった、という風聞に、おれは堪えられぬ」

せっかく、軍事団として組織をかえつつあった矢先ではないか。

「歳、あせるものではない。われわれに武運がなかった。ここはそう思え」

近藤は、大将らしくいった。しかし、と歳三は思うのだ。天子の奪いあいというこの一戦に、御所に居ないというのはどういうことだ。あきらめられることではない。

「土方さん。――」

沖田総司が、向いの家からにこにこ笑いながら出てきた。手に、黒塗りの桶をかかえている。

「どうです。あがりませんか」

「なんだ」

にがにがしそうにいった。沖田は、歳三の鼻さきへ桶をつきつけた。この鮨特有のひどい悪臭がただよった。

「鮒鮨(ふなずし)ですよ。土方さんの好物のはずだ」

「いま、いそがしい。お前、食え」

「私は食べませんよ。こんなくさいもの、土方さんでないと食べられるもんか」

「みんなにわけてやれ」

「たれも食いつきゃしませんよ、新選組副長以外は」

「総司。何を云うつもりだ」

歳三は、仕方なく苦笑した。沖田は、鮨にかこつけて何かをいっているつもりらしい。

ほどなく、長州の敗北が伝わった。来島又兵衛は奮迅の働きののち、馬上で自分の槍をさかさに持ってのどを突き通して絶命し、久坂玄瑞、寺島忠三郎は鷹司屋敷で自刃、長州軍の大半は禁裡の内外で討死し、国司信濃はわずかな手兵にまもられて落ちた、という。

幕軍は敗敵捜索のためにしきりと民家を放火してまわり、このために京の市中は火の海になり、煙が天をおおって伏見の空まで暗くなった。

長州の敗兵は山崎まで退却し、ここで最後の軍議をひらいた。

天王山に籠っていま一度戦さをしようという議論も出たが、容易に決せず、ついに国許へ退却するという案におちついた。即刻下山し、西走した。

が、山崎の陣に残った者もいた。真木和泉守がひきいる浪士隊のうち十七人である。山崎本陣の背後の天王山にのぼり、二十一日、山頂に例の「尊王攘夷」「討会奸薩賊」の旗をひるがえした。

新選組が先陣をきって駈けのぼったときは、すでに十七人が割腹絶命したあとだった。

「――武運がなかった」

近藤がいった。

天皇を奪えなかった長州軍もそうだったろうが、その長州兵と一戦も交えることができなかった新選組にとっても武運がなかった。

隊は二十五日、壬生へ帰営。

平素の市中見廻りについた。京の市中は大半、このときの戦火で焼けてしまっている。

伊東甲子太郎

余談だが、筆者どもの高専受験当時、英文和訳の参考書に、通称「小野圭」という、おそらく二十数年にわたってベストセラーをつづけた受験用参考書があった。

著者は小野圭次郎氏で、三十代から五十代のひとにとっては懐しい名であるはずだ。小野氏は明治二年福島県の漢方医の子にうまれ、東京高師を出て英語教育界に入り、最後は松山高商教授をつとめ、昭和二十七年十一月、皇太子の立太子式の翌日、八十四歳で亡くなった。

当時、各新聞に訃報が出た。受験生の世界で長年月親しまれていた人だけに、どの新聞も比較的くわしい訃報をかかげたが、しかしこのひとの岳父が新選組隊士鈴木三樹三郎であり、その義理の伯父が伊東甲子太郎であった、とまでは、むろん書かれなかった。

小野氏には奇特なこころざしがあった。「小野圭」の参考書で得た印税を、その父小野良意、それに鈴木三樹三郎、伊東甲子太郎の研究にそそぎ、昭和十五年、それらをまとめて非売品の書物を一冊、出している。いまでは古本の世界でも稀覯本に属する。

その伊東甲子太郎。

常陸志筑の浪人の子である。すらりとしたいかにも才子肌の美丈夫である。

年少のころ、故郷を出て最初水戸で武芸、学問をまなんだために、水戸的な尊王攘夷思想の洗礼をうけた。水戸藩尊攘党の頭目武田伊賀守（家老。のち耕雲斎と号し、攘夷義勇軍をあげて刑死）とも親交があったというから、伊東の尊攘主義も相当過激なものだったに相違ない。

伊東はいま江戸にいる。

深川佐賀町で道場をひらいている。

門弟がざっと百人、道場としては大きいほうである。

その伊東甲子太郎が、同志、弟子多数をつれて新選組に加盟してもかまわぬという意向をもっている、というはなしを歳三がきいたのは、蛤御門ノ変の直後であった。

歳三は近藤からきいた。

「本当か。――」

歳三も、その高名はきいている。

「本当だ。こう、平助が、手紙で報らせてきた」

と、ちょうど江戸にくだっている助勤藤堂平助からの手紙を、歳三にみせた。

歳三はちらりとみて、

「はて、伊東甲子太郎」

と、うたがわしそうにいった。

「たしかな男かね」

「たしかさ」

近藤は信じやすい。

それに、人手のほしいときだ。池田屋ノ変から蛤御門ノ変、大坂の長州屋敷制圧などの大仕事がこのところ相次いでおこったために、隊士が戦死、負傷、逃亡するなどで、六十人前後に減ってしまっていた。伊東が、門人多数をひきつれて加盟するとあれば、局長近藤は嬉し泣きしてでも迎えたい心境であった。

「どうかなあ」

歳三は、近藤の大きなあごを見つめながらいった。

「歳、気に入らないのかね」

「こいつ、学者だろう」

「結構ではないか。新選組は剣客ばかりの集りで、四書五経、兵書に眼があり、文章の一つも書けるほどの者といえば、山南敬助、武田観柳斎、尾形俊太郎ぐらいのものだ」

「みな、ろくな奴じゃねえよ」

しっぽがどこについているのか、根性がどうすわっているのか、歳三にとって見当のつかない連中である。学問はいい。が、自分の環境に対して思考力がありすぎるという人間ほど、新選組のような勁烈（けいれつ）な組織にとって、不要なものはない。そう信じている。歳三はあくまでも、鉄のような軍事組織に新選組を仕立てたいと思っていた。

が、近藤はちがう。学者好きである。武田観柳斎のような、たれがどうみても腑ぬけたおべっか渡世の口舌武士を、助勤、秘書役、といった処遇で重用しているのも、そのあらわれである。学者、論客は、いまの近藤がいちばんほしがっている装飾品であった。

近藤には、対外活動がある。いまや、京都における幕権の代務者である京都守護職松平容保とさえ、直談（じきだん）している。

諸藩の重役とも、対等以上の立場で話をしている。席上、名だたる論客どもをむこうにまわして、時事、政務を論じている。近藤はいまや一介の剣客ではなく、京都における重要な政客のひとりであった。

それには、身辺に、知的用心棒が要る。武田や尾形程度では、もう役に立たない。

そこへ、降ってわいたようにとびこんできたはなしが、伊東甲子太郎の一件であった。

近藤がとびついたのも、むりはない。

「第一、伊東甲子太郎といえば、北辰一刀流だろう」

「ふむ、天下の大流だ」

天然理心流などの芋流儀とはちがう。

「しかし」

歳三は気に食わない。

北辰一刀流（流祖千葉周作、道場は江戸神田お玉ヶ池）といえば、水戸徳川家が最大の保護者で、自然、この門から多数の水戸学派的な尊王攘夷論者が出た。ちょっと指折っても、海保帆平（かいほはんぺい）、千葉重太郎、清河八郎、坂本竜馬といった名前が、歳三の頭にうかぶ。

かれらは、反幕的である。倒幕論者でさえある。いわば、長州式の尊王攘夷主義者とすこしもかわらないではないか。

――伊東はたしかかね。

と歳三がいったのは、ここである。

――たしかさ。

と近藤がいったのは、伊東の学問、武芸のことだ。

伊東甲子太郎が、はじめ水戸で修めた流儀は神道無念流であったが、江戸に出てからはもっぱら、深川佐賀町の伊東精一について北辰一刀流を学んだ。たちまち奥義（おうぎ）に達し、師範代をゆるされ、精一の娘のうめ子（のち離縁）を妻にして婿入りし、伊東姓を継ぎ、精一病死後、道場をも継いだ。

道場を継いでからは、単に剣術のみを教えず、

――文武教授。

の看板をかかげて、あわせて水戸学を講述したから、門下に、多数の志士が集まった。

伊東はさらに、江戸府内の国士的な学者とさかんに交遊したから、尊攘論者のなかで名が高くなり、諸国の浪士で江戸へ来る者は、

「伊東先生の高説をきかねば」

と、しきりにその門に来遊する。


「近藤さん、これァ、地雷を抱くようなものだよ」

歳三は、いった。

「歳、おめえは、物の好き嫌いがつよすぎる。なぜ北辰一刀流がきらいなのだ」

「剣はきらいではないがね。あの門流には倒幕論者が多すぎる。それが宛然、いま天下に閥をなしつつある」

「おおげさなことをいうものではない」

「でもないさ。血は水よりも濃いというが、流儀も血とおなじだ。流儀で結ばれた仲というのは、こわい」

当今でいえば、学閥に似ている。同窓生意識というものである。

新選組の幹部のなかで、北辰一刀流といえば、総長の山南敬助、助勤の藤堂平助のふたりである。どちらも、江戸の近藤道場の食客だった男で、旗揚げ以来の同志である。

ところが、おなじ旗揚げ以来の同志である近藤、土方、沖田、井上、といった天然理心流の育ちからみれば、どこか血がつながっておらず、肌合いがあわない。大げさにいえば知識人と百姓のちがいであり、当今の世情で比喩すれば、東京の有名大学と、地方の名もない私学の卒業生ほどの色合いのちがいはあるだろう。

だから、結成当時。

つまり、清河八郎（北辰一刀流）が幕府の要人に説いて官設の浪士団を作るために、江戸その他近国

の諸道場に檄を飛ばしたとき、近藤の天然理心流には、檄さえまわって来なかった。

かろうじて、食客の二人の北辰一刀流出身者（山南、藤堂）が、こういう動きがある旨を同流儀の他道場から聞きこんできて、近藤に、「どうです」と持ちかけたからこそ、こぞって応募することに決したのである。

山南、藤堂らは、大流儀だから、自然、流儀上のつきあいが多い。世間に、顔がある。

歳三は、北辰一刀流の術者の、そういう世間づきあいの広さが気に食わない。もっともこれは理屈ではなく、ひがみだが。

「まあ、そう眼鯨を立てるもんじゃない」

と近藤はいった。

「せっかく、江戸へひとりくだって隊士募集の渡りをつけてまわっている平助（藤堂）が可哀そうだよ」

「平助はいい男だがね」

「あれはいい」

「しかし平助の流儀が気に食わない。平助が伊東甲子太郎以下の多数の北辰一刀流術者を連れて帰れば、もはや新選組は、あの流儀にとられたようなものになるよ」

総長の山南敬助がよろこぶだろう。同流の伊東が来る。自然、手を組む。なりゆきとして、これはどうなるか。

「まあまあ」

「新選組は、尊攘倒幕になるだろう」

近藤は手をあげた。

「そういうな。伊東がたとえ毒であっても、毒を薬に使うのは、わしの腕だ」

「どうかねえ」

歳三は、あまりぞっとしない表情で、そっと笑った。

藤堂平助は、多少の私用と、隊士募集の公用をかねて、江戸にくだっている。

同流の伊東甲子太郎を、深川佐賀町の道場にたずねた。

藤堂平助という青年は、あるいは以前に数行紹介したかも知れないが、

「伊勢の藤堂侯の落し胤だよ」

と自称して冗談ばかり云っているあかるい男である。池田屋の斬り込みのときには頭を斬られてもうだめかといわれたが、何針か縫っただけでめきめきと回復し、蛤御門ノ変では、以前にもました勇敢さで働いた。

近藤は、平助を愛している。古いなじみだし、それに、単純で快活で勇敢なところが、近藤の好みにあっていた。もっとも近藤ならずとも、平助のような若者なら、たれの気にも入るだろう。

ところが、藤堂平助は、古馴染ではあっても近藤道場の育ちではない。歳三の疑惧する北辰一刀流のほうに、血のつながりがある。平助は、悩んでいたらしい。

「平助が悩んでいる」

といえば、隊のたれもが、笑うだろう。が平助は理屈こそいえない男だが、その思想の底に、水戸学がある。その剣門の影響であり、いわば、血すじといっていいだろう。

(新選組は、幕府の走狗になっている。これでは、清河の浪士募集当時、攘夷の先駆になる、といった趣旨が失われてしまっている)

失われたどころか、攘夷の先駆者である長州、土州の過激浪士を池田屋で斬り、さらに蛤御門ノ変で、正面からかれらと戦った。

(約束がちがう)

藤堂は、そう思っている。もっとも、この男は、隊内では毛ほどもその種の不満をもらさなかった。もらせば、歳三に斬られるだけだろう。

蛤御門ノ変後、隊の人数不足が急を告げはじめたとき、近藤は、

「私が江戸へくだって募集してみる。ほかに公用もあることだから」

と洩らした。

藤堂は、おどりあがるようにしていった。

「私に、その露ばらいをさせてください。ひとあしお先に江戸にくだって、諸道場と話をつけておきますから」

近藤は、快諾した。

藤堂は江戸へくだった。おそらく同門の旧知をたどりたどって、深川佐賀町の伊東甲子太郎にわたりをつけたのだろう（伊東はもと、鈴木姓であった。かつては鈴木大蔵と名乗っていた。藤堂が訪ねたときはすでに伊東姓で、伊東大蔵。京へのぼるとき、この年が元治元年甲子にあたるところから、甲子太郎と改名した。が、煩わしいから、ここでは便宜上、伊東甲子太郎という名で、通すことにする）。

藤堂平助は、伊東を訪ねて、容易ならぬことをいっている。

「近藤、土方は、裏切者です」

といった。伊東はおどろいた。

「どういうわけです」

「いや、先年、かれらは、われわれと同盟を結び、勤王に尽さんと誓ったはずですが、近藤、土方はいたずらに幕府の爪牙となって奔走するのみで、最初声明したる報国尽忠の目的などはいつ達せられるかもわかり申さず、同志のなかで憤慨している者も多い」（新選組永倉新八翁遺談などに拠る）

「されば」

と、藤堂は、この快活な若者にしては、信じられぬことをいった。

「このたび近藤が出府してくるのを幸い、これを暗殺し、平素、勤王の志厚い貴殿（伊東）を隊長に戴き、新選組を純粋の勤王党にあらためたいと存じ、近藤にさきだって出府した次第です」

「ほう」

伊東は、微笑している。だまって微笑しているほか、どういう態度もとれないほどの大事であった。

「私を隊長に？」

「左様」

「近藤君を暗殺して？」

「いかにも」

藤堂は、うなずいた。

「……」

伊東は、藤堂平助の血色のいい童顔をみて、この子供っぽい剣客が、どうみても佞弁（ねいべん）の策士であろうとは思えなかった。伊東にも人物をみる眼がある。藤堂の人柄を信じた。

「しかし、藤堂君。とっさのことだし、それに事が重大すぎる。私も、いま進退をきめろ、といわれれば、おことわりするほかない」

「いや、決めて頂きます。私も、こういうことをいうのは、決死の覚悟でいる。もし洩れれば死罪はまぬがれません。もし即座に決めていただかねば、私がここで切腹するか、――それとも」

「この伊東を討ち果たすか」

「そうそう」

藤堂は笑った。が、顔は綻（ほころ）びきれずになかばでこわばった。

じっと、伊東を見つめている。

「いかがです」

「藤堂君」

と伊東は、自分の大刀をひきつけた。藤堂は、はっとした。

「金打（きんちょう）します」

ぱちり、と、つば音を立て、

「私も武士だ。君の言葉を、たれにも洩らさない。胸にだけ刻んでおく。しかし私の力で新選組を勤王党に変えることができるかどうかは、これは別だ」

「伊東先生なら、できます」

「とりあえず、加盟だけは約束しよう。仕事はその上でのことだ。しかしその前に、近藤君と会って、とくと話しあわねばならない」

「なにをです」

「近藤君の心底、素志を、まずきかせて貰う。しかるのち私の意見も述べ、勤王ということで折れあわなくても、せめて攘夷の一事だけでも一致すれば、私は加盟しよう」

伊東は単に勤王どころか、倒幕論者である。が、倒幕、という思想はひとまず隠し、単なる攘夷論者として入隊しようというのだ。

「それに、処遇のこともある。私はどうでもいいが、私の門人、同志のなかには、有為の材が多い。単なる新規隊士というのではこまる」

「当然です。人材、人数の点からいっても、これは、新選組と伊東道場との同格の合併ということになりましょう」

「そうして貰えばありがたい。君のいう、あとの仕事もやりやすくなります」

「じつに愉快」

そのあと、酒になった。

席上、伊東はふと、

「土方君というのが、副長でしたな。これはどういう人物です」

と、きいた。

藤堂の眼が、にわかにいままでと違った光りを帯びた。その名前への怖れが表情に出ているのを伊東は見のがさなかった。

「ほほう、それほどの人物ですか」

「いや、先生」

藤堂は、杯をおいた。

「愚物です」

「といいますと？」

「愚物、としか云いようがありません。王の尊ぶべきを知らず、夷狄の恐るべきを知らず、時世の急なるを知らず、かといって覇府（幕府）尊ぶべしというほどの理もたず、ただもうこの男の天地には新選組があるだけで、隊の強化ばかりを考えています」

「そいつは」

伊東は、くびをかしげた。

「真に怖るべき者かもしれぬ。近藤君はなまじい、志士気取りでいるから、私の理をもって説けばどうなるかわかりませんが、その土方という男は、理ではころばぬ」

「そう」

藤堂はうなずいた。

「伊東先生の御卓説をもってしても、まず、石にむかって法を説くようなものです」

「藤堂君、うるさいのはそういう馬鹿者だ。まあ会ってみなければわからないが、将来、この男がひょっとすると、私の思案の手にあまるかもしれない」

「斬る」

藤堂は、手まねをした。

この伊東甲子太郎が、不日出府してきた近藤と対面したのは、元治元年も、晩秋にちかいころである。

伊東は、入隊を約束した。

甲子太郎、京へ

伊東甲子太郎が、新選組局長近藤勇と対面したのは、例の小日向柳町の坂の上の近藤道場の奥の間である。

「伊東先生」

と、近藤は甲子太郎をそうよんだ。平素の近藤の眼は、人を射すようにするどい。

ところが、この席では、終始、笑い声をたてた。そばにひかえている武田観柳斎、尾形俊太郎、永倉新八らの隊士も、この日ほど上機嫌な近藤をみたことがない。

「尾形君、先生のお杯が」

と、注意したりする。

「いや、もう十分です」

伊東はいんぎんに頭をさげた。

「御遠慮なく。なかなかの御酒量とうかがっています。存分におすごしください。今日は、たがいに腹蔵なく語りあいましょう」

「望むところです」

この日の伊東甲子太郎は、当節はやりの七子の羽織に、黒羽二重の紋付袷、それに竪縞の仙台平の袴をはき、両刀のツカ頭に銀の飾りをつけ、つばは金象嵌の入った竹に雀のすかし彫り、といった大身の旗本をおもわせるような堂々たるいでたちである。元来、風采のいい男であった。

「いや、愉快だ」

と、下戸の近藤は、平素飲みつけぬくせに、杯を三ばいまであけて、真赤になっていた。

よほど、うれしかったのだろう。

（どういう男か）

伊東は、杯をかさねながら、観察をおこたらない。将来、新選組を乗っ取ろうとする伊東にとっては、この観察には命がかかっていた。得た印象の第一は、

（評判どおり、やはり常人ではない）

ということである。傑物、という意味ではない。なにか、動物を思わせる異常なものが、近藤にはあった。男そのもの、というべきか。野の毛物のような精気と、見すえられると身ぶるいするような気魄を、近藤は五体のすみずみにみなぎらせている。

伊東は、近藤に刃物を連想した。その刃物も、剃刀や匕首のような、薄刃なものではない。たがねといっていい。鎚でたたけば、鉄塊でもたたき割りそうな感じがする。

（怖るべし）

とは思ったが、同時に軽蔑もした。

（乱世だけが、必要とする男だ）

伊東は、近藤の威圧をはらいのけるために、懸命に軽蔑しようとした。

それに、

（意外な弱点がある）

本来たがねにすぎぬこの男があわれなほど政治ずきということであった。

この日、近藤は平素になく、田舎くさい大法螺（おおぼら）をふいた。

この男のいうところでは、こんどの東下（とうげ）の理由は、将軍を説得するためだというのである。

「将軍を？」

「そうです」

将軍（家茂）を説得して上洛させ、勅命のもと、長州征伐の陣頭指揮をしていただく、というのである。

「ほほう」

伊東は、はじめのうちは半信半疑だった。

いかに幕権おとろえたりとはいえ、一介の浪人隊長が、将軍に拝謁できるはずがないではないか。

「おどろきました。近藤先生が将軍に拝謁をゆるされたとは」

「いや」

近藤はあわてた。

「将軍家にではない。御老中松前伊豆守殿をはじめ諸閣老を残らず歴訪し、京都の情勢がいかに切迫しているかを説き、将軍家の御上洛が、いまや焦眉の急であることを説いたわけでござる」

「なるほど」

それだけでも、たいしたものではないか。幕閣に対し政治的助言をするのは、御親藩、譜代大名のやることである。井伊大老のころ、外様（とざま）大名が幕政に喙（くちばし）を容（い）れたというだけで、何人かの大名が罪に服したことがあった。それを近藤は浪人の身をもって、幕閣に工作をしたというのである（むろん近藤は、老中に会うにあたって、会津藩から特別の下工作はしてもらってはいたが）。

（それにしても幕威も衰えたものだ）

と、伊東はおもわざるをえない。

「それで、幕閣の意向はどうでしたか」

「伊東先生」

近藤は、声をおとした。

「かまえて、ご他言なさるまいな」

「念を押されるまでもありません」

伊東は、秀麗な顔でうなずいた。

「されば貴殿を同志として打ちあける。幕閣極秘の事項とおもっていただきたい。もしこれが、長州はむろんのこと、薩摩、因州、筑前、土佐、といった、あわよくば徳川にかわって天下の主権を握ろうとする西国大名に洩れれば、大事にいたる」

それほどの秘密を、近藤は幕府の老中から明かされている。それを、近藤は伊東甲子太郎に誇示しようとしたのか、どうか。

「伊東君」

同志らしく、そういう呼び方に変わった。

「幕府の御金蔵には、もはや将軍が長州征伐のために西上する金がないのです」

「金が」

「そう。……ない」

うなずいた。

「幕府に？——」

「ないのだ、金が。将軍上洛となればおびただしいお供が要る。お供に渡るお手当がもはやない。お手当だけではない。鉄砲も要る。煙硝も要る。馬も要る。兵糧荷駄も用意せねばなるまい。それらを運ぶ軍船も要るだろう。伊東君、その金が、ない」

近藤はまるで自分が老中のような、悲痛な顔をした。

余談だが、このころ、幕府は極秘裡にフランスとのあいだで、長州征伐の軍費と幕軍の洋式化の費用の借款を交渉していた（曲折をへて、不調におわったが）。それほど、幕府は窮迫していた。

「しかし」

と、伊東は、神妙にいった。

「江戸には、徳川家が三百年養い来った旗本御家人という者が居る。将軍が東照権現（家康）以来の御馬印をたてて西上するとなれば、かれら直参は、家財を売ってでも馬を買い、鉄砲をそろえ、道中のお手当などもみずから調達し、身命をなげうって三百年の恩を報ずるはずではないですか」

「ところがそれが」

近藤は、不快そうにいった。

「伊東君も、噂を耳にしておられるはずです。御旗本のほとんどは、家計の窮乏を理由として従軍を望んでおらぬ」

伊東も、きいている。むろん幕臣のすべてではないが、その大半は、将軍出馬による長州征伐には反対であった。かれらのうちには、公然と江戸城中で、

——たかが三十六万石の西陬の一大名を征伐するのに、将軍が出かける必要がどこにある。

と、放言する者さえいた。

要は、将軍が出かければ旗本御家人がその士卒として従軍せねばならぬ。家計の打撃というだけでなく、江戸の遊惰な生活をすてて戦野に身を曝すなどという野暮は、三百年、御直参、御殿、とよばれてきたかれらにとって、考えられぬことであった。

「旗本八万騎というが」

と、近藤はいった。

「藁人形にひとしい。伊東君、将軍は勅命によって御所を護り、長州を鎮圧し、さらに外夷から国家を守ろうとするのですぞ。その将軍を、何者が守るのか。旗本は戦さをきらっている。結局、将軍を護り、王城を護るのは、新選組のほかはない」

近藤は、ぐっと杯を干し、伊東に差した。

伊東は、受けた。横あいから尾形俊太郎が、それに酒を満たした。

「伊東君、義盟を誓いましょう」

「いかにも」

伊東は、それを静かに干した。心中、なにを思っていたか、わからない。

近藤に会った翌日、伊東は、深川佐賀町の道場に、

おもだつ門人、同志をあつめた。

七人。

いずれも、佐幕主義者ではない。

あわよくば、旗を京に樹て、天子を擁して尊王攘夷の実をあげようという連中である。

まず、伊東の実弟の鈴木三樹三郎（のち薩摩藩に身を寄せ、近藤を狙撃。維新後弾正小巡察。大正八年、八十三歳で死去）

伊東の古い同志では、

篠原泰之進（同右。明治四十四年、八十四歳で死去）

加納道之助（鵰雄、のち薩摩藩に拠る）

服部武雄（維新前、闘死）

佐野七五三之助（維新前、切腹）

伊東の門人としては、

中西登（のち薩摩藩に拠る）

内海二郎（同右）

このなかでも、剣術精妙といわれたのは武州出身の服部武雄、久留米脱藩の篠原泰之進で、加納、佐野なども、新選組の現幹部に劣らない。

伊東は、この七人に対しては近藤との会談をつぶさに語り、さらに肚の底までうちあけた。

——あくまでも、合流である。やがて主導権をにぎる。それをもって討幕の義軍たらしめたい。諸君の御所存は如何。

「もとより」

と、伊東はいった。

「虎穴に入るのだ。しかも虎児を奪るだけではない。猛虎を追いだして虎穴を奪う。拙者に命をあずけていただきたい」

みな、賛同した。

しかしただ一人、一座の最年長である篠原泰之進だけは、この伊東のあまりにも才気走った奇計に、多少のあぶなっかしさを覚え、

「大丈夫かね」

と愛嬌のある久留米なまりでいった。篠原は、先年、いまここに同席している加納、服部、佐野らと

横浜の外国公館を焼き打ちしようとしたほどの「尊攘激徒」だが、平素はおだやかな庄屋の大旦那といったふうがある。剣のほかに、柔術ができた。

「大丈夫かね、とは、どういう意味です」

「私はね、芝居が下手ですよ。異心を抱いて新選組に入りはしても、三日とごまかしきれるような男ではなか」

「それで結構」

伊東は、才を恃んでいる。

「芝居は、私がやります。諸君はただ、近藤、土方の命ずるまま、だまって隊務についていてもらえばいい。いざ、というときに蜂起する」

「そいつは楽だ」

篠原は、笑いながら、

「しかし、座長がさ」

「私のことですか」

「そうです。憎まれ口をいうようだが、才人すぎて、かえって花道からころげ落ちるようなことになってはつまりませんよ」

「篠原君」

「いや、きいてください。新選組といっても馬鹿や土偶のぼうばかりがあつまっているわけじゃない。芝居の観巧者がいる。聞けば土方歳三」

「いや、先刻しらべている。土方は無学な男だ。とるに足りない」

「どうかなあ」

「篠原君、きみに似合わず、臆されたようですな」

「なんの」

篠原は、笑った。

「わたしゃ、こうときまった以上、命と思案は利口なあんたにお任せしてある。ただ結盟にあたって、ひとことだけ、不安を申したまでです」

「不安。新選組は、藤堂君にきけば、たかが烏合の衆ですよ。篠原君は怖れすぎる」

「わたしの怖れているのは、新選組の近藤や土方などではない」

「では、なんです」

「ああたの才気ですよ。いや、才気を恃(たの)みすぎるところかな。見わたしたところ、この一座は大根役者ばかりで、千両役者といえばああたお一人だ。巧者すぎて、浮きあがらんようにしてもらいたい」

「篠原君」

「いや、これで話はしまい。あとはああたに命をあずけた。――酒だ、服部君」

「なんです」

「みなで酒を買おう。江戸の酒の飲みおさめに、今夜はつぶれるまで私は飲む」

その夜、みなが帰ったあと、伊東は故郷の常州三村に独り住んでいる老母のこよへ宛(あ)てて京にのぼる旨の手紙をかき、妻うめにも結盟上洛のいきさつを話し、その後数日して深川佐賀町の道場をたたみ、家族を三田台町の借家に移している。

前にものべたとおり、伊東はもともと大蔵という名であったのを、江戸を去るにあたって、甲子太郎と改名している。伊東なりに、よほどの覚悟があったのであろう。

伊東がよほどの覚悟をきめて京へのぼったということについては、ほかにも挿話がある。妻うめというのは、その手紙などの文章からみても相当の教養のあった婦人らしくおもえるが、やはり、京における夫の身を案じすぎたのであろう。伊東へははは様大病、と偽報し、おどろいて早駕籠で江戸に帰ってきた伊東に、

――実は母上のご病気とは偽りでございます。あまりにお身の上が気になりますから、もう国事に奔走するのは止(よ)して頂きたいと思い、手紙をさしあげました（この項、小野圭次郎著「伯父・伊東甲子太郎」と同文）。

このときの、うめに対する伊東の心事はよくわからない。ただ「非常に腹を立」て、

――汝如きは自己のみを知って、国家の重きを知らぬものだ。

と離別してしまっている。幕末維新で第一級の志士には意外なほど愛妻家が多いが、国事を理由に妻を離別したのは伊東甲子太郎だけであろう（余談だが、老母こよは、甲子太郎の絵像を床の間にかけて朝夕、その健康を祈っている、というふうの人であった。明治二十五年、常州石岡町の次男三樹三郎の家で死去、八十二歳。辞世は、万世（よろずよ）のつきぬ御代（おんよ）の名残りかな）。

伊東甲子太郎ら一行八人が、京に入ったのは、元治元年十二月一日である。

この日、ひどく寒かった。

歳三は、昼、自室でひとりめしを食っていた。副長には一人、隊士見習をかねた小姓が付くのだか、歳三は、いっさい、給仕をさせない。

飯びつをわきに引きつけ、自分で茶碗に盛っては、ひとり食う。子供のころから、ひとと同座してめしを食うのがきらいな男であった。この点も、猫に似ている。

「たれだ」

と、箸をとめた。

障子に、影が動いた。

からっと不遠慮にひらき、沖田総司が入ってきた。

「なんだ、総司か」

この若者だけは、にが手だ。

「どうぞ、召しあがっていて下さい」

「急用かね」

「いや、ここで拝見しています。私は自分が食がほそいせいか、他人がうまそうにめしを食っているのを見物するのが、大好きなんです。とくに土方さんの食いっぷりを見ていると、身のうちに元気が湧（わ）いてくるような気がします」

「いやなやつだな」

茶をのんだ。

「用かね」

「ごぞんじですか」

「なにがだ」

「近藤先生の休息所（興正寺門跡下屋敷）に、江戸から客人が八人来ています」

「ふむ」

湯呑を、置いた。

「伊東だな」

「やはり、勘がいい。伊東って人は色が白くて役者のようにいい男ですが、あとは、弁慶、伊勢義盛といった鬼のような豪傑ぞろいですよ」

「そうかえ」

楊枝を使いはじめた。

「山南先生、藤堂さん、といったところが、やはり同流のよしみで、さっそく挨拶に出かけたようです」

「妙だな。副長のおれンとこには、一行来着という報らせも来ていない」

「申し遅れました。私がその使者です。近藤先生から、土方さんを呼ぶように、と云いつかっています」

「ばか、なぜそれを早くいわない」

「しかし」

沖田は、くすくす笑った。

「なにがおかしい」

「楽しめますからね、土方さんのお顔の変わり方が」

「なにを云やがる」

「すぐ、興正寺下屋敷まで行ってくださいますか」

「行かないよ」

楊枝で、せせっている。歳三は、歳三なりの理由がある。新選組副長が、なぜ新参の隊士の宿所まで出むかねばならない。

「おれのつらを見たけりゃ、その伊東さんに、屯所の副長室まで御足労ねがうことだな」

楊枝を、捨てた。

沖田は、鼻を鳴らして笑った。からかってはいても、そういう歳三が好きだった。

慶応元年正月

江戸から帰ってきてからの近藤は、妙に浮わついている。

（人が、かわった）

と、歳三はおもった。

――どういうことだろう。

歳三は、一時はとまどった。が、いまではつめたい眼で、そういう近藤を見るようになっている。

「総司よ」

と、あるとき、行きつけの木屋町の小料理屋の二階で、沖田総司を相手にいった。この若者にだけは、肚の中のどういうこともいえるのである。

「まあ、ここだけの話だがね。近藤さんがちかごろ、こう、おかしかねえか」

「ええ」

沖田は、くすっ、と笑った。同感らしい。この若者は、さっきから刺身のツマばかりを食べている。ひどい偏食家で、なまものは、たべない。

「人間、栄誉にはもろいものだな。江戸では、老中に会っている。どうもそこから、人間が妙になったらしい」

「そりゃぁ」

そうだろう、と、沖田は内心おもった。近藤といっても、うまれは、たかが多摩の百姓の子で、家には氏素姓も、苗字（みょうじ）さえもなかった。その近藤が、老中と膝をまじえて政務を談じてきたというのである。はじめは、

（ほんとかなあ）

と、沖田はおもった。ひょっとすると、玄関わきの用人部屋で、老中の家老ぐらいと話をしてきたのを、近藤は大げさにほらを吹いているのではないか、

とさえおもった。

近藤は、帰洛してからしばらくの間、まるで念仏のように、

——伊豆どのは、伊豆どのは。

といった。御老中松前伊豆守様とはいわない。同僚づきあいをしている口ぶりであった。新参の隊士などのあいだでは、

（さすが、新選組局長といえば大名なみだな）

と、感心する者もいた。

二条城へも、三日に一度は登城している。

この城は、徳川家の家祖家康が京都市中に築城したもので、将軍上洛のときの駐旆所（ちゅうはいじょ）として用いられてきた。いまは、「禁裏御守衛総督」である一橋慶喜（ひとつばしよしのぶ）（のちの十五代将軍）が在城している。

近藤はここで京都守護職の公用方と談じたり、右の一橋家の公用方と、天下の情勢を論じたりしている。

その近藤の登城の容儀は、江戸からの帰洛後、ほとんど大名行列に似てきた。むろん、乗物は用いない。馬上ではある。しかしつねに隊士二、三十人を従えて堀川通を練ったというから、小諸侯であろう。

（一介の草莽（そうもう）の志士ではなくなってきた）

そんな悪口を、結盟以来の幹部である山南敬助が蔭でいっているのを、沖田はきいたことがある。

「しかし、土方さん」

と、沖田はいった。

「近藤さんを大名に仕立てる、とこっそり近藤さんをおだてたのは土方さんじゃありませんか」

「ふむ」

歳三は、眼をそらした。

「そうさ」

「じゃ、わるいのは土方さんですよ」

「ちがう。おれは、新選組というものの実力を、会津、薩摩、長州、土州といった大藩と同格のものにしたい、とはいった。いまでもそのつもりでいる。むろんそのあかつきは、首領はあくまでも近藤勇昌（まさ）

宜だから、近藤さんが大名になるのと同じ意味ではあるが、気持はちがう」

「どうもね」

小首をかしげた。

「なんだ」

「土方さんのおっしゃるそんな混み入った言葉裏が、近藤さんにはわかりませんよ。あのひとは、土方さんとちがって、根がお人好しだから」

「――とちがって、とは何事だ、総司」

「うふ」

箸で、焼魚をつついている。沖田は利口な若者だから、それ以上の理屈はいわない。しかし、近藤のいまの滑稽さも、歳三のほんとうの心境も、手にとるようにわかっている。

近藤が大名気取りになった理由のひとつには、隊士の飛躍的増加があった。

江戸で、あらたに五十人を徴募した。これがいま、隊務についている。

それに伊東一派の加盟が大きい。かれらはすべて文武両道の達人ぞろいで、いままでの隊士とは毛並がちがっている。

伊東は一流の国学者である。議論でも学問でも、近藤は、伊東甲子太郎の足もとにもおよばない。ひょっとすると、竹刀をとっても、近藤は伊東に及ばないのではないか。

事実、伊東が加盟してからというものは、隊士間の人気は大変なもので、副長の歳三などは影が薄くなり、近藤の人気までややおされ気味になった。

(だから、近藤さんは、格でおさえようとしているのだろう)

と、沖田はみている。すべての点で伊東にかなわないとすれば、近藤は、

「大名格」

になるしかしかたがない。

(おれだけは別格だよ)

というところを、伊東にも、隊士一同にも近藤は

見せている。いかにも、多摩の田舎壮士あがりらしい感覚である。

しかし。

と、山南敬助が、沖田にいったことがある。

――われわれは、近藤の家臣ではない。結盟の当初、ともに攘夷の先駆をつとめようというので、はるばる江戸からのぼってきたのだ。新選組は、同志の集団であって、主従の関係ではない。近藤もまた、平隊士と同格の志士であるべきである。その近藤が、大名気取りで登城するとは、どういうことか。

（ちがいない）

と、沖田は心中、おもっている。

（近藤さんは、のぼせすぎている。ひょっとすると、伊東甲子太郎に足もとをすくわれるのではあるまいか）

「総司」

と、歳三はいった。

「近藤さんが大名気取りになるのは、まだ早すぎる。天下の争乱がおさまってからのことだ。すくなくとも、長州の討伐をやり、長州をほろぼし、その旧領の半分でももらってからのことだ」

（あっ）

と、沖田はおもった。新選組の真の考えが、そういうところにあるとは、沖田総司でさえ、はじめて知らされる思いだった。

「土方さん。――」

と、沖田は箸をおいた。

「いまの話、本当ですか」

「なんのことだ」

「長州領の半分を新選組がもらうということです」

「もののたとえだよ。武士が戦功によって所領を貰うのは、源平以来のならいだ。この争乱がおさまれば、幕府もだまっていまい」

「おどろいたな」

まるで、戦国武士の考えではないか。単純というか、旧弊というか、旧弊とすれば、おっそろしく時代ばなれのした話である。

「土方さん、あなたは大名になりたい、というのですか」

「馬鹿野郎」

歳三は、ひくく怒鳴った。

「なりたかねえよ」

「たしかに？」

「あたりめえだ。武州多摩の生れの喧嘩師歳三が、大名旗本のがらなもんか。おれのやりたいのは、仕事だ。立身なんざ」

「なんざ？」

「考えてやしねえ。おれァ、職人だよ。志士でもなく、なんでもない。天下の事も考えねえようにしている。新選組を天下第一の喧嘩屋に育てたいだけのことだ。おれは、自分の分(ぶん)を知っている」

「安堵した」

沖田は明るく笑ってから、

「近藤さんは、どうなんです」

「心底か」

「ええ」

「そんなことは知らん。あの人が、時世(ときよ)時節を得て大名になろうと、運わるくもとの武州多摩磧(がわら)をほっつきあるく芋剣客に逆戻りしようと、どっちにしてもおれはあの人を協(たす)けるのが仕事さ。しかしおれは、あの人がみずから新選組を捨てるときがおれがあの人と別れるときだ、と思っている」

（そこが、この人の本領だな）

沖田は、ほれぼれと歳三をみた。一種の異常者である。が、こういう異常者がいなければ、新選組はとっくに破裂しているかもしれない。

「だからよぅ」

と、歳三は多摩ことばでいった。

「まだ、大名気取りは早いというんだ、近藤の。伊東がきた。伊東に人気が集まっている。近藤がひとりお大名で浮きあがってちゃ、いずれ隊がこわれるよ」

歳三のいうことは、かつて近藤に「大名気取りでやれ」といったことと、矛盾している。しかし、あのときはあの時、いまは今、すでに伊東の加盟によって事態がかわっている。伊東ほどの男だ、きっと新選組を奪う、歳三は、むしろ恐怖に近い感情で、そうみていた。

そんなころ、歳三の眼からみればじつにばかばかしいことが、おこった。

この年、ちょうど年号がかわって慶応元年の正月のことだが、歳三は大坂へ出張した。

もどると、もう京では松飾りがとれてしまっている。

屯営の門を入ると、庭で隊士がざわめいている。

（なんだろう）

廊下を、近藤がゆく。

なんと、顔を真白にぬたくって、公卿も顔負けの化粧をしているのである。

（野郎、とうとう気がくるいやがったか）

かっとなって、庭から廊下へはねあがり、近藤のあとを追った。

「やあ、お帰りですか」

と、途中、伊東甲子太郎が部屋から出てきて、鄭重にあいさつした。

色が女のように白い。眉が清げで、秀麗な容貌である。微笑すると、芝居に出てくる平家の貴公子のようであった。

（まさか、近藤がこいつと張りあうために、白粉（おしろい）を塗りたくって歩いているわけではあるまい）

歳三は、近藤の部屋の障子をあけた。

「おっ」

棒立ちになった。

近藤が、真白ですわっている。

「どうしたんだ」

「これか」

近藤はにこりともせずに自分の顔を指さし、

「ほとがらよ」

（畜生。……）

歳三はこわい顔ですわった。京都では、化粧のことをほとがらとでもいうのだろう。

「きょうは、はっきりというがね。お前さんは近頃料簡がおかしかねえか」

歳三は、沖田にいったようなことを、ずけずけといい、

「人間、栄誉の座にのぼるとざまァなくなるというが、お前さんがそうだね。おれはお前さんをそんな薄っ気味のわるい白首の化物にするために、京へのぼったんじゃないよ」

「歳、言葉をつつしめ。おらァ、おめえの多摩の地言葉でまくしたてられると、頭がいたくなってくる」

近藤は、むっとして、部屋を出、中庭へ降りた。

庭の中央に、敷物が敷かれている。近藤はその上に、むっつりとすわった。


やがて、儒者風の男が一人、それと医者の薬箱持ちのような男が三人あらわれて、近藤のまわりをとりかこんだ。

「なんだ、ありァ」

歳三は、その辺にいる隊士たちにきいた。隊内では朝からの騒ぎだったらしく、みなそのことについてくわしい知識をもっていた。

「ほとがらですよ」

現今の写真術というものである。感光力のにぶい湿板に写すのだから、被写体の人間には、真白にシナ白粉をぬりつけ、しかもその背後に白布を張りめぐらせる。

大村藩士の上野彦馬がこの名人で、長崎の舎密（化学）研究所で蘭人ポンペから教わった。最初に上野彦馬が写した人物は、のちに近藤と親交を結んだ松本良順（蘭医、将軍家茂の侍医で法眼となった。末期の新選組にはずいぶんと好意を示した人物である。維新後、順と改名し、軍医総監となり、のち男爵）で、場所

は長崎の南京寺（ナンキンでら）である。

上野彦馬は、いやがる良順の顔にシナ白粉をぬった。

良順は、地顔が黒い。それを白くするためには、大量の白粉が要った。そのうえ、凹凸の多い顔である。厚塗りにするとおそるべき顔になったが、

——なにごとも学問のためだ。

と、辛抱した。さらに写真家上野彦馬は、感光をよくするために、その良順を寺の大屋根にのぼらせ、長時間、直立不動の姿勢をとらせた。それをみて、長崎の町のひとは、「南京寺にあたらしい鬼瓦ができた」とかんちがいして、ぞろぞろ見物にきたというはなしがのこっている。

いま、近藤を撮影しつつあるのも、その上野彦馬であった。

歳三が、まわりの隊士からきくと、上野彦馬は、どうやら二条城から差しまわされてきたらしい。

禁裏御守衛総督一橋慶喜が、

——近藤を写してやれ。

と、じきじきいったという。そういえば慶喜は大のほとがら好きで、二条城に登城してくる大名をつかまえては、写真（ほとがら）をとらせる。大名への機嫌とりのつもりで写真を馳走がわりにしている、という噂を、歳三もきいたことがある。

（なるほど、近藤もそういう大名なみになったのか）

もはや、一介の浪士ではない。歳三の知らぬ場所で、近藤は、異常に出世しつつあるようであった。

「どうぞ、息をお詰めくださるように」

と、ほとがらの術師はいった。

——こうか。

「左様」

術師は、レンズのふたをひらいた。その大きな木製の暗箱のなかに、近藤の映像がうつりはじめた。

（………）

近藤は、息をつめている。

術師は、容易に呼吸の再開をゆるさない。

やがて、近藤の首筋が充血してきた。ただでさえ迫っている眉が、嶮(けわ)しくなった。苦しさに、歯がみしはじめている。

やっと術者は、レンズのふたを閉め、

「どうぞ」

といった。

近藤は、吐息をついた。

歳三は、ばかばかしくなった。京都政界の大立者になった近藤の写真は、これで永久に残るだろう。息をつめて、それがために悪鬼のような形相(ぎょうそう)になっている近藤の写真が。

「歳、お前もどうだ」

「いや、ご免蒙(こうむ)る」

と、廊下にもどった。

廊下にもどってからふと気づいたことは、見物の隊士のなかに、伊東甲子太郎の姿がみえない。

伊東だけではない。伊東派の幹部は、たれもいないのである。これに気づいたのは、歳三だけだったろう。

(部屋には、いるはずだが)

出て、かれらは見ようとはしない。たれにとってもほとがらはめずらしかるべきはずだが、伊東らは、一顧もしようとしなかった。

(愛嬌のないやつらだ)

歳三は、腹が立ってきた。

理由は想像がつく。伊東は、国学者流の攘夷論者である。おなじ攘夷主義でも、この系統の主義者は、ほとんど神がかりに近い神国思想の持ちぬしで、洋夷のものといえば、異人の足跡でも不浄であるとした。ましてや、ほとがらを見物するなどは、

――眼がけがれる。

というわけであろう。

みな、伊東の部屋に集まっているらしい。

歳三は、わざとその部屋の前を通った。障子が、わずかにひらいている。見ると、みな大火鉢をかこんで、談じている様子であった。

伊東が、おだやかに微笑している。そのまわりを、ちょうど信徒がとりまくように、篠原、服部、加納、中西、内海ら、伊東派の隊士がすわり、ほかに、山南敬助の顔もまじっていた。

(山南の野郎。――)

歳三は、おもわず肚の底でうなった。

伊東が入隊してからというもの、山南の伊東への接近の仕方が、異常なほどであった。山南は、総長の職にある。その職をすててあたかも伊東の弟子になったとしか思えない。

(あいつ、近藤を、見限るつもりか)

妙なものだ。

こうなれば、新参の異分子伊東甲子太郎への憎しみよりも、むしろ、結盟以来の古い同志の山南の離反を憎む気持のほうが、はるかに強くなってくる。

歳三は、部屋の前を通りすぎた。そのあと、部屋の中でどっと笑い声があがった。

べつに、歳三を笑ったわけではない。が、歳三の顔は、廊下のむこうを見つめながら、真蒼(まっさお)になっている。おそらく、近藤がシナ白粉などをぬってよろこんでいる間に、いまあがった笑い声の群れが、新選組の主導権をにぎるときがくるのではないか。

(わかるもんか)

歳三は、そんな予感がする。

が、その予感は、意外な形で、事実となってあらわれた。

山南敬助が脱走した。

憎まれ歳三

新選組総長山南敬助が、近藤あての書きおきを残して隊を脱走したのは、慶応元年二月二十一日の未明のことである。

(山南が?)

と、歳三は、まだ夜がつづいている真暗な自室のなかで、その報告をきいた。報告者は、廊下にいる。監察の山崎烝である。

「山崎君、たしかなことかね」

「さあ、置き手紙があり、お部屋には大小、荷物がなく、ご当人はいらっしゃいませぬ。それでご判断をねがいます」

「その置き手紙をみせてもらおう」

歳三は、付け木に火をつけ、その火を行燈に移そうとしながら、なにげなくいった。が、山崎は、入って来ず、障子に手もかけない。

「どうした」

「いや、申しおくれましたが、あて名は、近藤先生ということになっております」

「ああ、そうか」

除け者にされている。が、歳三は、つとめて冷静にいった。

「山崎君。近藤さんの休息所への使いは行ったでしょうな」

「まだです」

「なぜ、早く行かない」

「私が、ただいまから参ります。まず土方先生に、と思ったものですから」

(利口な男だ)

順をみださない。副長職である歳三の職務的な感情をよく心得ていた。組織はつねに山崎のような男を要求している、と歳三はおもっている。

歳三が着更えをおわったころ、暁の鐘が鳴り、廊下の雨戸がつぎつぎに繰られて行った。が、まだ雨戸の外は暗く、夜は明けきってはいない。

(寒い。——)

二月にしては、寒すぎる朝である。歳三は、近藤の休息所へゆくためひとり、門外へ出た。故郷の武州南多摩のように霜柱こそ立たないが、骨が凍るように寒い。

いつのまにか、沖田総司が、歳三の横に寄ってきている。

「大変ですな」

と、沖田は低い声でいった。この明るすぎる若者の声が、めずらしく沈んでいる。沖田は、江戸の芋道場時代から、山南と仲がよかった。山南は年は三十二。沖田より十歳の年長で、沖田を弟のように可愛がっていた。

「いいひとだったたですがねえ」

と、歳三の横顔をみた。

だまっている。

沖田は、歳三がつら憎くなった。

(山南さんは、このひとが憎いあまり隊法を犯して脱走したのだ)

とみている。沖田だけではない。局中のたれもが、そうみるはずである。

一方は総長。

このほうは、副長。

身分は、同格である。だが、隊士の直接指揮権は副長がにぎり、総長は、局長近藤の相談役、というほどの職務になっていた。そういう組織にしたのは、歳三である。山南敬助は、棚あげされていた。というより、この仙台人は、棚ざらしになっていた。

(山南さんは、このひとを憎みきっていた)

だけではない。

山南は、思想がちがう。出が、北辰一刀流である。この流儀は、千葉周作以来、水戸徳川家と縁が深く、千葉一門の多くは水戸藩の上士に召しかかえられており、門弟は水戸藩士が多い。

自然、道場は、水戸学的色彩が濃く、門生たちは、剣をまなぶとともに、水戸式の理屈っぽい尊王攘夷主義の洗練をうけた。この門から、行動的な尊攘主義者がどれだけ出たかかぞえることができない。沖田が知っているだけでも、死んだ清河八郎、それに、新たに加盟した伊東甲子太郎がいる。

(山南さんも、根は、その派のひとなのだ)

沖田は、しだいに明るくなってゆく坊城通を歩きながら、おもった。

(が、このひとはちがう)

　歳三は、思想など糞くらえ、と思っている。芸人が芸に夢中になるように、自分が生んだ新選組の強化に、無邪気なほど余念がなかった。そこが沖田の好きなところではあったが、しかし知識人の山南敬助は、そういう歳三の、主義思想のない無智さには堪えられなかったのであろう。

　――住みづらいところだよ。

　と、山南は、かつて池田屋ノ変のあと、沖田にぼやいたことがある。

　――新選組が、なんのために人を殺さねばならぬのか、私にはわからなくなった。われわれはもともと、攘夷の魁(さきがけ)になる、という誓いをもって結盟したはずではないか。そのはずの新選組が、攘夷決死の士を求めては斬ってまわっている。おかしいと思わないか、沖田君。

　――ええ。

　と、沖田総司は、そのとき、あいまいな微笑をうかべてあいづちを打った。

「沖田君」

　と、このときの山南は、めずらしく昂奮していて、しつこかった。なぜはっきりと意見をいわないのか、と詰めよるのだ。

「こまるなあ、私は。――」

　と、沖田は頭をかいた。池田屋では、沖田がもっとも多く斬っている。山南はあの斬りこみには参加していない。

「君は、新選組をどう思っているのです」

「――私ですか」

　沖田は、とまどった。

「私は、兄の林太郎も、近藤先生の先代の周斎老先生の古い弟子ですし、姉のお光は、土方さんの生家と親類同然のつきあいをしていた。そういう近藤、土方さんが京へのぼるとなれば私は当然、京へのぼらねばならない。だから、その攘夷とか、尊王とかとは――」

「関係がないな」

「ええ、そうなんです。――だけど」

沖田は照れくさそうに笑ってから、

「私はそれでいいんですよ」

と、はじめて明るくわらった。

「君は、ふしぎな若者だなあ。私は君と話していると、神様とか諸天とかがこの世にさしむけた童子のような気がしてならない」

「そんなの、――」

沖田は、あわてて石を一つ蹴った。この若者なりに照れているのである。

――土方さん。

と、沖田は、このときも石を一つ蹴った。小さな声で、「あのね」と、歳三に話しかけた。歳三が山南の処置をどう考えているか、さぐりたかったのである。

「山南さんをどうするんです」

「おれにきいたって、わかるもんか。そいうことは、新選組の支配者にきくがいい」

「近藤さんにですか」

「隊法さ」

それが新選組の支配者だ、と、歳三はいった。しかもその局中法度や、隊規の細則は、山南自身も合議の上できめたものである。

(切腹だな)

沖田は、おもった。が、すぐ、沖田は、大きな声でいった。

「土方さんは、みなに憎まれていますよ。山南さんはむろん、土方さんを憎みきっている。蛇蝎のように、といっていい」

「それが、どうした」

平然としている。

「どうもしやしませんよ。ただ、みな、あなたを怖れ、あなたを憎んでいる。それだけは知っておかれていいんじゃないかなあ」

「近藤を憎んでは、いまい」

「そりゃあ、近藤先生は慕われていますよ。隊士のなかでは、父親のような気持で、近藤先生をみている者もいます、あなたとはちがって。――」

「おれは、蛇蝎だよ」

「おや、ご存じですね」

「知っているさ。総司、いっておくが、おれは副長だよ。思いだしてみるがいい、結党以来、隊を緊張強化させるいやな命令、処置は、すべておれの口から出ている。近藤の口から出させたことが、一度だってあるか。将領である近藤をいつも神仏のような座においてきた。総司、おれは隊長じゃねえ。副長だ。副長が、すべての憎しみをかぶる。いつも隊長をいい子にしておく。新選組てものはね、本来、烏合の衆だ。ちょっと弛めれば、いつでもばらばらになるようにできているんだ。どういうときがばらばらになるときだか、知っているかね」

「さあ」

「副長が、隊士の人気を気にしてご機嫌とりをはじめるときさ。副長が、山南や伊東（甲子太郎）みたいにいい子になりたがると、にがい命令は近藤の口から出る。自然憎しみや毀誉褒貶は近藤へゆく。近藤は隊士の信をうしなう。隊はばらばらさ」

「ああ」

沖田は、素直にあやまった。

「私がうかつでした。土方さんが、そんなに憎まれっ子になるために苦労なさっているとは知らなかったなあ」

「よせ」

沖田の口から出ると、からかわれているようだった。

「性分もあるさ」

にがい顔で、いった。

近藤は、さすがに真蒼になった。山南は、江戸の近藤道場の食客で、結盟以来の同志である。しかも、隊の最高幹部のひとりであった。その脱走は、隊の行き方に対する無言の批判といっていい。

「古い同志だが、許せない」

と、近藤はいった。脱走を、山南敬助のばあいにのみかぎってゆるすならば、隊律が一時にゆるみ、脱走が相次ぎ、ついには収拾がつかなくなるだろう。

「理由は、なんだ」

「私を、憎んだのだ。それだけでいい」

と歳三が、いった。

「いや」

と、監察の山崎烝が、とりなし顔で、意外なことをいった。

「山南先生は、ここ数日、水戸の天狗党の始末のうわさをきいては、ひどくしょげておられたようです」

「天狗党の？」

近藤は、視線を宙に浮かせた。なるほど、京からさほど遠くない越前の敦賀で、水戸天狗党の処刑がおこなわれているといううわさは、隊中でも持ちきりになっている。

水戸藩の元執政武田耕雲斎を首領とする水戸尊攘派の激徒が常州筑波山で攘夷魁の義兵をあげ、曲折のすえ、京の幕府代表者慶喜に陳情するため西走し、途中力尽き、去年の十二月十七日、加賀藩に投降した。加賀藩ではかれらを義士として遇した。べつにかれらは倒幕論者ではなく、幕府によって攘夷の実をあげようとしただけのことであったからだ。

ところが、今年に入って江戸から若年寄田沼玄蕃頭が上京して事件の処理にあたり、浪士を懐柔しつつ武器をとりあげ、その総数八百の衣服まで剝いて赤裸にし、畜生扱いにして敦賀のニシン蔵に押しこめた。牢舎でのあつかい、残忍をきわめた。

だけではない。

この二月に入って、敦賀の町はずれの来迎寺境内に三間四方の墓穴を五つ掘り、その穴のそばに赤裸の浪士をひきだしては断首して、死体を蹴りこんだ。二月の四日に二十四人、十五日に百三十四人、十六日に百二人、十九日に七十六人、といったぐあいに、累計、三百五十二人におよんだ。幕府はじまって以来、というより、日本史上まれにみる大虐殺である。

しかもかれらの多くは、水戸徳川家の臣で、攘夷は唱えるものの、幕府そのものをどうこうしようという逆乱者ではない。そのかれらを、虫のように殺した。

――幕府、血迷ったか。

という声は、天下に満ちた。天下の過激世論が攘夷から倒幕に転換したのは、このときであるといっていい。こういう殺人機関を、なんの正義あって温存せねばならぬか。

「おれは、幕府から米塩を給付されているのがいやになった」

そういう意味のことを、山南は、局中でたれかに洩らしていた、と山崎はいった。

たしかかどうかは、わからない。

しかし、山南が衝撃をうけたであろうことは、この処刑者のなかに、江戸で旧知の同憂の士が、七、八人はいることでも容易に想像することができる。山南は、時勢にも新選組にも絶望した。

――江戸へ帰る、とある。

と、近藤は、手紙を読みおわってから、いった。

それをきいて、沖田は、ほっとした。山南が、例の伊東甲子太郎とあれほど昵懇になりその説に共鳴しながら、伊東に同調して党中党をたてることをしなかった。――江戸へ帰る。山南はただ、帰ってゆくのであろう。そこに、どういう政治的なにおいもない。

（やはり、好漢なのだなあ）

沖田は、近藤邸の庭をぼんやりみながら、あの仙台なまりの武士のことを思った。が、そのとき、近藤の表情がうごいた。唇が、なにかいおうとした。

が、それを引きとって、

「総司」

といったのは、歳三のつめたい声であった。

「お前がいい。山南君と親しかった。いますぐ馬で追えば、大津のあたりで追っつくだろう」

「——討手？」

自分が。という表情を、沖田総司はした。きっと、たじろぐ色が、浮かんだのにちがいない。腕は沖田がすぐれている。その意味で、ひるんだのではない。

「いやか」

歳三は、じっと沖田を見つめた。

「いいえ」

すこし、微笑った。それが、急に明るい笑顔になった。体のなかのどこかで、山南への感傷を断ち切ったのだろう。

沖田は、屯所へ駈けもどった。

馬に乗った。

駈けた。

寒い。口鼻からはいりこんでくる空気が、鞍の上で、沖田を咳きこませた。沖田の咳をのせて、馬は三条通を東へ駈けた。粟田口のあたりで、手甲を、口へあてた。布が、濡れた。わずかに、血がにじんでいる。

（自分も、永くはないのではないか）

そうおもうと、右手にすぎてゆく華頂山の翠がふしぎなほどの鮮やかさで眼にうつった。

大津の宿場はずれまできたとき、一軒の茶店のなかから、

「沖田君」

とよぶ声がした。

山南である。葛湯を入れた大きな湯呑をだいじそうに両手にかかえている。

沖田は、鞍からとびおりた。

「山南先生。屯所までお供します」

「意外だったな、追手が君だったとは」

山南は、例の人懐っこい眼で、沖田を見た。

「君なら、仕方がない。土方君の頤使のもとにある

監察どもなら、生きては京に帰さないところだったが」

「かまいません。山南先生が、どうしても江戸に帰りたいとおっしゃるなら、刀をお抜きください。私はここで斬られます」

「どうして、斬られるのは私のほうだよ。私も、君の腕にはかなわないだろう」

日はまだ高い。いまから京へ帰れないことはなかったが、沖田は、山南に急がすにしのびなかった。明朝、京にもどることにして、その夜は大津に宿をとった。

二人は、床をならべて、寝た。

「寒い夜だ」

と、山南は、いった。

沖田は、だまっている。なぜこの運のわるい仙台人は自分に追いつかれてしまったのかと腹だたしかった。

第一、山南という男のみごとさは、隊を退くにあたって行方をくらまそうとはせず、置き手紙にも堂々と、——江戸へ帰る、と明記してある。だけでなく、宿場はずれの茶店から、追跡者である自分の名を、かれのほうから呼んだ。山南らしい、すずやかなふるまいである。

その夜、山南は、隊に対する不満も、江戸へ帰ってなにをするつもりだったか、ということも、なにも話さなかった。

故郷(くに)の話をした。それも愚にもつかぬはなしばかりで、仙台では真夏、さしわたし一寸ほどのひょうが降るとか、御徒士(おかち)の内職は山芋掘りがいちばん金になるとか、そういうはなしばかりだった。

「山南先生も、山芋を掘られたのですか」

「ああ、子供のときはね。いや、あれは、おもに子供のしごとだったな。おもしろくもある。まだ山の芋が幼い季節に山に入ってそのはえている場所をみつけると、そこへ麦をまいておくのさ。麦がのびるころには、山の芋も土中で大きくなっている。麦を目じるしに、さがすというわけだよ」

「――江戸では」

なにをするつもりだったか、と、沖田が問いかけると、山南はおだやかに、

「江戸のはなしはよそう。私の一生には、もうなくなってしまった土地だ」

と、いった。おそらく、江戸に帰ったところで、どれほどのもくろみもなかったに相違ない。

その翌々日の慶応元年二月二十三日、山南敬助は、壬生屯営の坊城通に面した前川屋敷の一室で、しずかに、作法どおりの切腹をとげた。介錯は、沖田総司である。

山南には、女がいた。島原の明里（あけさと）という遊女で、事情を知っていた隊の永倉新八が、山南の変事を報らせてやった。女は、切腹の前日、坊城通に面した長屋門のそばに立った。

――山南さん。

と、女は泣きながら、出窓に手をかけた。その出窓の部屋に山南が監禁されている。

山南は、格子をつかんでいる女の指を、室内（なか）からにぎった。

しばらくそうしていたのを、門のかげから、偶然、沖田はみた。女の顔は、みえなかった。ただ黒塗りの日和（ひより）下駄と白い足袋が、沖田の眼に残った。

沖田は、すぐ門内にかくれた。

（足のうらが、小さかったな）

山南の首をおとしたあとも、そんなことだけが、妙に思いだされた。

四条橋の雲

慶応元年五月。

維新史の峠といっていい。

将軍家茂が、第二次長州征伐を総攬（そうらん）するために京

に入った。家康以来の金扇の馬標が二条城に入ったとき、京の市民も、

「幕威、大いにあがる」

と、うわさした。

が、内実、幕府には、長州を征伐するだけの軍事力も経済力もなくなっている。

それだけではない。すでに三家老の首を切ってまでして恭順している長州を、もう一度討伐するだけの名分が、幕府になかった。それをこじつけてまでして、討伐の軍をおこした。これが幕府の墓穴を掘った。

長州討伐については、徳川家の親藩、家門、譜代、外様のほとんどが反対した。ただひとり強力に提案したのは、京を鎮護している会津藩であり、その支配下の新選組である、というより、近藤個人といっていい。

「このさい、防長二州に兵を入れて覆滅し、毛利家三十六万石をとりあげて、幕府の禍根を断つのが御上策」

と、近藤は、慶応元年正月前後から、会津藩家老としきりに会合し、力説していた。この単純な征伐論が、幕府の命取りになってゆくということを、近藤は考えもしない。頭脳的には、一介の軍人にすぎなかったからだ。

「御高説」

と、会津藩側も異存はなかった。

会津藩家老と近藤勇らの、いわゆる会津論議というものは、ずいぶん乱暴なもので、まわりまわって、尊王主義の越前福井松平慶永の耳にまで入った。慶永自身の手記を口語に訳すると、
第二次長州征伐については、幕府は大いに自信があるらしい。長州はタマゴをつぶすようなものだ、と幕閣の要人はいっている。ところで、風評では、天下がかくのごとく動乱するのは、以下の諸藩があるためであると説をなす者がある。つま

り、薩摩、土佐、尾張徳川、越前松平（慶永自身）、肥後細川、肥前鍋島、筑前黒田、因州池田の西国八藩であるという。「これら諸藩は、帝王のみに勤王を唱え、可レ悪（にくむべき）やつら也。長州征伐万々歳ののちは、おいおい、これら諸藩を討滅する」という。ある人、余に、「貴殿は表むき、幕府の待遇が厚いが、内実はご油断なりませぬ」と忠告してくれた。どうも、事実らしい。

右は、近藤の意見と、同内容である。近藤が志士気どりで会津藩要人と天下国家を論じたことが、幕閣の意見になったかとおもわれる。近藤自身しきりと老中へ入説（にゅうぜい）していたし、会津藩からも江戸表へさまざまの意見が、送られていた。

当時の幕府の要人というのは、幕臣の勝海舟でさえサジを投げだしたほどの愚物ぞろいだから、京都における幕府探題である会津藩、新選組の意見、情勢分析とあれば、役目がら、最重要の参考資料としたであろう。

その上、幕臣が、にわかに強腰になったことについては、フランス皇帝ナポレオン三世の後援の約束が背景にあり、これについてフランス公使レオン・ロッシュが、しきりと幕府に入説している。が、そのフランス皇帝自身が、それから数年後に没落する運命にある男だとは、幕府の要人のたれもが、推測する材料ももっていない。

将軍入洛のとき、近藤は大よろこびで、歳三をつかまえていっている。

「これからが、面白くなる」

会津藩は将軍を擁し、新選組は会津藩の中核となり、声望大いにあがった。

「もはや、会津藩の天下である」という者もあり、「会津に百万石の御加封か」という出所不明のうわさも立った。

「よろこびも、ほどほどにしろ」

と、歳三は、監察が、三条大橋で剝がしてきた、落首をみせた。

彼奴（会津）離縁して
よい嬶貰て
長し（長州）杯してみたい

とある。

「うまいもんだ」

俳諧師らしく、歳三はくびをひねった。

「ばか。感心するやつがあるけえ」

「いやいや、こうはスラスラと言葉がならばねえもんだ」

くすくす笑っている。

「やぶってしまえ」

と、いった。おおよそ、洒落、諧謔のたぐいのきらいな男である。

「間者のしわざだろう」

「それだけでもあるまい」

諸大名のなかには、長州同情派がふえつつあり、京の庶民も、惨敗の長州に対する同情の色が濃かった。もっとも、長州藩が京で盛んであったころ、長州人気をあおるために市中でずいぶん派手な金をつかった、というせいもあるが。

近藤は、あす、将軍が入洛するという夜、屯営にとまり、夜ふけまで起きて、愛読の書『日本外史』を朗々と誦んだ。

「いい声だ」

と、歳三も感心した。近藤はところどころ読みまちがったり、訓みがくだらず、行きづまっては咳ばらいをしたりしたが、よく透るみごとな声である。

近藤は、建武の中興のくだりを、ほとんど涙をにじませて誦みすすんでいた。

後醍醐天皇が、鎌倉の北条氏をほろぼし、楠正成を先駆として都に帰るくだりである。

近藤は、みずからを、楠正成に擬して考えている。後醍醐天皇は、将軍家茂というわけであろう。草莽の正成、忠を致さずんば、流浪の帝、なにをもってか頼らん、というような心境であった。

「歳、おれが楠正成だとすれば、お前は恩智左近という役どころか」

「まあ、そうかな」

歳三は、相づちをうってやった。

「あの連中も、河内の金剛山の郷士か山伏か山賊か、とにかく名も知れねえ連中だったそうだから、われわれと素姓はあまりかわらねえ」

「素姓のことをいっているのではない。役どころだ」

「おれはどっちでもいいんだ。とにかく、新編成の役どころができたから、伊東君もよんで相談してもらいたい」

「おお」

近藤は、伊東甲子太郎をよんだ。

伊東が、白絽に紋を黒く染めた瀟洒な夏羽織をはおって入ってきた。相変らず、役者のようにいい男である。

「新編成ができましたか」

と、すわった。

(妙な野郎だ)

歳三には、伊東のような男がわからない。

この男は、入隊後、隊務などはみず、毎日外出しては、薩摩、越前、土佐など、対幕府的には、批判的な立場にある藩の連中と会っている（薩摩藩は、まだこの当時、表面上は、長州を憎むのあまり会津と友藩行動をとっていたが、かといって純粋な佐幕主義などではなく、いつ単独行動に出るかわからない藩として、幕府でもずいぶんと機嫌をとり、かつ警戒していた）。

それに、

――諸国、とくに九州方面を遊説してまわりたい。

と、近藤に申し出ていた。つまり、西国の情勢をさぐるとともに、いわゆる志士たちと交わり、国事を論じ、あわせて新選組の立場をも説明してまわりたい、というのである。

――結構なことです。

と、近藤は、よろこんでいた。歳三のみるところ、悲しいかな、近藤はこういう知識人や、そういった知識人的活動が、好きでありすぎた。げんに近藤自身、ちかごろはいっぱしの論客といった様子で、京における雄藩の公用方と、しきりに祇園で会合している。

しかも席上、もっとも多弁にしゃべるのは近藤であるという話も、歳三はきいていた。

――伊東は気をつけろよ。

と歳三は何度も近藤にいうのだが、近藤はむしろそういう歳三をこそ、義兄弟を盟(ちか)った身ながら、不服におもっていた。

――これからの新選組幹部は、国士でなければならぬ。議論あれば堂々天下に公開し、将軍、老中にも開陳して、動かすだけの器量をもってもらわねばこまる。

――そうかねえ。

歳三は、不服だった。歳三のみるところ、新選組はしょせんは、剣客の集団である。それを今後いよいよ大きくして幕府最大の軍事組織にするのが目的であって、政治結社になるのが目的ではあるまい。幕府はむしろ、そういう新選組を迷惑におもうだろう。

――そうかねえ。

仏頂面(ぶっちょうづら)をしてみせるのだが、近藤はむしろそんな歳三が不満になってきている。奔走家としての自分の片腕には、歳三はとてもなれない男である。

(こいつに、学問があったらなあ)

歳三をみる眼が、ときにつめたくなっている。

そのぶんだけ、伊東甲子太郎に、近藤は傾斜した。

――伊東さん。

と敬意をこめてよぶ。ときに、

――伊東先生。

とよんだ。歳、とよびすてにするのと、たいへんな処遇のちがいである。

伊東甲子太郎は、歌才があった。歌におもしろ味はないが、古今、新古今以来の歌道の伝統を律義に踏まえた、教科書的な短歌である。

伊東が新選組加盟のために江戸を離れ、大森まできたときに、

　残し置く言の葉草の多あれど
　　言はで別るる袖の白露

その時勢への心懐を詠んだ歌としては、

　ひとすぢにわが大君の為なれば
　　心を仇に散らし（せ）やはせそ

といったぐあいなものがある。

「やあ、日本外史ですな」

と、伊東は、近藤の手もとをのぞいた。

「そうです。私は、大楠公が好きでしてな」

「ああ。——」

伊東は、微笑した。伊東も、水戸学派だから楠正成を神以上のものとして敬慕している。

「さすが、近藤先生ですな」

（ばかやろうめが。——）

と、歳三はおもった。近藤の楠正成は徳川将軍を奉戴しているのである。天皇をかついでいる伊東甲子太郎とは、神輿の種類がちがっている。

「私も、先般大坂に下向しましたとき、摂海を視察し、途上、兵庫の湊川なる森にまいり、大楠公の墓前にぬかずきました。そのときの偶感一首、——失礼」

と、容儀をただし、自作の歌を朗々と吟じはじめた。

　行く末は
　かくこそならめわれもまた
　湊川原の苔のいしぶみ

「おみごと。——」

近藤は、物のわかったような顔で、うなずいた。

歳三は、そっぽをむいている。

「そうそう、土方さん。新編成の下相談でしたな」

と、伊東が、現実にもどったような表情で、歳三に白い顔をむけた。

歳三は、近藤の手もとにある草案を、伊東甲子太郎にまわした。

――参謀、伊東甲子太郎。

とある。

これはすでに伊東との相談ずみのことであった。その他の伊東派の連中の幹部の席の割りふりも、すべて伊東の意向を汲んである。

こんどの編成では、助勤（士官）という名称を廃し、幕府歩兵を参考にして、フランス式軍制に似たものにした。

「これはみごとな隊制だ」

と、伊東はいい、歳三をみた。見なおしたような顔つきである。

「いや、土方君はこれが得意でしてな」

と、近藤もうれしそうにいった。組織をつくりあげる歳三の才能だけは、近藤は、天下及ぶ者がない、と評価していた。

新編成、左のとおりである。

局　長　近藤勇昌宜
副　長　土方歳三義豊
参　謀　伊東甲子太郎武明
組　長
一番隊　沖田総司
二番隊　永倉新八
三番隊　斎藤　一
四番隊　松原忠司
五番隊　武田観柳斎
六番隊　井上源三郎
七番隊　谷三十郎
八番隊　藤堂平助
九番隊　鈴木三樹三郎
十番隊　原田左之助

伍長
奥沢栄助　川島勝司　島田　魁　林信太郎　前野五郎　阿部十郎　橋本皆助　茨木　司　小原幸造　近藤芳祐　加納鵰雄　中西　登　伊東鉄五郎　久米部十郎　富山弥兵衛　中村小三郎　池田小太郎　葛山武八郎
監　察
篠原泰之進　吉村貫一郎　山崎　烝　尾形俊太郎　芦谷　昇　新井忠雄

名簿のうち、ゴチックは、伊東が江戸から連れてきた者である。このほか伊東派では、服部武雄が隊の剣術師範として幹部待遇、内海二郎、佐野七五三之助は、平隊士にされた。が、腕はいずれも第一級のもので、隊務に馴れしだい、伍長に格あげをする、という含みがある。

「結構です」

と、伊東はあまり、興味を示さず、ただ、

「参謀とは、私はありがたい」

といった。

参謀という職も、かつての山南敬助の「総長」と同様、近藤の相談役というだけで、副長のように隊に対する指揮権はない。

「ぜひ、新選組のために、天下の英士とまじわり、隊の方向を誤らぬようにしたい」

「ぜひ、そう願いたいものです」

と近藤が、頭をさげた。

「歌がひとつ、出来ました」

と伊東は懐紙をとりだし、青蓮院流の端正な筆で、さらさらと書いた。

数ならぬ
身をば厭はず秋の野に
迷ふ旅寝も
ただ国のため

(歌も、ばかにならぬ)

歳三は、この二月に脱走の罪で切腹になった総長山南敬助をおもいだした。

山南の江戸への脱走は、伊東となにごとかを約した上でのことであったらしく、その死後、伊東は山南を弔い、歌四首をつくって、隊士のたれかれに見せている。この歌が、いま、隊士のあいだで、微妙な波紋をひろげつつあることを、歳三は知っていた。

――すめらぎの護りともなれ黒髪の乱れたる世に死ぬる身なれば

――春風に吹き誘はれて山桜散りてぞ人に惜しまるるかな

(いやなやつだ)

歳三は、おもった。

が、伊東甲子太郎の平隊士間における声望は日に高くなり、その、ほとんど宗教的といっていい尊王攘夷主義は、隊士のあいだに、信者をつくりつつあった。

歳三は、そういう者をみると、ほかに非違を云いたてて、片っぱしから、切腹を命じた。

――新選組に、思想は毒だ。

という、断乎たる信条が、歳三にある。

近藤は、隊務よりも、政治と思想に熱中していた。伊東は伊東で、大原三位卿など尊攘派の公卿の屋敷に出入りし、世務を論じている。

歳三のみが、置きざりにされたようにして、隊務に没頭した。諸幹部のうち、かれだけが営外に休息所をつくらず、営中に起居して、その癖のある眼を、ぎょろぎょろと光らせていた。

夏を越えた。

長州再征の軍令は出たものの時勢は動かず、ちょっと停頓している。将軍は、大坂城に入ったまま病いとなり、軍勢の発向を、いまだに命じていない。ひとつには軍費調達のめどがつかなかったのと、諸侯の足並がそろわなかったためである。が、この間、幕府側のまったく知らぬことが、政局の裏側ですすんでいた。いままで会津藩の友藩だった薩摩藩が、ひそかに藩論を一転させて倒幕援長に決し、土州海援隊長坂本竜馬(りょうま)を仲介として、薩長秘密同盟の締結をすすめていた。維新史の急転はここからはじまるのだが、むろん幕府はおろか、その手足の会津藩、新選組はゆめにも知らない。

秋になってもまだ幕府は攻撃令をくださず、十一月、幕府は長州に対し、問罪使を派遣するような悠長なことをしている。

正使は、幕府の大目付永井主水正尚志である。場所は、芸州広島の国泰寺。

この幕府代表団の随員のなかに、なんと、近藤勇、伊東甲子太郎、武田観柳斎、尾形俊太郎の四人がまじっている。

（おっちょこちょいな話さ。いったい、なんの役に立つのか）

と、留守を命ぜられた歳三はおもった。

むろん、近藤、伊東らは、幕使としてではない。幕府代表永井主水正の家来、という名目で、近藤は名前も、近藤内蔵助と変名していた。

そのころ、長州側は、すでに、坂本竜馬らのあっせんで、長崎の英人商会から大量の新式銃を買い入れ、決戦の準備をしている。

長州側の代表として広島国泰寺にやってきた正使は、家老宍戸備後助である。というのはじつは真赤なうそで、ありようは山県半蔵（宍戸璣、維新後子爵、貴族院議員）という、口達者を買われた中級藩士の三男坊である。それに宍戸という家老の家名を臨時に名乗らせ、一時仕立ての使者になってあらわれたのである。もともと、長州としては正気で談判に応ずるつもりはない。

歳三は、京で留守。

この間、市中で、長州系とみられる浪士を毎日のように斬ったが、一抹の淋しさはおおえない。

沖田総司を連れて、祇園の料亭へゆく途上四条橋の上で、夕映えに染まった秋の雲いくきれかが、しきりと東へ行くのをみた。

「総司、みろ、雲だ」

「雲ですね」

沖田も、立ちどまって、見上げた。沖田のほお歯の下駄から、ながい影が、橋上にのびている。

橋を往き来する武士、町人が、ふたりを避けるようにして、通った。新選組が二人、なにを思案しているとおもったろう。

「句が出来た」

と、歳三はいった。豊玉宗匠にしては、ひさしぶりの作である。

「愚作だろうなあ」

沖田はくすくす笑ったが、歳三はとりあわず、懐ろから句帳をとりだして書きとめた。

沖田は、のぞきこんだ。

ふるさとへむかつて急ぐ五月雲

「おや、いまは十一月ですよ」

「なに、五月雲のほうが、陽気で華やかでいいだろう。秋や冬の季題では、さびしくて仕様がねえ」

「なるほど」

沖田は、だまって、歩きはじめた。

この若者には、歳三の心境が、こわいほどわかっているらしい。

堀川の雨

その日、歳三は、小者一人をつれて、午後から黒谷の会津藩本陣に出かけた。

辞去したときは、すでに夜になっている。

まずいことに、雨がふっていた。

玄関まで出てわざわざ見送ってくれた会津藩家老田中土佐、公用方外島機兵衛のふたりが口々に、

「土方先生、今夜は手前方にとまられて、明朝お帰りになってはいかが」

とすすめた。

当時、新選組では花昌町（現在町名なし。醒ケ井七条堀川のあたり。当時、不動堂村ともいった）に屯営を新築して、一同そこへ移っていた。洛東の黒谷から、その花昌町新屯営まで、京の市中、ざっと二里はあ

る。

外島機兵衛らが心配したのは、この雨、この暗さで、はたして事なく屯営まで帰れるかどうかということだ。

それに、土方は、護衛の隊士も連れず、馬にも乗らず、来ているのである。

「そうなさい」

家老田中土佐は玄関の式台から夜の雨の模様をのぞきながら、

「ぜひ」

と、歳三の袖をとらんばかりにしていった。

外島機兵衛も、

「先刻も話に出ましたとおり、防長二州に割拠した長州藩は、おびただしく密偵を市中に送りこんでいるといいます。それに、ちかごろ土州藩の脱藩浪士が、長州と気息を通じて、さかんに市中に出没している。いかに土方先生豪強といえども、万が一ということがある」

「まあ、そうですな」

歳三は、気のない返事をして、くるっと背をむけ、小者がそろえた高下駄に足を差し入れた。

「なんなら、当家の人数に送らせましょうか」

と田中土佐がいった。

「いや」

歳三は不愛想にいった。

「いいでしょう」

そのまま、出て行った。

——変わった男だ。

と、あとで、家老の田中土佐が、ちょっと不快そうにいった。

新選組では、近藤が、伊東甲子太郎らをつれて十一月半ばから広島へ下向したきりもどってこない。その間、歳三が、局長代理である。なにかと会津藩に出むくことが多くなっていた。

いつも、あの調子でやってくる。近藤のように、馬上、隊士を率いてやってくるというようなことをしない。

「よほど、腕に自信があるのかね」

「さあ、別に理由もないでしょう。独りきりで歩きたい、というのがあの男の性分でしょう。その点、武骨なわりに派手好きな近藤とはちがうようです」

と、古いなじみの外島機兵衛が、わらいながらいった。

外島は、どちらかといえば周旋好き（政治好き）の近藤よりも、実力を内に秘めて沈黙しているといった恰好の土方のほうを、好んでいる。

「それに」

と田中土佐は、歳三の不愛想さに好意をもっていない。

「あの男、女もないそうだな」

田中土佐にしてみれば、近藤が妾宅を二軒持ち、相当派手に女を囲っているといううわさから、ふと対比してそうおもったのである。

「なさそうですな」

「あれはあれで、よくみると苦味走ったいい男なのだが、京の女はああいう男を好まないのかね」

「いや、島原木津屋の抱えで、東雲大夫というのがいたでしょう」

「ああ、聞いている。ずいぶんと美形だったそうだな。それとあの男は良かったのか」

「いや。――」

外島機兵衛は、表現にとまどったような顔をした。ああいう男女関係をどういっていいか、うまくいえなかったのである。

かつて外島機兵衛が、近藤、土方ら新選組幹部とともに島原木津屋に登楼したときのことである。

歳三の敵娼は、東雲大夫になった。

島原は、江戸の吉原とならんで、なんといっても天下の遊里である。ことに、大夫の位ともなれば諸芸学問を身につけさせられているだけに非常な見識があり、客の機嫌はとらない。

むしろ客のほうが大夫の機嫌をとり、その機嫌のとり方がうまいというのが、この町では通人とされる。

近藤は、なかなかの遊び上手だった。この島原の木津屋でも金大夫となじみを重ねているほか、一方では三本木の芸妓駒野に子を生ませたり、おなじ三本木で、植野という芸妓とも馴染み、これを天神の御前通にかこっていた。

それだけではない。

近藤は大坂へたびたび出張するうちに、新町のお振舞茶屋でもさかんに遊び、織屋の抱えで深雪大夫という者が気に入り、大坂八軒家の新選組定宿主人京屋忠兵衛が奔走して落籍せ、これを近藤が興正寺門跡から借りている醒ケ井木津屋橋南の屋敷に住まわせた。ところがほどなく病死し、その深雪大夫の妹が姉に似ているというので、それを後釜にすえた。

そのほか、祇園石段下の山繭にも女がいてしきりと通っていた。

まったく、近藤はよく遊ぶ。当節、京洛を舞台に活躍している雄藩の公用方（京都駐留外交官）は、色町で公務上の会合をし、ずいぶん派手に遊ぶが、近藤ほど諸所ほうぼうに女を作っている男もめずらしく、一時、隊士のあいだでも、——会津藩から出ている局の費用の半分は局長の女の鏡台のひきだしに流れこんでいるのではないか、といううわさがあったほどであった。が、その点は、ちがう。

近藤個人の費用として、大坂の鴻池善右衛門から多額の金が出ていた。

鴻池は、尊王浪士と称する者から「攘夷軍用金申付」の押し借りを受けることが多く、それを防ぐために鴻池では、新選組にたよった。近藤に献金した。近藤はその金で遊び、女をかこった。会津藩の新選組関係の公用をする外島機兵衛は、そういう内情まで知っている。

（酒ものまずによくまあ、あれだけあそべたものだ）

とかねがね感心するような思いでそれをみていた。

が、外島機兵衛のみるところ、土方歳三はちがう。

酒は、やや飲む。

が、あまり好きなほうではないらしく、杯を物憂(ものう)そうになめている。

女は。——

「そら、その東雲大夫が、ですな。あの男と室にひきとってから、閉口したそうですよ」

よほど閉口したらしく、あとで、大夫が仲居に洩らしたのがひろまって、評判になった。

歳三は、だまって杯を重ねているばかりでひと言も口をきかない。どうも、ほかのことを考えている様子なのである。

——土方はん。

と、東雲大夫が、見かねていった。

歳三が、あまり酒を好まないことは、さっきの酒席で様子をみて察していた。

——もう、お酒は。

と、銚子(ちょうし)をかくし、

——おやめやす。あまりお好きやおへんのどすやろ？

——ああ、好きじゃない。

と、歳三は所在なげに答えた。

——ほなら、おやめやす。お好きやないもんをそんなに飲んでお居やしたら、お体に毒どすえ。

——そうかね。

といいながら、歳三は手をのばして東雲大夫の手から銚子をとりかえし、

——それでも、色里の女より、ましさ。

といった。

元来、遊所の女がきらいなのである。御府内や武州の宿場々々をうろついていたころからそうだったが、この物嫌いは京にのぼってからもかわらない。

（あっ）

とこの廓(くるわ)でもおとなしいので通っている東雲大夫がさすがに色をなしたが、歳三は相変らずにべもない面(つら)で酒をのんでいる。

が、妙なものだ。

島原でこんな不愛想な客を、東雲大夫はみたことがない。が、慍りがしずまると、がたがたと張りも誇りも崩れるような思いで、東雲大夫はこの男を見た。そのとき、魘われるような思いで、この男が好きになったような気が、東雲大夫にはした。

――縁起どすさかい。

と、暁方、懇願するようにして、この客に床入りをしてもらった。

「それが」

と、東雲大夫は、あとで仲居にいった。

「存外、やさしいお人どすえ」

客がそのあと、床のなかでどうふるまったか、東雲大夫は廓の躾として口外しなかったが、仲居にはさまざま想像することができた。うわさは、そういう仲介者の想像をまじえて、外島機兵衛の耳に入っている。

「それで、どうした」

謹直な田中土佐が、きいた。

「その後、近藤とともにあの男は、二、三度木津屋に登楼って、東雲大夫を敵娼にしたのですが、その態度たるや、まったく初会のときと判で押したようにおなじだったらしい」

「床入り後のやさしさも？」

「まあ、そうです」

その後、東雲大夫は、京の両替商人から落籍されることになった。そのとき、しきりと使いを屯所に出して、

――最後に会いに来てほしい。

と、頼んだが、歳三は、（落籍されるような女に逢っても仕方がないさ）とついに行かず、どうしたわけか、それっきり、島原には足を踏み入れなくなったという。

東雲大夫はそれを恨みに思い、恨みのあまり、自分の小指の肉を嚙みちぎって、大騒ぎになった。

それでも歳三は行かなかった。

「情のこわい男だ。おそらくあの男は、東雲大夫が、好きだったのではあるまいか。だから行かなかったのだろう」

「好きなら、普通そんな場合、垣をやぶってでも逢いにゆくのが人情でしょう」

「それはそうだな」

「見当のつかぬ男ですよ。とにかく。――」

　そういって外島機兵衛は笑ったが、しかし外島は歳三が東雲大夫と初会した前日、この男の身になにがおこったかを知らない。あれは文久三年九月二十一日のことであった。歳三は、麩屋町の露地奥の家で、いまは九条家に勤仕している府中猿渡家の息女佐絵と武州で一別以来ひさしぶりで逢い合った。その借家の古だたみの上で、例によって歳三流の不愛想な触れかたで佐絵と通じたが、そのとき、ありありと（佐絵は、変わった）と思った。佐絵は、たしかにかわった。情夫がいる、と思わざるをえなかった。

　変心は、とがめなかった。その資格もなかった。武州当時、歳三は佐絵になんの約束もせず、むろん情人らしいどういうことばもかけてやらず、ただ偶然の縁で体のつながりを結んだだけのことであった、といえる。佐絵からみても、これは同じだろう。この猿渡家の出戻り娘はただ一時のなぐさみで、どこの在所の者とも知れぬ近在のあぶれ者じみた若者と体のつながりをもったにすぎない。京に来れば京に来たで、佐絵は佐絵の人生をもった。その人生の中に、長州藩士米沢藤次が入ってきた。当時、佐幕派公卿だった九条家に出入りしていた男で、佐絵と出来た。佐絵を通じて、幕府方の情報を得ようとし、佐絵は、当然、情夫のために働いた。

　――土方を知っている。

と、佐絵は米沢に洩らした。「斬るべし」ということになった。米沢は、その土方暗殺を、長州藩出入りの武州脱藩七里研之助とその一味の「浮浪」に依頼した。武州八王子以来、七里は歳三に、遺恨をもっている。

――なあに、頼まれずとも斬るさ。

と、七里は、二帖半敷町の辻で、歳三を要撃した。

その翌日である。歳三が外島機兵衛らと島原木津屋に登楼って東雲大夫と初会の夜をもったのは。

あの夜、歳三は、

（おれはどこか、いびつな人間のようだ。生涯おそらく恋などは持てぬ男だろう）

と思った。

（人並なことは考えぬことさ。もともと女へ薄情な男なのだ。女のほうもそれがわかっている。こういう男に惚れる馬鹿が、どこの世界にあるもんか）

しかしおれには剣がある、新選組がある、近藤がいる、としきりに自分に云いきかせていた。

（それだけで十分、手ごたえのある生涯が送れるのではないか。わかったか、歳）

そんなことを思いながら、歳三は、あの夜京の町を歩き、途中立ちよった芳駕籠の家の近所で七里研之助の徒党を斬り、しかもその翌夜、島原木津屋の楼上で酒をのんだ。

もともと奇妙なこの男を、東雲大夫がいっそう奇妙に思ったのは、むりはなかった。むろん会津藩公用方外島機兵衛は、そういういきさつまで知ろうはずがないのである。

「まあ、あれはあれで」

と外島はいった。

「洛中の一人物ですよ。あるいは、兵の用い方は近藤よりも数段上かもしれない。むかし太閤秀吉は大谷刑部を評して、あの男に十万の大軍を藉して軍配をとらせてみたいといったそうだが、私は土方をみるたびに、そんな気がする」

それから半刻後、歳三は、丸太町通をまっすぐ西へ歩いて堀川に突きあたっていた。

灯がみえる。二条城の灯である。この道をこのまま小橋を渡って西へゆけば所司代堀川屋敷である。

が、歳三は渡らない。当然なことで新選組新屯営はこの堀川東岸を南に折れ、なおここから三十丁もくだらねばならない。

「藤吉、疲れたか」

と、歳三は小者にきいてやった。

雨は、なお降りつづいている。

「いえ、脚だけは自慢でございますから」

藤吉は、雨の中でいった。歳三の三歩前を、及び腰で提灯をさし出しながら、藤吉はゆく。

歳三は、唐傘(からかさ)を柄高(えだか)に持ち、黒縮緬の羽織、仙台平の袴。腰には、すでに何人斬ってきたか数も覚えぬほどに使った和泉守兼定を帯び、脇差は、去年の夏、池田屋ノ変のときにはじめて使った堀川国広一尺九寸五分。

「藤吉」

と、歳三は、いった。

「この先は、道がわるいぞ」

「へい」

「ぬかるんだ道を駈けるときは、ツマサキで地を突くようにして駈けるものだ。そうすれば転ばずにすみ、速くもある」

と妙なことをいった。藤吉にはこの無口な局長代理が、なぜ不意にそんなことを云いだしたかが、理解できない。

「藤吉、お前の傘、駈けるときは、そいつを思いきり後ろへ捨てろ。心得ごとだ」

「へい？」

藤吉は、首をかしげて歳三を見あげた。

「いま、捨てますンで」

「まだよい。しかし、もうそろそろ、捨てねばなるまい。おれが、藤吉、と呼ぶ。そのとき、提灯と傘を捨て、命がけで駈けろ。間違っても、うしろを見るな」

「見れば？」

「――――」

歳三はだまって、歩いている。

傘をやや後ろに傾けながら、背後の気配を聴いているらしい。やがて、

「藤吉、いまなにか申したか」

「いえ、後ろを見ればどうなりますンで、と申しただけでございます」

「怪我をするだけさ」

不愛想に答えた。

堀川をへだてて右手の闇に、二条城の白壁が、ぼんやりと浮かんでいる。

左手は、親藩、譜代の諸藩の藩邸がつづいている。播州姫路藩の藩邸の門前をすぎると、二条通の角からは越前福井松平藩の藩邸の土塀がつづく。

その門前近くまできた。

「藤吉」

と、歳三はするどく叫んだ。

そのとき歳三自身、傘を宙空(ちゅうくう)に飛ばし、腰を沈め、右膝を折り敷き、すばやく旋回した。

ばさっ。

と不気味な音が、歳三の手もとでおこった。

瞬間、歳三の右手へ人影がもんどりうって倒れかかったかと思うと、泥濘(ぬかるみ)のなかで、もう一度大きな音をたててころがった。血の匂いが、闇にこめた。

そのときすでに歳三は、五、六歩飛びさがっている。刀を下段右ななめに構え、越前藩邸の門柱を背(うし)ろ楯(だて)にとり、

「どなたかね」

闇のなかに、まだ三人いる。

「雨の夜に、ご苦労なことだ。人違いならよし、私を新選組の土方歳三と知ってなら、私も死力を尽して戦う覚悟をきめねばなるまい」

「そう」

と、十間ばかりむこうの闇できこえた。

「知ってのことさ」

ああ、と歳三はおもった。一度聞けば忘れられぬ。

例のかん高い声である。

七里研之助であった。

「奸賊。——」

と、左手にまわった男が、うわずった声をあげ、二、三歩間合(まあい)を詰めた。

こんな夜だが天に月はあるらしく、夜雲がかすかな明るみを帯びながら、眼一ぱいの闇をしずかに濡らしている。

お雪

歳三、右へ剣を寄せた。

頭上は、越前福井藩邸の門の屋根。

しなやかなたるきのむれが、美人の手を反らせたようにかるくたわみ、軒を雨中の闇に突き出させている。

「奸賊」

数語ののしりながら、歳三にせまった影には、ひどい十津川(とつがわ)なまりがあった。ちかごろ、京には、大和十津川郷の郷士が多数流れ入っている。

(十津川者か)

歳三は、平星眼(ひらせいがん)。

癖で、剣尖をいよいよ右へ右へと片寄せながら、左手のその白刃には眼もくれない。

余談だが、土佐の田中光顕(みつあき)(のちの伯爵)が国もとを脱藩して京にのぼったころの思い出を、昭和十年ごろ、高知県立城東中学校で講演したそうだ。

——新選組はこわかった。とりわけ、土方歳三はこわかった。土方が隊士をつれ、例のあの眼をぎょろぎょろ光らせながら、都大路をむこうからやってくると、みな、われわれの仲間は、露地から露地へ、蜘蛛(くも)の子を散らすように逃げたものだ。

その歳三を討(や)る。

この十津川者、勇気があろう。

あとは、雨中で遠巻きにしている。

接近しているのは、右手の七里研之助と、左手のこの十津川者だけ。

ぱっ、と十津川者が、上段から撃ちかかった。

歳三は剣をあげ、背後の柱へ三寸ほどさがった。十津川者の太刀が、歳三の右袖左三巴の紋を斬って地を擂るほどに沈んだ。

男の上体が、ひらいた。

瞬息、歳三の太刀が、十津川者の右肩を乳まで斬りさげた。

が、歳三は、前へころんだ。

十津川者を斬ったと同時に、右手の七里研之助が猛烈な突きを入れてきたのである。

逃げるしかない。

死体に蹴つまずいてころんだ。

すぐ起きた。

その頭上へ、七里研之助の二の太刀が襲った。

受けるいとまがない。

避けるためにも、もう一度ころんだ。歳三の体はすでに門を離れ、雨中、堀ばたにある。

背後は堀で安心だが、左右に、小楯にすべき樹一本も見あたらない。

「龕燈を用意しろ」

七里の落ちついた声が、仲間に命じた。

歳三が、たったいままで砦にしていた藩邸の門の軒下で、龕燈が用意された。

「照らしてやれ」

七里が、低い声でいった。

ぱっ、と、龕燈の光りが、堀端に立つ歳三の影を照らした。

「歳三。武州以来の年貢のおさめどきのようだな」

「そうかな」

歳三は、相変らず右寄りの平星眼。声の低いわりには、両眼がかっとひらいている。

いつの喧嘩のときでも、死を覚悟している男だ。

「今夜こそ、八王子の仇を討たせてもらう」

七里研之助は、上段のまま、悠々とせまった。

その間合を、はげしく雨がふりはじめた。

雨脚が地にしぶき、龕燈の光りのなかで白い雨気がもうもうと立っている。

「七里。長州のめしはうまいか」

「まずいさ」

七里も落ちついた男だ。

「しかし、土方」

用心深く間合を詰めながら、

「いまに、旨くなる。汝ら壬生浪人は時勢を知らぬ」

「うふっ」

笑った。歳三の眼だけが。

「上州、武州をうろついていた馬糞臭え剣術屋も、都にのぼれば、一人前の口をきくようだな」

「おい、歳三。馬糞臭え素姓は、お互いさまだろう」

(ちげえねえ)

歳三は、肚のなかで苦笑した。

七里の右足が大きく踏みこむや、上段から撃ちこんだ。

受けた。

手が、しびれた。

すさまじい撃ちである。

歳三は撃ち返さず、七里の剣をつばもとでおさえつつ、さらに押えこみ、一歩、二歩、押しかえした。

地の利を得たい、そんなつもりである。

七里は、足払いをかけた。歳三は、きらって足をあげた。

「みな、何をしている」

七里は、闇のまわりへどなった。

「いま、討て。討たねえか。この野郎とて鬼神じゃねえんだ」

ばらっ、と足音が左右にきこえた。

歳三は渾身の力をこめ、七里の体を突きとばした。

七里は飛ばされながら、左腕をのばして歳三の横面をおそった。

が、むなしく剣は旋回して流れた。歳三はすでにそこにいない。歳三は左手へ走った。

駈ける途中、袈裟斬りに一人を斬り倒し、越前福井藩邸の南のはしの露地に入りこみ、東へ駈けた。

この喧嘩の功者は、一人で多数と撃ちあう喧嘩が、いかに剣の名人であっても、ものの十分ももたぬことを知っている。

西洞院へ出てから、歳三は、やっと歩度をゆるめ、ゆっくり南下しはじめた。

（痛え。――）

左腕をおさえた。

乱刃中にたれの刃が入ったのか、傷口をさぐると、上膊部に指が入るほどの傷が口をあけていた。

それだけではない。

右足の甲に一つ。

これは、十津川者が斬りさげたのをかわしたとき、できたものであろう。

しかしそれはいい。右ももがぬるぬるするので袴をまくってさぐってみると、三寸ほどの傷があり、しきりと血が流れている。

（やりあがったなあ）

印籠に、あぶら薬を入れてある。

そこはもともと薬屋だから、とりあえず止血をしておこうとおもい、あたりをすばやく見まわした。

この大路で手当するのはまずかった。

いつ連中がみつけて襲うかもしれない。

恰好の露地をみつけて、入りこんだ。

（焼酎があればいいのだが）

おもいつつ脇差を抜き、傷口をしばるために袴をぬいで、ずたずたに裂いた。

そのときである。

頭上の小窓がひらいたのは。

「いや、恐縮です」

歳三は、土間へ入り、そのまま台所の奥の内井戸までゆき、そこでまず素はだかになった。

泥と血を洗いおとすためであった。

「お内儀、あつかましいが」

奥へ声をかけた。

声は、ひそめている。近所をはばかってのことである。

「この棚の上の焼酎を所望したい」

大きな鉄釉の壺が載っている。壺の腹に紙が貼ってあり、

――せうちう。

とみごとなお家流でかかれている。

(どうやら、女世帯らしい)

が、下戸、上戸を問わず、当時は、どの家にも傷手当の用意に焼酎は用意されていた。

「あの」

落ちついた女の声がもどってきた。

「どうぞおつかいくださいますように。金創の薬もございます。白愈膏と申し、調合所は大坂京町堀の河内屋で、なかなか卓効があると申しますが、いかがなさいますか」

しずかな物の云いようだが、ことばに無駄がなく、頭のよさを感じさせた。

「遠慮なく、頂戴します」

歳三は、その女のことを考えた。言葉に、京なまりがない。

どうやら、武家女のことばである。

(何者だろう)

さっき格子戸をあけてなかへ入れてくれたとき、歳三はころがりこむようにして土間に入ってから、ふと顔をあげた。

そのとき、女は、蠟燭の腰に紙を巻いた即製の手燭を、ちょっとかざすようにして立っていた。

すぐ通りぬけの台所へ入ったが、あのとき、女の意外な美しさに息をのむような思いをしたのをおぼえている。

としは、二十五、六で、身につけているものから

して、娘ではない。かといって、夫が居そうにはなかった。

　せまい家だ。

様子でわかるのである。

(痛い。——)

沁みる。焼酎が沁みた。

　さすがの歳三も気をうしないそうになった。

褌(まわし)一本の姿で、歳三は井戸ばたにかがんでいる。自分で自分の傷をあらうのだ。よほど豪気でないと、このまねはできない。

　内儀は、いつのまにかきて、土間のむこうで、遠灯(とおび)をかざしながら、それをみている。

　近づかないのは、武家育ちらしいたしなみというものだろう。

　歳三はそれでも、傷口にあぶらをぬり、内儀の出してくれたさらしで三カ所の傷口をしばり、

「すまぬが、そこの町木戸の番小屋にそういって、辻駕籠をよぶように申しつけてくれませんか」

「どなた様です」

「え？」

　傷が、鳴るように痛む。

「あの、あなたさまは、——」

　内儀は、たずねた。

「ああ、申しおくれましたな。新選組の土方歳三、と申していただければ、町役人がよろしく取りはからってくれるはずです」

(このひとが。……)

　歳三の名は、京洛(けいらく)で鳴りひびいている。泣く児もだまる、というのは、この男のばあい大げさな表現ではない。

「たのみます」

「——」

　女はだまってうなずき、土間のすみに手をさし入れている様子だったが、やがて傘を出して、出て行った。

　ほどなくきしみのさわやかな高下駄の歯音をたて

てもどってきた。

歳三の衣料は、雨と血でよごれている。

「もしおよろしければ」

女は、ひと襲ねの黒木綿の紋服を、みだれ籠に入れてもちだしてきた。羽織、袴だけでなく、襦袢、六尺に切った晒までそろえてある。死んだ亭主のものだろう。

それを土間においた。

（気のつく女だな）

歳三は、顔をあげ、蠟燭の灯影でおんなの眼をみた。どちらかといえば京の顔だちではなく、江戸の浅草寺の縁日などに参詣にきている女に、こういう顔だちがある。

眼がひとえで、色が浅黒く、唇もとの翳がつよい。

「あんた、江戸のひとだな」

歳三は尻のあがった多摩弁でいった。

「――――」

女は、癖で、瞬きのすくない眼を見はって歳三をみつめていたが、やがて、

「ええ」

というように、うなずいた。

「名は、なんと申される」

「雪と申します」

「武家だね」

「――――」

女は、だまった。いわずとも、知れている。

「いや、京で江戸うまれの婦人に会うことはまれなことだ。今夜、私は運がよかった」

（しかし、江戸の女がなぜ、こんな町でひとり住まいしている）

歳三は疑問におもったが、口には出さず、乱れ籠の上を、掌でおさえるようなしぐさをして、

「それは、ご好意だけ頂戴しておく。まだ血がとまらぬというのに、せっかくお大事のお品を汚しては申しわけない」

歳三は、褌一つ、晒でぐるぐるしばりの姿のまま、

大小をつかんで立ちあがった。

「そのまま、御帰陣なさいますか」

新選組副長ともあろう名誉の武士が、といった眼の表情である。

「お召しくださいまし」

うむをいわせず、命ずるようにいった。歳三は、立ち眩みそうになるほどの思いで、この女が命じた歯切れのいい響きを懐しんだ。京の女には、ない味である。江戸の女は、親切とあればおさえつけてでも、相手を従わせてしまう。

（ああ、忘れていた味だ）

歳三は、御府内のそとの片田舎のうまれである。年少のころから十三里むこうの江戸の女にあこがれた。

その思いが残っているために、ひとが佳いという京の女に、どうしてもなじめない。

「では、拝借する」

手を通しておどろいたことは、歳三とおなじ左三巴の紋である。

「奇縁だな」

歳三は、紋を見つめた。

（この女と、どうにかなるのではないか）

女は挙措をきびしくひかえめにはしているが、その眼に、あきらかに歳三への好意がある。

その好意が、おなじ東国のうまれ、という単なる親しみから出たものか、それとも、男としての歳三その者への好意なのか。

やがて、家主、差配、町役人が、あいさつと見舞いにやってきた。

家主は、表の質舗近江屋で、差配は、治兵衛という枯れた老人である。

「いずれ、礼にきます」

歳三は、かれらに見送られて辻駕籠に乗った。

屯営では、大さわぎをしていた。

小者の藤吉のしらせで、原田左之助、沖田総司の隊が現場に駈けつけたところ、付近には、死体も人もいない。

しかも歳三は屯営にもどらない。とあって市中の八方に隊士が捜索にすっ飛んだ。

そこへ歳三が火熨斗のよくきいた紋服を着てもどってきたのである。

「どうなさったのです」

隊士がきいても、にやっと笑うだけでさっさと式台へあがり、自室にひきとった。

すぐ外科をよび、手当を仕直して貰った。

医者が帰ると、沖田総司が入ってきた。

「ひとさわがせですねえ」

「すまん」

「どうなさったんです」

「越前福井藩邸の前で、また七里研之助のやつがあらわれやがった、あいつはおれの憑き物だよ」

「結構な憑きものだ」

沖田は、柄巻が、雨と血でぬれている歳三の和泉守兼定二尺八寸を抜いた。刃こぼれ、血の曇りがおびただしい。

「お働きのご様子ですね」

「斬られかけたさ。あいつらは、長州の京都退却後、土州藩邸か薩摩藩邸にかくまわれているのだろう。十津川のやつもいた。その連中を、七里があごで使っている様子からみて、もう京都では相当な顔にのしあがっているらしい」

「なんでも、探索の連中のはなしだと、七里は、つねづね、土方だけはおれがやる、といっているらしいですよ」

「祟りゃがるなあ」

「うふ」

沖田が笑った。(あんたの昔の素行がわるいのだ)といった、悪戯っぽい眼である。

「ところで総司」

歳三は、生きいきとした眼でいった。

「おらァ、女に惚れたらしいよ」

「え?」

沖田は、まぶしい表情をした。

歳三が、かつて、

惚れた。

などということばを、女に関してつかったことがなかったからである。

「隊の者にはだまってろよ。近藤が芸州から帰ってきてもいっちゃならねえ」

「じゃ、私にも云わなきゃいいのに」

「お前だけは、べつさ」

「私だけは別？　迷惑だなあ、訴え仏みたいにされちゃって」

「ふふ、お前にはそんなところがあるよ」

十日ほどして歳三は、洗い張りをして縫いかえた例の衣類一さいを小者にもたせ、家主の近江屋へ出むいた。家主は、差配の治兵衛老人もよびつけて同席させた。

聞けば、女は、大垣藩の江戸定府（じょうふ）で御徒士（おかち）をつとめていた加田進次郎という者の妻女であるという。藩が京の警衛を命ぜられると、加田は単身、藩兵として京にのぼった。単身は当然なことで、どの藩でも、上士下士を問わず、妻子をつれて京にのぼっている者はない。

しかし、お雪は、風変りなところがあり、夫のあとを追って京にのぼり、藩には遠慮し、ひそかに町住まいをした。それほど夫婦仲がよかった、というわけではない。

お雪、画才があり、のちに紅霞（こうか）という号で多少の作品を、京、東京に残している。画技は、その人柄ほどのものではない。

京にのぼったのは、京の絵師吉田良道（ながみち）について四条円山派（まるやまは）の絵を学ぶためであった。

ほどなく夫が病死した。

お雪は、ひとり京に残された。すぐ江戸の実家（さと）へ帰るべきであったが、実家が寛永寺の坊官で収入（みいり）がいい。その仕送りがあるまま、なんとなく、日を消している。

紅　白

それからほどない慶応元年師走(しわす)の二十二日、局長近藤勇が、芸州広島の出張さきからもどってきた。

随行した参謀伊東甲子太郎、武田観柳斎、尾形俊太郎も、同様、旅塵にまみれた姿で、花昌町の新屯営に入った。

「歳(とし)、留守中はご苦労だった」

近藤は歳三の肩を大きくたたたいた。近藤は、どこか、かわったようであった。

ひと月ぶりで歳三を見る眼も、どこかしらつめたいようである。

(妙だな)

歳三のこまかい神経が、働いた。

その夜、幹部の酒宴があった。

近藤は、杯を二つ三つあけると、真赤になった。本来、下戸である、そのくせ、

「うまい」

と含みながらいった。

「諸君、酒はやはり京だな」

しかし、それ以上は飲まない。飲むかわりに眼の前の膳部のものを大いに食い、大酒でものんだように高調子で談論した。

おもに長州の情勢についてである。

「長州はうわべだけは禁廷様と幕府に対し奉ってひたすら恭順をみせかけているが、あれァ、まるっきりの猫っかぶりだよ。背後でやつらは武備をととのえている」

「ほう」

留守の幹部は、みなおどろいた。

会津藩は徹底的な長州ぎらいだから、近藤もその眼で長州をみてきている。

(元来、長州藩には、天下に野望がある)

と、近藤はみていた。毛利侯は将軍になりたがり、天皇を擁して毛利幕府を作ろうとしている。長州人にとって尊王攘夷はその道具にすぎぬ、と近藤は憎悪をこめて信じていた。近藤だけではなく、母藩の会津藩が上下ともそう思いこんでいるし、のちに長州の友藩になった薩摩藩などは、強烈にそう信じこんでいる。

　その証拠に、薩長同盟の密約のとき、薩摩藩の西郷吉之助（隆盛）は容易に腰をあげなかった。その疑惑があったからである。

「幕府は手ぬるい」

と、近藤は、吐きすてるようにいった。

「いま防長二州の四境に兵をすすめ、毛利家をたたきつぶして天領（幕府領）にしてしまわねば、どえらいことになるぞ」

「しかし、近藤さん」

と、伊東は白い顔をあげた。

伊東には、べつの見方がある。

「長州は去年、馬関海峡で四カ国の艦隊に対して、一藩でもって攘夷を断行している。天下の志士は、長州が自藩の滅亡をおそれずに攘夷を断行したことに喝采を送った。近藤先生、あなたも攘夷論者でしょう」

「そのつもりです」

　まぎれもなく新選組結党のそもそもの主旨であった。

「それなら、もっと柔軟な長州観があってしかるべきでしょう。長州は、朝廷の御方針を奉じて攘夷を断行し、不幸夷狄の砲力がまさっていたために、沿岸の砲台はことごとくたたきつぶされた。その上、幕府の征伐をも受けようとしている。長州は瀕死の傷を負っている。他にいかに非違があるとはいえ、これを討つのは武士ではありませんよ」

「武士ではない……」

近藤は、箸をとめた。

「伊東さん、武士ではないといわれるか」

「そうです」

伊東は、近藤の眼をじっと見つめてから微笑し、さらに議論をつづけた。利口な伊東は近藤という男を知りぬいている。近藤は、知的な論理のもってゆきかたよりも、むしろかれの情緒に訴えるほうが、理解しやすい頭脳をもっていた。

「武士が武士たるゆえんは、惻隠の情があるかないかということですよ。ひらたく申せば、武士の情けというものです」

「ひらたく申さずとも」

と、近藤は刺身をつまみ、

「わかっておる」

にがい顔で、口に入れた。

近藤は、もはや京都政界の大立者になっていた。当人もそのつもりでいる。伊東に、無学だと思われるのが、つらいのである。

「伊東さん。わしは、わかっておるつもりだ、なにもかも。多弁を用いてもらわずともよい」

「そうでしょうとも。こんどの旅では、旅程をかさねるにつれて、拙者の意見をよく理解してくださるようになった。——土方さん」

と、伊東は、近藤の膝一つおいてむこうにすわっている歳三に話をむけた。

歳三は、はじめっから、だまって飲んでいる。

「そうなんですよ、土方さん」

「なにが、です」

歳三は、物憂そうにいった。

「いや、つまり」

と、伊東は、どもった。この歳三がにが手なのである。

「近藤先生のことですよ。先生は、長州の情勢をみられて、また一段と視野を広げられたようにおもう。おそらく、いまの混沌とした京の政局を収拾なさるのは、清濁あわせ呑む底の近藤先生しかありませんよ」

「そうですか」

伊東はその微笑をよほど薄気味わるいものにおもったのか、だまった。座が白け、あとは、はなしもあまりはずまなかった。

明くれば慶応二年。

正月二十七日、近藤はふたたび、幕府の正使小笠原壱岐守(いきのかみ)に随行して長州と折衝するために芸州広島へくだった。

「またかね」

出発前、歳三は近藤にいった。

「歳、留守をたのむ。こんどは、長州領に入る。この眼で長州の実態を見、長州人とも語りあいたい。かれらと国事を談ずれば、武によるべきか和によるべきか、この天下の紛争の収拾策がわかるだろう」

(がらでもねえ)

とおもったが、歳三は口に出しては云わない。ただ、近藤のばかめ、と肚でおもっている。おだてられて、やがてひどい目にあうだろう。

「土方さんは、どう思います」

「なにがです」

「いまの問題」

「私には一向に興味はありませんな」

歳三は、にべもなくいった。

あるのは男一ぴきだけさ、と心中でおもっている。

なるほど新選組は尊王攘夷の団体だが、尊王攘夷にもいろいろある。長州藩は、どさくさにまぎれて政権を奪ったうえで尊王攘夷をやろうとしている。これとはちがい、親藩の会津藩の尊王攘夷は、幕権を強化した上での尊王攘夷である。歳三は、新選組が会津藩の支配を受けている以上その信頼に応(こた)えるというだけが思想だった。しかし男としてそれで十分だろう、とおもっている。

(もともとおれは喧嘩師だからね)

歳三は、ひとり微笑(わら)った。

「伊東と一緒だね」

念をおした。

「あれは参謀だ」

近藤はいった。

「当然、連れてゆく」

「参謀？」

「そう」

「たれの参謀だかわかりゃしねえよ」

「歳、そうそう口汚くいうもんじゃねえ。われわれは国士だ。いつまでも多摩の百姓家のせがれじゃねえんだ。伊東はあれはあれで使い道のある男だ。あの男、やや長人を代弁しすぎるきらいはあるが、かといってあの容儀、学才は、われわれの存在を重からしめていることはたしかだ」

「重からしめている？」

歳三は、くすっ、と笑った。

「いったい伊東がなにを重からしめているんだ」

「新選組をだ」


「近藤さん。伊東が接している人士のあいだでは、新選組は宛然長州の幕下になったようにいわれているのを知っているかね」

「ばかな」

「つまり、重からしめている、というのはそんなことか」

「わるいところだ」

近藤はいった。

「歳、お前はむかしから意地がわるくていけねえよ」

「性分だからね、あんな得体の知れねえ野郎をみると、むかむかするのさ」

伊東は、近藤と同行して長州にくだった。こんどは、伊東系の重鎮である監察の篠原泰之進をつれている。

伊東、篠原は、広島に入ってしばらくは近藤と行をともにしていたが、やがてひそかに長州の広沢兵助（のちの真臣。木戸孝允とならんで維新政府の参議となる）に渡りつけて、長州領に入った。長州藩としてはよほどの好意である。

二人は、長州藩の過激分子とまじわりをもとめ、しきりと意見を交換してまわった。伊東の腹中、

（討幕。——）

という考えがまとまったのは、この期間であったろう。

理由はある。

伊東が裏切りへふみきったのは、この長州訪問中、重大な秘密情報をえたからであった。

それまでは長州とは犬猿の仲で、むしろ会津藩の無二の友藩であった薩摩藩が、急転、長州藩と秘密の攻守同盟をむすんだらしい、ということである。

幕末史を急転させたこの秘密同盟は、この年正月二十日、土州の坂本竜馬の仲介で、長州の桂小五郎、薩摩の西郷吉之助とのあいだにむすばれた。場所は、京都錦小路の薩摩藩邸である。

この事実は、幕府、会津藩、新選組のたれも知らなかった。

むりはない。秘密を保持するために、桂も西郷も、自藩の一部の同志に打ちあけただけで、洩らさなかったのである。

「薩長が手をにぎれば」

と、当時、たれもが思った。

「武力的には幕府は歯がたたないだろう」

旗本八万騎は懦弱でつかいものにならない。御三家、御家門、御親藩の諸大名は、会津、桑名をのぞくほか、腰がさだまらない。そんな事態でこういう観測は、幕閣の要人でさえ常識としていた。

その二大強藩が手をにぎった。

この瞬間から幕府は倒れた、といっていいのだが、不幸にも歳三は知らない。

局長近藤も知らなかった。

ただひとり、参謀伊東甲子太郎のみが知った。

「京であらたに」

と、伊東は、長州で、長州人たちに宣言してまわ

った。

「義軍をつくるつもりです。むろん、近藤、土方とは手を切って」

長州人はよろこんだ。


伊東は優待されて、五十日間も滞留した。


近藤は、早く広島をきりあげたが、この広島行きは、近藤にとっても、収穫はあった。近藤を連れて行った老中小笠原壱岐守長行(ながみち)が、この浪人隊長の人物に惚れこんでしまったのである。

惚れた、というより壱岐守は感動した。当節、一介の浪人で、幕府のために身をすてて尽してやろうという奇特な男は、この男しかないだろう。

「先生」

と、壱岐守は、そういう敬称でよんだ。鼻が大きいばかりで人一倍、気がよわくできているこの四十五歳の唐津藩主の世子は、近藤のような木強漢(ぼっきょうかん)が、すきである。というより、はじめて見る人種だったのだろう。

——先生のようなひとこそ、国家の柱石というのでしょう。

と、奇巌でも仰ぐようないい方でほめた。

——三百年の恩顧ある旗本でさえ、ああいうざまです。私はものを悲観的に見がちだそうだが、大公儀が万一のばあい、新選組にたよらねばならぬときがくるかもしれませんよ。

「どうでしょう」

と、壱岐守は近藤にいった。

「いっそ、将軍家の御直参(ごじきさん)になっていただくわけには参らぬか。身分、禄高については、十分、ご満足のゆくようにはからうが」

——はっ。

と近藤はおどる胸をおさえかねたが、しかし新選組は、同志の集団である。隊士は近藤の家来ではなく、同志であった。かれ一存で請けるわけにはいかない。

（余の者はいい。伊東甲子太郎とその一派が反対するだろう）

　かれらは近藤とは前身がちがう。多くはそれぞれ脱藩けして攘夷の志をのべるために京へのぼってきている。ふたたびもとの主取りの身に戻るくらいなら、はじめから脱藩もすまいし、第一勝手に徳川家の家来になればもとの藩主にわるい。

（伊東甲子太郎、こいつは邪魔だな）

　近藤は、はじめて思った。

　しかし、伊東という人材を捨てる気にもなれない。あの男がいるおかげで、近藤は、諸藩の公用方とまじわっても、いっぱしの議論ができるようになった。新選組が、単に粗豪な剣客の集団ではなく、政治思想の団体として他藩が眼を見はるようになったばかりである。

「隊に帰り、同志とも相談りましたうえで、お請けしたいと存じます」

と答えておいた。

　屯営に帰り、数日考えてから、近藤は、伊東と訣別する肚をきめ、歳三にこの直参取りたての一件を相談した。

「その話なら、先刻、耳に入っている」

と、歳三はいった。じつは近藤は帰洛の途中、尾形俊太郎に洩らしたために、この情報は、隊中に知れわたっていた。

「歳も人がわるい。これほどいい話が耳に入っていながら、なぜわしにただそうとせぬ」

「はて。いい話かね」

　歳三は、ちょっと微笑った。

「請ければ、新選組は真二つに割れるよ。もう伊東一派などはさわいでいる。内海二郎がどうやら長州にいる親分へ伺いの飛脚を立てたような形跡がある。あんたは、隊が割れてもいいというのか」

「義のためにはな」

近藤は、いった。

「一身の栄達のためではない。御直参として活躍するほうが働きやすいとすれば、これは天下国家のためであるし、禁廷様のおんためでもある」

「ちかごろ、理屈が多くなったな」

歳三は、苦笑しながら、

「おれはね、近藤さん、新選組を強くする以外に考えちゃいねえ。隊士が、直参にとりたてられたがために強くなるようなら、よろこんで請けるよ」

といった。

「歳、お前は、単純で仕合せだなあ」

「ははあ」

歳三はあきれて近藤の顔をまじまじと見つめた。

この、
国士
をもって老中から遇せられている男は、政治をぶつことが複雑だとちかごろ思いこんでいるらしい。


「そうかねえ。私は、これはこれで、ずいぶんと混み入って考えているつもりだが」

「いやいや、結構人(けっこうじん)だよ」

近藤は豪快にわらった。

「いっぺん、お前のようになってみてえ」

「そりァ、あんたは苦労が多いからね」

「多いとも」

歳三は、噴きだした。なんのかんの云っていながら、歳三は近藤のこういうところが大好きなのである。

「ところで」

と、歳三は真顔になった。

「直参になるには、その前にすることがあるだろう」

「伊東のことか」

「そう」

歳三は、うなずいた。

直参になれば、新選組が名実ともに佐幕にふみきったことになるのだ。天下の浪士のなかで、ただひとり佐幕の旗をかかげることになる。伊東とその一派は、当然出てゆくだろう。

　が、隊法がある。だまって、出すか。それとも、結成以来、隊法をもって絶対としてきた鉄則を、伊東にもあてはめるか。

「どうするかね」

　と歳三はきいた。

　近藤は、だまっている。やがて感情を押しころしたような、眠そうな表情で、

「局中法度（はっと）どおりだ。あの法度あるために新選組はここまで来ることができたし、こののちも、烏合の衆に化することなく行くことができるだろう」

「さすがだ。あんたもまだ性根をうしなっていない」

「ところで」

　近藤は、歳三の顔をのぞきこんだ。

「お前、女ができたそうだな」

「ちがう」

　歳三は、狼狽した。事実、お雪の家にはあれから二度訪ねたきりだし、手も触れていない。

「ほほう、赤くなっている。めずらしいこともあるものだ」

　近藤は、小さな声をたててわらった。

与兵衛の店

「土方歳三を斬る」

　というはなしが伊東一派のあいだで真剣に論議されるようになったのは、この前後からであった。

　この前後、——つまり、新選組が、京都守護職御預浪士という身分からはなれて、徳川家の直参に御取り立てになる、というはなしが具体化しはじめたころである。

新選組年譜でいえば、かれらが京洛の地で四度目の秋をむかえたころであった。

慶応二年初秋。

参謀伊東甲子太郎は、表むき、

「江戸のころの仲間の供養をする」

という届けを隊に出し、伊東派のおもだった者を、洛東泉涌寺山内の塔頭、戒光寺にあつめた。

あつまったのは、伊東の実弟である新選組九番隊組長鈴木三樹三郎、同監察篠原泰之進という大物のほかに、伊東の剣術の内弟子であった内海二郎、中西登。それに伊東の江戸以来の同志の伍長加納鵰雄、同服部武雄、同監察新井忠雄などである。

そのほか、たった一人だが、新選組以外の人物がまじっていた。

その人物、柱を抱くようなかっこうで、だまっている。

戒光寺の方丈の一室がこの密会所で、縁側のむこうは、東山の崖をとり入れた灌木の多い庭になっていた。

初秋だが、陽ざしはあつい。

風は、崖のうえの大紅葉の老樹のあたりから吹き落ちてくる。

「伊東さん、離脱。その一手だよ。いまさらむずかしい相談も策もありゃせんじゃないか」

と、篠原泰之進はいった。維新後、秦林親と名乗って官途につき、ほどなく悠々自適して明治末年八十四歳という長寿で死んだこの久留米浪人は、どこかのんきそうなところがあって、めんどうな策謀がきらいだった。

「あんたはね、伊東さん」

と、篠原はいった。江戸以来の伊東の仲間だが、としは七つ八つ上である。

「未練だよ。事ここにいたっても、なお新選組を乗っ取って、勤王の義軍にしたいとおもっているのだろう」

「思っている」

「策の多いひとだ。なるほどいまの新選組も三転している。はじめは清河八郎が作り、ついで芹沢鴨が斃されて近藤一派が乗っ取りはした。四度目は伊東甲子太郎」

と、篠原は、首筋を鉄扇でぴたぴたたたきながら、

「そうは問屋がおろすかねえ。いまの新選組には桶屋が居るよ」

「桶屋？」

「土方のことさ。野郎は、武州のころは薬売りをしていたそうだが、じつは桶屋だね。ぴたっと板を削って、大石を投げこんでもゆるまねえようなたがを締めてやがる」

「篠原君、よくみている」

と、伊東甲子太郎は、微笑した。

「その桶屋を」

「斬るかね」

「そう」

伊東はうなずきながら、

「土方さえ殺れば、あとは馬鹿の近藤さ。説けば勤王になる。私には、たびたび中国筋へ同行して、自信はある。あれは、可哀そうに、政治とか思想とかというものが好きなおとこだ。きっと鞍替えをさせてみせる」

「すると、問題は桶屋か」

篠原はくすくす笑いながら、

「しかし、強いぜ」

ぴしゃっ、と鉄扇で首の根をたたいた。秋の蝿が、ころりと膝のうえに落ちた。

「篠原君、なにも君にやってくれとは、私はいっていない」

と伊東がいった。

「多勢でやるのかね」

「さあ、それを相談ろうと思っている」

「斬るなら、一人だね」

と、篠原は蝿をつまんで縁側まで立ってゆき、そこで捨てた。

「伊東さん、一人でやらなきゃ、この一件は露顕るよ。ばれりゃ、事だ。近藤なんざ馬鹿だからいきりたって復讐するだろう。勤王にひきこむなぞは、水の泡になる」

「そこを私も考えている」

と、伊東は縁側の柱のほうをチラリとみた。

そこに、例の男がいる。

莨を吸っている。狐色の皮膚が、半顔、庭の照りにはえてうっすら苔がはえたように青くみえた。

唇が薄く、右の小鼻からしわが一本、唇のはしへ垂れている。

六年。

この男も老いた。

武州八王子の甲源一刀流道場のかつての塾頭七里研之助である。

長州、薩摩屋敷に流寓していたが、いまでは、京の勤王浪士の顔役のひとりである。伊東甲子太郎を薩摩の中村半次郎（桐野利秋）に手びきしたのも、七里の働きである。

「じつは七里さんが」

と、伊東はいった。

「浪士連をあつめて斬りたい、とおっしゃっている。七里さんのいうところでは、われわれがやると、きっと洩れる。代行してさしあげる、とおっしゃるのだ。われわれとしては能のない話で汗顔のいたりだが、そうやってもらうとあとの仕事がやりやすい。近藤をひきよせて隊を勤王の義軍にする、ということが」

「しかし七里さん。あの用心ぶかい桶屋をどういうぐあいにおびきだすのです」

と、篠原が、縁側へ顔をむけた。

逆光のなかに、七里研之助がいる。ぽん、ときせるの雁首で吐月峰をたたき、ひどく小さな声でいった。

「あの男の性分は心得ています。ふるいつきあいですからね」

「どうやら、怨恨がありそうですな」

「いや、皇国のためです。新選組を倒幕の義軍たらしめるには、この程度の危険はなんでもないことです。あなたのおっしゃるあの桶屋ひとりを斃せば、新選組のたがは、ばらばらにはずれる」


その翌日、伊東甲子太郎は、腹心の新井忠雄をつれて、尾州名古屋に発った。

——尾州徳川家の動向が微妙である。

と伊東はいい、その情勢を見てくるというのが近藤への理由だが、本心は、尾州藩における勤王派との意見交換であった。というより、その奥に、もう一つ本音がある。

留守中に七里が土方歳三を殺る。おそらく隊中大さわぎになるだろうが、その巻きぞえを食わぬ用心のためである。

——七里さん、私は九月の二十日すぎには帰洛する。仕事はそれまでにねがいたい。

と念をおしてある。

歳三。——

むろん知らない。

近藤がちかごろ屯営に落ちついているのをさいわい、隊内は近藤にまかせて、しきりと市中巡察に出ていた。

いつも、何番隊かを交替でつれてゆく。

歳三が京の市中に出れば、大路小路は、シンと水を打ったように静まるといわれた。

その日、沖田総司の一隊をつれて、夕刻から屯営を出た。

高辻の山王社の前で落日をみた。ふりむくと、境内の大銀杏のむこうに赤光を西山の雲にしたたらせながら、陽がおちてゆく。

「豊玉宗匠、句ができませんか」

と沖田がからかった。

「おれァ、秋の句がにが手でね」

「四季、どの季題ならいいのです」

「春だな」

「ふうん」

意外なことをいう、という顔を、沖田はしてみせた。

「土方さんが、春ですかねえ」

「不満かね」

「べつに不満じゃありませんが」

「おれは春なのさ」

なるほど、沖田がのぞいた例の「豊玉発句帖」にも、春の句が圧倒的に多かった。

一見冬の骨のこごえそうな季感を、この男の性分なら好きだろうと思ったのだが。

「春の好きなひとは、いつもあしたに望みをかけている、と云いますね」

「そうかね」

東洞院(ひがしのとういん)を北上した。

ここから六角(ろっかく)にいたるまでのあいだ、諸藩の京都屋敷が多い。水口藩(みなぐちはん)、芸州広島藩、薩摩藩、忍藩(おしはん)、伊予松山藩。

このあたりの京都詰めの藩士も、道で新選組巡察に行きあうと、そっと道を避ける。

蛸薬師(たこやくし)の角まできたとき、隊士一同提灯をつけた。

「総司、ちょっと思惑がある。ちょっとそこまでひとりでぶらぶらするから、ここで別れよう」

「どこへいらっしゃるんです」

とは、沖田はいわない。

沖田は、歳三がどこへゆくかを、おぼろげに察している。

「では、お気をつけて」

「ああ」

歳三は、蛸薬師の通りを西へ歩いた。

例の女の家である。お雪。

女は、いた。まるで歳三の来るのを待っていたかのように、淡く化粧(けわい)をしていた。

「そこまで来たので。——」

と、歳三は女の顔から眼をそらしながらいった。この男が、これだけの羞恥をみせるのは、ないことである。

「ご迷惑だろうか」

「いいえ。おあがりくださいまし。いまお茶を淹れますから」

訪ねるのはもう七、八度目で、お雪はすっかり物腰がやわらいでいる。

が、歳三はお雪の手もにぎらない。どういうものか、この男には似ず、お雪にだけはそういう振舞いに出たくなかった。

いつも、世間ばなしをして帰る。

江戸のはなし。子供のころのこと。義太夫のこと。京の市井のことなど。

歳三は、お雪の前ではひどく饒舌な男になった。近藤や沖田が、もし蔭で歳三をみていたら、別人ではないかとおもったろう。

子供のころの話など、まるで際限もなくしゃべった。

お雪は、頭のいい聴き手だった。いちいちうなずいたり、低くて響きのいい笑い声をたてたり、ときには、つつましくまぜっかえしたりした。

歳三はふしぎな情熱でしゃべった。とくに想い出ばなしになると、熱を帯びた。

まるで、自分の一代のことを、お雪に伝えのこしておきたいというような情熱だった。

「お袋はね。三つのときに亡くなった」

と、他人がきけば愚にもつかぬはなしである。

「お雪さん。あなたは武州の高幡不動というのを知っていますか」

「ええ、名前だけは」

「母親はあの村の出でね。女のくせに酒がすきだったそうだ。その血は、姉のおのぶも受けていて、夜はかならず銚子の一本か二本はからにしている」

「そのおのぶさまが、お母様がわりだったのでございますね」

「むこうはそのつもりだったのだろう。私は姉よりも姉の婿の佐藤彦五郎というほうに懐(なつ)いて、石田村の生家にいるときよりも日野宿の佐藤家にいるほうが多かった。このひとは日野一帯の名主でね、お父さんの代からわれわれの天然理心流の保護者だった。彦五郎義兄(あに)も、剣は免許の腕です」

「おのぶ姉様は」

と、お雪は女きょうだいのほうに関心がある。

「お母様似でいらっしゃったのでしょう」

「酒だけはね。顔も気象も似ていないそうだ。私の母親は、むろん私などはおさなかったからおぼえていないが、姉や兄たちからきくところでは、酒は、こう」

と、いいかけて歳三は口をつぐんだ。

いままでどうして気づかなかったのかとおもうのだが、小さな発見があった。それが胸の中でぱちんと弾(はじ)けて、胸いっぱいに驚きとなってひろがった。

（この女に似ている。——）

自分がなぜ、しげしげとこの家を訪ねてくるかが、自分でもやっとわかった。

お雪という女は、歳三がいままで自分の好みに適(かな)うとして相手にしてきたどの女の型にもはまらなかった。どちらかといえば、以前の貴種(きしゅ)好みな歳三なら、興をひくはずのない型である。それが魅(ひ)かれている。その理由が、自分でもよくわからなかった。

「どうなさいました」

「いや、なに。……」

歳三は、薄手の京焼の煎茶茶碗を、そっと膝もとからひろいあげた。

さりげなく話題を変えた。

「武士になりたくてね」

「え？」

「いや、私がさ。だから小僧のころ、生家の庭に矢竹を植えてね。戦国のころの武士の館(やかた)というものはかならず矢竹を植えたもんだというのを耳にしたものだから、自分もそうするのだといって植えた」

話は、とめどもない。

そのらちもない歳三の饒舌を、お雪は貴重なもののように相槌をうってくれるのである。

(このひとは話しに来ているのではない)

と、お雪はおもっていた。

(なにか、別の自分になるために此処にきている)

喋る、というのではなく、歳三は、自分の心のなかにある別な琴線を調べるために来ているようであった。

そのくせ、一方では、

(お雪は好い)

と、哀しくなるほど想っている。

(いつかは、抱こう)

そう思いつつ、この家にきてしまうと、そんなとりとめもない饒舌で、かれ自身のわずかしかない時間を消してしまう。

その夜、お雪の家を出たのは、夜戌ノ刻さがりであった。

どぶ板をふむと、虫の音がやんだ。

星が、満天に出ている。

歳三は、油小路をさがって、越後屋町という一角に出た。

どの家も戸をおろしていたが、この町に、与兵衛という、酒とあま酒を売る店が、一軒だけあいているのを、歳三は知っていた。

そこへ入った。

先客がいる。

歳三は、あま酒を注文した。

「あま酒かね」

と笑ったのは、親爺の与兵衛ではない。隅の暗がりにすわっている先客である。笑いながら、鯉口を切っていた。

歳三は、すこし離れた床几に腰をおろした。

「七里かね」

落ちついている。

この執拗な甲源一刀流術者は、諜者でも使ってお雪の家に歳三がときどきゆく、というところまで突きとめているのだろう。ひょっとすると今夜も、歳三がお雪の家を出るところから、七里の諜者がつけていたにちがいない。

七里自身、さきまわりしてこの与兵衛の店に入り、往来を見張っていたものだろう。

「甘酒とは、優しいな」

と、七里は自分の床几から立ちあがって歳三のそばへやってきた。

「やるのかね」

と歳三。

「やらないさ」

七里は、歳三のむかいに腰をおろした。前に、自分の徳利、杯、肴の皿を、コトコトとならべながら、

「おたがい、縁がふかすぎる仲だが、こうして二人っきりで差しむかいになったのははじめてのようだな」

といった。

歳三は、だまっている。

「土方、今夜はゆっくり語ろう」

「ことわる」

と、歳三は顔をあげた。甘酒がはこばれてきた。

「話さないのかね。いかに縁がふかくても喧嘩縁じゃ仕様がねえとこのおれはおもうんだが、お前が話さねえというならこいつはどうにもならねえ。執念ぶけえこった」

「執念ぶかく祟りゃがるのは、そっちのほうだろう。堀川じゃ、あやうく命をおとしかけた」

「土方、お前は生まれ落ちるときに、どなた様に願をかけたかは知らねえが、ずいぶんご冥加なことだ。しかしどうだろう。おれもこんな因縁めいた仲てのは性にあわねえから、二人で因縁切りの修法をやってみねえか」

「二人でかね」

「お前も、土方歳三といわれた男だ。男と男の因縁切りの修法に、助人や加勢を呼ぶことはすまい」

「お前は？」

「七里研之助だ。古めかしいが熊野誓紙にかいて渡してもいいぜ。もっとも土方、お前のほうはあてにゃならねえが」

「武士だ」

歳三は、みじかくいった。武士である。遺恨は一人対一人で始末をつけあうべきだろう。――七里研之助も、歳三が当然そう答えることを期待していたようにうなずき、

「お前の武士を信じる。時は、後日を約するとおかしな水も入るだろう。いますぐ、はどうだ」

「場所は？」

と歳三はいいかけてすぐ畳みこんだ。

「おれにまかせるだろうな。受けたほうがきめるのが定法のはずだ」

七里に指定させると陥穽があるかもしれないとおもったのである。

「二条河原なら、人は来るまい」

「よかろう」

といって七里は、すぐ奥へ声をかけた。

「親爺、駕籠を二挺よんでくれんか」

二条中洲の決闘

駕籠が二挺。

歳三と七里研之助をのせて、月明の大路を、東へ駈け去った。

月は、沖天にある。

決闘には都合のいい月夜なのだ。すこし欠けているようだが、幸い、天に雲がない。町々のいらかが、銀色に燻っている。

駕籠が駈け去ったあと、この越後屋町の「与兵衛」の店に、浪士風の男が三人、のっそりあらわれた。

七里研之助が集めた浪人である。むろん、七里としめしあわせての行動だった。

「親爺。いまの駕籠、行くさきはどこだ」

「存じまへんな」

御爺は、ぶあいそうに答えた。

「知らん?」

「へい。うちは酒一本、甘酒一椀売っただけで、行くさきまで知りまへんどす」

京者は、ものやわらかいとはかぎらない。偏屈者になると、酢(す)でもこんにゃくでも食えない手合がいる。

ぎらっ、と一人が刀をぬいた。

おどしではない。眼が血走っていた。町々で天誅(てんちゅう)さわぎをおこしている連中だから、本気で斬るつもりだろう。

親爺は、これには閉口した。

「ああ、二条河原どす」

「間違いないな」

「おへん」

「うそとわかれば、もどってきて叩っ斬るがよいか」

「へへ。与兵衛は、うそまで売りまへんどすさけ、安心してお行きやす」

京弁の口悪さというものほど憎態(にくてい)なものはない。

浪人の一人が、与兵衛親爺にとびかかってなぐり倒した。

(あっ、おンどれ奴(め)ァ)

与兵衛はかっとなった。若いころ、ばくちも打ち、牢にも入り、目明しの手先もつとめたこともある男だ。

表へ駈けだしたが、そのときは浪人の姿はもうなかった。

与兵衛も昔とった杵柄(きねづか)で、人体(にんてい)はわかる。先刻の客が、どうやら新選組、それも京の浪士どもをふるえあがらせている土方歳三だと見ぬいていた。

(あの浪人ども、押しつつんで土方さんを斬る計略

だな）

　見て知らぬ顔、というのが京かたぎだし、与兵衛親爺もそのつもりでいたのだが、こうなっては腹の虫が承知しない。

　花昌町の新選組屯所へ駈けだした。しかし道のりは半里ほどあるだろう。

　歳三は、二条堤に降り立った。

「いいあんばいな月だ」

　眼の下の鴨川に月が落ち、瀬にきらきらと光っている。対岸にはわずかに町並があるのだが、すでに灯が消えていた。

　この当時、二条の橋というのは、三条のように一本渡しの大橋ではない。鴨川中洲まで欄干も手すりもない板橋が一つ。

　さらにその中洲からむこう岸まで、第二橋がかかっている。その第一橋と第二橋のあいだの中洲は、葦や秋草が繁っていた。

　歳三と七里は、その中洲へ出た。草を踏むたびに虫の音がやんだ。

「七里、抜け」

　と歳三は、草を一本、口にくわえた。

「ほう、もうやるのかね」

　七里は、落ちついている。なかまの来着を待っているのだろう。

「土方、冥土へいそぐことはあるまい。なんなら、国許への遺言でもきいておいてやろうか。……いや、それより、例の」

「ああ、お雪のことかね」

　歳三は、先手を打った。

「そう。あれはいい女だな。そのお雪とやらに申しのこすことはないか」

「お前、親切だな」

　歳三は、草を嚙んでいる。どこかで鈴虫が鳴いているのを、じっときいていた。

「土方、念のためにいっといてやるが、おれも武州八王子のころの腕ではないぜ。これでも京では人斬り研之助といわれた男だ。人の二十人は斬ったろう。そのなかに、新選組が七人、見廻組が二人」

「結構なことだ」

このころ、隊士が市中でしばしば斬られる。七里らの仕業かもしれない。

そのとき、ふと板橋のきしむ音が、遠くでした。

東岸から第二橋へ、西岸から第一橋へ、それぞれ人影が渡りつつある。あわせて七、八人の人数はいるだろう。

「土方、まずい。人がきたようだ」

と、七、八間むこうの草むらの中で、七里研之助がちょっとはずんだような声でいった。

「ああ、来たようだな」

と歳三はすばやく羽織をぬぎすてた。この喧嘩なれた男には、それが、七里の人数だと直感された。人数が来着するまでに七里を斬りすてなければ、とても勝目がない。

袴のももだちをとった。下げ緒で、くるくるとたすきをかけ、

「七里、参る」

ツツと進んだ。歳三は鯉口をきった。刀は愛用の和泉守兼定である。

脇差は、堀川国広。

きらり、と七里の草叢(くさむら)から淡い光りがひかった。

抜いた。

七里は上段。

歳三は、いつもの平星眼(ひらせいがん)で、近藤、沖田とおなじ癖の右寄り。歳三はこの癖がいっそうひどく、左籠手がほとんど空(あき)っぱなしになっている。

七里、間合を詰めた。

そのとき、人数が両橋を渡りきって、中洲の七里のそばにかたまった。

みな、だまって抜きつれた。

(まずい)

と、歳三はおもった。七里の素朴すぎるほどの策に、自分ほどの策士が乗った。武士だ、おれとお前とで――、と七里はいった。歳三の性情を見ぬいている。武士だ、といえば、この百姓武士が気負いたって乗ることを見ぬいていたのだろう。

(近藤を笑えねえよ)

歳三は、自分が腹だたしくなった。おれがわるいのさ。七里研之助のような上州の百姓あがりの剣客と、武州の喧嘩師の自分とが、

――武士の約束。

などというのは、滑稽劇(にわか)ではないか。武士の約束、なんざ、と歳三はおもった。三百年家禄で養われ、儒教や作りものの徳川武士道で腑ぬけのようになっている門閥武士どもがいう口頭禅で、自分や七里、長州の過激連中といった乱世の駈け歩きどものひっかつぐべき神輿(みこし)じゃねえ、とおもった。

歳三の背後は、瀬。

中洲には、楯にとるべき一本の樹もない。

(今夜が最後か)

むろん、いつの喧嘩のときも、そう覚悟している。命はない、と思いこんで打ちかかる以外に、喧嘩に勝つ手はない。

七里の剣は、二尺七寸はあるだろう。

剣は天に伸びながら、影は下へ、足下へ、地へ沈んでいる。敵ながら、みごとな備えであった。

七里は、間合をつめている。抜きつれた七里のなかまも、平押(ひらお)しに押してくる。

歳三を瀬の際に押しつめようとするのだろう。

「おい」

七里は笑った。

「武州ではだいぶ煮湯(にえゆ)をのませてくれたが、どうやら、今夜が縁の切れ目らしい」

「――」

歳三はむっつりだまっている。相手はじりじりと押してくるが、歳三は半歩もひかず、間合の一方的につまってくるがままにまかせている。よほどの度

胸がなければこうはいかない。

相変らず、平星眼。

「土方、お前が居なくなれば、京は静かになるだろう」

「よく喋る」

歳三はいったつもりだが、さすがに声がかすれていた。汗が、頬へ流れた。

七里。――

そのままの上段。

すでに武州以来数度の撃ち合いで、歳三の剣の癖を知りぬいていた。歳三という男には、小技で仕掛けるといい。それも左籠手。癖で、あいている。

「――」

七里は、気合で、誘った。

歳三は動かず。

七里は踏みこんだ。

とびあがった。

上段から、電光のように歳三の左籠手にむかって撃ちおろした。

が、その前、一瞬。

歳三はツカをにぎる両拳を近よせ、刀をキラリと左斜めに返し、同時に体を右にひらいた。むろん、眼にもとまらぬ迅さである。

戞っ

と火花が散ったのは、和泉守兼定の裏鎬で落下した七里の太刀に応じたのだ。七里の太刀がはねあがった。体が、くずれた。

そのとき歳三の和泉守兼定が中空で大きく弧をえがき、七里研之助の真向、ひたいからあごにかけ、真二つに斬りさげていた。

死体が倒れるよりもはやく、歳三の体は前へ三間とんでいた。

一人の胴。

さらに一人の右袈裟。

歳三は、前へ前へと飛んだ。

板橋へ。

板橋の橋上で左右をまもる以外、自分をこの死地から救いだす手はなかった。

与兵衛親爺が、花昌町の屯所に駈けこんで、門番に訴えた。

門番は、一番隊組長沖田総司に急報した。

じつのところ、沖田は、市中巡察から帰ったあと、例によって体が熱っぽく、袴もぬがずに臥せていたのだが、跳ねおきた。

「一番隊、私につづいて頂きます。行くさきは二条河原」

もう庭の厩舎へとびこんでいた。

隊には数頭の馬を飼っているが、近藤の乗馬が二頭ある。そのうちの白馬は会津侯からの拝領のもので、逸物とされていた。

「開門、開門」

と叫びながら沖田は、鞍を置き、大いそぎで腹帯を締めた。むろん無断借用である。

鞍上に身を置くや、だっ、と八の字に開門した正門からおどり出た。

路上は、あかるい。

堀川をまっすぐに北上し、二条通の辻で東へまがったときに両袖をたすきでしぼりあげ、西洞院、釜座、新町、衣棚まできたとき、汗どめの鉢巻をしめた。

歳三は、やっと板橋の東のはしにまで、体を移動した。

が、相手も心得ている。背後の板橋の橋上にふたり、前の中洲に三人。

選りすぐりの連中らしく、手ごわい。おっそろしく腕が立つうえに、一歩も退かない。

歳三は背をひるがえすや、ひるがえした勢いで片手なぐりに橋上の敵を斬った。胴ににぶい音がしたが、斬れない。刀身に、脂がまわったのだろう。

すばやく、刀をおさめた。

そのすきを撃ちかかった中洲の敵が、ひらききった胴の姿勢のまま、血煙をたてて流れへ落ちこんだ。

歳三は、堀川国広をぬいている。乱闘のときの心得で、長さ二尺にちかい大脇差をえらんである。

が、もはや、面撃ちはきかない。小太刀で面へとびこむのは、冒険すぎるだろう。

中洲側の一人が、橋上に踏みこみ、二つ三つ踏み鳴らしつつ、だっと突いてきた。

歳三は、半歩さがって、きら、と刀を左肩にかついだ。

相手は、意外な構えに動揺した。瞬間、歳三は飛びこんで、右籠手を斬り落した。

そのときである。沖田総司の馬が堤上に跳ねあがったのは。

鞍からとびおりて馬を放し、堤を駈けおりながら、

「土方さん」

と、この若者にはめずらしく甲高(かんだか)い叫び声をあげた。

「――――」

歳三は、応答できない。小太刀のためにどうしても、受けが多くなっている。

沖田は橋上に駈けこむや、歳三の背後の男を、水もたまらずに斬っておとした。

「総司か」

やっと、声が出た。

「総司ですよ」

沖田は歳三の横をすり通りつつ、歳三の前の敵へ、あざやかな片手突きを呉れた。声も立てず、相手は倒れた。

あとは、逃げ散っている。

「何人居ました」

沖田はあたりを見まわしながら、刀をおさめた。

「数える間もなかった。今夜だけはおれもだいぶ、うろたえたらしい」

「斬ったなあ」

沖田は、中洲を歩きながら、死体をかぞえている。一人、沖田の足もとで、びくっと動いた。

歳三は、はっとしたが、沖田はべつに警戒もせず、その男のそばにかがみこんだ。

「あんた、まだ息がありますね」

道端で立話するような、ゆっくりした声調子である。

「傷はどんなぐあいです」

沖田は懐ろから蠟燭を出し、燧石(いし)を打ってあかりをつけた。

左肩に、傷口がある。が、歳三の刀に脂が巻いていたらしく、深くはない。打撃で、気を喪(うしな)っていたのだろう。

「これァ、助かる。——」

男の片肌をむき、血止め薬をつけ、そばの死体の袴を裂いて、傷口をしばった。

そのまま草の上に臥(ね)かせ、医者をよんでくるつもりか、板橋を西へ渡って行った。

歳三は、中洲の上に寝ころんでいる。ひどい疲労で、立っていられなかったのだ。

(物好きなやつだ)

と沖田を思った。

(あいつは病い持ちだから、ついいたわりが出るのだろう)

寝返ってうつぶせになり、瀬の水へ顔をつけた。水をのんだ。

顔の中を、水が過ぎてゆく。ふと生きかえったような気がして、顔をあげた。

「済まない」

怪我人が、いった。

かすかな声である。

(おらァ、知らねえよ)

歳三は、薄情なものだ。いずれ、自分もこの身になるのだ。なる、どころか、たった先刻、運がわるければ、この男の立場になっている。七里らは、介抱するどころか、とどめを刺すだろう。

首を打つ。

どこかに捨て札をして、梟首（さらしくび）にするにちがいない。

（おらァ知らねえぜ）

と肚の中でつぶやきつつ、その怪我人のそばににじり寄っている。

歳三は、夜目がきく。

男は、目をあけていた。意外に生気があることがわかった。

「おれは、土方歳三だよ」

男は、うなずいた。

「馬鹿なやつだなあ。お前を斬った土方歳三だぞ。手当をしてくれたのは、沖田、というおれの同僚（なかま）だ。おれに礼をいうことはない」

「土方さん」

男は、夜星を見つめたまま、いった。

「あなたはうわさどおりだった。強い。七里が、なに大根さ、といったから私も加わったのだが、誘いにきたとき、あのまま情婦（おんな）の家におればよかった」

「情婦てな、なんて名かね」

歳三は、なにげなくきいた。

「お佐絵さ」

（えっ）

歳三は、息をとめた。

「心が氷のようにつめてえ女だが、おれァ、忘れられない。土方さん」

「うむ？」

「私は、たすかるかね。いや、助かったところで、あんたはあらためて殺すだろう。その前に、あいつに逢いたい」

「もう、喧嘩は済んだ。怪我人を殺したところで、なんの益（えき）もない。いま、沖田が医者をよびに行っている」

「あっ」

起きあがろうとした。うれしかったのだろう。

この男は、越後浪人で、笠間喜十郎。沖田が親切に医者の手当をうけさせたが、傷口が膿んで、十日目に二条御幸町の医者の家で死んだ。

死ぬ前に、

「差しがねは、新選組参謀伊東甲子太郎だ」

と、告白した。

伊東への疑いは、決定的なものになった。

菊章旗

その日。——

というのは、この年（慶応二年）九月二十六日の朝のことだが、花昌町屯営の廊下を歳三が歩いていたとき、参謀の伊東甲子太郎とすれちがった。

「やあ」

伊東は、いつもよりばかに愛想がいい。

名古屋から帰ってきて、数日になる。

「すっかり」

伊東は、軒のむこうの空を見あげて、

「晴れましたな」

といった。

「左様」

歳三にがい顔である。二条河原で七里研之助らの刺客をさしむけたのはこの伊東であることは、すでに証拠があがっている。

が、歳三は近藤以外には秘していた。

隊中の動揺がこわかったのである。

「豊玉宗匠」

と、伊東は、雅号で歳三をよんだ。たれかからきいたのだろう。

「句にはいい季節ですな。ちかごろ、そのほうはいかがです」

「いや、駄句ばかりです」

「私のほうは歌ですが、昨夜、一穂の灯に対坐していると、思いがつのってきて、一首できました。きいていただけますか」

「どうぞ」

伊東甲子太郎は、欄干に寄りかかり、半顔を庭にむけた。多少の道中焼けはしているが相変らず秀麗な面持である。

身をくだき
心つくして黒髪の
みだれかかりし世をいかにせむ

「いかがです」

「なるほど」

歳三は、表情を変えない。黒髪のごとくみだれた世をどうまとめよう、という伊東の志士らしい苦心はまあわかるとして、「いかにせむ」という策のなかに自分を殺すことも入っているのだろう。あまりうれしい歌ではない。

「もう、土方さん、高雄（紅葉の名所）や嵐峡は、色づいているでしょう」

「でしょうな」

「一度、いかがです。隊務から離れて洛外へ吟行に出られては――。私もお供します」

「結構ですな」

「近藤先生もたまには御清遊なさるといい。いつにします」

「さあ、それもいいが」

それもいい。高雄も嵐峡もいいが、しかし行って見ると、とんでもない伏兵がいて、紅葉狩りどころの騒ぎではなくなるのではないか。

「考えておきます」

行きかけると、

「あ、そうそう、土方さん」

と、その背中へ、伊東が思いだしたように声をかけた。

「今夜、おひまですか」

「吟行ですか」

「いや、左様な風流韻事ではない。折り入って御相談申しあげたいことがある」

（来たな）

歳三はおもった。

「なんの御相談です」

「それはそのとき申しあげます。いまから近藤先生にも申しあげに行きます。場所は、できれば遊里でないほうがいい」

「興正寺屋敷にしますか」

近藤の休息所である。大坂新町の遊女深雪大夫を落籍せてかこってある。

「結構です。時刻は、何字がよろしい」

「左様」

歳三は、袂時計をとりだした。最近手に入れたフランス製のもので、歳三の大きな掌の上でちゃんと針が動いている。

「五字がよろしいでしょう」

ちょっと微笑をした。べつに伊東の申し出がうれしいのではなく、時計をみるのがうれしかったのだろう。

伊東は、不快な顔をした。

これも土方が不快だというより、極端な攘夷論者の伊東は、その洋夷の時計が見るもけがらわしい、とおもったのである。

歳三は、定刻より一時間早く、近藤の屋敷へ行った。

近藤は、二条城から下城して、屯営には寄らず、そのまま帰っている。

「歳、なんの話だろう」

「脱盟だね、いよいよ云いだすのさ」

と、すわった。

近藤の妾が、茶を運んできた。

上方にはざらにある容姿で、色白で眉がうすく、しもぶくれの前歯の大きな女である。そこが東国人の近藤の気に入ったものだろうが、歳三は、こんな女はすきではない。

（江戸の女は、浅黒くて、猪首で、そばっかすがあったりするが、もっときりっとしているよ）

例のお雪を、ふとおもった。

「おいでやす」

ゆっくりと頭をさげた。べとべとした女臭い声で、こういう声も、どうもやりきれない。

妾が、ひっこんだ。

「おれは信じられんな、伊東とは武士として約束をかわしてある。離脱ということはあるまい」

「なんだか知らないが、おれァ、斬られかかったんだぜ」

「聞いた」

近藤の表情は冴えない。七里研之助の一件に、伊東がつながっているとは、さすがに信じかねているのだろう。

やがて、本願寺の太鼓がきこえてきた。五時である。

玄関で、人の声がした。

「おい、多数だよ」

近藤は気配を察していった。

「そのようだな」

「まさか歳、ここでわれわれを斬り伏せるつもりではあるまい」

「斬り伏せられるあんたか」

「あははは、そのとおりだ。近藤、土方が、やみやみ斬り伏せられる手合ではない」

——御免。

と伊東甲子太郎がふすまをあけた。

つづく者は、篠原泰之進。

それだけかとおもうと、伊東の実弟の九番隊組長鈴木三樹三郎（みきさぶろう）、監察の新井忠雄、この男は剣をとれば新選組屈指の腕である。

つづいて伍長の加納鵰雄、監察の毛内（もうない）有之介（監物）、伍長の富山弥兵衛。

「これだけかね」

と近藤がいったとき、最後に意外な人物が入ってきた。

八番隊組長藤堂平助である。

(あ、こいつもか)

近藤と歳三の表情に、同時におなじ翳がはしった。藤堂は好漢を絵にかいたようなおとこで、近藤、歳三とも、身内のように愛していた。

げんに、江戸結盟以来の同志である。藤堂は流儀こそ千葉門の北辰一刀流だが、近藤の道場には早くから遊びにきていた。

そもそものはじめ、――つまり幕府が浪人を募集しているということをききこんできて応募を近藤、歳三にすすめたのも、死んだ山南敬助とこの藤堂平助である。

考えてみれば、どちらも北辰一刀流の同門であった。

いいや、伊東甲子太郎も。

(なるほど、同門意識というものは、ここまで強いものか)

と、歳三はおもった。

むろん藤堂平助は平助でかねがねおもっていたのであろう。新選組の中核は、近藤、土方、沖田、井上(源三郎)といった天然理心流の同流同郷の者が気脈を通じあい、他の者に対しては、どこか他人であった。これが同志といえるか。

(ばかにしてやがる)

藤堂侯の落し胤という伝説のある江戸っ子の平助には、その野暮ったさがやりきれなかった。

早くから、同門の先輩の山南敬助にはこぼしていた。山南も同感であった。

(所詮、生死は共にできない)

と、山南などはいっていた。もともと山南は勤王心がつよく、幕府には多分に批判的であった。

これは千葉の門の塾風で、藤堂平助もその気はある。山南の感化によっていっそうつよくなり、江戸で塾の先輩の伊東甲子太郎を勧誘して加盟させたのも、藤堂平助である。

　そのときすでにこんにちの密約はあった。ただ途中、山南の脱走・切腹によって一頓挫(とんざ)したただけのことである。あのとき、山南が無事江戸へ帰ったとすれば、江戸で同志をあつめ、東西呼応して伊東のもとに強力な新団体をつくったであろう。

　近藤、歳三は、藤堂平助という若者を見誤った。

　平助は武士というよりも、江戸の深川の木場などで木遣(きや)りを唄っているほうがふさわしいいなせなところがあった。

　だから、たれからも好かれた。

　まさか、この部屋で伊東とならんですわるほどの思想家とはおもわなかった。というより、これほどの策謀のできる男だとはおもわなかったのが、油断であったろう。

（おどろいたな）

　歳三は、しかし、例のねむったような表情でいる。

（時勢だ、見かけはそうでないものまで、時の勢いへかたむく）

　幕威は日々に衰えつつある。天下の志士、比々(ひひ)として侮幕、討幕論を説かざるはない、という形勢になっている。腹に五月(さつき)の風が吹き通っているような藤堂平助でさえ、こういうことになるのであろう。

「平助、君は――」

　近藤は、にこにこしていった。

「やはり伊東さんとおなじ御用かね」

「そうです」

　藤堂は、首筋をかいた。そんな癖のある、一見無邪気な男なのである。

「みなさん、お平らに」

　近藤は、ちかごろ、如才がない。諸藩の公用方と、祇園などで茶屋酒をのんでいるせいだろう。

「さて、伊東さん、伺いましょう」

「申します。きょうは、腹蔵なく天下の大事を論じ、隊の今後の行き方を検討したいと存ずるので、時に言葉が矯激にはしるかもわからない。御両所、あらかじめお含みおきくださるように」

「どうぞ」

近藤は、微笑をひきつらせた。

「土方さんもよろしいな」

「ああ、結構です」

と歳三はいった。

そのあと、伊東は天下の形勢をとき、さらに例をシナにとって夷国の野望を説き、

「もはや弱腰の幕府では日本を背負えぬ。政権を朝廷に返上し、日本を一本に統一して外夷にあたらねば、日ならず、清国のごとく悲惨の目にあうだろう。新選組のそもそもの結盟趣旨は攘夷にあった。ところが世上のうわさには、幕府の爪牙に堕しているという。爪どころか、幕臣に取りたてられるといううわさがある。おそらく事実でないと私は信ずるが、近藤先生、如何」

「――――」

「いかがです」

「私も、そのうわさはきいている」

近藤は、苦しそうにいった。

きょうも、二条城でその話があり、近藤も伊東一派の意向をきいてから、ということで確答を保留してきているのである。

「単にうわさですか」

「さあ」

「いや、よろしい。問題は今後の新選組のことだ。天朝様の親兵として、また攘夷の先陣（さきがけ）として働くかどうか」

近藤は、頑として佐幕論をとった。

「拙者は、天朝様を尊崇し奉っている」

といった。当然なことで、だからといって近藤が尊王絶対主義者にはならない。尊王論は当時の読書階級の武士はおろか、医者、僧侶、庄屋、大百姓にいたるまでのごく普遍的な概念で、政治上のイデオロギーではない。

「しかも、あくまでも、攘夷をつらぬきとおすつもりでいる」

これも当然なことだ。当時開国論を唱えていたのはよほどの先覚者で、奇人か、国賊あつかいにされていたのである。

「が、伊東さん」

ここからが、近藤の所論だ。

「武権は、関東にありますよ」

「それは」

「いや、その武権も、東照大権現（家康）いらい征夷大将軍ということで、朝命によって命ぜられた御役目である。現実にも、三百諸侯を率いて立っている徳川幕府こそ攘夷の中核たるべきで、聞くところではフランス皇帝でさえそれを認めている」

「ははあ、フランス皇帝も」

伊東は、近藤の飛躍におどろいた。第一、フランス皇帝うんぬんをもちだすことからして攘夷的ではなく、幕府のなしくずし開国外交に同調している証拠ではないか。

「土方さん」

伊東は視線をゆっくりまわした。

「あなたはどう思われます」

「おなじさ」

面倒くさそうにいった。

「なにと？」

「ここにいる近藤勇と、ですよ」

「佐幕、ですな」

「さあ、どんな言葉になるのかねえ。私は百姓の出だが、これでも武士として、武士らしく生きて死のうと思っている。世の移りかわりとはあまり縁のねえ人間のようだ」

「つまり、幕府のために節義をつくす、それですな」

「それ」

一言、いった。

あとは、なにもいわなかった。こういう時勢論や、思想論議は、あまり得意なほうではない。

夜が更けた。

両論対立のまま、別れた。

翌日、伊東甲子太郎と篠原泰之進は、最後の談判をするため、ふたたび興正寺下屋敷で、近藤と歳三と会合した。

「御両所」

一本気な篠原が眼をすえた。

「いい加減に眼をさまして頂けんか。きょうは、御両所の眼がさめぬとあれば、われわれ一同、隊を割って独自の道を進む覚悟できた」

——篠原泰之進（維新後、秦林親）の当夜の手記が残っている。

「また翌二十七日夜、余が輩、罷越し、今夕彼等服せずば、首足、処を異にせんと」

その場で、近藤、土方を斬るつもりでいたのだが、相手に隙がなく、斬りつけるにいたらなかった。

「（余）憤心頭髪を侵すの勢にて議論せしも、なほもつて、（かれらは）分離を沮み、服せず。彼等（近藤・土方）徳川の成敗（ここは失政という意味か）を知らず、勤王の趣旨を解せず、ただいつに、武道をもつて人を制せんとするのみ」

と近藤と歳三の本質を衝き、さらに伊東がその論才を縦横に駆使して二人を追いつめ、

「終に余が輩（わが派）の術中に陥入り、分離論に服す」

本当に服したかどうか。

とにかく両派は、袂をわかつことになった。

とはいえ、伊東らがすぐ新選組を去ったわけではなく、しばらく屯営に起居していた。

この間隊内大いに動揺し、ぞくぞくと伊東派への共鳴者が出た。

暮夜、ひそかに歳三は近藤の真意をたずねた。近藤は、だまって、愛用の長曾禰虎徹のツカをたたい

た。

歳三はうなずいて、からっと笑った。

これを篠原の手記風の文体で書くと、

――喋々ヲ要セズ、剣アルノミ。

というところだったろう。

新選組実動部隊は、十番隊まである。そのうちの八番隊、九番隊の指揮官藤堂、鈴木が脱けたことになるのだが、この伊東、篠原の離脱声明の翌々日、はやくも動揺があらわれ、意外にも伊東派とさほど親しくなかった武田観柳斎が、単独離脱した。

伊東は薩摩藩と親しい。薩摩藩との渡りがついたので離脱を表明したようなものである。武田は武田で、別個に薩摩藩に接近していた。

「武田君は、近頃薩摩藩邸にしきりと出入りなさっているそうだが、時節がら結構なことだ。いっそ、そちらへ参られてはどうか」

と、近藤は、隊の幹部をあつめて送別の宴を催し、夜、屯営の門から武田を送り出した。

隊士二人に送られて、武田観柳斎は花昌町を出た。

隊士のひとりは、斎藤一。

竹田街道銭取橋(ぜにとりばし)までさしかかったとき斎藤、抜く手もみせず、武田の胴を斬りあげ一刀で即死させた。

――脱隊は、死。

隊法は生きている。

武田観柳斎の斬死体は、伊東派に対する近藤と歳三の無言の回答といっていいし、戦いの宣言ともいえた。

その年の暮、孝明天皇崩御。

翌慶応三年三月十日、伊東派は、その御陵衛士(えじ)という役を拝命し、高台寺の台上に菊花紋章の隊旗をひるがえして本陣とした。

隊名は優しいがじつは勤王派新選組というところだろう。

(戦さだな)

歳三はこの日、和泉守兼定の一刀を研(と)ぎにやった。

お雪と

そとは、六月の雨。

歳三は、お雪の家の縁側へすわって、ぼんやり庭すみの紫陽花をみていた。

「ことしは梅雨がながい」

つぶやいた。伊東甲子太郎らも東山高台寺で、この雨をながめているだろう。

「――――」

と、背後でお雪は顔をあげたらしい。

が、なにもいわずに、ひざもとの針へ視線をおとした。

縫っている。その膝の上のものが左三巴の歳三の紋服であることを、かれは知っていた。が、お雪も歳三も、これについてひとことも会話をかわしたことがない。

（妙なものだ）

歳三は、おもった。

こうして、雨が濡らしている一つ屋根の下に静もっていると、ふと、ながい歳月をおくってきた夫婦のような気がするのである。

が、お雪とは、男女のつながりはない。歳三が求めようとしないのだ。

この男は、女を抱きおえたあとの寂寞の想いがひとよりもはげしくできている自分を知りぬいていた。それがいままでの歳三の恋を、――

いや、恋ともいえぬが。

不幸にしてきた。

（おれという男は、女を見ながらそれを抱かずに静かに端居している、そんなふうにしか、まっとうな恋ができぬ男らしい）

庭はほんの三坪しかない。

市中の借家らしく、すぐ眼のそばが板塀でむこうは他人の家になっている。

「紫陽花は、狭い庭に似合いますな」

皮肉ではない。

「そうでしょうか」

お雪は、糸を嚙んだ。

「わたくしは、江戸定府の御徒士の家にうまれておなじ家格の家に嫁いだものですから、庭といえばこういう狭い市中の庭しか存じませぬ。実家にも、婚家にも、紫陽花は植わっていました」

「ああ、そういえば、お雪さんは紫陽花ばかりを描いているようだ」

「飽きもせずに」

お雪は、肩で笑ったが、声をたてないから背をむけている歳三にはわからない。

「御亭主も、紫陽花がお好きでしたか」

歳三には、淡い嫉妬がある。

「いいえ」

お雪は顔をあげずにいった。

「好きでもきらいでも。……ひょっとすると自分の家の庭に紫陽花がうわっている、なんてことも気づかずに死んだのではありませんかしら」

「この花とは、他人だったわけですな」

「だけでなくわたくしの絵とも。——」

「他人だった」

「ええ」

お雪の声が小さい。

短い結婚生活だったようだが、お雪は亡夫と心の通う場所がなかったのではあるまいか。

歳三は、雨を見ながら、あれこれと想像している。

「どういう御亭主でした」

訊かでものことを、と思いながら、歳三はつい訊いた。が、歳三がふと予想したとおりの態度を、お雪は、強い語調で示した。

「好いひとでしたわ」

たとえその生前、故人へ不満があったとしても、死んでから悪口をいうような女ではない。

「そうでしょう。私は妻というものは持ったことがないからわからないが、夫婦とはいいものらしい」

「……………」

お雪は、ことさらに相手にならない。

「兄がいっていましたが」

と、歳三はまた故郷の話だった。

「おらァの嬶とは、足の裏で話ができる。昼寝をしていても、嬶は足の裏をみただけで、ああ、水がほしいんだな、とか、いま何かで腹を立てている、とか」

「まあ」

お雪はやっと声をたてて笑った。

「それは為三郎お兄さま？　それともおなくなりになった隼人さま？」

「いや、大作という末兄ですよ」

「ああ下染屋（都下府中市）のお医者さま」

お雪は、歳三の兄姉や家族を、みなおぼえてしまっていた。末兄大作は、歳三と六つちがいで、下染屋村の粕谷仙良という医者の養子になり、良循と改名している。

医者には惜しいほどの剣客で、近藤の養父周斎に幼少のころから手ほどきをうけ、目録まですすんだ。

詩才もあった。山陽ばりの詩を作り、詩のほうの名は、玉洲、修斎と号した。だけでなく能書家でもあり、近在の素封家にたのまれては、ふすまなどに豪宕な書をかいた。現在でもこの地方には、多少、良循の書がのこっている。

「これが医者には惜しいような豪傑なんだが、かみなりがきらいでね。鳴りだすとあわてて茶碗で大酒をのみ、そのままぐうぐう寝てしまうというひとですよ。下染屋村のひとは、雷より良循さんの鼾のほうが大きい、と笑っていた」

「為三郎兄さまといい、そのかたといい、みな詩才がおありですね。むろん、土方様も」

「冗談じゃない」

歳三は、正直、赤い顔をした。自分の下手な俳句をもちだされるのは、この男はいつもにがてである。

「みな、できそこないですよ。詩藻とぼしく詩才まずしいくせに、血気だけがある。詩を言葉であらわさずに、自分の奇矯な行動であらわそうとする」

「それも詩人です。たった一つの命でたった一つの詩を書いていらっしゃるんですもの」

「京に集まっている浪士というのは、大かたそんなものだろうな」

「新選組も？」

「まあ、そうでしょう。私にはよくわからないが」

「参謀の伊東甲子太郎様らが、隊士をたくさん連れて、天朝様の御親兵におなりあそばしたそうでございますね」

「よくご存じだ」

「でも、市中で持ちきりのうわさですもの。――それに」

お雪は、針をとめて、

「土方様は、ご出世あそばした」

と小さくいった。

「幕臣のことかね」

背中でいった。やや不機嫌そうであった。

時勢のなりゆきで、左右旗幟を鮮明にするために新選組一同、幕臣に取りたてられることをうべなった。

それが正式に沙汰されたのは、ほんの先日のことである。慶応三年六月十日。

局長の近藤勇は、大御番組頭取、副長の歳三は、大御番組頭である。

むろん、旗本としても相当な顕職で、近藤は将軍の親衛隊の総長といった格、歳三は親衛隊長、といったふうに理解していい。

新選組の助勤（士官）は、いちように大御番組にとりたてられた。助勤並の監察は、それぞれ大御番並。平隊士は、御目見得以下の処遇だが、それでも、世が世ならば、諸藩の藩士を「陪臣」として見くだしていた天下の直参である。

「べつにかわったこともないさ」

歳三は縁先からわずかに身をひきながらいった。

どうやら風のむきがかわったらしく、雨が、軒を冒してしきりとしぶきこんでくる。

「この雨じゃ、鴨川も大変だろう。さっき荒神口の板橋が流れた、ときいたが」

「御時勢も大変」

お雪は妙に、きょうはそんな話題をえらびたがるようである。やはり歳三の身が、さまざまと気がかりなのだろう。

伊東の分離で、
新選組は、幕府の親兵。

御陵衛士は、天朝の親兵。

と、旗幟が明らかになった。

というより伊東の御陵衛士は、薩摩藩の雇兵といってよかった。薩摩藩では、一朝、京で兵をあげる場合の遊撃隊として伊東一派を考えていたのであろう。

ちなみに、京に藩兵をおく諸藩のうち、新選組近藤派が陣借りをしている会津藩と、これに対立する薩摩藩が、ずばぬけて多数の兵力を擁していた。

薩摩藩としては、会津藩の遊撃隊が新選組であるように、自藩でも同様のものをもちたかったのであろう。

いわば、伊東一派は、薩摩藩新選組といってよかった。

高台寺月真院に本陣をかまえた伊東一派の給与は、薩摩藩邸の賄方、食料方、小荷駄方（兵站部）から出ていた。伊東一派をひき入れたのは、かねて伊東と親交のあった薩摩藩士の大久保一蔵（利通）、中村半次郎（桐野利秋）であった。かれらは伊東一派をひどく優遇し、たとえば食事も、一日一人八百文というぜいたくなものであった。

が、伊東甲子太郎ほどの男である。かならずしも心中、薩摩藩の走狗、というところにはあまんじていなかったであろう。

「天皇の旗本」

というつもりであった。これはかつて清河八郎が構想した奇想天外な案だが、実現せずに清河は死んだ。

天皇には、兵は一兵もない。家康が持たさなかった。徳川体制では、兵は将軍と大名がもっている。

伊東甲子太郎一派は、天皇の「私兵」のつもりであったし、げんに十六弁菊の御紋の使用をゆるされ、本陣である月真院の門にその禁紋を染めた幔幕（まんまく）をめぐらした。いいかえれば、伊東は天皇の新選組である、ということであったろう。

「時勢がかわってゆく」

と、歳三はいった。

「妙なのも出てくるさ」

「いつか、花昌町（新選組）と高台寺（御陵衛士）とのあいだで大戦さがはじまる、と市中ではうわさをしていますが、本当でございますか」

「うそですよ」

歳三は、部屋のなかに入った。

「お雪さん、そんなことより、私は、ちかぢか、公用で江戸へ帰る。上洛以来、はじめての江戸です」

「まあ」

うれしいでしょう、というふうに、お雪はうなずいた。

「どこかに言伝（ことづけ）はありませんか。お雪さんのためなら、飛脚の役はつとめます」

「たたみいわし」

と不意にいって、お雪は赤くなった。

白魚の干物で、京にはないたべものである。

「たたみいわし？」

歳三は、声を出して笑った。お雪らしい。お雪のうまれた下級武士の家の、台所、茶の間のにおいまで、暮らしの温かみをもって匂ってくるようであった。

「お雪さんは、あんなものがすきですか」

「だいすき」

顔を縫物に伏せて、くっくっ笑っている。

「いいひとだなあ」

「どうしてたたみいわしが好きだと、いいひとなのです」

「いや――」

歳三は、せきをした。くだらぬことでもひらきなおって問いつめる癖など、やはり江戸の女であった。近藤の好きな上方の女とは、まるでちがっている。

「可愛いことをいう、と思っただけです」

「それが可愛いこと？」

お雪は、眼をあげない。針をもつ手だけが、ちまちまと動いている。

「……いちいち、どうも」

「さからうでしょう？」

肩で笑っている。

「そんなことばかりいうと、つい、抱いてさしあげたくなる」

「――え？」

というように、お雪の呼吸がとまった。が、眼を俯せ、手だけは動いている。

動いたまま、いった。

「抱いてくださってもかまいませんことよ」

「……」

歳三の呼吸が、とまる番であった。あとは自分がなにをしたかが、わからない。

こんなことは、かつて、どの女とのあいだにもなかった。いつも歳三のやることを、歳三の別の眼が監視し、批判し、ときには、冷やかな指図をした。

「お雪さん。――」

そのことがおわったあと、歳三は、別人かとおもうほどの優しい眼をした。

お雪も、

（このひとは。――）

と、内心、あざやかな驚きがあった。こんなやさしい眼をもったひとだったのか。

「ゆるしてください。私はあなたにだけはこんなことをするつもりではなかったが、あなたもわるかった。私から心を奪った」

「そのお心……」

お雪はふざけて、さがす真似をした。

「どこにございます?」

「知らん」

歳三は、立ちあがった。

「どこか、庭の紫陽花の根もとにでもころがっているでしょう」

雨中、歳三は出た。

風は衰えているが、雨脚はつよい。傘にしぶいていた。

傘の中に、歳三は籠るような気持で、ひとり居る。

お雪の残り香とともに、歩いた。


歳三の公用、とは、江戸で隊士を募集することであった。

「歳、こんどはお前が行ってくれ」

と、近藤がたのんだ。

隊士は、減りつつある。理由は闘死、そのほか隊中での切腹、逃亡、病死など。

それにこんどの伊東派の分裂である。伊東派の退去は、表だっては幹部十五名だが、なお隊内に残っている者のなかには、伊東甲子太郎がことさらに隊内攪乱のための間諜として残した者が歳三の見るところ十人ほどおり、ほかにも、挙動不審な者が数人いた。

人数は、いよいよ減るだろう。

しかも、新選組が幕府の官制による正規軍となり、身分も直参となった以上、人数はいよいよ必要なのである。

いま、百数十名。

あと一騎当千の者五十人はほしかった。

「高台寺の伊東のほうでも、ちかぢか、関東で募兵をしようとしているようだ」

と、近藤はいった。

「私もきいている。さの字の話だろう」

「ふむ、さの字」

さの字とは、斎藤一。

江戸以来の同志で、三番隊組長、隊の剣術師範役だった男である。

伊東派に奔った。

というのは表むきで、伊東派の動静をさぐる諜者になっている。

「いずれ、このまま捨ておけば、市中で大戦さになるな」

と近藤がいった。

「市中の戦さはまずかろう」

と、歳三。

「まずい。われわれが京都守護職のもとで、治安維持の任にある以上」

「ついには、会津藩と薩摩藩の戦さをひきおこすことになるかもしれない」

「歳、策はあるか」

「あるさ」

歳三は、集団と集団との衝突を避けるためには、先方の大将伊東甲子太郎ひとりをおびき出して討つ以外にない、といった。

「伊東がやすやすその手に乗るかな」

「乗るさ」

歳三は、笑った。

「おれでさえ、七里研之助の手に乗って、一人でのこのこと二条河原へ行った。行けばあのとおりの人数が出てきた」

「あれは、抜かったたな。歳らしくもない」

「いや、あんたでも、ああ出られればかかるだろう。そういうものだ」

「どういうものだ」

「いや、諸事自信自負心のつよいやつというのは抜かるものさ。自分は利口なようにおもっていても、子供だましのような手にかかってだまされる」

「とにかく」

近藤はいった。

「江戸募兵が先決だ。江戸や南多摩に帰ればみなによろしくいってくれ。歳、なんといっても、大公儀の大御番組頭という大身の旗本で帰国するのだ。いい気持だぞ」

「冗談じゃねえ」

「いや、剣一本で、ここまで立身できたのは戦国以来、おれとお前ぐらいのものだろう」

その年、慶応三年。

七月の末、歳三は旅装をととのえて、江戸へ発った。

江戸日記

「いや、私はこの姿(なり)でいい」

と、歳三が、ただの浪人姿で東下(とうげ)しようとするのを、近藤がとめた。

「道中ではさきざき、宿割りして本陣にとまることになっている。その風体(ふうてい)では、御定法(ごじょうほう)が立たぬ。歴とした格式どおりの装束(こしらえ)でゆけ」

当然なことだ。

浪人姿で、本陣どまりはまずかろう。本陣は、大名、公卿、旗本、それに御目見得以上の身分でなければ泊まれない。

歳三は、ぎょうぎょうしい恰好になった。

青だたき裏金(うらきん)輪抜けの陣笠、その白緒をつよくあごに締め、供には若党、草履取り、槍持、馬の口取り、といった者をそろえて、街道をくだった。

これに、隊士五人がつく。

(どうも芝居じみている)

はじめは、照れくさかった。

本陣へつくと、門前に、

「土方歳三宿」

という奉書紙の関札(せきふだ)がはりだされ、宿役人が機嫌うかがいにくる。

(おかしなものだ)

箱根を越えるころには、すっかり板についてしまっていた。

(照れ臭え、とおもえば、他人の眼からもちぐはぐにみえるだろう。そういうものだ)

度胸をすえてしまった。

据えてみると、上背(うわぜい)もあるし、眼もと、口許に苦味のある涼しい容貌の男だから、親代々の旗本よりずっとりっぱにみえるのである。

「土方先生、こりゃどうも」

と隊士のほうが、口にこそ出さないが、そんな眼で、おどろいている。

道中、単衣(ひとえ)でとおした。

この慶応三年秋というのは、いつまでもだらだらと暑さがつづいて、やりきれなかったからである。

品川の海が右手にきらきらと光りはじめたとき、歳三はやっと、

(帰ってきた)

という実感をもった。あれは文久三年、まだ寒かった二月のことだ。江戸を発った。あれから足かけ五年目の帰郷である。

歳三一行は、江戸の大木戸へ入った。

しばらく歩いて、金杉橋のたもとの茶店で、休息した。べつに疲れてはいなかったが、江戸にかえった、という気分を、床几の上で味わってみたかったのである。

(江戸はかわった)

景気が、ではない。

町の者、茶店の亭主、女房、婢女(はしため)のたぐいまで、どこか表情がしらじらしい。

が、すぐ歳三はその理由に気づいた。

(ばかばかしい。おれのこの衣裳だ)

町人どもは、旗本である歳三に対し、それにふさわしい表情、物腰で接する。江戸がかわったのでは

なく、歳三がかわったのだ。

「親爺」

とよんでも、即答はしない。若党に、うかがいを立てるような顔つきをする。

「おい、菰田君」

と、歳三は同行の平隊士にいった。

「あの親爺に、おれにいろいろ世間話をするように、さとしてくれ」

われながら、滑稽になった。

親爺は、やっと打ちとけた。

「殿様、江戸もここ一年でだいぶかわりましてござります」

と、おやじはいった。歳三が、大坂在番かなにかで、もどってきた、とみているのだろう。

「こうして外をながめていると、そうもみえぬようだが」

「いいえ、一度ごらんなさいまし。一ッ橋御門のそとに異国人伝習所というとほうもない建物ができておりますし、鉄砲洲の軍艦御操練所のあとへも、ほてるとかいう異人の宿がこの夏から建って、近くの十軒町の連中が、むこうの空がみえねえと、半分冗談でさわいでいるほど、たいそうなものでございます」

「そうか」

歳三も、感慨無量だった。

かつて江戸を発つときには、

「攘夷のさきがけになる」

といって出たはずである。

ところが、かんじんの幕府が、攘夷主義の京都朝廷の意向に反して、なしくずしに開国してゆく。

条約も、もはや一流国だけでなく、この月も、ポルトガル、イスパニア、ベルギー、デンマークといった二流国とまで結ぶにいたった、ということを歳三もきいていた。

（攘夷屋の伊東甲子太郎が怒るはずさ）

歳三は、攘夷も開国もない。

事がここまできた以上、最後まで徳川幕府をまもる覚悟になっている。

歳三らは、茶店を発った。

あとでおやじが、くびをひねった。

（どうも見たことのある顔だ）

おやじは、南多摩郡日野のうまれで、吉松といった。日野宿は、歳三の生家にちかい。

「あのかたは、どなただ」

と、女房にきいた。

「大御番組頭で、なんでも、土方歳三とおっしゃるそうだよ」

「あっ、歳」

おもいだした。

浅川堤から多摩川べり、甲州街道ぞいの一帯を、真黒に陽やけしてうろうろあるいていた茨垣（不良少年）の歳ではないか。

「歳め、なんてえ真似をしやがる」

おやじは、眼をみはった。歳がニセ旗本で東海道を上下しているとおもったのだろう。


歳三は、近藤が最近買いもとめた牛込二十騎町の屋敷にわらじをぬいだ。

近藤はさきに帰東したとき、小石川小日向柳町の古道場をたたんでしまって、格式相応のこの屋敷を買った。

このひろい屋敷に、病臥中の近藤周斎、勇の女房のおつね、それに、ひとり娘の瓊子が、世間からおきわすれられたようにして住んでいる。

（なるほど、りっぱな屋敷だ）

江戸もかわった、とやや皮肉に歳三はおもった。武州の百姓あがりの近藤勇が、これだけの屋敷を、江戸にもっているのである。

周斎老人は、骨と皮だけになって、もう視力もいけないようだった。

「いかがです」

と、歳三は、ふとんの横にすわったが、眼がひらいているだけで、みえていないらしい。

それでも、夜になってすこし元気になり、

「歳三よ。おれも一生で九人も女房をかえたほどの男だが、こんどはいけないらしい」

と、小さな声でいった。

勇の女房おつねはあいかわらずの不愛想で、懐しがりもしていなかった。

「お達者ですか」

と、歳三がいうと、

「体だけはね」

と答えた。こんな女でも、近藤から捨てられて暮らしていると、やはり人並に腹がたつものらしく、以前よりも、顔つきが剣呑になっていた。

「当分、宿に拝借します」

「ああ」

おつねは、腹のあたりを掻きながらうなずいた。

とうてい、大旗本の奥様とはいえそうにない女だった。

歳三は、この屋敷を本拠にして隊士募集をするつもりでいる。

「多少、人が出入りしますが、おふくみおきください」

翌日から、隊士に檄文をもたせて、江戸中の道場を片っぱしから訪ねさせた。

大小三百軒はある。

なるべく無名流派の小道場をえらび、千葉、桃井、斎藤といった大道場は訪ねさせなかった。

大道場の門人は、勤王化している者が多い。

もう新選組も、清河八郎や、山南敬助、藤堂平助、それに伊東甲子太郎でこりごりだった。

「小流儀がいい。それも、百姓、町人といった素姓の者で、根性のすわった男がいい」

と、歳三は、募集掛りの隊士にいった。

「長州の奇兵隊をみろ」

百姓、町人のあがりばかりだが、いまや、長州軍をささえる最強の隊になっている。

代々、家禄に飽いた家からは、ろくな武士が出ない。

噂はたちまち江戸の諸道場にひろまって、二十騎町の近藤屋敷にたずねてくる剣客が、ひきもきらなかった。

面接は、隊士にまかせている。

隊士が気に入ると、鄭重に玄関まで送り、集合の日をしらせるのである。

歳三は、いっさい顔をみせず、奥の一室で、掛りの隊士からその日の報告をきくだけである。

「なぜ、お会いにならないのです」

と隊士がきいたことがある。

「おれは、もうつらをみただけで好き嫌いが先に来る男だよ。そんなやつに大事な隊士の選考ができるものか」

「なるほど」

と隊士たちはあとで、ささやき合った。

「あの人は、あれはあれなりに御自分がわかっているらしい」

という者もあれば、

「いや、この道中で思ったのだが、あの人も人間ができてきたようだ。もう、こまごましたことはいわない」

そんなことをいう者もある。どういうものかわからないが、歳三の評判がこの江戸行きをさかいにして、めっきりよくなってきた。

歳三自身も、これは自分でも気づかぬところだろう。ひょっとすると、京のお雪との交情にかかわりのあることかもしれないのだが。――

もしここに、人間観察のするどい隊士がいるとすれば、

「ひとり身で、女もろくに抱かずにここまでやってきた人だ。血が猛(たけ)っている。それがちかごろどこかでいいのができて、他人(ひと)それぞれの生命のあわれさがわかってきたのではないか」

そんなことをいうかもしれない。

日野の佐藤家に残っているはなしでは、この江戸滞留中、一度だけ、歳三は、生家と佐藤家、その他をたずねた。

あんぽつ駕籠という、当時身分のある武家でなければ乗れなかった駕籠でやってきたらしい。

日野宿近辺では、評判があまりよくなかった。

「頭が高くなりゃがった」

というのである。

義兄の佐藤彦五郎までが、

「歳、お前、いまは殿様かもしれねえが、むかしを忘れちゃいけないよ」

と、遠まわしにたしなめた。

「おなじ歳さ」

と、歳三は、笑いもせずにいった。

歳三はむかし、この近郷では不愛想で通った男であった。その地金はいまも、おなじだ、といったのである。

「しかし歳、せっかく故郷に錦をかざったんだ。みな、お前と勇とが、三多摩きっての出世頭だとよろこんでいる。みんなにそういう気持の下地があるんだから、ちゃんと応えてやらなくちゃいけないよ」

「ふむ？」

にがい顔でいった。

「どうすりゃ、いいんだ」

「すこしは、笑顔をみせろ、笑顔を。この辺の連中は素直だから、ああ、偉くなる人はちがったものだ、頭がひくい、とみんながよろこぶ。それとも、そんなにお前、笑顔が惜しいかね」

「惜しかねえが」

歳三には、わからない。

「可笑しくもないのに笑えねえよ」

そのくせ、妙にこまごまと気のつく優しいところがあったという。

石田在の生家に、姪(めい)で、ぬいというむすめがいた。歳三が京へ発った当時にはまだ幼かったが、その後江戸の大名屋敷に行儀見習に行っていた。

ほどなく隣家へ嫁したが、病身のために不縁になって出戻っている、といううわさを歳三も京で聞いていた。

このぬいにだけは、いつのまに買いととのえたのか、京の櫛笄(くしこうがい)、絵草紙などをみやげにもってきてやっている。

「歳も、存外なところがあるものだ」

と盲兄の為三郎が感心した。

ほかに、縁談があった。

姉のおのぶ（佐藤彦五郎妻）がもってきたもので、盲兄の為三郎も、しつこいほどすすめた。

「その娘、おれァも知ってるんだが、きれいな娘だよ。目あきならともかく、目の見えないのがそういうんだからこれほどたしかなことはなかろう」

戸塚村の娘である。

土方家とは遠縁にあたる家で、村でもたいそうな物持だが、先代の道楽で、三味線屋もかねている。

「ああ、あの家か」

と、歳三もうろ覚えにおぼえていた。屋敷には冠木門(かぶきもん)に楓(かえで)垣根がまわしてあり、街道筋に面した一角だけは、「店」と称して小格子づくりにしてある。

そこで、三味線を売っていた。

「お琴さんだろう」

歳三は、破笑(わら)った。

このくだりで、はじめて笑ったらしい。

お琴は、戸塚かいわいでもきっての美人だし、なによりも三味線がうまかった。歳三が京へ発つころ、十五、六だったから、もう二十はすぎているだろう。

「歳、お前、気があるな」

盲兄が首をかしげた。気配で、ひとの気持がわかるらしい。

「貰うこった。お前はこの家の末っ子だが、指を折ってみるともう三十三になる。男としてもとうが立っている」

「立ちすぎている。三十三にもなってやもめというのは、もうだめだね。女房だなんてことで女にべったり二六時中くっつかれちゃ、おお、と身ぶるいがする。それに、ただの武士なら禄を食ってひまをつぶしているだけでいいが、おれには仕事がある」

「なんの仕事がある」

「新選組さ」

この縁談は、それっきりになった。


歳三は、数日、郷里にいただけで、すぐ江戸へもどった。

江戸では、沖田総司の義兄で、新徴組の小頭になっている同姓林太郎、その女房のお光（総司の実姉）などにも会った。

お光は、総司の体のことばかりを、くどくどときいた。

「なあに、気づかいはないです」

と歳三はいったが、事実は、総司は月のうち半分は寝こむようになっていた。

薬は、医者の投薬したものものむが、歳三の生家の家伝の薬ものんでいる。

土方家には、歳三がかつてそれを担って売りあるいていた打身薬「石田散薬」のほかに、結核にきくという「虚労散」という名の薬があり、歳三は、それをわざわざ京までとりよせては、沖田にのませていた。

歳三が煎じてやると、

「いやだなあ」

と不承々々、のむ。

「土方さんのために服むんですよ」

と恩に着せたりした。

「お光さん、こんども、それを持って帰ります。あれは効きますから」

薬売りのころのくせで、こんなことを自信をもっていう。いや、歳三自身も、自分の薬は効く、と信じきっていた。諸事、そんな性分の男なのである。

隊士は、選りすぐって二十八人。

十月二十一日未明に近藤屋敷に集結し、江戸を発った。

それより数日前の十四日、将軍慶喜（よしのぶ）が大政を奉還した、という事実があるが、江戸にいる歳三の耳にまでは入っていなかった。

小田原の本陣できいた。

そのとき、歳三は顔色ひとつ変えず、

「なあに、新選組の活躍はこれからさ」

と、ひとことだけいった。

十一月四日、京都着。

三条大橋をわたろうとすると、前夜からの風雨がいよいよつのって、むこう岸が朦気（もうき）でくろずんでみえた。

歳三は、橋の上に、ぼう然と立った。これほどすさまじい表情の京を、みたことがなかった。

剣の運命

歳三は駕籠で花昌町までゆき、屯営の門をくぐりながら、

「いやもう、ひどい降りだ」

近藤は、おもだった隊士とともに門まで出むかえてくれた。

「歳」

近藤は、ぐわんと肩をたたいた。懐しいらしい。

「歳、お前が京へ入ると、天も感じて雨をふらせるようだな」

近藤らしい下手な冗談だが、しかしその云いかたにどこかうつろな響きがある。

(妙だな)

歳三はこういうことには敏感であった。大政奉還

とともに近藤の心境が、変化しはじめているのではあるまいか。

(そうにちがいない)

廊下を肩をならべて歩きながら、近藤の口ぶりは、また変化した。歳三の機嫌をとるようにいうのである。

「道中、疲れたろう」

「ふむ」

歳三は近藤という男をよく知っている。

心でおもっていても、こんなことを口に出すようなやわな男ではなかった。

「疲れはせぬ。それよりもあんたの様子をみると、京にいたほうが疲れるようだ」

「そうかね」

「顔が冴えない。どうやら、心術定まらざるものが腹にあるようだ」

「歳三、お前は知らぬのだ」

「まあいい。この話はあとでしよう」

その夕、近藤の屋敷で、隊の幹部があつまって、歳三の慰労のために酒宴をひらいた。

「土方さん、江戸はどうでした」

と、沖田総司がいった。

「ああ、お前の姉にも会った。あとでくわしくいう」

どうも妙だな、とおもうのは、一座の雰囲気が、京を発ったころとはちがう。どこか、沈んでいる。

もともとこの一座、ずらりと見わたしても物事に沈むような性根の連中ではなかった。原田左之助が楽天家の筆頭。永倉新八も覚悟のできた男だ。それに温和で書物も読まぬ井上源三郎、さらに沖田総司、これは近藤、土方と生死を共にするという一事だけがたしかで、あとの悩みは神仏にあずけっぱなしというかっこうの若者である。

歳三は、江戸のはなしをした。

周斎老の病状。

佐藤彦五郎の近況。

それに、江戸における新選組の評判。

「両国の花火はことしはなかった。江戸もかわったね。町を歩いていても、コウモリ傘てやつをさして歩いている武士が多かった。はじめは旗本のあいだにはやったんだが、ぼつぼつ町人も用いているようだ」

「そんなに変わりましたか」

と永倉がいった。

永倉新八は松前藩脱藩で、定府の下士の子だったからきっすいの江戸育ちである。それだけに、懐しさがちがうのだろう。

「江戸に帰りたいなあ」

疲れきったような表情でいった。

「どういうわけだ」

歳三は、杯を唇でとめて、微笑した。この男の微笑は、うるさい。

「いや、理由などはありませんよ。土方さんが久しぶりで江戸の匂いを運んできたからそういったまでです」

「しかし新八つぁん、江戸には帰らせねえよ」

歳三は、杯を置いた。

「京（ここ）が、新選組の戦場だと私は心得ている」

「が、歳。――」

と、横から低い声がきこえた。

近藤である。つぶやいている。

「お前は一本調子で結構だが」

「結構だが？」

「お前の留守中、京も、変わったのだよ」

大政奉還のことをいっているのであろう。この急変に、近藤はどう処していいのかわからなかった。

「将軍は、政権を天朝に返上してしまわれたんだよ」

「その話はあとだ」

と、歳三はいったが、近藤はおっかぶせて、

「歳、おれのいうことをきいてくれ。三百年、いや日本は源頼朝公以来、政権は武門の棟梁（とうりょう）がとってき

た。政権の消長こそあったが、これが日本の古来からの風だ。ましていまは、洋夷に国を狙われている。いまこそ征夷大将軍を押したてて国を守るべきときであるのに、公卿に政権を渡して日本がまもれるかどうか」

「そのとおり」

末座で原田左之助が割れるように手をたたいた。単純な男なのである。

「左之助、だまっておれ」

近藤は、おさえた。

「しかしながら、天朝に弓をひくことはできぬ。歳」

「なんだえ」

歳三は、杯をおいた。

「お前に意見があるか」

「意見はあるがね。しかしそんなむずかしいもんじゃねえ。新選組の大将はお前さんだ。お前さんが、源九郎義経みたいな白っ面で悩んでいることはないんだよ。大将というものは、悩まざるものだ。悩まざる姿をつねにわれわれ幕下に見せ、幕下をして仰いで泰山のごとき思いをさせるのが、大将だ。お前さんが悩んでいるために、みろ、局中の空気は妙にうつろになっている」

「これは相談だ」

「どっちにしろ、無用のことさ」

吐きすてた。相談なら、自分とこっそりやってくれるといい、というのが歳三の意見であった。隊長が隊士に自分の悩みをうちあけているようでは、新選組はあすといわず、今日から崩れ去ってしまうだろう。

「近藤さん」

と、そのあと、近藤の屋敷でいった。ほかの隊の者はいない。

「われわれは、節義、ということだけでいこう。時勢とか、天朝、薩長土がどうの、公卿の岩倉がどうの、というようなことをいいだすと、話が妙になる。近藤さん、あんたの体から、あかをこそげ落してくれ」

「あか？」

「政治ということさ。あんたは京都にきてからそいつの面白さを知った。政治とは、日々動くものだ。そんなものにいちいち浮かれていては、新選組はこのさき、何度色変えしなければならぬかわからない。男には節義がある。これは、古今不易のものだ。——おれたちは」

歳三は、冷えたお茶をのみほしてから、

「はじめ京にきたときには、幕府、天朝などという頭はなかった。ただ攘夷のさきがけになる、というだけであった。ところが行きがかり上、会津藩、幕府と縁が深くなった。しらずしらずのうちにその側へ寄って行ったことであったが、かといっていまとなってこいつを捨てちゃ、男がすたる。近藤さん、あんた日本外史の愛読者だが、歴史というものは変転してゆく。そのなかで、万世に易らざるものは、その時代その時代に節義を守った男の名だ。新選組はこのさい、節義の集団ということにしたい。たとえ御家門、御親藩、譜代大名、旗本八万騎が徳川家に背をむけようと弓をひこうと、新選組は裏切らぬ。最後のひとりになっても、裏切らぬ」

「歳、楠公もそうだった」

「あんたはなかなか学者だ」

歳三は、くすと笑った。脱盟した伊東甲子太郎も楠公信者だったことをおもいだしたからである。

「しかし、ことさらに楠某など死者の名前を借りずともよい。近藤勇、土方歳三の流儀でゆく、それだけでよい」

「が、局中は動揺している。なにか告示すべきだろう」

「いや、言葉はいけない。局中に節義を知らしめることは、没節義漢を斬ることだ。その一事で、みな鎮まる。まず、脱盟して薩摩藩側に奔った伊東摂津」

伊東は、江戸のころは鈴木大蔵という名であったことは、かつて述べた。

それが新選組に加盟した年、それを記念して甲子太郎と名を変え、こんど薩摩藩に奔って御陵衛士組頭となり、摂津とあらためた。

この当時、脱藩者などが名を変えるのは常識になっていたが、変節するごとに名を変えたのは伊東甲子太郎ぐらいのものであったろう。

この伊東甲子太郎が暗殺されたのは、慶応三年十一月十八日の夜である。

近藤の私邸に招待され、泥酔した。辞去したのは、夜十時すぎである。

風はなかったが、道が凍てていた。すでに沖天にある月が、北小路通を照らしている。伊東は東へ歩いた。東山高台寺の屯営にもどろうとしていた。

提灯に灯も入れない。供もつれなかった。伊東は、自分の才弁に自信をもちすぎたのであろう。

近藤の私邸では、伊東は時務を論じ、幕府を痛罵し、ほとんど独演場であった。

みな、感動した。

近藤のごときは、手をにぎり、

「伊東先生。たがいにやりましょう。国事に斃れるは丈夫の本望とするところではありませんか」

と、眼に涙さえうかべた。近藤の涙はどういう心事であったろう。

原田左之助のような男まで伊東の弁舌に魅了され、感歎の声をあげては、酒をついだ。

(愚昧な連中だけに、いったん物事がわかると感動が大きいのだ)

伊東は、いい心もちであった。

(が、あの席に土方が居なかった)

はじめは不審であったが、杯をかさねるほどに気にならなくなってきた。

（世がかわるにつれて、ああいう頑愚者も新選組から消えてゆかざるをえないだろう。察するところ、こんにちの時局を予言していた私との同席が、はずかしかったにちがいない）

その「頑愚者」は、伊東の行くて、半町ばかりむこうの町寺崇徳寺の門に蔭に身じろぎもせずに眼を光らせていた。

むかいも寺。

前の道は、ひとが三人やっとならんで歩ける程度のせまさである。

そこの板囲い、町家の軒下、天水桶の積みあげた背後、物蔭という物蔭が、ひそかに息づいていた。

伊東は、酔歩を橋に踏みいれた。小橋をわたりながら、江戸のころに習った謡曲で「竹生島」の一節をひくく謡いはじめた。

渡りおわった。

橋からむこうの道は、東へまっすぐに伸び、その道の果てをくろぐろとしたいらかの山がさえぎっている。東本願寺の大伽藍である。

伊東の謡曲は、つづく。

やがて、とぎれた。

一すじの槍が、伊東の頸の根を、右からつらぬいていたのである。

伊東は、そのまま立っていた。

気管をはずれていたため、かすかに呼吸はできたが、身動きができない。槍も動かず、伊東甲子太郎も動かなかった。

そのとき背後に忍び足でまわった武藤勝蔵という男が、太刀をふりかざしざま、伊東に斬りつけた。

伊東、それよりも早く抜き打ちに勝蔵を斬ってすてたというから、尋常な場合なら伊東はどれほどの働きをしたかわからない。

抜き打ちで斬ったときに、伊東の頸を串刺しにしていた槍が抜けた。

と同時に、血が噴きだした。伊東は、槍に突かれていることによって、辛うじて命をとりとめていたということになるだろう。

五、六歩、意外なほどたしかな足どりであるいていたが、やがて、角材でもころがすような音をたてて、横倒しにころがった。

絶命している。

「戦さはこれからだ」

と歳三は歩きだした。

悪鬼に似ていた。

(節義をうしなう者は、すなわちこれだ)

伊東の死体は、オトリとして七条油小路(あぶらのこうじ)の四ツ辻の真中に捨てておいた。やがて町役人の報告で東山の御陵衛士の屯営にきこえるであろう。

おそらく全員武装をして駈けつけるはずだ。

それを待ち伏せて脱盟者を一挙に殲滅(せんめつ)するのが、歳三の戦術であった。敵将の死体をオトリにして相手をわなにかけるというような残忍非情の戦法をおもいついた男も、史上まれであろう。

伊東を、人間としてあつかわなかった。

それほど歳三は、かれ自身の作品である新選組を、崩潰寸前にまで割ってしまった元兇を憎んでいた。その余類に対しても同様である。

「やがて連中がやってくる。一人も討ち洩らすな」

と、出動隊士四十余人にきびしく命じた。

歳三は、油小路七条の四ツ辻の北へ三軒おいて東側のうどん屋「芳治」を借りきり、ここに出動隊の主力を収容した。

他は三人ずつ一組とし、四ツ辻のあちこちに伏せさせた。

やがて月が傾きはじめたが、まだ来ない。

「土方さん、来るだろうか」

原田左之助は、「芳治」のかまちにすわっている歳三に、土間から問いかけた。

「来る」

確信がある。正直なところ、伊東派の連中は腕も立つが、気象のはげしい者が多い。首領の死体をはずかしめから救うために、かれらは生死をわすれるだろう。


一方、高台寺月真院の御陵衛士の屯営では、この夜不幸がかさなっていた。営中には小人数しかいなかった。

隊の幹部の新井忠雄、清原清は、募兵のために関東にくだっていた。

伊東の内弟子だった内海二郎、阿部十郎は前日から鉄砲猟をするために稲荷山の奥に入ったまま帰隊していない。

伊東亡きあとは、その相談相手でもあり、最年長者でもあった篠原泰之進が、自然、下知する立場になった。

急報してきた町役人を帰したあと、篠原はさわぐ同志をしずめて、

「死体をひきとることだ。おそらく連中は待ち構えているだろう。しかしどうあろうとも死体をひきとる、これ以外に、余計な思慮を用うべきではない」

「篠原さん」

といったのは、伊東の実弟の鈴木三樹三郎である。ふるえている。

「相手は旧知の連中です。みな面識がある。当方が礼をつくして受けとりにゆけば、事はおこらぬのではないですか」

「礼を尽して？」

篠原は、笑った。武士の礼のわかるような連中なら伊東をだまし討ちにはすまい。

「戦うあるのみだ」

と服部武雄がいった。かつて新選組の隊中でも抜群の剣客といわれた男である。

「篠原さん、甲冑をつけてゆこう」

「いけないよ」

篠原は、一同に平装を命じた。このときの心境は、篠原泰之進の維新後の手記にこう書かれている。

――モシ賊ト相戦ハバ、敵ハ多勢、我ハ小勢ナリ。然リト雖モ甲冑ヲ着テ路頭ニ討死セバ後世ソノ怯ヲ笑フ可シ。

出動隊士は、七名である。

篠原泰之進、鈴木三樹三郎、加納鵰雄、富山弥兵衛、藤堂平助、服部武雄、毛内監物。みな、駕籠に乗った。

それに伊東の遺骸をはこぶための人足二人に、小者がひとり。

東山の坂をくだったときには、午前一時をすぎている。

油小路ニ駈付ケタリ。

四方ヲ顧ミルニ、凄然トシテ人無キガゴトシ。ヨツテ直チニ伊東ノ死所ニ至リ、ソノ横死ヲミテ一同歓声ヲ発シ、スミヤカニ血骸ヲ駕（かご）ニ舁（か）キ入レントスルニ、賊兵三方ヨリ躍リ出、ミナ鎖ヲ着シ、散々ニ切リカカリタリ。ソノ数、オヨソ四十余人也。

歳三は、「芳治」の軒下に腕を組んで争闘をみていた。

月が、路上の群闘を照らしている。

藤堂平助、服部武雄の奮戦のすさまじさには、歳三も、胴のふるえるのを覚えた。一歩も逃げようとしないのである。

飛びちがえては斬り、飛びこんでは斬り、一太刀も無駄なく斬ってゆく。

「土方さん、私が出ましょう」

と控えの永倉新八がいった。

「いや、新参隊士にまかせておけ」

「お言葉だが、死人がふえるばかりだ」

永倉はとびだした。

歳三がみていると、永倉は弾丸のように群れの中に突き入って、藤堂の前に出た。江戸結盟以来のふるい友人である。

「平助、永倉だ」

といいながら剣をぬき、軒へ身をよせ、逃げろ、といわんばかりに南への道をひらいてやった。

藤堂は永倉の好意に気づき、駈けだそうとした。安堵したのがわるかったのだろう。背後に油断ができた。その背へ、平隊士三浦某が一刀をあびせた。

藤堂はすでに身に十数創をうけている。さらに屈せず、三浦を斬ったが、ついに力尽き、刀をおとし、軒下のみぞへまっさかさまに頭を突っこんで絶命した。

服部武雄はさらに物凄かった。おそらく傷を負わせた者だけで二十人はあったろう。原田左之助、島田魁といった隊中きっての手練でさえ、服部の太刀をふせぎきれずに傷を負った。やがて闘死。

毛内監物も闘死。

篠原、鈴木、加納、富山は乱闘の初期にすばやく脱出している。

死んだのは奇妙なことにすべて一流の使い手であった。かれらは脱出しようとしても、剣がそれをゆるさなかった。剣がひとりで動いてはつぎつぎと敵を斃し、死地へ死地へとその持ちぬしを追いこんで行った。

(剣に生きる者は、ついには剣で死ぬ)

歳三はふと、そう思った。

軒端を出たときには、月は落ちていた。歳三は真暗な七条通を、ひとり歩きはじめた。

星が出ている。

大暗転

いやもう、大騒ぎである、天下は。

慶応三年十一月十八日、油小路で脱盟の巨魁伊東甲子太郎を斬ってからこっち、近藤は様子がおかしくなった。度をうしなったのであろう。

　大政奉還。

　徳川慶喜は、将軍職返上を朝廷に申し出ている。

　天下はどうなるのか。

「近藤さん、男はこういうときに落ちつくものだ。時流に動かされてうろうろするもんじゃねえ」

　歳三はどなりつけるようにいったが、近藤はきりきりきり舞い、といった毎日だった。毎日隊士団をつれ、京の諸所ほうぼうを走りまわり、二条城に行っては幕府の大目付永井玄蕃頭に会い、黒谷の会津藩本陣へ走っては情報をきき、あげくのはては、勤王系（といってもやや幕府への同情派）の土佐藩邸にまで出かけて、参政後藤象二郎に会い、

「長州は蛤御門ノ変で京をさわがした。しかも反省はしておらぬ。あれは貴殿はどうおもわれる」

　と、もうどうにもならぬ時代おくれの議論を吹っかけたりして後藤を閉口させた。じつをいえば討幕の密勅はすでに薩長にくだっているのである。

　この日、後藤象二郎は訪れてきた近藤を一喝した。

「いままさに国難のときだ。日本は統一国家を樹立して外国にあたるべきときである。大政奉還後は、皇国一心協力、国内を整頓し、三百年の旧弊をあらため、外国と堂々ものをいえるような国にならねばならぬ。長州がどうのこうのといっておる時勢ではない。そんなことで国内が内輪もめをしておるあいだに、外国に国を奪られるであろう。今日より、志士たる者は心魂をそこにすえるべきだ。どうです、近藤先生」

「なるほど、志士たる者は。……」

　といったきり、「勇、黙然、一言モ発セズシテ去レリ」。もっともこれは後藤側の記録だから、近藤の姿がばかにしょんぼりとえがいてあるが、おおかた、こんなものであったであろう。

近藤は政治家になりすぎた、と歳三はおもっている。

（諸般の情勢などはどうでもよい。情勢非なりといえども、節義をたてとおすのが男であるべきだ）

近藤は、後藤側の記録では、「私も土佐藩の家中にうまれたかった。それならばこの時勢に、どれほどの働きができるか」ともらしたという。

あきらかに近藤の思想はぐらついている。一介の武人であるべき、またそれだけの器量の近藤勇が、いまや分不相応の名誉と地位を得すぎ、さらには、思想と政治にあこがれをもつようになった。近藤の、いわば滑稽な動揺はそこにあった。

歳三はそうみている。

こまったものだよと、病床の沖田総司にひそかにこぼした。

「新選組は、いまや落日の幕軍にとって最強の武人団になっている。こういう組織というものは、その動かざること山のごとく、その徐かなること林のごときものであってこそ、怖れられるのだ。それをなんぞ、首領みずからが、幕府や諸藩の要人のあいだを駈けまわって、べちゃべちゃ時務を論じていては軽んぜられるばかりだ」

「そう……ですねえ」

沖田は、相変らず、どっちつかずの微笑で枕の上から歳三を見あげている。

「総司、早く元気になれよ」

「なりますとも」

沖田は、微笑をした。その微笑は、……いつもそうなのだが、歳三がこわくなるほど澄んでいる。

「総司、お前はいいやつだねえ」

「いやだねえ」

沖田は、頸をすくめた。きょうの歳三は、どうも変である。

「おれも、来世もし、うまれかわるとすれば、こんなあくのつよい性分でなく、お前のような人間になって出てきたいよ」

「さあ、どっちが幸福か。……」

沖田は、歳三から眼をそらし、

「わかりませんよ。もってうまれた自分の性分で精一ぱいに生きるほか、人間、仕方がないのではないでしょうか」

と、いった。沖田にしてはめずらしいことをいう。あるいは、自分の生命をあきらめはじめているのではないか。

心境がそうさせるのか、声が澄んでいた。

歳三は、あわてて話題をかえた。なぜか、涙がにじみそうになったからである。

「おれは兵書を読んだよ」

と、歳三はいった。

「兵書を読むと、ふしぎに心がおちついてくる。おれは文字には明るくねえが、それでも論語、孟子、十八史略、日本外史などは一通りはおそわってきた。しかしああいうものをなまじいすると、つい自分の信念を自分で岡目八目流（おかめはちもくりゅう）にじろじろ看視するようになって、腰のぐらついた人間ができるとおれは悟った。そこへ行くと孫子、呉子といった兵書はいい。書いてあることは、敵を打ち破る、それだけが唯一の目的だ。総司、これを見ろ」

と、ぎらりと剣をぬいた。

和泉守兼定、二尺八寸。すでに何人の人間を斬ったか、数もおぼえていない。

「これは刀だ」

といった。歳三の口ぶりの熱っぽさは、相手は沖田と見ていない。自分にいいきかせているような様子であった。

「総司、見てくれ。これは刀である」

「刀ですね」

仕方なく、微笑した。

「刀とは、工匠が、人を斬る目的のためにのみ作ったものだ。刀の性分（しょうぶん）、目的というのは、単純明快なものだ。兵書とおなじく、敵を破る、という思想だけのものである」

「はあ」

「しかし見ろ、この単純の美しさを。刀は、刀は美人よりもうつくしい。美人は見ていても心はひきしまらぬが、刀のうつくしさは、粛然として男子の鉄腸をひきしめる。目的は単純であるべきである。思想は単純であるべきである。新選組は節義にのみ生きるべきである」

（なるほどそれをいいたかったのか）

沖田は、床上微笑をつづけている。

「そうだろう、沖田総司」

「私もそう思います」

これだけは、はっきりとうなずいた。

「総司もそう思ってくれるか」

「しかし土方さん」

と、沖田はちょっとだまってから、

「新選組はこの先、どうなるのでしょう」

「どうなる？」

歳三は、からからと笑った。

「どうなる、とは漢（おとこ）の思案ではない。婦女子のいうことだ。おとことは、どうする、ということ以外に思案はないぞ」

「では、どうするのです」

「孫子に謂（い）う」

歳三は、パチリと長剣をおさめ、

「その侵掠（しんりゃく）すること火の如く、その疾（はや）きこと風のごとく、その動くこと雷震（らいしん）のごとし」

歳三はあくまでも幕府のために戦うつもりである。将軍が大政を返上しようとどうしようと、土方歳三の知ったことではない。歳三は乱世にうまれた。乱世に死ぬ。

（男子の本懐ではないか）

「なあ総司、おらァね、世の中がどうなろうとも、たとえ幕軍がぜんぶ敗れ、降伏して、最後の一人になろうとも、やるぜ」

事実、こののち土方歳三は、幕軍、諸方でことごとく降伏、もしくは降伏しようとしているとき、最後の、たった一人の幕士として残り、最後まで戦うのである。これはさらにこの物語ののちの展開にゆずるであろう。

「おれが、――総司」

歳三はさらに語りつづけた。

「いま、近藤のようにふらついてみろ。こんにちにいたるまで、新選組の組織を守るためと称して幾多の同志を斬ってきた、芹沢鴨、山南敬助、伊東甲子太郎……それらをなんのために斬ったかということになる。かれらまたおれの誅(ちゅう)に伏するとき、男子としてりっぱに死んだ。そのおれがここでぐらついては、地下でやつらに合わせる顔があるか」

「男の一生というものは」

と、歳三はさらにいう。

「美しさを作るためのものだ、自分の。そう信じている」

「私も」

と、沖田はあかるくいった。

「命のあるかぎり、土方さんに、ついてゆきます」

情勢は、日に日に変転して、大政奉還から二カ月たらずの慶応三年十二月九日、

王政復古

の大号令がくだった。

京都駐留の幕府旗本、会津兵、桑名兵はことごとくこの「薩摩藩の陰謀成功」を不服とし、洛中で戦争を開始しようという動きがたかまってきた。

「将軍慶喜は、水戸の家系だ。もともと朝廷を重視しすぎる家風で育ったゆえ、このお家の重大事に、薩摩側の、勤王、勤王、というお題目に腰がくだけてしまった。将軍は徳川幕府を売ったのだ」

将軍が幕府を売った、とは妙な理屈だが、幕臣でさえそういうことを大声叱呼して論ずる者があった。

いまや混沌。

慶喜は、才子である。おそらく、頭脳、時勢眼は、天下の諸侯のなかでも慶喜におよぶ者がなかったろう。

しかし時流に乗った薩長側の、打つ手打つ手にはとても抗しようもない。

当時の「時勢」のふんいきを、後年、勝海舟は語っている。

気運というものは、実におそるべきものだ。西郷（隆盛）でも木戸（桂小五郎）でも大久保（利通）でも、個人としては、別に驚くほどの人物ではなかった（勝は、別の語録では西郷を不世出の人物として絶讃している）。けれど、かれらは「王政維新」という気運に乗じてやって来たから、おれもとうとう閉口したのよ。しかし気運の潮勢が、しだいに静まるにつれて、人物の価も通常に復し、非常にえらくみえた人も、案外小さくなるものサ。

ついでに、もうひとくだり、卓抜した批評家でもあった勝が、当時の情勢をどうみていたかについて、かれ自身の言葉を借りよう。ただし右の引用は、勝の口調どおり速記して遺されているものだが、左記のものは、かれ自身がこの慶応三年の当時、ひそかに随想として書きとめておいたもので、それだけに「時勢」のにおいが躍動している。ただし文語のため、以下は作者意訳。

会津藩（新選組を含む——作者）が京師に駐留して治安に任じている。しかしながらその思想は陋固で、いたずらに生真面目である。しかしかれらは、いかにすれば徳川家を護れるかという真の考えがない。その固陋な考えこそ幕府への忠義であるとおもっている。おそらくこのままでゆけば、国家（日本）を破る者はかれらであろう。とにかく見識狭小で、護国の急務がなんであるかを知らない。（中略）このさい、国家を鎮め、高い視点からの大方針をもって国の方向を誤たぬ者が出てくれぬものか。それをおもえば長大息あるのみだ（作者――もっともこういう勤王佐幕論よりももう一つ上から、当時の国情を見ていたのは幕臣では勝海舟ひとりである。あるいは、将軍慶喜もそうであったかもしれない。慶喜の〝幕府投げ出し〟を会津藩士が激怒したのは、こういう意識のちがいにある）。

京都の幕兵、会津、桑名の兵に不穏の動きがあると知るや、慶喜はこれを避けるため、自分は京都からさっさと大坂城にひきあげてしまった。

それまで、

「家康以来の英傑」

といわれ、「慶喜あるかぎり幕府はなおつづくかもしれぬ」と薩長側がその才腕を怖れていた徳川慶喜の変貌が、このときからはじまる。恭順、つまり時勢からの徹底的逃避が、最後の将軍慶喜のこれ以後の人生であった。

余談だが、慶喜はこの後、場所を転々しつつ逃避専一の生活をつづけ、その逃避恭順ぶりがいかに極端であったかは、かれが、ふたたび天皇にごあいさつとして拝謁したのは、なんと三十年後の明治三十一年五月二日であった。かれは自分の居城であった旧江戸城に「伺候」し、天皇、皇后に拝謁した。明治天皇はかれに銀の花瓶一対と紅白のチリメン、銀盃一個を下賜された。政権を返上して三十年ぶりでもらった返礼というのは、たったこれだけであった。推して、慶喜の悲劇的半生を知るべきであろう。

幕軍は、慶喜の大坂くだりとともに潮をひくように京を去った。むろん、会津藩も。

ところが、新選組のみは、

「伏見鎮護」

という名目で、伏見奉行所に駐(とど)められた。

京は薩摩を主力とするいわゆる倒幕勢力が天皇を擁している。

幕府の首脳部は、

（いつ京都の薩長と大坂の幕軍とのあいだに戦さがはじまるかもしれぬ）

という理由で、大坂からみれば最前線の伏見に、新選組をおいたのである。

「これほどの名誉はない」

近藤もさすがによろこんだ。もし開戦ともなれば、薩長と最初に火ぶたを切るものは、新選組であろう。

「歳、うれしいだろう」

「まあな」

歳三は、いそがしい。花昌町の屯営の引きあげ、武器その他を積載する荷駄隊の準備、隊の金庫にある軍資金の分配、その他移駐にともなう指揮は隊長の職務である。

にわかなことで、あすの十二月十二日には出発しなければならなかった。

「歳、今夜かぎりの京だ。文久三年京にのぼって以来、この都でさまざまなことがあったが――」

と近藤がいったが、歳三は、こわい顔をしてだまっていた。そういう感傷につきあっていられる余裕がないほど雑務に多忙であった。いや、この男の本性（ほんしょう）はおそらくそうではなかったのであろう。

元来が、豊玉（歳三の俳号）宗匠なのである。それも、歳三はひどく感傷的な句をつくる「俳諧師」であった。多感なおもいがあったにちがいない。

「なあ、歳。原田左之助や永倉新八は女房をもっている。それに、云いかわした女がある隊士もおおぜいいるだろう。どうだ、今夜はみなそれぞれの女のもとにやり、明早暁、陣触れ（集合）ということにしては」

「反対だね」

と、歳三はいった。

「あすは、いわば出陣なのだ。女との別れに一晩もついやさせては、士気がにぶる。別れは一刻でいい」

「お前は情を解さぬな」

近藤はさすがにむっとした。近藤は妾宅が三軒もある。近藤が怒るのもむりはなかった。その三軒を駈けまわるだけでも、一晩では足りないだろう。

（おれにも、お雪がいる）

歳三はそうおもうのだが、この情勢混乱期に、隊の中心である近藤や自分が、一刻でも隊士の視野から姿を消すことはできない。

脱走。――

を怖れている。

いや、この情勢下では、うかつに眼をはなすと脱走者がきっと出る。

（どうせ逃げるやつなど惜しくないのだが、脱走者が一人でも出れば全体の士気にかかわる。それがこわい）

歳三はそうおもっていた。

「いやとにかく――」

と、近藤はいった。

「明日はおたがい命がどうなるかわからぬ身だ。一晩、名残りを惜しませるのが、将としての道だ。歳、おれはいまから隊士をあつめてそう命ずる」

その夜、歳三は、残った。

幹部で屯営に残ったのは、副長の歳三と病床の沖田総司だけである。

「今夜はお前の看病をしてやるよ」

歳三は、沖田の病室に机をもちこみ、手紙を書いた。

「お雪さんへですか」

沖田は、病床からいった。

「私はまだお会いしたことはないが、沖田総司からも、お達者を祈っていますと書きそえてください」

「うん。――」

歳三は、瞼をおさえた。

涙があふれている。

京への別離の涙なのか、お雪への想いがせきあげてきたのか、それとも沖田総司の優しさについ感傷が誘われたのか。

歳三は泣いている。

机へつっ伏せた。

沖田は、じっと天井を見つめていた。

（青春はおわった。——）

そんなおもいであった。京は、新選組隊士のそれぞれにとって、永遠に青春の墓地になろう。この都にすべての情熱の思い出を、いま埋めようとしている。

歳三の歔欷はやまない。

伏見の歳三

伏見。——

人家七千軒の宿駅である。

京から伏見街道を南へ三里、夏は真昼でも蚊のひどい町だ。街道をくだってこの宿場に入ると、最初が千本町。ついで、
鳥居町
玄蕃町
とつづき、やがて、木戸門がある。

その木戸門をくぐった鍋島町に、家康以来二百数十年、徳川の権威を誇ってきた伏見奉行所の宏壮な建物がある。維新後、兵営になったほどのひろい敷地が、灰色の練塀でかこまれている。

近藤、歳三らがこの伏見奉行所に移って、

「新選組本陣」

の関札をかかげたときは、隊士はわずかに六、七十名に減少していた。歳三の予想したとおり、あの夜、時勢の変化をみてついに屯営に帰らない者が多かったのである。

幕軍主力は大坂にいる。京の薩藩以下の「御所

方」に対する最前線は伏見奉行所であった。その伏見奉行所をまもる新選組が六、七十人というのは、（ほかに会津藩兵の一部もいたとはいえ）ひどすぎるだろう。

ほかに、大砲が一門。

「これじゃ、仕様がねえよ」

近藤もあきれてしまい、大いそぎで大坂の幕軍幹部、会津藩とかけあい、それらのなかから、腕の立つのをえらんで増強してもらった。

兵力百五十人。

「まあまあ、どうにかこれでかたちがついたことだ」

と、近藤も安堵した。

沖田総司は、新屯営に入っても、寝たっきりであった。

賄方から運ばれてくる膳の上のものも、ほとんど箸をつけない日が多い。

「総司、食わねえのか」

と、歳三は日に一度は部屋に入ってきては、こわい顔でいった。

ここ一月、沖田の痩せようがめだってきている。

「食わねえと、死ぬぞ」

「ほしくないんです」

「虚労散はのんでいるか」

歳三の生家の家伝薬である。

「ええ、あれをのむと、すこし体に活気が出てくるような気がするんです。気のせいかしれませんけど」

「気のせいじゃない。おれがむかし売りあるいていた薬だ。効く」

「ええ」

微笑っている。

かつて沖田が率いていた一番隊は、二番隊組長の永倉新八の兼務になっていた。

「新八が、早く癒ってくれないと荷が重くてこまる、といっていたよ」

「そうですか」

うなずいた表情が、もう疲れている。これだけの会話が苦になる、というのはよほど病勢がすすんでいるらしい。

そのうち、長州藩兵が、ぞくぞくと摂津西宮ノ浜に上陸し、京に入りはじめた。

「長州が？」

近藤は、その佐幕的立場から長州をもっともきらっている。近藤が、長州藩兵の西宮上陸をきいておどろいたのも、むりはなかった。長州は、元治元年夏のいわゆる蛤御門ノ変で京を騒がした罪により、幕府が朝廷にせまって、藩主の官位をうばい、恭順、罪を待つ、という立場にある藩である。

それが、朝命もまたずに勝手に兵をうごかし、西宮へ無断上陸したばかりか、京へ入って来つつあるというのだ。

「幕府をなんと心得ているのだ」

と、近藤は、激怒した。

が、すでに京都にある薩摩藩が宮廷工作をして、長州に対する処遇が一変していた。藩主父子の官位が復活されたばかりか、

「入洛して九門を護衛せよ」

という朝命が出ている。


長州人の入洛は元治元年以来、四年ぶりである。もともと京都庶人は長州びいきで、慶応三年十二月十二日長州奇兵隊が堂々入洛してきたときには、京都市民は、そのタス（弾薬箱）の定紋をみて、

「長州様じゃ」

とおどろき、涙を流しておがむ者もあり、

「怖や、怖や」

とささやく者もあった。長州軍が入洛した以上、その藩風から推して、もはや戦さはまぬがれぬと京都人はみたのであろう。

この日から毎日のように長州部隊が入洛し、つ

いに十七日、総大将毛利平六郎（甲斐守）のひきいる主力が摂津打出浜（うちでのはま）に上陸し、砲車を曳きながら京にむかって移動しはじめた。

こうした長州部隊が、新選組が駐屯する伏見奉行所の門前を、堂々と通過してゆくのである。

「これをゆるしておくのか」

と、近藤は、十八日早暁から、当時まだ二条城に残留していた幕府の大目付永井玄蕃頭尚志（なおむね）に意見具申するため隊列を組んで出かけて行こうとした。

「もう、よせ」

歳三は、制止した。政治ずきの近藤がいまさら駈けまわったところで、こんな田舎政治家のような男の手におえる事態ではない。将軍慶喜がすでに家康以来の政権を奉還し、しかも王政復古の号令も出ているときである。

「歳、お前は知らねえ。王政復古てのは、すべて薩摩の陰謀なのだ。幕府はしてやられたのだ」

と、近藤は、ききかじってきた政局の内幕を歳三にいうのだが、歳三にはそんなことは興味はなかった。

「近藤さん、もう、談合、周旋、議論の時期じゃねえ」

と歳三はいうのだ。

「戦さで、事を決するんだよ。事態はそこまできている」

「わかっている。おれは永井玄蕃頭にそれをすすめにゆくのだ」

「要らざることさ」

「なに？」

「あんたはこの本陣の総大将だ。うろうろ駈けまわって居ちゃ、隊士がまとまってゆかない。戦さてのは、たったいま始まるかもしれねえんだぞ」

「歳、お前はばかだ」

「ばか？」

「新選組にあって天下の事を知らん。天下の策を知らぬ。戦さの前に策をととのえてこそ、勝つ」
「わかっている。が、われわれは幕軍の一隊にすぎぬ。天下の策は一隊の将がやるべきでなく、大坂にいるお偉方にまかせておけばよい。あんたは、動くな」

が、近藤は出かけた。

白馬に乗り、供は隊士二十名。いずれも新米の隊士である。それが京をめざし、竹田街道を走った。

奉行所に、望楼がある。

ちょうど本願寺の太鼓楼を小さくしたような建造物で、上へあがると、眼の前の御香宮の森、桃山の丘陵、さらには伏見の町並がひと眼でみえた。

その正午、歳三は望楼にのぼった。

眼の下の街道を、これで何梯団目かの長州部隊が通りはじめたからである。

人数は二百人あまり。

異様である。洋服に白帯を巻き、大小をさし、すべて新式のミニエー銃口径十五ミリをかつぎ、指揮官まで銃をもっている。

（カミクズ拾いのようなかっこうをしてやがる）

と歳三はおもった。

しかしそれだけに運動は軽快だろう、とおもいつつ、四年前の元治元年、この街道を攻めのぼってきた長州部隊が、大将は風折烏帽子に陣羽織、先祖重代の甲冑の下には錦の直垂を着、従う者はすべて戦国風の具足をつけ、火器といえば火縄銃ばかりであったことをおもうと、今昔のおもいにたえなかった。

（あれから、四年か）

わずか、四年である。しかし長州の軍備は一変した。この攘夷主義、西洋ぎらいの長州藩が、幕府から第一次、第二次征伐をうけているあいだに、藩の軍制を必要上、洋式に切りかえた。京都の薩摩、土佐の部隊も、この長州とおなじ装備である。

（どうやら、世界が変わってきている――）

歳三は、眼のさめるおもいで、かれらの軍容を見おろしていた。

　砲車が、ごろごろと曳かれてゆく。

　これも、新式の火砲である。四斤山砲（ボンドさんぽう）というやつだが、砲の内部（砲腔）にはねじがきざまれ、弾丸は、千メートル以上も飛ぶ。

　それにひきかえ、新選組がもっているたった一門の大砲は、江戸火砲製造所でつくった国産品で、砲腔がつるつるのやつであり、有効射程は七百メートル程度であった。

　これら長州兵の様子とくらべると、幕軍の装備は、四年前の長州とおなじであった。

　幕府歩兵隊こそフランス式ではあるが、旗本の諸隊、会津以下の諸藩兵は、ほとんど日本式で、刀槍、火縄銃を主力武器とし、わずかに持っている洋式銃も、オランダ式ゲーベル銃という、照尺もついていない粗末な旧式銃である。

（勝てるかねえ）

　が、兵力は、幕府のほうが、おそらく十倍を越すだろう。

（人数で押せば勝てる）

と、歳三はおもいかえした。

　長州兵が、通りすぎたとき、ぱらぱらと昼の雨が降った。

　陽は照っている。

（妙な天気だ）

と、望楼の窓から離れようとしたとき、ふと眼の下の路上で、ぱらりと蛇の目傘（じゃのめがさ）をひらいた女を見た。

（あっ、お雪か）

とおもったとき、すでにその女は、京町通へ抜ける露地に入りこんでいた。

　歳三は、駈けおりた。

　門をとび出した。

「どうなさいました」

と、門わきで隊士の一人が駈けよってきた。

「いや」

歳三は、にがい顔である。が、その表情のまま路上に突っ立ちつつも、気持が沸き立ってくるのをおさえかね、

「こ、ここで」

と、噴きあげるようにいった。

「女を見かけなかったか、いま長州人が通りすぎたあとに。若い……いや、若いといっても中年増だろう。眉は落していない。蛇の目をさしていた。そういう女が、この門のあたりを通りすぎて、そこの露地へ消えた。それを……」

「土方先生」

隊士は、やはり歳三の挙動に異様さを感じたらしい。

「われわれここで、ずっと長州兵をみていました。しかしそういう女は」

歳三は歩きだしていた。

例の露地。——

入口にはいると、すでに隊士の眼はない。

歳三は暗い露地のなかを、なりふりかまわず走りだした。

京町通に出た。

（いない）

左右は、明るすぎるほどの街路である。

（錯覚であったか）

いや、ぱらりとひらいた傘の音まで、耳に残っている。しかし、考えてみると、あの高い望楼から傘のひらく音が、果してきこえるものだろうか。

お雪はそのころ、京町通の「油桐屋」という軒の低い旅籠にとまっていた。

歳三の手紙をうけとって以来、お雪はひそかに伏見へ二度もきている。

会うつもりは、なかった。

（あの人は、別れに来なかった。武士らしく会わずに戦場へゆきたい、と書いていた。そのくせ、会えば、自分が変わってしまうかもしれない、とも書い

てあった)

このとき、歳三の筆蹟をお雪ははじめてみて、まずおどろいたことには、ひどく女性的な筆ぐせだということだった。

(これが、京の市中を戦慄させた土方歳三なのか)

と思ったのは、その文章であった。女でもこういう綿々とした書きかたはしないであろう。

(決して優しい人ではない。心の温かいひとでもない。しかし、どうであろう。これほど心弱いひとがあるだろうか)

お雪は、その心弱い歳三という男を、よそながらもひと目みて、別れたいとおもった。その想いが、お雪をこの町に来させた。

(もう、いらっしゃらないのかしら)

奉行所の練塀のなかは、数百の人数がいるとは思えないほど、いつも静もっている。

きょうは、朝、近藤が出てゆくのを軒端で見た。

ひるは、長州人の通過を見た。

しかし、歳三の姿だけは、いつも、どこにもなかった。

(縁が、もともと薄いのかもしれない)

お雪は、あきらめはじめている。ながい人生のほんの一時期に、あの男が影のように通りすぎた。それだけの縁なのかもしれない。

歳三は、おそい昼食をとった。

しばらく午睡した。

遠くで銃声がきこえ、背後の山にこだましたが、一発きりで、やんだ。歳三は起きた。懐ろの時計が四字半をさしている。

「なんだ、いまのは。――」

と、濡れ縁に出た。

ちょうど、庭に永倉新八がいた。

「さあ」

と、永倉がいった。

「どこかの藩が、調練でもやっているのでしょう」

「一発きりの調練かね」

歳三はくびをひねった。のも、当然だったかもしれない。

この一発の銃声が、今後の新選組の指揮を歳三にとらせる運命になるのである。

その刻限。——

近藤は、前後二十人の隊士を従え、伏見街道を墨染にさしかかった。

尾張徳川家の伏見藩邸がある。

そのわきに空家が一軒あり、古びた格子を街道に曝している。

その格子の間から、鉄砲が一挺、わずかに銃口をのぞかせたのを、隊列の者はたれも気づかない。

空家の屋内には、富山弥兵衛、篠原泰之進、阿部十郎、加納道之助、佐原太郎、といった伊東甲子太郎の残党が待ち伏せていた。

かれらは、朝、近藤が京にむかったことを察知して、復讐の日を今日ときめた。

近藤が、この日、二条城、堀川の妾宅に寄り、二時すぎ、伏見街道にさしかかったことまで、十分に偵知している。

「隊士は二十人いる」

と、篠原はいった。

「ところがどの面をみても、覚えがない。どうやら新参の役立たずばかりだ。鉄砲一発ぶっぱなして斬りこめば逃げ散るだろう……」

油小路の仇を、伏見街道で討つつもりであった。

いずれも新選組当時、使い手として鳴らした連中だけに、近藤勢の数をおそれていない。いまは、一同、京都の薩摩藩邸に陣借りしている。

やがて、近藤が、かつかつと馬を打たせてやってきた。

（来た。——）

と、篠原泰之進が、左眼をとじた。指をしぼりつつ、引鉄をおとした。

轟っ、と八匁玉が飛び出した。

弾は、馬上の近藤の右肩に食いこみ、肩胛骨を割った。

「それっ」

と、伊東の残党は路上にとびだした。

近藤は、さすがに落馬せず、鞍に身を伏せ、街道を飛ぶように走りだした。

篠原らはそれを追いつつ、またたくまに隊士二、三人を斬り伏せたが、ついに近藤に太刀をあびせるまでにはいたらなかった。

近藤は、鞍壺に身を沈め、右肩の傷口に手をあてつつ、駈けた。

伏見本陣の門へ駈け入るなり、馬を捨て、玄関に入った。

歳三と、廊下で出あった。

「どうした」

「医者をたのむ。そう。外科だ」

近藤は自室に入り、はじめてころがった。血が畳を濡らしはじめている。

歳三は、永倉らに伏見町の捜索を命じ、医者が来るまでのあいだ、衣類をぬがせ、傷口を焼酎で洗ってやった。

「歳、傷はどんなものだ」

顔が苦痛でゆがんでいる。

「たいしたことはなかろう」

「お前のいうことをきいて、きょうはやめればよかった。骨はどうだ、骨は。骨がやられては、もう剣は使えねえよ」

お雪がそのころ、屯営の前をとおり、ひっそりとまた「油桐屋」にもどった。

鳥羽伏見の戦い・その一

数日前、筆者は、歳三がいた伏見奉行所あとを訪ねるために、京都から伏見街道を南下してみた。

途中、

「御香宮（ごこうのみや）」

という広大な神域をもつ神社がある。道路の西側に森をなしている。

そのわずかに南、御香宮よりおそらく十倍はひろかったであろう地域に、

「伏見奉行所」

は、塀をめぐらせていた。

「いま、どうなっています」

と、御香宮の神主さんにきくと、

「団地どすわ」

と、吐きすてるようにいった。

なるほど現場に立ってみると、奉行所があった場所は、ブルドーザーできれいにならされて、星型建築や、羊羹型（ようかんがた）の建物がたっている。

「むかし、といってもほんの最近までですが、この路傍十坪ほどの敷地に、立派な自然石で鳥羽伏見の戦いの幕軍戦死者の慰霊塔がありました。その子孫の人たちがたてたもので、明治以来、私のほうのお宮で、毎年、祭祀をしておりました。いまは取りはらわれ、敷地も売られてしまって跡形もございません」

私は、ぼう然と、団地風景を見渡した。

日本歴史は関ケ原でまがり、さらに鳥羽伏見の戦いでまがった。

その場所にひとかけらの碑もなく、ただ団地は、見渡すかぎり、干し物の列である。

「暑うおすな」

と、偶然、知人から声をかけられた。

伏見の葭島（よしじま）で川魚を獲っているおやじで、京都の老人らしく、錆（さ）びさびとした声を出す。

「あの年は、寒おしたそうどすな」

と、老人は、曾祖母から聞きつたえているはなしをしてくれた。

「お奉行所のそばに、小ぶななどがいる水溜りがおして、そこに暮から正月にかけて一寸ほどの氷が張

っていたそうどす」

近藤が墨染(すみぞめ)で狙撃されたのは、その水溜りに厚氷が張っていたであろう慶応三年十二月十八日である。医者にみせると、意外に重傷で、肩胛骨にひびが入っていた。

「痛むだろう」

と、歳三はいった。

鉛弾(えんだん)が、肉に食い入り、弾がこなごなに砕けたらしく、肩肉が、コブシほどの面積にわたって、ぐさぐさに潰れている。血がとめどもなく出る。白布を一夜に何度か取りかえたが、すぐ真赤になった。

「なあに、大したこたねえ」

近藤は、苦痛に堪えていた。

これだけの傷で落馬しなかったとは、さすがは近藤であると歳三は、舌を巻いた。

「――歳よ」

と、近藤はいった。

「新選組を頼む」

「ああ」

歳三はうなずいた。多摩川べりで遊んだ餓鬼のころからの仲である。ただそのひとことで、指揮権の移譲は済んだ。

そのあと、近藤のからだに高熱が襲った。一週間ほど、食事もろくに摂(と)れず、うとうとと眼を閉じたりあけたりするだけの状態だった。

(膿(う)まねばよいが)

と歳三は案じていたが、血にそろそろ黄色いものがまじりはじめている。

大坂城にいる将軍慶喜からも見舞いの使者がきた。

「大坂へ来い」

という伝言である。伏見にはろくな外科がいない。幸い、大坂城には天下の名医といわれた将軍の侍医松本良順がいる。

松本良順は、近藤より二つ年上の三十六歳。幕府の医官松本家の養子になり、長崎で蘭医ポンペから西洋医術を学び、まだ書生のころ長崎で日本最初の洋式病院（当時長崎養生所という名称。いまの長崎大学医学部の前身である）をたて、医者には惜しいほどの政治力を発揮した。のち幕府侍医となり、法眼（ほうげん）の位をもらった。非常な秀才だが、血の気も多かったため、幕府瓦解後は、各地に転戦した。維新後そのため一時投獄されていたが、新政府がかれを必要としたため出仕し、名を順とあらためた。陸軍軍医制度をつくりあげ、陸軍最初の軍医総監（当時、軍医頭という名称）になった。七十六歳まで生き、晩年、男爵をおくられた。今日われわれの生活とのつながりでは、海水浴を最初に奨励啓蒙した人で、たしか逗子（ずし）だったかにはじめて海水浴場をひらいた。当時の日本人は、海で泳いで遊ぶなどは奇想天外なこととしていた。

この松本良順（順）は、近藤を大坂城で治療してから新選組の非常な後援者となり、いま東京の板橋駅東口にある近藤、土方の連名の碑もこの松本良順の揮毫するところで、晩年まで新選組のことをよく物語った。明治の顕官のなかでは、おそらく唯一の新選組同情者であったといっていいであろう。

近藤は、伏見から幕府の御用船で大坂へ送られることになった。そして病臥中の沖田総司も。

その前夜。――

「歳、お雪というそうだな」

と、不意にいった。この「歳」という男は若いころから、自分の情事について一切口にしたがらない性癖を近藤は知っていたが、この夜はかれのほうから話題にした。

「そう。――雪」

と、歳三は無表情でいった。

「なぜ歳。京を去る夜、そういう女がいるのに、会いに行ってやらなかった」

「ないからね」

歳三は、あわてて手短くいった。

「なにがないんだ」

と、近藤は鈍感。

「会う必要が、さ」

「必要がないのかね。家の始末とか、女への手当とか」

と、近藤がいう。実をいえば、歳三は手紙を町飛脚にもたせてやるときに、自分の手もとにあった二百両の金子のうち、五十両だけをのこして、お雪にこっそり届けてある。

しかしそれは、歳三の気持のなかでは「手当」ではない。

お雪は歳三の大事な恋人であった。女房、妾、といったような、歳三にいわせれば俗な存在ではないのである。

「近藤さん。まちがってもらってはこまるがお雪は妾じゃありませんよ」

「ふむ？」

近藤の頭では、理解しにくい。

「妾でないならば、なんだ」

「恋人だ」

と、現代ならばそういう手軽で便利でわりあい的確な語彙があるから、歳三はそう答えたであろう。

しかし、

「大事なひとさ、私の。——」

と、そういっただけだった。

「大事なひとなら、なぜ会わない」

「さあ」

歳三は、これ以上この話題をつづけたくない、といったふうのにがい顔をした。女房のほかに妾が三人もある近藤のような型の男には、いっても無駄であろう。

その夜、近藤はひどく気の弱い話をした。

「時勢は変わってしまった」

というのである。いずれ天朝中心の世の中になるのであろう。そのとき、自分は賊軍にはなりたくない、といった。

「近藤さん、もうよせよ」

と、歳三は何度もとめた。体に障(さわ)る。さわるだけではなく、近藤という男の弱点がみえてきて、歳三はいやなのだ。

(このひとはやはり英雄ではある)

と、歳三はおもっていたが、しかしながらそれはあくまでも時流に乗り、勢いに乗ったときだけの英雄である。勢いに乗れば、実力の二倍にも三倍にも能力の発揮できる男なのだ。

が、頽勢(たいせい)によわい。

情勢が自分に非になり、足もとが崩れはじめてくると、近藤は実力以下の人間になる。

(凧(たこ)のようなものだ。順風ならば、風にもちあげられ自分も風に乗り、おだてに乗り、どこまでもあがってゆく大凧だが、しかし一転風がなくなれば地に舞いおちてしまう)

そういう型であって、これは非難すべきものではない。

(しかし)

おれはちがう、と歳三は思っていた。

むしろ頽勢になればなるほど、土方歳三はつよくなる。

本来、風に乗っている凧ではない。

自力で飛んでいる鳥である。

と、自分を歳三は評価していた。すくなくとも、今後そうありたいと思っている。

(おれは翼のつづくかぎりどこまでも飛ぶぞ)

と思っていた。

翌日、近藤と沖田は護送された。


大坂は、幕軍の大拠点である。

かれらは、といってもとくに会津藩、桑名藩という両松平家(藩主は兄弟)が急先鋒であったが、

――京都で少年天皇を擁して、ほしいままな策謀を行なっている薩摩藩に対し、もはや開戦せねばおさまらぬほどの憤激をもっていた。

慶喜はすでに将軍職を辞し、家康以来の内大臣の官位も返上し、京からはるか十三里の大坂で、

「謹慎」

しているにもかかわらず、こんどは途方もない難題をもちかけてきた。幕府の直轄領三百万石を朝廷に返上せよ、という。

すでに慶喜は一大名の位置におちた。

そのうえ、何の罪あって所領を返上せよというのであろう。大名が所領を返上せねばならぬというのなら、薩摩も長州も土佐も芸州も、そして三百諸侯も、そろって同列に返上すべきである。が、それは、触れない。

慶喜だけに返上せよという。

無茶である。

理屈もなにもあったものではなく、これには、京都にあって薩摩とともに天子の輔佐をしている、土佐、越前、芸州の諸侯も、猛反対した。

が、公卿の岩倉具視（ともみ）、薩摩藩周旋方大久保一蔵(利通)が、たった二人で「少数意見」を通そうとして八面六臂（はちめんろっぴ）の活躍をしつつある。

大久保の思案は、あくまで、

「徳川家討滅」

にあった。徳川家をその兵力と権威のまま残しては、薩長が考えている「維新」は打開しないのである。古来、戦争手段によらざる革命というものはありえない。

だから討つ。

討つには、名目が要る。稀世の策謀家だった大久保一蔵は、大坂城の徳川慶喜に領土返上という難題をもってせまり、もし承諾しなければ、朝敵として討つ。そのつもりで対朝廷工作をすすめていた。

が、公卿はその案に冷淡。

土佐侯をはじめとする親朝廷派の諸侯も、薩摩方

式の「革命」には反対である。おそらく、当時、全国の武士に世論調査をしても、その九割九分までは、むしろ、土佐案か会津藩の徳川家温存方式に賛成したであろう。なぜならば人間はたれしも現状が急変することを好まない。が革命は少数意見が優勢な武力をにぎった場合に成立するものだ。世論、もしくはいわゆる正論、などは、革命をする側にとっては屁のようなものである。

その悪例は、徳川家の祖・家康自身が残している。二百数十年前、すでに大坂で七十余万石の大名の位置に堕ちていた豊臣家をほろぼすために、あらゆる無理難題を思いついては押しつけ、ついに、豊臣家が起たざるを得ないようにして大坂冬ノ陣、夏ノ陣をおこし、ついに討滅してしまった。

その宿命の城に、徳川家最後の将軍慶喜がいる。

慶喜は、知識人である。水戸家から出たために、尊王論者でもあった。かれは、後世、朝敵の名をのこすことを恐れた。慶喜がもし家康、またはそれ以前の英雄ならば、幕府の軍事力をあげて抗戦したであろう。慶喜の不幸は、水戸史観の徒であるということであった。水戸史観は、史上の英傑を「朝敵」と「忠臣」に分類した史学である。朝敵にはなりたくなかったであろう。

それが、慶喜の態度を弱くした。

が、会津藩と一部の幕臣は強硬である。薩摩討つべし、と慶喜にせまった。

ついに、

「討薩表」をかかげ、天子に強訴する、というかたちをとって大軍を京都に進めることになった。

幕府側は、薩摩側の挑戦にみごとに乗ったのである。その先例は、豊臣秀頼を挑発してほろぼした家康にある。

幕軍（正確には徳川軍）は、慶応三年十二月の暮、老中格松平正質を総督として、諸隊を部署した。

その予備隊は数万。進撃部隊は一万六千四百人という大軍であった。

――これを迎えうつ京都側は。

兵力いまだにわからないが、おそらく五千人はなかったであろう。

兵数からみれば、幕軍のがわが、圧倒的に優勢である。

「この戦さは勝つ」

と歳三は信じた。

「いいか、諸君。――」

と、歳三は隊士を集めていった。

「おらァ、子供のときからずいぶんと喧嘩をしてきた。喧嘩てのは、おっぱじめるとき、すでにわが命ァない、と思うことだ。死んだ、と思いこむことだ。そうすれば勝つ」

が、内心、

（勝てるかな）

という疑惧がある。この疑惧のたった一つの理由は、慶喜という人物である。

幕軍が、討薩表（陳情書）をかかげて大坂を出発するというのはいいが、その陣頭になぜ慶喜が立たない。

慶喜は大坂城に腰をすえたままである。しかも姿勢はおよそ戦闘的ではなく、婦女子のように恭順しているだけではないか。

（わるい卦だよ）

とおもうのだ。

大坂夏ノ陣の軍談は、歳三は諳んずるほどにおぼえている。

総大将の豊臣秀頼は、ついに一歩も大坂城を出なかった。四天王寺方面で難戦苦闘している真田幸村は、何度か息子の大助を使者にして、

「御大将ご出馬あれ」

と、懇請した。大将が出れば、士卒はふるい、倍の力を出すものである。が、秀頼は、敵の家康が、

七十余歳の老齢で駿府城からはるばると野戦軍の陣頭に立ってやってきているのに、ついに出なかった。

（それに似ている）

ところも、大坂城。

（わるい卦だ）

とおもったのは、それである。

歳三は、毎日、望楼にのぼっている。

この奉行所の北隣り、といっていいほど眼と鼻のむこうに、御香宮があるのだ。

そこに薩摩兵が屯営している。藩主の縁族島津式部を司令官とし、兵力八百。

参謀は、吉井友実（ともざね）（通称幸輔。のち枢密顧問官、伯爵）である。

この幸輔を、歳三も知っている。西郷、大久保につぐ薩摩藩の切れ者で、早くから侮幕、倒幕運動をやっていた男だ。

（幸輔を斬っておけばよかった）

歳三は、そう思った。が、幕府、会津藩の外交方針として、薩摩派をあくまでも刺戟しないようにしてきたため、ついに斬れなかった。

開戦となれば、まっさきにこの御香宮の薩摩隊八百と交戦することになるだろう。

新選組は百五十名。

ほかに、この奉行所に同宿している幕軍としては、城（じょう）和泉守がひきいる「幕府歩兵」千人がいる。

みな、だんぶくろを着て、洋式銃をもち、仏式調練をうけた連中である。

しかし、あてにはならない。

江戸、大坂の庶人から募集した連中で、やくざ者が多く、平素は民家に押し入って物を掠（かす）めたり、娘を犯したりして威張りちらしているが、いったん戦さになればどうであろう。

（たよるは自力、と思え）

と、歳三はそう覚悟している。新選組、それもしぼってみれば、江戸から京都にかけて苦楽を共にした二十人内外が、おそらく奮迅のはたらきをするであろう。

(いつ、はじまるか)

歳三は本来、眼ばかり光った土色の顔の男だが、ここ数日来、ひどく血色がいい。

生得(しょうとく)の喧嘩ずきなのだ。

それに、たとえ、一戦二戦に敗れても、このさき百年でも喧嘩をつづけてやるはらはある。

(いまにみろ)

歳三は、ふしぎと心がおどった。どういうことであろう、――自分の人生はこれからだ、といううえたいの知れぬ喜悦がわきあがってくるのである。多摩川べりで喧嘩にあけくれをしていた少年の歳三が、いま歴史的な大喧嘩をやろうとしている。

その昂奮かもしれない。

やがて暮も押しつまり、年が明けた。

明治元年。

鳥羽伏見の戦い・その二

その元旦、歳三は、甲冑陣羽織といったものものしい戎装(じゅうそう)のまま、終日濡れ縁にすわっていた。眼の前は、白洲(しらす)である。急にあたりがひえびえとしてきた。

(暮れやがった)

陽が樗(おうち)の老樹に落ちてゆく。史上、第二の戦国時代といっていい「戊辰(ぼしん)」の年の第一日が暮れた。

「あっはは、きょうも暮れやがったか」

歳三は、気味のわるいほど機嫌がいい。

「歳、暮れたのがどうした」

と訊きかえすであろう近藤はもうそばにいないのである。近藤とともに大坂に後送された沖田総司がもしここにおれば、

「土方さんは喧嘩のために生きているのですか」

とまぜっかえすところであろう。歳三はじれるような気持で、開戦を待ちかねていた。

しかし、元旦は無事に暮れた。

二日も無事。

しかしこの日は、多少の変化があった。会津の先遣隊三百人が大坂から船でやってきて、伏見の東本願寺別院に入ったのである。

その使番(つかいばん)が、伏見奉行所の新選組にあいさつにきた。

「主力は、あす三日にこのあたりに到着するでしょう」

と、使番はいった。

(戦さは、あすだな)

歳三は、地図をみている。

大坂の方角から京に入る街道は、鳥羽街道(大坂街道・ほぼ現在の京阪国道)、竹田街道、伏見街道の三道がある。使番のはなしでは、この三道をひた押しに押して京へ入るということであった。

当然、伏見から鳥羽にかけて東西に布陣している京方の薩長土の諸隊と衝突する。

(面白え)

歳三は、じっとしていられなくなって、この日も望楼にのぼった。

風が身を切るようにつめたい。

歳三は、フランス製の望遠鏡をとりだして予定戦場を遠望した。

さすがに望遠鏡では見えないが、薩軍主力五百人が京都の東寺(とうじ)にあることは諜報でわかっていた。東寺からまっすぐに南下しているのが、大坂街道(鳥羽街道)である。薩摩藩はこの街道をおさえている。その前哨部隊二百五十人は下鳥羽村小枝にまで南下して陣を布いていた。

砲は八門。

二百五十人の部隊に火砲が八門というのは日本戦史上、かつてない贅沢さである。薩英戦争以来、極端に砲兵重視主義になった薩摩藩の戦術思想のあらわれというべきであろう。この前哨陣地の隊長は薩摩藩士野津鎮雄。その弟道貫も配属されている。のちに日露戦役で第四軍司令官となり、勇猛をうたわれた人物だ。元帥、侯爵。

（しかし人数がすくなすぎる）

と歳三。

さらに望遠鏡を東に転じて、足もとの伏見の市街地をみた。

伏見というのは京風の都市計画でできた町で、道路が碁盤の目になっており、人家はびっしりつまっている。ここでは、日本戦史では類のすくない市街戦になろう。市街戦は新選組の得意とするところであった。

つい目と鼻のさきの御香宮が薩軍屯所で、ここに八百人。

その伏見街道ぞいの背後には長州軍千人が屯集し、主将は毛利内匠。参謀は長州藩士山田顕義（維新後陸軍少将になったが、のち行政家に転じ、内務卿・司法大臣などを歴任、伯爵）、諸隊長のなかにはのちの三浦梧楼（観樹）などがいる。

竹田街道には土佐藩兵百余人。その予備隊として一個大隊が背後にあり、大隊長は谷干城（のちの陸軍中将で西南戦争における熊本鎮台司令官として知らる。子爵）、中隊長には、のち日清戦争で旅順城を一夜で陥落させた「独眼竜将軍」山地元治がいる。

これら伏見部隊が、歳三の正面の敵になるであろう。

（存外、鳥羽方面にくらべて大砲が少ねえ）

と、歳三は観察した。

（これは、勝つ）

たれがみてもそう思ったであろう。京都の薩長土三藩の兵は、大坂の幕軍の可動兵力からみれば、八分の一にもあたらない。

この日、伏見の新選組では、「誠」の隊旗のほかに日章旗を立てた。

幕軍全体の隊旗である。というよりも幕軍のほうが、国際的立場からみれば（大政奉還したとはいえ）日本の政府軍であるというあたまがあったのであろう。これは親幕派のフランス公使の入れ智恵であったかとおもわれる。

薩長土は、まだ「官軍」にはなっていなかった。なぜならば御所に詰めている公卿、諸侯のほとんどは、薩長の対徳川強硬策に反対で、もし戦闘がおこれば、それは薩長の私闘であって京都朝廷は関知しないという肚でいる。公卿たちは、十中八九、幕軍が勝つとみていた。勝てば、幕軍が官軍になる（薩長の首脳部でさえ勝てるとは確信していなかった。もし敗けたばあい、少年天子を擁して山陰道に走り、中国、西国の外様大名の蹶起を待つつもりであった。薩摩藩の首脳部のひとり吉井幸輔も「薩長の存亡、何ぞ論ずるに足らんや」といっている。もはや薩長にとっては必死の賭博といってよかろう）。

三日。――

運命の日である。

この日、前夜来大坂城を進発した会津藩兵はぞくぞくと伏見に到着し、伏見奉行所に入った。

歳三はそれを門前でむかえた。

「やあ、土方さん」

と肩をたたいたのは、隊長の林権助老人である。このとき六十三。顔が赤く、灰色のまゆが、ちぢれている。

林家は代々権助を世襲する会津家中の名家で、権助安定は若いころから武骨で通った名物男であった。会津藩が京都守護職を命ぜられてからずっと大砲奉行をおおせつかってきている。

歳三がかつて、

「新選組にも大砲を数門よこせ」

と会津藩に折衝したとき、あいだに立った藩の公用方の外島機兵衛がだいぶこまったが、林権助が、

「ああ、一つ進ぜる」

と無造作にくれた。

その後、何度か、この老人と黒谷の会津本陣で酒を汲みかわし、権助も歳三をひどく気に入ったようであった。

権助、酒は、あびるほど飲む。

「あんたは感心じゃ」

と、権助は歳三をほめたことがある。

「飲んでも、天下国家を論ぜぬところがおもしろい」

ほめたのか、どうか。――ただそのあとで、

「わしと同じじゃ」

とつけくわえた。武弁であることに徹底しようとしている老人である。

酔っても、芸はなかった。ただ、芸とはいえないがときに、

「遊びをやりまする」

と幼童の声を真似る。

「遊び」とは、会津藩の上士の児童のあいだにある一種の社交団体で、六、七歳になるとこの「遊び」という団体に入る。

会津藩の上士は、約八百軒である。これを地域によって八組の遊び団体にわけ、九歳の児童を最年長としていた。

かれらは午前中は寺子屋に通い、午後はどこかの家にあつまる。

ここで、年齢順にならび、最年長の九歳の早生れの者が座長となり、

「これからお話をいたします」

と正座し、「遊び」の心得方をのべる。

一、年長者のいうことは聴かねばなりませぬ。

二、年長者にはおじぎをしなければなりませぬ。

三、うそを言うてはなりませぬ。

四、卑怯なふるまいをしてはなりませぬ。

五、弱い者をいじめてはなりませぬ。

六、戸外で物を食べてはなりませぬ。

七、戸外で婦人と言葉を交してはなりませぬ。

権助は、酔うと童心にかえるたちなのか、これを

高唱して子供のころのまねをするのだ。現在なら酒席で童謡をうたうようなものであろう。それだけが酒席の芸という男である。

槍術、剣術の免許者で、とくに会津の軍学である長沼流にあかるく、調練の指揮をとらせると無双にうまかった。

だから会津藩も、こんどの伏見方面の指揮をこの六十三歳の老人にとらせることになったのであろう。

林部隊の砲は、三門である。ごろごろと車輪をひびかせつつ、奉行所の門に入った。

「土方さん、形勢はどうです」

と、林権助は、あごを北へしゃくった。薩長の陣地の配置をきいていたのである。

「あとで望楼へお伴しましょう」

と歳三はまず手製の地図をひろげた。

権助は驚嘆して、

「ほう、ほう」

と、子供のように眼をかがやかせた。

「この地図は、どなたが作ったのです」

「私ですよ」

と、歳三はいった。この男は、多摩川べりで喧嘩をしていたころから、かならず地形偵察をし、地図を作ってからやった。たれに教えられた軍学でもない。歳三が、喧嘩をかさねてゆくうちに自得をしたものである。

「これは土方流の軍学じゃな」

と、長沼流の権助は咽喉を鳴らした。うれしいときの老人のくせである。

歳三の地図は精密なものだ。このあたりを十分踏査して描き、諜報その他によって得た敵の配置を、克明にかき入れてある。

「これで戦さをなさるのか」

「いや、この敵の配置は、たったいま現在のものです。もう一刻たてばどう変化するかわかりません。喧嘩の前には忘れますよ」

と、権助の見ている前で破り、そばの火鉢の中にほうりこんだ。

ぼっ、と燃えた。

敵情は変化する、とらわれない、というつもりであろう。

「土方流ですな」

権助は、またのどを鳴らした。自分と一緒に戦さをする男を、ひどく気に入っている。

「土方さん、あんたとわしが手痛く戦さをすれば、向うところ敵なしですよ」

「一献(いっこん)、汲みますか」

「いや、酒は勝ってからです。また例の会津幼童の遊びを聴かせましょう」

二人は、一緒に昼食をとった。

そのあと、望楼にのぼった。

「ごらんなさい」

と、歳三は足もとを指さした。ほんの足もとの近さである、御香宮は。

そこに、薩軍の本拠がある。奉行所の北塀とは二十メートルほどの距離であろう。

「土方さん、変わった」

と、権助は首をつきだした。

「あんたの地図とは、もうちがっている。薩軍はふえている」

だから歳三は地図を破った。敵というものは、どう変化するかわからない。

歳三は望遠鏡でのぞいた。

なるほど、薩摩軍は、ふえている。

会津の林隊による奉行所兵力の増強に、敏感に対応したのである。

御香宮の東側に、小さな丘陵がある。土地では竜雲寺山とよんでいたが、山というほどの高地ではない。

そこに薩摩藩の砲兵陣地がある。それがほぼ二倍に増強されているのである。

増援された砲兵隊長は、薩摩藩第二砲隊の隊長大山弥助であった。のちの日露戦争の満州軍総司令官大山巖で、当時二十七歳。早くから江戸に出て砲術を学び、薩英戦争にも砲兵小隊長として参加した。冗談のすきな若者で、

「また大山が冗談云う」

と家中で一種の人気者だったが、この日、京都から伏見へと急行するあいだ、ほとんど口をきかなかった。

竜雲寺山に四斤野砲をひっぱりあげると、すぐ放列を布いた。

眼下が、伏見の奉行所である。でたらめに撃っても、弾丸はことごとく命中するであろう。


「あの竜雲寺山は」

と、林権助はいった。

「はじめ、彦根藩の守備陣地になっていたのではないですか」

「そうです」

と、歳三はいった。

「彦根藩の陣地ですよ。しかしいつのまにか薩摩藩に通じ、陣地をひきはらって薩摩の砲兵を入れてしまった」

「彦根の井伊といえば」

云わずと知れている。家康以来、徳川軍の先鋒ときまっていた。家は譜代大名の筆頭で幕閣の大老を出す家格である。

「それが寝返ったか」

「愚痴」

と歳三はいった。

「いわぬことです。それよりも、あの山に砲を置かれては、二階から石をおとされるようなものだ。開戦となれば、会津の砲ですぐあいつをつぶしてくれますか」

「いかにも」

権助には戦国武者の風貌がある。げんにその老体を、先祖重代の甲冑で鎧っていた。

二人は、望楼をおりた。時刻がやや移った。

そのころ、西のほう大坂街道（鳥羽街道）では、おびただしい人数の幕軍が北上しつつあった。

「討薩表」を所持した慶喜代理の幕軍大目付滝川播磨守を「護衛」する、という名目の部隊が先鋒で、幕府仏式歩兵二大隊（七百人）砲四門、佐々木唯三郎が率いる見廻組二百名、という兵力である。さらにやや間隔をひらいて後続の幕軍主力が山崎にまできていた。

この滝川播磨守の先鋒が、鳥羽街道を北進して鳥羽の四ツ塚までできた。

四ツ塚には、薩摩兵が陣地をかまえ、関門をつくっている。

幕軍は使者を出し、まず関門の通過方を請うた。

薩摩の軍監は、椎原小弥太である。ほかに一名をつれただけで、大胆にも路上を幕軍にむかって歩き出した。

「貴下は何者だ」

と、幕軍の滝川播磨守は馬上で高飛車にいったという。世が世ならこちらは幕府の大目付、相手は陪臣にすぎない。

「ここの関守でごわす」

と、椎原小弥太は幕軍に囲まれながら泰然と答えた。

あとは、通せ、通さぬの押し問答である。

（問答無用）

と、幕軍は思ったのであろう。

椎原との交渉中、歩兵指図役の石川百平はひそかに砲隊のもとに走って、

――薩軍を撃て。

と命じた。

なにぶん、行軍中の砲である。弾を装塡し車輪を運動させて、まさに砲口を北方にむけようとした。

そのとき、薩軍の砲兵陣地のほうがいちはやく火

を噴いた。砲兵指揮官野津鎮雄の独断による射撃命令である。

弾は飛んで、運動中の幕軍の砲一門の砲架に命中し、轟然と炸裂した。

砲架は粉砕され、その砲側にあった歩兵指図役石川百平、大河原鉦蔵の二人は肉片になって飛び散った。

この野津の一弾が、鳥羽伏見の戦い、さらにそれにつづく戊辰戦乱の第一弾になった。このとき、午後五時ごろである。すでに陽は暮れようとしている。

この砲声、さらにつづく激しい小銃の射撃戦の音は、すぐ東方の伏見に聞こえた。

「やった」

と、林権助、すばやく奉行所の北方に構築してある柵門をひらき、砲を進出させ、初一発を薩摩の竜雲寺山の砲兵陣地に撃ちこんだ。それにつれて後門を守っている新選組百五十人が路上に突出しようとしたが、歳三は押しとどめ、

「まあ、首途の祝い酒を汲め」

と、用意の酒樽の鏡をぬいた、という伝説が土地に残っている。

みな、ひしゃくをまわして酒をのみ、全員が飲みきらぬうちに、御香宮と竜雲寺山の二カ所から撃ちだす薩摩の砲弾がやつぎばやに落下してきて、あちこちの屋根、庇を粉砕しはじめた。

「いまは」

と、はやろうとする一同を歳三は再びおしとどめ、

「二発や三発の砲弾に何ができる。酒宴の花火だとおもうことだ」

と全員が汲みおわるまで隊列を鎮め、やがて、

「二番隊進めっ」

と、雷のような声を発した。二番隊組長は、永倉新八である。島田魁、伊藤鉄五郎、中村小二郎、田村太二郎、竹内元三郎ら十八人である。

「進め」

といっても、前は自陣の奉行所の塀。

それを永倉らは、乗りこえ乗りこえして、路上にとびおりた。

鳥羽伏見の戦い・その三

最後に歳三、

「やっ」

と土塀の上にとびあがり、その屋根瓦の上にあぐらをかいた。

ぴっ
ぴっ
と、小銃弾が耳もとをかすめた。

奉行所内部に待機している隊士らは、歳三の無謀におどろき、

「副長、なにをなさるのです。薩長の射撃の標的になるつもりですか」

「土方さん」

原田左之助などは、のびあがって歳三の腰帯をつかみ、

「死ぬつもりかよ。あんたまでが弾にあたっちゃ、新選組はどうなる」

「原田君」

歳三は、路上を駈け出してゆく永倉新八ら十八人の二番隊のほうをあごでしゃくりながら、

「あいつらも弾の中にいる」

といった。この男の例の憎体な、梃子でも動かぬ面構えである。

(勝手にしろ)

と、原田も、手をはなした。

歳三は大あぐら。

(芝居さ)

と思っている。喧嘩とは、命を張った大芝居なのだ。歳三の両眼が見ていればこそ二番隊の決死隊も

働き甲斐があるし、構内で待機中の連中も、

（この将のためなら）

と思うはずだ。

事実、歳三もただの男ではない。うまれつきの喧嘩師の上に、ここ数年、文字どおり白刃の林をくぐってきている。

武士の虚栄は、死だ。

その虚栄が、骨のずいまで浸みとおり、血肉をつくり、それが歳三のふてぶてしいつらを作りあげているようなところがある。

と、瓦が割れた。

歳三は、例の憎体面（にくていづら）のままである。顔色を変えるような「愛嬌」がこの男にはない。愛嬌といえばどういう種類の愛嬌も歳三にはなかった。

おかしなことに弾もこの不愛想な男をいやがるのか、すべて避けて飛んでゆく。

（おれにゃあたらねえ）

喧嘩師特有の自信である。歳三の尻は、ずしりと土塀の屋根にすわっている。


一方、路上の永倉新八らの抜刀隊は、惨烈な状態になっていた。

新選組の担当正面は、通称指月庵の森といわれている疎林で、そこに薩長の兵が、奇妙な塁をかまえている。

民家から徴発した畳を積みあげ、それを胸壁がわりにして銃をのぞかせている。

林の中には畳の胸壁が、あちこち巧妙に配置されて、たとえ陣地内に斬りこまれても、死角というものがない。

一つの胸壁の銃兵を斬り殺しても、他の胸壁からたちまち突入者はやられてしまう。一夜造りの野戦陣地としては、じつにうまいものだった。長州藩の指導によるという。長州藩は、幕府の長州征伐を受けたおかげで、野戦攻城の経験が豊富になっていた。

奉行所からその陣地まで、わずか三十メートルた

らずである。

歳三は、永倉ら剣術精練の士をえらんで、

「斬りこめ」

と命ずる一方、新選組がもっている一門の大砲を間断なく射撃させて、援護した。

永倉らは、白刃をふるって駈けた。

必死に駈けた。

「駈けろ」

塀の上の歳三は怒号した。駈けねば敵陣へたどりつくまでに撃たれる。

「傘が無え、傘が」

と、原田左之助が塀の上に首だけ出していった。

「なんの傘だ」

と、歳三。

「弾よけの傘がよ。雨ならカラカサ一本でよけられるが、弾はそうはいかねえ」

路上で、ばたばた隊士が斃れた。

弾をくらうと体が跳ねあがって倒れる。どさっと地に叩きつけられる音が、ここまできこえてくるような気がした。

永倉が、松林に躍りこんだ。つづいて、五人、六人と躍りこんだが、みなそれぞれ松を一本ずつ抱えたまま、身動きが出来ない。動けば諸所方々の畳の塁から撃たれるのだ。

それでも永倉はとび出そうとしている。

「永倉、待てっ。動くんじゃねえ」

と、歳三はどなった。

怒鳴ると、構内の原田をふりかえり、

「君の隊から十五人選ぶんだ」

といった。

原田はすぐ選抜し、高さ二間の土塀をつぎつぎと乗りこえて路上にとび出した。

歳三もとびおりた。

「おれにつづけ」

と、駈けながら二尺八寸和泉守兼定をひきぬいた。

抜いた拍子に、刀身の物打(ものうち)にぴしりと弾があたって跳ねた。

「駈けろ、駈けるんだ」

駈けるのが戦さ、といった戦闘で、話にもなにもならぬ。

弾が、雨のようにやって来る。その間、五足（いつあし）ほど駈けるごとに、御香宮から撃ち出している薩摩砲兵の弾が、

どかん

どかん

と路上で炸裂した。弾体に霰弾（さんだん）が詰まっている砲弾だから、はじけるとそこここに血煙が立った。

歳三はやっと松林にとびこみ、一本の松を楯にとった。

ふりかえると、路上の死体はすでに十二。

「みな、飛び出すな」

と、歳三はいった。

夜を待つのだ。暮れきってしまうのに、あと十分も待てばいいだろう。

夜戦で斬る。

白兵となれば天下に響いた新選組である。

（死体の山を築いてやる）

歳三には自信がある。

奉行所表門。

このほうは、奉行所を要塞とする幕軍の主力で、例の林権助老人を隊長とする会津兵である。

権助老人は砲三門をもって、まず竜雲寺高地の薩摩藩砲兵陣地を射撃させた。

が、一発撃つごとに、十発落下してくるようなあんばいで、火力ではなんともならず、しかも眼前二十メートルの御香宮の塀から、薩軍の銃隊が乱射してくる。

「こっちも鉄砲、鉄砲」

と、権助老人は会津の銃隊を督励するが、なにぶん火縄銃が多い。

操作におそろしく時間がかかるうえに、有効射程

がせいぜい一丁ほどのものだ。

薩長兵は、ミニエー銃で装備している。当時、薩摩藩では、国許と京都藩邸に工作機械が据えられており、ほとんどの銃は、藩の製造によるものである。それらの銃は、長州軍にも無償で渡されていた。性能も外国製にほとんど劣らない。

大砲なども、いま竜雲寺高地の砲兵陣地を指揮している大山弥助が、洋式野砲をみずから改造して、

「弥助砲」

というようなものまで作っている。

当時、藩兵の精強さは、会津、薩摩をもって天下最強といわれたものだが、その近代化の点ではくらべものにならない。

会津の戦法は、依然として古色蒼然たる長沼流である。戦国時代からなにほども進歩していない。

その新旧が激突したのだ。

権助はついに、三門の会津砲を奉行所東端の路上にひきだし、仰角をもって、竜雲寺高地に射ちあげた。

砲弾はほとんど、松林にあたって炸裂し、かんじんの敵陣地がつぶれない。

もっともそれでも多少の効果があり、その破片が第二砲隊長大山弥助の耳たぶを傷つけた。ただし耳たぶだけのことである。薩摩砲兵の射撃は、いよいよ活潑であった。

御香宮に籠っていた薩摩の銃隊も、路上、軒下、小祠などに散開してじりじりと南にむかって押しはじめた。

権助老人、路上で指揮し、

「もはや斬り込みじゃ」

と、刀槍隊を叱咤して何度か突撃したが、十メートルも進まぬうちに先鋒はことごとく銃弾のために死骸になった。

それでも権助、三度まで突撃した。が、前後左右、死屍を作るのみである。

権助、さらに屈しない。

「さあ、もう一度押すぞ」

と長槍をふりあげたとき、同時に三発の銃弾が体をつらぬいた。

どかっ、と尻餅をついた。

立てない。

兵が抱きおこして退らせようとすると、

「触るな」

とはらいのけ、路上にすわったまま、指揮をとった。

夜になった。

歳三は、新選組全員を松林に集結させ、一本の松明に火を点じた。

「いいか、この火がおれだ。この火の進む方角について来い」

松林の中の畳の堡塁群は沈黙している。暗くなったために目標がみえないのだ。

「原田君」

と、歳三は耳うちした。

原田左之助は声が大きい。

歳三にいわれたとおりのことを、松林の中の敵にむかい、腹の底から怒号した。

「聴け、いまから」

とがなってから一息入れ、

「新選組千人が斬りこむぞ」

この声は、たしかにききめがあった。

敵は新選組という語感に恐怖を感じた。この松林の敵は、長州の第二歩兵隊が主力である。

やみくもに乱射しはじめた。

「闇夜に鉄砲さ」

歳三はその発火の位置をたしかめ、どっと斬りかかった。

斬った。

歳三ひとりで四人。

原田左之助などは槍が折れるほど闘い、ついに敵は崩れ立った。このとき長州側は、小隊司令宮田半四郎以下死傷二十余名。

敵は北へ逃げた。

北こそ、歳三が襲うべき敵の本陣「御香宮」である。

「つづけ」

と歳三は、左手に松明をかかげ、右手に和泉守兼定をかざして路上を突進した。

奉行所東端まで来た。

会津藩の主力がいる。

「林さんはどうした」

「あれに」

会津兵が指さすと、林権助は甲冑のまま路上にすわっている。

なお大砲の射撃指揮をしているのだ。

「やあ、土方さんか」

権助老人は笑った。

笑っているそばで、砲弾が炸裂したが、権助は顔色も変えない。

「やられたようですな」

「鉄砲玉が」

と、左腕、腰、右膝を指し、

「入っている。あんたはまだかね」

「まあね」

といったとき、銃弾が飛んできて歳三の松明を撃ちとばした。

歳三はゆっくりと拾いながら、

「佐川さん」

と、会津藩別選隊長の佐川官兵衛によびかけた。家中でも勇猛で知られた人物である。

「どうやら敵の大小砲の発砲状態をみてみると、西方の市街地にはあまり人数がいないようだ。ひとつ、市街地へ大迂回し、御香宮の背後にまわって、南北から挟撃しようじゃないですか」

「なるほど」

佐川もはじめて気づいた。敵の弱点攻撃こそ、戦術の眼目である。長沼流にもある。

ただし歳三のは天賦の喧嘩流である。

「やろう」

と、その場で会津藩、幕軍伝習隊の諸隊長をあつめ、趣旨を徹底させた。

先鋒は、新選組である。かつて蛤御門ノ変のとき伏見市街で長州兵と戦った経験があるから歳三は進んで買って出た。

どっと西へ駈け出した。

八丁畷を経て市街地に突入すると、少数の長州兵がいたが、すぐ蹴散らした。

（勝てる）

歳三は、両替町通（南北線）の角に立ち、

「伝習隊はこの道を北進してください」

と指示し、さらに西進。

新町通（南北線）へ出た。

「北へ駈けろ」

歳三、突進した。狭い街路を、三列、四列の縦隊になって各種幕兵がつづいた。

が、それも二十メートル。

両側の民家という民家が、いっせいに銃火を噴きあげた。幕兵はばたばたと斃れた。

長州の遊撃隊であった。

「伝習隊は、このまま駈けてください」

と云いのこすと歳三は新選組を指揮して突風のように空家を襲っては長州兵と戦い、一軒ずつたたきつぶしては進んだ。

市街戦、接戦になると、どの隊士もいきいきと働いた。

さらに北へ走って、先着の伝習隊、会津藩兵と合流し、ついに敵の本陣「御香宮」の背後にまわった。

（勝った）

と歳三はふたたび思った。

敵もおどろいたらしい。

薩摩軍はさっそくその精強の徒歩部隊を路上にくりだし、まず射撃戦を展開し、やがてすさまじい白兵戦がおこった。

もう、指揮というものはできない。敵味方ひしめくように路上で戦うのだ。走ってぶちあたったやつが敵ならば斬る。芋の子を洗うような混戦である。

「新選組進め、新選組進め」

と歳三は怒号しながら、異装の人影と見ると斬り、背後をはらい、さらに進んだ。御香宮へ。

塀をのり越えるのだ。


が、そのころ、竜雲寺高地に放列を布いていた大山弥助らの薩軍砲兵は、戦況が意外な方面に移りつつあることに気づき、いそいで砲座を移動しはじめた。

同時に薩軍の銃隊もこの方面に集中しはじめ、戦闘開始以来、最大の火網を張った。

歳三の周囲で、死傷が続出した。

幕軍歩兵、同伝習隊は動揺したが、さすがに会津藩兵は動揺しない。

死屍を乗りこえ、乗りこえして斬り込んでゆく。

(やるなあ)

歳三も感心したが、ただ会津藩兵は敵を斃すとかならず首を斬り、腰にぶらさげるのである。

これには歳三も閉口した。

甲冑の装(よそお)いといい、戦場作法といい、戦法といい、三百年前のそれではないか。

首は重い。

二つも首をぶらさげれば、もう行動はよたよたになってしまうのだ。

歳三は乱戦の最中、そういう会津藩兵をみつけると、

「あんた、首を捨てろ」

とどなるのだが、かれらにはわからない。

そこへゆくとさすがに新選組の白兵戦は軽快そのものであったが、人数はおどろくほど減ってしまっている。

そのうち、伏見戦闘における幕軍の最大の不幸が勃発した。

後方の本陣伏見奉行所の建物が、火の粉を噴きあ

げて燃えはじめたのである。

たちまち、あたりは真昼のような明るさになり、薩長方からは、歳三ら幕軍の行動が手にとるようにわかってきた。

銃砲火の命中が的確になった。雨のようにそそいだ、といっても誇張ではない。しかも幕軍は狭い路上に密集している。

もはや戦闘でなく、虐殺であった。

歳三はなお路上を疾駆して指揮していたが、このとき、会津藩隊長の佐川官兵衛にいった言葉が、のちのちまで伝わっている。

「佐川さん」

と、歳三はいった。

「どうやらこれからの戦さは、北辰一刀流も天然理心流もないようですなあ」

が、歳三、絶望の言葉ではなかった。

今後は洋式で戦ってやろう、という希望に満ちた言葉だった。


妙な男だ。

笑っていたらしい。

その笑顔を、伏見奉行所の火炎が照らしている。

(おれの真の人生は、この戦場からだ)

歳三は、隊士を集めた。

「みな、いるか」

弾雨のなかで、顔の群れを見た。そこに六十数名が立っている。

原田左之助、永倉新八、斎藤一、結党以来の組長たちの元気な顔があった。

が、故郷から一緒に出てきた天然理心流の兄弟子で六番隊組長井上源三郎の姿がみえない。監察の山崎烝も。

「山崎君は」

「負傷して後送されました」

「あとの諸君は?」

いわずと知れている。鬼籍に入った数、百数十名である。

「よし、この六十人でもう一度、押し返してやろう」

歳三は、どかっとすわった。

その頭上を弾がかすめた。

鳥羽伏見の戦い・その四

劇場がそうである。

客席を暗くして舞台の人物群にだけ照明をあてる。新選組にとって、この戦場はちょうどこのとおりであった。

後方で炎々と燃えさかっている伏見奉行所の猛炎が、街路上の新選組、会津藩兵をして舞台上の人物群にしてしまった。

薩長の陣地は、暗い客席、といった戦術的位置である。自在に銃砲火をあびせることができた。

「ひでえことになりゃがったなあ」

と、歳三は奉行所の猛炎にむかって吐きすてながら、とりあえず隊をまとめて京町四丁目から二丁目にかけての露地々々に隊士をかくして、「照明」から退避した。

この正月三日は、陽暦でいえば一月二十七日である。この日、英国公使館書記官アーネスト・サトーは大坂にいた。この若いきっすいのロンドンっ子については知られすぎている。かれは通訳生として文久二年来日し、のち薩長に接近し、あふれるような機智と的確な時勢眼で、上役のパークス公使をたすけ、一方薩長側にさまざまの助言をした。このアーネスト・サトーの『幕末維新回想記』のこの日の項によると、「一月二十七日の晩、京都の方角に大きな火災がみえた。遠藤（サトーの従者）にきくと、伏見で薩摩とその連合軍が、幕軍と戦っているのだ、という」とある。伏見奉行所の火災は、十三里はなれた大坂から望見できるほどのものであったわけだ。その「照明」の巨大さがわかろうというものである。

「ちえっ、運のわるい。もう五十歩で敵本陣へ斬り込むてえところでこのざまか」

と、十番隊組長原田左之助は剣を鞘におさめた。

左之助のいうとおり、奉行所の火事さえなければ、伏見における夜戦は幕軍の勝ちになっていたかもしれない。

いや、この戦闘正面だけでなく鳥羽伏見の戦いそのものが、いかなる国のいかなる名参謀が検討しても、図上戦術に関するかぎり幕軍が勝つべき戦いである。

京都の薩長は、兵力少数である。

予備軍もすくない。手一ぱいに兵を出している。鳥羽と伏見の御香宮の前線がもし崩れれば、退却、天子を擁して京を脱出、再挙、とまで薩軍の首脳部は考えていた。

なるほど、兵器は薩長がすぐれていた。

が、幕軍のほうも、背嚢を背負って完全洋式化したいわゆる「歩兵」をぞくぞく西上させつつある。

その人数も圧倒的に多い。

だが、戦意がなかった。薩長のように必死でなかった。この点も、日本史に封建体制をもたらした関ケ原の合戦に似ている。関ケ原の戦いも図式的にみれば西軍が敗ける戦いではない。人数も多く、戦場における地の利もよかった。ただ西軍に戦意がとぼしく、必死に働いたのは石田三成隊、大谷吉継隊、宇喜多秀家隊ぐらいのものである。

鳥羽伏見の戦いにおける第一日も、必死に戦闘したのは、会津藩と新選組だけであった。しかもそれらは不幸にも、刀槍部隊で洋式部隊ではない。

英国人サトーでさえ幕軍主力を嘲笑している。

「一万の大軍を擁しながら意気地のない連中だ」

と。——英国ははやくから幕臣の腰抜けに見切り

をつけ、薩長による日本統一の構想をひそかに後援してきたが、

「自分たちの賭けは裏切られなかった」

と、安堵した。

歳三、――

路上に立っている。東南方の奉行所の猛火が、歳三の姿をくっきりと浮かびあがらせた。

(戦さは勝つ)

と、歳三は信じている。この幕軍最前線の修羅場(しゅらば)さえ死守しておれば、明朝には洋式武装の幕軍歩兵が大挙してやってくるのだ。げんにその先発の幕軍の仏式第七連隊がすでに伏見に入りつつある。

幸い、友軍の会津藩兵は、ひどい旧式装備ながらも、その藩士は、薩摩とならんで日本最強の武士、といわれた本領をみごとに発揮し、例の林権助隊長などは、体に三発の弾をくらいながらも、一歩もひかない。

ところが。

午後八時ごろになって、歳三が伝令として使っていた平隊士野村利八が駈けもどり、

「御味方、退(しりぞ)きつつあります」

と報告した。

「うそだ」

と歳三はどなり、二番隊組長永倉新八らに確認を命じた。

新八は、西へ走った。

走ったが、両替町一丁目付近にいた幕軍第七連隊の一部がいなくなっている。

新八はさらに西へ走り、新町四丁目へ出た。

(いない)

ここに第七連隊が密集していたはずだ。

(どこへ行きゃがったか)

と、新八は狂気のように南へ駈けた。やっと伏見松林院御陵の東角で、第七連隊の最後尾に食いついた。

「そのほうども」

と、永倉新八は血相をかえた。永倉は「大御番(おおごばん)組(ぐみ)」で歴とした旗本である。

「歩兵」などといっても、もともとは江戸、大坂で公募したあぶれ者、中間(ちゅうげん)、火消といった連中だから、永倉が威猛高(いたけだか)になるのは当然なことだ。

「ど、どこへゆくんだ」

「知らねえよ。大将が逃げろ、というから逃げるだけさ」

と、歩兵の一人がそっぽをむいた。永倉はそいつの横っ面を力まかせになぐった。

――あっ。

と、ぶっ倒れたが、根が「兵隊」を志願したというようなあぶれ者である。

「な、なにをしやがる」

と起きあがって、銃をさかさにもち、永倉に打ってかかった。永倉は体(たい)をかわしざま、高蹴りに蹴り倒し、

「新選組の永倉新八を知らんか」

と、どなった。

みな、あっとどよめいた。

そこへ歩兵指図役（幕臣・士官）が駈けつけてきて、

「な、なにか無礼を働きましたか」

と、蒼くなっている。

永倉はそいつの頰げたもぶんなぐり、

「無礼もくそもあるか。第七連隊はどこへ行くときいているのだ」

と、いった。

「た、たいきゃく」

「退却？」

「豊前守(ぶぜんのかみ)様（松平正質・幕軍総督）の御命令です。高瀬川の弥左衛門橋のむこう（横大路村）まで退却します」

「新選組はきいとらんぞ」

「それは足下のご勝手でしょう」

「なにっ」

「われわれは命令で動いている。新選組がどうこうとまでは知らぬ」

　ぱっと新八、剣をぬいた。

指図役は逃げた。

偶然、そのとき、新町九丁目あたりにいた長州軍が南下してきて一斉射撃を加えた。

　足もとに土煙があがった。

　幕府歩兵は算をみだして逃げた。

「ちっ」

　永倉は、敵の方向へ走った。

　軒々を伝い走りに走り、民家を駈けぬけなどして、やっと新選組の屯集地点にもどった。

「土方さん、歩兵（やつら）は遁（に）げやがったよ」

「ほう」

　と、顔色もかえずに感心したのは、歳三の横にいた会津藩隊長の佐川官兵衛である。

「逃げましたか」

　ひとごとのようだ。右眼を砲弾の破片でやられ、半顔に白布をぐるりと巻き、真赤に血をにじませている。齢三十八。

　官兵衛六百石。のち会津に帰ってから、各地で転戦し、軍事奉行頭取となり、会津落城の寸前には家老になって作戦を掌握し、落城まで戦った。維新後警視庁に奉職し、明治十年の西郷の乱（西南戦争）には警視庁よりぬきの剣客をひきいて「官軍」の巡査隊長となり、戊辰の役のうらみを晴らすべく薩軍にしばしば斬り込みをかけ、ついに戦死した。大砲奉行の林権助とともに、いかにも会津武士らしい男である。

「それにしては」

　と、歳三は首をかしげた。

「薩長は追撃をしませんな。追撃する余力がないとみたが、佐川さんどうです」

「土方さん」

　と、佐川官兵衛は別なことをいった。

「われわれは踏みとどまりましょう」

「あたりまえですよ」

と、歳三はすぐ負傷者の後送について、会津藩に依頼した。

調べてみると、戦死者は、会津藩、新選組をふくめて三百人。重傷者はほぼ百数十人とわかったから、すぐ看護隊を組織して後送した。

その直後、薩長兵が襲来した。

「斬り込め」

と、歳三は、白刃をふるって京町通を北へ駈けた。新選組六十余人、それに残留した佐川官兵衛指揮の会津藩兵がこれにつづいた。

ばたばたと銃丸で倒れた。

「駈けろ」

敵軍に飛びこむ以外に手がない。

両軍、激突した。すさまじい白兵戦になった。

歳三、飛びちがえては斬り、飛びちがえては斬った。

白刃の乱闘となれば、新選組のお家芸である。

さらに会津の槍隊が穂先をそろえて突入してきた。

薩軍というのは剽悍だが、新選組のように剣客をそろえているわけではなく、白兵戦でも不馴れであった。それに、薩摩人の特徴で、

「分がわるい」

となると、粘着力がない。下手な戦さでねばるよりも遁げたほうが戦術的にもいい、という合理的な思想が、古来ある。

のちの西南戦争のときも、熊本から西郷軍に参加した肥後人は、薩摩人のこの癖には閉口したという。いったん敗勢になったばあい、あっというまに逃げ、肥後人が気づいたときにはあたりには薩摩兵がたれもいないというほどのすばしこさであった。

この場合も、乱軍のなかにいた薩摩の隊長が、

「退くんじゃあ、みんな」

とひと声あげた。そのあとはもう、スポーツといってもいいほどのさわやかな逃げ足で散ってしまった。

「追うな」

歳三も隊士の足をとめた。こっちも追撃して敵の主力と衝突するほどの兵力がないのだ。

「退けっ」

両軍退却、といった妙な戦さである。もとの屯集所にもどった。

もどると、幕府総督松平豊前守からの使番がきていた。

「高瀬川の西岸まで退いてほしい」

という。

歳三が訊きただしてみると、いったん退却した幕府歩兵第七連隊は、豊前守の命令で高瀬川西岸にふみとどまり、築造兵（仏式工兵）をして野戦陣地を構築中であるという。

「なんだ、おれは大坂まで逃げたのかとおもった」

と、歳三はあざわらった。

「ご親切だが、新選組と佐川さんの会津兵はここでとどまります」

「しかし、敵の包囲をうけますぞ」

「冗談じゃない。薩長に包囲するだけの人数があれば、第七連隊の退却のときに追尾してあんたなどはいまは生きちゃいませんよ」

「しかし」

「われわれはとどまる」

歳三は使番を追いかえした。

事実、京都の薩長には兵力の余力はまったくなかった。軍資金も同様で、朝廷で重臣の持ち金をかきあつめさせたのが、たった五十両であったという。歴史を転換させた戦いでその勝利側の兵站（へいたん）部（ぶ）に五十両の準備金しかなかったという例は、世界史上まれであろう。そういう相手に対し、旧政府軍であるはずの幕軍がなぜ負けたのか。

ほどなく二人目の使番がきた。

やはり、

「後退せよ」

という。

歳三はばかばかしくなって、

「高瀬川西岸の陣地はできたのかね」

ときいた。

「まだです」

「その築造中を夜襲されたらどうする」

「さあ」

歳三は笑いだした。

「後退しよう。ただ、高瀬川陣地が出来あがるまでわれわれはここで支えている」

急造陣地が完成したのは午前零時すぎで、歳三たちは午前一時すぎ、陣をはらって高瀬川陣地までさがった。

翌四日。

この水郷特有の濃霧の朝で、陽がのぼったとはいえ、数尺むこうもみえなかった。

この気象も、慶長五年九月の関ケ原の合戦がはじまる朝に似ている。

ただ雨は降っていない。そのうえ寒気がひどく、水溜りには厚い氷が張っていた。

「天佑ともいうべき霧だな」

と、歳三は仮眠から起きあがってつぶやいた。

濃霧のために、敵砲兵が射撃できず沈黙したままなのである。

天佑といったのは、

(時間がかせげる)

と思ったのだ。じつをいうと、大坂から夜を徹して急行軍しつつある幕軍の洋式部隊第十一連隊が予定ではもう到着していいころだった。指揮官は、佐久間近江守信久であった。幕府の歩兵奉行で、骨柄といい容貌といい、幕臣のなかではめずらしく三河武士らしい豪宕さをもった男だったという。

佐久間とは別に一個大隊を率いてやってくるはずの歩兵頭窪田備前守鎮章も、決して弱将ではない。ただかれが率いている大隊は大坂で急募した町人兵で、なかには長州の間者もまじっているといううわさであった。

いや、第十一連隊指揮官佐久間近江守の馬の口取り英太という者は長州の間者であったということが明治後わかった。

午前七時。

これらのフランス士官が訓練した幕兵がぞくぞくと戦場に到着した。

「左之助、鉄砲屋がきたよ」

と、歳三はよろこんだ。

午前八時、霧晴る。

快晴。

たちまち両軍の砲撃戦が、鳥羽伏見の天地にこだましはじめた。

新選組は幕軍十四大隊の洋式火器に援護されつつ、薩軍一部隊のまもる中島村に接近し、白兵突撃を行なって一挙に占領した。

大坂街道では佐久間近江守の第十一連隊が大いに進出して薩長側を圧迫した。

淀山橋方面では、会津部隊の一部白井五郎大夫の隊が砲二門をもって進撃し、ついに薩長兵を潰走せしめ、下鳥羽北端、というほとんど敵陣地にまで進出している。

戦闘第二日目は幕軍の勝利で、この戦況が御所に伝わるや、公卿たちが色をうしなって騒いだという。兵力薄弱の薩長士を「官軍」としたことが軽率だったというのである。

戦闘第三日目の正月五日も快晴。

両軍の勝敗、容易に決しなかったが、幕軍歩兵の指揮官佐久間近江守、窪田備前守が、前日の戦闘で指揮官みずから先頭に立って斬りこんだため、相ついで戦死し、このため幕府の洋式部隊の活動がにぶった。潰走しはじめる隊が多く、会津藩、新選組が、自軍の退却を食いとめるのに必死になった。

淀堤(よどづつみ)を退却する幕府歩兵に、新選組原田左之助と会津藩士松沢水右衛門が剣をぬいてさえぎり、

「なぜ逃げる。戦さは敗けておらんぞ」

とどなったが、ついに支えきれず、
「大砲を置いてゆけ、大砲を」
と、奪いとった。

が、すでに朝廷では薩長土をもって、
「官軍」
とすることを決定し、仁和寺宮（にんなじのみや）が総督として出陣したため、山崎の要塞をまもっていた幕府方の藤堂藩が寝返りをうち、このため幕軍は、挟撃（きょうげき）される戦勢となった。それをおそれて、幕軍中最弱の歩兵がまず潰走したのである。

そのうえ、京にあって中立をまもっていた諸藩が、
「錦旗あがる」
という報とともに、薩長の戦線に参加し、それが誇大に幕軍に伝わった。

会津・桑名両藩および新選組は、部分的な戦さではほとんど六分の勝ちをおさめていたが、午後になって、ついに主力の敗走にひきずられた。

この日、歳三はついに三十人にまで減少した隊士を掌握しつつ淀堤千本松に幕軍歩兵指図役をよび、
「最後の一戦さをしよう」
と約束し、剣をふるって路上を突撃した。

しかしついて来る者は、新選組のほかは、会津藩の生き残り林又三郎（権助の子・この路上で戦死）以下数人であったという。

歳三は、大坂へもどった。

敗走兵でごったがえしている大坂では、おどろくべき事実が待っていた。

大坂の歳三

とにかく、潰走。

そうにはちがいない。歳三は、無傷の者は淀川べ

りを徒歩で南下させ、負傷者は三十石船に収容して大坂へくだった。

(敗けたかねえもんだな)

とおもったのは、隊士の貌(かお)つき、肩の姿までかわっている。どうみても敗軍の兵であった。十番隊組長原田左之助のような威勢のいい男までが、槍を杖によりかかるようにして歩く。

歳三は馬からおり、

「左之助、元気を出すんだ。隊士が見ていることをわすれるな」

といった。

左之助は、疲れもしていた。が、平素威勢のいい男だけに、敗け戦さとなると、ぐったりと来るのだろう、——歳三をじろりとみて、

「あんたのようなわけにゃいかねえよ」

といったきり、精(せい)も根(こん)もつきはてたという様子で歩いてゆく。

「みな、大坂城がある」

と、歳三は馬上にもどってはげました。大坂城には、将軍がいる。幕府の無傷の士卒が数万といる。武器もある。

「城は、金城湯池(きんじょうとうち)だ。これに拠り、将軍を擁して戦うかぎり、天下の反薩長の諸藩はこぞって立ちあがる」

どうみても勝つ戦さである。なるほど、鳥羽伏見では、実際戦闘したのは、会津藩、新選組、見廻組ぐらいのもので、藤堂藩などは山崎の砲兵陣地を担当しながら、みごとに寝返った。幕府直属の洋式歩兵は、戦うよりも逃げることにいそがしかった。

が、主力は大坂にいる。しかも、城は、秀吉が築いたとはいえ、家康以来西国大名(とくに毛利・島津)の反乱行動にそなえて、保全に保全をかさねてきた大要塞である。

(とうてい、薩長の兵力では陥(おと)せまい)

歳三ならずとも、古今東西のいかなる軍事専門家でもここは楽観するところであろう。

「大坂で、戦さのやりなおしをするんだ」

歳三は、みなを鼓舞した。

歳三はまちがってはいない。


　京の官軍の頭痛のたねもここにあった。官軍には、追撃力さえなかった。追撃して戦果を拡大するのが軍の常識であったが、兵数が足りない。

　当時、京都で薩長連合軍の作戦に参画していた長州藩士井上聞多（のちの馨・侯爵）なども、

「幕兵はかならず大坂城に拠るにちがいない。察するところかれらは、大坂を拠点として兵を四方にのばし、兵庫（神戸）の開港場をおさえて、外国からの武器輸入をはかり、かつ薩長の国モトからの増援部隊の上陸をこばみ、かつ、その優位なる艦隊で瀬戸内海を封鎖するであろう。さすれば京のわれわれは、袋のねずみである。かつ、幕府譜代大名の若州小浜藩兵などは、大津口をおさえてしまう。京の市民の米はおもに近江からきているから、市民は餓死せざるをえぬ。こうなれば、われわれ少数の在京軍は負けである。この上は、いそぎわしは国モトに帰り、国モトの兵をこぞって、山陰、山陽から畿内へ攻めのぼってくる。薩摩もそうしてもらいたい。その手しかない」

　と弁じ、薩摩側も賛成し、国モトの兵がのぼってくるまで、八幡、山崎の洛南の丘陵地に砲台をすえるだけで持久のかたちをとろう、ということに一決した。

　歳三の戦況に対する楽観は、当然なことであったのである。


　守口までくだってきたときに、西南の天に大坂城の五層の天守閣がみえた。

「みろ」

　と、歳三はむちをあげていった。

「あの城があるかぎり、天下はそうやすやすと薩長の手には渡らんぞ」

心境、大坂冬・夏ノ陣の真田幸村のような感懐であったであろう。もっとも幸村のときは、敵は逆に徳川家であったが。

しかし、一軍、惨として声がない。みな、伏見口で、おそるべき銃火をあびた。薩長軍の元込銃は、会津藩のサキゴメ銃が一発うつごとに十発うつことができた。会津の火縄銃などは一発弾ごめしているうちに、むこうは二十発をあびせてきた。

（どうやら世の中がかわった）

という実感を、実際に銃火をあびせられて隊士たちは体で知った。単なる敗軍でなく、そういう意識の上での衝撃が大きかった。

（なあに、あんな銃は買えば済む）

歳三だけは、たかをくくっている。

が、幕軍の負傷兵はおびただしいもので、河をつぎつぎとくだってくる者は、どの男も繃帯を真赤にしていた。ほとんどが刀槍による傷ではなく、砲弾、小銃弾による傷で、手や足をもがれた者、あごを破片で嚙みとられた者、体に三発もの弾をうちこまれた者など、酸鼻をきわめている。

「それはもう、戦争（鳥羽伏見の戦い）のときは、えらいさわぎでおました。わてらが京橋（大坂）のほうへ逃げていくと、血みどろの幕軍方の侍が、ぎょうさん舟で淀川をおりてきました」と、この当時の目撃者が、その後ながく生きていた。大阪市北区此花町一の稲葉雪枝さんである。百一歳のとき高齢者として市からお祝いを受けたが、そのとき新聞記者が会いにいったときの第一声が「戦争のときは」であったという。記者は大東亜戦争のことだとおもったが、よくきいてみると、鳥羽伏見の戦いのことであった。

歳三は、新選組宿陣にわりあてられている大坂代官屋敷に入った。天満橋南詰めの東側にあり、堂々たる屋敷である。

「近藤はいますか」

と、代官屋敷の連中にきくと、内本町(うちほんまち)三丁目の御城代下屋敷で、傷療養中だという。

「沖田総司も？」

ときいたが役人はそこまでは知らなかった。

「永倉君、負傷者のことをたのむ」

と云いすて鞍上に腰をおろした。

せまい谷町筋(たにまちすじ)をまっすぐに南下して御城代下屋敷に入り、馬をつないでいると、雨がぽつりと降った。

寒い。

ここ数日来、おもってもみなかったこの平凡な感覚が、はじめて歳三の肌によみがえった。

雨が、ぱらぱらと降った。歳三は、ゆっくりと玄関にむかって歩きだした。疲れた。疲れきっている。うまれてこのかた、これほど重い足を感じたことがなかった。

ふと、

（お雪は、どうしたろう）

とおもった。突拍子もない想念だが、玄関の松のむこうに、ありありとお雪の姿がみえたような気がした。

むろん、幻覚である。

疲れている。

「近藤の部屋はどこです」

と、廊下を歩きながら、幕府の歩兵指図役らしい新品のラシャ服姿の男に聞いた。戦さには出なかった男だろう。

「近藤とは、どこの近藤殿です」

と、ラシャ服は当然な反問をした。

「わからんか。近藤といえば、新選組の近藤にきまっている」

歳三はどなった。むろん、尋常な神経ではない。

歳三は教えられた部屋の紙障子を、カラリとあけた。

近藤が、ひとり寝ていた。

「歳だよ」

と、歳三はにじりによって、枕もとに刀をおいた。

「敗けてきた」

「きいている」

と、近藤は、ひどく力のない眼で、歳三をみあげた。

「ご苦労だった」

「傷はどうだ」

と歳三はそらした。

「肩がまるで動かない。良順（松本）先生はすぐ癒(なお)る、といってくださるのだが、動かねえのが厄介だ。いや、あと一月もすればもとどおりになる、といってくださってはいる」

「では、一月で戦さが出来るな」

「出来るだろう」

歳三はうなずき、手みじかに、戦況、隊士の働き、損害などを語ったあと、

「総司のほうはどうだ」

ときいた。

沖田総司の部屋を訪ねると、ちょうど徳川家侍医松本良順が、枕頭にすわっていた。

「やあ、あんたが土方さんか。私は毎日、近藤さんや、この沖田さんにあんたの名をきいているから、もう百年の知己のような気がする」

とあいさつもなくいきなりいった。齢のころは、近藤よりもすこし上の三十七、八で、眼鼻だちが大きく、医者とは思えないほどの豪毅(ごうき)な顔つきの男である。このあと東北に転戦したり、明治後とくにゆるされてついには軍医総監になるほどの男だから、戦さが好きらしい。

「なあに、鳥羽伏見なんざ、敗け戦さじゃないよ。まあ話をきかせてくれ」

「まあそれはあとにして」

と、沖田の顔をのぞきこんだ。

沖田は微笑している。例の、この男特有の陽がそこだけに射しているような明るい微笑であった。

(が、めっきり痩せやがったな)

「沖田君は、大丈夫さ」

「そうですか」

歳三は、疑わしそうに良順を見た。良順の表情から微笑が消えている。

(やはり、むずかしいのか)

「土方さん」

と、沖田は口をひらいた。

「喋るな。この病いは疲れるといけねえ」

と歳三は、沖田の手をとろうとした。

が、沖田は、気はずかしそうに手を掛けぶとんの中にもぐりこませた。

痩せている。腕に肉というものがなかった。沖田はそれがはずかしかったのだろう。

「おらァ、隊務を残している。ゆく。しかし総司、毎日きてやるぞ」

「土方さん」

と、沖田は、枕頭の梅の枝へ視線をはしらせ、指でさすようにしながら、

「お雪さんが活けてくれたものです」

「なに？」

歳三は、立ちあがりかけて問い返した。

「お雪て、どこのお雪だ」

「ほら」

沖田は歳三の眼をのぞきこみ、ただ微笑するだけで、うなずいた。

「大坂に来ています。毎日、ここへ見舞いに来てくれます」

「そういえば近藤の部屋にも、おなじ梅の枝があったな」

「そうでしょう。しかし、お雪さんはここへきても土方さんの噂をひとこともしません」

(そういう女だ)

歳三はふと遠い眼をしたが、もう立ちあがってい

た。が、狼狽している証拠に、松本良順へのあいさつを忘れている。

良順がなにかからかったようだが、歳三はすでに廊下に出てしまっている。

(お雪か)

と後ろ手で障子をしめたとき、中壺(なかつぼ)にふりそそいでいるほそい雨をみた。

(会いたい……)

歳三は、廊下をひそひそと歩き、やがて気がついたときには濡れ縁にしゃがんで、沈丁花(じんちょうげ)の小さな灌木を見つめていた。

(お雪、また、故郷(くに)のむかし話でも聞いてくれねえかなあ)

歳三の眼いっぱいに雨がふっていたが、しかしその瞳孔は何もみていないようでもあった。痴呆のような顔をしていた。雨気にしめりはじめたせいか、肩にのこっている煙硝のにおいが、かすかに鼻にただよった。

「くだらねえ戦さだったよ」

と、歳三は声を出してお雪につぶやきかけていた。

「しかし、大坂で一戦さやるさ」

「土方さん」

と、背後で声がした。

ぎょっと、ふりむいた。

さっきの松本良順が立っている。歳三はこのときの良順の、なんというか、名状しにくい表情をのちのちまで覚えていた。

「知らなかったのかね」

と良順はいった。

「慶喜(うえさま)も、会津中将も、もうお城にゃいないんだよ」

「えっ」

「お逃げになったのさ」

「そ、それを、近藤も沖田も知っていたのですか」

「知っている。せっかく難戦苦闘してきた君には、伝えにくかったのだろう」

（置きざりにされた。――）

という実感は、歳三だけではない。鳥羽伏見で戦った武士たちはむろんのこと、死者たちのすべての気持であったろう。

「くわしく話してください」

と、歳三にはもうお雪の幻影はない。

慶喜は、味方からも逃げた。

事実、慶喜は味方からも逃げた。鳥羽伏見方面における戦況の不利が大坂城内に速報されたとき、城内ではわきたち、主戦派が当然の戦術的助言として、

「一刻も早く城を出て、御出陣なされますように。家康公以来の御馬標を先頭にお立てあそばすならば、旗本、譜代大名の臣、ことごとく御馬前に死ぬ覚悟をもって戦いまする。兵数われにあり。かならず勝つことはまちがいないでありましょう。しかも、摂海にはすでに海軍が軍艦をうかべて、御下知を待っておりまする」

と切言した。慶喜の側近ことごとくこれに和したため、慶喜はついに立ちあがり、

「よし、これより直ちに出馬する。みなみな用意をせよ」

と、いった。とくに会津藩士はどよめき、よろこび勇んでみな持場々々にもどった。

そのすきに、慶喜は脱出した。正月六日夜十時ごろである。数人を従えたのみであった。その数人の筆頭が、なんと、かつては京都で守護職で威をふるった会津中将松平容保である。会津藩士は、その会津藩主からも捨てられた。容保という男については、沈毅、の言葉をもって多くは評する。しかし、「貴人、情を知らず」という言葉があるとおり、うまれつきの殿様というものは、所詮は、どたん場になっての感覚が、常人とはちがっているようである。歳三ら新選組は、二人の主人にすてられた。会津藩主と、慶喜と。

桑名藩兵も、鳥羽方面で、惨烈な戦いをしたが、その藩主松平越中守（容保の実弟）も、この数人の逃亡貴族のなかに加わっている。慶喜もそうであったが、この二人の大名は、自分の側近にさえ、「逃亡」を知らさなかった。

かれらは、夜ひそかに大坂城の裏門から出た。裏門を出るとき衛兵が見とがめて、

「何者か」

と誰何（すいか）したが、慶喜に従っている老中板倉伊賀守が、

「御小姓の交替です」

といつわって難なく城を出ることができた。あとは夜の大坂を走り、八軒家から小舟に乗り、川をこぎくだって海へ出た。天保山沖には、幕府の軍艦が四隻、イカリをおろしているはずであった。

が、海面は暗い。

他の諸外国の軍艦も碇泊している。慶喜らは、どこに幕府軍艦がいるのかさがしあぐねて、ついに、いちばん距離のちかいところにいる米国軍艦にゆき、一夜の宿を乞うた。米軍艦長は、一行を艦長室に迎え入れた。早暁、港内のぐあいが見えてきたとき、幕府軍艦開陽丸にうつった。

慶喜らがいなくなった、と城内が知ったのはその翌日になってからであった。城中、みな茫然とした。

明治のジャーナリスト福地源一郎（桜痴）はこのとき幕府外国奉行支配翻訳方として、大坂城内にあった。歴とした旗本である。それが書き残している。（以下、大意）

この六日夜は、私は城内の翻訳方の部屋で、同僚と上役の悪口をいったりして、タバコをくゆらせていたが、果ては雑談にも飽き、毛布をとりだしていつものようにごろ寝をした。ところが夜半になって、友人の松平太郎が洋式に武装して入ってきた。

「君たちは何を落ちついているんだ」

と親指を立て、

「これはもうとっくにお立ちのきになりましたぞ」

そういった。私は、「太郎殿、この場だ、冗談にもそういう不吉なことは云いたまうな」とたしなめると、

「疑うなら御座の間へ行ってみたまえ」

と、太郎は立ち去った。

松平太郎は、将軍退却後、ただちに歩兵頭を命ぜられている。だから太郎からきいたこの「私」の福地源一郎は、城中でももっとも早耳の一人だったであろう。

歳三は、なお疑いが晴れず、大手門から馬を入れて重職らしいものをつかまえてはきいてみた。

「まことでござる」

と、みないう。

その証拠に、早くも機密書類を燃やす煙がぼうぼうと立ちはじめている。

「貴殿」

と、相当な旗本がいった。

「われわれも知らなんだ。しかし、天保山沖には榎本和泉守（武揚）ひきいるところの幕府軍艦が多く碇泊している」

「では、まだ戦さをするということですな」

「いや、われわれの身柄はぶじ軍艦で運んでくれるということじゃ」

「馬鹿」

と、歳三は、その武士をなぐり倒した。武士はよほどはげしくなぐられたのか、動かなくなった。

（とっ）

歳三は、馬上にもどった。慶喜、容保に対するむかっ腹が、ついつい、男に手を出させた。気の毒した、と思ったのだろう、

「おれは新選組の土方歳三だ。遺恨があればかけあいに来なさい」

馬首をめぐらせると、さっと大手門にむかって駈けだした。

(おれァ、やるぞ)

慶喜が逃げようと容保が逃げようと、土方歳三だけは戦うだろう。

慶喜、容保にはそれなりの理屈がある。

が、歳三には喧嘩師の本能しかない。

松　林

歳三はその足で近藤が寝ている御城代下屋敷にもどり、

「どうやらうそじゃねえな。将軍も会津中将も、城から消えた、てのは」

と、近藤の枕もとでいった。

「ああ、無事、落ちられたようだ」

近藤は小さな声でいった。落ちた、てもんじゃないよ、と歳三はにがい顔をしてみせた。

「されば出陣する。一同部署についておれ」

と命じて奥へひっこむとすぐ変装し、家来にも告げず上様、殿様は逃げた。戦場からはかれらのために闘った戦士たちが帰っていないのである。かれらは、ひとことのねぎらいもかけず、負傷者の顔もみず、逃げた。

(どうも、古今聞いたこともねえな)

歳三は頭をかかえる思いだった。

が、近藤は、京洛時代の最後のころは「政客」として諸藩の士とまじわっただけに、気持は歳三と同じではない。おぼろげながら、時勢というものがわかるのだ。

わかりかたが、珍妙なだけである。

「歳、こんどの戦さァ、ただの戦さじゃねえよ。ちィとちがうんだ」

「どこがちがう」

「おめえにゃ、わからねえよ」

「あんたにはわかっているのか」

「いるさ」

大きな骨張った顔が、天井をむいている。

（どうもわかっている顔じゃねえな）

歳三もおかしくなった。近藤の政治感覚なんどは、現代（いま）でいえば田舎の市会議員程度である。

政治家がもつ必須要件は、哲学をもっていること、世界史的な動向のなかで物事を判断できる感覚、この二つである。幕末が煮えつまったころ、薩長志士の巨頭たちはすべてその二要件をそなえていた。

近藤には、ない。

ないが、おぼろげながら、京都時代に接触の多かった土佐藩参政後藤象二郎などの説をおもいだしていると、わかるような気がするのである。

近藤がもし、自分の頭のなかのモヤモヤを整理できる頭があったとすれば、

「歳、あの戦さは思想戦だよ」

といったであろう。思想戦とは、天子を薩長に奪われたということだ。戦いなかばで薩長藩は強引に錦旗を乞い、自軍を、

「官軍」

とした。

京に官軍の旗がひるがえると同時に、もっとも怖れたのは、将軍慶喜である。かれは尊王攘夷主義思想の総本山である水戸徳川家から入って一橋家を継ぎ、さらに将軍家を継いだ。

「自分が賊軍になる」

ということをもっとも怖れた。足利尊氏の史上の位置を連想した。幕末、倒幕、佐幕両派を問わず、すべての読書人の常識になっていたのは、南北朝史である。

南朝を追って足利幕府をつくった尊氏をもって史上最大の賊と判定したのは、水戸史学である。水戸

の徳川光圀（みつくに）のごときは、それまで史上無名の人物にちかかった尊氏の敵楠木正成を地下からゆりおこし、史上最大の忠臣とした。幕末志士のエネルギーは、

「正成たらん」

としたところにあった。正成ほど、後世に革命のエネルギーをあたえた人物はいないであろう。

京に錦旗がひるがえったとき、慶喜はこれ以上戦さをつづければ自分の名が後世にどう残るかを考えた。

「第二の尊氏」

である。

その意識が、慶喜に「自軍から脱走」という類のない態度をとらせた。こういう意識で政治的進退や軍事問題を考えざるをえないところに、幕末の奇妙さがある。

「歳、いまは戦国時代じゃねえ。元亀天正の世にうまれておれば、おまえやおれのようなやつは一国一城のあるじになれたろう。しかしどうもいまはちがう。上様が、暮夜ひそかにお城を落ちなすったのもそれだ」

それだ、といいながら、近藤の頭にはそれは緻密（ちみつ）には入っていない。

なんとなくわかるような気がするのである。

「それじゃ、将軍はいい。それと一緒にずらかった会津藩主はどうだ」

「歳、言葉をつつしめ」

「たれも聞いちゃいねえ。——とにかくおれは伏見、淀川べり、八幡（やはた）でさんざん戦ってみて、この眼で、会津人の戦いぶりをはっきりと見た。老人、少壮、弱年、あるいは士分足軽の区別なく会津藩士は骨のずいまで武士らしく戦った。もう、みごとというか、いまここで話していてもおれは涙が出てきて仕様がねえ。武士はああああるべきものだ」

「わかっている」

近藤はおもおもしくいった。

「しかし歳、戦えば戦うほど足利尊氏になってしま

うのがこの世の中だよ」

（なにいってやがる）

歳三は、ぎょろっと眼をむいた。

「尊氏かなんだか知らねえが、人間、万世に照らして変わらねえものがあるはずだよ。その変わらねえ大事なものをめざして男は生きてゆくもんだ」

「歳、尊氏てものはな」

「尊氏、尊氏というが、将軍も尊氏になりたくなけりゃ、京へ押し出して薩長の手から錦旗をうばい、みずから官軍になればよいではないか」

「尊氏もそれをやった。が、やっぱり百世ののちまで賊名を着てしまった。それをご存じだから上様は城をお脱けになったのだ。歳は知るめえが、こういう筋は六百年のむかしにちゃんと出来ているのだ」

「六百年の昔にねえ」

歳三はからかうようにいった。

「すると、なんでも大昔の物語にあわせて行動しなきゃならねえのか」

「そうよ」

近藤は、おもおもしくうなずいた。

歳三はくすくす笑って、

「どうも化け物と話しているようだ」

しかし言葉には出さず、だまって立ちあがった。

歳三には、教養、主義はないが、初学は近藤よりすぐれている。近藤のいうようなことは、百もわかっている。ただいいたいことは、

（慶喜も幕府高官も、なまじっか学問があるために、自分の意識に勝ったり負けたりしている）

ということであった。しかしそれをうまく云いあらわす表現が、歳三にはない。

（まあいまにみろ。おれが薩長の連中から錦旗をひったくって慶喜らばけものに吠えづらかかせてやる）

京橋の代官屋敷にもどると、隊長代務をとる二番隊組長永倉新八が出てきて、

「土方さん、知っているかい」

と、この男らしい不敵な笑いをうかべた。

「この件だろう」

歳三は親指を立てた。

「ああ、知っていたのか」

「永倉君。隊士はどうだ」

「別に動揺がないように思う。もっとも伏見で募(つの)った五、六人が、ぶらっと外出したきり、居なくなった」

「長州の間者だった、としておきたまえ。隊士の士気にかかわる」

ほどなく、大坂城の残留組のなかでの最高官である陸軍奉行・若年寄並(なみ)の浅野美作守氏裕(みまさかのかみうじひろ)から登城するように、との達示がきた。

歳三は、城内大広間に入った。なにしろ歳三の身分は、大御番組頭(おおごばんぐみがしら)である。

城内の幕臣らのなかでは、上席なほうであった。

「大評定でもあるのですか」

と、歳三は、新任歩兵頭の松平太郎にきいた。太郎とは、のちに函館まで遠征する運命になる。

「知りませんな」

松平太郎は、にこにこして、歳三にしきりと伏見戦争の話をききたがった。

好意をもっている。

丸顔で色が白く、まだ若い。洋装の戎服(じゅうふく)の似合う男であった。旗本の家にうまれ、はやくから蘭学に興味をもち、幕府の洋式訓練も受けた男である。函館では、外国人から、

「かれはフランスの貴族出身の陸軍士官をほうふつさせる」

といわれた。

旧弊な旗本のなかから、もはや新種(しんしゅ)といっていいこういう若者がうまれてきている。

「土方先生の雷名はかねてうけたまわっておりました」

「いや」

歳三は話題をそらせ、鳥羽伏見における薩軍の銃器と射撃戦法をくわしく話したあと、

「松平さん、新選組もゆくゆくはあれに切りかえますよ」

「それァいい。賛成です。刀槍どころか、火縄銃やゲベール銃も、もはや銃ではありません。元込の連発銃がそろそろ外国でも出はじめている時代です。戦争は兵器が決定します」

「まったくそうだな」

「土方先生、これを機会にお近づきねがえませんか」

「私のほうこそ望むところです。ところで、洋式戦闘のわかりやすい書物をお持ちではありませんか。一冊読めばなんとかかたちがつくという」

「これはどうです」

松平太郎は、ポケットから和綴木版刷り（わとじもくはんず）の小冊子をとりだした。

歩兵心得

とある。

幕府の陸軍所から刊行した正式の歩兵操典である。「千八百六十年式」とあるのは、西暦であった。オランダ陸軍の一八六〇年度のものを翻訳したものである。

歳三がぱらぱらとめくると、物の呼称がオランダ語になっているが、見当はついた。

「ソルダート、とは平隊士のことですな」

「ほう、土方先生は蘭語をおやりですか」

「あてずっぽうですよ。なるほど、コムパクニーというのは、組ということらしい。オンドルオフィシールというのは士分で、コルポラールは下士か」

「おどろきましたな」

「こんなことは、和文の中のカナ文字だから見当はつきますよ。しかしこれは旧式のヤーゲル銃の操法ですな」

「そうです」

「あいつは会津も持っていてさんざんやられたから、新式銃のはありませんか」

「いや、銃の操法はちがいますが、隊の仕組みはかわりません。だからその本でも多少のお役に立つでしょう」

「まあ、ないよりましだ」

歳三が読みふけっていると、やがて浅野美作守があらわれて、江戸へ送る大坂残留兵の輸送法について指示をはじめた。途中、

「土方殿」

と、美作守がいった。

歳三は、「歩兵心得」を読んでいる。ひどくおもしろい。喧嘩の書である。歳三はこのとしになってこんなおもしろい本を読んだことがなかった。

「土方殿」

と、美作守がもう一度いった。

松平太郎が、歳三のひざをつついた。

（え？）

という表情で、歳三は顔をあげた。

「貴殿の新選組は、十二日出帆の軍艦富士山丸（ふじやままる）に乗っていただきます。天保山岸壁に集結は十二日の早暁四字（よじ）」

「承知しました」

軽く頭をさげ、そのまま眼を「歩兵心得」におとした。

（面白え）

この瞬間、城中でこれほど生き生きした表情の男はなかったろう。

（十二日なら、まだ間があるな）

歳三は馬上、濠端（ほりばた）を北にむかった。右手は現在（いま）でいえば大阪府庁であろう。いちめんの松林で、ちょっとさがって御定番（ごじょうばん）屋敷など大小の武家屋敷が、ずらりとならんでいる。

歳三は、馬を北に進めた。

北の空が眼に痛いほどに晴れている。数日前、さんざんの敗北をとげたことなど、うそのような天地

であった。

（地なんてものは、人事にかかわりもなく動いてやがるものらしいなあ）

歳三はふと、少年のような感傷におそわれた。この男の、時として出る癖である。

かれがときどき兄ゆずりの下手な俳句をひねるのは、たいていこういうときであった。

ふと川風が、鼻に聞こえてきた。新選組の宿陣である大坂代官屋敷（いまの京阪天満駅付近）も近いであろう。

前のほう、やや右手に京橋口の城門がみえる。

その京橋口の前あたりから南北にかけて長い土手があり、老松のびっしりと生いならんだ林になっており、鷗が、その松林のむこうを飛んでいる。城の北郭の風情をひどく優美にしていた。

河に潮がさしのぼっている様子であった。

松林まできたとき、

（あっ）

と、歳三は馬からおりた。

自分でもはしたなくおもうほどうろたえていた。

松林に、お雪がいる。

遠い。

（まさか）

とおもったが、馬の口をとって歩きはじめた。

女も、歩きだした。

歩きはじめてからその体のくせで、お雪であるとわかった。

「大坂へいらっしゃっていたそうですな」

歳三は、微笑した、つもりである。が、微笑にならぬほど、動悸がはげしかった。

歳三はおそらく、少年のような顔をしていたであろう。

「叱られるかと思いましたけど」

お雪は、できるだけ翳のない表情をつくろうとしてつとめているようであった。

あかるく微笑っていた。

が、その頬を指さきででもつつけば、もう崩れそうになる危険が、歳三にも感ぜられた。

「お雪さん、ここで待っていてください。すぐ参ります」

歳三は、徒歩でもほんの五分ほどむこうの代官屋敷へ馬で駈けた。

あっ、ととびおり、廊下を歩きながら、

「オフィシール（士官）はあつまってくれ」

と、いった。

みな、きょとんとした。口走った歳三も、はっと気がついた。さきほど読んだ「歩兵心得」の言葉が、頭にやきついていた。

「いや、組長、監察、伍長だ」

といいなおすと、みんな集まった。

「われわれは十二日、富士山丸で東帰する。当夜の屯営出発は、丑ノ刻（ごぜんにじ）としよう。再挙は関東にもどってからだ。ところで」

と、歳三は顔をあからめた。

「私に、二日の休暇を頂きたい」

「どこへいらっしゃいます」

と、永倉新八がきいた。原田左之助も、

「あんたが休暇をとるとは、めずらしいことがあるものだ」

生真面目にいった。

「私には、女がいる」

あっ、とみんながおどろいた。歳三に女がいる、いない、ということより、そういうことがあっても妙に隠しだてしてきた性癖のこの男が、ひらきなおったようにいったからである。

「いるんだ。自分の女房であると思い、それ以上にも思っている」

「わかった」

原田が押しとめた。

「お行きなさい。あんたが不在中の隊務は、私と永倉と、そしてここにいる諸君とで見てゆこう。呼びあつめた本旨は、富士山丸などよりもそれだったのだろう」

「恩に着る」

「当然なことだ。しかしあんたにもそういう女がいたということは、うれしいことだ」

皮肉ではない。原田左之助が涙ぐむようにいった。歳三に通(かよ)っている血は、鬼か蛇(じゃ)のようにいわれているからだ。

「おれまでうれしくなってきた」

と、永倉は顔を崩した。原田にも永倉にも女房というものがいる。が、この戦乱で、二人とも自分の女房がどこにいるのかも知らない。

歳三は、みなをひきとらせて、着更えをした。紋服、仙台平の袴をつけた。

いそいで、宿陣を出た。

松林へ行った。

暮色がこめはじめている。

「お雪殿」

影が動いた。

歳三は抱きよせた。もうたれがみていてもかまわない。

「お雪殿。どこか、水と松の美しいところへゆこう。二日、休暇をとった。そこで、ふたりで暮らそう」

「――うれしい」

と、お雪はきこえぬほどの声でいった。

西昭庵

お雪は駕籠。

歳三は、そのわきを護るようにして歩き、やがて、下寺町から夕陽ケ丘へのぼる坂にさしかかった。

両側は、寺の塀がつづく。

坂には人通りがない。これでも市中なのだが、あたりは大小何百という寺院が押しならんでいる台地だけに、森寂としていた。

「なんという坂だ」

「へい、くちなわ坂、とこのあたりではよんでいますんで」

と、駕籠かきがこたえた。

「おかしな名だな」

「べつにおかしくもございません。坂の上へのぼりつめてごらんになればわかります」

なるほど登りつめてから坂を見おろすと、ほそい蛇がうねるような姿をしている。

「それでくちなわ坂か」

歳三は、この土地の即物的な名前のつけかたがおかしかった。

登りつめても、寺、寺、寺である。

月江寺という高名な尼寺がある。その裏門へ駕籠がまわると、そこには寺がなく、鬱然とした森があった。

森に冠木門があり、粋な軒行燈がかかげられている。

西昭庵

料亭である。

「へい、ここでございます」

と、駕籠かきが駕籠をおろし、相棒のひとりが門からの小径を駈けて行った。客がきたことを報らせるつもりであろう。

「ご苦労だった」

と、歳三は酒代をはずんでやった。

浪華の辻駕籠、というのは便利なもので、

——どこぞ、ゆっくり話のできる家はないか。

とそういっただけで、相手の男女の行体を見、ふところ具合まで察し、ちゃんとそれにふさわしい場所に連れて行ってくれ、その家との交渉までしてくれるのである。

「お雪どの、どうぞ」

「はい」

お雪は、下をむいて歩きだした。小径に木の根が這っている。

西昭庵では、西側の部屋へ通された。

（いい部屋だな）

歳三は、すわった。

伏見方面での戦ささわぎで、こういう家も客がないらしく、屋内はしずかだった。

酒肴がはこばれてきたころ、明り障子に西陽があたった。

その落日とともに、遠近の寺々から木魚の音がきこえ、この刻限に誦する日没偈の声がかすかに室内までとどいた。

「しずかでございますね」

とお雪がいった。

「静かだな」

「遠い山中かなにかで暮らしているような気がしますわ」

お雪が立ちあがって、明り障子のそばにひざをつき、歳三のほうをむいて、

（あけて、いい？）

といった眼をしてみせた。その表情がひどく可愛かった。

「いいですよ。すこし寒いかもしれないが」

「お庭を見たいのです」

からっとあけた。

「まあ」

庭はないといっていい。苔と踏み石と籬だけのせまい庭が、籬のむこうで断崖になって落ちている。はるかな眼の下に、浪華の町がひろがっていた。

そのむこうは、海。

北摂、兵庫の山々が見える、陽がたったいま、赤い雲を残して落ちてゆこうとしている。

「大変な夕陽ですな」

と歳三も立ちあがった。

「だからこのあたりを夕陽ケ丘というのでしょうか」

お雪は歌学にあかるい。

この地名と夕陽をみてあらためて思いだしたらし

く、

「そうそう、此処は」

とつぶやいた。王朝のむかし、藤原家隆という歌人があり、新古今集を撰したことで不朽の名になったが、晩年、この難波の夕陽ケ丘に庵をむすび、毎日、日想観という落日をながめる修行をして日をすごした。

　ちぎりあれば　難波の里に宿りきて
　　波の入り日を拝みつるかな

「あの夕陽ケ丘でございますね」

「そういえば、なんだかそのあたりに塚がある、という話を、さきほど内儀が話していたようだ」

歳三は庭下駄をはいて、苔をふんだ。お雪もついてきた。

庭から西へまわると、柴折戸がある。あけて出ると、樟の老樹が木下闇をつくっており、そのそばの草が小高い。

五輪塔があった。そのそばに碑があり、

「家隆塚」

とよめた。

「私は無学でなにも知らないが、家隆とはどういうひとです」

「おおむかしの歌よみで、よほどここからみえる夕陽が好きだったのでございましょう。夕陽ばかりをみていた、としか存じません」

「華やかなことを好きなひとのようだな」

「夕陽が華やか？」

お雪は、歳三は変わっている、と思った。

第一、家隆卿は、この地で、大坂湾に落ちてゆく夕陽の荘厳さをみて、弥陀の本願が実在することを信ずるようになり、その辞世の歌にも、「難波の海を雲居になして眺むれば遠くもあらず弥陀の御国は」と詠んだ。その歌からみても、この岡の夕景がすきだった家隆は、落日がはなやかだとはおもわなかったであろう。

「華やかでしょうか」

「ですよ」

歳三は、いった。

「この世でもっとも華やかなものでしょう。もし華やかでなければ、華やかたらしむべきものだ」

歳三は別のことをいっているらしい。

「あ」

とお雪が声をあげたのは、塚をおりようとして足をすべらせたときだった。もう、日は暮れてしまっている。

「あぶない」

と、歳三はすばやくお雪の右わきをすくいあげて、ささえてやった。

自然、ひどく自然ななりゆきで、お雪は歳三にもたれかかる姿勢になった。歳三は、お雪を抱いた。

「この唇を」

と歳三は、お雪のあごに手をあてて、そっと顔をあげさせた。

「吸いますよ」

(馬鹿だなあ)

とお雪はおもうのだ。

わざわざことわる馬鹿がどこにいるだろう。

歳三は、お雪の唇がひどくあまいことを知った。

「なにを口に入れているのです」

「いいえなにも」

「すると、お雪さんの唇は自然にあまいのですか」

歳三は、むきになって訊いた。暗くて表情がわからないが、少年のような声音を出していた。

お雪は、内心おどろいている。新選組の土方歳三といえば、天下のたれもが、こういうときにこういう声音を出す男だとは知らないであろう。

「土方様は、女にはご堪能なのでございましょう?」

「むかしはそのつもりだった。しかしお雪どのを知ってから、自分がいままで女について知っていたことは錯覚だったような気がしている」

「お上手」

「は、いっていない」
不愛想な声にもどっている。

夜更けとともに、部屋がこごえるように寒くなってきた。

はじめ、二人は床を寄せた。ついで、掛けぶとんをふたえにし、一ツ床で臥(ね)てから、やっと落ちついた。

「はずかしい」

と、最初、お雪がいやがった。素肌のままで臥ることを、である。

「お雪どの。私は」

と、歳三はきまじめにいった。

「あなたを、尊敬してきた。私は母の顔を記憶せずに育った末っ子で、姉のおのぶに育てられてきたようなものだが、あなたにはその面影があった。そのことが、私があなたにひきよせられた理由だったのだが、同時にどこか昵(なじ)めなくもあった。しかし知りあうことが深くなるにつれて、お雪どのはこの地上のたれにも似ていない、私にとってたったひとりの女人(にょにん)であることがわかってきた。——私は」

歳三は、いつになく多弁になっている。

「私は、こう——、どちらかといえば、いやなやつ、いやどう云えばいいかな、そう、いつの場合でもひとに自分の本音(ほんね)を聞かさないようなところのある人間だったようにおもう。過去に女も知っている。しかし、男女の痴態というものを知らない」

「……そ、それを」

お雪は、武家育ちでかつて武家の妻だったことのある女なのだ。眼をみはった。

「わたくしにせよ、とおっしゃるのでございますか」

「頼みます」

歳三は、語調を変えずにいった。

「私は三十四になる。このとしになって、男女の痴態というものを知らない」

「雪も存じませぬ」

「それは」

歳三は、ぐっとつまった。

「そうだが。――しかし、お雪どの、私はそんなことをいっていない。私は、なにも男女の愛の極は、痴戯狂態であるとは思っておらぬ。だが私は、お雪どのと、なにもかもわすれて裸の男と女になってみたい」

「わたくしには、できそうにありませんけれど」

「二夜ある」

「ええ、二夜も」

「五十年連れ添おうとも、ただの二夜であろうとも、契りの深さにかわりはないとおもいたい。ふた夜のうちには、きっと」

歳三は、言葉をとめた。しばらくだまってから、

「私は、どうやら恥ずかしいことをいっているようだ。よそう」

といった。

「いいえ」

こんどは、お雪がかぶりをふった。

「雪は、たったいまから乱心します」

「乱心？」

「ええ」

「そんな」

歳三は、くすっ、と笑った。

やはり武家育ちはあらそえないものらしい。

「お笑いになりましたね」

お雪も、そのくせ忍び笑いを洩らしてしまっている。

「こまったな」

「困りましたわ。覚悟して、ただいまから乱心いたします、と申しあげても、雪は雪でございますもの」

とはいったものの、お雪は、自分がおもわず洩らした忍び笑いによって、心のどこかがパチリと弾けてしまったことに気づいていた。

「雪は、できそうでございます。でも、行燈の灯を

消してくださらなければ」

「点けておく」

「なぜ？」

「痴戯狂態にはならない」

「闇のなかならばお雪は変わって差しあげるというのに、それでは何もなりませぬ」

「点けておく」

「いやでございます」

いうまに、というより、そういうやりとりを楽しんでいるあいだに、お雪は腰帯を解かれ、長襦袢からかいなをぬかれ、ゆもじをとられた。

「そもじ、と呼ぶよ」

と、歳三はお雪の耳もとでささやいた。

お雪はうなずいた。

やがて唇を、かすかにひらいた。

「なにか申したか」

「だんなさま」

と、お雪はささやきかえした。


「そう申しあげたかっただけ」

「もう一度、いってくれ」

「聞きたい？」

お雪は、いたずらっぽく笑った。

「私はひとり身ですごしてきたので」

と、歳三はいった。

「しかし少年のころから、いつかはそういう言葉で自分を呼ばれたいと夢想してきた。お雪どのは、かつて呼んだことがあるかもしれないが」

「皮肉でございますか」

歳三は、今夜ほど、お雪の亡夫に対してはげしく嫉妬したことはなかった。

「本気でいっている」

「だんなさま」

「たれのことだ」

「歳三さまのほかに、たれがいますか」

「この体のなかに」

と、歳三は、触れた。

お雪は、あわてて手の甲を唇にあてた。

声が洩れそうになったのである。

「いる」

「……」

「今夜は、それを揉んで消し去ってしまいたい」

半刻ほど経った。

風が出てきたらしく、雨戸がはげしく揺れはじめた。

寒い。

が、お雪は気づかなかった。

あと、半刻たってから、やっとお雪は、

「風が出はじめたようでございますね」

と、おそろしげにいった。

「先刻から出ている」

歳三は、おかしそうに含み笑いをお雪にむけた。

「お雪は、気づかなかったのだろうか」

「いいえ」

お雪は、わざとふくれていた。

「先刻から存じておりましたわ。それがどうかなさいましたか」

「いや、なんでもない」

歳三はしかめっつらにもどった。

ひと夜は、すぐ明けた。

歳三が眼をさましたときは、すでにお雪の床がたたまれ、姿がなかった。

歳三はいそいで床をあげ、井戸端へおりた。

(きょうも、みごとな晴れだな)

やがて、お雪が膳部をととのえてはこんできた。お雪らしい、と歳三はおもった。

台所を借りて、自分で作ってきたのだろう。

お雪はたすきをはずし、自然な折り目で指をついた。

「おはようございます」

「抜けている」

「なにが、でございますか?」

「呼び言葉が。――」

「ああ」

と、お雪は赤くなった。

「だんなさま」

「うん」

(馬鹿にしている)

という表情で、お雪は微笑した眼を、大きくした。

(世の亭主というのも、こういうものかな)

そんな顔で、歳三はきちんと膝をくずさずにすわっていた。

(幕府のことも新選組のことも、きょう一日はわすれて暮らすのだ)

「どうぞ」

と、お雪は盆をさしだした。

歳三はあわてて右手で飯茶碗をとりあげた。

「箸がない」

「左手にもっていらっしゃいます」

「なるほど」

歳三は、左右、持ちかえた。世の亭主も、ときどきこういうしくじりをするものであろう。

「お雪」

「はい?」

「一緒にたべよう。私は多勢の兄姉や甥たちのなかで育ったから、めしは一緒に食べないとまずい」

「ご兄姉ならそうでございましょう。でもわたくしどもは夫婦でございますから」

「ああ、そうか」

亭主に、歳三は馴れていない。

江戸へ

「夫婦」

といっても、はじめは芝居じみていたが、二人の人間が一ツ意識で懸命に芝居しあっていると、本気でそうなってしまうらしい。

お雪と歳三が、そうだった。

たった一夜をすごしただけで、千夜もかさねてきたような気持になった。

西昭庵の二日目。——

お雪も歳三もすっかり板につき、ちょっとしたことでも、同じときに、

「……」

と、微笑しあえるようになった。同時に笑えるというのは、二つの感覚が相寄ってついに似通ってしまわなければ、そうはいかないであろう。

午後、歳三が、

(きょうも夕陽をみられるかな)

と、西の障子をあけ、浪華の町のむこう、北摂の山なみを、町並を遠見にながめていると、言葉には出さなかったはずだのに、お雪が、

「この雲の模様では、いかがでございましょう」

といった。なるほど雲が出ている。

「見とうございますわ、きょうも」

「しかし月の名所はきいているが夕陽の名所というのはめずらしいな。この家の名も西昭庵というから、夕陽だけが売りものなのだろう」

「でも、昭の字が、照ではございませんね」

「照では、ぎらぎらしすぎるようだから、昭を用いたのかもしれない。昭のほうがあかあかとしているうちにも、寂光(じゃくこう)といったしずけさがあって、夕陽らしい」

「豊玉宗匠。——」

お雪は忍び笑って、歳三をからかった。さすが俳句をひねるだけあって、漢字に対する語感も研(と)がれているのであろう。

西昭庵には、茶室がある。

そのあと、お雪は、炉の支度などをして、歳三をよんだ。歳三は、炉の前にすわった。

「私には、茶ができない」

「お喫(の)みになるだけでよろしゅうございます」

「この菓子は？」

「京の亀屋陸奥（むつ）の松風（まつかぜ）でございます」

（京。……）

と聞くだけで、歳三はそくそくと迫るような感懐が湧きあがってくる。京の町がすきなのではない。京の町にうずめた歳月が、思いだすにはあまりにもなまなましすぎるのであろう。

お雪はすぐ察したらしく、あわてて話頭をかえようとしたが、いったん沈黙にのめりこんでしまった歳三をひきもどすことはできなかった。

歳三はだまって茶碗をとりあげ、ひと口のみ、しばらく考えてから、ぐっとあおるように一気にのんだ。

「いかがでございました」

「ふむ？」

夢から醒めたように顔をあげ、

「結構だった」

と口もとの青い泡を、懐紙でぬぐった。

「お雪どのは、絵の修業でずっとこののちも京に住むつもりか」

「そのつもりでいます。江戸に帰っても戻る家がございません。――世が治まれば」

お雪は、つい二人の間の禁句をいった。

「治まれば、歳三様とご一緒に住めましょうか」

「将来（さき）のことはわからぬ。茶の湯でいうように、一期（いちご）の縁を深めるほかに、われわれの仕合せはないように思う。わしはこのさき流離（りゅうり）にも似た戦いをつづけてゆくか、それとも一挙に世を徳川のむかしへもどしうるか、将来（さき）のことはわからぬものだ。こういう男と縁のできたそなたが哀れにおもう」

「いいえ、お雪は、自分の現在（いま）ほどの仕合せはないと思っています」

不幸な結婚を前歴にもつお雪は、ああいった暮らしを何年つづけていっても、このふつかふた夜の思い出に及ばないと思っている。

「――ただ」

絶句して、お雪は顔を伏せた。肩で、泣いている。この二日ふた夜が、万年もつづけばよい、とつい望めぬことをおもったのであろう。

「もう時刻かな」

歳三は、懐中の時計をとりだした。夕陽を待っている。すでに刻限にまぢかい。

「西の縁へ参りましょう。わたくしはここを片づけてから参りますから、おさきに」

西の縁側に立った。

が、雲がいよいよ低くなっていて、わずかに西の空に朱がにじんでいる。

「お雪、だめなようだな」

と、奥へ大声でいった。

「夕陽が？」

とお雪が出てきた。

「まあ、やはりだめでございますね。でも、きのうあれだけ綺麗な夕陽をみたから」

「そう、それでいい。昨日の夕陽が、きょうも見られるというぐあいに人の世はできないものらしい」

陽が落ちると、急に部屋のなかが薄暗くなり、ひえびえとしてきた。

「寝ようか」

と、なにげなく歳三がいってから、お雪を見た。

耳もとが、赫(あか)くなっている。

翌朝、歳三は、西昭庵の者に駕籠をよばせ、いそいで身支度をととのえた。

やがて、駕籠がきたことを、この家の者が知らせてきた。歳三は脇差を腰に押しこみながら、

「お雪、出かける」

別れる、と歳三はいわなかった。お雪も、歳三の和泉守兼定をそでで抱き、玄関まで、さも自分が歳三の妻であるような気持になって、見送りに出た。

歳三は、式台をおりて白緒の草履に足を入れて、式台へふりむいた。

お雪が、刀を渡した。

「では。——」

それっきりで、出て行った。その姿が、庭の植込みのむこうに消えたとき、お雪は、二日間歳三とともにすごした部屋にもどった。

「わたくし、いま数日、泊めていただけませぬか」

と、お雪は西昭庵の内儀に頼んだ。

「どうぞ、なんにちでも」

内儀も、なにごとかを察していたのであろう。お雪にひどく同情をもった口ぶりでいった。

その後、数日、この部屋でこもりっきりで岩絵具をとかしたり、筆をならべたり、画仙紙をかきつぶしたりして、すごした。

もう一度、あの日の落日を見るつもりであった。西昭庵の台地から見おろした浪華の町、蛾眉のような北摂の山々、ときどききらきらと光る大坂湾、そこへ落ちてゆくあの華麗な夕陽を描こうとした。

お雪は、風景は得意ではない。しかしかきとめねばならぬとおもった。下絵を何枚もつくり、最後に絹布をのべたとき、歳三とともにみたあの夕陽が落ちてゆくのをみた。


幕府軍艦富士山丸が、歳三ら新選組生き残り四十四人をのせて大坂天保山沖を出たのは、正月十二日であった。

抜錨したのは、西昭庵でお雪が最初の下絵にとりかかったころであったろう。

艦が、第一日、紀淡海峡にさしかかったとき、戦傷者のひとりである山崎烝が息をひきとった。大坂浪人である。

新選組結成直後の第一次募集に応じて入隊した人物で、隊ではずっと監察をつとめ、池田屋ノ変では薬屋に変装して一階にとまりこみ、放胆な諜報活動をした男である。

淀堤の千本松で、薩軍陣地に斬りこむとき身に三弾をくらってもなお生きつづけてきたほど気丈な男だが、乗船のころから化膿がひどくなり、高熱のなかで死んだ。

「死んだか」

歳三は、にぎっている山崎の手が急につめたくなったことで、もう眼の前にいるのが山崎でなくなったことを知った。

葬儀は、洋式海軍の慣習による水葬をもってせられた。

山崎の遺骸を布でぐるぐる巻きにし、錨（いかり）をつけ、国旗日の丸（嘉永六年ペリー来航以来、幕府はこれを日本の総旗じるしとしていた。鳥羽伏見の戦いでも幕軍は日章旗をかかげ、幕府海軍も軍艦旗に日章旗をもちいていた。これを国旗として維新政府があらためて継承したのは、明治三年一月である）をその上にかけ、甲板には、艦長以下の乗組士官、執銃兵が堵列（とれつ）した。

「そうか、海軍が山崎の葬儀をしてくれるのか」

と、士官室で病臥したきりだった近藤も、紋服、仙台平をつけて、甲板上に出てきた。顔が青い。

体を動かすとまだ肩の骨が痛むようであった。

近藤と同室で寝ている沖田総司も、もうひとりで歩きにくいほどに衰弱していたが、

「土方さん、私も出ますよ」

と、寝台をおりた。とめたが、この若者は笑っているだけで、羽織、袴をつけ、刀を杖につき、手すりにつかまり、階段をのぼろうとした。

歳三が、右腕をかかえてやろうとすると、

「いやですよ」

とことわった。新選組の沖田総司が、衰弱しきってひとの肩を借りて歩行した、などといわれるのは、この見栄坊の総司にはたえられないのであろう。

「医者が臥（ね）てろ、というからいいつけどおりにしているんだけど、私はほんとうは元気なんですよ」

「そうかね」

歳三は、この若者の笑顔が、透きとおるような美しさになってきているのを、おそろしいものでも見

るようにして見た。

「軍艦の階段は、急だなあ」

あえぎをごまかそうとして、そんなことをいった。

無理である。呼吸をするには、沖田の肺はなかばその機能をうしないはじめていた。

新選組四十三人のうち、動けぬ重傷者三人をのぞいて、全員が甲板にならんだ。近藤はむろんのこと、そのほとんどが、大なり小なりの負傷をしていた。

「土方さんぐらいのものだなあ、無傷で突っ立っているのは」

と、沖田が、くすくす笑った。

「ものをいうと疲れるぞ」

「疲れませんよ。感心しているんです。見渡してみると、どうみても土方さんだけが鬼のように達者だ」

「静かにしろ」

やがて、銃隊を指揮している海軍士官が剣をぬいた。

号令をかけた。

だだだだ、だあーん、と弔銃が紀淡海峡にひびきわたり、監察・副長助勤山崎烝の遺骸は、舷側から海にすべりこんだ。

その間、喇叭が吹奏されている。

葬儀がおわってから、近藤は、海軍のこの葬儀がよほどうれしかったらしく、艦長肥田浜五郎（機関にあかるく、維新後新政府に乞われて仕え、海軍少将にあたる海軍機関総監などに任じ、明治二十二年四月二十七日、公用で出張中、静岡県の藤枝駅でホームから顚落し、おりから入ってきた汽車にひかれて死んだ）をつかまえて、

「かたじけない、かたじけない」

と、何度も礼をいった。近藤も一軍の将でありながら、傷で憔悴しているせいか、肥田艦長に腰をかがめている姿が、田舎の老夫のようにみえた。

士官室にひきとってからも、

「歳、新選組も結党以来、何人死んだか数えきれねえほどだが、山崎のようなああいう葬礼をしてもらったやつはいない。よく働いたやつだが、死んで恵

まれもした」

　さかんに感心した。

「近藤さん、葬礼なんぞに感心するもんじゃねえよ。志士ハ溝壑ニアルヲ忘レズ、勇士ハソノ元ヲ喪フヲ忘レズ、という言葉がある。自分の死体を溝にすてられ、首が敵手に渡るという運命になることを忘れぬということだ。男というものは、葬われざる死をとげるというものだ、とおれはおもっている」

「歳、おまえはつむじまがりでいけねえよ。山崎は勇士であってしかも葬われた。それをおれはよろこんでいる」

　が、近藤、土方、沖田は、その最期において、葬われるかどうか。

　艦は、汽罐をいっぱいにたいて、太平洋岸をつたいつつ、東航した。

　富士山丸は、木造、三本マスト、千トンの大艦である。

　艦載砲十二門。

　百八十馬力。

　幕府が米国へ発注して慶応元年にうけとったもので、長州征伐のとき下関砲撃にも参加した歴戦の艦である。

　が、千トンの木造船といえばよほど大きいはずだが、この一隻に千人をこえる幕軍が乗ったために、艦内生活の苦しさは言語に絶した。

　食事も艦の厨房だけでは調理しきれず、甲板にいくつもの大釜をもちだしてめしをたき、汁を煮、そのまわりはびっしりと人が詰まり、それも横臥できるゆとりがなく、みな膝をかかえてわずかに安らいでいる。

　正月の海は風浪が荒く、ほとんどが船酔いで病人同然になり、与えられた食事を残さずに食えるという者がすくない。

　米も、わるい。大坂で積みこんだ米は、大坂城に貯蔵されていた古米が多く、たきあげると悪臭を放った。

近藤も、江戸のころは食いものをどうこういうような性格でもなかったが、京にきて美食に馴れたため、

「歳、これァ、食えねえな」

と閉口した。

歳三は、ほとんど食わなかった。まずいものを食うぐらいなら、死んだほうがましだと思っている。ただ、沖田総司がひと粒も口にしないのには、近藤も歳三も弱った。

「総司、食うんだよ」

と叱ってみたが、力弱く笑っている。食わなければ病気にわるいことはきまっているのだ。近藤はどなるようにいった。

「総司、武士が戦場の兵糧のまずいうまいをいうべきものでないんだ」

「どうも、酔って」

総司は、真蒼な顔だった。

「無理にたべても、吐くんです。吐くと力が要って、どうもあとがわるいんです」

歳三は、平隊士のなかで妙に船につよい野村利三郎をえらび、沖田の看病をさせた。野村は気のつく男で、厨房で魚の煮汁とかゆを作らせ、沖田に飲ませた。それだけがやっとのどを通った。

海上四日。

十五日未明に品川沖にさしかかったとき、歳三は甲板に出て、舷側から吐瀉(としゃ)していたがふと陸地の灯を見、

「あれはどこだ」

と、水夫にきいた。

「品川宿(しながわじゅく)でございます」

水夫は、伊予塩飽(いよしあく)なまりで答えた。

(品川なら、これは降りたほうがいい)

と、艦長の肥田浜五郎にかけあうと、浜五郎はあっさり承知し、笑いながら早口でなにか云った。歳三があとで思いだすと、どうやら、

「新選組も、船酔いには勝てぬとみえますな」

といったらしい。

未明、投錨し、三隻の短艇がおろされ、新選組四十三名だけが、上陸することにした。

品川では、

「釜屋」

という旅籠にとまり、近藤と沖田だけは投宿せず、浜からそのまま漁船をやとい、ひとあしさきに江戸に入り、神田和泉橋にある幕府の医学所で治療をうけることになった。

歳三は釜屋の入口に、

「新選組宿」

と、関札を出させた。この品川釜屋が、京大坂を離れた新選組の最初の陣所というべきであったろう。

「諸君、戦さはこれからだ。数日逗留するから、船酔いの衰えを回復することだ」

といいふくめ、自分は海のみえる奥に一室をとり、搔巻(かいまき)一枚をひっかぶって、ごろりと横になった。

(いまごろ、お雪はどうしているか)

奇妙なことに、お雪がまだあの西昭庵にいるような気がしてならない。

おそらく、あの別れの日、お雪が、わが家から送り出すようにして、式台にひっそりとすわっていたからだろう。

夕刻まで、ぐっすりとねむった。

起きた。

そのころ、お雪は西昭庵のあの部屋で絵絹をのべながら、たったいま北摂の山に沈んでゆく陽の赤さを、どの色でうつしとるべきか、ぼんやり思案していた。

北　征

歳三ら、新選組は、関東にもどった。自然筆者も、

ここから稿をあらためて、

「北征編」

とする。

おそらく土方歳三の生涯にとってもっともその本領を発揮したのは、この時期であったろう。

歴史は、幕末という沸騰点において、近藤勇、土方歳三という奇妙な人物を生んだが、かれらが、歴史にどういう寄与をしたか、私にはわからない。

ただ、はげしく時流に抵抗した。

すでに鳥羽伏見の戦い以降、それまで中立的態度をとっていた天下の諸侯は、あらそって薩長を代表とする「時流」に乗ろうとし、ほとんどが「官軍」となった。

紀州、尾州、水戸の御三家はおろか、親藩、さらに譜代筆頭の井伊家さえ、官軍になった。

徳川討滅に参加した。

と書けば、時流に乗ったこれら諸藩がいかにも功利的にみえるし、こっけいでもあるが、ひとつには、京都朝廷を中心とする統一国家の樹立の必要が、たれの眼にもわかるようになっていたのである。

かれらは、

「日本」

に参加した。

戦国割拠以来、諸藩が、はじめて国家意識をもったことになる。

しかし、「日本」ではなく、薩長にすぎぬという一群が、これに抵抗した。

抵抗することによって、自分たちの、

「俠気」

をあらわそうとした。

といえば図式的になってかえって真実感がなくなる。

まあ、小説に書くしか仕様がないか。

いったん品川に駐屯した新選組が、江戸丸之内の大名小路にある鳥居丹後守の役宅に入ったのは、その正月の二十日である。

隊士は四十三名。ただしそのうちの負傷者は、横浜の外人経営病院に収容されていた。

生き残りの幹部は、永倉新八、原田左之助、斎藤一といった結党以来の三人のほかに、隊中きっての教養人といわれた尾形俊太郎、人斬りの名人といわれた大石鍬次郎など。

沖田総司は療養中。

近藤のほうの傷は、江戸に帰ってからめきめきよくなり、城へも駕籠で登城できるまでになった。

「歳、やはり江戸の水にあうんだよ」

「いいことだ」

といっているうちに、千代田城中で、近藤は奇妙な人物に出逢った。

格は芙蓉ノ間詰めで、家禄四千石、それに役高、役知を加えて一万石という大身の旗本である。

甲府勤番支配佐藤駿河守であった。

奇妙なのは、その人柄ではない。小声で近藤に耳うちした内容である。

「近藤殿、内密で話があるのだが」

といった。

じつをいうと、幕府瓦解（ただし徳川家とその城池、直轄領は残っている）とともに佐藤は、甲府勤番支配としての今後の処しかたを閣老に相談するために江戸にもどったのである。

ところが、老中連中はそれどころではなく、ろくに佐藤の相談に乗ってくれず、

「よきように、よきように」

というばかりであった。

佐藤はこまった。

甲府は、百万石。

戦国の武田家の遺領で、その後は徳川家の私領（天領）になっている。佐藤駿河守は、その百万石を管理する「知事」なのだ。

「いま、東山道を、土佐の板垣退助が大軍をひきいて東下している。この東山道軍の主たる目的は、甲

府百万石を官軍の手におさえることですよ」

「ふむ」

わかることだ。朝廷軍といっても諸藩寄りあい世帯で、京都政府には領地というものがない。

幕府領をおさえるほかなかった。

「なるほど、甲府か」

「このままでは、官軍に奪られるばかりですよ」

甲府城には、江戸からの勤番侍が二百人いるのだが、ほとんど江戸へ引きあげているし、あとは、幕府職制上非戦闘員ともいうべき与力職が二十騎、ほかに同心が百人いるきりで、どちらにも地役人だから、戦さには参加すまい。

「空き城同然です」

「ほう」

近藤は、思案のときのくせで、腕組みをして聞いている。

「それで、私に甲府城をどうせよと申されるのか」

新選組の手で奪え、と佐藤駿河守はいうのである。

（おもしろい）

と、近藤は、佐藤ともども老中の詰め間へ行った。

「よかろう」

と老中河津伊豆守祐邦がいった。

実のところ、徳川家は大政奉還をしたが、まだ徳川領四百万石、旗本領をふくめて七百万石は失っていない。

新政府は、領地をも返上せよ、と迫り、その押問答が鳥羽伏見における開戦の一原因になった。

徳川家の拒否は、理屈としては当然なことで、政権を奉還して一大名になった以上、他の大名が一坪の土地も返上していないのに、徳川家だけが返上せねばならぬ理由はない。

第一、返上してしまえば、旗本八万騎は路頭に迷うではないか。

一方、新政府が諸道に「官軍」を派遣して徳川慶喜討滅の戦いをはじめたのは、さしせまっては、

「土地」

の奪取が現実的目的であった。

ところが。

かんじんの徳川慶喜は、あくまで謹慎恭順して、ついには江戸城を出、上野寛永寺の大慈院に移ってしまっている。

徳川領を軍事的に防衛する肚はない。

（だから、甲府百万石は宙に浮いている。官軍はそれを拾いにくるだけだ。されば官軍が来る前に押えてしまえば、こっちのものではないか）

と近藤は、考えた。

老中の意見も同様である。

「新選組の手で、押えられますか」

と、河津伊豆守がいった。

「出来ます」

「それなら、押えてもらいたい。軍資金、銃器などは、出来るだけ都合をする」

このとき、老中の河津か、同服部筑前守かが、冗談でいったらしい。

「甲州を確保してもらえるなら、新選組に五十万石は分けよう」

分けるに価いするほどの大仕事だ、という意味なのか、それともまるっきりの冗談だったのか、いずれにしても近藤の耳には、

「分けてやる」

ときこえた。

云った連中も、たかが知れている。幕府瓦解後の老中というものは、すでに政府の大臣ではなく、徳川家の執事にすぎない。身分も、かつては譜代大名から選ばれたものだが、いまでは旗本から選ばれ、それもそろって無能で、いやたとえ能吏でもこの徳川家をどうさばいてよいか方途もつかぬ事態になりはてている。

いわば、どさくさなのだ。

（五十万石。——）

近藤は、正気をうしなわんばかりによろこんだ。

「歳、五十万石だとよ」

と、近藤は、大名小路の新選組屯所にもどってくるなり、声をひそめていった。

「それより、傷はどうだ」

「痛まねえ」

傷どころではなかった。

「歳、さっそく一軍を作って甲州城へ押し出すんだ」

近藤は、京都時代の末期には、諸藩の周旋方と交遊したり、土佐の後藤象二郎などに影響されて、いっぱしの国士に化(な)りかけていたが、やはり地金が出た。

近藤も相応な時勢論をもっていたのだが、甲府五十万石のつかみ取り案の一件が、わが近藤勇をして三百年前の戦国武者に変えてしまった。かれにとって、この戊辰(ぼしん)戦乱は、戦国時代のように思えてきた。

「近藤さん、正気かね」

と、歳三は顔をのぞきこんだ。

「私は京都のころ、あんたが公武合体論などをとなえて、――勤王はあくまで勤王、しかれども政治は江戸幕府が朝廷の委任によって担当する、などという理屈をさかんに諸藩の周旋役に吹きまわっていたのを、私は柄(がら)にもねえと思って忠告したことがあるが、こんどは風むきがかわったようだ」

「歳、時勢が変わった。お前にゃわからねえことだ」

「時勢がねえ」

といったが、喧嘩屋の歳三には、甲州に進撃して百万石をおさえるという大喧嘩は、近藤とは別の意味で、たまらなく魅力でもあった。

(こんどは、洋式でやってやる)

懐中には、例の「歩兵心得」がある。

「歳、すぐ募兵しろ」

「そうしよう」

と、歳三はそのことに奔走することになった。

近藤も、毎日登城し、老中に会ってはできるだけ大軍を編成するように交渉した。

　大軍を募集するには、まず指揮官の身分が必要であった。

　幕閣では、近藤を「若年寄」格とし、歳三には「寄合席」格を与え、謹慎中の慶喜の裁可を得た。

「大名だよ」

　と、近藤はいった。

　そのとおりであった。若年寄といえば、十万石以下の譜代大名である。歳三の寄合席というのも、三千石以上の大旗本であった。

　しかし幕府はすでに消滅している。徳川家としては、この二人にどういう格式を濫発しても惜しくはなかったのであろう。

　老中たちは、

「おだてておけば役に立つ」

　と、思ったにちがいない。近藤はたしかに時勢に乗っておだてられさえすれば、器量以上の大仕事のできる男であった。

　近藤は、毎日の登城にも、長棒引戸(ながぼうひきど)の大名駕籠に乗ってゆくようになった。

　一方、歳三は、洋式軍服を着た。

「歳、なんだ、寄合席格というのに、紙クズ拾いみてえなかっこうをしやがって」

　と、近藤がまゆをひそめた。

「戦さにはこれが一番さ」

　鳥羽伏見の戦場で、薩長側の軽快な動作をみて、うらやましかったのだ。

　軍服は、幕府の陸軍所から手に入れたラシャ生地、フランス陸軍式の士官服である。

　募兵は容易に進まなかった。

　ところが、近藤、沖田の治療をしている徳川家典医頭松本良順が、

「浅草弾左衛門を動かせば？」

　と、近藤と歳三にいった。

　弾左衛門は、幕府の身分制度によって差別された階級の統率者である。

近藤は老中に交渉し、この階級の差別を撤廃せしめ、かつ弾左衛門をして旗本に取りたてる手続きをとってやった。

弾左衛門は大いによろこび、

「人数と軍資金をさしだしましょう」

と、金は一万両、人数は二百人を近藤の指揮下に入れた。

土方は、これら新徴の連中に洋式軍服を着せ、即成の洋式調練をほどこした。

調練といっても、ミニエー銃（元込め銃）の操法だけだが、近藤は、

「歳、いつのまに身につけた」

と、おどろいた。

徳川家からは、砲二門、小銃五百挺が支給され、軍の基礎はほぼ成り、名称は、

「甲陽鎮撫隊」

とした。

幹部は、新選組旧隊士である。

入院加療者のほかに十数人が脱走したため、二十人足らずにまで減ってしまっていた。

しかし、近藤は毎日上機嫌であった。

ある日、歳三が調練から帰ると、

「歳、これが甲府城（舞鶴城）の見取図だ」

とひろげてみせた。

「ふむ」

歳三は、ほぼ見当がつくし、江戸から甲府への道（甲州街道）も、若いころ薬の行商をして何度往復したかわからない。

予想戦場として、これほど都合のいい地方はなかった。

「甲州をおさえた場合、それぞれの石高をおれは考えてみた」

「ふむ」

歳三は、近藤の顔をみた。

相好をくずしている。

「おれは十万石、これは動くまい。歳には五万石を

くれてやる」

「………」

「総司（沖田）のやつは病気だが、これには三万石。永倉新八、原田左之助、斎藤一ら副長助勤にも三万石。大石鍬次郎ら監察には一万石、島田魁ら伍長連中には五千石、平隊士にも均等に千石」

「ほう」

「どうだ、右は老中にも話してある。諒承も得た」

「あんたは、いい人だな」

歳三は、本心から思った。

幕府瓦解のときに、大名になることを考えた男は、近藤勇ただ一人であったろう。

「戦国の世にうまれておれば、一国一城のあるじになったひとだ」

「そうかね」

「ただ、いまは戦国の世じゃねえよ。たとえ薩長をぶち破って徳川の世を再来させえたとしても、大名制度は復活すまい。フランス国と同様、郡県制度にしようという考えが、大政奉還以前から、幕閣の一部にはあったときいている」

「洋夷かぶれのばかげた意見さ。権現様以来の祖法てものがある」

「まあ、どっちでもいいことだ」

歳三は、作戦計画に没頭していた。致命的なことは、兵力の不足であった。せめて二千人はほしかった。

（二百余人で果して甲州がとれるか）

甲府城に入城すれば、土地の農民によびかけて、増兵をする予定ではいる。それがうまくゆくか、どうか。

「なに、大丈夫さ。城をとれば、すでに百万石の領主と同然だ。郷士、庄屋に命じて村々で壮士を選ばせれば、万はあつまる」

と、近藤は楽観的であった。

なるほどそうかも知れない、と歳三はおもった。

世情が、こうこんとんとしてしまった以上、何事もやってみる以外に見当のつけようがない。

出発にさきだって、歳三は平隊士数人をつれ、神田和泉橋の医学所の一隅で寝ている沖田総司の病状を見舞った。

見舞った、というより、医学所は、もう閉鎖同然になり医者もいなくなっていたから、沖田の体を別の場所に移すためであった。

総司のただ一人の肉親である姉のお光、それにお光の婿沖田林太郎（庄内藩預り新徴組隊士）も一緒だった。

あたらしい療養場所は、林太郎の懇意で千駄ケ谷池橋尻に住む植木屋平五郎方の離れをかりることになっている。

沖田はすっかり病み衰えていたが、声だけは意外に張りがあり、

「土方さん、私は三万石だそうですね」

と、くすくす笑った。

「なんだ、近藤がいったのか」

「いいえ、先日、見舞いにきた相馬主計（そうまかずえ）君が教えてくれましたよ」

（すると、近藤は一同に話したらしいな）

近藤にすれば、士気を鼓舞するつもりで、打ちあけたのだろう。

しかし相馬などは、沖田を見舞いにきたその足で脱走してしまっている。万石、千石の夢も、もはや隊士を釣れなくなっている証拠であった。

「総司、よくなれよ」

「ええ、三万石のためにもね」

と、沖田はまたくすっと笑った。

歳三は、千駄ケ谷の植木屋まで沖田を送ると、その足で屯所へもどった。

あすは、甲州へ発つ。

（こんどこそ、洋式銃で対等の戦さをしてみごと伏見のあだを討ってやる）

二重（ふたえ）の厚ぼったい眼が、あいかわらずきらきらと光っていた。

甲州進撃

近藤、歳三の正面の敵になった「官軍」東山道方面軍は、洋式装備の土佐、薩摩、長州の諸藩兵を主力とし、これに旧装備の因州藩兵などがくわわり、参謀（指揮官）は、土佐藩士乾退助（板垣、のち伯爵）である。

　二月十三日、出陣の土佐藩兵は、京都藩邸で酒を頂戴し、老公山内容堂から、

「天尚寒し、自愛せよ」

という有名な言葉をたまわった。「二月とはいえ、野戦は寒い。風邪をひくな」という意味だ。これをきいて「一軍、皆な踴躍す」と、鯨海酔侯という書物にある。

　翌十四日早暁、京都御所を拝み、砲車をひいて京を出発。

　三日目に大垣に入り、総指揮官乾退助は、ここで姓名を板垣退助にあらためている。

　じつは出発にあたって、岩倉具視が、

「甲州の人間というのは気が荒っぽくて天下に有名だ。ただ、武田信玄の遺風を慕う気持がつよい。そこを考えて民情を安んぜよ」

といった。

　偶然なことだが、退助の乾家には、その先祖は信玄の麾下の名将板垣駿河守信形の血をひく、という家系伝説がある。

　だから陣中ながら板垣とあらため、甲州へ間諜をはなって、

「こんどの官軍の大将は、土佐人ながら遠くは甲州の出身である。しかも信玄の猛将板垣駿河守の子孫であり、信玄公をうやまうこと神を見るがごとくである」

と流布せしめた。

この奇妙な宣伝が甲州人にあたえた影響は大きく、最初は徳川びいきであったものが、にわかに「天朝」びいきになった。

官軍の総隊がいよいよ甲州の隣国信州に入り、上諏訪、下諏訪に着陣したのは、三月一日のことである。

この同じ日に、近藤、歳三ら新選組を主軸とする「甲陽鎮撫隊」二百人が、江戸四谷の大木戸を、甲州にむかって出発した。

第一日の行軍は、わずか三キロ。

歩いたとおもえば、はや、

「新宿の遊女屋泊り」

という行軍であった。新宿の遊女屋をぜんぶ隊で借りきった。

「歳、にがい顔をするもんじゃねえ」

と、近藤は、いった。

「これも戦法だ」

近藤のいうとおりである。二十数人の新選組隊士をのぞいては、みな、刀の差し方も知らぬ浅草弾左衛門の子分どもで、これをにわかに戦場にかり出すには、それなりの手練手管が要った。

「まあ、見ておれ、一ツ屋根の下で女を抱くと、あくる日は、一年も一ツ釜のめしを食ったようにぴっと二百人の呼吸があうものだ」

歳三だけは、高松喜六という宿でとまり、女をちかづけなかった。

隊士が気をつかったが、近藤は、捨てておけ、といった。

「あいつは年若のころから猫のようなやつで、ひと前では色事をしない」

翌朝、出発。

近藤は、長棒引戸の駕籠に大名然と乗り、歳三は洋服、陣羽織姿で馬上、先頭をゆく。

斎藤、原田、尾形、永倉ら幹部は、旗本のかぶる青だたき裏金輪抜けの陣笠に陣羽織、平隊士は、綿入れの筒袖に撃剣の胴をつけ、白もめんの帯をぐるぐる巻きにして大小をさし、下はズボンにわらじばきである。

新募集の連中は、幕府歩兵の服装で、柳行李の背嚢(はいのう)を背おい、ミニエー銃をかついでいた。

服装からみても、雑軍である。

この戦闘部隊のなかで、近藤の大名駕籠がいかにも珍無類で、異彩を放った。

歳三が、

「戦さにゆくのだよ。その駕籠はよせ」

といったが、近藤はきかない。

「歳よ、お前は学がねえから知るまいが、唐(から)の故事に、出世して故郷に帰らぬのは夜(よる)錦をきて歩くようなものだ、ということがある」

といった。

途中、近藤や歳三の故郷の南多摩地方を通るのである。

「大名になったのだ」

というところを、近藤は故郷のひとびとにみせたかったのであろう。

滑稽といえばこっけいだが、近藤にはそういう男くさいところが多分にあった。男くさいというのは子供っぽいということと同義語である。子供のように権勢にあこがれ、それを得ると無邪気によろこぶし、図に乗って無我夢中の行動力を発揮する。

(やはり戦国の豪傑だ)

と、歳三はおもわざるをえない。

行軍第二日目は、府中にとまった。この府中では、故郷の連中が押しかけてきて、大へんな酒宴さわぎになった。

第三日目の昼、日野宿にさしかかった。

「歳、日野だぜ」

と、近藤は、引戸をあけて、懐しそうにさけんだ。

(日野だな)

歳三も、感無量である。

ここの名主佐藤彦五郎は、歳三の姉の婚家で、同時に天然理心流の保護者であり、新選組結成当時、金銭的にもずいぶん応援もしてくれた。いわば、新選組発祥の地といっていい。

「歳、きょうは、日野泊りにしようか」

と、近藤は宿場の入口にさしかかったとき相好をくずしていった。

「まだ、昼だよ」

歳三は苦笑した。

甲州街道ぞい日野宿のまんなかあたりに、佐藤彦五郎の屋敷がある。なにしろ、日野本郷三千石の管理者だから、屋敷は宏壮なものだ。

その孫佐藤仁翁が書きのこして現在同家に蔵せられている「籬蔭史話」という草稿には、

「隊員一同、表庭や門前街路に休憩した」

とある。以下、その文章をひこう。

駕籠より出た近藤は、髪を後ろにたばね丸羽織に白緒の草履をはき、表庭を玄関へあるいてくる。

近藤は、彦五郎とともに出迎えていたかれの老父の源之助の顔を遠くからニコニコ笑いながら見て、

「やあ、お丈夫ですな」

と声をかけた。これから戦争にゆくというような風は、すこしも見えなかった。

土方歳三は、総髪で洋服姿であった。

一同を奥の間へ招じ入れた彦五郎はひさしぶりのよろこびで、珍味佳肴をそろえて大いにもてなした。

酒盃をとった近藤は、負傷の右手が胸ぐらいしかあがらず、すこし痛い、と顔をしかめたが、

「なにこっちなら、このとおり」

と左手でグイグイとのんだ。

近藤は、あまり酒をたしなまない。グイグイといっても、おそらく、二、三ばいぐらいのものだったのだろうが、それほど意気軒昂としていたのであろう。

「そのあいだに歳三は」

と、この記録にはある。

席をはずして別室へゆき、姉のおのぶに会った。末弟の自分を母親がわりにそだててくれた姉である(記録者仁氏の祖母にあたる)。

「しばらくでした」

と、歳三は鄭重にあいさつし、用意の風呂敷を解いた。

「それはなんですか」

おのぶは、のぞきこんだ。なかから、真赤な縮緬(ちりめん)地(じ)のものが出てきた。

むかしの絵巻物などで、騎馬武者が背負っている母衣(ほろ)である。ふわりと風が入るものでおそらく二、三間はあるだろう。

「母衣ですね」

と、おのぶがいった。

「よくご存じですな」

「そりゃ」

おのぶは手短く、

「武者絵なんかで見ますから。しかしなぜこんなものをあなたがお持ちです」

「書院番頭(しょいんばんがしら)に召し出されたとき、将軍家から拝領したものです」

「ずいぶんと出世したものですね」

「出世、かな」

歳三は、自問するように首をひねって、

「ただ、身をもって時勢の変転を見た、ということではおもしろかった。多摩の百姓の末っ子が大旗本にまでなった、というのも変転のひとつですよ。出世じゃない」

「このさき、どうなるのです」

「この将来(さき)ですか」

と、歳三は声をおとしたが、すぐ、この男にはめずらしく高声で笑ってごまかしてしまった。

と、記録にはある。

母衣は、当家に残しておく、といった。

「こんな拝領のお品を」

と、おのぶは迷惑がったが、

「なあに、子供の振り袖でも仕立てればいいでしょう。いいんだ」

と、くるくるとまるめて押しやった。

歳三が姉と別室にいるとき、にわかに台所の土間のほうがさわがしくなった。隊士が応対に出てみると、この日野宿界隈の血気の連中が、きっかり六十人、土間に土下座している。そのうちの代表が平伏して、

「ぜひとも、近藤先生に拝謁しとうござりまする」

といった。その代表のいうところでは、拝謁してお言葉を頂戴したいし、できれば人数にくわえてもらいたい、というのである。

「ああ、いいよ」

と、近藤は奥の間で、盃をおいた。顔が、自然と笑ってしまっている。近藤の生涯でのもっとも得意な瞬間であったろう。

六十人の若者たちは、いずれも郷党の後輩であったが、みな天然理心流をかじっていて、その宗家の近藤からみれば、たがいに面識はなくても「師弟」であった。

「では」

と、近藤は酒席をたちあがった。

羽織は、黒羽二重。

しかも葵の五つ紋のついた将軍家拝領のものである。が背後に太刀持の小姓がついている。大名然としたものである（ちなみに、この太刀持の小姓は、井上泰助といい、当時十三歳。結党以来の同志だったこの地方出身の井上源三郎の甥である。井上源三郎は既述のように伏見奉行所の戦闘で戦死。泰助はそれ以前に京に近藤の小姓としてのぼっていたが、このあと、佐藤家に残された。のち、泰助の妹が沖田総司の甥芳次郎にとつぎ、その沖田家の家系が立川にのこっている）。やがてふすまがひらき、近藤がゆったりと出てきた。

一同、土間に平伏した。

近藤、表座敷の中央にすわり、

「諸君、ご健勝でなによりです」

と、微笑した。

異様な感動が、土間にうずまいた。泣くようにして、従軍をねがい出た。

「いやいや、それはゆるされぬ」

と、近藤は、笑顔のままいった。近藤としては、これ以上、郷党の血をながすのにしのびなかったのであろう。極力、その申し出をことわった。

このあたり、近藤の正気は残っている。が、この連中がたって泣訴したため、独身次男以下の者三十人をえらび、「春日隊（かすがたい）」と名づけて同行することにした。

「時も移る。早く出発しよう」

と歳三がせきたてたが、近藤はなお、土間の連中に京での手柄話を物語って、腰をあげない。

歳三は、性分なのであろう、郷党の連中に微笑さえあたえなかった。このため後年までこの地方に、

——土方というひとは権式ばったいやなひとであった。

という口碑がのこっている。

この日、慶応四年（明治元年）三月三日で、関東、甲信越地方は、春にはめずらしく雪がふった。

「歳、雪だよ」

近藤はこのまま、日野宿で腰をすえたいつもりらしかった。

このおなじ日、板垣退助以下の官軍三千は、全軍上諏訪の宿営地を進発し、甲府にむかって雪中行軍を開始した。

主力の土佐兵は南国そだちだけに、寒気に弱く、銃把（じゅうは）をにぎれぬほどに手をこごえさせて、行軍した。

馬上の板垣退助は、諸隊に伝令を出し、

「天なお寒し、自愛せよ」

との藩の老公のことばをとなえさせた。風邪をひくな、というほどの意味だが、唱えているうちに、

かれらの胸に譜代の士卒独特の感情がわきあがって、士気はとみにふるった。

そのころ、日野宿の佐藤屋敷に斥候が駈けもどってきて、甲信方面のうわさを伝えた。

官軍がすでに上諏訪、下諏訪にまで来ているという。

「えっ、そこまできているのか」

とは、近藤はいわなかった。しかし表情におどろきが出ている。

「歳、行こう」

近藤は、別室にしりぞき、いそいで羽織をぬぎすてて鎖帷子を着込み、撃剣の胴をつけ、陣羽織をはおった。

駕籠もすてた。

わらじをはき、二、三度土間で踏みしめてから、

「馬をひけ」

と、門を出た。顔が赤い。その頬を、どっと吹雪がたたいた。

「ひでえ、雪だ」

と、馬上のひとになった。もう、往年の近藤にもどっている。

軍が、動きだした。

が、すぐ陽が落ち、与瀬に宿泊。

一方、官軍の一部先鋒部隊はその夜行軍をして早暁にははやくも甲府城下に入った。

官軍代表はただちに使いを城中に出し、城代佐藤駿河守、代官中山精一郎に本営に来るよう申しわたした。

むろん佐藤、中山は決戦の意をかためていたが、かんじんの近藤勇が来ない。

「新選組はなにをしているのだ」

と、青くなった。

新選組が先着しておれば、籠城決戦という手はずがきめられていたのである。

「やむをえぬ。近藤の到着まで、できるだけ時間をかせぐことだ」

と、佐藤駿河守は、とりあえず恭順をよそおって官軍先鋒の本営へ行った。

官軍側は、城中の武器いっさいを城外に出したうえで開城するよう申しわたした。

「委細承知つかまつっております。なにぶん火急のことでございますから、城中ととのいませぬ。開城の日時は、武器お引渡しの手はずがととのい次第おしらせします」

と、佐藤駿河守はとりあえず官軍をおさえ、城内にもどってひたすらに新選組の来着を待った。

が、官軍側も油断がない。

甲州街道ぞいにしきりと諜者をはなって情報をあつめていると、

「幕将大久保大和（近藤）なる者、甲府鎮撫を名とし急行進軍しつつあり、今夜中にかならず甲府に入るであろう」

という情報に接した。

「一刻をあらそう」

と、官軍先鋒も判断し、少数部隊ながらも一挙に城を接収するために佐藤駿河守の期日通告を待たずに城にせまった。

佐藤はおどろき、やむなく開城、官軍に城を渡してしまった。

その日、近藤らは笹子峠を越してようやく駒飼の山村に入っている。

駒飼に宿営した。この山村から、山路はくだる一方で、もはや甲府盆地は、あと二里である。盆地におりれば激戦が待っているであろう。

隊の連中は、民家に宿営した。

ところが、それらの民家にはすでに甲府での官軍の入城、軍容が細大もらさず伝わっている。

新徴の隊士は村民からそれらをきき、大いに動揺して、その夜のうちに半分いなくなった。

近藤はこれには閉口し、

「会津の援兵が来る」

と隊内で宣伝したが、動揺はおさえられない。

「歳、どうする」

と、相談した。もう長棒引戸の大名駕籠に乗っていたときの得意の顔色はない。

「ちょっと、神奈川へ行ってくる」

と歳三は、立ちあがった。神奈川には、幕軍で菜葉隊というのが、千六百人駐屯している。これに急援をたのむつもりだった。

「この夜分に？」

「仕方あるまい」

本営から馬をひきだすと、ただ一騎、提灯もつけずに駈けだした。

が、すでにおそく、官軍側は、甲陽鎮撫隊の動向を偵察しきっていて、土州の谷守部（のちの干城、中将）らを隊長とする攻撃隊が準備をととのえつつあった。

しかし、当面の敵が、まさか、すぐる年京で土州藩士を多数斬った新選組であろうとは、かれらもそこまで偵知していない。

勝沼の戦い

歳三はただ一騎、山路を縫い、谷川を駈けわたり、村々を疾風のようにかけぬけて、神奈川の菜葉隊本営へむかってはしった。

「援軍依頼」

これ以外に、甲州で勝つ手はない。

（それまで近藤が、もちこたえてくれるかどうか）

いや、近藤ならやるだろう。当代、戦さをやれば、じぶんと近藤ほどつよい者はないという信念が、歳三のどこかにある。京における新選組の歴史がそれを証明するであろう。

夜がふけ、やがて朝がちかづいた。

歳三は必死に駈けた。

さいわい、雪中である。視界はしらじらとして、燈火がなくともさほどの不自由さはなかった。

小仏峠を越えたとき、あたりがぱっと白(しら)んだ。陽が昇った。

その刻限、駒飼の名主屋敷を本陣として一泊した近藤は、ゆうゆうと朝の陽のなかに出た。

庭を散歩しはじめた。

やどを貸している名主は、

(大久保大和などというお旗本は武鑑にも出ていないが、さすが一党の大将だな)

と感嘆したという。

近藤は屋敷うちをひとまわりまわってから隊士十人をあつめ、それぞれに同文の書きつけをわたし、

「近郷の村々に行っていそぎ兵をつのるように」

と、出発させた。

書きつけには、近藤の自筆で、

> 徳川家御為に尽力致し候輩(やから)は、御挽回の後、恩賞可致者也(いたすべきものなり)
> 大久保大和昌宜(まさよし)

とある。

近藤は徳川家の御挽回を信じていたし、甲州百万石の夢もすてていなかった。

甲州の農村にも、近藤同様、夢のある血気者が多いとみえて、夕ぐれまでにみるからに屈強な連中が、二十人ほどあつまってきた。

そのなかで、いかにも眼つきの油断ならぬ若者がいて、他の甲州者はひどくこの男に遠慮をしている。

「君は何者かね」

と、近藤はすぐ眼をつけた。

「雨宮敬次郎(あめのみや)」

ふてぶてしく答える。

「苗字(みょうじ)をゆるされているのか」

「いかにも」

甲州東山梨郡の小さな庄屋の息子である。

近藤は、さらにたずねた。

「ご紋をみるに、マルに上の字とは見なれぬ御家紋だが、なにか由緒がおありなのか」

「武田信玄の部将、雨宮山城守正重を家祖とし、武田家滅亡後は野にかくれて三百年、里正（名主・庄屋）をつとめます。いま天下争乱に際遇し、ぜひ功名をたてて家を興し先祖の武名をあげたいと存ずる」

ひどい甲州なまりである。

「それはご殊勝な」

と、近藤もかたちをあらためた。自分もだんだん戦国の武将のような気持になってきたらしい。

「われら甲陽鎮撫隊は、前将軍家（慶喜）から甲州百万石の沙汰をまかされている。西軍を追ってみごと斬りとらば、働きに応じ、十分の恩賞を頂戴できます」

「ありがたいことです」

「貴下を甲州組の組頭にしたいが、ほかのかたがた、ご異存はござらんな」

「ありませぬ」

くちぐちにとなえた。

この雨宮敬次郎、このときは正気で甲州ぶんどりを考えたらしい。

こののち変転し、明治十三年、今後はパンの需要がたかまるに相違ないとみて、東京深川に小麦製粉所を作って大もうけをし、そののち各種の投機事業にくびをつっこんで、そのほとんどに成功した。もっとも、東京市水道鉄管事件という疑獄で投獄されたが、出獄後、市電の敷設にはしりまわったり、川越鉄道、甲武鉄道、北海道炭礦などに関係して巨富を得た。明治四十四年、死去。

「さて、雨宮君、さっそくだが」

と、地図の上の勝沼をさした。

「ここに貴隊をもって、関所をつくってもらいたい」

勝沼は、この駒飼の山中から甲府盆地におりたところにある宿場で、三里足らず。

近藤は、ここを防衛の最前線とし、歳三の援軍の到着しだい、勝沼から五里むこうの甲府城におしだそうと考えていた。

雨宮らは、荷車に柵をつくる材木をつみあげ、近藤からもらったミニエー銃をかつぎ、威風堂々と山をおりていった。

「ちえっ」

原田左之助は、そのあまりにも堂々とした雨宮のうしろ姿に舌打ちをした。

「火事場泥棒め」といいたかったところだろう。

さらに近藤は、本営をわずかに前進させることとし、柏尾（いまは勝沼町にふくまれる）を要害とみて、ここに野戦築城をすることにした。

柏尾は、もう眼の下に甲府盆地を見おろす街道ぞいの山村で、たしかに要害といっていい。

陣地は、村のひがしの丘陵（柏尾山）にもうけ、神願沢の水を堀に見たて、街道の橋をきりおとした。

さらに丘陵に砲二門をひっぱりあげて眼下の街道をななめ射ちできるようにし、街道のあちこちに鹿砦を植えこんだ。

一方、甲府城に入った官軍指揮官板垣退助のもとに、ひんぴんと情報が入っている。

「柏尾に、しきりと東軍が出没している」

というのである。

「例の大久保大和という人物だな」

この名は、武鑑でしらべ、甲州開城のときに旧藩士にもきいたが、ついに正体が知れないままである。

板垣退助ら土佐人は、新選組をにくむこともっともはなはだしい。もし近藤とわかればただでおかない下地がある。なぜなら、新選組が京で斬った人数を藩別にすれば、長州人よりもむしろ土佐人が多かった。薩摩人への加害は皆無だったが。

板垣は、一情報では、敵将の名が、

「近藤勇平」

であるともきいている。事実、近藤は、ふた通りの変名をつかったのだが、このときも、まさか近藤勇であるとはおもわなかった。

とにかく、板垣は、土佐藩よりすぐりの指揮官五人をえらび、進発させた。

谷守部
片岡健吉（のちの自由民権運動家・衆議院議長）
小笠原謙吉
長谷重喜
北村長兵衛

谷守部は、鳥羽伏見いらい官軍が遭遇する最初の敵とあって用心ぶかい態度をとり、しきりと斥候をはなって敵情をさぐったが、人数千人というあわさもあり、さらに数万の後続部隊が来る、といううわさもあって、どうもよくわからない。

いずれも、近藤が、村々にむかってとばした虚報である。

「とにかく、ぶちあたることだ」

と、砲隊長の北村長兵衛がいった。

かくて、北村の砲兵を先頭に勝沼へむかって前進しはじめた。この時代の砲は射程がみじかいため、軍の先頭をゆくのが常識であった。

すでに天は晴れ、山野の雪もとけはじめている。

勝沼の宿場に入ったとき、北村長兵衛は大胆にも兵五、六人をつれ、砲二門を急進させて町の中央に出た。

その街道中央に、例の急造の関所がひかえている。守備兵は雨宮敬次郎ら十人ほどの甲州組である。

北村長兵衛は、赤毛のシャグマをなびかせて、柵にあゆみよった。

「この天下の公道に、柵をもうけさせたのはたれかね。ひらきなさい」

時候のあいさつでもするように、ゆっくりといった。

柵内では雨宮が進み出て、

「開けるわけにはいかぬ」

にべもなくいった。

「おや、なぜだろう」

「隊長の命でここを守っている。隊長の命がなければあけられぬ」

「隊長の名は、何という」

「知らぬ」

「そうか、ではやむをえぬ」

北村はうしろの砲にむかって、

「射ちかた用意」

命じすてて左側の旅籠の軒下にとびこむや、射て、と命じた。

轟っ

と、四斤山砲が火を噴いた。

発射煙がしずまったとき、すでに柵内には人がなく、はるかむこうを雨宮敬次郎ら十人がころぶように逃げていた。砲弾はその頭上をこえて、むこうに炸裂した（雨宮はどうやらこのまま逃げっぱなしで横浜へ行ったらしい）。

柵をひらいて北村らがとびこみ、勝沼の宿場じゅう捜索したが、もう敵兵はひとりもいない。

宿場の者にきくと、

「守兵はあの連中だけだった」

という。

この勝沼宿場での発砲が、東征軍の最初の砲声だったことになる。

谷守部がやってきて、

「敵は柏尾山にいる。この勝沼を前哨線として柵を作ったのだろう。それが十人そこそこの人数だとすると、柏尾の本陣の人数はその二十倍もあるまい」

そう計算した。ほぼ的中している。

即座に、前進した。

近藤は、柏尾山上にいる。

「来た」

と、原田左之助がのびあがった。

「近藤先生、赤のシャグマだとすると、土州の連中ですよ」

薩州が黒、長州が白、土州が赤、ということにきまっている。

この三藩はすべて洋式化されていたが、それでも戦闘法に特徴があり、おなじ小銃射撃法でも長州は臥射、薩州は立射、土州は射撃をすぐやめて斬りこみをやった。

「土佐か」

近藤には、とりわけて敵に対する知識はなかったが、おもいだされるのは京のことである。

「池田屋では、土佐のやつをずいぶん斬ったものだ。野老山五吉郎、石川潤次郎、北添佶麿、望月亀弥太……」

「そうだったねえ」

原田左之助も、往事をおもって茫然たる顔つきである。

「それから、天王山の一番乗り」

と、横で、永倉新八がいった。

元治元年蛤御門ノ変で、長州軍が敗走し、そのうちの浪士隊が天王山にこもった。幕軍がこれを包囲し、新選組がまっさきかけて駈けのぼった。

が、そこには真木和泉ら十七人の志士の自刃死体があっただけである。そのうち土州浪士は、松山深蔵、千屋菊次郎、能勢達太郎、安藤真之助。

「時勢もかわればかわるものだ」

近藤は、往事の夢がさめやらぬおももちでいる。

「永倉君。池田屋では、最初、君などと五人で斬りこんだものだった。それでもどうとも思わなかったが」

いまは、ちがう。

当時は、京都守護職から動員された諸藩の警戒兵が三千もあり、その包囲警戒のなかで新選組は、ぞんぶんにきりこむことができた。

　当時は時流に乗ったからこそ働けたが、いまは相手が時流に乗ってきている。

　近藤の天然理心流の術語でいえば、双方の「気組」の差が大きい。

（はて、戦さになるかどうか）

　にわか募集の兵は、大半逃げてしまって、残っている連中も、山肌にはりついて動かない。

「尾形君」

　と、近藤は、眼下の街道わきに身をよせている尾形俊太郎をよんだ。

「敵が近づいている。そろそろ橋むこうに火をかけたほうがいいだろう」

「承知しました」

　尾形は、農兵十人ほどに松明をもたせ、橋むこうに突進して、たちまち民家数軒に火をかけた。

　ぼーっ、と数条の火があがり、もうもうたる白煙が、近藤陣地の前面を覆いはじめた。古法による戦術で、煙幕の役目をはたすし、民家も敵の銃隊に利用されることをふせげる。

　この白煙を、谷守部らがみて、ほぼ敵陣地の位置がわかった。

「兵を三道にわかとう」

　と、谷守部は敵陣の地形を遠望しながらいった。諸隊長も、賛成した。

　谷自身は、五十人に砲二門をひきいて本街道を直進する。

　片岡健吉、小笠原謙吉は、五百人をひきいて敵前面の日川をわたり、右手の山をよじのぼって進む。

　長谷重喜は左手の山にのぼって、山上、街道上の敵を乱撃しつつ前進する。

「では」

　と、谷守部がうなずくと、諸隊長は四方に走って自隊にもどり、ただちに前進した。この軽快さは、組織された藩兵の強味である。

やがて日川東岸に達すると、双方、猛烈な射撃戦を開始した。

近藤は山上に突っ立った。

(歳はまだ帰らんか)

ふと背後を見わたしたが、鬼神でもないかぎり、こう早くは神奈川との往復ができるはずがない。

「射て、射て」

近藤は、馴れぬ射撃指揮をしていたが、にわか集めの射手たちは、ミニエー銃を一発ぶっぱなしては十歩逃げるというていたらくで、どうみても戦さをするかっこうではない。

「やむをえぬ。斬りこめ」

近藤は、どなった。が、往年の新選組幹部たちは、みな銃隊の指揮者になって、あちこちに散らばっているために、結束した白兵部隊にはならない。

近藤のそばには、「近習」として、京都以来の平隊士三品一郎、松原新太郎、佐久間健助などがいる。

これらが抜きつれた。

前面の稜線上にすでに敵が這いあがってきて、眼鼻だちまではっきりとみえる。

「斬りこめ」

近藤は、走った。右手がきかないために、刀を左手にもっている。

衝突した土州部隊は、小笠原謙吉の隊である。先鋒のみだから十数人しかいない。

山上で、乱闘になった。

近藤は、左手ながらもすさまじく働き、たちまち土州兵三人を斬りすて、さらに荒れくるった。

(何者だ)

と、小笠原謙吉はおもった。小笠原は槍術の妙手といわれた男だが、むろん槍を戦場にもってきていない。

剣をぬいて戦った。

近藤に肉薄しようとして、一隊士(松原新太郎か)に邪魔された。

とびあがりざま、松原の肩を斬った。松原がよろめくところを、小笠原隊の半隊長今村和助が、背後から斬りさげ、さらにとどめを刺した。あとでこの松原（？）の刀を検分すると、撃ち痕がみなつばもとから五寸以内にあり、つばぜりあいの激闘をしたことを思わせる。

近藤は、敵の人数がいよいよふえてくるのに閉口し、

「退くんだ」

と一令すると、すばやく背後の松林に逃げこみ、さらに笹子峠にむかって退却しはじめた。

笹子峠で敗兵をまとめ、攻めのぼってくる敵にさらに一撃をあたえようとしたが、原田左之助が気のない顔で、

「よそう」

といった。

「そうか、八王子まで退くか」

八王子までひきあげると、兵はもう五十そこそこになっている。

「いかん、江戸まで帰ろう」

と、ここで甲陽鎮撫隊を解散し、新選組はそれぞれ平服にきかえて、三々五々、江戸へ落ちることにした。

そのころ歳三も、東海道を江戸へむかって走っていた。

神奈川で援軍をことわられ、この上は江戸へもどって前将軍慶喜にかけあい、直接兵を借りようとおもったのである。

むろん、歳三は、甲州で近藤がすでに潰走していようとは、夢にも知らない。

流山屯集

「いや惨敗。夢、夢だな」

近藤は、神田和泉橋の医学所のベッドのうえで、

高笑いをした。

声がうつろである。

故郷の南多摩の連中が、野菜をかついで見舞いにきているのである。

ガラス窓に三月の陽ざしがあたって、室内は体が饐（す）えるようにあったかい。

「どうも甲州くんだりまで行って、得たものというのは古傷の破れだけさ。官軍がああも早く甲府城に入っているとは知らなかった」

「官軍の先鋒はもう武州深谷（ふかや）にまできているというわさですよ」

と、ひとりがいった。

事実である。官軍総督府では、江戸城進撃の日を三月十五日ときめていた。

この日、三月七日。江戸もあとわずかの命脈である。そこへ歳三がすっかりやつれた顔で入ってきた。江戸へ敗退した近藤をさがしもとめて、やっとつきとめてやってきたのである。

「済まぬ」

歳三は頭を垂れた。

神奈川、江戸、と八方かけまわって援軍をたのんだが、ついに一兵も得られなかった。

「敗軍はおれのせいだった」

「なあに、歳」

近藤は、時勢をなかばあきらめはじめている。

「あのときたとえ援軍が来ていても手遅れよ。西からきた官軍の足のほうが早かった。足の競走だから、こいつは恥にもならない」

やがて、八王子でちりぢりばらばらになった原田左之助、永倉新八、林信太郎、前野五郎、中条常八郎ら、新選組の同志がやってきた。

「ずいぶん探した」

と、永倉がいった。

再挙を相談したい、と永倉、原田は、敗戦のつかれなどはすこしもない。

「今宵、日が暮れてから、深川森下の大久保主膳（しゅぜん）の正殿の屋敷に集まってもらえまいか」

と永倉新八はいうのだ。

（おや、いつのまに永倉、原田が隊の主導権をにぎった）

と歳三は内心不快だったが、よく考えてみると、隊などはどこにもない。みな、いまでは個人にもどってしまっている。個人としても、永倉、原田、いずれも大御番組の身分で、りっぱな徳川家の家臣である。

「集まっていただけましょうな」

と永倉が念をおすと、近藤はべつに気にとめるふうもなく、行くよ、とうなずいた。

近藤、歳三のふたりは、その夕、大久保屋敷に行った。主人の主膳正は、最近まで京都の町奉行だった男だから、近藤も歳三もよく知っている。

会合はその書院を借りた。

すでに五、六人、頭数がそろっていたから近藤は、やあやあ、といって上座についた。

酒肴が出る。

このころ、前将軍慶喜は上野寛永寺に蟄居して月代も剃らず、ひたすらに謹慎恭順の態度を持していた。

幕下の抗戦派に不穏の動きが多いときき、しばしば諭し、江戸城決戦論の首魁と思われる海軍の榎本武揚、陸軍の松平太郎に対してはわざわざ召致して、

「そちらの言動は、予の頭に刃を加えるのと同然である」と思いとどまらせた。

しかし、旧幕臣有志の動きは、前将軍の説諭ぐらいではおさえきれず、すでに先月十二日、十七日、二十一日の三回にわたる幕臣有志の会合の結果、彰義隊がうまれつつある。

前将軍慶喜は、これら徳川家臣団の動きに対して、

「無頼の壮士」

という言葉をつかっている（高橋泥舟への談話）。

一方、官軍に対し江戸攻撃の中止を嘆願するため、

さまざまの手をうっていた。

勝海舟、山岡鉄舟が、慶喜の意をうけて官軍慰撫の工作にとりかかったのも、このころである。

一説では、近藤勇に対し、幕府の金庫から五千両の軍資金をあたえ、砲二門、小銃五百挺を貸与して「甲陽鎮撫隊」を組織させ、甲州百万石の好餌をあたえて勇躍江戸を去らしめたのも、勝の工作だという。

「新選組に対する薩長土の恨みはつよい。あの連中が、前将軍への忠勤々々といって江戸府内にいるかぎり、官軍の感情はやわらぐまい。追いはなつにかぎる」

ということだったらしい。

考えてみれば、話がうますぎた。窮乏しきっている旧幕府から五千両の大金がすらりと出たというのもふしぎだし、「甲州百万石うんぬん」というのもそう言質をあたえれば近藤がよろこびそうだ、ということを、慶喜も勝も知りぬいていたのであろう。

旧幕府にとって、いまは、新選組の名前は重荷になりつつある。近藤、土方を幕下にかかえている、というだけで、徳川家、江戸城、さらには江戸の府民がどうなるかわからぬ、ということさえいえそうである。

もっとも、余談だが。

明治九年、歳三の兄糟谷良循、甥土方隼人、近藤の養子勇五郎らが、高幡不動境内（日野市）にこの両人の碑をつくろうとし、撰文を大槻磐渓に依頼し、書を軍医頭松本順にたのんだ。日ならず、文章と書はできた。

ただ碑の篆額の文字を徳川慶喜にたのもうとし、旧幕府の典医頭だった松本順が伺候し、家令小栗尚三を通じて意向をうかがったところ、慶喜は往時を回想するように顔をあげ、

「………」

と両人の名をつぶやいて、書くとも書かぬとも

いわない。

家令小栗がかさねていうと、

「近藤、土方か。――」

とふたたびつぶやき、せきあげるようにして落涙した。

「御書面（碑文の草稿）をそのまま御覧に入れ候ところ、くりかへし御覧になられ、ただ御無言にて御落涙を催され候あひだ、御揮毫相成り候や否や、伺ひあげ候ところ、なんとも御申し聞かせこれなく、なほまたその後も伺ひ候ところ、同様なんとも御申し聞かせこれなく」

と、家令小栗尚三が、松本順に送った手紙にある。

要するに、何度催促しても落涙するばかりで、ついにいやとも応ともいわなかった。

慶喜の落涙を察するに、譜代の幕臣の出でもないこの二人が最後まで自分のために働いてくれたことに、人間としての哀憐の思いがわき、思いに耐えかねたのであろう。同時に、かれらを恭順外交の必要上、甲州へ追いやったことも思いあわされたのかもしれない。

揮毫をことわったのは、慶喜の維新後の生活信条による。このひとは、生涯、世間との交渉を絶って暮らした。

なお篆額の揮毫はやむなく旧京都守護職会津藩主松平容保がひきうけ、碑は明治二十一年七月完成、不動堂境内老松の下に、南面して立っている。

さて、話は深川森下の大久保主膳正の屋敷の書院。

ここでの近藤の態度は、ひどく尊大なように永倉、原田ら旧幹部にとれた。

じつは、永倉、原田には具体案がある。

「近藤さん、直参で芳賀宜通、このひとは深川冬木弁天の境内に神道無念流の道場をもっていて、門人が多い。この芳賀氏が、ぜひ合流して一隊を組織して官軍に対抗しようというのです」

と永倉はいった。

江戸に帰ると永倉新八はじつに顔が広い。

思いだしてみると、文久二年の暮、幕府が浪士隊を徴募するというわさをききだしてきたのも、この永倉、そして死んだ山南敬助、藤堂平助であった。

永倉は、御書院番の芳賀宜通と同流というだけでなく、旧友である。永倉新八は松前藩脱藩、この芳賀ももとは松前藩士で、のち旗本の芳賀家に養子として入った男である。

「いかがです、土方さん」

「ふむ」

歳三はこういうときに意見をいわない。癖である。だから陰険といわれた。

「近藤さん、いかがです」

と、永倉はするどく近藤をみつめた。解党すれば近藤は局長でもなんでもない、単に同志にむかって家臣に対するような態度をとる近藤を、永倉はもうゆるせなくなっている。

近藤は江戸に帰ってから、

——君らは私の家臣同様だから。

と失言したことがある。その一言で傘下を去った京都以来の同志が数人いるのだ。

(だから新党をつくったときには、あくまでも芳賀を中心とし、近藤、土方を客分程度にする)

と、永倉、原田はおもっていた。

「その芳賀というのは、どういう仁だ」

「人物です」

永倉はことさらに強調した。

近藤は心中、物憂くなっている。いまさら見も知らぬ男と一緒に事をなすのは、どう考えても気がおもい。

その気分が議論にのりうつって、どちらかといえば恭順論者のような意見を吐いた。

「近藤さん、残念だがあなたを見損った」

原田は、これが袂別の機だとおもって立ちあがった。

「まあまあ」

と近藤はおさえ、

「歳は、さきほどからだまっているが、どうなのだ」

といった。歳三、顔をあげた。膝の上で猪口をなぶっている。

「私は会津へ行くよ」

あっ、と一同は歳三を見た。会津へゆく、という案は、ついぞたれの頭にもうかんでいない。会津はなお、薩長に対する強力な対抗勢力なのである。

「江戸で戦さはむりだ」

「むりじゃない」

原田は怒号した。

歳三はぎょろりと原田をみて、

「君はやりたまえ。私はここではいくら戦さをやっても勝てないとみている」

といった。数日前、援軍依頼で駈けまわった実感でそれがわかるのだ。

譜代の旗本には戦意がない。戦意のある連中も、前将軍の「絶対恭順」にひきずられて十分な行動ができない。

「江戸は、われわれの甲州行きを見殺した。そういう土地で味方を得られるはずがない」

「では土方さん、どうするのだ」

「流山」

「ながれやま？」

「下総（千葉県）では富裕な地だ。私は多少知っている。さいわい天領（幕府領）の地だし、ここに屯営をすえて近在から隊士を募集し、二百人にも達すれば奥州へゆく。奥州は山河磽确なりといえども、兵は強い。西国諸藩の横暴に対する批判も強かろう。薩長がたとえ江戸城を陥しても、奥州の団結の前には歯が立つまい」

「歳」

近藤がびっくりしている。

「たいそうな広言だな」

「そうかえ」

歳三は、猪口のふちをきゅっとこすった。

「しかし歳」

「なんだ」

「勝てるのか」

「勝てるか勝てないか、やってみなければわからないよ。おらァもう、勝敗は考えない。ただ命のあるかぎり戦う。どうやらおれのおもしろい生涯が、やっと幕をあけたようだ」

「お前は、多摩川べりで走りまわっていたころから喧嘩師だったなあ」

「まあね」

歳三は、そっと猪口を置くと、袴をはらって立ちあがった。

「原田君、永倉君。こう時勢がひっくりかえっちゃ、もとの新選組で行くわけにはいくまい。たれにも意見というものがある。京都のころは、みなの意見を圧殺しておれは新選組をつよくすることに躍起となった。その新選組がなくなった。別れるさ」


と、原田の肩をたたいた。

原田は急にしょんぼりした。

「みな自分の道をゆこう」

歳三は、さっさと玄関へ出た。そのあとを近藤がついてきた。

夜の町を歩きながら、

「歳、またおれとお前に戻ったな」

と近藤がいった。

「いや、沖田総司がいる」

「ふむ、総司。所詮は天然理心流の三人ということか。伏見で討死した井上源三郎がおれば、四人」

「しかし総司は病人、井上は死んだ」

「とすれば、おれとお前だけか」

星が出ている。

近藤は星にむかって大きな口で笑った。もとのもくあみの近藤、土方、というところであろう。

「ところで、歳、流山へ行くのか」

「行くさ。あんたが隊長だ。私が副長」

「兵が集まるかねえ」

近藤は気乗りがしないようであった。かれは鳥羽伏見には参加していなかったから、甲州ではじめて近代戦を体験した。しかも近藤にすれば最初の敗戦である。その後、ひどく気落ちがしている。

(このひとはやはり、時勢に乗ってはじめて英雄になれるひとだな)

歳三は皮肉な眼で、近藤をみている。

「私は喧嘩師だそうだからね、行くところまで行くんだけれども、近藤さんはいやなら行かなくてもいいよ」

「いや、行く」

行く以外に、どこに安住の場所があるか。いま三道にわかれて怒濤のように押しよせつつある官軍のどの参謀の脳裏にも、かつての新選組への復仇の気持があるであろう。

「地の果てまでゆくのさ」

歳三は元気よく笑った。江戸が自分たちとともに戦ってくれないとすれば、戦ってくれる場所を求めて行くのが、これからの自分と近藤の生涯ではないか。

「歳、俳句ができねえか」

と、近藤は急に話題をかえた。

歳三はしばらくだまっていたが、やがてポンと石を蹴った。

「京のころは、わりあい出来たがね。公用に出てゆく道や春の月」

「はっははは、思いだすねえ。都の大路小路は、おれとお前の剣で慄えあがったものだ」

「今後も慄えあがるだろう」

「そうありてえ」

近藤も石を一つ蹴った。こうしてならんで夜道をあるいていると、なんとなく子供のころの気持にもどるようである。


その後数日、近藤は江戸にいた。歳三は流山へ走って、屯営の準備をした。

近藤は、幕府の倉庫からあつめられるだけの銃器を集め、浅草弾左衛門の手で人夫を募って荷駄隊を組んでどんどん流山へ送った。

今度も、金が出た。二千両である。

これには近藤は感激した。徳川家が自分たちに対してもっている期待と感謝の大きさを感じたのである。

（やらねばならん）

とおもった。

旧隊士も、医学所に近藤がいることをきき伝えて、何人かやってきた。かつての三番隊組長で、剣は新選組屈指といわれた斎藤一。

平隊士で大坂浪人野村利三郎。

近藤、歳三と同郷でしかも土方家の遠縁にあたる松本捨助。

これらが、

「流山で旗揚げですか」

と目をかがやかせた。

隊旗も用意した。赤地のラシャに「誠」の一字を白で抜いたものだが、鳥羽伏見の硝煙でひどくよごれている。

「そいつは行李にしまっておけ」

と近藤はいった。このさき、官軍に新選組であることを明示するのは得策ではなかった。

「いや、樹（た）てましょう」

と斎藤はいった。士気がちがう。威武もちがう。江戸の府外の一角に新選組の旗がひるがえるのは、関東男子の壮気をかきたてるものではないか。

「いやいや、しまっておけ」

三日目に、出発した。近藤は馬上。口取りは京都以来の忠助である。墨染で死んだ久吉から二代目の馬丁であった。

千住大橋をわたれは、もう武州ではない。下総の野がひろがっている。

ほどなく松戸の宿（しゅく）。

幕府は開創以来、ここをもって水戸街道の押えの要衝としたもので、御番を置いてある。宿場も、江戸の消費地をひかえた近郊聚落だから、人口は五千、繁華なものである。

近藤がこの宿に入ると、いつどこで知ったのか、松戸の宿場役人をはじめ土地の者が五十人ばかり、宿場の入口で迎えてくれた。

旅籠で昼食をとると、流山のほうからもぞくぞくと迎えの人数がやってきて、たちまち二百人ほどの人数が、土間、軒下、街道にあふれた。

無論、流山に先着している歳三の手配りによるものだが、賑やかなことのすきな近藤は、すっかり元気をとり戻した。

「流山は近いかね」

と、そこからきている連中にきくと、

「いえもう、ほんのそこでございます。屯営では内藤先生（歳三の変名）がお待ちかねでございます」

土民だが、みな元気がいい。歳三がよほど煽ったのだろう。

訣　別

下総流山は、江戸からみれば鬼門の方角にあたっている。

（歳もよりによって江戸の鬼門に陣所を設けなくてもよかろう）

近藤は縁起をかつがない男だが、松戸から流山への馬上、妙にそのことが気になった。

街道はせまい。馬一頭がやっと通れるほどの道で、道の両脇にタンポポが咲いている。

「ひと茎、折ってくれ」

と、馬丁の忠助にたのんだ。

忠助が走って行って一茎を手折り、近藤に手渡した。

眼に痛いほど黄色い。

「……………」

近藤はそれを口にくわえて、馬にゆられてゆく。茎の汁がわずかににがいようである。

「忠助、この土地をどう思う」

「広うござんすねえ」

馬の口をとりながら、下総の野の真中で肩をすぼめた。山のない広い野というものは変に気おくれのするものだ。

田園のあちこちに榛の木が植わっている。変化といえばかろうじてそれである。

流山の町の中に小高い丘があり、地名はそこからきているのであろう。

町の西に、江戸川が流れている。行徳、関宿、上下利根川筋への舟つき場でもある。

「蚊の多い町だな」

馬上の近藤の顔に、蚊がむらがっている。

蚊の多いのは、水郷、ということもある。しかしなによりもこの町は、酒、味醂の産地で、町じゅういたるところに大きな酒倉がある。酒倉の甘さをよろこんで、蚊がわくのにちがいない。

近藤は、この土地で、

「長岡の酒屋」

と通称されている大きな屋敷(現在、千葉県流山市酒問屋秋元鶴雄氏)の門前で馬をおりた。

関札がかかっている。

「大久保大和宿」

とある。歳三がかけたものだろう。

近藤は、門内に入った。

歳三が出むかえ、離れ座敷に案内した。

土地の世話役があいさつにきて、それらがひとわたり帰ったあと、

「歳、大きな屋敷だな」

と、近藤が、明け放った障子のむこうをみた。

邸内は三千坪はあろう。そのなかに、板張りの倉

庫が幾棟かならんでいる。

「蔵はいくつある」

「三棟ある。一棟百五十坪から三百坪ほどもあるから、兵を収容するのにいい。むこうの一棟、これは中二階がついているのだが、それをあけてもらった」

兵舎にはうってつけの建物である。

「しかし、歳」

近藤は、手の甲の藪蚊をぴしっと叩いて、

「蚊の多いところだねえ」

と物憂そうにいった。

「この辺ではもう蚊帳をつっている。酒をくらって育った蚊だから、江戸の蚊の二倍はあるよ」

と歳三は勢いよく右頬をたたいた。

ぴちっ、と皮膚に小さく血がはねている。それを近藤はまじまじと見ながら、

「堕ちぶれたものだな」

と苦笑した。新選組も、いまはこの草深い川沿いの町の藪蚊に食われている。

ソレがおかしかったのだろう。

兵は、予想以上にあつまった。

ざっと三百人。むろん、付近の農村の若者である。おのおの苗字を名乗らせ、銃器を与え、大小を帯びさせた。

歳三は、一同にミニエー銃の射撃操作をおしえ、近藤は、斬撃刺突の方法を教えた。

三百年、ねむったように静かだったこの郷が、にわかに騒然としてきた。

毎日、射撃訓練の銃声がきこえ、近藤のものすごい気合が、「長岡の酒屋」からきこえてきて、郷中の者は怖れて近寄らない。

「歳、官軍が江戸を包囲している」

といったのは、戊辰三月十五日のことである。

官軍大総督府は、すでに東海道の宿々を鎮撫して、駿府にある。

さらに、近藤らを甲州から追った東山道先鋒部隊

は、土州藩士板垣退助にひきいられて、三月十三日、板橋に到着し、江戸攻撃の発令を待った。

江戸攻撃の予定日時は、早くから三月十五日早暁ときめられていた。

ところが、官軍の薩人西郷吉之助と幕人勝海舟とのあいだに江戸城の平和授受の話しあいがすすみ、攻撃は無期延期になった。

江戸の治安は勝に一任されることになり、官軍はその周辺に駐屯した。

最大の兵団の一つは、板橋を本営とする東山道先鋒部隊である。

「流山に、幕軍がいる」

とわかったのは、三月二十日すぎである。

密偵をつかって調べさせると、兵数はほぼ三百、すべて農兵である。

ただ指揮官の服装からみて、旗本らしい。首領の名は、大久保大和。

「それァ、甲州でやったあいつじゃないか」

と、参謀筆頭の板垣退助がいった。例の武鑑には載っていない幕臣の名である。

「近藤だな」

そういう観測が、一致した。

というのは、この東山道部隊が、甲州勝沼で大久保大和を破ったあと、甲州街道を進撃し、去る十一日に武州八王子の宿に入り、同宿横山町の旅籠「柳瀬屋」を板垣退助の本営として、敗敵の捜索を行なった。

「このあたりは新選組の発祥の地だ」

ということは、官軍の常識になっている。

とくに、天然理心流の保護者であり、歳三の義兄にあたる日野宿名主佐藤彦五郎家に対する詮議(せんぎ)はきびしかった。

この一家は、官軍襲来とともに逃げ、やがて四散してそれぞれ多摩一帯の親類を転々としていたから、容易に所在がつかめない。

彦五郎の子佐藤源之助（昭和四年没、八十）はこの当時十九歳で、他人の撃剣道具から感染した疥癬をわずらい、歩行困難にまで病みおとろえていた。

いったん粟ノ須の親戚へ落ち、さらに隣村宇津木へ山越えして逃げ、農家の押入れにかくれているところを官軍の捜索隊に発見された。

八王子の本営で、取調べをうけた。

要するに、父佐藤彦五郎の行方が、尋問の焦点である。源之助は、知らぬといった。

吟味役は、三人で、そのうちの二人はひどい薩摩訛りでよくわからなかった。あとの一人の言葉だけはわかった。土佐藩の谷守部である。

谷の取調べは執拗をきわめた。谷にしろ参謀筆頭の板垣にしろ、土佐藩士は新選組に対し、異常なほどの憎しみをもっていた。京都で同藩の者が、多く、新選組のために命をうしなっている。とくに、坂本竜馬を暗殺したのは新選組だとかれらは信じていた。

「そちの父、彦五郎はどこにいるか」

というのが、質問の第一項である。彦五郎をさがし出すことによって、近藤と歳三の所在を知ろうというのが目的であった。

尋問の第二項は、「彦五郎と近藤勇、土方歳三はどんな関係か」。第三項は「日野宿における銃器の有無」。第四項は「日野宿および付近一帯の住民は、かつて近藤勇から剣法を学んでいたというが、その術者の人数」、というものであった。

その四カ条をくりかえし質問し、その後は納屋に檻禁し、翌日午後、奥庭のムシロの上にすわらされた。

　源之助遺話・前の障子が左右にあいて、ひとりの威儀厳然たる男があらわれた。番兵が小声で、頭を下げよ、という。謹んで敬礼をした。この人物が板垣退助であった。

板垣は、源之助を病人とみて、さほどの尋問はしなかった。ただ、

「大久保大和、内藤隼人は、出陣にあたってそちの家で昼食をとり、郷党を引見したというのはまことか」

といった。

同じ質問を、昨日もされた。そのときは、「近藤、土方は」という問い方だった。

きょうは、「大久保、内藤は、」という名前を、板垣はさりげなく使った。源之助はついつりこまれて、そうです、と答えた。

これで、この変名のぬしが何者であるかが官軍にわかった。

それが、流山に布陣しているという。

板橋の官軍本営では、色めきたった。この東山道先鋒軍が、もし土佐兵を主力にしていなければ、あるいはこうも沸きたたなかったかもしれない。

「京の復讐をやろう」

という昂奮が、営中に満ちた。

官軍の副参謀格で、御旗扱(おはたあつかい)という役目についている者に、

香川敬三

という人物がいた。元来は水戸藩士だが、京都相国寺詰めとなり、長州、土州の過激志士とさかんに交通していたが、やがて脱藩し、土佐藩の浪士隊である陸援隊に投じた。

陸援隊の隊長は、海援隊長坂本竜馬とともに横死した中岡慎太郎である。

中岡の死後、隊の指揮は土州脱藩田中顕助(のちの光顕、伯爵)がとり、香川は副長格になり、鳥羽伏見の戦いのときは、討幕軍の別働隊として高野山に布陣し、紀州藩のおさえになった。

香川は維新後はもっぱら宮廷の諸職をつとめ、最後は皇太后宮大夫、伯爵、大正四年七十七歳で死没。

狐の香川、というあだながあり、性格に陰険なところがあって、幕末からずっと一緒だった同志の田

中光顕でさえ、維新後折合いがわるくなり、田中は香川が死ぬまで口もきかなかった。

その香川が、

「新選組討滅の隊に加えてもらいたい。中岡の仇に酬いるためだ」

と、板橋の本営にねがい出た。願いとしてはもっともである。

が、この鉢びらき金つぼまなこの男には、隊の指揮というものができない。

薩人有馬藤太（副参謀、のちの純雄）が兵三百をひきいて討伐にむかうことになり、香川はその部隊付として参加した。

有馬隊が、その宿営地の千住を出たのは、四月二日早暁である。

有馬は、この千住付近に、流山からしきりと密偵が入りこんでいることを知っている。

だから、自軍をあざむき、兵には、

「古河へゆく」

と告げ、その夜は千住どまり、その翌日は粕壁（現・春日部市）にとまった。

その翌朝、にわかに軍を反転させて南下し、やがて利根川の西岸へきた。

兵がおどろいてたずねると、有馬は対岸の流山を指し、

「あれを攻撃する」

といった。

すぐ近在の農家、漁家からありったけの舟をあつめて、神速に川をわたり、土手下に集結した。

朝、九時ごろである。

流山の聚落から、その模様をまず知ったのは、町の西方を警備していた数人の兵であった。

早速、射撃した。

が、射程とどかず、しかも官軍側はしずまりきって、一発も撃ちかえしてこない。

「歳、銃声だな」

と近藤がいったとき、警戒兵が走りこんできて、敵が来襲した、という。

「よし、見てくる」

と歳三は厩舎へ走って行って、馬にのるや聚落の中のせまい道をあちこち乗りまわしつつ、西の町はずれにきた。

(なるほど)

はるか土手のあたりの民家のかげに、官軍の影がしきりと出没している。

人影五百、とたしかめ、むしろこちらから急襲すべく本営に駈けもどった。

「みな、本陣の庭にあつまれ」

とどなった。

すぐ近藤の部屋の障子を、縁さきから手をのばしてあけた。

「どうした」

歳三はおどろいた。

近藤は、平服に着かえてしまっているのである。

「歳、官軍の本陣まで行ってくる。われわれは錦旗に手むかう者ではない、ということを釈明しにゆく」

「あんた、正気か」

「正気だ。ここ数日、考えた。どうやらこのあたりが、峠だよ」

「なんの峠だ」

近藤は答えない。答えれば議論になることを知っている。

近藤は、白緒の草履をはいた。

「話せばわかるだろう」

近藤は、官軍をあまく見ていた。まさか、新選組局長近藤勇の正体がばれていようとは想像もしていない。

流山屯集部隊は、要するに、利根川東岸の治安維持のために駐留している、と申しひらきすればよい。

不都合である、と官軍がいえば、解散させるまで で、それ以上のきびしい態度を官軍がとるとはおもわれない。

なぜならば、江戸府内の治安維持についても、官軍は彰義隊を半ば公認し、それに一任しているかたちなのである。

（流山屯集隊もおなじではないか）

だから近藤はあまく見た。

「よせ」

と歳三はいった。

「わなにかかるようなものだ」

「いや大丈夫。それに歳」

と近藤はいった。

「わしはながいあいだ、お前の意見をたててきた。しかしここはわしの意思どおりにしてもらう」

近藤は微笑している。その笑顔は歳三がかつてみたことのない安らかなものだった。

「すぐ、戻る」

近藤は、部下二人をつれて門を出た。

官軍の陣所になっている百姓家まで、ひとすじの田ンぼ道がつづいている。

近藤は、部下二人に先導させ、ゆっくり草を踏みながら歩いた。

やがて、柴垣をめぐらしたその百姓家の前へきた。官兵が銃を擬して、さえぎると、

「軍使です」

とおさえ、隊長に会いたいといった。

やがて、座敷に案内された。

「大久保大和です」

と、近藤はいった。

有馬は、薩人らしいやわらかな物腰で、用件をきいた。

そばに、香川敬三がいる。

有馬も香川も、近藤の顔は見知らない。しかしその特異な風貌は、聞き知っている。

（まぎれもない。――）

香川の眼が青く光った。

「今朝来」

と近藤はいった。

「官軍と気づかず、部下の者が不用意に発砲しました。おわびに来たのです」

「あれは不都合でごわしたど。御事情もあり申そが、いずれにせよ、お申しひらきは、ご足労ながら粕壁の本陣でしていただかねばならぬ。それに、ただちに銃砲をさしだされたい」

「承知しました」

とうなずいた近藤の心境は、歳三にはわからない。

「一たん、帰営の上で」

と、近藤はもどってきた。


歳三は、激論した。

ついに、泣いた。よせ、よすんだ、まだ奥州がある、と歳三は何度か怒号した。最後に、あんたは昇り坂のときはいい、くだり坂になると人が変わったように物事を投げてしまうとまで攻撃した。

「そうだ」

と近藤はうなずいた。

「賊名を残したくない。私は、お前とちがって大義名分を知っている」

「官といい賊というも、一時のことだ。しかし男として降伏は恥ずべきではないか。甲州百万石を押えにゆく、といっていたあのときのあんたにもどってくれ」

「時が、過ぎたよ。おれたちの頭上を通りこして行ってしまった。近藤勇も、土方歳三も、ふるい時代の孤児となった」

「ちがう」

歳三は、目をすえた。時勢などは問題ではない。勝敗も論外である。男は、自分が考えている美しさのために殉ずべきだ、と歳三はいった。

が、近藤は静かにいった。おれは大義名分に服することに美しさを感ずるのさ。歳、ながい間の同志だったが、ぎりぎりのところで意見が割れたようだ、何に美しさを感ずるか、ということで。

「だから歳」

近藤はいった。

「おめえは、おめえの道をゆけ。おれはおれの道をゆく。ここで別れよう」

「別れねえ。連れてゆく」

歳三は、近藤の利き腕をつかんだ。松の下枝のようにたくましかった。

ふってもぎはなつかと思ったが近藤は意外にも歳三のその手を撫でた。

「世話になった」

「おいっ」

「歳、自由にさせてくれ。お前は新選組の組織を作った。その組織の長であるおれをも作った。京にいた近藤勇は、いま思えばあれはおれじゃなさそうな気がする。もう解きはなって、自由にさせてくれ」

「………」

歳三は、近藤の顔をみた。

茫然とした。

「行くよ」

近藤は、庭へおりた。おりるとその足で酒倉へゆき、兵に解散を命じ、さらに京都以来の隊士数人をあつめて、

「みな、自由にするがいい。私も、自由にする。みな、世話になった」

近藤は、ふたたび門を出た。

歳三は追わなかった。

（おれは、やる）

ぴしゃっ、と顔をたたいた。脚の黒々とした藪蚊がつぶれている。

大鳥圭介

話はかわる。

慶応四年（明治元年）四月十日のことだ。

その丑満の「第二時」というから、ただしくは十一日であろう。

駿河台の旗本屋敷の門から吐き出された黒い影がある。

三人。

ひとりは従僕で、行李をかついでいる。一人は綿服の壮士。

ひとりは、この旗本屋敷の主人で、としのころは三十六、七、黒羽二重の紋服、仙台平の袴、韮山笠をかぶって、傘を柄高にもっている。

前夜来の雨が、降りやまない。

「木村（隆吉）君、わるい日に出陣だな」

旗本は、苦笑した。

それっきりしばらく口をきかず、昌平橋を渡った。浅草葺屋町に出、大川橋をすぎ、やがて向島小梅村の小倉庵までできた。

「このあたりが、集合所だと申していたが。木村君、むこうの豆腐屋できいてみな」

豆腐屋なら、もう起きているだろう。

門人らしい木村が、走った。が、すぐもどってきた。

「わからぬ、というのです」

「おかしい。洋服姿の男が四、五百人も参集するのだ。近所がわからぬというはずがあるまい。自身番を起こしてみなさい」

旗本は、雨の中で待っている。

白皙、ひたい広く、鼻すじ通って、りゅうとした美男子である。

自身番では、幕府の歩兵服を着た連中が、四、五人ざこ寝をしていた。

木村に起こされて、あっととびおきた。

「いや、お待ちしていたのです。ついまどろんでしまって」

「先生は、表でお待ちだ」

「そうですか」

歩兵たちは出て、「先生」という人物に、仏式の敬礼をした。

「ふむ」

先生は、あごをひいた。

「ご案内します。そこの報恩寺です」

雨中を歩きだした。

先生、というのは、幕府の歩兵頭大鳥圭介（のち新政府に仕え、工部大学長、学習院長、清国駐剳特命全権公使、枢密顧問官、男爵、明治四十四年没、齢八十）である。

維新のとき反政府戦に参加した多くの幕臣とおなじようにかれも譜代の旗本ではない。

播州赤穂の村医の子である。

大坂の緒方洪庵塾で蘭学をまなび、とくに蘭式陸軍に興味をもち、軍制、戦術、教練、築城術の翻訳をするうち幕府にみとめられ、二年前の慶応二年、幕府直参にとりたてられた。この幕府を後援する仏国皇帝ナポレオン三世が歩騎砲工の将校二十数人を軍事教師団として派遣してきたので、この訓練をうけた。

やがて大鳥は幕府の歩兵頭にとりたてられ、仏式歩兵を指揮することになった。

やがて幕府は瓦解した。

「ばかな」

とたれよりも思ったのは、大鳥ら、仏式幕軍の将校たちであろう。かれらは、たれよりも幕軍の新式陸海軍が、装備の点で十分に薩長に対抗できることを知っていた。

陸軍の松平太郎、海軍の榎本武揚が、あくまでも江戸開城に反対したのは当然なことであったろう。

かれら陸海将領はひそかに江戸籠城を企画したが、上野に謹慎中の前将軍慶喜がこれをきき松平らをよび、

――卿らの武力行動は、わが頭に白刃を加えるのとおなじである。

とさとしたため、籠城の挙だけはやんだ。

そのためかれらは開城直前に江戸を脱走すること

にきめ、かつ実行した。

大鳥圭介が、駿河台の屋敷を出て、向島の秘密屯集場所にやってきたのも、そのためである。

ふたたび日付を繰りかえすが、この日は四月十一日。

陽はまだ昇らない。

朝になり、正午になれば、江戸城は官軍の受領使に明けわたされるはずであった。その直前に、幕府歩兵部隊は大量に江戸を脱走することになったわけである。

報恩寺には将校（指図役）三、四十人、歩兵四、五百人があつまっていた。

歩兵頭大鳥は、当然その司令官になった。部下の人数は行くに従ってふえるであろう。

早暁、向島を出発。

泥濘の道を行軍して、市川（現千葉県市川市）へむかった。市川には、他の旧幕士、会津藩士、桑名藩士らが屯集しているはずであり、これと合流する手はずになっていた。

市川の渡し場にきたとき、旧幕士小笠原新太郎が舟を準備して迎えにきていた。

船中、小笠原はひどく意気ごんで、大鳥の耳もとで、

「新選組の土方歳三殿も来ています」

といった。

「ほう」

大鳥はいったが、つとめて無表情を装っているふぜいであった。

小笠原は、気づかない。

「かの仁、拙者は遠くから見ただけですが、さすが、京都の乱、鳥羽伏見といった幾多の剣光弾雨のなかをくぐってきているだけに、眼のくばり、物腰、ただ者でないものがあるようです」

「………」

大鳥は、歳三に好意をもっていなかった。歳三が、流山から些細なことで感情がこじれた。

江戸に戻ってきたとき、実をいうと城内にいた旧幕臣は一様に、

――また戻ってきたか。

とおもった。

旧幕臣のなかでも、とくに勝海舟、大久保一翁らは恭順開城派だっただけに、新選組が江戸城内にいることは、官軍との和平交渉に支障があるとして最も好まなかった。だからこそ、甲州出撃、流山屯集に、多額の軍資金を渡してきたのである。

脱走抗戦派も、多くは洋式幕軍の将校だっただけに、この剣客団とは肌合いがちがう。新選組は京都であまりにも多くの人を斬りすぎた。殺人嗜好者のような、一種の不気味さがある。

歳三が城中に帰ってきたとき、大鳥はごく儀礼的に、

――近藤さんが捕えられたそうですな。気の毒なことをしました。

と、歳三にいった。

歳三は、ぎょろりと大鳥を見たきり、だまっていた。

大鳥は、むっとした。むっとしたが、妙な威圧感をおぼえていた。

歳三は、城中でも近藤のことを語りたがらなかった。ながいあいだ、一心同体で文字どおり共に風雲のなかを切りぬけてきた盟友の、あまりにも無残な末路をおもうと、それを話題に他人に語る気がしなかったのであろう。

大鳥にはそういうことはわからない。

(いやなやつだ)

と思った。

船中、――

小笠原新太郎には、さらにそういう大鳥の感情はわからない。

「歩兵の連中などは、あれが新選組の鬼土方か、というので、ひどく人気がありますよ。かの人の参加で、士気があがっています。やはり、当節の英雄と

いうべきでしょう」

「あれは剣術屋だよ」

大鳥は、吐きすてた。その語気に小笠原新太郎はびっくりして大鳥を見、沈默した。

実をいうと、市川屯集の幕士のあいだで、大鳥を将とすべきか、土方を将とすべきか、多少の話題になっていたのだ。いずれにしても大鳥が土方に好意をもっていないとすれば、これはゆくゆく問題をひきおこすかもしれぬ、とおもった。

市川の宿場に入ると、江戸脱走の幕士、諸藩の士、歩兵など千余人が旅籠、寺院を占領していて、非常なさわがしさだった。

大鳥圭介は、引率してきた部隊に昼食を命じ、自分は隊を離れ、小笠原新太郎に案内されて、一寺院に入った。

「これが、本営です」

と小笠原がいった。

本堂に入ると、むっと人いきれがした。ずらりと主だった者が、須弥壇（しゅみだん）を背にして、身分の順にすわっている。

この一座で、もっとも身分が高いのは、大御番組頭土方歳三である。

紋服を着、むっつりと上座にすわって、余人とは別なふんいきを作っていた。談笑にも立ちまじっていない。

一座の顔ぶれは、

幕　臣　土方歳三、吉沢勇四郎、小菅辰之助、山瀬司馬、天野電四郎、鈴木蕃之助

会津藩士　垣沢勇記、天沢精之進、秋月登之助、松井某、工藤某

桑名藩士　立見鑑三郎、杉浦秀人、馬場三九郎

である。

幕臣天野電四郎は大鳥とは旧知で、

「ああ、待っていました。どうぞ」

と、大鳥を、土方歳三の上座にすえようとした。やや格式が上だから当然なことだが、大鳥は礼儀として、尻ごみの風をみせた。

歳三は、大鳥を見た。

「どうぞ」

と、低くいった。ひきこまれるように大鳥は、示された座にすわった。すわってから、歳三に指図されたような不快さを感じた。

軍議になった。

宇都宮へ進撃することは、すでに既定方針としてきまっている。

「大鳥さん」

と、天野電四郎がいった。

「いま市川に集まっているのは、大手前大隊七百人、第七連隊三百五十人、桑名藩士二百人、土工兵二百人、それにあなたが率いてきた兵を含めると二千人余になります。それに砲が二門」

「砲がありますか」

大鳥が関心を示したのは、かれは主として仏式砲兵科を学んだからである。

「とにかく、官軍の東山道総督麾下(きか)の兵力と人数においては大差がありません。しかしながら、これを統率する人物がない」

「土方氏がいる」

大鳥は、心にもないことをいった。が、横で当の歳三は、不愛想にだまっている。

「その案も出ました。このなかで実戦を指揮した経験者は土方氏だけですから。しかし土方氏はかたく辞退される」

「どういうわけです」

「私は」

歳三は、にがっぽくいった。

「伏見で敗けている」

「いや、あれは幕軍全体が、敗けたのです。あなただけが敗けたのではない」

「洋式銃砲に敗けた、と申している。それを学ばれた大鳥さんこそ、この軍を統率すべきでしょう」

「お言葉だが」

と、大鳥は一座を見まわした。

「私は戦場に出たことがない。これが資格を欠く第一。つぎに、大手前大隊は私が指導したからよく知っている。しかし他の諸隊、諸士についてはまったく知らない。だから総指揮はことわる」

「いや、もうあなたが来られる前に、ここであなたを推そうと一決したのだ。こういっている間も時刻は過ぎる。承知して貰いたい」

と、天野電四郎がいった。

やむなく、というかたちで、大鳥圭介はうけた。

歳三は副将格となり、洋式軍隊以外の刀槍兵を率いることになった。むろん、銃は一人一挺ずつ渡っている。

行軍序列がきまり、早速、宇都宮にむかって進軍を開始した。

歳三は、フランス士官服に、馬上。おなじ服装の大鳥圭介と馬をならべ中軍の先頭を行軍した。

十二日、松戸で、甲冑（かっちゅう）武者にひきいられた約五十人の郷士、農兵が参加。

十五日、諸川宿で、幕臣加藤平内、三宅大学、牧野主計（かずえ）、天野加賀らが御料兵をひきいて参加し、いよいよ軍容はふくれあがった。

十六日、先鋒の第一大隊（砲二門付属）が小山（おやま）（現栃木県小山市）で官軍小部隊と交戦し、敗走させたうえ大砲一門をうばった。

十七日、おなじく小山方面で、中軍が約二百人の官軍と衝突し、砲二門、馬二頭、旧式のゲベール銃その他の戦利品があった。

この両日の敵軍は、新式装備の薩長土三藩の兵ではなく、おなじ官軍でも、彦根藩、笠間藩といった旧式装備の、しかも戦意薄い連中ばかりであった。

とにかく、破竹の勢い、といっていい。

この日の昼食は小山宿でとった。

人口三千、下野(しもつけ)きっての宿場である。

大鳥、歳三以下の士官らが本陣に休息していると、にわかに門前がさわがしくなり、村民がぞくぞくやってきて、酒樽をどんどん持ちこみ、赤飯を炊いて戦勝を祝した。

大鳥は、ひどくよろこび、集合のラッパを吹かせて四方に散っている諸隊を本陣の付近にあつめ、酒樽の鏡をぬき、

「今日は東照宮の御祭日である。はしなくもきょう勝利をおさめたのは、徳川氏再興疑いなしという神示であろう」

と、大いに士気を鼓舞した。たちまち小山の旅籠という旅籠は戦勝の兵でいっぱいになり、飯盛女が総出でもてなし、宿場は昼っぱらからの絃歌で割れるほどのさわぎになった。

(これがフランス流か)

歳三は、本陣の奥にまでひびいてくる絃歌をじっと聞きながらおもった。

「大鳥さん、この宿場に今夜はとまるつもりですか」

「そのつもりです」

大鳥は、得意であった。大鳥自身まだ弾丸の中をくぐってはいないが、戦さとはこうも容易なものかと思ったらしい。

「ここで兵をやすめ、士気を大いにあふって宇都宮に押し出したい」

「まずいよ」

歳三は笑いだした。

「こうも浮かれちゃ、四方の官軍の耳にとっくに入っているだろう。今夜あたり夜襲をかけてくれば、三味線をかかえて逃げなきゃならない」

「……」

「それに、この宿場は四方田ンぼで守るにむずかしい。ここから壬生街道を北に二里、飯塚という小村がある。三拝川、姿川がこれをはさんで天然の濠をなしているから、全軍そこに宿営するが良策と思う

が」

「さあ」

大鳥は播州の出だから関東の兵要地誌に暗い。それに、この男は、大将のくせに地形偵察というのはすべて人まかせで、自分でいっさい見にゆこうとしない。

「なるほどそれも一策だが、すでに飯塚あたりには敵が来ていると見ていいが」

「来ていれば、いよいよこの小山が危ないでしょう。まあいい。宿割りをしがてら、私が偵察に行きましょう」

歳三は、本陣の庭に降り、洋式装備の伝習隊二百人を集め、さらに砲一門を先頭にひかせて出発した。四囲すべて敵地とみていいから、偵察もいきおい、威力偵察になる。

ところが、歳三の偵察部隊が小山宿を出ようとしたとき、にわかに東方で砲声がおこり、結城(ゆうき)方面から三百人ほどの官軍(彦根兵)が攻めてきた。

(来た)

と歳三は馬頭をめぐらし、

「おれについて来い」

と宿場の中央路を駈けだした。どっと伝習隊が一かたまりになって駈けた。

砲弾が、いくつか宿場の中に落ちた。

歳三が予想したとおり、宿場の中では、目もあてられぬさわぎ、飯盛女が長襦袢一つで路上に飛びだして逃げまどったり、酔っぱらった兵が、銃をわすれて桑畑に逃げこんだり、軍記物にある平家の狼狽ぶりもこうかと思われるような光景である。

歳三は宿場はずれに出ると、馬からとび降り、洋式兵書で読みおぼえたとおり、銃兵に散開を命じ、街道を直進してくる彦根の旧式部隊にむかって、はげしく射撃させた。

やがて砲が進出してきた。

それが一発射撃するごとに、散兵を前進させ、やがて佐久間悌二(ていじ)という者の指揮する半隊のそばへ駈

けより、

「あのくぬぎ林」

と東南一丁ほどむこうの林を指さし、

「あの林の後方へまわってむこうから敵を包むようにしろ」

と命じすて、さらに自分は、旧新選組の斎藤一以下六人をつれて左側の桑畑へ入り、桑を縫って敵の側面に出た。

斎藤らも、銃をもっている。

射撃しては走り、走っては射撃し、やがて敵と十間のところまできたとき、歳三は白刃をかざし、

「突っこめ」

と路上の敵の中におどりこんだ。

最初の男を右げさに斬りおろし、その切尖をわずかにあげてその背後の男を刺し、手もとにひくと同時に、横の男の胴をはらった。

歳三は三人、斎藤も同数、野村利三郎は二人を斬った。

機をうつさず伝習隊が突撃してきて、彦根兵は算をみだして潰走した。

敵が遺棄した死体二十四、五、武器は仏式山砲三門、水戸製和砲九門である。

城攻め

下野小山で、歳三は、おかしな偵察報告をきいた。

（ほう、人の世にはめぐりあわせということがあるらしいな）

歳三は、宿場の東郊での戦闘をおわったあと、総帥の大島圭介のいる本陣をめざし、宿場の中央道路をゆっくりと歩いている。

ここから七里北方の宇都宮城にいる官軍部隊というのは、流山で近藤を捕縛したあの隊だというのだ。

指揮官は薩人有馬藤太、水戸人香川敬三。

このふたりには恨みがある

兵は三百。

(料理してやるかな)

野戦で堂々と復讐してやろうと思った。

第一、この喧嘩好きな男も、まだ一軍をひきいて城攻めをしたことがない。

小山宿の黒っぽい土を踏みながら、歳三はわきおこってくる昂奮をおさえきれない。

本陣についた。わらじのままあがりこんだ。

大鳥も、奥の一室でわらじのままあぐらをかいている。

真蒼な顔で、地図に見入っている。歳三が入ったことにも気づかない。

大鳥は、旧幕臣のなかでも西洋通として第一人者であり、軍事学の知識を高く買われていた。

が、それはいずれも翻訳知識で、実戦の能力では未知の男であった。

もとより秀才である。秀才で物識(ものし)りである以上、武将としての能力があると買いかぶられていた。が、実のところは、将才はない。歳三は喧嘩師としてのカンで、それを見ぬいている。

——今後、どうしようか。

と、大鳥は、途方に暮れていた。なるほどいままでの小戦闘では連戦連勝だが、こののち、どうすればよいか。

「大鳥さん」

と、歳三は見おろしていた。

ぎょっと眼をあげた。

「私ですよ」

敵じゃない。

大鳥は、顔を赤くした。が、すぐ歳三の闖入(ちんにゅう)に対し不快な色をうかべた。

「なんの御用です」

と、ことさらにいんぎんに大鳥はいった。

「つぎは宇都宮城を攻めればいい」

と、歳三は大鳥の迷いを見ぬいているかのように断定した。

「宇都宮城？」

ばかな、という顔を大鳥はした。名だたる大城である。西洋兵術でいえば要塞攻撃になる。西洋では要塞攻撃といえば、日本人からみれば過大なと思うほどの準備をしてかかるものだ。

「むりですよ」

憫笑した。この新選組の親玉になにがわかるか、という肚である。

歳三にも、この洋学屋の言葉うらの感情がありありとわかる。

が、歳三には、剣電弾雨のなかで鍛えぬいてきたという自負がある。

（戦さには学問は要らない。古来、名将といわれた人物に学問があったか。将の器量才能は学んで得られるものではなく、うまれつきのものだ。おれにはそれがある）

歳三には、大鳥の学問に対して劣等感があるのだが、それだけに自分の能力に対する自負心がつよくなっている。

「むり？」

歳三はいった。

「では、あなたは次はどこを攻めるのです」

「ここを」

と大鳥は地図の上で、ちょうど小山から北西二里半の地点を指で突いた。そこは、
壬生
である。壬生には四方三町ばかりの小さな城塁があり、鳥居丹後守三万石の城下である。すでに少数の官軍が入っている。が、なにぶんの小城だから、ひとひねりにつぶせるはずだ。

「この壬生を通過する。先方から仕かけてくれば戦闘するが、さもなければ一路日光へゆく」

日光へゆく、という最終目標は、すでに軍議できまっているところである。

歳三はそれを良案としていた。日光東照宮を城郭

とし、日光山塊の天嶮に拠って北関東に蟠踞すれば、官軍も容易に攻められないだろう。そこで官軍を悩ますうち、薩長に不満をもつ天下の諸侯がともに立ちあがるにちがいない。建武の中興における楠木正成の戦略上の役割りを、この軍は果たそうというのである。

「まあ、壬生はいい。日光は徳川の千早城になるであろう。しかし宇都宮城を捨てておいては将来、禍根をのこしますぞ」

「……………」

歳三はさらにいった。

「宇都宮は、兵法でいう衢地である。奥羽街道、日光例幣使街道をはじめ、多くの街道がここに集まり、ここから出ている。他日、官軍が日光を攻める場合、この宇都宮に大兵を容れて兵を出すでしょう。この城は取っておかねばならない」

「貴殿は簡単に申されるが」

大鳥は鉛筆で地図をたたきながら、

「万が一城を奪ったとしてもです。あれだけの城をまもるのには千人の兵が要る。守るときのことを考えると、宇都宮にさわる気がしない」

「とにかく、奪取すればいいのだ。北関東の重鎮が陥落したといえば、いま日和見をしている天下の諸侯に与える影響は大きいはずです」

「私はとらない」

「なるほど」

歳三は、苦笑した。こういう答えは、はじめから予想している。

「兵三百に、いま鹵獲した砲二門を借りようか」

と歳三はいった。

「たったそれだけで陥せる、とおっしゃるのか」

「陥せる」

すでに陽は落ちようとしていたが、歳三は、すぐ出発した。

部下は洋式訓練をあまり経ていない桑名藩兵を先

鋒とし、伝習隊、回天隊の一部がこれにつづいた。

副将は、会津藩士秋月登之助である。

夜行軍してその夜は街道の民家に分宿し、翌日は宇都宮城下へ四里、という鬼怒川東岸の蓼沼に宿営して、ここを攻撃準備地とした。

「秋月君、あなたは宇都宮を御存じか」

と歳三はいった。

秋月は会津藩士だけに、かつての新選組副長をひどく尊敬している。

「行ったことがありますが、まさか戸田土佐守七万七千石の城下を攻めるつもりで行ったわけではないから、よく覚えていませんな」

歳三もめずらしく笑い、

「私は講釈の宇都宮釣り天井で知っている程度です」

といった。

歳三は、土地の者を連れて来させて、できるだけ詳細な地図をつくりあげ、城の濠、付近の地形、街路を丹念にきいた。

「これァ、城の東南から攻めれば陥ちるな」

と、小さくつぶやいた。

宇都宮城は、大手のほうは濠も深く、櫓からの射角も工夫されていてなかなか堅固だが、歳三の表現では、

「脇っ腹が、なっていない」

のである。城の東南部のことであった。このあたりは雑木林、竹藪が多く、城からの射撃を防ぎやすい。さらにこの方角は堤もひくく、濠の水もからからに干あがっている。

「大手へは、敵の注意をひきつける程度の人数をさしむけ、主力は間道を通ってこの雑木地帯から攻めることにしよう」

翌未明、軍を発した。

馬上、歳三は、

（近藤は、板橋本営につれてゆかれたというが、はたして無事か）

ということが、念頭をはなれない。とにかく下総流山の敵が、いま下野宇都宮城に拠っているのだ。

撃滅して捕虜を獲ればなんとか消息がわかるだろう。

城には、薩人有馬藤太、水戸人香川敬三が、諸方から駈けもどってくる騎馬斥候、諜者の報告に、一喜一憂している。

報告はすべて、小山から飯塚に出て壬生城下に進んでいる大鳥圭介指揮の本隊の動静に関するものばかりである。

まさか、西南の蓼沼に歳三らの小部隊が頭を出しはじめているとは気づかない。

「江戸脱走隊」

と、大鳥軍のことをよんでいた。

「おそらく脱走隊は、宇都宮を避け、間道をつたって鹿沼へ出、そこから日光にゆくつもりだろう」

と有馬も香川もみていた。

「そうすれば、だまって行かせるしか仕方がない」

有馬は出戦をあきらめていた。

なにしろ、宇都宮城の官軍といえば、指揮官こそ薩人有馬藤太だが、兵は、薩長土の精鋭ではなく、戦えば負けるという旧式装備の彦根藩兵三百である。

この有馬隊は、ほんの支隊なのだ。かれらの本隊である官軍東山道部隊は、板橋を本営としてまだ動いていない。

「脱走隊の隊長は、大鳥圭介らしい」

といううわさは、耳に入っている。幕軍きっての洋式陸軍の権威で、その脱走兵のほとんどは、洋式歩兵だというのだ。有馬があずかっている彦根藩兵では勝てるはずがない。

「時代がかわったものだ」

と、有馬藤太はいった。

彦根の井伊家といえば、家康のころは、井伊の赤備えといって天下に精強をうたわれたものである。家康の徳川軍団は、関ケ原以後譜代筆頭の井伊と外様の藤堂をもって先鋒とする、というたてまえになっており、大坂冬、夏ノ陣では、この両軍が、事実上、先鋒の錐(きり)の役目をしたものである。

家康は、井伊家を最強兵団にすることにつとめ、甲斐の武田家の牢人を多く召しかかえて井伊家につけた。武田の赤備えが、そのまま井伊の赤備えになったわけである。

しかし、刀槍の時代はすぎた。

彦根藩はいまや、諸藩でも最弱といっていい部隊になっている。

「旧幕府ではなんといっても、いま大鳥がひきいている町人百姓あがりの歩兵と、伝習隊、衝鋒隊(しょうほうたい)がもっとも強いだろう」

「強弱だけではないさ、時代のかわりは。——」

香川はちょっと首をすくめ、

「徳川譜代筆頭にいわれた彦根が徳川家をすて、官軍になって旧幕軍と戦おうとしている」

といった。香川はどういうわけか、彦根人に好意をもっていなかった。

薩人の有馬は、香川のそういう口さがない性格がきらいだった。

そういう理屈でゆけば、香川は徳川御三家の一つ水戸家の家中だった男ではないか。

一方、本隊をひきいる大鳥のもとに、壬生藩から使者がきて、

——当城に官軍の人数が入っております。もし城下をご通過になれば戦いは必至、われわれ徳川譜代の家としては板ばさみになり去就に迷います。それに城下が戦場になっては庶人が迷惑しますので、日光にむかわれるならば、栃木(とちぎ)をお通りくださいませんか。道案内をつけます。

と口上をのべたので、それに従い、栃木へ迂回し、悪路を北上して鹿沼へむかった。栃木から鹿沼へは

五里半、鹿沼から日光へは六里余である。

宇都宮城では、この大鳥部隊の行動をみて、

「さては当城を避けたか」

と、香川は手を拍たんばかりにしてよろこんだ。

それが、四月十九日である。

ところがその日の午後、にわかに城の東南に砲車を曳いた軽兵三百があらわれて、有馬、香川を狼狽させた。

有馬はすぐ、城の東方に彦根兵一小隊を出した。

歳三は、その奇襲兵の先頭にあった。

城東の野に彦根兵が現われるや、すぐ兵を散開させて射撃しつつ躍進させた。

歳三は、平然と馬上にいる。その馬側に、「東照大権現」と大書した隊旗がはためいていた。

「おりさっしゃい、おりさっしゃい」

と秋月が、田のあぜに身をひそめながらさかんに声をかけた。

「……」

と歳三は、微笑してかぶりをふった。自分には弾があたらぬ、という信仰がある。

事実、弾は歳三をよけて飛んでいるようであった。

兵は、遮蔽物から遮蔽物へ走っては射ち、走っては射ちして、近づいてゆく。

彼我、五十間の距離になった。

歳三は馬上、

「射撃、やめろ。駈けろ」

とどなった。どっと桑名兵、伝習、回天の諸隊が駈けだした。

歳三はその先頭を駈けたが、途中、馬が鼻づらを射ぬかれて転倒した。

と同時にとびおり、退却しようとする彦根兵のなかに駈け入った。

斬った。

斬りまくったといっていい。そのうち味方がどっ

と駈けこんできた。

　敵は逃げた。

　追尾しつつ、城の東南の雑木、竹の密生地に入り、そこへ砲を据えさせ、城の東門にむかって砲撃させた。

「門扉を砕くんだ」

　と、歳三はいった。

　三発射った。その三発目が、東門に命中し、戸をくだいて炸裂した。

　その間、桑名兵の一部を走らせて城下の各所に放火させ、さらに伝習隊には大手門の正面から射撃させ、自分は主力をひきいて、空濠にとびおり、弾丸の下を一気にかけて、東門の前にとりついた。

　ちなみに宇都宮城は、徳川初期の有名な宇都宮騒動のために幕府に遠慮し、郭内には建物らしい建物はない。

　つまるところ、門の守りさえ破れば、郭内での戦闘は容易であった。

「門に突っ込め、突っこめ」

　と歳三は怒号した。

　門わきには彦根兵がむらがり、旧式のゲベール銃を射撃してくる。

　こちらはミニエー銃で射ち返しつつ、迫った。

　ついに、敵味方十歩の距離となり、数分間そのままの距離で双方はげしく射撃しあった。

　歳三は、業をにやした。

　新選組華やかなりしころなら、このくらいの距離にまできて、たがいに距離を大事にしあっているということはなかった。

　歳三のそばに、かつての新選組副長助勤斎藤一ほか六人の旧同志がいる。

「鉄砲、やめろ、鉄砲を――」

　と味方をどなりつけて射撃をやめさせ、

「新選組、進めっ」

　わめいて、門内へ突っこんだ。

　斎藤一、歳三のそばをするすると駈けぬけるや、槍をふるって出てきた彦根兵の手もとにつけ入り、上段から真二つに斬り下げた。

わっと、血煙りが立ったときは、歳三の和泉守兼定が弧をえがいてその背後からとび出した一人を脳天から斬りさげていた。

——新選組がいる！

彦根兵は、戦慄した。

どっと門内に逃げこんだ。

そのとき、背後の疎林から射撃している歳三の砲兵の一弾が、城内の火薬庫に命中した。

わずかに火災がおこった。やがて大音響とともに爆発した。

歳三らは、城内を駈けまわった。

「官軍参謀をさがすんだ、参謀を」

歳三は、全身に返り血をあびながらさけんだ。かれらをとらえて流山の仇を討つ。近藤の安否を調べる、——この城攻めは、歳三にとってその二つの目的しかない。

歳三は、郭内をさがしまわった。ときどき逃れ遅れた城兵がとびだしてきて打ちかかってきたが、そのつど無惨な結果におわった。

相手は、この洋式戎服の男が、まさかかつての新選組副長土方歳三とは知らない。

郭内での戦闘は、日没におよんでもやまなかった。

敵も執拗に戦った。

歳三は、左手に松明、右手に大剣をかざして、敵を求めた。

夜八時すぎ、敵は自軍の死体を遺して郭内から北へ退却し、城北の明神山にある寺に集結しようとした。

敵の退却がはじまったときに歳三は、新選組旧同志を率いて、退却兵の松明の群れのなかにまっしぐらに駈け入った。

退却兵のなかから、二、三十発の銃声がはじけ、弾が夜気をきって飛んできた。

なお突進した。

そのとき、すさまじい気合が、歳三の鼻さきでおこった。

避けた。

斬りおろした。

たしかに手ごたえがあった。が、敵の影は斃れず、そのまま敗走兵のなかにまぎれ入った。

それが、有馬藤太だったらしい。

歳三の剣は、有馬の胸筋を斬り裂いたようである。

が、かすった。有馬は一命をとりとめ、担送されて横浜の病院で加療し、のち回復した。

大鳥はその翌日、宇都宮の西方三里の鹿沼まで進出して、はるかに城にあがる火煙をみて、落城を知った。

（あの男が。——）

ひそかに舌をまいた。

沖田総司

いま千駄ケ谷で植木屋といえば、ほんの二、三軒、父祖何代かの店が残っているぐらいだというが、当時はこの界隈（かいわい）は植木屋が多い。

小旗本にならんで、五百坪、七百坪といった樹園がある。

沖田総司が養生している平五郎の樹園は内藤駿河守屋敷（現在新宿御苑）の南にあり、家の北側に水車が動いている。

沖田は、納屋に起居していた。

（おれは死ぬのか）

とは沖田は考えたこともなかった。よほど生命が明るくできているうまれつきなのかもしれない。

もう医者にはかかっていない。

ときどき旧幕府典医頭（てんいのかみ）松本良順が若党や門人を寄越して薬をとどけてくれるが、それもだんだん遠のいていた。

おもに、歳三が置いて行った土方家の家伝薬「虚労散」というあやしげな結核治療薬ばかり服（の）んでいる。

「効（き）く」

歳三がいいきった薬である。歳三の口からそう断定されるとなにやら効きそうな気がして、良順の西洋医術による処方の薬をこっそり捨てることがあっても、これだけは服んでいた。

姉のお光が、三日にあげずきてくれては、介抱してくれた。

お光は、来るたびに獣肉屋（ももんじや）から買ってきた猪肉などを庭さきで煮てくれた。

「お汁も飲むのですよ」

と、つきっきりで総司が食べるのを見守っている。目をはなすと、捨てかねないのだ。

「くさいなあ」

と、沖田は呑みこむようにして咽喉に入れた。獣肉はにが手だった。

「総司さん、きっと癒（なお）らなきゃいけませんよ。沖田の家は林太郎が継（つ）いだといっても、血筋はあなたひとりなんですから」

「驚いたな」

総司は底ぬけの明るさで小首をかしげてしまう。

「なにがです」

お光もつい吊りこまれて微笑（わら）ってしまうのだ。

「なにがって、姉さんのその口ぶりがですよ、私の病気はそんな大そうなものじゃないと思うんだがな」

「そうですとも」

「あれだ」

総司は噴（ふ）きだして、

「姉さんは取り越し苦労ばかりしているくせに、ちょっとも理屈にあわない。たいした病気でないとわかっていたら、そんなにご心配なさることはありませんよ」

「そうでしょうか」

「癒ります。きっと」

ひとごとのようにいう。本気でそう思っているのかどうか、この若者の心の底だけはわかりにくい。

もう食欲はまったくないといってよかったし、無理をしてたべても消化が十分でない。

「腸にきている」

と、松本良順は、林太郎とお光にいった。腸に来れば万に一つ癒る見込みはない。

大坂から江戸へもどる富士山丸のなかで、素人の近藤でさえ、

(総司は永くあるまい)

と歳三にいった。そのくせ富士山丸の中では冗談ばかりをいって笑い、「笑うとあとで咳が出るのでこまる」と自分でもてあましていた。

江戸に帰ってから近藤は、妻のおつね（江戸開城後は、江戸府外中野村本郷成願寺に疎開）に、

――あんなに生死というものに悟りきったやつもめずらしい。

といったが、修行で得たわけではなく天性なのであろう。総司はこのとき二十五歳である。

総司が起居したこの千駄ケ谷池橋尻の植木屋平五郎方の納屋、といっても厳密には納屋ではなく、改造して畳建具なども入っていた。

明り障子は南面しているから日あたりはいい。すこし気分がいいと障子をあけてぼんやり外をみている。

景色はよくない。むこう二十丁ばかりは百姓地で大根などが植わっている。

身のまわりの世話をしている老婆が、

「よくお倦きになりませんね」

とあきれるほど、ながい時間、おなじ姿勢でみている。

老婆は、この青年が、かつて京洛の浪士を慄えあ

がらせた新選組の沖田総司であるとは知らされていない。

「井上宗次郎」

という名にしてある。もし沖田だとわかれば、官軍がうるさい。総司は療養というより潜伏している、というほうが正確だった。

老婆も、身元は知っている。庄内藩士沖田林太郎の義弟、ということであった。

お光も老婆には、

――藩邸のお長屋ですと、病気が病気ですから、ひとにいやがられますので。

といってある。すじの通った話である。

ちなみに、お光の夫林太郎はいつかも触れたが、八王子千人同心井上松五郎家の出で、やはり近藤の父周斎の門人であり、天然理心流の免許を得、入り婿のかたちで沖田姓を継いだ。

沖田家の嫡子総司がまだ幼かったからである。

林太郎は、総司らが京へのぼったあと江戸で新徴組隊士となり、新徴組が幕府の手から離れたあと、いまは庄内藩に属し、藩邸のお長屋に住んでいる。男の子があり、芳次郎といった。その子が要(かなめ)、この家系がいま立川市に残っている。以上余談。

慶応四年二月下旬、庄内藩主酒井忠篤が江戸をひきはらって帰国した。

あとに家老が残り、江戸屋敷の処分や残務整理をしている。

沖田林太郎は残留組になったが、いずれは出羽庄内へ行かねばならないであろう。

その江戸引きあげのときが総司との生別の日になる、とお光はその日の来るのを怖れていた。

ついに来た。

四月であった。偶然三日である。この日、近藤は流山の官軍陣地にみずから行き、両刀を渡してしまっている。

お光はそういうことは知らない。この朝あわただしく駈けこんできて、

「総司さん、私どもは庄内へ行きます」

といった。

総司の微笑が、急に消えた。

が、すぐいつものこの若者の表情にもどり、

「そうですか」

と布団のなかから手をさしのばした。おそろしいほどに痩せていた。

お光は、その手をみた。

どういう意味だか、とっさにのみこめなかったのである。

総司は、姉にその手を握ってもらいたかったのだ。

が、お光は、動顚していた。

江戸に残る弟は、このさきどうなるのか。

お光は夢中になってそのあたりを片づけていた。手と体を動かしているだけである。

お金だけが頼りだと思い、林太郎に渡ったお手当のほとんどを総司のふとんの下に差し入れた。

「俄かのことだったから」

と、お光は泣きながら、総司の身のまわりのものを大きな柳行李に詰めている。詰めてどうなるものでもないのに、その作業にだけ熱中した。総司が京都で使った菊一文字の佩刀もそのなかにおさめた。

総司はそういう姉を、枕の上からじっと見ている。

（刀まで納って、どういうつもりだろう）

姉のあわてぶりがおかしかったのか、顔は笑わず、肩だけをすぼめた。

お光には時間の余裕がないらしい。このまますぐ走って藩邸のお長屋にもどり、夫とともに出発しなければならない様子だった。

「総司さん、ここに下着や下帯のあたらしいのをかさねておきます。もうお洗濯はしてあげられないけど、肌身のものだけはいつもきれいにしておくのですよ」

「ええ」

総司は、少年のようにうなずいた。

「良人は、庄内に行くと戦さになるかもしれない、

といっています」

「庄内藩の士風というのは剛毅なものだそうですね。国許の藩士は雨天でも傘を用いぬ、というのが自慢だというのは本当ですか。子供のころそんな話をきいたことがあるけど、それが本当ならずいぶん強情者ぞろいらしい」

　お光は、話に乗って来ない。

「鶴岡のお城下では羽黒山から朝日が出るそうですよ。それがとてもきれいだと聞いています。しかし江戸からずいぶん遠いなあ。朝日というものはあんな北の国でも東から昇るのだと思うと、おかしくなる」

「まあ、このひとは」

　お光は、やっと気持がほぐれたらしい。

「もう雪は解けているでしょうね。山なんぞにはまだ残っているかもしれない。いずれにしても姉さんの足では大変だな」

「総司さんはご自分の心配だけをしていればいいのです」

「良くなれば庄内へゆきますよ。西から薩長の兵が来れば、私ひとりで六十里越えの尾国峠（おぐにとうげ）でふせいでやります。そのときは、近藤さんと土方さんも連れてゆきますよ」

「ホホ……」

　この弟と話していると、なんだかこちらまでおかしくなってしまう。

「近藤さんや土方さんはいまごろなにをしているかな。江戸のまわりは官軍で充満しているときいているけど、流山は大丈夫でしょうね」

「あのひとたちはお丈夫ですものね」

　と、お光は妙なことをいった。

　総司は笑った。

「そうなんだ。江戸にいたころの近藤さんは、到来物の鯛を食べて、骨まで炙（あぶ）って、こんなもの嚙みくだくんだといって、みんな嚙んで食べてしまいましたよ。あのときはおどろいたな」

「大きなお口ですからね」

お光も噴きだした。

「そうそう。あんな大きな口のひとは日本中にいないでしょう。京都で酒宴をしたときなど、土方さんはあれで案外、端唄の一つもうたうんですよ。ところが近藤さんの芸ときたら、拳固を口のなかに入れたり出したりするだけで、それが芸なんです」

「まあ」

お光は、明るくなった。

「総司さんの芸は？」

「私は芸なし。――」

「お父さんゆずりですものね」

「遠いな」

と、総司は不意にいった。

「なにが？」

「お父さんの顔が。私は五つぐらいのときだったから、うっすらとしか覚えていない。ああいうものはどうなんでしょう」

「え？」

「死ねばむこうで会えるものかな」

「ばかね」

お光はこのとき、やっと総司がふとんの外に右手を出している意味がわかった。

「総司さん、風邪をひきますよ」

といいながら、そっと握り、ふとんの中に入れてやった。

「早く元気になるのよ。よくなってお嫁さんを貰わなければ」

総司は返事をしなかった。

枕の上で、ただ微笑っていた。京で、芸州藩邸のとなりの町医の娘に、淡い恋を覚えたことがある。ついに実らずにおわった。

(妙なものだな)

総司は、梁を見た。考えている。くだらぬことだ。

――死ねば。

と総司は考えている。

（たれが香華をあげてくれるのだろう）

妙に気になる。くだらぬことだ、とおもいつつ、そういうひとを残しておかなかった自分の人生が、ひどくはかないもののように思えてきた。

沖田総司は、それから一月あまりたった慶応四年五月三十日、看取られるひともなくこの納屋のなかで、死んだ。

死は、突如きたらしい。縁側に這い出ていた。そのまま、突っぷせていた。菊一文字の佩刀を抱いていた。

沖田林太郎家につたわっている伝説では、いつも庭に来る黒い猫を斬ろうとしたのだという。

斬れずに、死んだ。

墓は、沖田家の菩提寺である麻布桜田町浄土宗専称寺にある。戒名は、賢光院仁誉明道居士。永代祠堂料金五両。——のちに江戸にもどってきたお光と林太郎がおさめたものである。

のち墓石が朽ちたため、昭和十三年、お光の孫沖田要氏の手で建てかえられ、おなじく永代祠堂金二百円。当時としては大金といっていい。

お光の沖田家の現在の当主は、東京都立川市羽衣町三ノ一六沖田勝芳氏である。そこに総司のみじかい生涯を文章にしたものが遺されている。たれが書いたものか。

> 沖田総司房良、幼にして天然理心流近藤周助の門に入り剣を学ぶ。異色あり。十有二歳、奥州白川阿部藩指南番と剣を闘はせ、勝を制す。斯名、藩中に籍々たり。
>
> 総司、幼名宗次郎春政、後に房良とあらたむ。文久三年新選組の成るや、年僅かに二十歳にして新選組副長助勤筆頭。一番隊組長となる。大いに活躍するところあり。
>
> 然りといへども天籍、寿を以てせず。惜しいか

な、慶応四年戊辰五月三十日、病歿す。（原文は漢文）

総司の死の前月二十五日に、近藤は板橋で斬首された。

当時なお、総司は病床にある。しかしこの報は、千駄ヶ谷の東のはずれでひとり病いを養っている総司の耳につたわらず、息をひきとるまで近藤は健在だと信じていた。

歳三が、風のたよりに近藤の死を知ったときは、すでに宇都宮城をすて、日光東照宮に拠って、江戸の官軍をおびやかしていたときであった。

その後、各地に転戦し、次第に兵はふくれあがり、その後、会津若松城下に入ったときには、歳三の下にすでに千余人という人数になっていた。

歳三はこれを、

「新選隊」

と名づけた。

当時すでに兵の集団を組ではなく隊と名づける習慣が一般化していたのだ。

副長は、新選組結成いらいの奇蹟的な生き残りである元副長助勤三番隊組長斎藤一であった。

剣の精妙さは京都のころから鬼斎藤といわれ、京都時代はおそらく三十人は斬ったであろう。が、かすり傷一つ負わなかった。のちに東京高等師範学校をはじめ、諸学校に剣術を教えに行ったことがあるが、三段、四段の連中がむらがって掛ってきても、籠手一つかすらせなかった。

老いて、南多摩郡由木（ゆき）村中野の小学校教員になった。

京都時代は強いばかりでさほど味のある人物でもなかったが、各地に転戦を重ねてゆくうち、どういうわけか、だんだん性格が剽軽（ひょうきん）になってきて、ある日、

「隊長、私は雅号をつけた。きょうからはその号で

呼んでいただけないか」

といった。なんだ、ときくと、

「諾斎です」

笑っている。若いくせに隠居のような名である。

歳三も噴きだして理由をきくと、

「なんでもあんたのいうことをきく。だから諾斎」

といった。

この号は、死ぬまで用いている。

この斎藤のほか、副長格に、歳三の遠い親戚にあたる武州南多摩郡出身の旧隊士松本捨助を選んだ。佐藤彦五郎に付いて天然理心流を学んだ目録持ちで、才気はないが、弾丸雨注のなかでも顔色一つ変えず真先に斬りこんでゆく。官軍の群れのなかにとびこむと、

「新選組松本捨助」

とかならず名乗った。

そんなことで、この男の名は官軍の間にまで知られていた。

陸軍奉行並

この時期から、土方歳三という名が、戊辰戦役史上、大きな存在としてうかびあがってくる。

かれは庄内藩へ走って藩主を説得し、また会津若松の籠城戦に戦い、さらに奥州最大の雄藩仙台藩の帰趨が戦局のわかれ目とみてその態度決定をうながすため、仙台城下国分町の「外人屋」に入り、麾下二千の兵を城下の宿所々々に駐留させ、青葉城内での藩論決定を武力を背景にせまった。

東北の秋は早い。

仙台城下の寺町や武家屋敷町の落葉樹が、もう黄ばみはじめている。

この間、近藤の板橋での刑死については、会津若松での戦闘中に官軍捕虜から詳報をきき、若松の愛

宕山の中腹をえらんで、墓碑をたて、

貫天院殿純義誠忠大居士

という戒名をきざんだ。

仙台城下に入ってからも、二十五日の命日には終日、魚肉を避けて冥福をいのった。

そうしているうちにも、江戸脱走、関東転戦の反薩長有志が、ぞくぞくと仙台城下にあつまり、歳三の指揮を仰いだ。

歳三はしばしば青葉城に登城し、藩主陸奥守慶邦およびその家臣に説いた。

「奥州は日本の六分の一でござる」

というのである。

「しかも奥州各藩の兵を合すれば五万であり、兵馬強悍、西国にまさっている。この地に拠って天下を二分し、しかるのちに薩長の非を鳴らし、きかざればその暴を討つ。伊達家の御武勇は藩祖の貞山公(政宗)以来、天下にひびいたものでござれば、ぜひ奥州同盟の盟主として正義を天下に示されたい」

歳三は、いわば旧幕府の代表者として談じこんでいる。その背景にはおびただしい脱走陸兵がいるから、この男の一言一句は、仙台藩をゆるがすに十分だった。

このころ、仙台藩主伊達慶邦は、みずからの佩刀の下げ緒を解き、歳三に与えている。水色組糸の下げ緒で、現在、日野市佐藤家所蔵。

一方、旧幕府海軍副総裁榎本和泉守武揚が、八月十九日夜、旧幕府艦隊をひきいて、品川沖を脱走し、北上しはじめた。

開陽丸を旗艦とし、回天丸、蟠竜丸、千代田形丸の四艦に、神速丸、長鯨丸、美嘉保丸、咸臨丸の輸送船をともなう日本最大の艦隊で、官軍は海軍力においてはとうていこれに及ばない。

この榎本艦隊には江戸脱走の旧幕兵をも載せ、さらに旧幕府陸軍のフランス人教官である砲兵士官ブリュネー、砲兵下士官フォルタン、歩兵下士官ブュフィエー、同カズヌーフなども同乗させていた。

途中、風浪のために四散し、美嘉保、咸臨の二艦を喪(うしな)ったが、艦隊としての実力にはさほどひびかない。

これらが仙台藩領寒風沢港(さぶさわこう)、東名浜にぞくぞく集結してきたのは、八月二十四日から九月十八日にかけてである。

旗艦開陽丸は、八月二十六日に入港し、同日榎本は幕僚、陸戦隊をひきいて威武をととのえて上陸した。

榎本は、土方歳三、大鳥圭介らが国分町に旧幕軍本部を置いているときき、ひとまずそこで海陸両軍の協議をとげることにした。

途中、榎本は、

「荒井君」

と、開陽丸指揮官荒井郁之助(いくのすけ)にきいた。

「大鳥はよく知っているが、土方歳三というのはどういう男だ」

「江戸で会ったことがあります。沈着剛毅といった男で、大軍の指揮ができる点では、あるいは大鳥以上でしょうな」

荒井郁之助は榎本とおなじく旧旗本の出身で、幕府の長崎海軍伝習所に学び、江戸築地小田原町の海軍操練所頭取、幕船順動丸船長などを経た根っからの海軍育ちだが、のち歩兵頭をつとめたこともある。

その気象学の知識をかわれて、維新後、初代中央気象台長になったという風変りな後半生をもつにいたった。要するに、オランダ留学までした榎本を筆頭に、荒井、大鳥などは、旧幕府きっての洋学派といえるだろう。

が、いまから対面する旧新選組副長土方歳三という人物の見当がつかない。というより、どこか、違和感があった。

国分町宿館についてみると、歳三は、城南大年寺に兵を集めてたむろする仙台藩主戦論者富小五郎を訪ねて不在だった。

宿館で、歳三の評判をきくと非常な人気で、大鳥のことはたれもあまりよくいわない。

学者かもしれないが臆病者だ、といいきる者もある。

やがて、歳三がもどってきた。

「私は榎本釜次郎です」

と武揚はいった。

「申しおくれました。土方歳三です」

にこにこ笑った。この不愛想な男が、初対面の榎本に相好をくずしたのは、よほどのことである。

仙台城下では旧幕軍艦隊の入港というので沸きたっているのである。嘉永六年ペリー提督のひきいる米国東洋艦隊がきて日本中に衝動をあたえたが、それとおなじ実力の艦隊が、いま領内に入っているのだ。

たとえば旗艦開陽丸は排水量三千トン、四百馬力、オランダ製新造艦であり、これにつぐ回天丸は千六百八十七トンで、この二艦の備砲射撃をするだけでも仙台藩の沿岸砲は一時間で沈黙するだろう。

それに江戸から千数百人の陸兵を輸送してきている。

「榎本さん、仙台藩の藩論はなお和戦両論にわかれて動揺していますが、これで百万言の説得よりも効があるでしょう」

「土方さん、あなたは旧幕府きっての歴戦の人です。頼みます」

と、榎本は、西洋人のように歳三の手をにぎった。

その夜、軍議がひらかれ、それぞれの役割りがきまった。

歳三は、この日から陸軍部隊を統轄する陸軍奉行並に就任し、陣地の部署割りもきまった。

本陣を、日和山に据えた。

現在の石巻市（仙台湾北岸）の西南にあるひくい砂丘で、南北朝時代、奥州第一の豪族であった葛西氏の城跡である。

丘は低いが海陸の眺望がよくきき、東は北上川をへだてて牧山に対している。

歳三はこの日和山のふもとの鹿島明神を宿舎とし、松島、塩釜までのあいだ海岸十里にわたって布陣した。

これには、榎本もおどろいた。

「土方さん、兵を仙台の城下に集中させておくほうがいいでしょう。なぜ、長大な海岸線に分駐させてしまうのです」

「いや」

と、歳三に好意をもつ旧歩兵頭、現陸軍奉行の松平太郎が、

「仏式演習をして、青葉城（仙台城）の軟論派の気勢をくじくのです。演習後、すぐ城下に集結させます」

といった。

この演習には、仙台藩星恂太郎（じゅんたろう）の指揮する洋式歩兵隊も加わり、総数三千余が、紅白にわかれ、完全仏式による大規模な模擬戦闘を行なった。

むろん、演習計画の立案、作戦、戦闘行動については仏人顧問団が指揮している。

歳三は、松平、大鳥とともにこの演習の総監であったが、この男の独特のカンのよさは、フランス式用兵をこの大演習で完全にのみこんだことである。

砲兵教官ブリュネーが驚き、

「土方さん。フランス皇帝があなたを師団長に欲しがるでしょう」

と真顔でいったほどであった。

九月三日、仙台藩では、城内応接所に旧幕軍首脳をまねき、仙台藩代表とともに、官軍来襲の場合を想定して、作戦会議をひらいている。

ところがその後十日もたたぬうちに、藩論が軟化し、ついに九月十三日官軍への帰順を決定、藩の要路から主戦派の重役がいっせいにしりぞけられた。

この報を城下国分町の宿舎できいた榎本は大いにおどろき、

「土方さん、同行してください」

と、二人で登城し、あらたに藩の主導権をにぎった執政遠藤文七郎に対面した。

遠藤は、仙台藩の名門で、代々栗原郡川口千八百石を知行地とし、すでに安政元年に藩の執政になったが、性格がはげしすぎるために藩の要路とあわず、その後、京都に駐在した。

この間西国諸藩の志士とまじわり、帰国後激越な勤王論を唱え、そのため佐幕派から罪におとされ、以後知行地にひっこんでいた。

藩が帰順にかたむくや、にわかに起用されて執政に再任したのである。

遠藤は、京にあって薩長土の志士とまじわっていたころ、新選組の勢威というものを眼のあたりに見、憎みもしていた。

その土方が、眼の前にいるのだ。

しかも、薩長の非を鳴らし、主戦を説いている。

遠藤としては、

（なにをこの新選賊）

と、笑止であった。

歳三も、説きながら、この新執政の顔をどこかで見たような気がしてならない。

（ひょっとすると京で、市中巡察中に見たのではないか）

記憶力のいい男だから、そう思うと、出あったときの情況までありありと眼にうかんできた。

冬、烏丸(からすま)通を南下してきたとき、四条通でこの男と、その連れ四、五人に会っている。

当時は、新選組の巡察とみれば大藩の士でも道を他にそらせ、浪士などは露地へかくれ散ったものだが、あのときもそうだった。

——土方がきた。

と、たしか、遠藤の連れがいった。まげからみて、土州浪士だろう。

うるさいとみて、みな、散ってしまった。

遠藤だけが残った。大藩の重臣だから、ふところ手をして傲然と立っている。

歳三が、尋問をした。

「伊達陸奥守家中遠藤文七郎」

と、相手はいった。

ふところ手をしたままである。

「われわれは御用によってたずねている。懐ろから手を出されたい」

と、いうと遠藤は鼻で笑い、

「この手を出させたいなら、われらが主人陸奥守にまで掛けあわれたい。拙者は不肖といえども、伊達家の世臣だ。陸奥守以外の者から命を受けたことがない」

と、堂々たる態度でいった。

――こいつ。

と、永倉新八が剣を半ばまで鞘走らせたが歳三はとめた。

「ごもっともなことだ」

と、隊士一同を去らせ、自分だけが残って遠藤にいった。

「どうやら喧嘩を売られたと気づいた。買いますからお抜きなさい」

両者の間、五歩。

遠藤も、抜くつもりだったらしく、左手をあげて、刀の鯉口を切った。

そのときどうしたことか、寒の雀が一羽、二人のあいだに舞いおりた。

(町雀だけに、物おじせぬ)

と、歳三は、ふと俳趣を感じた。このあたり、下手な俳句をたのしむ豊玉宗匠の癖が出た。

遠藤が踏み出した。

雀がぱっと飛びたった。

「馬鹿、雀が逃げた」

と、歳三がいった。

そのとき遠藤が大きく跳躍して真向から抜き打ち

を仕掛けてきた。

　歳三は、身を沈めた。右手から剣が弧をえがいて空を斫（き）り、遠藤の遅鈍な抜き打ちを鍔元（つばもと）から叩いた。

「生兵法（なまびょうほう）はよすがいい」

　遠藤の刀が、地上に落ちている。

「爾今、藩の身分を鼻にかけた空威張りもよすがよかろう。いまの京では通用せぬ。われわれは市中の取締りに任じている。伊達家の大身ならば御理解あって然るべきところだ」

　云いすてて歳三は南へ立ち去った。

　おもえば、あのころが、花であったかもしれぬ。

　その歳三が、脱走幕軍の陸軍奉行並として仏式軍服を着て、遠藤に対坐している。

（あの土方が）

　遠藤の眼に、軽蔑と憎しみがある。

　榎本武揚は、説いた。

　この男は、日本人にめずらしくヨーロッパを見てきた男である。

　説くところ、世界の情勢から説き、薩長が幼帝を擁して権をほしいままにし、日本国を誤ろうとしている、という論旨で押してきた。

　歳三はちがう。

　どうも口下手で、榎本の言説のような世界観がない。仙台戊辰関係の資料では、歳三はこう云ったことになっている。

「仙台藩にとって、官軍に帰順するが利か、戦うが利か、そういう利害論は別だ」

　というのである。

「弟をもって兄を討ち（弟とは、紀州、尾州、越前といった御三家御家門をさすのだろう。兄とは徳川家らしい）、臣（薩長）をもって君（徳川家）を征す。人倫地に堕（お）ち、綱常まったく廃す」

　という革命期には通用せぬ旧秩序の道徳をもって薩長の非を鳴らし、

「このような彼等に天下の大政を秉（と）らしめてよいは

ずがない。いやしくも武士の道を解し聖人の教えを知る者は、断じてかれら薩長の徒に味方(くみ)すべきでない。貴藩の見るところ、果して如何」

残念ながら歳三は所詮は喧嘩屋で、大藩の閣老に説くにはどうも言説がお粗末で、ひらたくいえば、清水次郎長、国定忠治が云いそうなことと、あまり大差がない。

やはりこの男は戦場に置くべきで、こういう晴舞台にはむかないようである。

ただ、歳三の随臣格として登城し、別室にひかえていた京都以来の隊士斎藤一と松本捨助は感心してしまい、のちに日野の佐藤家を訪ねてこのときの模様を、

――いやもう大したものでした。挙措重厚、じゅんじゅんと陳述するところ、大大名の家老格といったところで、自然に備わる威儀風采(ふうさい)には実に感じ入ったものでした。

と語っている。斎藤や松本といった古いなかまの眼からみれば、武州南多摩郡石田村の百姓の喧嘩息子が、剣一本だけの素養で、とにかく仙台六十二万五千石の帰趨(きすう)決定を、青葉城内の大広間で論じただけでもたいしたものだと思ったのであろう。

が、歳三の出る幕ではなかった。

その直後、仙台藩執政遠藤文七郎が、同役の大条(おおえだ)孫三郎に、

「榎本はさすがな男だ」

と、その学才、政治感覚に感心したが、歳三については、ひどい評を下している。

「土方に至りては、斗筲(としょう)（小さなマス。一斗程度しか入らない）の小人、論ずるに足らず」

遠藤は、藩内勤王派の首領であり、歳三には恨みもある。だからこうも酷評したのだろうが、まずまず、こういうところであろう。

このあと宿舎に帰ってから歳三が、松平太郎に、

「ひどい役目だった」

と、汗をぬぐいながら閉口し、

「私はやはり大広間にむかぬ。弾(たま)の雨、剣の林といったようなところがいい」

といった。

それをそばできいていた大鳥圭介が、

「相手がわるい。遠藤という男は私も知っている。江戸に遊学していたころ昌平黌でも秀才で通った男だった」

と、歳三を冷笑するようにいった。

昌平黌とはいうまでもなく幕府の官設による最高の学問所で、こんにちの東京大学の前身である。

大鳥にすれば暗に無学な百姓あがりの剣客の歳三をからかったつもりだろう。

やがて仙台藩は、官軍に帰順した。

榎本艦隊は、仙台藩領を去って、風浪のなかを北海道であたらしい天地をひらくべく航海を開始した。

歳三、旗艦開陽丸にある。

艦隊北上

この夜、風浪やや高い。

艦隊は、北上している。

歳三の乗っている幕艦開陽丸は、左舷に紅燈、右舷に緑燈をともし、主檣(メインマスト)頭に、三燈の将官燈をつけていた。

この燈火が一燈の場合は、坐乗する提督は少将、二燈の場合は中将、三燈の場合は大将というきまりになっていた。

榎本武揚は、大将、というわけである。

将官私室に起居していた。

歳三のためには、その次格の部屋ともいうべき参謀長室があてられている。

艦は、当時世界的水準の大艦で、十二センチ口径のクルップ施条砲二十六門をそなえ、その戦闘力は、一艦よく官軍の十艦に匹敵するであろう。

日没後、榎本は甲板を巡視した。

風浪はつよいが、帆走に都合がいい。石炭の節約のため艦長が汽罐を休止せしめたのか、煙突は煙を吐いていない。

榎本は、歳三の部屋の前を通った。船窓から灯がもれている。

(あの男、まだ起きているのか)

榎本は、徹頭徹尾洋式化された武士だが、かといって同類のフランス式武士大鳥圭介をさほどに信頼していなかった。

生涯ついに会うことがなかったが、この榎本は近藤勇にひどく興味をもっていた。

のちの函館の攻防戦のときも、永井玄蕃頭尚志という旧幕府の文官(若年寄)あがりに都市防衛の指揮権をゆだねたことを後悔し、

——たとえば死せる近藤勇、あるいは陸軍奉行並の土方歳三に函館をまかせればああいうざまはなかったであろう。

と、晩年までそういうことをいった。

榎本は、新選組がすきであった。のちに維新政府の大官になった旧幕臣のなかで、新選組を熱情的に愛した第一は初代軍医総監の松本順(旧名良順)、ついで、榎本武揚である。

榎本は、歳三の部屋のドアの前で、足をとめた。

(話してみたい)

と、おもったのである。

仙台の城下で、はじめてこの高名な新選組副長土方歳三という者と会った。

ともに青葉城に登城して仙台藩主を説得したりしたが、二人でゆっくり語りあったことはなかった。

(なるほどあの男は弁才はなかった)

しかし城の詰め間に裃をつけて据えておく男ではない。

どうみても戦うためにのみうまれてきたような面

魂をもっていた。

榎本は幕臣のそだちだから旗本というものがいかに懦弱な者かを知っている。土方のようなつらがまえの男を、かつてみたことがない。

（陸軍はこの男にまかせよう）

榎本は、そうきめていた。

かれは、土方歳三という男が、江戸脱走以来、宇都宮城の奪取、日光の籠城、会津への転戦、会津若松城外での戦闘など、かれがどんな戦さをしてきたかを、土方の下にいた旗本出身の士官からきいてよく知っている。この新選組の旧副大将は、おどろくほど西洋式戦闘法を自分のものにし、独自のやり方をあみだしていた。

一例は、若松城外での戦闘のときである。

榎本がきいている話では、歳三は小部隊をひきいてみずから偵察に出かけた。

部落のはずれに、雑木林がある。道はその林の中を通っている。

すでに薄暮になっていた。雑木林までできたときにわかに林中からミニエー銃の一斉射撃をくらった。

一同、官軍の大部隊に遭遇したとみて、散って伏そうとする者、応射しようとする者、大いに狼狽したが、歳三はすぐ鎮め、

「みな、その場その場で大声をあげろ、声をそろえろ」

と命じた。

わあっ、と一せいに叫びあげると、雑木林の敵もこれにつられて、

わあっ、

と応じかえした。

歳三は、あざわらった。

「少数だ。前哨兵である」

声で、数まであてた。五十人とみた。

「かまわずに進め」

と、どんどん押してゆくと、敵は前哨兵だから、戦わずに逃げた。

歳三が偵察からもどってくると、平素、歳三に臆病者とののしられている大鳥圭介が、

「なぜ射たなかった」

と、やや難ずるようにいった。

「理由はあなたがもっている仏式の歩兵操典にかいてある。斥候の目的は偵察にあり、戦闘にはない」

大鳥も負けていない。

「敵も前哨兵だ。戦って捕虜にすれば本隊の状況がわかるではないか」

「そのとおりだ。しかし、捕虜の口を借りるより、拙者自身が敵の本隊を見てきたほうがもっと確かだろう」

事実、大胆にも敵の本隊の眼鼻がみえるところまで接近して、その動きを偵察して帰っている。

将校斥候としては、理想的な行動といっていい。

しかも歳三は偵察から帰隊するや、剣士三十人、銃兵二百人をつれて無燈のまま急進し、その本隊の宿営地を襲って、はるか後方まで潰走させている。


(大鳥には出来ない芸当だ)

この話をきいたとき、その指揮ぶりがもはや芸になっていると思った。戦さ芸の巧緻さ、決断の早さ、大胆さ、行動の迅速さは三百年父祖代々の食禄生活にあぐらをかいて、猟官運動にだけ眼はしのきく譜代の旗本たちの遠くおよぶところでないとおもった。

だいぶ、海霧が出はじめている。

船尾から十町はなれてついてくる甲賀源吾艦長の「回天」の舷燈がみえなくなっていた。

「開陽」は、霧笛を噴きあげた。

やがてはるか後方の闇で、「回天」の霧笛がそれに応じてくるのがきこえた。

(すべてうまく行っている)

榎本は、歳三の部屋のドアをノックした。

「………?」

歳三は、洋式に馴れない。剣をとってドアに近づき、身をよせ、

「たれか」

と、声を押し殺した。京の新選組当時に身につけた用心ぶかさは、もはやこの男の癖になっている。

「私です。榎本です」

「ああ」

と、歳三はドアをひらいた。

真黒な風とともに、船将服の榎本が入ってきた。

「お邪魔ではないですか」

榎本は微笑している。オランダの首都ヘーグの市庁舎で、「どうみてもお前は極東人ではない。スペイン人だろう」といわれたほどの彫りの深い顔をこの男はもっている。面長の多いいわゆる江戸顔ではない。

榎本家は、三河以来の幕臣であるが、じつはこの武揚自身にはその血は流れていない。

父円兵衛は、備後国深安郡湯田村箱田の庄屋の子であった。土地を支配している郡奉行にその学才を愛され、江戸へつれて行ってもらい、幕府の天文方高橋作左衛門、伊能忠敬の両人に師事して江戸でも有数の数学者になり、幸い幕臣榎本家の株が千両で売りに出ていたのでそれを買い、榎本円兵衛武規と名乗り、五人扶持五十五俵を給せられることになった。

その子である。

血に田舎者の野性がまじっている。しかし武揚自身は三味線堀の組屋敷でうまれた生粋の江戸っ子で、学問一筋かと思うと狂歌としゃれがうまい。ほどよく田舎者の血と都会育ちのうまみがまじって、一種の傑作というべき人間をつくりあげた。

榎本は、歳三が文久三年三月十五日、近藤勇、芹沢鴨らとともに新選組を京で発足させた一月目の四月十八日に、幕府留学生十五人の一人としてオランダのロッテルダム港に入港している。

当時ロッテルダムの市民は、伝説と噂のみにきく極東の「サムライ」を見物するために、川岸に数万の人出があり、騎馬巡査が交通整理に出馬し、怪我人まで出るさわぎであった。

歳三が京で浮浪浪士を斬っている三年半のあいだに、榎本は化学、物理、船舶運用術、砲術、国際法をまなび、さらに当時めずらしかった電信機まで学んでモールス信号の送受信に相当な腕をもつにいたった。

しかも、おりから丁墺戦争（一八六四年のデンマーク・オーストリア戦争）がはじまったので、観戦武官として戦線に出かけた。

もっともこの戦争は、弱小国デンマークが、当時の大国オーストリアとビスマルクにひきいられた新興国プロシャの連盟のために、あっけなく敗れただけの戦争だったが、榎本がうけた衝撃は大きかった。

「弾丸雨飛の中を出入して、いわゆる文明国戦を実地にみた。この利益は大きかった」

と榎本は後年いっている。

墺普連合軍がデンマークに侵入し、シュレスウィッヒを陥したころ、榎本はその最激戦場を見た。

そのころの陰暦になおすと、歳三らが京都三条小橋西詰め池田屋に斬りこんだ元治元年六月五日前後であったろう。

新選組が京の花昌町に新屯営を造営して大いに威を張った慶応元年十月の当時、オランダでは榎本はウェッテレンの火薬廠で、火薬成分の研究をし、さらに幕府が買い入れるべき火薬製造機械の注文交渉をしている。

慶応二年九月十二日夜半、歳三が原田左之助ら三十六人を指揮して三条橋畔で土州藩士らと大乱闘をやっていたころ、榎本は、ロッテルダム市から約十里離れたドルドレヒトという小村にある造船所に詰めていた。

いま乗っている「開陽」が、数日後に竣工するまでになっていたからである。「開陽」ほどの大艦の造船は、オランダでもめずらしかったから、当時は新聞、雑誌がこの艦のことを書きたて、「果してこの艦を架台から無事、河底の浅いドルドレヒト河におろしうるかどうか、技術上の最後の苦心はそこに払われた」と雑誌ネーデルランス・マハサイが書いている。

これが無事、進水し、さらに両岸の風景の美しいメルヴェ河にうかびあがったときは、臨席した海軍大臣も、その付近の牛飼いも昂奮につつまれて歓声をあげた。

そのころ歳三は、鴨川銭取橋(ぜにとりばし)で、薩摩藩に通謀した疑いのある五番隊組長武田観柳斎を斎藤一をして刀で討ちとらせている。

「どうも」

と歳三は、妙に照れながら椅子をすすめ、卓子(テーブル)にむかいあった。

榎本は腰をおろしたが、この男もどこか落ちつかない。

たがいに異邦人といっていいほど経歴がちがうのだ。

「船酔いは、されませんか」

と、榎本は話題がみつからないまま、あたりさわりのないことをいった。

歳三は、だまって微笑し、すぐこの男独特の不愛想な顔にもどった。

榎本は、

「土方さんは、軍艦ははじめてでしょう」

といった。

「いや、大坂から江戸へもどるとき富士山艦に乗っています。あのときはすこし」

「酔うのは当然です」

榎本は、そのあと、京の新選組のころのことを聞いた。

歳三は、

「往事茫々(おうじぼうぼう)です」

といったきりで、多くを語らず、ただ近藤のことを二、三話し、

「英雄というべき男でした」

といった。

榎本はうなずいた。

「ヨーロッパやアメリカの軍人、貴族にはああいう感じの男がたくさんいる。日本は武士の国だというが、すくなくとも江戸の旗本には豪毅さの点においてヨーロッパ人に劣る者がほとんどです。私は新選組を思うとき、いつも新興国のプロシャの軍人を思いだす。似ています」

「そうですか」

歳三には、見当もつかない。

「土方さん、考えてもみなさい。欧米を洋夷々々というが、かれらのうちの商人でさえ、この開陽の半分ほどの船に乗って万里の波濤を越え、生死を賭けて日本に商売にやってきている。馬鹿にしたものじゃない」

ついで榎本は函館（箱館）について語った。

榎本は年少のころから冒険心がつよく、十八、九のころ、のちに目付、函館奉行になった幕臣堀織部（おりべ）正利煕（しょうとしひろ）がまだ御使番にすぎなかったころ、幕府から密命をうけ、松前藩の内情をさぐるため、北海道（えぞち）へ行くことになった。

その堀に懇願してその従僕になり、二人とも富山の薬売りに化けて函館まで出かけた、という。

「講釈でいう、隠密ですよ。あのときはわれながら、こういうことが実際あるのか、とおかしかった」

と、榎本はいった。

榎本が函館へ行こうと思った最も小さな理由は、かつて行ったことがあるからである。

最大の理由は、北海道を独立させ、函館に独立政府を作ることであった。

「外国とも条約を結びます。そうすれば京都政府とは別に、独立の公認された政府になるわけです」

その独立国の元首には、徳川家の血すじの者を一人迎えたい、というのは歳三はすでに仙台で榎本からきいている。

「政府を防衛するのは、軍事力です。それには、京都朝廷が手も足も出ないこの大艦隊があります。それに土方さんをはじめ、松平、大鳥らの陸兵」

　ほかに、と榎本はいった。

「かの地には、五稜郭（ごりょうかく）という旧幕府が築いた西洋式の城塞がある」

　徳川家の血縁者を元首とする立憲君主国をつくるのが、榎本の理想であり、その理想図は、オランダの政体であったろう。

　そのほか、榎本が函館をおさえようとした理由の最大のものは、函館のみが、官軍の軍事力によって抑えられていない唯一の国際貿易港であった。

　長崎、兵庫、横浜はすべて官軍におさえられ、その港と外国商館を通じて、官軍はどんどん武器を買い入れている。

　函館のみは、公卿の清水谷公考（きんなる）以下の朝廷任命の吏僚と少数の兵、それに松前藩が行政的におさえてはいるものの、それらを追っぱらうのにさほどの苦労は要らず、まずまず、残された唯一の貿易港である。外国人の商館もある。

　ここで榎本軍は武器を輸入し、本土の侵略をゆるさぬほどの軍事力をもち、産業を開発して大いに富国強兵をはかり、ゆくゆくは、現在静岡に移されているその日の暮らしにもこまっている旧幕臣を移住させたい、と榎本は考えている。

「土方さん、いかがです」

と、榎本は血色のいい顔に微笑をのぼらせて、得意そうであった。

　榎本は、楽天家である。

　なるほど、かれが知りぬいている国際法によって外国との条約も結べるであろう、経済的にも立ちゆくだろうし、軍事的にもまずまず将来は本土と対等の力をもつにいたるかもしれない。

「三年」

　榎本は指を三本つき出した。

「三年、京都朝廷がそっとしておいてくれればわれわれは十分な準備ができる」

「しかし」

と歳三は首をひねった。

「その三年という準備の日数を官軍が藉さなければどうなるのです」

「いや日数をかせぐのに、外交というものがある。うまく朝廷を吊っておきますよ。われわれは別に逆意があってどうこうというのではないのだ。もとの徳川領に、独立国をつくるだけのことだから、諸外国も応援してくれて、官軍に横暴はさせませんよ。私がそのように持ってゆく」

「なるほど」

榎本は近藤に似ている、と思った。途方もない楽天家という点で。

(そういう資質の男だけが、総帥がつとまるのかもしれない)

歳三は、所詮は副長格である自分に気づいている。

むろん、それでいい。

おおいに榎本を輔けてやろう、と思った。

ただ、二代目の楽天家が、初代とちがい、ひどく学問があるのに閉口した。それになかなかの利口者であった。

(官軍は三年も捨てておくまい。かならずそれ以前にやってくる。その戦さにこの男は耐えられるか)

歳三は、条約などはどうでもいい。要は喧嘩の一事である。榎本のなかに近藤ほどの戦闘力があるかどうかを見きわめたかった。

小姓市村鉄之助

さらに北上した。

艦隊は、開陽、回天、蟠竜、神速、長鯨、大江、鳳凰の艦船七隻。

戊辰の秋十月十三日、榎本艦隊は、薪水補給のため、南部藩領宮古湾に入った。

艦隊は、水路の複雑な湾内を縫うようにして入ってゆく。

「ほほう」

と、開陽甲板上にいた歳三は、この湾の風景のみごとさに眼をほそめた。

「市村鉄之助」

と、歳三は、自分の小姓をフルネームで呼んだ。

「寒い」

と、歳三はいった。

旧暦十月ともなれば、奥州の潮風はすでにつめたくなっている。

十六歳の大垣藩出身市村鉄之助は、歳三のために外套(マンテル)をもってきた。

歳三は、甲板で大剣をつき、外套を肩からかけた。

宮古湾は現在岩手県宮古市にあり、陸中海岸国立公園になっている。ノコギリ状の湾入部に富むいわゆるリアス式海岸であり、北上山脈が断崖となって海に落ち、遠望すると、漁村は高い海蝕崖(かいしょくがい)の上に散在している。

「鉄之助、これは眼の保養だな」

と、歳三はいった。

歳三は、希望に満ちている。歳三だけではない。榎本艦隊のすべてが北海道で建設する第二徳川王朝の希望で心をはずませていた。

そのために、この本土における最後の寄港地になるであろう宮古湾の景色が、たれの眼にも美しくみえた。

この湾の景色を絵にしようとすれば、西洋画でなければ不可能であろう。それも、黄のチューブがふんだんに要るはずであった。どの島も、どの断崖も、あかるい黄と暗緑色の断層でそのふちをかざっている。

「松島も美しかったが、この宮古湾にはおよばないかもしれない」

と、歳三は、いつになく多弁に、市村鉄之助に話しかけた。

希望が、景色を美しくみせている。

「はあ」

と、十六歳の市村は答え、歳三の機嫌のいいのを、ひどくよろこんでいた。

艦隊は、測量をしながら、ゆるゆると入ってゆく。

北湾は、わりあい広い。漁村立埼から奥は水深二十尋で、深くもあるが、奥へ入るにつれてしだいに浅くなる。海底は、泥である。

ただ北湾の欠点は、外海に開きすぎていて風波が侵入してくるおそれがあり、安全な投錨地とはいえない。

榎本司令官は、そう判断した。

艦隊は、鍬崎という漁村の前面にまで入った。ここでの測量結果は、水深三尋から五尋まで。

まず、投錨に十分である。

しかも、湾内の地形が複雑で、風をふせいでくれる。

——ここがいい。

と、榎本がいったが、なにしろ湾内がせますぎて、全艦隊が入らない。やむなく、大型の開陽、回天が、この狭隘部の出入口からややはみ出た島かげに投錨した。

歳三は、榎本の指揮ぶりをみていて、この男への評価をしだいに高くした。

(出来る男だな)

とおもったのは、榎本の手配りのよさと、入念さである。

南部藩に使者を出す一方、この宮古湾の測量をなおもやめない。執拗なほどの入念さであった。この南部領宮古湾など、錨をぬいて出てしまえば、もはや無用の湾ではないか。

(変わっている)

それが、榎本のもともとの性格なのか、外国仕込みのやり方なのか、歳三にはわからない。

「榎本さん、ご入念なことですな」

と、仏式陸軍将官の制服の歳三は、榎本に話しかけた。

　榎本は、オランダから帰国後、かれ自身が意匠を工夫して旧幕府に献言し採用された海軍制服を着ている。

　黒ラシャ製の生地で、チョッキ、ズボン、それにフロックコート（とも云いがたい。羽織との折衷である）を羽織り、ボタンはすべて金、コートの袖に士官の階級をあらわす金筋を入れている。榎本は大将格だから五本である。

　そのズボンのベルトに日本刀をぶちこみ、渡欧中に蓄えた八字ひげをはやしていた。

　ひげは戦国武者がこのんだが、徳川三百年、はやらなかった。

　ところが、西洋人はこれを好む。榎本のひげは、欧化幕臣のしるしといっていい。

「測量は、寄港するごとに、入念にやり、海図という道案内に書き入れます。その港が、今後必要であろうがなかろうが、やるわけです。つまり、西洋式海軍の癖のようなものですな」

　と、榎本は、この無学な剣客のために懇切に説明した。

「そんなものですか」

　歳三は、考えている。

　この喧嘩師のあたまには、榎本にはない奇抜な空想がうかんできたらしい。

「土方さん、なにをお考えです」

　と、榎本は、興深そうにきいた。第二徳川王朝軍の将領はそろいもそろって旧幕臣きっての学者、秀才ぞろいだが、この土方歳三だけは異質なのである。それだけに、榎本にとってこの無学な実戦家の発想に興味があった。

「いや、榎本さん、あなたはお笑いになるかも知れぬが、この宮古湾についてです。官軍の艦隊が、将来、北海道に来襲するばあいのことを考えています」

「………？」

「いったい、蒸気船というものは、海上で港にも寄らずに走れるのは、何日間です」

「艦船の大小によってちがいますが、艦隊を組むばあい、そのうちの最も小さな船に歩調をあわせます。官軍艦隊の輸送船はせいぜい二百トンほどでしょうから、それに陸兵を満載するとすれば、飲料水だけで、三日ももたない」

榎本には、多少の衒学趣味もある。無用のこともいった。

「走力だけでいえば」

と、言葉を継いだ。

「蒸気罐ばかり焚いていると、良質の石炭でもせいぜい、二十日間です。その石炭を節約するために、風の調子のよい日にはつとめて汽罐をとめ、帆走を用います。その二つの力を巧みに用いるのが、よい艦長、船長というものです。それをうまくやれば、まず一月は大洋を走れます」

講義をきいているようだ。

が、歳三のきこうとしているのは、もっと具体的なことである。

「榎本さん、官軍艦隊が江戸湾を発すると、この宮古湾にはかならず寄りましょうな」

「ああ、そういうことですか。それは寄港するでしょう」

「そこを叩く」

と、新選組の親玉はいった。

「え？」

「榎本さん、いまにしてわかったが、洋式軍艦というものも不自由なものらしい。いったん錨をおろせば、汽罐の火は消す、帆はおろす、これじゃ、いざ敵襲といっても、容易に出動できない。官軍艦隊がここで碇泊しているところを、にわかに軍艦で攻めこんで来れば、敵は全滅しますよ」

「ほう、それで？」

榎本は、眼をかがやかせた。

「こっちの軍艦には、われわれ陸軍をのせておく。

できれば砲戦せずに、つまり敵の軍艦を傷つけずに接近し、舷側にくっつけ、甲板へ斬りこんでゆけば、軍艦が丸奪りになるじゃありませんか」

（ふっ）

と、榎本はおもわず吹きだすところであった。

（新選組はやっぱり新選組じゃ、話の最後は斬り合いか）

おもいつつ、笑いもできず、臍下丹田に力をこめて、大まじめにいった。

「御妙案です」

この珍案が、のちに世界海戦史上稀有といっていい歳三らの宮古湾海戦として実現するのだが、榎本はこのとき、まずまず座興としてききながした。

船室の歳三の身のまわりは、小姓市村鉄之助が面倒をみている。

細面の、眼のすがすがしい若者で、どこか眼のあたりが、沖田総司に似ていた。

「お前、沖田に似ている」

歳三がいったことがある。

「沖田先生に？」

これが、市村の自慢になった。

市村は、美濃大垣藩の出身であるということは前述した。

鳥羽伏見の戦いの直前、新選組が伏見奉行所に駐屯したとき、最後の募集を行なった。

そのとき市村は、兄の剛蔵とともに、大垣藩を脱して応募したのである。

採用するとき、すでに近藤、沖田は傷と病いのため大坂へ後送されていた。当時歳三が事実上の隊長で、採否をきめた。

市村鉄之助をみたとき、その齢の幼さにおどろいた。

「いくつだ」

ときくと、

「十九です」

とうそをいった。

いま十六だから当時は十五歳だったはずである。

歳三は、にやりと笑ったきり、なにもいわなかった。

「剣は、何流をつかう」

「神道無念流を学びました。目録をいただくまでになっておりましたが、この騒乱で、印可は持っておりません」

「立ち合ってみなさい」

と、隊士の野村利三郎をえらび、試合をさせた。どちらもあまりうまくはない。が、気魄だけは、鉄之助がまさった。

「君は、沖田に似ている。齢はどうやらうそをいっているようだが、総司に免じて採用しよう」

と、歳三がいった。いわば、沖田総司のおかげで、採用されたようなものである。

市村鉄之助は、この一言で沖田総司をひどく恩に着、伏見での戦闘後、大坂へ引きあげたとき、はじめて病床の沖田総司に会った。

沖田はあとで、歳三にいった。

「似てやしませんよ」

「そうかね」

歳三も苦笑していた。別にたいした理由があってあのときあんなことをいったのではない。

どうせ、猫の手でも借りたかったときのあの伏見奉行所時代である。

(これァ幼すぎる)

とおもったが、ままよ、と採った。そのとき、歳三は自分に云いきかせる理由として、

——沖田に似ているから、それに免じて採ろう。

といったまでであった。

その一言が、市村鉄之助の一生を左右したといっていい。

市村は、大坂から江戸へもどる富士山艦のなかでも、つきっきりで沖田の介抱をし、かんじんの局長

近藤勇とは、ついに生涯口をきいてもらったことがなかった。

江戸に戻ってから、兄の剛蔵が、

――鉄之助、逃げよう。

とすすめた。

すでに天下は徳川に非で、将来(さき)に眼ざとい連中は、新選組のなかから、毎夜のように、一人逃げ、二人消え、していたころである。

剛蔵の逃亡も、むりではなかった。

「鉄之助、われわれは新参なのだ。伏見で戦っただけでも十分だと思う。これ以上隊にいては、すでに京の薩長が錦旗をひるがえした以上、賊軍になってしまう」

といった。

「いや、僕はとどまります」

と、明けて十六歳の鉄之助は、ひどく信念にあふれた顔で、断乎といった。

「理由はなんだ」

「沖田さんを介抱せよ、と土方先生からいわれているのです」

「え?」

それが、理由のすべてである。

剛蔵は怒った。

「お前、沖田総司が兄か、おれが兄か」

「兄上、こまったな」

この心情は、自分以外にはわからない。

なにしろ沖田総司と自分が似ているのだ。

「似ているから採ってやる」

と、副長の土方歳三が、はっきり云ってくれた。沖田総司といえば、京で知らぬ者はなかった。市村もむろんその雷名はききおよんでいた。幕末が生んだ不世出の剣客であろう、と、市村は、沖田総司の風貌を鬼のような勇士として想像していた。

ところが、大坂の病室で対面した現実の沖田総司は、ひどく照れ屋で、市村のような若僧に対しても敬語をつかい、しかも、自分から用事をいいつけたことがない。

富士山艦の中でも、

「市村君。僕は元気なんだ。そう病人あつかいにしないでくださいよ」

と、いう。

咳の出る夜など、徹夜で看病する気でいると、

「市村君は、あんたは、僕を病人にするために入隊ってきたんですな。あんたがそこにいると、だんだん病人みたいな気持になってしまう」

そんなことをいって、ことわってしまう。

手に負えなかった。

江戸に帰ってからでも、隊務の余暇をみつけては医学所へ行って看病したが、

「いけませんよ、市村君」

と、鉄之助とよく似た眼もとで笑い、

「あんたは男の子でしょう。ひとを看病するために新選組に入隊したのではないはずですよ」

といった。

沖田は、歳三にもいった。

「あのひとを」

と、市村鉄之助のことを呼んだ。

「寄せつけないでくださいよ。どうも伝染りそうな気がして、気が気でならない」

歳三は、沖田のその言葉を、市村鉄之助にそのまま伝えた。

鉄之助は感激し、声をあげて泣いた。沖田ほどのひとが、それほど自分の身を想っていてくれたのか、と。

「あれはあいつの性分なのさ」

と、歳三はつけ加えたが、しかし年若な市村鉄之助にとっては、そうは思われない。

（自分を。――）

と、身がふるえる思いであった。

兄剛蔵が、逃亡をすすめたときも、踏みとどまる理由にそれをいおうと思ったが、わかってもらえまい、と思い、口に出すことをやめた。

第一、表現のしようがないのである。士はおのれを知る者のために死す、という古語があるが、そういうこととともちがう。

なんだか、変なものだ。

そういう変な、筋のとおらない、もやもやとしているくせに一種活性を帯びたものが接着剤となって、人間というものが結びあうばあいが多いらしい。

「僕はふみとどまります」

と、鉄之助は兄にきっぱりいった。

剛蔵は、その後、行方不明になっている。

鉄之助は、歳三とともに、各地に転戦し、どの戦場でも勇敢であった。

単純な理由である。

(僕は、沖田さんに似ている)

それが、つねにはげみになった。

この市村鉄之助という人は、その後、数少ない新選組の生き残りとなり、明治後、土方歳三のことを語る、唯一にちかい語り手になって世を送り、明治十年、西南ノ役に警視庁隊として応募し、西郷の薩軍と戦い、戦死している。

南部藩は榎本艦隊の威力をおそれ、その要求どおりの物資をさしだした。

薪が、おもな提供物資である。榎本は石炭がほしかったが、奥州でそれは望めない。

燃料は薪で代用することにし、満載して出航した。

宮古湾を出たのは、十月十八日である。その日、晴天、浪はやや高かった。

艦隊は、北上をつづけた。途中、数隻の外国船とすれちがった。

そのつど、幕軍の船旗である日の丸の旗をかかげた。

その外国船の船長たちは、この艦隊の意図をよく知っていた。横浜から発行されている各国の新聞には、榎本が函館で新政府をつくろうとしているという記事が毎日のように出ていたからである。

松前城略取

艦隊が、北海道噴火湾にすべりこんだのは、戊辰十月二十日である。

鷲ノ木（わしき）、という漁村がある。艦隊は、その沖で、それぞれ、錨を投げこんだ。この瞬間から、戊辰史上、天下をゆるがす事件がはじまることになる。

歳三は、開陽の甲板上に立った。眼の前に、自分の上陸すべき山野が、雪をかぶってひろがっている。すでに、榎本、松平、大鳥らとともに上陸後の作戦の打ちあわせはおわっていた。

二隊にわかれて函館（箱館）を攻撃するのである。本隊の司令官は大鳥圭介、別働隊の司令官は、土方歳三。

「土方さん、おたがい武州のうまれだが、とほうもない所へきた。しかしこのすべてが、われわれの政府の国土だと思えば、可愛くなる」

と、榎本武揚が、歳三の横に寄ってきて、いった。

歳三は、望遠鏡でのぞいている。

（ほう、人家がある）

しかも百四、五十軒も。これにはおどろいた。

「榎本さん、人家がありますな」

「いや、わしもおどろいている。鷲ノ木には人はすんでいるときいたが、とうせ蝦夷人（アイヌ）が穴居しているのだろうと思っていましたが、世のことはわからぬものだ」

上陸してみると、東海道の宿場とおなじようにちゃんと本陣まであり、主人が紋服、仙台平で出むかえたのには、さらに驚いた。

もっと驚いたことには、この本陣屋敷は日本建築だったことで、部屋数も七つか八つほどあり、貴人を迎えるための上段の間まで備わっていたことだ。

榎本までおどろいた。

「日本と変わらん」

十八歳のころ松前へ来たことがあるという榎本にしてこうだから、歳三や大鳥、松平などは、茫然としている。

「土方さん、私はもっと蛮地かとおもいましたよ」

と、松平太郎がいった。

「なんの、考えてみれば、松前藩が、ここで数百年根を張ってきたのだ。しかしおどろいたなあ」

若い松平は、にこにこしている。

翌日、函館へ進発した。

大鳥軍は、旧幕軍歩兵を主力として、遊撃隊、それに白兵戦のために新選組（新選隊）を傘下に入れた。歳三の配慮であった。

「新選組は新政府のもので、私の私兵ではありませんから」

ところが歳三の土方軍は、完全洋式部隊で、いわば兵を交換したようなものであった。

鷲ノ木からまっすぐ南下すれば函館まで十里。これを大鳥軍がゆく。

土方は、海岸線を遠まわりし、途中、川汲から積雪の山を越えて湯ノ川へ出、東方から函館を衝くことになった。

函館には、公卿の清水谷公考を首領とする官軍の裁判所（行政府）があり、それを長州藩士一人、薩摩藩士一人が補佐し、防衛軍としてし、松前、津軽、南部、秋田藩などの藩兵が、官軍として駐屯していた。

大鳥、土方両軍はこれを各所で破り、清水谷公考は青森へ逃亡した。

函館の占領が完了したのは、上陸後十日ばかりの十一月一日である。

榎本軍は、函館府の内外に幕軍の旗である日章旗を樹て、港内に入った軍艦からそれぞれ祝砲二十一発を撃って、この占領を日本人、外国人に報らしめた。

その政庁は、元町の旧箱館奉行所に置き、永井玄蕃頭尚志を「市長」とし、榎本軍の軍司令部は、函館の北郊亀田にある旧幕府築造の西洋式要塞「五稜郭」を本部とした。

函館占領を機会に、榎本軍では、市中に公館をもつ諸外国の領事を招待して祝賀会をおこなうはずであったが、北海道における唯一の藩である松前藩が、函館の西方二十五里の居城で藩兵を擁し、なお「降伏」しない。

「土方さんは城攻めの名人だ」

と、松平太郎は軍議の席上でいった。

歳三は、だまっている。宇都宮城攻略のことをいっているのであろう。

「ご苦労だが、行ってもらいましょうか」

と、大鳥圭介もいった。大鳥は歳三を好んでいないが、松前藩を陥さなければ、外国公館に対する信用の問題になる。

このとき歳三は、鷲ノ木からは函館までの二十里の戦闘をおわったばかりで、兵もほとんど休息していなかった。

「陥落は、早ければ早いほどいい」

と榎本もいった。榎本は、これは政治的な戦争だとみていた。この攻略戦の早さで、外国公館、商社の、函館政権に対する信用が深くなるはずであった。

「……それなら」

と、新政権の将領のなかでこのたった一人の無学者は、仏頂面（ぶっちょうづら）でうなずいた。

満足している。

仲間たちのほとんどは洋学者であった。漢学の素養もそれぞれ深く、事にふれて漢詩をつくったり、蘭学、仏学のはなしをしていたが、歳三は、そうした雑談のなかまには入ることができなかった。

喧嘩のうまさだけが、自分のたった一つの存在意義だと思っている。

「行きます」

と、歳三はうなずいた。

歳三は、新選組、幕府歩兵、仙台藩の洋式部隊である額兵隊、それに彰義隊の脱走組などをふくめた兵七百を率いて、出発した。

松前藩というのは、三百諸侯のなかで、知行高をもっていない唯一の藩である。藩経済は、北海道物産でまかなわれている。

前藩主松前崇広は、幕府の寺社奉行、海陸総奉行、さらには老中にまでなるほどの器量人だったが、いまは病没して亡い。

現藩主は、十八代徳広である。多病で、藩政をみる力がなく、そのうち藩内が勤王派で牛耳られ、城中で空位を擁している。が、なんといっても、一藩を攻めつぶすのだから、はたして七百の兵力で足りるかどうか、榎本軍の仏人顧問たちもあやぶんだ。

小藩とはいえ、相当な城である。

安政二年に竣工したばかりの新造の城（現国宝）で、面積二万千三百七十四坪、天守閣は三層で、銅ぶきの屋根をもち、壁は白堊の塗り込めになっており、しかもペリー来航後にできた新城だけに、城の南面、海にむかって砲台を備えている。

「まあ、足りるでしょう」

と、歳三はいった。鳥羽伏見では薩長のミニエー銃に負けたが、こんどはこちらがミニエー銃をもち、相手は火縄銃と五十歩百歩のゲベール銃しかもっていない。

むしろ、雪中の行軍で悩んだ。

当別、木古内、知内、知内峠までは民家宿営ができたが、その翌日は露営をした。

「火をどんどん燃せ」

と命ずるしか、露営の方法がない。

歳三も、外套をひっかぶって大焚火のそばで寝ころんだが、体の下の雪が融けてきて、かえって体が凍りつくような始末になり、これはたまらぬと思った。

夜中、全軍をたたきおこし、

「敵陣を奪う以外に寝る場所はないと思え」

と夜行軍をはじめた。

敵の第一線は、人口千人の港町福島にあり、斥候の報告では守兵は三百だという。

全軍、眠りたい一心でこの町を攻め、激戦のすえ奪取したが、松前軍は雪中露営の困難さを知っているから町に火を放って退却した。

その夜は焼けあとで寝たが、夜中風雪がひどくなり、また露営していられなくなった。

「起きろ」

と、歳三は夜中兵をおこし、

「ねぐらは松前城ときめよ。城を奪(と)るか、凍死か、どちらかだと思え」

みな、ふらふらで行軍した。

ついに、歳三らは松前城の天守閣をみる高地まで出た。

歳三は、まず、城から六、七丁はなれた小山(法華寺山)をえらんで四斤山砲(ポンドさんぽう)二門を据え、城内にむかって砲撃を開始させた。

敵も、城南築島砲台の十二斤加農砲(カノンほう)の砲座を変えて応射し、砲兵戦になった。

歳三は、砲兵に援護射撃をつづけさせつつ、彰義隊、新選組には大手門をあたらせ、歩兵、額兵隊などの洋式部隊は搦手(からめて)攻めを担当させた。

自分は、馬上指揮をとった。

城は、地蔵山という山を背にし、前に幅三十間の川をめぐらせている。

川岸まできた。

敵は川むこうと城内からさかんに撃ってくる。が、ゲベール銃という燧石式(ひうちいししき)の発火装置をもった銃は、操作に手間がかかるうえに、ひどく命中率がわるい。

「あれは音だけのものだ。おれは伏見で知っている」

と、歳三は笑った。

「花火が打ちあがっていると思え。川にとびこむんだ」

と、馬腹を蹴ってみずから流れに入った。

彰義隊が、まっさきに進んだ。

新選組が、その下流をやや遅れて進んでいる。

（ちっ）

歳三は、気が気ではなかったが、全軍の統率上、新選組だけを鼓舞するわけにいかず、いらいらした。

「市村鉄之助」

と小姓を馬のそばによび、

――斎藤にいえ、京都を思い出せ、と伝えろ。

市村は、洲を駈け、浅瀬を渡り、ときには深い流れの中を泳いだりしながら新選組指揮官諾斎こと斎藤一にちかづいてそれをいうと、

「冗談じゃない」

と、斎藤は弾雨の中でどなった。

「京都のころでも、鴨川を泳いだことはなかった。あの人にそういってくれ。北海道の冬に川泳ぎするとは思わなかった」

全軍、どっと対岸へのぼった。

白兵戦がはじまると、新選組の一団の上にはつねに血の霧が舞っているようで、もっとも強かった。

彰義隊とともに敵を大手門まで追ったが、ひきあげてゆく敵は、ついに大門をとざしてしまった。

「これァ、いかん」

刀では、鉄鋲をうった門をどうすることもできない。

その門前で、斎藤一は、彰義隊の渋沢成一郎、寺沢新太郎らと協議し、

「搦手門にまわらんと、戦さはできんぞ」

と、歳三の決めた部署を勝手に変更してどっと駈けだした。

途中、馬上の歳三に出遭った。

「両隊、何をしておる」

歳三がどなると、斎藤一はそのそばを駈けぬけながら、口早に理由をいった。

「なるほど、門はやぶれまい。おれも搦手門へゆこう。各々、わがあとにつづけ」

と、城壁の下を駈けだした。

城壁から鉄砲玉がうちおろされてくるが、可哀そうなほどあたらない。

そこでは、敵は奇妙な戦法をとっていた。

城門の内側に、砲二門をならべ、弾をこめると、パッと門をひらき、同時に発射して、また門を閉める。

額兵隊、歩兵はこれには攻めあぐみ、そこここに伏せて、その砲弾の炸裂（さくれつ）からかろうじて身をまもっていた。

歳三は、散兵線に馬を入れると、額兵隊長の星恂太郎をよんだ。

星は、真赤なラシャ服に金糸の縫いとりをした派手な額兵隊制服を着ている。

「あの門、いま何度目にひらいた」

「四度目です」

「開門から開門まで、どのくらい時間がかかっている」

「さあ、呼吸（いき）を二十ばかりつくほどでしょうか」

「では銃兵二十人を貸したまえ。あとの諸君は突撃の用意をしておく」

やがて五度目に門があき、二門の砲が同時に火を噴き、歳三の背後にいた歩兵八人を吹っとばした。

すぐ門が閉ざされた。発射煙だけがのこった。

「来い」

と、歳三は二十人の銃兵とともに走り、搦手門の眼の前まで接近して、立射の姿勢をとらせた。

「門がひらくと同時に射手めがけて一斉射撃しろ」

後方の味方は、地に身を伏せながらみな、かたずをのんでいる。

もし大砲の発射のほうが早ければ、二十人は歳三をふくめて木っ端微塵（みじん）になるだろう。

やがて門がひらいた。

にゅっ、と二門の砲が出た。

と同時に、二十挺の小銃が火を噴き、砲側の松前藩兵をばたばた倒した。

「斬り込め」

と、最初にとびこんだのは、彰義隊の寺沢新太郎、ついで新選組の斎藤一、松本捨助、野村利三郎。

そのころには、法華寺山の味方の砲兵陣地が撃った弾が、城内に火災をおこしはじめていた。

全軍、乱入した。藩兵は城をすてて江差へ敗走した。

歳三は、追撃を命ずべきであったが、みなは寝るために松前城を陥したのだ。

「寝ろ」

と、命じた。

命じてから、新選組のみを率い、みずから斥候になり、江差へゆく大野口の間道をのぼりはじめた。

山路を二丁ばかりゆくと、木コリ小屋があり、そこに旧幕府歩兵がなぜ来たのか、すでに先着している。

かれらは歳三をみて、狼狽した。

「どうした」

ときくと、どうやら、城を落ちて行った女どもを追っているらしい。

歳三は、小屋の土間に入った。そこに、五人の御殿女中風の娘が、病人らしい若い婦人をまもって、それぞれすさまじい形相で懐剣をにぎっている。

歳三は、自分の名と身分を告げ、害意はもたない、事情をきかせてほしい、といった。

「土方歳三殿？」

女たちは、この京で高名だった武士の名をみな知っていた。が、この名がどういう印象で記録されていたかは、よくわからない。

中央の婦人は、妊婦であった。まだ二十すぎで、美人ではないが、気品がある。

「私の名をつげなさい」

と、女中たちにいった。

歳三は、ここで、あまりこの男にふさわしくない、ひどく人情的な始末をしている。

松前藩主松前志摩守徳広の正室であった。

「志摩守殿は、江差におられるはずですな」

といった。すでに間諜の報告で、攻城の直前、江差へ去ったことはきいている、なぜ身重の藩主夫人だけが残ったのか、そのへんの事情はよくわからない。

「江差まで隊士に送らせましょう」

といった。

その隊士を歳三は、とっさの判断で、名指しした。

斎藤一、松本捨助

のふたりである。どちらも新選組（新選隊）の指揮官ではないか。

しかも、

「江戸までお供せい」

と命じた。

「土方さん、正気ですか」

斎藤が眉をひそめた。

「正気さ」

「私はことわるね。あんたとは新選組結成以来一緒にやってきた。北海道（えぞち）もこれからというときになって江戸ゆきはごめんですよ」

「江戸へついたら、故郷へ帰れ」

「……」

いよいよ斎藤と松本は驚いた。

歳三はそれをおそろしい顔でにらみつけ、

「隊命にそむく者は斬る、という新選組の法度（はっと）をわすれたか」

とうむをいわさず承知させ、部隊の行李を呼び、餞別（せんべつ）をあたえた。

ところが餞別に差があり、松本捨助は十両で、斎藤一は三十両であった。

理由をきくと、この差には歳三なりの理由のあることだった。どちらも南多摩郡の出（斎藤は播州明石の浪人の子）だが、斎藤には故郷に家族がない。捨助には、両親も健在で家屋田地もある。

「だからよ」

といったきり、歳三はそれ以上いわなかった。

二人は江差から北海道（えぞち）を脱し、その後、明治末年ごろまで生きた。生きさせるのが、歳三の強要した別離の最大の理由だった。

——妙な人だった。

と晩年まで山口五郎（斎藤一改名）は歳三のことをそんなふうに語った。

甲鉄艦

話はかわる。

江戸城の西ノ丸に本営をおく官軍総督府では、密偵や、外国公館筋からの報告で、北海道の状況をくわしく知っていた。

毎日のように参謀会議がひらかれた。

「どうやら、北海道全土はかられの手に帰したらしい」

という報道は、歳三の松前城占領の十日後には外国汽船によってもたらされていた。

その後数日たって、北海道政府の樹立がつたわり、政府要人の名簿まで伝えられた。

なにしろ横浜の外人間では、このうわさでもちきりであった。

「函館政府は、在函館の外国公館、商社、船長などをまねいて、盛大な祝賀会をやったらしい」

という報道も、横浜の英字新聞に載った。

フランス人などは、旧幕時代の関係で暗にこの政権に好意をもっており、条約まで結ぼうという動きがあるといううわさが、江戸城内にもつたわった。

さらに榎本は、英、仏、米、伊、蘭、独の各国公使を通じて、京都政権との併立和合をはかろうとして、精力的な文書活動をつづけている。

むろん新政府では、

「攻伐」

に決していた。

当然なことで、京都政権がせっかくできあがった早々、内乱敗北派による別の政権が北辺に成立しているのをだまっていては、唯一無二の正式政府としての対外信用が皆無になる。

「早急に」

というのが、薩長要人の一致した意向であった。

ただ、総参謀長の長州藩士大村益次郎だけは、早急討伐論に反対であった。

「まだ寒い」

というのが、戦術家がいった唯一の理由である。その門人の回想談では、益次郎の意向をこう伝えている。

この冬にむかって、寒い土地に行っては、とても仕事がやりにくかろう。なにもいま騒ぐことはない。それに、むこうがべつに攻めてくるわけではない。来春がいい。陸軍は青森で冬籠りし、海軍もその間に軍艦を修繕して、すっかり準備しておくがよい。

函館では、すでに選挙によって政府要人の顔ぶれをきめていた。

総裁は、榎本武揚である。

副総裁は、松平太郎であった。

海軍奉行は荒井郁之助。陸軍奉行は大鳥圭介。陸軍奉行並が、土方歳三。

ほかに、かつて旧幕府の若年寄だった永井玄蕃頭（尚志、旧称主水正）が首都の市長ともいうべき函館奉行、松前城には松前奉行をおき、漁港の江差には江差奉行、さらに開拓長官として開拓奉行などをおき、実戦部隊指揮官として、海軍頭（かいぐんがしら）、歩兵頭、砲兵頭、器械頭などの旧幕以来の職をもうけ、二十二人の練達者が選任された。

歳三は、五稜郭の本営にいる。

明治二年二月、官軍の艦船八隻が、品川沖で出航準備をととのえつつあるという情報が、函館の外国商社筋から入った。

さっそく軍議がひらかれた。

「軍艦は四隻です」

と榎本武揚はいった。

「運輸船は四隻。これに陸兵六千をのせてくるというはなしです。これだけの数字ならおそるるに足りないが、ただ、こまったことがある。軍艦のなかに甲鉄艦（ストーン・ウオール）がふくまれていることです」

一同の表情に、非常な驚きが走った。とくに海軍関係者はその軍艦の威力を知っているだけに驚きというだけでは済まされない。

恐怖といってよかった。

「土方さん」

榎本は、微笑をむけた。

「甲鉄艦のことはごぞんじでしょう」

馬鹿にしてやがる、とおもった。いくら歳三でもこの艦のことは知っている。

甲鉄艦はこの時期、おそらく世界的水準の強力艦であったろう。

旧幕府が米国に注文し、できたときは、幕府瓦解の直後であり、米国側はこれを横浜港にうかべ、

——国際法上の慣例により内乱がおさまるまで双方に渡せない。

と、どちらにも渡さなかった。

榎本も、品川沖出航の直前まで執拗に米国側とかけあったが、らちがあかない。

「大げさにいえば、あのときあの甲鉄艦さえ手に入っておれば、北海道（えぞち）防衛はあの一艦で間にあうほどのものです」

と、かつて榎本は北海道への航海中、歳三に語ったことがある。

この艦が、新政府側の大隈（おおくま）八太郎（のち重信（しげのぶ））らの苦心の折衝で、ようやく手に入れることができ、海軍力のよわい官軍に強大な威力を加えることになった。

まだ、艦名はない。

木製だが甲鉄でつつんで鋲（びょう）で打ちとめてあるから、そういう通称がうまれたのであろう。

艦の大きさは函館政権の「回天」とさほどかわらないが、馬力が「回天」の四百にくらべ、千二百である。

備砲は四門。

数はすくないが、三百斤（ポンド）のガラナート砲、および七十斤の艦砲をそなえ、一弾で敵艦を粉砕できる日本最大の巨砲艦とされている。

余談だが、この艦は、アメリカの南北戦争の最中に北軍の注文で建造されたもので、一艦もって南軍艦隊を破りうるといわれたほどのものであった。が、できあがったときには南軍政府が降伏し、戦争はおわっていた。

おりから幕府の軍艦買いつけ役人が渡米して、この新造艦を港内で見、ぜひゆずってほしいということで、話がついた。

ところが横浜に入ったときは、幕府がなくなっている。宿命的な軍艦といっていい。

この艦はのちに東艦（あずまかん）と命名され、二十数年後の日清戦争のときでもなお庶民のあいだで代表的軍艦として名を知られていた。

「日清談判破裂して、品川乗り出す東艦」

という日清戦争のときの唱歌は、この艦をうたったものだが、厳密には同艦は明治二十一年には老朽して船籍から除籍されている。

「榎本さん、その甲鉄艦は、南部領（岩手県）の宮古湾に寄港するでしょう」

と歳三はいった。

「当然、するでしょうな」

「そのときに襲ってこちらに奪いとってしまえばよろしい」

「………」

みな、あきれたような顔で歳三を見た。

（この無学者が）

というところであったろう。

歳三は、例のはれぼったい眼を薄眼にしてねむったように瞳を動かさない。

榎本だけは、しきりとうなずいている。すでに宮古湾の洋上で、歳三から、この夢のような戦術をきかされていたからである。

「しかし土方君、わがほうにすでに開陽がないのだ。あの当時とこちらの条件がちがっている」

と、榎本はいった。

開陽は昨秋十一月、江差の弁天島投錨地で台風に遭い、沈没してしまっていた。これによって函館の海軍力は半減した、といっていい。

「回天があるでしょう。蟠竜、高雄もある。陸軍の私がいうのは妙だが、とにかく海軍はわれわれを運んでくれるだけでよい。乗っ取るのは陸軍でやる。もっとも乗っ取ったあと艦を動かして帰るのは海軍だが」

「……」

みな沈黙した。といって好意的な沈黙ではなかった。旧幕府陸海軍の秀才たちは、こういう戦術を学んだことがない。

（まるで昔の倭寇ではないか）

という感想であった。

このあと軍議は雑談におわって解散した。

この函館海軍当局の恐怖が、函館居住の外国人によって新政府に報告され、その報告文が横浜の英字新聞「ヘラルド」に掲載された。

文中、「函館政府の将校たちは、甲鉄艦が近くやってくることに非常に恐怖している。そのせいか、海峡にたびたび捜索船を出しているようである。昨夜も、蒸気船二隻を出し、函館港の内外を航行させていた」とある。

この記事が大きく扱われているところからみて

も、横浜の外人にとって、函館政府の動きは重要な関心事だったにちがいない。

歳三の案は、榎本の口から旧幕府の仏人軍事教師団に伝えられた。

ニコールという男が、

「それは外国の戦法にもある」

といったから、榎本はにわかに関心をもった。接舷攻撃（アボルダージ・ボールディング）、というのである。

「土方君、外国にもあるそうだ」

「あるでしょう。戦さというものは、学問ではありませんよ。勝つ理屈というものは、日本も外国もちがうもんじゃない」

(そのとおりだ)

榎本も閉口し、眉をさげる特有の笑いかたで、歳三の肩をたたいた。

「私が負けた」

「私も船のことはわからないから回天艦長の甲賀源吾君にきいてみた。すると甲賀君は学問があるわりには」

と、歳三は榎本をみて苦笑し、

「いや、これは学問のあるあなたへの皮肉ではない。甲賀君は学者のわりには頭が素直なようです。出来そうだ、といってくれた。とにかく研究してみる、ということだった。軍艦はべつとして、陸兵は私が指揮をします」

「陸軍奉行みずからゆくべきじゃない」

「私は戦いに馴れている。近藤勇は甲州城を奪いそこねて恨みをのんで死んだが、その報酬に甲鉄艦を奪いたい」

「薩長はおどろくだろう」

榎本は、歳三が軍神のようにみえてきたらしい。外国人がよくするように手を握った。

「想像するだけでも愉快なことだ。土方さん、薩長にすればまさか新選組が軍艦に乗って斬りこんで来るとはおもうまい」

「これには諜報が要る。かんじんなことは、むこうの艦隊がいつごろ宮古湾に来るのか」
「いや、今日あたり江戸の諜者からの手紙が英国船に託されて入ってくるはずだ。それをみればほぼ見当がつく」

新政府は、艦隊の編成にこまった。政府の艦船としては、甲鉄艦一隻、輸送船は飛竜丸一隻きりである。他は、旧幕以来、諸藩が外国から購入した艦船をあつめざるをえなかった。

そうした艦船が品川沖にあつまってきて、艦隊、船隊を組みおわったのは、明治二年三月のはじめである。

軍艦は四隻、汽船は四隻であった。

甲鉄艦を旗艦とし、これにつぐ軍艦としては、薩摩藩の「春日」(一二六九トン)がわずかに期待される程度である。

のこる二隻は、長州藩の「第一丁卯」(一二〇トン)、秋田藩の「陽春」(五三〇トン)であるが、大きさ、速力、威力は函館側とくらべれば問題にならない。

彼女らは、三月九日、いっせいに錨をあげて出航した。

この旨は、横浜に潜伏している函館政府の間諜(外国人か)から報告されて、日ならず函館政府は知った。その報告には「宮古湾寄港は十七日か十八日」と書かれていた(麦叢録)。

官軍艦隊の第二艦「春日」(薩摩藩)に、のちの東郷平八郎が、二十三歳の三等士官として乗り組んでいた。

乗組士官は、艦長が赤塚源六、副長格が黒田喜左衛門。ほかに谷元良助、隈崎佐七郎、東郷平八郎。

この無口な若者は、砲術士官として舷側砲をうけもっている。

「東郷元帥の経歴のふしぎさは、わが国におけるあらゆる海戦に参加したことである」

と、のちに小笠原長生翁が書いているように、これほど戦さ運にめぐまれた人物は外国の例にもないといわれる。

——あれは天運のついた男だ。

というのが、日露戦争の直前、海軍大臣山本権兵衛が、当時閑職の舞鶴鎮守府長官として予備役編入を待つだけの運命であった東郷（当時中将）を連合艦隊司令長官に任命した理由だったという。

明治天皇が、なぜ東郷をえらぶのか、と山本海相にその選考理由を下問したときも、

「ここに幾人かの候補者がいます。技術は甲乙ございませぬ。ただ東郷のみは運の憑きがよろしゅうございます」

と答えた。

「春日」の乗組士官である薩摩藩士東郷は、かつて榎本の率いる幕府艦隊と阿波沖で交戦している。

慶応四年正月、鳥羽伏見の戦いの真最中での出来事で、当時「春日」は兵庫港にあり、同藩の汽船二隻を護送して藩地へ帰る命をうけていた。

四日朝、大坂湾をはなれて阿波沖にさしかかったとき、榎本の坐乗する日本最大の軍艦「開陽」に遭遇した。

むろん、「開陽」にかなうはずがない。「春日」は快速を利用して離脱しようとしたが、榎本はぐんぐん艦をちかづけて交戦を強いた。

榎本は、十三門の右舷砲の火門をいっせいにひらかせて、砲撃した。

が、一発も「春日」にあたらない。なにしろ、艦は大きく、海軍技術ははるかに幕軍のほうがすぐれているはずなのに、撃ち出す砲弾はすべて「春日」の前後左右で水煙をあげるのみであった。

ついに「開陽」は、わずか千二百メートルの近距離にまでせまった。

このとき東郷みずからが操作する左舷四十斤施条砲が、はじめて火蓋を切った。

これが一発で、「開陽」に命中し、第二弾、第三弾もいずれも命中した。

この海戦は、この国における洋式軍艦による最初の海戦であった。

この記念すべき戦闘で、海軍に熟達しているはずの「開陽」乗組員が、百発ちかい砲弾を発射したにもかかわらず、一発も命中しなかった。運がわるい、というほかない。

――東郷は運がいい。

という山本権兵衛の最初の印象は、この初一発の命中であったろう。「春日」は無事離脱して鹿児島へ帰っている。

官軍艦隊は北上をつづけたが、途中何度か時化にあい、宮古湾寄港が予定よりもずっと遅れた。

五稜郭にある榎本は、海軍奉行荒井郁之助をして、しきりと宮古湾周辺まで斥候船を出させている。

陸軍奉行並の歳三は、軍服に乗馬用の長靴をはき、函館港内に繫留している「回天」に乗りこんで毎日のように「斬り込み隊」の訓練をしていた。

「よいか、人を斬る剣は所詮は度胸である。剣技はつまるところ、面の斬撃と、突き以外にない。ならい覚えた区々たる剣技の末梢をわすれることだ」

と歳三は、甲板上で右足を踏み出し、ぎらりと和泉守兼定をぬいた。

瞬間、凄味があたりに満ち、陸兵も海員もみな声をのんだ。京都のころ、史上、もっとも多くの武士を斬ってきた男が、ここで殺人法の実技をみせようとしている。

歳三の眼の前に、ハンモックが、袋に包んで立てられている。

踏みこんだ。

和泉守兼定が陽光にきらめいたかと思うと、そのハンモックはタテ真二つになってころがった。

「腰を」

歳三は自分の腰をたたいた。

「腰をぐっと押して行って相手の臍にくっつけるところまで行って斬れ。切尖で切るのは臆病者のやることだ。刀はかならず物打で切る。逃げながら相手の胴を払ったり、籠手をたたいて身をかわすような小技はするな」

聞いている連中も、各隊よりすぐりの剣客だから素人ではない。

選ばれたのは、

新選組からは、野村利三郎、大島寅雄など二十人。

彰義隊からは、笠間金八郎、加藤作太郎、伊藤弥七など二十数人。

神木隊からは、三宅八五郎、川崎金次郎、古橋丁蔵、酒井鏑之助、同良祐など二十数人である。

どの男も、京都、鳥羽伏見、上野戦争、東北戦争、蝦夷地鎮定戦などで死地のなかを何度もくぐってきた連中である。

三月二十日夜十二時、かれらは三艦に分乗し、函館の町の灯をあとにして、ひそかに北海道を離れた。

「回天」は先頭にあり、艦尾に白燈をともして後続艦を誘導した。

宮古へゆく。

宮古湾海戦

回天、蟠竜、高雄の三艦は、その序列で一列になって南下している。

歳三は、ずっと旗艦回天の艦橋にいた。

二十二日は、南部藩領久慈のとなり、土地では「鮫」と呼んでいる無名港に入った。

三艦とも、幕軍の船旗「日の丸」をおろし、マストに官軍の船旗である「菊章旗」をかかげていた。

漁民や航行船の通報をおそれたのである。

「土方さん、陸兵の斥候をおろしますか」

と、艦長の甲賀源吾がきいた。斥候、というのは、宮古湾における官軍艦隊の動静をさぐるためであった。

「私が行きます」

歳三はそういって、小姓の市村鉄之助ひとりをつれて短艇に乗った。

鮫村、という漁村に着き、土地の漁夫から官軍の動静をきいた。

みな、知らなかった。

歳三は失望して、ふたたび艦上の人となった。

「甲賀さん、官軍の様子がわからない」

索敵がうまくゆかなければ、この奇襲作戦は失敗するであろう。

「なるほど、鮫村では宮古湾から遠すぎて様子がわからないのも当然かもしれない。土方さん、錨をあげます。出帆します。こんなところにぐずぐずしていては、敵に気取られてしまう」

と甲賀艦長がいった。

そのとおりだ、と歳三はうなずきながら、甲賀艦長の手もとの陸図をのぞきこんだ。

宮古湾までに、偵察のために手頃な漁港はもうなさそうである。

ただ、宮古湾をやりすごせば、同湾から南五里のところに山田という漁港がある。

「ここがいい。やや接近しすぎるきらいはあるが、この山田村の人間なら五里むこうの宮古湾の様子を知っているだろう」

「妙案です。おっしゃるとおり発見される危険はともなうが、戦さには賭けが必要だ」

甲賀源吾は、すぐあと二艦の艦長に連絡し、錨をまきあげ、やがて低速汽力で出航しはじめた。

港外に出たとき、蒸気をとめ、帆走にきりかえた。

幸い、風は追風である。

艦橋(ブリッジ)は、静かである。

歳三も無口だし、甲賀源吾という武士も必要なこと以外はほとんど口をきかないたちの男であった。

(この男こそ函館きっての人材かもしれない)

と歳三は、甲賀をひどく好意的な眼で眺めていた。

齢は歳三よりやや若い。三十一歳である。削いだような耳と、小さな眼をもっている。小作りな体に無駄なく、精気を凝りかためたような体格の男であった。

（体つきは、藤堂平助か、永倉新八に似ている。性格はおれに似ているかもしれない）

甲賀源吉は、むろん幕臣である。しかし、函館政府のほとんどの幹部がそうであるように、譜代の旗本ではなかった。

遠州掛川藩士甲賀孫太夫の第四子にうまれた。この家系の遠祖は忍びで著名な近江国甲賀郡から出ている。

江戸で幕臣矢田堀景蔵（のち鴻・幕末の海軍総裁）について航海術を学び、のち荒井郁之助（函館政府の海軍奉行）について高等数学、艦隊操練の蘭書を翻訳し、さらに長崎で実地に航海術を修業し、この技術によって幕臣にとりたてられ、軍艦操練所教授方、軍艦頭などをつとめた。

甲賀源吉も歳三には好意をもっているようであった。

歳三の戦法は索敵を重んじた。しかし軍艦でいちいち沿岸に錨をおろしては漁村で索敵するのだから、つい行動が鈍重になり、面倒でもあり、海軍としては快適な戦闘準備ではなかった。

それでも甲賀は、唯々とその陸兵的発想の索敵法に協力してくれた。

「土方さん、池田屋のときにも十分な索敵をしましたか」

甲賀は、元治元年六月のあの高名な事件についてききたがった。

新選組の少数が斬りこんで奇功を奏した戦闘である。

「あれは近藤の手柄でした。私は木屋町の四国屋重兵衛方を受けもち、あとで池田屋に駈けつけたときはあらかた片づいていた。しかしその前に池田屋は十分に調べた。探索方の副長助勤で山崎烝」

といったとき、艦が大きく揺れはじめた。

歳三は、窓外を見た。波のうねりが高くなっている。外洋に出たせいかどうか。

「この山崎が」

歳三は窓外を見たままである。

「探索の名人でした。薬屋に化けて池田屋にとまりこみ、敵方に接近して信用を得て、酒宴の膳はこびなどもした。集まった人数のわりに座敷がせまかったから、薬屋の山崎が、みなさんお腰のものをおあずかりしておきます、といって大刀をまとめ、隣室の押入れへ入れておいた。わずか五人で斬りこんだ近藤の第一撃が奏功したのは、このためです。勝つためには策が要る。策をたてるためには偵察が十分でなければならない。喧嘩の常法ですよ」

艦のゆれがひどくなった。

風が強くなった。雨こそ降らないが、雲が重く沖合に垂れはじめ、素人眼にも容易ならぬ天候になりつつあることがわかった。

(陸ならば夜討ちに恰好な天候だが)

歳三は艦橋をおりて舷側へゆき、先刻食べたものを一気に吐き捨てた。

夜に入って晴雨計がどんどんさがりはじめ、風浪がはげしくなった。

それまでに「回天」は帆を一枚ずつ剝ぐようにおろしていたが、ついに汽力航走にきりかえた。

黒煙をあげて走っている。

夜半、当直士官が騒いだ。後続する蟠竜、高雄の舷燈が見えなくなったのである。

かれらは、艦橋で仮眠している甲賀艦長を起こした。

甲賀はさわがなかった。

「かれらは、波にまかせている」

回天とは、汽力がちがう。

両艦とも汽力が乏しいために、この風浪のなかで自力航走をすることはかえって危険であった。

蟠竜と高雄は、おそらく汽罐をとめ、錨をおろし、ひたすらに艦の損傷を避けるためにただ浮かんでいるだけの航法をとっているのであろう。

しかしうかんでいるだけでも、この風浪なら、操舵をあやまりさえしなければそのまま自然と南下できるはずである。

その夜、回天は横波のために舷側の外輪の覆いをうちこわされた。

夜明けとともに風はやんだ。

「いない」

歳三は窓外を見て、くすっと笑った。笑うしか仕方がなかった。後続していたはずの蟠竜と高雄が、この見わたすかぎりの大海原のどこにも居なかったのである。

(なんと軍艦とは不自由なものだ)

やがて艦は陸地にむかって走りはじめた。

朝焼けの空の下に、山田湾の風景がひらけてきた。

おどろくべきことがあった。湾の入口に濛々と黒煙をあげている軍艦があり、近づいてみると高雄であった。

流されたほうが早かったのである。蟠竜の行方はわからない。

回天、高雄は、山田湾に入った。

きょうはマストに回天が米国旗、高雄はロシア旗をひるがえしている。

「土方さん。――」

艦橋の甲賀源吾はさも重大な発見をしたように歳三のほうをふりかえり、陸上の丘を指さした。

「菜の花畑です」

眼が痛むほどあざやかな黄色に丘や野が色づいていた。

北海道はまだ残雪が残っているというのに、奥州南部領ではもはや初夏の感があった。

歳三も、眼を細めた。懐しかった。久しぶりで故国にもどったような感慨であった。

船は万一の敵襲に備えて錨を投ぜず、そのままカッターをおろした。

偵察員は、仏人である。通訳と称して日本人二人をつけた。外国艦と称している以上、歳三ら日本人が偵察してはおかしいからである。

こんどの偵察は、収穫があった。

予想したとおり、宮古湾には官軍艦隊が入港しているというのである。

めざす甲鉄艦もいる、ということであった。

山田村での話では、宮古湾の沿岸漁村は時ならぬ艦隊の入港に大いに賑わっているらしい。

さっそく回天艦上で軍議がひらかれ、あす未明に襲撃することにした。

回天、高雄の二艦であたることにした。

蟠竜の到着を待っていては戦機を逸するからであった。

午後二時、両艦は出港した。ところが出港後まもなく、高雄は昨夜の風浪による機関の故障のために船速が極度に落ちた。

洋上で修理をはじめたがらちがあかず、脱落せざるをえなくなった。

ついに襲撃は、回天一艦がうけもつことになった。

一方、宮古湾では、官軍の甲鉄艦、春日、陽春、第一丁卯、それに運輸船の飛竜、豊安、戊辰、晨風(しんぷう)の八隻が錨をおろしていた。

陸兵は、上陸して漁村に分宿している。

甲鉄艦は、鎧武者(よろいむしゃ)がうずくまったような姿で、島蔭に静止していた。二本マストで、煙突がふつうの軍艦より短い。どの軍艦も、煙を吐いていなかった。汽罐に火が入っていないのである。いざというときにはまず汽罐(かま)焚きからはじめねばならず、行動を開始するまでに相当の時間がかかるであろう。

この日、三月二十四日である。日没前、海軍士官はほとんど上陸した。日が暮れた。ちょうどそのころ、襲撃艦回天は燈火を消し、洋上で刺客が息をひそめて闇にひそむような恰好で、明朝早暁の突入を準備しつつ、宮古湾外の洋上の一点にうかんでいた。闇が、海も艦も真黒にぬりつぶしているから、港内の官軍艦隊は気づかない。

いや、官軍にも眼のある男がいる。

それは海軍の士官ではなかった。陸軍部隊を指揮する参謀黒田了介（薩摩藩士、のちの黒田清隆。酒乱ということをのぞけば、政治、軍事に当時これほど有能だった男はめずらしい）がそれである。

黒田は、沿岸漁村の名主の家を本陣として宿営していたが、その夕方、鮫村方面から流れてきた風聞を耳にした。

「なに、菊章旗をかかげていた？」

と、黒田は部下に念を押した。

「はい、漁民はそう申しております。軍艦は三隻だったといいます。官軍の軍艦でしょうか」

「馬鹿、官軍の軍艦というのは、天上天下、五大州広しといえども、この港内にいるあの四隻だけじゃ。そいつらは、さだめし賊艦じゃろ」

捨てておけない。

黒田了介はすぐ大小を差し、漁船を出させて港内に浮かんでいる甲鉄艦を訪ねた。

甲鉄艦には、ほとんど士官は居残っていなかった。艦長もいなかった。

「それでは、石井は居ろう。居らんか」

と黒田は、若い三等士官をつかまえてどなり散らした。

石井というのは、肥前藩士石井富之助。艦隊参謀の職にある。

「陸(おか)です」

「女でも抱いちょるのか」

「存じません」

甲鉄艦の乗員、艦長は長州藩士中島四郎、乗組士官はおもに肥前佐賀藩士で、それに宇和島などの他藩士もまじっており、いわば雑軍で、その点無統制であった。士風もゆるんでいる。それが最初から陸軍の黒田の癇(かん)にさわっていた。

「石井、中島をよんで来い」

「陸軍参謀が御命令なさるのですか」

と、若い肥前なまりの三等士官がむっとした。

薩人の参謀の傍若無人さが腹にすえかねたのであろう。

「おい、君はなんという」

「肥前佐賀藩士加賀谷大三郎です。この甲鉄艦の三等士官をつとめております」

「俺は黒田じゃ」

「存じております」

「では訊く。ここに家が燃えちょる。水をもって来い、と俺はいうた。それが命令か。命令じゃあるまい。早う、陸へ走って石井、中島をよんで来い」

（どうも佐賀のやつは理屈っぽくていかん）

黒田は、艦長室に入った。

船窓からのぞくと、すぐ眼の前に薩摩の軍艦春日艦だけが上陸を禁止していることを黒田は知っていた。

（ほう）

と黒田は室内を見まわし、棚の上に二升入りの大徳利がおかれているのを発見した。

黒田は、手をのばして徳利を抱きあげ、傾けて口へ入れはじめた。酒は黒田の生涯でいくつかの失敗をさせたが、このときもやはり失敗のうちに入れれば、入れられるかも知れない。

一升は入っていた。

またたくまに大徳利から黒田の腹の中へ酒は移された。

飲みおわったころ、甲板に足音がきこえてきて、やがて艦長室の前にとまった。

ドアがひらいた。

石井海軍参謀、中島艦長が、無断侵入している黒田をあきれて見ている。黒田は酔っていた。ふりむくなり、

「海軍ちゅうのは斥候をせんのか」

といった。

この云い方がわるかった。もともと、感情的にみぞがあった。陸海対立というだけでなく、中島は長州人であり、その点からいっても幕末以来薩摩藩士に対してぬきがたい憎しみがある。

「君のいう意味がわからぬ」

「意味ははっきりしている。海軍は斥候を出さぬものかと問うている」

「時には出す。さきほどこの艦の加賀谷大三郎に、火事じゃと申されたそうだが、火事はどこにある」

「火事どころか、敵艦が鮫まで来ちょるコツを知っちょるか」

「黒田さん、ここは南部領だ。南部藩はほんのこのあいだまで奥州連盟に参加していて、いまなお賊臭を残している藩だ。虚報はそのあたりから流れたにちがいない」

「虚報？」

「斥候（ものみ）は大事かもしれぬが、斥候の報告の良否を判別するのは良将の仕事だ」

「何ン？」

黒田は椅子を蹴って立ちあがった。

「まあ、よそう」

と石井がいった。

「あなたはしらふではない。酒を飲んでいる。しかもそれは私の酒だ」

陸海軍の臨時会議は、これで決裂してしまった。黒田も相手の寝酒を飲み干してしまったという弱味があり、それ以上卓をたたくわけにもいかずに、退艦した。

回天は、闇の洋上で、刺客のようにひそんでいる。

その夜、艦長甲賀源吾は、備砲のすべてに砲弾を装塡（そうてん）させた。

そのあと歳三は、陸兵、乗組員を真暗闇の後甲板にあつめ、何度も繰りかえしてきた接舷襲撃の方法をさらにくりかえして説明した。

「敵甲板へは一斉におどりこむ。ばらばらにとびこんでは討ち取られるばかりだ」

部署は、五隊にわかれている。

もっとも攻撃の妙味を発揮するのは、坅門隊（あなもんたい）である。

この隊は甲板上の扉という扉をぜんぶ閉めてしまい、それを守り、下の船室で眠っている乗組員を缶詰めにして甲板上に出さないようにしてしまうのである。うまくゆけばこれだけで艦はまるごとこちらのものになる。

甲板上にはわずかな敵兵は居るであろう。それは二隊で始末する。

あとの隊は、甲鉄艦が甲板上にもっているもっともおそるべき火器を占拠するのが任務であった。

敵艦を射つ艦砲のほかに、敵の甲板掃射のための野戦速射砲（ガットリング・ガン）という新兵器が車台に積んでのせられているのである。

これは六つの砲口をもつ砲で、砲尾の機械を運転すると、ニール銃弾のちょうど二倍の大きさの小砲弾が、一分間に百八十発も飛び出すというものであった。

「これを押えればこちらの勝ちだ」

と歳三はいった。

そのあと、船室で全員の酒宴になった。

満天の星がすさまじい光りでかがやき、海は、死んだように静まっている。

襲撃

軍艦回天は闇のなかで錨をあげ、汽罐を低速運転し、襲撃すべき宮古湾にむかってひそかに洋上をすべりはじめた。

刺客に似ている。

艦橋に歳三がいた。チョッキから時計を出し、

(夜あけまで、三十分（はんじ）か)

とつぶやいて、蔵った。蔵うと、タラップをおりはじめた。

上背もある。顔の彫りもふかい。どうみても、洋風の紳士である。

ただ腰にぶちこんでいる和泉守兼定さえなければ。

甲板には、各組が昂奮をおさえかねてぞろぞろ出ていた。歳三はそのそばを歩きながら、

「あと三十分で夜があける。そのころに宮古湾に入るだろう」

といった。さらに、

「霧で体が濡れる。いざというときに手足が動かない。船室で待機しているように」

ともいい、追いたてるように甲板下の船室へ逆もどりさせた。

頭上で、ロープのきしむ音がきこえた。

マストに旗があがりつつある。星条旗である。湾に入るまでは米国軍艦に擬装することになっていた。べつに卑怯でもなんでもない。敵地に侵入するときに外国旗をかかげ、いよいよ戦闘というときにいそぎ旗をおろし、自国旗をかかげるというのが、欧州の慣例のようになっていた。

やがて闇の海面が濃藍色に変じ、さっと光りが走って、東の水平線に明治二年三月二十五日の陽が、空を真赤に染めつつのぼりはじめた。

眼の前に、三陸の断崖、山波が起伏している。閉伊崎の松が、眼の前にみえた。

(きたな)

と、歳三は小姓市村鉄之助をふりむき、

「みな甲板へ出ろ、といえ」

歳三も甲板へおりた。

やがて襲撃隊がぞくぞくバレー(船の出入口)から出てきて、各部署ごとにむらがって折り敷いた。

みな、右肩に白布をつけている。敵味方の識別をするためである。

銃を背負って抜刀をそばめている者もあり、逆に剣を背負って銃をかかえている男もある。

「いい日和らしい」

と、歳三はめずらしく笑いながら、昇ってゆく陽にむかって眼をほそめた。

艦長の甲賀源吾は、乗組員をきびきびと指揮していた。

マストの楼座には、水兵が銃をもち、あるいは擲弾をもって待機している。

両舷の艦砲も、装填をおわった。

どの砲も、兵員殺傷用の霰弾と、甲鉄破壊用の実弾とそれぞれ二弾をこめていた。

実霰合装という装填法で、発射すればふたつの砲弾がとびだすというわけである。

歳三は艦橋にもどった。

艦は、せまい湾口をするするとすべるように進んでゆく。

一方、艦船八隻よりなる官軍艦隊はすでに起床時間がすぎていたが、各艦とも甲板に出ている人数はちらほらしかいなかった。

マストの楼座にいる哨兵だけが活動している。

どの艦船も、汽罐に火が入っていない。

むろん帆はあがっておらず、錨をおろしたままだから、いざ戦闘となれば、まず動くことに十五分以上の時間がかかるであろう。

だから艦隊はまだねむっているといっていい。

回天は、なおも湾の奥へすすんでゆく。

この狼の口のように深く狭く裂けた湾は、入口から奥までのあいだ、海峡のような海が二里あまりもつづく。

歳三が最後に甲板におりたときに、眼の前の風景がかわって、一艦を見た。

錨を沈めて、沈黙している。

「戊辰丸です。陸兵をのせる運輸船です」

と、この艦の見習士官が歳三に教えた。

回天は戊辰丸を黙殺しつつ、その舷とふれあうようなそばをゆうゆうと通りぬけた。

そのころ、戊辰丸では、哨兵が、

――右手に、米国軍艦。

と、当直士官に報じた。

が、たれもおどろかない。

――たしかに米国軍艦だ。

と、みな信じた。旗のせいばかりではなく、回天の艦姿が、官軍海軍の記憶にあるそれとはすこし変化していたのである。

　回天といえば、たれしもが「三本マスト、二本煙突」と記憶していた。たしかにそのとおりだったが、去年、品川沖を脱出して北走の途中、犬吠岬（いぬぼうざき）沖で暴風にあい、二本のマストと一本の煙突をうしなった。いま官軍艦隊の眼の前にある回天は、前檣（ぜんしょう）だけの一本マスト、一本煙突の異様な艦型である。米国軍艦と信じこんだのもむりはなかった。

　のちに元帥東郷平八郎の直話にもとづいて書いた小笠原長生著「東郷平八郎伝」および「薩摩海軍史」には、このときの官軍側の情況を、

　艦員のなかで上陸している者もあり、艦内にいてもまだ眠っているものも多かった。全員在艦していたのは、薩摩藩軍艦「春日」だけであった。

　すでに起きていた各艦の乗員も、上甲板にあつまって、先進国の米国軍艦の投錨その他の操業ぶりをみようと思い、愉快に笑いさざめきながら見物していた。

とのべている。

回天のマストの楼座には、とくに士官の新宮勇が勤務につき、湾内の甲鉄艦をさがしていた。

「甲鉄艦（ストーン・ウォール）あり」

と新宮がさけんだとき、全員が配置についた。

襲撃隊は舷の内側に身をかくしつつ、それぞれ刀を抜きつれた。

歳三は、艦のヘサキにいた。眼の前にうずくまっている甲鉄艦をみたとき、

（すごい）

とおもわず胴ぶるいがきた。

艦の腹を鉄板でつつみ、無数の鉄鋲をうちつけてある。

マストは二本、煙突は一本、それがずんぐりとみじかい。艦の前と後に旋回式の砲塔があり、とくに前の砲は回天の主砲の四倍もある三百斤（ポンド）砲である。おそらく歳三の喧嘩の歴史でこれほどの大物とやるのは、最初で最後であろう。

しかも斬り込むだけでなく、奪いとって函館へもって帰るのが目的である。できるかどうか、ばくちのようなものであった。

いよいよ近づいた。

甲鉄艦の乗員の顔が、目鼻だちまでみえる距離に接近したとき、甲賀艦長は、

「旭日旗をあげよ」

と命じた。

米国旗がおろされ、するすると日の丸の旗があがった。

官軍艦隊は、白昼に化物をみたように驚愕（きょうがく）した。とりわけ、甲鉄艦の狼狽はみじめなほどで、甲板を走るもの、出入口に逃げこむ者、さらには海にとびこむ者さえあった。

ただ甲鉄艦の艦尾でゆうゆうと信号索をとりながら、信号旗をあげる武士がいた。全軍警戒、の信号である。この勇敢な男の名はつたわっていない。

回天は、接舷すべくなおも運動をつづけている。甲鉄艦に並行して「リ」の字の形になろうとするのだが、回天の舵には右転のききにくい癖があり、どうしてもうまくゆかない。

接舷に失敗し、いったん後退した。

さらに突っこんだ。

ぐわァん

という衝撃が、全艦につたわった。

　ヘサキにいた歳三は、二、三間、はねとんだ。

　起きあがるなり、状況をみた。

（こりあ、まずい）

　と、血の気がひいた。

　回天のヘサキが、甲鉄艦の左舷にのしあげていた。つまり「イ」の字型になっていた。

　全舷接触してこそ、全員が同時になだれこめるのだが、これでは、ヘサキから一人二人と飛びこんでゆくしか仕方がない。

　艦の運動がわるかったために、意外な状況になってしまった。

　しかも、いま一つ意外なことがある。回天はひどく腰高な艦で、甲鉄艦の甲板へとびこもうとすると一丈の高さをとびおりねばならない。よほど身軽な者か、運のいい者でなければ、脚を折ってしまうであろう。

（無理だ）

　歳三はひるんだ。もともと無理な喧嘩をしない男であった。

　艦橋では、甲賀艦長が、やはり唇をかんでいた。が、思案しても仕方がない。

「土方さん、やろう、接舷襲撃（アボルダージ）」

　と艦橋からどなりおろした。

「やるか。——」

　と、歳三はふりむいて微笑した。甲賀はうなずき、白刃を振った。

　それが、歳三が甲賀源吾を見た最後であった。

　艦首から、ロープをおろした。

「飛びこめ」

　と、歳三は剣をふるった。

　——お先に。

　と、歳三のそばを駈けすぎて行った海軍士官がある。測量士官の旧幕臣大塚波次郎である。

　ついで新選組の野村利三郎。

　三番目は、彰義隊の笠間金八郎。

　四番目は、同加藤作太郎。

さらに新選組隊士五人、彰義隊、神木隊といった順でとびおりた。

が、それぞれとびこんだものの、雨だれ式で落ちてくるために、甲鉄艦のほうでは防戦しやすかった。甲鉄艦のほうでも、狼狽からようやく立ちあがっている。

それぞれ甲板上の建造物のかげにひそんで小銃を乱射し、また白刃を抜きつれて一人ずつおりてくる襲撃兵をとりかこんですさまじい戦闘を開始した。

(いかん)

と歳三はおもった。

この男は、陸軍奉行並である。つまり函館政府の陸軍大臣だが、ついに意を決した。士卒にまじって斬り込もうとした。

「みな、綱渡りはやめろ。飛びおりろ。脚が折れたらそれまでだ」

と、みずから大剣をふりかぶるなり、一丈下の敵甲板上へ落ちて行った。

歳三は落ちた。

跳びおきるなり、銃をさか手にもって打ちかかってきた敵兵の左胴を真二つに斬りあげて斃した。

ついで、眼をあげた。マストの下で新選組の野村利三郎が、五、六人にかこまれて苦戦しているのをみた。歳三は長靴をガタガタといわせながら大股で駈け、跳躍するなり、背後から一人を袈裟に斬って落し、狼狽する敵の頸部をねらい、一閃、二閃、すばやく二人を斬り倒した。

さすがに玄人である。

三人を倒すあいだ、二分もかからなかった。

「野村君、右肩をどうした」

と、歳三はゆっくりと近づいた。残る二人の敵は、気をのまれたように突っ立っている。

「鉄砲弾です」

息が苦しいのか、真蒼になっていた。歳三は、野村をかつごうとした。そのとき飛弾が野村の頭をうちぬき、どっと歳三の上におりかぶさった。

(だめか)

見ると、通気筒のそばに、一番乗りの大塚波次郎が、全身、蜂の巣のように射ちぬかれて斃れている。

甲板上には、すでに襲撃隊数十人が戦っており、どの男も、敵の白刃と戦うより銃弾に追われていた。

唯一の戦法であった甲鉄艦の出入口の閉鎖が、接舷法のまずさのために果たすことができず、甲鉄艦の乗員は全員武器をとって甲板上にあがってしまっていた。

(喧嘩は負けだ。引きあげるか)

と歳三は兵をまとめようとしたとき、回天艦橋上の甲賀源吾は、なおもあきらめなかった。舷側の砲群を、轟発させた。

ぐわあん

ぐわあん

と十発、甲鉄艦の横っ腹に打ちこんだ。が、むなしかった。

たどんを投げたように鉄板にあたっていたずらに弾がくだけるだけであった。

歳三はその衝撃で何度もころんだ。

(あの人は若い)

三度目に起きあがろうとしたとき、頭上を数十発の銃弾が、同時に飛びすぎて行った。

回天の全員がおそれていた敵の機関砲(ガットリング・ガン)がすさまじい連続音をまきちらしながら稼動しはじめたのである。

そこへ、擲弾が歳三の前後左右に爆発しはじめた。敵の擲弾もある。

回天艦上から投げつける味方の擲弾もあり、その爆煙のなかで、歳三は夢中で人を斬った。

一方、他の官軍艦船である。いちはやく戦闘準備についたのは、薩艦「春日」だけであった。

「春日」は、もう一つ運がよかった。というのは、どの艦船も味方の甲鉄艦が邪魔になって砲の射撃はできなかったが、春日だけが、わずかに回天を射てる射角をもっていた。

その春日の艦載砲のなかでも、左舷一番砲を受けもつ三等士官東郷平八郎だけが、回天を射つことができた。

春日が射撃をはじめた。そのうちの二弾が回天にあたって甲板上の小建造物、人員を吹っとばした。

が、他の艦船もすでに錨をぬき、汽罐に火を入れ、エンジンのかかるのを待っていた。

エンジンがかかれば七隻をもって、回天をとりかこみ、集中火をあびせるであろう。

回天も、坐してそれを見ているわけではなかった。四方八方に艦砲を轟発し、戊辰丸、飛竜丸に被害をあたえた。

戊辰、飛竜の二船には陸兵が満載されている。かれらは、数百挺の小銃をならべて回天にむかって射撃した。

甲賀は、なお艦橋にいた。

足もとには、士官、連絡兵の死体がころがり、靴が床の上の血ですべるほどであった。

ついに一弾は、甲賀の左股をつらぬいた。

支柱につかまって、起きあがった。

さらにその右腕を吹っとばした。倒れながら連絡兵に、

「後退の汽笛を」

と命じたとき、小銃弾が首を射ぬき、絶命した。

汽笛が鳴った。

甲鉄艦の上では、すでに立ち働いているのは、歳三のほか、二、三人しかおらず、みな倒れた。

ころがっている敵味方の死傷者で、甲板上は文字どおり屍山血河という惨状を呈していた。

「引きあげろ」

歳三は生き残りをロープのそばに集め、それぞれのぼらせた。

最後に歳三がつかまった。

敵の銃兵五、六人が、遮蔽物から遮蔽物にかけて躍進しながら追ってきた。

歳三は、剣を鞘におさめた。

「やめた。そのほうらも、やめろ」

と、敵にどなった。

敵は、ついに射撃しなかった。歳三が回天艦上に移ったとき、艦は甲鉄艦を離れた。

湾を出た。

春日以下が追跡したが、速力のはやい回天にはついに追いつくことができなかった。

回天は、二十六日函館に帰港した。

再　会

歳三は癇症な男で、一日のうちで何度か乗馬用の長靴をぬぐう。

馬丁の沢忠助が、

「あっしに磨かせとくンなさい」

とたのんでも、歳三はきかない。

武具は自分でみがくものだ、といっている。

靴を「武具だ」と心得ているようであった。

その日の午後も、羅紗切れをもってたんねんにぬぐっていた。

小姓の市村が入ってきて、「大和屋友次郎どのがご面会です」といった。

「通してくれ」

歳三は、脂をすりこんでいる。革に血が滲みこんでいるのが、どうみがいてもとれないのである。

大和屋友次郎というのは、大坂の富商鴻池善右衛門の手代で、函館築島にある鴻池支店の支配人をつとめている。

鴻池屋と新選組との関係は濃い。

結党早々の文久三年の初夏、鴻池の京都店に浪人数人から成る「御用盗」が入ったのを、市中巡察中の近藤、山南、沖田らがみつけ、路上で斬り伏せたのが、縁である。

その後、歳三は近藤らとともに大坂に出張したとき、鴻池から招かれて豪勢な接待をうけた。

このとき、鴻池では隊の制服を寄贈したり、近藤に「虎徹」を贈ったりしている。

さらに鴻池側から、

——支配人を推薦してほしい。

という希望があったほどである。鴻池は治安事情のわるいあの当時、新選組と密接になっておくことで自家の安全を期したのであろう。

歳三が北海道にきてからも、鴻池の厚意はかわらず、大坂から函館店に、「できるだけの御便宜をはからうように」とのさしずがきていたほどである。

友次郎が入ってきた。

紋服、仙台平、まげをつややかに結いあげている。まだ年は二十七、八で、英語が多少できる。

「しばらく見えなかったようだが」

と、歳三は長靴をはき、友次郎に椅子をあたえた。

「へい、英国汽船の便があったのを幸い、横浜へ行っておりましたので」

「ほう、江戸へも？」

「東京の様子も見てきました。大名屋敷が役所になったり、旗本屋敷に新政府の官員が入ったりして、旧幕時代てのが、だんだん遠い昔のようになってきましたな。世の中が途方もない勢いで動いているようでございます」

「鴻池の商いもいそがしいことだろう」

「なんの、住友などとちがい、大名貸しが多うございましたからね。薩長土三藩が藩籍を奉還したことはお聞き及びでございましょう。体よくいえば奉還でございますが、借金もろとも新政府に押しつけてしまったかたちでございましてな、その新政府が、旧幕時代のことは知らんぞ、とおっしゃる。大坂の富商など、五、六軒つぶれるところが出て参りましょう」

友次郎は、官軍の消息も伝えた。かれが帰途、品川から英国船に乗ったとき、品川沖で官軍の軍艦「朝陽」がもうもうと黒煙をはいていた。横浜でのうわさでは、「朝陽」は陸兵の最後の部隊を輸送するという。

「行くさきは青森だな」

歳三は、にがい顔をした。青森に官軍の陸軍がぞくぞくと集結しているのである。

「ところで」

友次郎は、無表情にいった。

「東京から珍客をつれてきております。手前どもの店の奥座敷に逗留していただくことにしました。お名前でございますか、へえ、お雪さまで」

「お雪。――」

歳三は、がたっと立ちあがった。

「うそだろう。たれからその名をきいたのか知らないが、私はその種の冗談がきらいだ」

狼狽している証拠に、靴拭いの羅紗を、チョッキの胸ポケットに入れた。

「おきらいでもどうでも、お雪さまに相違ございませぬ」

五稜郭本営から函館の市街まで、一里あまりある。歳三は仏式帽の目庇を深くかぶり、鐙を一字に踏んで鞍の内を立ち透しつつ、単騎馬を歩ませた。

（信じられぬことだ）

とおもった。

友次郎のいうところでは、かれが沖田総司の病床を見舞ったとき、総司の口からお雪のことをきいたという。

――ときどき、様子を見てやってほしい。

と、沖田はそういうぐあいに、お雪のことをこの友次郎に頼んだ、というのである。

（総司め、妙なお節介をして死にやがった）

と、歳三は手綱を下げつつ、雲を見上げた。

白銀のように輝いている。

沖田総司の笑顔が浮かんだ。が、すぐ消えた。

この土地の自然は大まかすぎて、故人をおもいだすのには、ふさわしくなかった。

市街地に入り、築島の鴻池屋敷の前で馬からおり、屋敷の小者に手綱をあずけた。

「かいばをやってくれ」

小者はアイヌとの混血らしい。何を考えているのか、澄んだ大きな眼をもっていた。

友次郎は、歳三を玄関で迎えた。

「やはり、お出でになりましたな」

……歳三は、充血した眼で、友次郎を見た。

昨夜はねむれなかったらしい様子が、顔に出ている。

「このことについては、口数をすくなくしてくれ」

女中が、歳三を別館に案内した。外人を泊めるために建てたのか、ここだけは洋館二階だてになっている。

女中が去った。

歳三は、窓ぎわに寄った。窓の外には、函館港がみえた。内外の汽船が錨をおろしている。

港口には敵艦の侵入をふせぐために縄がはりめぐらされており、回天、蟠竜、千代田形の三艦が入れかわり立ちかわり運転しては、港内をぐるぐるまわっていた。

歳三は、背後に人の気配を感じた。窓の外を見つづけていた。

どういうわけか、素直にふりむけないのである。

「お雪さん？」

といおうとしたが、その声が、口をついて出たときは、まるで別の言葉になっていた。

「あれが弁天崎砲台さ。昼夜、砲兵が詰めている。あれが陥ちるとき、私の一生はおわるのだろう」

背後が、しんとした。

お雪の小さな心臓の音まできこえるようであった。

「来ては、いけなかったでしょうか」

「……」

歳三は、ふりむいた。

まぎれもなくお雪がそこにいる。右眉の上に、糸くずほどの大きさで、火傷の古いひきつりがあった。

歳三が、何度かその唇をあてた場所である。

それを見確かめたとき、不覚にも歳三は、ぽろぽろ涙がこぼれた。

「お雪、来たのか」

抱き締めた。火傷のあとに、唇をあてた。

お雪は、いやいやをした。以前もこれとそっくりなしぐさをお雪がしたのを、歳三はおもいだした。

「つい、来てしまったのです。お約束をやぶって」

とお雪がいった。

「黙っているんだ、しばらく。――」

と、歳三はお雪の唇に自分の唇を押しあてた。

お雪は、夢中で受けた。

いままで、ふたりがしたこともない愛撫である。

が、この外国の建造物と異人の多い町では、そういうしぐさになんの不自然も覚えなかった。

やがて、歳三はお雪を離した。

いつのまにか、ドアがあいている。茶を運んできた子供っぽい顔の女中が、お盆を持ったまま、この場をどうしていいかわからない様子で、茫然とつっ立っている。

「迷惑だったな」

と、歳三は真面目な顔で、女中に詫びた。

「い、いいえ」

と、女中ははじめてわれにかえったらしくひどく狼狽した。

「ここへ置いておきます」

「ありがとう。しかし頼みがある。矢立(やたて)と巻紙を借りてきてくれないか」

女中はすぐ、それらを持ってきた。歳三は、小姓の市村鉄之助あてに自分の所在を報らせるための手紙を筆早に書いた。

「築島の鴻池に居る。あすの午後に帰営するだろう」

と。

文字にこの男らしい風韻がある。

「亀田の五稜郭まで、たれかに届けさせてくれ。そうだ、さっき馬の世話をしてくれた小者がいい。あれはエゾ人の血がまじっているのか」

「まじっているそうです」

女中は、おびえたような表情で、つまずくようなうなずき方をした。

女中が去ったあと、歳三は、すぐ息ぐるしくなった。

お雪をつれて、街へ出た。桟橋のあたりまで歩いた。

「あの船できたのか」

と、歳三は、沖あいを指さした。三本マストの外輪船が、英国旗を垂れて、碧い水面にうずくまっている。

「ええ、鴻池の友次郎さんが、やかましくすすめるのです。横浜から五百三十里もあるというものですから、気が遠くなりそうだったけれど、わずか四日できました」

「いつ、帰る」

「あの船が出る日に」

と、お雪はつとめて明るくいった。

そこへ、奇妙な形をしたアイヌの舟がきた。

女ばかりの十人ほどで、櫂を漕いでいる。

掛け声が、内地の人の船頭とはちがう。ソラエンヤ、ソラエンヤといっているようであった。

「なにをいっているのでしょう」

「さあ」

と歳三は小首をかしげて耳を澄ましていたが、やがて、この男にしてはめずらしく冗談をいった。

「お雪の未練、といっているようだ」

「まあ、そんな。……」

「ちがうかね」

「わたくしには、歳のばか、歳のばか、といっているようにきこえます」

「どちらも本当らしい」

と、歳三は声をたてて笑った。

お雪は裾をおさえた。風が出てきている。

「もどるか」

と、歳三はお雪をうながした。お雪は歩きはじめた。

「いつ、そのお髪（ぐし）に？」

と、お雪は見あげた。

歳三は北海道に来てからまげを切り、オール・バックにした。

「まげがあっては帽子がかぶりにくいから、この髪にした。いつごろからこうなったのか、覚えていない。ここへ来てから、一日すぎると、その一日を忘れるようにしている。過去はもう私にとって何の意味もない」

「わたくしとの過去も？」

「その過去はちがう。その過去の国には、お雪さんも近藤も沖田も住んでいる。私にとってかけがえのない過去だ。それ以降の過去は、単に毎日の連続だけのことさ」

「わからない。何をおっしゃっているのか」

「北海道（えぞち）の毎日は、無意味だったように思える。私の一生には、余分のことだったかもしれない。北海道では、今日、今日、今日、今日、という連続だけで生きてきた。ただ、未来だけは、いやにはっきりとした姿で、私の眼の前にあるな」

「どんな未来です」

「戦さだよ」

歳三は、ちょっとだまった。

「官軍が、私の未来を作ってくれるのさ。官軍が来れば、各国の領事（ミニストル）に連絡して異人たちは港内の自国の軍艦にそれぞれ退避させることになっている。それからが、戦さだ。弾と血と硝煙。私の未来には、音も色も匂いもちゃんとついて、眼の前にある」

「あの英国船で」

とお雪が突如いった。いや、突如ではなく何度か反芻してきた言葉だろう。——が、

「逃げましょう」

という言葉は、いえなかった。

友次郎が待っていて、洋館のほうに夕食の支度が出来ている、といった。

二人は、膳の置かれている卓子をかこんだ。

「わたくし、お給仕します」

とお雪がいうと、歳三が笑った。

「こういう西洋風の場所では、男女同時に食事をしているようだ。船で、洋食を食わされたろう」

「ええ。でも」

「こまったろう、牛の肉」

「食べなかったのです。歳三さんは？」

と、お雪は、名前で呼んだ。

「食べないさ。牛肉というと、沖田が、医者のすすめる肉汁をいやがった。あの顔はいまでもおぼえている」

「だからお食べにならない……？」

「でもないがね。私は食いものの好ききらいの多い人間だから、新しいものはだめだ。近藤は、物食いはよかった。豚肉まで食っていた。あの料簡だけはわからない」

歳三は、とめどもなく喋りそうだった。自分でも、自分の饒舌におどろいている。

考えてみれば、榎本、大鳥などと北海道へきていらい、毎日、数えるほどの回数しか、他人と会話を交して来なかったような気がする。

「おれはよくしゃべるな」

と、肩をすぼめた。

「あ、船が」

と、お雪が窓の外を見た。

港内はすっかり暮れている。その闇の海に舷燈をつけた黒い船体が動いていた。

「警戒中なのさ。官軍の軍艦がにわかになぐりこんでくるとこまるのでね。もっとも、われわれも出か

けたが」

「宮古湾？」

「よく知っている」

「横浜では、外国人のほうがよく知っているという話ですけれど。新聞に出ていた、といいます」

「しかし、しくじった。幕府ってものが、三百年の運を使いきってしまった、という感じだ。何をやってもうまくゆかない」

細い月が昇りはじめたころ、歳三はお雪の体を締めつけているひもと帯を解いた。

「いや。たれか、来るわ」

「扉にかぎがかかっている」

寝室は、二階である。

寝台もランプも、どうやら船の調度品らしかった。

「自分で、する」

と、お雪がもがいた。歳三は、だまって作業をつづけた。

やがてお雪の付けていたすべてが床の上に散り、そのなかから、お雪の裸形（らぎょう）がうまれた。

歳三は横倒しにして抱きあげた。

「今夜は、眠らせぬ」

と、歳三は破顔（わら）った。

が、涙がお雪の首筋に落ちた。その冷たさにお雪の肌がおびえた。眼をみはって、歳三を見あげた。

（……？）

お雪は不審だった。歳三は、泣いてはいない。

と思うまにお雪の体が宙（ちゅう）で旋回し、やがて歳三の腕をはなれて、寝床の上にうずもれた。

その日、官軍艦隊は上陸部隊を満載して青森を出航し、北海道にむかいつつあった。

旗艦は甲鉄艦で、二番艦は春日。以下、陽春、第一丁卯（ていぼう）、飛竜、豊安、晨風（しんぷう）。陸軍は長州兵を主力とし、弘前、福山、松前、大野、徳山の各藩の藩兵である。

官軍上陸

官軍艦隊、輸送船団が、江差の沖合にあらわれたころ、歳三はなおお雪の体を抱いてベッドのなかにいた。

お雪のまげは、毛布のうえですっかりくずれてしまっている。

（ずいぶんと、好色。——）

お雪は口には出さないが、おどろいてしまった。

かつての歳三は、もっと見栄坊で、大坂の夕陽ケ丘のときでさえこうではなかった。

窓が白みはじめたころ、二人はそれと気づかずに眠りに入った。

が、一刻もたたぬまに、歳三はお雪の体を抱き寄せた。

「お雪、どうも、可哀そうだな」

歳三もわれながら可笑しかったとみえて、くすくす笑った。

「いいえ、可哀そうじゃありませんわ」

「痩せがまんだな。お雪の眼はまだ半ばねむっている」

「うそだ、歳三さんの眼こそ、まだ夢の中にいるみたい」

「夢の中さ」

歳三には、陳腐な詞藻が、なまぐさいほどの実感で湧きあがってきている。

函館の港を見おろす楼上で、いまお雪と二人きりでいること自体が、夢ではないか。

（人生も、夢の夢というようなものかな）

これも陳腐だが、いまの歳三の心境からみればまったくそのとおりであった。三十五年の生涯は、夢のようにすぎてしまった。

武州多摩川べりでのこと、江戸の試衛館時代、浪士組への応募、上洛、新選組の結成、京の市中での幾多の剣闘、……それらの幾齣（いくこま）かの情景は、芝居の書き割りか絵巻物でもみるような一種のうそめいた色彩を帯びてしか、うかびあがって来ない。

夢である、人の世も。

と、歳三はおもった。

歳三は、それを回顧する自分しか、いまは持っていない。なぜならば、敵の上陸とともに戦うだけ戦って死ぬつもりでいる。

もはや、歳三には、死しか未来がなかった。

「やったよ、お雪」

と、不意に歳三はいった。

お雪はびっくりして眼をあげた。まつ毛の美しい女である。

「なんのことでございます？」

「いやなに。やったというのさ」

片言でいって、笑った。かれに巧弁な表現力があれば、「十分に生きた」といいたいところであろう、わずか三十五年のみじかい時間であったが。

（おれの名は、悪名として残る。やりすぎた者の名は、すべて悪名として人々のなかに生きるものだ）

歳三は、もはや自分を、なま身の自分ではなく劇中の人物として観察する余裕がうまれはじめている。

いや余裕というものではなく、いま過去を観察している歳三は、歳三のなかからあらたに誕生した別の人物かもしれなかった。

「お雪。――」

と、つよく抱き締めた。お雪の体を責めている。お雪は懸命にそれを受けようとしていた。

歳三は、もはやいま生きているという実感を、お雪の体の中にもとめる以外に手がなくなっていた。

いや、もう一つある。戦うということである。

それ以外に、歳三の現世はすべて消滅してしまった。

お雪も、歳三のそういう生命のうめきというか、最後に噴きだそうとする何かを体内で感じとっているのか、悲歎などはまったく乾ききったような心で歳三を受けた。

毛布の上のお雪は体だけになってしまっていた。頭はない。頭などはこの期になんの役にも立たなかった。体だけが、歳三の感情も過去も悲歎も論理も詞藻も悔恨も満足も、そのすべてを受けとめる唯一のものであった。お雪は夢中になって体を動かした。その温かい粘膜を通して歳三を吸いとろうとした。お雪は夢中で眼を瞑っている。唇をひらいている。すこし微笑していた。

やがて、歳三は絶え入るようにねむった。

お雪は、寝台からそっとおりた。隣室にたしか鏡があったことをおもいだした。

髪をなおそうとした。

隣室への扉のノブに手をかけたとき、ふと窓を見た。

海が、下に見えた。

そこに函館政府の軍艦がいた。マストの上に異様な信号旗がひるがえっているのを、お雪はむろん気づかなかった。

すでに官軍は、函館から十五里はなれた乙部という漁村に敵前上陸し、付近に駐在していた函館政府軍三十人を撃退して進撃態勢をととのえつつあった。その急報が五稜郭と函館にとどき、港内の軍艦にもしかるべき信号があがっていたのである。

お雪が、髪の崩れをなおし、化粧をととのえ、着物をきちんとつけおわったころ、歳三は眼をさました。

あるいは、お雪の様子をととのえさせるために眼をとじていただけだったのかもしれない。

歳三は、ズボンをはいた。

サスペンダーを肩にかけながら、窓を見た。

軍艦に信号があがっている。それは、函館市内に居住する外国人に対し、避難を要望する信号だということを歳三は知っていた。

「お雪、支度はできたか」

「ええ」

と、お雪が入ってきた。歳三は眼を見はった。もとのきりっとしたこの婦人に脱けもどっていて、たったいま寝台の上にいたのは別人かと疑わしくなるほどだった。

歳三は寝台に腰をおろし、足をあげて重い長靴をはこうとした。

「来たよ」

「なにが来ました？」

お雪は、かがんで長靴の片方をとりあげ、歳三に穿たしめようとした。

「敵がさ」

お雪は、息をとめた。が、その頭上で歳三が、手を嗅いだ。

「おぬしの匂いが残っている」

「ばか」

お雪も、苦笑せざるをえない。敵が、どこに来たのだろうか。

歳三は、なにもいわなかった。お雪もそれ以上たずねなかった。

歳三は、階下の応接室におりた。すぐこの家のあるじの友次郎をよぶように、給仕にたのんだ。

友次郎が、いそいでやってきた。

「よびたてて済まない。函館の府内に避難命令が出たろうな」

「いま出たばかりです。市内のうわさでは、官軍は乙部に上陸したとのことです」

「ただちに函館が戦火の巷になることはあるまい。ここには外国商館がある。港内には外国の艦船もいる。官軍は遠慮をして砲撃はすまい。鴻池の商いはつづけて行ったほうがいいだろう」

「むろん、つづけるつもりです」

「いい度胸だ。大坂のあきんどらしい」

歳三は、お雪のことをくれぐれも頼んだ。この男にしては、くどいほどの云いがさねをして、卓上で小さく頭をさげた。

「頼む」

「申されまするな。鴻池がひきうけた以上は官軍が保障するよりもたしかでございます」

「その厚意につけ入るようだが」

といって歳三は、部屋のすみに置いていた馬嚢をかかえてきて、なかからありったけの金をとりだした。二分金ばかりで、六十両ある。

「お雪が乗って帰る英国船に、もう一人分の客室をとってもらいたい。これは、その者の運賃だ。余ればその者にそなたの手から餞別として渡してもらいたい。そう、品川まで送ってもらう、あとはその者がどこへなりともゆくだろう」

「お引きうけいたしますが、いったい、どなたでございます」

「市村鉄之助だよ。伏見で最後の隊士募集をしたとき、応募してきた。美濃大垣藩士でなにしろ年があまりに幼すぎた。十五歳だったよ……」

「……」

「沖田に似ている、というので採った。本人もよろこんで、関東、奥州、蝦夷と転戦するあいだ、無邪気についてきた。これ以上、道連れにしてやりたくない」

そこへ、市村が、乙部での敵上陸の報を伝えるために五稜郭からやってきた。

「友次郎さん、この男ですよ」

と、鉄之助の肩をたたいた。

そのあと、事情をきいた市村が、泣いて残留を乞い、腹を切る、とまでいった。

歳三が市村鉄之助にいった内容は、市村の遺談にある。

それによると、

江戸から甲州街道を西へゆくと、日野という宿場がある。その宿の名主佐藤彦五郎は、予の義兄にあたる。それを頼って落ちよ。

これは任務である。その佐藤彦五郎にこれまでの戦闘の経過をくわしく申し伝えよ。そちの身のふりかたについては彦五郎は親身になって世話をしてくれるはずである。

市村は、あくまでもこばんだ。すると隊長は大変にお怒りになって、わが命に従わざれば即刻討ち果たすぞ、とおおせられました。その御様子、いつもお怒りになるときとおなじおそろしい剣幕でしたから、つい気圧（けお）され、とうとうその任務を受けてしまいました。

歳三は、その場で友次郎から半紙をもらい、小柄（こづか）をとりだしてそのハシを二寸ばかり切りとって細い「小切紙（こぎれ）」をつくり、そこに、

「使いの者の身の上、　頼上候（たのみあげそろ）。義豊」

と細字でしたためた。

さらに、佐藤彦五郎へ贈る遺品のつもりらしく、写真を一枚、添えた。

洋服に小刀を帯びた姿で、函館へ来てから撮ったものである。これが現存する歳三の唯一の写真となった。

最後に、もう一品、ことづけた。佩刀である。

京都以来、かぞえきれぬほど多くの修羅場（しゅらば）を歳三とともに掻いくぐってきた和泉守兼定であった。

「鉄之助、たのむ。そちの口から語らねば、近藤、沖田らの最期も、ついには浮浪人の死になるだろう」

歳三は、後世の批判というのをそれほど怖れたわけではなかったろう。怖れたとすれば多少の文才のあるかれのことだから、幾ばくかの書きものを残しているはずである。

ただ、縁者だけにでも、自分の遺品と生前の行跡を伝え残したかったようである。

ことに義兄佐藤彦五郎は、縁者というだけではない。新選組結成当時、まだ会計が窮屈であったこ

ろ、しばしば近藤が無心をいって金を送らせた、いわば創設時代の金主といってよかった。金主に新選組の最後を報告する義務は、あるといえばあるだろう。

妙なことがある。

歳三は、ついに市村鉄之助には、同船すべきお雪のことをいわなかった。紹介もしなかった。船に乗ればたがいに語りあうだろうと、自然にまかせていたのかもしれない。とにかく最後まで、自分の情事をひとに知られたくない性格を捨てなかった。

お雪も、ついに歳三が居るあいだ、階下にはおりて来なかった。夕陽ケ丘のときとおなじように、別離をきらったのかもしれない。

歳三は、鴻池の店さきで馬に乗った。戛々と十歩ばかり歩ませてから、ふと背に視線を感じて、ふりむいた。

お雪が、二階の窓をひらいて、歳三をまばたきもせずに見おろしていた。

歳三は、ちょっと会釈した。

それだけであった。すぐ姿勢をもとにもどすと、腰を浮かして馬腹を蹴った。馬は、ひどく姿勢のいい主人をのせて、亀田の五稜郭へ駈けだした。

五稜郭へもどった歳三は、榎本、松平、大鳥から戦況をきいた。

「江差も陥ちた」

大鳥が、いった。

無理はなかった。乙部に上陸した官軍は二千人で、三十人の守備隊はまたたくまにつぶれた。

三里むこうの江差には、当方は二百五十人で砲台をもっている。それを官軍艦隊が艦砲射撃でつぶした。

「わが兵は、総数三千人を越えぬ。防御軍は攻撃軍よりも数倍の兵力が必要だというが、これでは全島の防衛ができるかどうか」

と、榎本武揚が、沈痛な表情でいった。

なにしろ、兵力がすくない上に、守備隊を分散させすぎている。五稜郭の本城には八百人、函館三百人、松前四百人、福島百五十人、室蘭二百五十人、鷲ノ木百人、その他、森、砂原、川汲、有川、当別、矢不来、木古内などに数十人ずつを配置していた。

「まず、兵力を集結して、上陸軍の主力に痛打を与えることですな」

と、歳三はいった。

さっそく、分散兵力の集中化がおこなわれた。これだけに数日を食った。

が、その完全集中のおわるまでに、歳三と大鳥は、それぞれ兵五百人程度をひきいて別路、進発した。

大鳥は、木古内へ。

歳三は、二股口へ。

その間、松前守備隊が、心形一刀流宗家旧幕臣伊庭八郎らを隊長として、官軍占領中の江差にむかい、官軍本隊と遭遇して大いにこれを撃破敗走せしめ、分捕った敵兵器は、四斤施条砲三門、小砲、ランドセル、刀槍、弾薬など多数にのぼった。

歳三は、二股口の嶮に拠って敵の進撃してくるのを待った。

「官軍を釣ってやろう」

と、歳三は、一種の縦深陣地をつくった。最前線を中二股におき、ついで下二股を中軍陣地とした。

が、これらはいずれも少数の兵を植えるのみにした。

「敵が来れば、小当りに当たってじりじりと逃げろ。相手の行軍が伸びきったところで、本陣の二股口からどっと兵を繰りだして殲滅する」

四月十二日昼の三時ごろ、官軍（薩、長、備後福山らの兵）六百が、歳三の最前線の中二股にあらわれた。

山上の歳三の陣地まで、さかんな銃声がきこえたが、やがて味方は予定のとおり退却しはじめた。

中軍陣地も敵と衝突して、退却。

「来るぞ」

歳三は、眼を細めて眼鏡をのぞいている。上には、十六カ所に胸壁を築いて、隊士は銃を撫しながら待った。

ついに来た。

歳三は、射撃命令をくだした。すさまじい小銃戦がはじまった。

歳三は、第一胸壁にいて、紅白の隊長旗をたかだかとひるがえしている。

——土方さんがいるかぎりは勝つ。

という信仰が、函館軍のなかにあった。

隊長旗は、三度、銃弾に撃ち倒されたが、三度とも、歳三はすぐ新たに樹てさせた。

戦闘は夜陰におよんでもやまず、ついに払暁を迎えたが、さらに激しく銃戦した。

この一戦闘で歳三の隊が撃った小銃弾は三万五千発、戦闘時間は十六時間という、それ以前の日本戦史にかつてない記録的な長時間戦闘になった。

朝六時、敵はようやく崩れた。

「隊長旗を振れ」

歳三は、全軍突撃の合図をし、旗手に隊長旗をかつがせて、崖の上から一気に路上へすべり落ちた。

剣をぬいた。

たちまち白兵戦になり、五分ばかりで敵はさらに崩れ、くだり坂をころぶようにして逃げはじめた。

その敵を一里あまり追撃し、ほとんど全滅に近い打撃をあたえ、銃器、弾薬多数を奪った。

味方の損害は、戦死わずかに一名というおどろくべき勝利だった。

この数日後、官軍参謀から内地の軍務官に急報した文面では、「何分敵は百戦練磨の士が多く、奥州での敵の比ではない。とても急速な成功はむずかしい。いそぎ援軍をたのむ」という文意になっている。

歳三は函館政府軍における唯一の常勝将軍であった。

この男がわずか一個大隊でまもっていた二股の嶮は、十数日にわたって微塵もゆるがず、押しよせる官軍がことごとく撃退された。

歳三の生涯でもっとも楽しい期間の一つだったろう。

兵も、この喧嘩師の下で嬉々（きき）として働いた。

一日一銃で一千余発を射撃したお調子者もあり、そういう男どもの顔は煙硝のかすで真黒になった。熱くて銃身が焼けて装塡（そうてん）装置が動かなくなった。

手に火傷をおい、皮がやぶれた。

歳三は、ふもとから水桶を百ばかり運ばせて、銃を水につけては、射たせた。水冷式の射撃戦をした男など、同時代のヨーロッパにも、いなかったのではないか。

「弾はいくらでもある、射って射って射ちまくれ」

と、陣地々々をまわっては、激励した。

この男の一軍が蟠踞（ばんきょ）している、

「二股」

という峠は、函館湾の背後の山嶺群の一つで、函館市内から十里。日本海岸江差から函館へ入る間道が走っており、函館港を背後から衝こうとする官軍は当然ここを通らねばならなかった。

戦略地理的な類型を求めれば、日露戦争の旅順港攻防戦における松樹山（しょうじゅざん）、二〇三高地といったものに相当しており、ここが陥ちれば函館の市街は眼下に見おろされ、裸になったのと同然であった。日露戦争といえば、榎本武揚がステッセル将軍に相当するであろう。頭がよく、学識がある。ただ、どちらも若いころから物に飽きっぽい（江戸を脱走して榎本軍に加わった幕臣心形一刀流宗家伊庭八郎は、江戸を出るとき、末弟の想太郎にいったという。「榎本という人は意思の薄弱な人だから、この戦いは終りまで為し遂げることはできない」と。当時榎本にはそういう評価がわりあい行なわれていた)。

旅順の露西亜陸軍でいえば、土方歳三はコンドラチェンコ少将に酷似している。どちらも育ちがわるい。学問がないが、最も戦さ好きでしかも巧者であり、将士の信望を一身にあつめていた。コンドラチェンコ少将の戦死後、旅順の士気がにわかに衰え、あれほど早期に開城せざるをえなくなった最も主な原因の一つをつくった。

二股は、現在(いま)、中山峠とか鶉越(うずらごえ)という名でふつう呼ばれている。

峠道は、北方の袴腰山(はかまごしやま)(六一三メートル)と南の桂岳(かつらだけ)(七三四メートル)とのあいだを走っており、歳三の当時には馬が一頭、やっと通れる程度のせまさであった。

天峻といえる。

歳三はこの道の上に最近函館の外国商館から買い入れた西洋式司令部天幕を張り、部下にも携帯天幕を張らせて野営させた。

身辺に、新選組隊士はいない。数人残っているのだが、諸隊の隊長などをして各地にちらばっているため、二股陣地では洋式訓練兵ばかりであった。

五稜郭の本営からは、榎本の伝令将校が毎日のように来る。

榎本は、戦況が心配でならないらしい。

「だいじょうぶだよ」

としか、歳三もいわない。

何度目かに歳三は、「馬のわらじを損ずるだけだ。戦況に変化があればこちらから報らせる。薩長は天下をとったが、二股だけはとれぬといっておいてくれ」と、この男にはめずらしく広言をはいた。

司令部幕舎の中には、仏人の軍事教師ホルタンも同居している。

陣中、歳三が句帳にしきりと俳句をかきつけていると、ひどくめずらしがって、それは何か、とたずねた。

「ハイカイだよ」

歳三はぶっきら棒に答えると、仏語のややわかる吉沢大二郎という歩兵頭(がしら)が通訳した。

　　シノビリカいづこで見ても蝦夷の月

そう句帳にある。

シノビリカとは歳三がこの地にきて覚えた唯一のアイヌ語である。「ひどく佳(よ)い」という意味らしい。

「閣下は芸術家(あるていすと)か」

と、この仏国陸軍の下士官はちょっと妙な顔をしていった。

「あるていすと、とは何だ」

と、歳三はきいた。歩兵頭は、「歌よみ、絵師のことだと思います」といった。もっとも、あるていすと、には、「名人」とか「奇妙な人」という意味もある。

歳三は、その奇妙なひとのほうかもしれなかった。

戦いというものに、芸術家に似た欲望をこの男はもっている。

榎本武揚、大鳥圭介などは、この戦争についてのかれらなりの世界観と信念とをもっていた。どうみてもかれらは戦争屋というより、政治家であった。その政治思想を貫くべく、この戦争をおこした。

が、歳三は、無償である。

芸術家が芸術そのものが目標であるように、歳三は喧嘩そのものが目標で喧嘩をしている。

そういう純粋動機でこの蝦夷地へやってきている。どうみても榎本軍幹部のなかでは、

「奇妙な人」

であった。

あるいはこの仏国下士官はそういう意味で旦那は、あるていすとかとたずねたのかもしれない。

二股の攻防戦では、歳三はほとんど芸術家的昂奮でこの戦さを創造した。

　血と刀と弾薬が、歳三の芸術の材料であった。

　官軍の現地司令部は、しきりと東京へ援軍を乞うた。

　歳三らのすさまじい戦いぶりについて、それらの手紙には、窮鼠必死の勁敵とか、余程狡猾、何分練磨、などという極端な表現がつかわれており、薩摩出身参謀の黒田了介（清隆）は自軍の弱さをなげき、

「この官軍（つまり諸藩混成の）ではとても勝算はむずかしい。薩摩兵と長州藩のみが強い。わが藩以外に頼むは長州兵のみで、他の藩兵は賊よりも数等落ちる。歎息の至りである。ねがわくば後策（増援）望み奉る次第である」

と東京へ書き送っている。

　ところが、十六日にいたって官軍陸軍の増援部隊が松前に上陸し、さらに艦隊の沿岸砲撃が予想以上に奏功しはじめてから、形勢が一変した。

　歳三の二股陣地に各地の敗報がぞくぞくとどいた。

　十七日松前城が陥落し、二十二日には大鳥圭介がまもる木古内陣地（函館湾まで海岸線七里の地点）が陥ち、このため官軍艦隊が直接函館港を攻撃する態勢をとりはじめた。

「だらしがねえ」

　二股のあるていすとは、憤慨した。もはや前線で日章旗があがっているのは、歳三の陣地だけとなった。

　官軍は、各地の陣地を掃蕩して大軍を二股のふもとに集め、いよいよ四月二十三日をもって猛攻撃を開始した。

「来やがったか」

　歳三は山上で、京のころ「役者のようだ」といわれた厚ぼったい二重まぶたの眼を、細く光らせた。

　激闘は、三昼夜にわたった。官軍は十数度にわたって撃退されたが、なおも攻撃をくりかえしてくる。

ついに二十五日の未明、歳三は剣術精練の者二百人をえらび、抜刀隊を組織してみずから突撃隊長になった。

旗手には、とくに日章旗は持たさず、緋羅紗の地に「誠」の文字を染めぬいた新選組の旗をもたせた。

「官軍には鬼門すじの旗さ」

と、二百人の先頭に立って路上にとびだし、銃隊に援護させつつ、十町にわたる長距離突撃をやってのけた。

激突した。

歳三は斬りまくった。頃を見はからって抜刀隊を両側の崖に伏せさせる。そこへ銃隊が進出して射つ。さらに抜刀隊が駈けこむ。

それを十数度繰りかえすうち、官軍はたまらずに潰走しはじめた。

すかさず歳三は山上待機の本隊に総攻撃を命じ、

「一兵も余すな」

と突進した。

官軍は大半が斃れ、長州出身の軍監駒井政五郎もこのとき戦死した。

が、他の戦線は潰滅総退却の現状にあり、五稜郭本営の榎本は、ついに戦線を縮小して、亀田の五稜郭と函館市街の防衛のみに作戦を局限しようとした。

(榎本は降伏する気だな)

と歳三が直感したのはこのときである。

なぜなら、二股放棄を勧告にきた伝令将校に生色がなかった。

その顔色で本営の空気を察することができた。

「ここは勝っている」

と、歳三は動かなかった。

が、伝令将校の口からおどろくべき戦況をきいた。二股から函館への通路にあたる矢不来の陣地が敵の艦砲射撃で陥ちたという。もし官軍が入ってくれば、土方軍は孤軍になる。

やむなく十数日にわたって官軍を撃退しつづけてきた二股の陣地をくだり、歳三は亀田の五稜郭に帰営した。

「土方さん、よくやっていただいた」

と、榎本は城門で馬上の歳三を迎え、帰陣将士にもいちいち涙をためて目礼した。

榎本にはこういうところがあり、それが人徳になって一種の統率力にまでなっていた。

歳三も、近藤にはなかったそういう榎本の一面がきらいではない。しかしこの場合、その涙は余計であった。士気に影響した。

みな予想していた以上の敗色を、榎本の涙でさとった。

さらに帰営して驚いたのは、大鳥が率いていた幕府歩兵が数百人脱走してしまっていたことである。どうせ根は武士ではなく、江戸、大坂でかきあつめた町人どもで、いざ敗戦となれば性根がない。

が、その脱走の事実を知って、歳三の戦勝部隊にいる歩兵も動揺し、帰陣後十日ほどのあいだに百人は姿を消した。

それにさらに衝撃をあたえたのは、函館政府軍の虎の子というべき軍艦が、つぎつぎと喪われたことである。すでに高雄がなく、千代田形艦が函館弁天崎沖で坐礁し、最大の戦力であった回天も函館港内の海戦中五発の砲弾をうけて浅瀬に乗りあげ、無力化した。

残る蟠竜も、機関故障で機能をうしない、榎本がもっとも頼みにしていた海軍は全滅した。この全滅が、榎本をはじめ海軍出身の幹部にあたえた衝撃は大きく、かれらの意気銷沈が全軍の士気を弱めた。

全滅は五月十一日で、このときから官軍艦隊は全艦、函館港に入った。

五稜郭本営では、この海軍全滅の日、もっとも緊張した空気のなかで軍議がひらかれた。

「どうする」

というのである。

が、野戦陣地はつぶされたとはいえ、五稜郭のほかに、函館港の弁天崎砲台、千代ケ岱砲台はまだ健在であった。

「籠城がよかろう」

という意見は、大鳥圭介である。

が、榎本も松平太郎も、出戦論を主張した。

歳三は、相変らずだまっていた。もはや、どうみても勝目はない。

「私は、どちらでもいい」

と、意味のとおらぬことをいった。どちらにしても、負けることにきまっているのだ。

歳三は自分が死ぬことだけを考えるようになっていた。

函館政府がどう生き残るかという防衛論には興味をうしなってしまっている。

「それでは意見にならぬ」

と大鳥がいった。

「すると大鳥さん、この軍議はどうすれば勝つ、という軍議なのか」

「当然なことだ。それが軍議ではないか。あなたは何を考えている」

「驚いている」

と歳三はいった。

「なにが？」

「勝てるつもりかね」

歳三は、生真面目な表情でいった。

「勝つつもりの軍議なら、事ここに至ればむだなことだ。しかし戦さをするだけの軍議なら私も思案がある」

「戦さは勝つためにするものではないか」

「まあ、続けていただく。私は聞き役にまわろう」

一方、官軍の司令部では、すでに五稜郭の本営に対し降伏勧告の準備をしつつあり、正式の招降使を出す前に、五稜郭出入りの商人を通じて、うわさ程度のものをしきりと流して城内の反応を打診しようとした。

　これをきいたとき、榎本以下の五稜郭の諸将はいずれも一笑に付したが、しかし部下の将士のあいだには、

「榎本は降伏するのではないか」

という疑惑がひろがった。

　これが、千代ケ岱の守将中島三郎助の耳にまできこえ、馬を飛ばしてやってきた。

　中島三郎助はかつて浦賀奉行所の与力だった人物で、嘉永六年六月三日、ペリーが来航したとき、小船に乗って訊問応接に出かけたことで知られている。

　その後、幕命によって長崎で軍艦操練法を学び、のち軍艦操練所教授方頭取となったが、榎本はかつてその下僚であった。

　幕府の末期には両御番上席格の軍艦役で、病身のため実役にはついていなかった。

　幕府瓦解とともに長男恒太郎、次男英次郎とともに榎本に従って函館に走り、五稜郭の支城ともいうべき千代ケ岱砲台の守備隊長になっている。四十九。

　詩文音曲にたくみでしかも洋学教育をうけた、というその教養からはおよそかけはなれた古武士然とした人物で、性格はひどくはげしい。

　のち、榎本が降伏して五稜郭を開城してからもこの人物とその千代ケ岱砲台だけは降伏せず、五月十五日、官軍の猛攻をうけて奮戦のすえ、二児とともに戦死した。

「うわさはまさか、真実ではなかろうな」

と、本営の洋室に入ってきた。あいにく室内には歳三しかいなかった。歳三はこのときも、丹念に長靴をみがいていた。

「なんのことです」

と歳三はふりむいた。中島はこの男の主義で、和服である。開戦前は函館奉行をつとめていた。

「あ、土方殿か」

　うしろ姿をみて、榎本とまちがえたらしい。

「土方ですが」

「貴殿でもいい。ご存じでござろう。風聞では、榎本が降伏すると申すが、まさか真実ではござるまいな」

「存じません。歩兵どもの間での他愛もないうわさでしょう」

「それならよいが」

　と、中島三郎助は椅子をひきよせて腰をおろし、歳三をのぞきこむようにして、「土方殿」といった。

「こういっては何だが、榎本という男はいざとなれば存外腰の砕けやすい男だ。私は軍艦操練所のころ、かれを下僚にしていたからよく存じている。もし、いや仮に、でござる、榎本が降伏すると云いだせば、陸軍奉行たる貴殿はどうなさる」

「さあ」

　歳三は、こまったような表情をした。かれはもはや他人(ひと)はひと、自分は自分という心境のなかにいる。

「私は身勝手なようだが、榎本がどうするにせよべつに異論はない。ただ私自身はどうするのかときかれれば、答えることができる」

「どうなさる」

「私にはむかし、近藤という仲間がいた。板橋で不運にも官軍の刃で死んだ。もし私がここで生き残れば」

　歳三は、ふとだまった。

　べつに他人に云うべきすじあいのことではないとおもったのだ、靴をみがきはじめた。

　近藤は地下にいる。

　もしここで自分が榎本や大鳥らとともに生き残れば地下の近藤にあわせる顔がない、と歳三は靴をみがきながらごくあたりまえのいわば世間話のような気安さでそのことを考えている。

砲　煙

　その夜、亡霊を見た。

五月九日の夜五ツ、晴夜だった。歳三は戦闘からもどって、五稜郭本営の自室にいた。ふと気配に気づき、寝台から降りた。眼をこらして、かれらを見た。眼の前に人がいる。ひとりやふたりではない。群れていた。

「侍に怨霊なし」

と古来いわれている。歳三もそう信じてきた。むかし壬生にいたころ、新徳寺の墓地に切腹した隊士の亡霊が出る、と住職が屯営に駈けこんできたことがある。

歳三はおどろかなかった。

「その者、侍の性根がないにちがいない。現世に怨霊を残すほど腐れはてた未練者なら、わしが斬って捨ててあらためてあの世へ送ってやろう」

と、歳三は墓地へゆき、剣を撫して終夜、亡霊の出現を待った。ついに出なかった。

が、いまこの部屋の中に居る。亡霊たちは、椅子に腰をかけたり、床にあぐらをかいたり、寝そべったりしていた。

みな、京都のころの衣裳を身につけて、のんきそうな表情をしていた。

近藤勇が、椅子に腰をおろしている。

沖田総司が寝ころんでひじ枕をし、こちらを見ていた。その横に、伏見で弾で死んだ井上源三郎が、あいかわらず百姓じみた顔でぼんやりあぐらをかいて歳三を見ている。山崎烝が、部屋のすみで鍔を入れ替えていた。そのほか、何人の同志がいたか。

(どうやら、おれは疲れているらしい)

歳三は、寝台のふちに腰をおろして、そう思った。五月に入ってから歳三はほとんど毎日五稜郭から軽兵を率いて打って出ては、進出してくる官軍をたたきつづけてきた。

不眠の夜がつづいた。部屋のなかにいる幻影はそのせいだろうと思った。

「どうしたのかね」

歳三は、近藤にいった。

近藤は無言で微笑（わら）った。歳三は沖田のほうに眼をやった。

「総司、相変らず行儀がよくないな」

「疲れていますからね」

と、沖田はくるくるした眼でいった。

「お前も疲れているのか」

歳三がおどろくと、沖田は沈黙した。灯明りがとどかないが、微笑している様子である。みな、疲れてやがる、歳三は思った。思えば幕末、旗本八万騎がなお偸安（とうあん）怠惰の生活を送っているとき、崩れゆく幕府という大屋台の「威信」をここにいるこれだけの人数の新選組隊士の手でささえてきた。それが歴史にどれほどの役に立ったかは、いまとなっては歳三にもよくわからない。しかしかれらは疲れた。亡魂となっても、疲れは残るものらしい。

歳三はそんなことをぼんやり考えている。

「歳、あす、函館の町が陥ちるよ」

近藤は、はじめて口をひらき、そんな、予言とも、忠告ともつかぬ口ぶりでいった。

歳三はこの予言に驚倒すべきであったが、もう事態に驚くほどのみずみずしさがなくなっている。疲れて、心がからからに枯れはててしまっているようだ。

「陥ちるかね」

と、にぶい表情でいった。近藤がうなずき、

「函館の町のうしろに函館山というのがあるが、あそこは手薄のようだ。官軍はあれにひそかに奇兵をのぼらせて一挙に市街を攻めるだろう。守将の永井玄蕃頭はもともと刀筆の吏（文官）で、持ちこたえられぬ」

歳三は、面妖（おか）しいな、と思った。この意見はかねがねかれが榎本武揚に具申（ぐしん）してあの山を要塞化せよといってきたところである。ところが、兵数も機材もなかった。

——せめて私が行こう。

と、今朝（けさ）もいったばかりである。ところが榎本は、

五稜郭から歳三が居なくなるのを心細がり、ゆるさなかった。

(なんだ、おれの意見じゃないか)

寝返りを打って寝台の上に起きあがった。軍服、長靴のまま、まどろんでいたようであった。

(夢か。——)

歳三は、寝台をおりて部屋をうろうろ歩いた。たしかにたったいま近藤がすわっていた椅子がある。さらに沖田が寝そべっていたゆかのあたりに歳三はしゃがんだ。

ゆかをなでた。

妙に、人肌の温かみが残っている。

(総司のやつ、来やがったのかな)

歳三はそこへ、ごろりと寝そべってみた。肘まくらをし、沖田とそっくりのまねをしてみた。

それから半刻ばかりあと、扉のノブをまわす音がして、立川主税が入ってきた。立川は甲州戦争のころに加盟してきた甲斐郷士で、維新後は鷹林巨海と名乗って頭をまるめ、僧になり、山梨県東山梨郡春日井村の地蔵院の住職になって世を送った。歳三が「歳進院殿誠山義豊大居士」になってしまったあと、その菩提を生涯とむらったのが、この巨海和尚である。

「どうなされました」

と、立川主税がおどろいて歳三をゆりおこした。歳三はさっきの沖田とそっくりの姿勢でふたたびねむりこけていたのである。

「総司のやつが来たよ。近藤も、井上も、山崎も。……」

と、歳三は身をおこしてあぐらをかくなり、ひどくほがらかな声でいった。

立川主税は、気でも狂ったかとおもったらしい。平素の歳三とはまるでちがう表情だったからである。

歳三は、このあと、新選組の生き残り隊士をよぶように命じた。

みな、来た。馬丁の沢忠助もきた。みなといっても、十二、三人である。そのなかで京都以来の最古参というのは旧新選組伍長の島田魁、同尾関政一郎（泉）ほか二、三人で、あとは伏見徴募、甲州徴募、流山徴募といった連中だった。それぞれ、歩兵大隊の各級指揮官をしている。

「酒でも飲もうと思った」

と、歳三は床の上に座布団を一枚ずつ敷かせ、肴はするめだけで酒宴を張った。

「どういうおつもりの宴です」

「気まぐれだよ」

歳三は、なにもいわなかった。ただひどく上機嫌で、かえってそれがみなを気味わるがらせた。

一同にその意味がわかったのは、翌朝になってからである。兵営の掲示板に、昨夜会同した連中が一せいに異動になっていた。全員が、総裁榎本武揚付になっている。

この日、函館が陥ちた。

永井玄蕃頭ら敗兵が五稜郭へ逃げこんできた。もはや残された拠点は、弁天崎砲台、千代ケ岱砲台、それに本営の五稜郭のみであった。

「土方さん、あなたが予言していたとおりでした。敵は函館山から来たそうです」

と、榎本は蒼い顔でいった。歳三はどう考えても不審だった。自分はたしかに予言していたが、日まで予言しなかった。どうも昨夜の夢は夢ではなく、近藤らがわざわざそれをいいにきてくれたのかもしれない。

「あす、函館へ行きましょう」

と、歳三はいった。

榎本は、妙な顔をした。もはや市街は官軍で充満しているではないか。

軍議がひらかれた。

榎本、大鳥は籠城を主張した。歳三はあいかわらずだまっていたが、副総裁の松平太郎がしつこく意見をもとめたので、ぽつりと、

「私は出戦しますよ」

とだけいった。陸軍奉行大鳥圭介が、歳三への悪感情をむきだした顔でいった。

「それでは土方君、意見にならない。ここは軍議の席だ。君がどうする、というのをきいているのではなく、われわれはどうすべきかという相談をしている」

のちに外交官になった男だけに、どんな場合でも論理の明晰な男だった。

「君は」

と、歳三はいった。

「籠城説をとっている。籠城というのは援軍を待つためにやるものだ。われわれは日本のどこに味方をもっている。この場合、軍議の余地などはない、出戦以外には。——」

皮肉をこめていった。籠城は、降伏の予備行動ではないかと歳三は疑っているのだ。

松平太郎、星恂太郎らは歳三に同調し、翌未明を期して函館奪還作戦をおこすことになった。

偶然、官軍参謀府でもこの日をもって五稜郭攻撃の日ときめていた。

その当日、歳三が五稜郭の城門を出たときは、まだ天地は暗かった。明治二年五月十一日である。

歳三は、馬上。

従う者はわずか五十人である。榎本軍のなかで最強の洋式訓練隊といわれた旧仙台藩の額兵隊に、旧幕府の伝習士官隊のなかからそれぞれ一個分隊をひきぬいただけであった。

この無謀さにはじつのところ、松平らもおどろいた。が、歳三は、

「私は少数で錐のように官軍に穴をあけて函館へ突っこむ。諸君はありったけの兵力と弾薬荷駄を率いてその穴を拡大してくれ」

といった。

歳三は、すでにこの日、この戦場を境に近藤や沖

田のもとにゆくことに心をきめていた。もうここ数日うかつに生きてしまえば、榎本、大鳥らとともに降伏者になることは自明だったのである。

(かれらは降れ。おれは、永い喧嘩相手だった薩長に降れるか)

と思っていた。できれば喧嘩師らしく敵陣の奥深く突入り、屍を前にむけて死にたかった。

歳三は、三門の砲車を先頭に進んだ。砲を先頭にするのは、射程のみじかかったこのころの常識である。

途中、林を通った。暗い樹蔭からにわかにとびだしてきて、馬の口輪をおさえた者があった。馬丁の忠助である。

「忠助、何をしやがる」

「みなさん、来ていらっしゃいます。新選組として死ぬんだ、とおっしゃっています」

見ると、島田魁をはじめ、一昨夜別盃を汲んだ連中がみなそこにいる。

「帰れ。きょうの戦さはお前たち剣術屋のてには負えねえ」

と、馬を進めた。島田ら新選組は馬側をかこむようにして駈けだした。

陽が昇った。

待ちかまえたように、官軍の四斤山砲隊、艦砲が、轟々と天をふるわせて射撃をはじめた。

味方の五稜郭からも二十四斤の要塞砲隊、艦砲が火を噴きはじめた。歳三の隊に後続して、松平太郎、星恂太郎、中島三郎助の諸隊がつづき、その曳行山砲が、躍進しては射ちはじめた。

たちまち天地は砲煙につつまれた。

歳三のまわりに間断なく砲弾が破裂しては鉄片が飛びちったが、この男の隊はますます歩速をあげた。

途中、原始林がある。

それを駈けぬけたとき、官軍の先鋒百人ばかりに遭遇した。

敵が路上で砲の照準を開始していた。

歳三は馬腹を蹴り疾風のように走って馬上からその砲手を斬った。

そこへ新選組、額兵隊、伝習士官隊が殺到し、銃撃、白兵をまじえつつ戦ううちに、松平、星、中島隊が殺到して一挙に潰走させた。

歳三は、さらに進んだ。途中、津軽兵らしい和装、洋装とりまぜた官軍に出あったが、砲三門にミニエー銃を連射して撃退し、ついに正午、函館郊外の一本木関門の手前まできた。

官軍は主力をここに集結し、放列、銃陣を布いてすさまじい射撃を開始した。

松平隊らの砲、銃隊も進出して展開し、

――その激闘、古今に類なし。

といわれるほどの激戦になった。

歳三は白刃を肩にかつぎ、馬上で、すさまじく指揮をしたが、戦勢は非であった。敵は歴戦の薩長がおもで、余藩の兵は予備にまわされており、一歩も退く気配がない。それにここまでくると函館港から射ち出す艦砲射撃の命中度がいよいよ正確になり、松平太郎などは自軍の崩れるのをささえるのにむしろ必死であった。

歳三はもはや白兵突撃以外に手がないとみた。幸い、敵の左翼からの射撃が不活潑をなのをみて、兵をふりかえった。

「おれは函館へゆく。おそらく再び五稜郭には帰るまい。世に生き倦きた者だけはついて来い」

というと、その声にひきよせられるようにして、松平隊、星隊、中島隊からも兵が駈けつけてきてたちまち二百人になり、そのまま隊伍も組まずに敵の左翼へ吶喊を開始した。

歳三は、敵の頭上を飛びこえ飛びこえして片手斬りで左右に薙ぎ倒しつつ進んだ。

鬼としかいいようがない。

そこへ官軍の予備隊が駈けつけて左翼隊の崩れがかろうじて支えられるや、逆に五稜郭軍は崩れ立った。

これ以上は、進めない。

が、ただ一騎、歳三だけがゆく。悠々と硝煙のなかを進んでいる。

それを諸隊が追おうとしたが、官軍の壁に押しまくられて一歩も進めない。

みな、茫然と歳三の騎馬姿を見送った。五稜郭軍だけでなく、地に伏せて射撃している官軍の将士も、自軍のなかを悠然と通過してゆく敵将の姿になにかしら気圧（けお）されるおもいがして、たれも近づかず、銃口をむけることとさえ忘れた。

歳三は、ゆく。

ついに函館市街のはしの栄国橋まできたとき、地蔵町のほうから駈け足で駈けつけてきた増援の長州部隊が、この見なれぬ仏式軍服の将官を見とがめ、士官が進み出て、

「いずれへ参られる」

と、問うた。

「参謀府へゆく」

歳三は、微笑すれば凄味があるといわれたその二重瞼（まぶた）の眼を細めていった。むろん、単騎斬りこむつもりであった。

「名は何と申される」

長州部隊の士官は、あるいは薩摩の新任参謀でもあるのかと思ったのである。

「名か」

歳三はちょっと考えた。しかし函館政府の陸軍奉行、とはどういうわけか名乗りたくはなかった。

「新選組副長土方歳三」

といったとき、官軍は白昼に竜が蛇行するのを見たほどに仰天した。

歳三は、駒を進めはじめた。

士官は兵を散開させ、射撃用意をさせた上で、なおもきいた。

「参謀府に参られるとはどういうご用件か。降伏の軍使ならば作法があるはず」

「降伏？」

歳三は馬の歩度をゆるめない。

「いま申したはずだ。新選組副長が参謀府に用がありとすれば、斬り込みにゆくだけよ」

あっ、と全軍、射撃姿勢をとった。

歳三は馬腹を蹴ってその頭上を跳躍した。

が、馬が再び地上に足をつけたとき、鞍の上の歳三の体はすさまじい音をたてて地にころがっていた。

なおも怖れて、みな、近づかなかった。

が、歳三の黒い羅紗服が血で濡れはじめたとき、はじめて長州人たちはこの敵将が死体になっていることを知った。

歳三は、死んだ。

それから六日後に五稜郭は降伏、開城した。総裁、副総裁、陸海軍奉行など八人の閣僚のなかで戦死したのは、歳三ただひとりであった。八人の閣僚のうち、四人まではのち赦免されて新政府に仕えている。榎本武揚、荒井郁之助、大鳥圭介、永井尚志（玄蕃頭）。

死体は、函館市内の納涼寺に葬られたが、別に、碑が同市浄土宗称名寺に鴻池の手代友次郎の手で建てられた。

肝煎（きもいり）は友次郎だが、金は全市の商家から献金された。理由は、たった一つ、歳三が妙な「善行」を函館に残したことである。五稜郭末期のころ、大鳥の提案で函館町民から戦費を献金させようとした。

「焼け石に水」

と、歳三は反対した。

「五稜郭が亡びてもこの町は残る。一銭でも借りあげあれば、暴虐の府だったという印象は後世まで消えまい」

そのひとことで、沙汰やみになった。

墓碑の戒名は広長院釈義操、俗名は土方歳三義直、で一字まちがっている。しかし函館町民が建てたものは俗名はただしく義豊となっており、戒名は歳進院殿誠山義豊大居士。

会津にも藩士のなかで歳三を供養した者があるら

しく、有統院殿鉄心日現居士、という戒名が遺っている。

土方家では、明治二年七月、歳三の小姓市村鉄之助の来訪でその戦死を知った。翌三年、馬丁沢忠助が訪ねてきて戒名を知り、「歳進院殿……」のほうを位牌にして供養した。

市村鉄之助の来訪は劇的だったらしい。

雨中、乞食の風体で武州日野宿はずれ石田村の土方家の門前に立った。当時、函館の賊軍の詮議がやかましいという風評があったため、こういう姿で忍んできたのであろう。

「お仏壇を拝ませていただきたい」

といい、通してやると、

「隊長。――」

と呼びかけたきり、一時間ほど突っぷして泣いていたという。

土方家と佐藤家では、鉄之助を三年ほどかくまってやり、世間のうわさのほとぼりも醒めたころ、近所の安西吉左衛門という者に付きそわせて故郷の大垣へ送ってやった。のち家郷を出、西南戦争で戦死した、ということは既述した。歳三の狂気が、この若者に乗りうつって、ついに戊辰時代の物狂いがおさまらなかったのかもしれない。

お雪。

横浜で死んだ。

それ以外はわからない。明治十五年の青葉のころ、函館の称名寺に歳三の供養料をおさめて立ち去った小柄な婦人がある。寺僧が故人との関係をたずねると、婦人は滲みとおるような微笑をうかべた。

が、なにもいわなかった。

お雪であろう。

この年の初夏は函館に日照雨が降ることが多かった。その日も、あるいはこの寺の石畳の上にあかるい雨が降っていたように思われる。

（完）

あとがき

男の典型を一つずつ書いてゆきたい。そういう動機で私は小説書きになったような気がする。べつに文学とか、芸術とかという大げさな意識を一度ももったことがない（小説が本来、芸術であるかどうか）。

男という、この悲劇的でしかも最も喜劇的な存在を、私なりにとらえるには歴史時代でなければならない。なぜならば、かれらの人生は完結している。筆者とのあいだに時間という、ためしつすかしつすることができる恰好な距離がある。

土方歳三という男の人生が完結してから、ちょうど百年になる。この男は、幕末という激動期に生きた。新選組という、日本史上にそれ以前もそれ以後にも類のない異様な団体をつくり、活躍させ、いや活躍させすぎ、歴史に無類の爪あとを残しつつ、ただそれだけのためにのみ自分の生命を使いきった。かれはいったい、歴史のなかでどういう位置を占めるためにうまれてきたのか。

わからない。歳三自身にもわかるまい。ただ懸命に精神を昂揚させ、夢中で生きた。そのおかしさが、この種の男のもつ宿命的なものだろう。その精神が充血すればするほど、喜劇的になり、同時に思い入れの多い悲劇を演じてしまっている。

武州日野宿石田、というのがこの男のうまれた里である。

いまは東京都下日野市石田という地名になっているが、付近に多少の近代建築ができているほか、風景はかれがうまれたころとほぼかわりがない。武蔵野特有の真黒いポカ土と雑木林の多い田園である。

その生家を二度訪ねた。姿のいい村のなかに、大きな農家がある。

「お大尽(だいじん)さんの家なら、あすこです」

と、村の若い人が、そんないいかたで土方家をおしえてくれた。歳三の兄の曾孫という温厚な初老の当主が、応対してくれた。

「ええ、このへんでは、トシサン、トシサンと呼ばれていました」

大きな大黒柱がある。高さ四尺ばかりのあたりがあめ色に光っていた。柱は、湯殿にちかい。

「湯からあがりますと、トシサンはこの柱を相手に角力の稽古をしていたそうです」

庭に矢竹が植わっている。

「あれを植えたんだそうです。おかしな子だったんでしょうな、百姓の子のくせに、武士になるのだといっていましたそうです。ええ、矢竹は武士の屋敷にはかならず植えられていたそうで、真似たのでしょう」

歳三はこの生家に、京都時代に使ったという和泉守兼定の一刀と兜の鉢金などをのこしていた。鉢金には、刀傷があった。

歳三の姉の曾孫が当主になっている佐藤家は日野の甲州街道ぞいにある。当主は、

「維新後は、肩身のせまい思いをした、と祖母がいっていました」

と微笑したが、その容貌が、写真で歳三の顔にもっとも似ていた。

「眼もとの涼しい顔で、役者のようだった、といいます」

幾日か、かれの故郷のあちこちを歩いた。

多摩川の支流の浅川という河原で、とげのある薬草も摘んでみた。かれは少年のころ村人を指揮して家業の薬草とりをしたそうだが、あるいはかれの天才的な組織作りは、そういう労働の経験からうまれたものかもしれない、ともおもった。

「おそらく、そうでしょう」

と、土方家の当主もいわれた。こまかくその薬草の採集から製造までの工程もおしえていただいた。百人ほどの人数が、部署部署にわかれて複雑に動きまわるのを指揮するのは大変な手腕の要るものだという。

歳三は、それまでの日本人になかった組織というあたらしい感覚をもっていた男で、それを具体的に作品にしたのが新選組であったように思われる。その意味だけでいえば、文化史的な仕事を、この男の情熱と才能はなしとげたのではないか。

司馬遼太郎

解説――そびえ立つ歴史的遺産『燃えよ剣』を映画化して

原田眞人

母方の祖父が沼津藩の祐筆方をしていた安藤帯刀という武士の子供で、幕末のことを実際に見てきたみたいに話してくれたんです。祖父の話が、時代小説を読むきっかけになった感はありますね。「鞍馬天狗」が全盛の時代でしたが、僕は架空の人物鞍馬天狗よりも祖父の話に出て来る桂小五郎が好きで、チャンバラごっこでも、変装して三条河原に潜む桂に思いを馳せていました。

桂小五郎が主人公の小説も探しましたが、当時はなにもなかった。そのとき本屋でたまたま手に取ったのが、司馬遼太郎の短編集『幕末』で、目次に『逃げの小五郎』というのがあった。即、購入してむさぼるように読みました。祇園の美しい芸妓幾松との恋物語を祖父から聞いていた僕にはショッキングな内容でしたね。闘争でも女関係でも、とにかく逃げの一手の小五郎さんなんです。他の短編の方が面白かったですね。『桜田門外の変』では有村治左衛門の運命に涙し、安政の大獄という「狂気の弾圧」を引き起こした井伊直弼を「ただ、無智、頑癖、それだけの男が強権をにぎっている。狂人が刃物をふるっているにひとしい」と断ずる司馬史観に目からウロコの思いでした。『奇妙なり八郎』は題名自体マイ・ブームとなって、清河八郎のことを聞くと未だに「奇妙なり」のフレーズが必ず頭をよぎります。後に篠田正浩監督が『暗殺』のタイトルで映画化しましたが、なぜ『奇妙なり八郎』にしなかったのか、と憤ったものです。司馬先生が活写する幕末の暗殺に絡む人間群像に魅せられました。司馬ファンの誕生です。

『燃えよ剣』と出会ったのは高校生の頃です。小説でもマンガでも映画でも、仇役としてしか見て来なかった土方歳三がぐっと身近になりましたが、即、大好きな作品にはなりませんでした。導入部の夜這いをする場面が、不潔な感じがしちゃって（笑）。新選組モノとしては、むしろ、後に読んだ『新選組血風録』の方に惹かれました。『燃えよ剣』を本当に好きになったのは、五十代になって読み返してからです。司馬作品の品格を自分なりに継承し映画化するとしたら、ここからだと思いました。

ＴＶシリーズになった『燃えよ剣』は一部では評価されていたようですが、僕は見ていません。司馬先生は映画『新選組血風録　近藤勇』（１９６３）を見て、原作とあまりに異なっていることを不満に思われていた、と聞いています。六〇年代に映像化された諸作には、作者の世界観を反映してないものも、少なからずあったのではないでしょうか。少なくとも、司馬ファンである映画少年の僕が見た『忍者秘帖・梟の城』（１９６３）、『風の武士』（１９６４）、『燃えよ剣』（１９６６）、『尻啖え孫市』（１９６９）は原作の風格、香華、おおらかな人間讃歌を微塵も感じさせないプログラム・ピクチャーでした。

結果として、『関ヶ原』（２０１７）を経由して『燃えよ剣』の映画化に取り組むことになりましたが、そのおかげで岡田准一さんとも出会えましたし、最高の迂回路だったと思っています。撮影現場では、石田三成の扮装をした岡田さんと、次は『燃えよ剣』だね、などと話していました。自分の中では映像化不可能だと思っていた『関ヶ原』を、素晴らしいキャストとクルーで乗り切る事が出来たことは、大きな自信にもなりました。

脚色するにあたって、当初は前後編で『新選組血風録』や子母澤寛さんの「新選組三部作」も合体させて……と考えていましたが、製作の東宝は、上映時間二時間十五分程度、土方の足跡を出生地の多摩郡日野から五稜郭の戦いでの戦死まで描いて欲しい、と言うわけです。映画作りにはこういった枷（かせ）が付き物です。逆に言えば、そこさえ押さえておけば自由が効く。『燃えよ剣』だけでも相当なヴォリュームですから真っ向勝負では一本の映画には収まりきらない。発想の転換が必要なんです。

土方と新選組関連の書籍を様々なアングルから読み込みました。そこから箱館（函館）に入った土方の回想で物語を進める発想が浮かびました（誰を相手に語るのかは、映画を見てのお楽しみ、です）。こうすれば、原作での司馬先生の「語り」も、土方の言葉として生かせます。さらに、会津藩との関わり合いの中でしか、新選組は生まれなかったので、会津藩主松平容保を主人公にした司馬先生の中編『王城の護衛者』の要素も入れ込みました。土方と友情を育んだ『胡蝶の夢』の松本良順も入れたかったんですが、そこまでは間口を広げることができなかったですね。最終的には、二時間二十八分の映画になりましたが。

徹底的にリサーチしたのは、一八六四年の池田屋事件です。原作は、このくだりにかなりの枚数を使って、かかわった人物を詳細に描写している。のちに判明した事実と異なるところはありますが、池田屋にいたのは二十七、八人である、山崎烝（すすむ）が密偵として入り込んでいた、という展開は映画でも踏襲しました。ただ、小説や歴史的事実を参考にしただけでは池田屋事件の実相は見えて来ない。原作では、山崎の情報と同時に、町奉行所の密偵から宮部鼎蔵（ていぞう）以下の「過激派」が四国屋に集結しているという情報が入り、二手に分かれたとなっている。これは、多くの新選組映画が取り入れている「俗説」です。事実は、近藤隊十人が池田屋に向い、土方等数十名の本隊が縄手通の旅籠を軒並み調べていた、ということなんですね。では何故、二手に分かれたのか。僕が見つけた答えは「ビン・ラディンはどこか」でした。新選組にとってのビン・ラディンは、肥後の尊王攘夷派志士・宮部鼎蔵です。池田屋事件の発端となった古高俊太郎の捕縛も、宮部を探して、古高の店「桝喜」に踏み込んでいます。その夜、宮部以下の過激派志士は、古高奪還か否かを謀議するため池田屋に集結した——。映画はこのあたりを実録風に描いています。池田屋とその周辺は、フルスケールのオープンセットを建てました。土方隊が駆けつけるまで四十分かかった近藤、沖田、永倉、藤堂の死闘も入念なリハーサルをして再現しました。司馬作品の魅力のひとつは剣戟の迫真性ですから。原作では前半で死んでしまう土方の好敵手七里研之助も、池田屋の二十七番目の志士として戦います。池田屋事件は虚実を混在させ、映画に於ける大きな見せ場に仕上げています。

土方は冷酷な新選組副長だった。残酷非道なこともした。けれどもそこにはきちんと流儀があった。剣が大してうまくなかった井上源三郎を、最後の最後までたてた同志愛。それから沖田との軽やかな掛け合い。近藤との深い友情。これが『燃えよ剣』の第一の魅力です。この四人にはハワード・ホークスの『リオ・ブラボー』（1

959）の四人組を重ね合わせました。

近藤勇はガタイと演技力の点で、早くから鈴木亮平さんをイメージしていました。西郷どんを演じた直後だったので、二十七キロ減量して取り組んでいます。ジョン・ウェインっぽいと言えばぽいし。と言って土方がディーン・マーティンかと言われると、そうでもないのでむずかしいところですが、沖田と源さんは完全にリッキー・ネルソンとウォルター・ブレナンです。

山田涼介君はどんな映画に出ても全力投球をしている。俊敏性もあって目がきれい。岡田さんの後輩という点も大きなプラスでしたね。岡田道場に通って完璧な沖田総司になってくれました。現場での演技指導は殆ど何もなかったですね。吐く息、吸う息が沖田でしたから。後半、衰弱していく様子も見事でした。順撮りではなかったので、元気な沖田と衰弱の沖田が交互に組まれていることもあって、彼にとっては過酷な現場だったと思います。

源さんは実年齢より老けさせ、舞台の名優たかお鷹さんに演じてもらいました。ウォルター・ブレナン老へのオマージュです。

岡田さんは土方を演ずるために生まれて来た人です。土方関連の殺陣、喧嘩屋の剣技もすべてデザインしてもらいました。岡田さんが土方を演ずるにふさわしい年代になって初めて『燃えよ剣』の企画が始動した感があります。京へ上る前の、土方の「猫歩き」も、多少コミカルに、多摩の田舎者風に演じてくれています。

『燃えよ剣』で忘れていけないのは土方の想い人であるヒロイン、お雪の存在です。彼女は創作上の人物ですが、司馬先生が奥様とのなれそめのエピソードを重ね合わせたフシもあります。司馬先生の想い人と言っていい。男たちのドラマと拮抗するだけの強さを、柴咲コウさん演ずるお雪にもたせました。

四条円山派の絵画を学ぶため、夫に従って江戸から京都へ来たという原作の設定を、夫の死後、残酷絵に走り、土方に会ってどう絵が変化し、時代の流れを引き寄せたのか、という視点で描いています。僕自身が画家の生涯として一番興味があるのが、ゴヤです。彼は戦場に行き、報道画家として殺戮の現場を描いている。お雪もそういう精神をもっていたんじゃないか。それが「土方さんを描きたい」となり、最後の最後、箱館まで会いにいく

——。柴咲さんのインディペンデント・ウーマンの凛とした強さ、切々たるニュアンスのたたずまいは、世界で称賛されると確信しています。

土方を虜(とりこ)にするお雪の手料理にも凝りました。僕の行きつけの、京料理の名店「くりた」の大将に考案してもらったのです。島原遊廓での元旦の京料理も、「くりた」の料理が並んでいます。俳優たちに美味しいものを食べてもらって魂のこもった芝居をしてもらう、というのが原田組のモットーですから（笑）。

ロケーションは京都を中心に滋賀、大阪、奈良、和歌山、兵庫、岡山まで広げていますが、難しかったのは「お雪のいる場所」です。土方との出会いの場となるお雪の家は、岡山県高梁(たかはし)市の吹屋ふるさと村で見つけることができました。ふたりが初めて結ばれる西昭庵は、司馬先生の思い入れ深い空間とあって、もっとハードルが高かったですね。古刹を使うにしても、ひんぱんに映画に出て来るところは避けたい、という気持ちもありました。選んだのは同じ高梁市にある頼久寺です。小堀遠州作の庭園が贅沢な背景になっています。

土方の思想の原点はどこにあるのか。彼は「攘夷」ということは、一度も口にしていない。ではその改革的な思想は誰から学んだのか。土方の残した日記には、本田覚庵という人物がひんぱんに出て来る。土方に読み書きを教えたとされる医者です。彼は渡辺崋山ともつながりがある、開国派の人だった。土方が覚庵の塾で開国思想を学んだ可能性はあります。土方は兄たちの影響で俳句をたしなみ、句集を残しています。彼の俳句は二流だと言われていますが、「白牡丹　月夜月夜に　染めてほし」なんて、すごく好きです。

映像的に意識したのは、祖父から教えてもらった幕末ではなく、「異邦人の眼差」による幕末です。ペリー提督とやってきた画家のハイネやワーグマン、フランス軍陸軍士官のブリュネなどが残したスケッチやベアトの写真を資料として参考にして、いくつかのショットに取り込んでいます。音楽にビゼーを使ったのは、黒澤明監督が『羅生門』にラヴェルの「ボレロ」をアレンジして使った精神。土方とビゼーは同世代人で、二人とも志なかばの三十代で没しています。

ハーヴァード大学の日本史教室によると、日本史の三大変革期は一六〇〇年（関ヶ原の戦い）、一八六八年（明治維新）、一九四五年（終戦）となります。なるほどな、と思いました。僕が惹かれるのは、変革期の〈敗者の美学〉なんですね。時代順にいうと、石田三成、土方歳三、阿南惟幾陸相です。『日本のいちばん長い日』（2015）に続いて『関ヶ原』を作り、最後はずっと温めていた『燃えよ剣』に取り組むことができたのは凄く幸運だと思います。三本まとめてハーヴァードで上映会をやりたいですね（笑）。

司馬先生とは一度だけ電話で話をしたことがあるんです。監督デビュー作の『さらば映画の友よ』を撮ったあとでしたから、一九八〇年前後です。どうしても『尻啖え孫市』を映画化したくて、ご自宅に電話をかけた。そうしたら、いきなり本人が出てしまった。あせりながらも思いの丈を話し続けました。「元気のいい人だね」なんて言われたものの、やはり映画化の許可はいただけませんでした。『燃えよ剣』の巻末でこういう話をできるというのは、万感胸に迫るものがあります。

次にもし司馬先生の作品で撮るとしたら、忍者ものをやりたいです。『最後の伊賀者』『下請忍者』とかの短編を合わせたもの。司馬先生は、「忍者」という仕事を今の時代に置き換えたら、自分がやっている「新聞記者」の仕事だ、と書かれていたことがある。階級社会の一員でありながら独立単体の行動派。社会派ドラマとしての、超リアルな忍者ものです。

幕末ともまだ縁が切れていません。撮りたいものはたくさんありますね。一人ひとりが輝いていた時代、自分が一番好きな日本人がいる時代ですから。

「暗殺だけは、きらいだ」と短編集『幕末』のあとがきで司馬先生は記しています。それに続けて「と云い云い、ちょうど一年、数百枚にわたって書いてしまった。（中略）歴史はときに、血を欲した。／このましくないが、暗殺者も、その兇手に斃れた死骸も、ともにわれわれの歴史的遺産である」。

『燃えよ剣』の土方は喧嘩屋の流儀で暗殺を遂行し、修羅場のグレードをどんどんあげていく。彼は、まさにそびえ立つ歴史的遺産でした。

（映画監督）

（映画『燃えよ剣』は二〇二一年十月に公開しました）

燃えよ剣 新装版

二〇二〇年四月 五 日 第一刷発行
二〇二四年十月二十日 第二刷発行

著 者 司馬遼太郎
発行者 花田朋子
発行所 株式会社文藝春秋
〒一〇二―八〇〇八
東京都千代田区紀尾井町三―二三
電話 〇三―三二六五―一二一一
印刷所 TOPPANクロレ
製本所 大口製本

ISBN 978-4-16-391194-6